개정 정본 이상문학전집

02

소설

The Complete Works of Lee Sang : Fictions

저자

이상 金海卿, Lee Sang

1910년 9월 23일 서울에서 태어났다. 신명학교와 동광학교·보성고보를 거쳐 경성고등공업학교를 졸업하였다. 1930년 소설 「12월 12일」의 발표를 시작으로 이후 일문시 「이상한 가역반응」·「조감도」 등을 발표하는 등 본격적인 창작에 나서게 된다. 1933년 각혈로 배천온천에 요양을 가서 금홍을 만났으며, 서울에 돌아와 동거를 하게 된다. 그녀와의 삶을 바탕으로 「지주회시」·「날개」·「봉별기」를 썼다. 1934년 『조선중앙일보』에 「오감도」를 발표하였으나 독자들의 거센 반발로 15편 연재로 그만두게 된다. 1935년에는 성천을 기행하였으며, 이를 바탕으로 「산촌여정」과 「권태」를 내놓게 된다. 1936년에 『시와 소설』을 편집하였고, 「날개」를 발표하여 일약 문단의 총아로 떠올랐으며, 「위독」·「동해」·「종생기」 등 뛰어난 작품들을 창작하였다. 10월에 동경으로 건너갔으며, 「실화」·「동경」 등을 창작하였다. 1937년 2월 불령선인으로 체포되었으며, 4월 17일 동경제대 부속병원에서 생을 마감하였다.

주해자

김주현 金宙鉉, Kim Ju-hyeon

밤하늘에 별이 하늘 가득 빛나는 소백산 자락 부석에서 태어났다. 자라면서 가통을 적실히 지켜나가라는 가친의 뜻을 따라 학문의 길로 접어들었다. 이상, 김동리, 최인훈 등에 깊은 관심을 갖고 연구하였으며, 최근 신채호를 비롯한 애국계몽기 문인들에 대해 집중 연구를 하고 있다. 저서로는 『이상 소설 연구』, 『신채호문학연구초』, 『김동리 소설 연구』, 『실험과 해체─이상 문학 연구』, 『계몽과 혁명─신채호의 삶과 문학』, 『화두를 찾아서─문학의 화두, 삶의 화두』, 『신채호 문학 주해』, 『선금술의 방법론─신채호의 문학을 넘어』, 『선금술의 방법론 2─춘원, 이상과 동리의 문학을 넘어』, 『계몽과 심미─한국 현대 작가·작품론』 등이 있고, 엮은 책으로는 『이상단편선─날개』, 『백세 노승의 미인담』, 『단재신채호전집』, 『그리운 그 이름, 이상』(공편) 등이 있다.

개정 정본 이상문학전집 2
소설

초판 발행 2009년 12월 30일
2판 1쇄 발행 2025년 5월 30일

지은이 이상
주해 김주현

펴낸이 박성모
펴낸곳 소명출판
출판등록 제1998-000017호
주소 서울시 서초구 사임당로14길 15 서광빌딩 2층
전화 02-585-7840
팩스 02-585-7848
이메일 somyungbooks@daum.net
홈페이지 www.somyong.co.kr

ISBN 979-11-5905-218-7 04810
979-11-5905-252-1 (전3권)
정가 28,000원

1929년 경성고등공업학교 졸업앨범 속의 이상

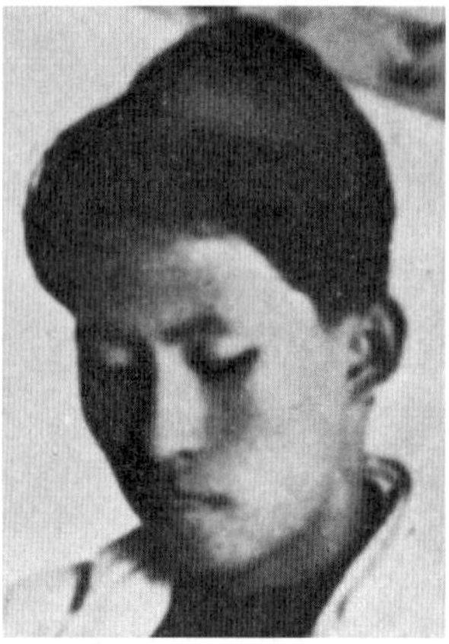

보성고보 시절의 이상

이상이 3세부터 생활했던 백부의 집(통동 154번지)

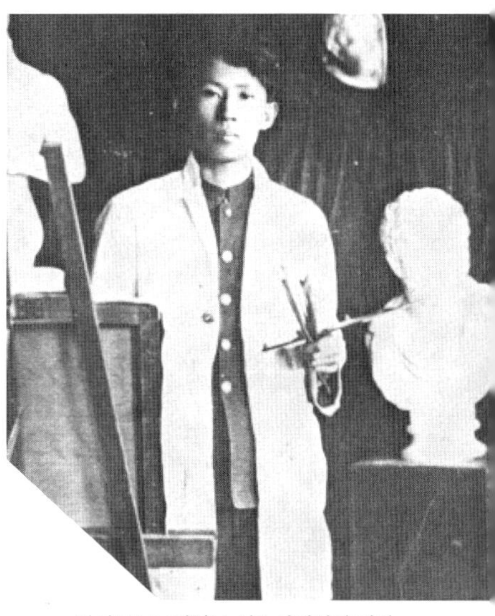

경성고등공업학교 실습실에서의 이상

경성고등공업학교 시절의 이상

교내 전시회에서 찍은 사진

총독부 기수 시절의 이상

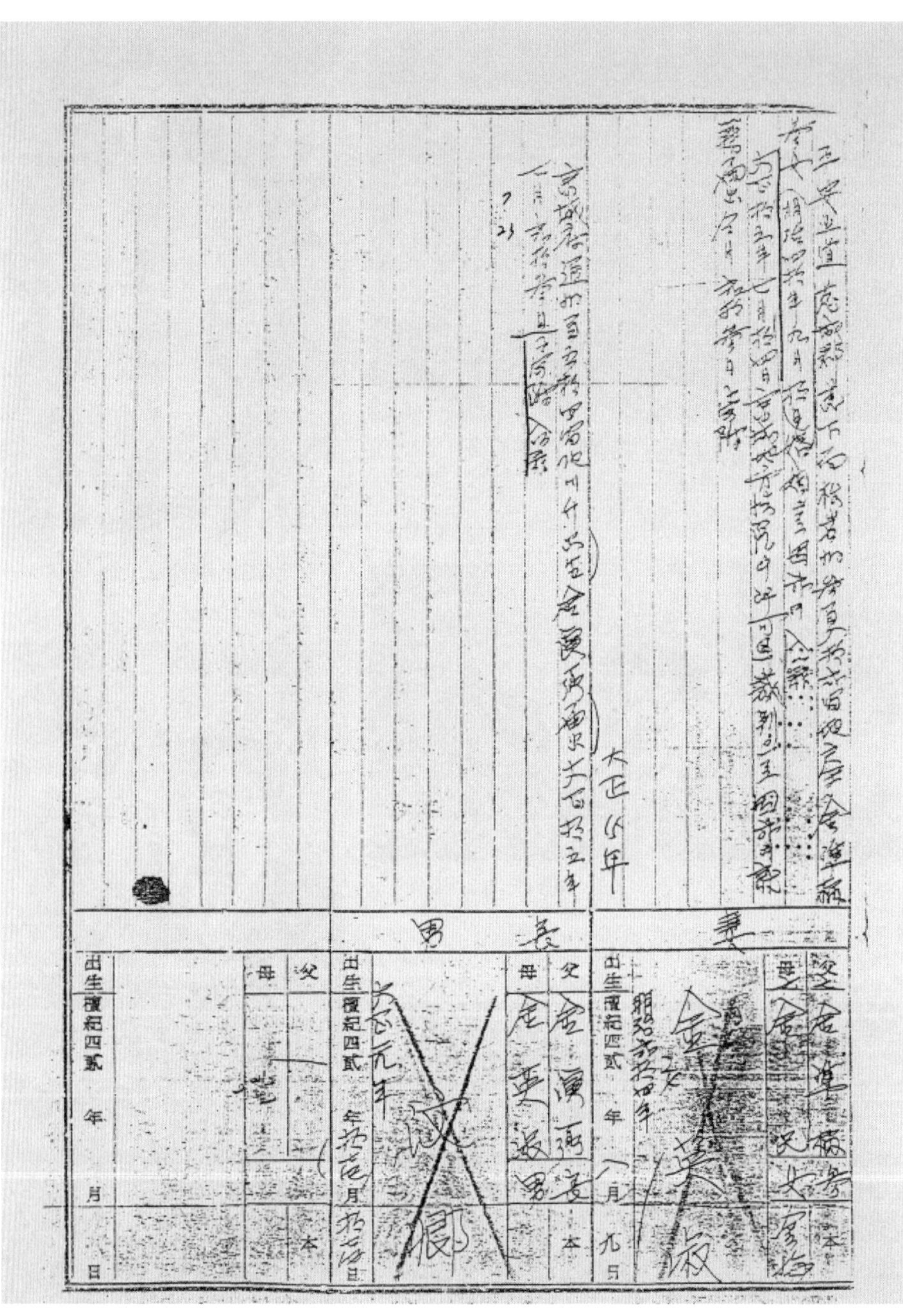

이상의 백부 김연필의 호적등본

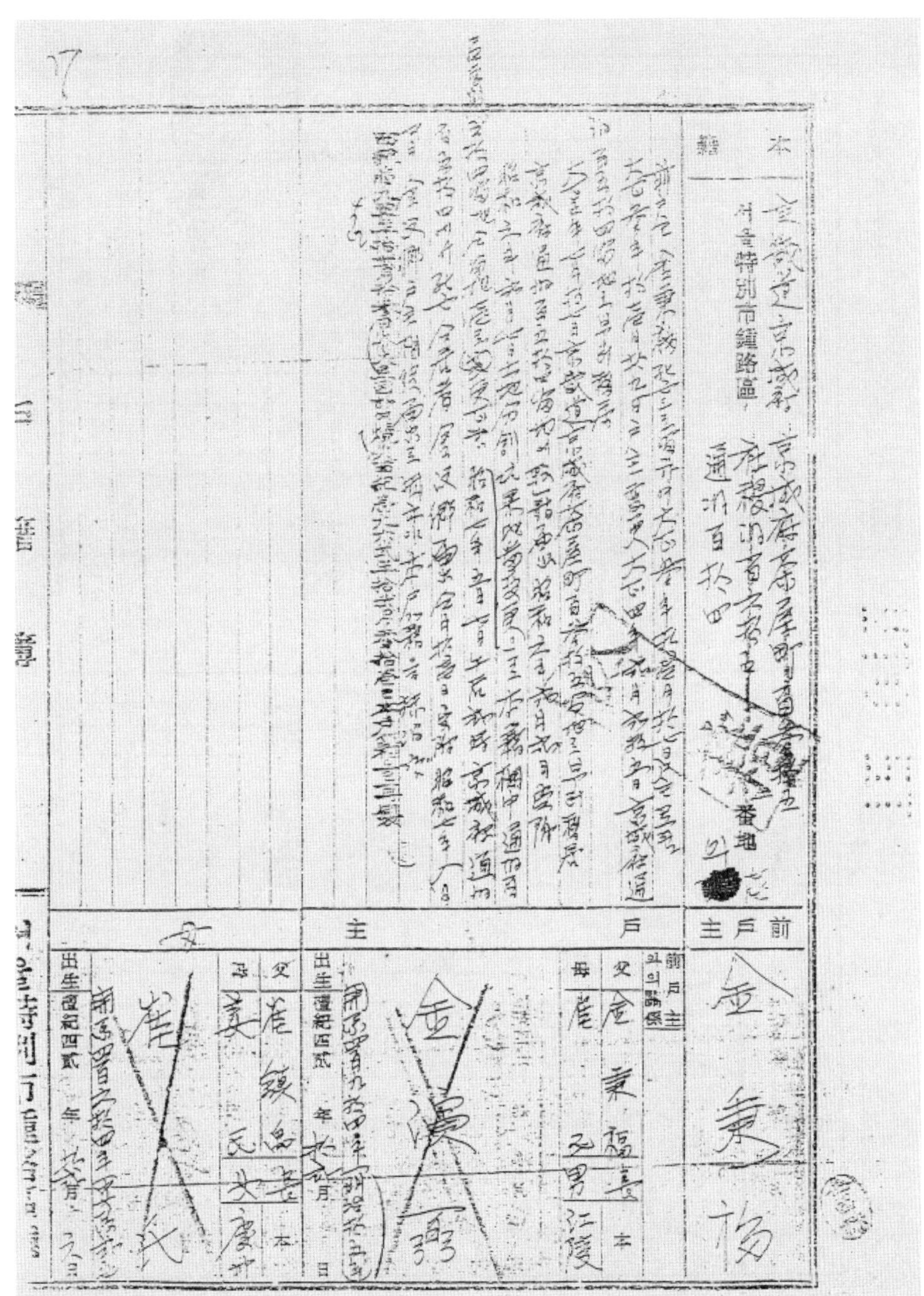

本　籍

서울特別市鍾路區

前戶主　金　[演·illegible]

戶主

父　母

前戶主와의關係

父　母

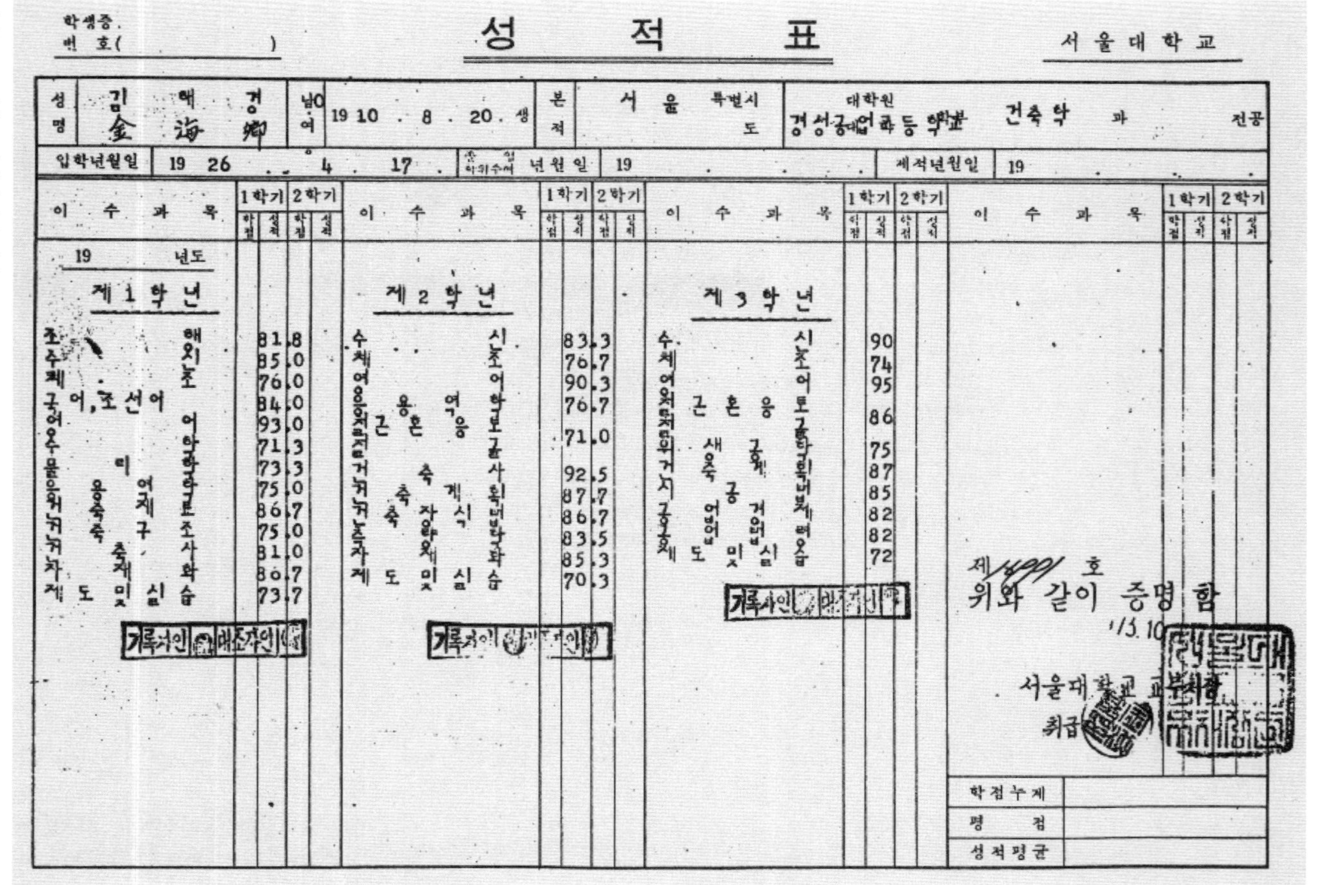

성 적 표　　　　서울대학교

학생증 번호( )		
성명 김 해 경 金 海 卿	생년 19 10 . 8 . 20 生	본적 서울 특별시 도
대학원 경성공업고등학부 건축학 과		전공
입학년월일 19 26 . 4 . 17	졸업학위수여 년월일 19	제적년월일 19

이 수 과 목	1학기 학점/성적	2학기 학점/성적	이 수 과 목	1학기 학점/성적	2학기 학점/성적	이 수 과 목	1학기 학점/성적	2학기 학점/성적	이 수 과 목	1학기 학점/성적	2학기 학점/성적
19 년도 제 1 학 년	81.8		제 2 학 년	83.3		제 3 학 년	90				
	85.0			76.7			74				
	76.0			90.3			95				
	84.0			76.7			86				
	93.0			71.0			75				
	71.3			92.5			87				
	73.3			87.7			85				
	75.0			86.7			82				
	86.7			83.5			82				
	75.0			85.3			72				
	81.0			70.3							
	80.7										
	73.7										

제 ○○○○ 호
위와 같이 증명함
'73. 10

서울대학교 교무처장 취급

학점누계	
평 점	
성적평균	

경성고등공업학교 시절의 이상 성적표

총독부 기수 시절 건축 실습에 열중하고 있는 이상

▶ 24세의 이상

이상이 '이것은 누구던가?'라는 제목을 붙인 사진
(앞줄 왼쪽에서 세 번째가 이상)

제비다방 시절의 이상

창문사 시절의 이상

1931년 조선미술전람회에 출품된 이상의 「자상」

『청색지』(1939.5)에 실린 이상의 자화상

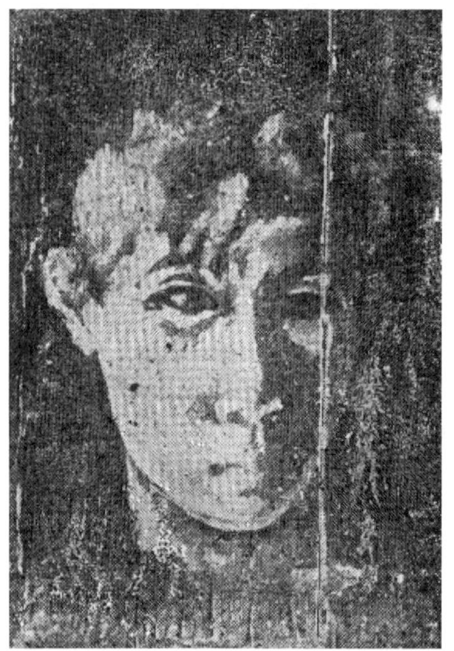

19세 때, 이상이 그린 자화상
(어머니 박세창 소장)

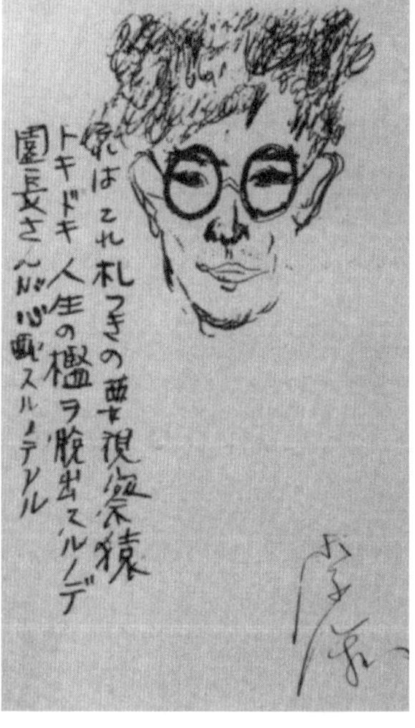

줄 르나르의 『전원수첩』(1934) 속표지에 실린
이상의 자화상. 시인 강민이 소장하고 있으며,
『독서생활』(1976.11)에 소개.

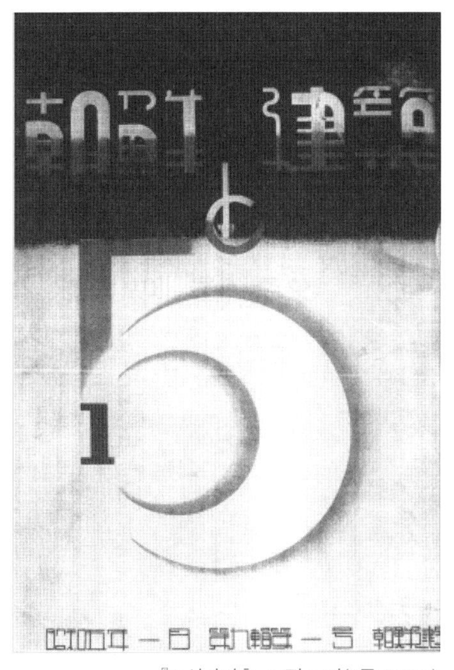

『조선과건축』 표지 도안(1등, 1930)

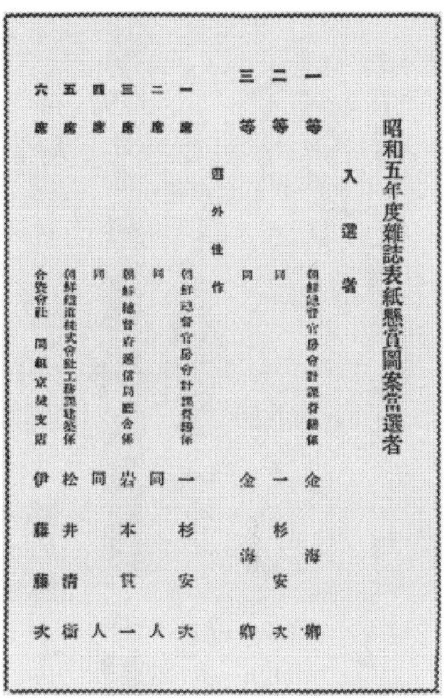

昭和五年度雜誌表紙懸賞圖案當選者

入選者
一等　朝鮮總督官房會計課營繕係　企海卿
二等　同　一杉海安次
三等　同　金海安卿

選外佳作
一席　朝鮮總督官房會計課營繕係　一杉安次
二席　同　同
三席　朝鮮總督府遞信局匧合係　岩本竹一
四席　同　同本竹人
五席　朝鮮鐵道株式會社工務課建築係　松井清衛
六席　合資會社　岡組京城支店　伊藤藤夫

소화5년(1930) 『조선과건축』 표지 도안 당선자

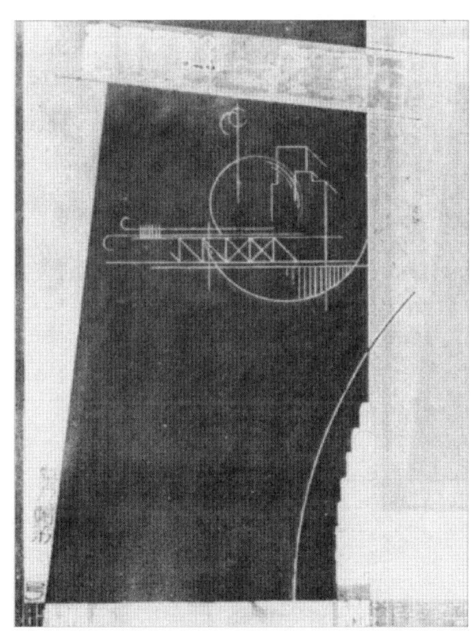

『조선과건축』 표지 도안(3등, 1930)

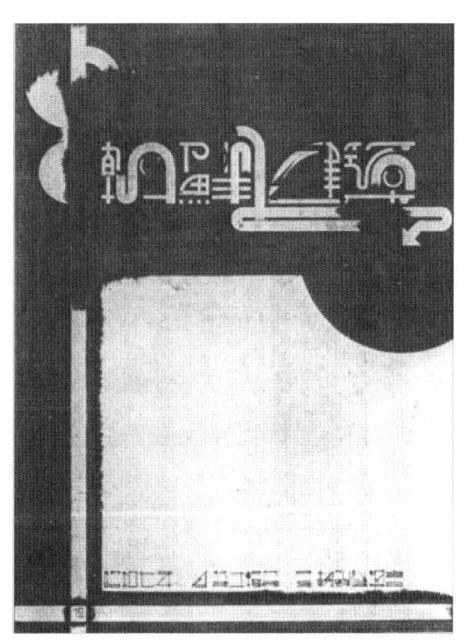

『조선과건축』 표지 도안(4등, 1932)

1937년 2월 8일 이상이 동생 운경에게 보낸 엽서

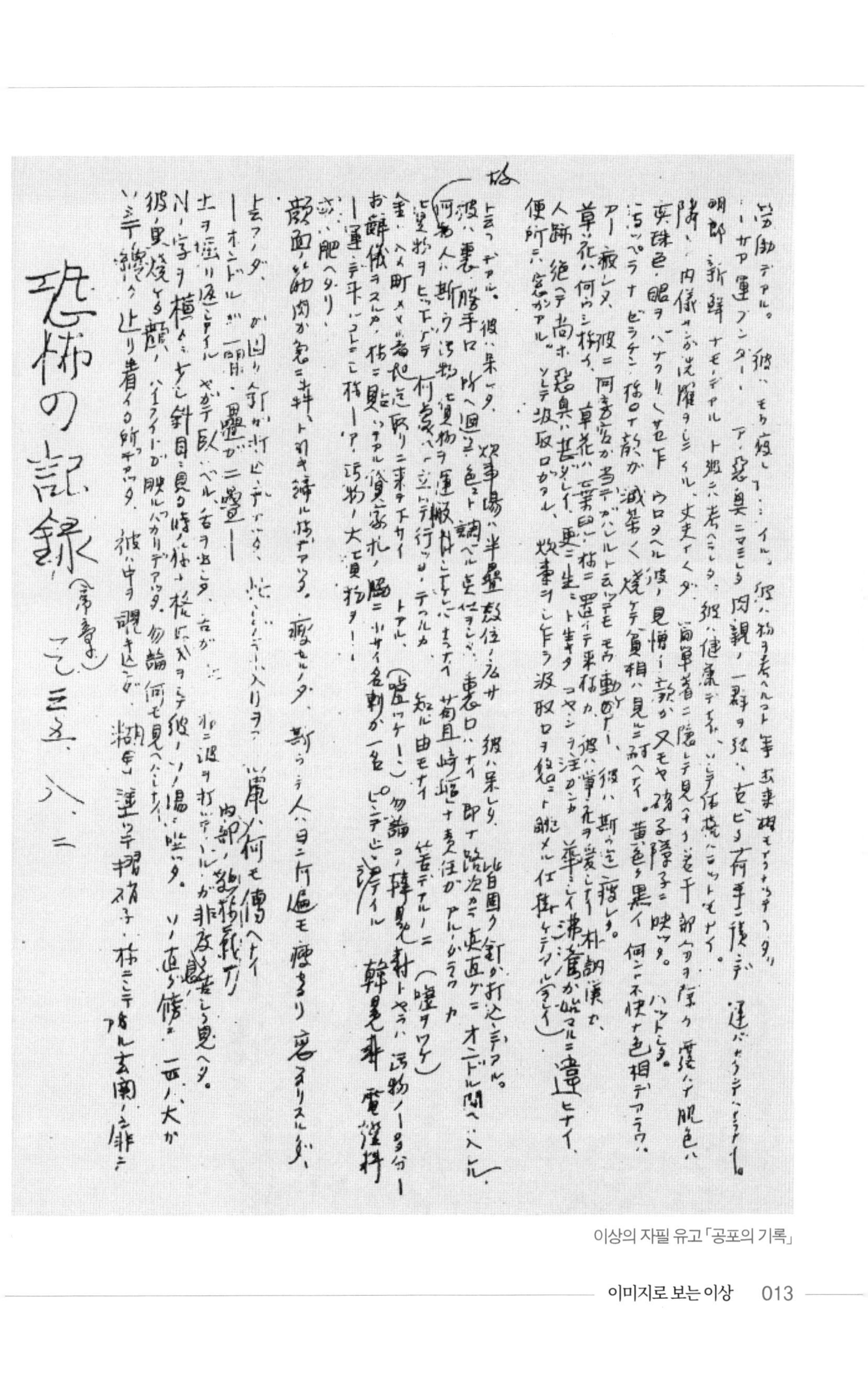

恐怖の記錄（序章）

一九三五・六・二

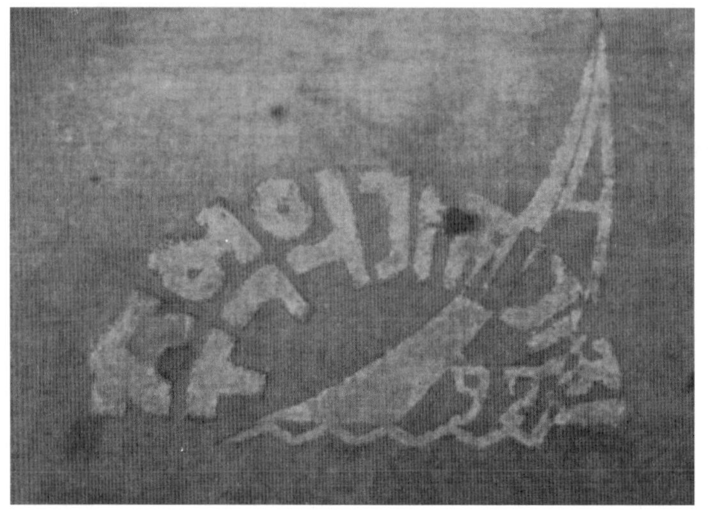

이상이 도안한 경성고등공업학교 졸업앨범 표지

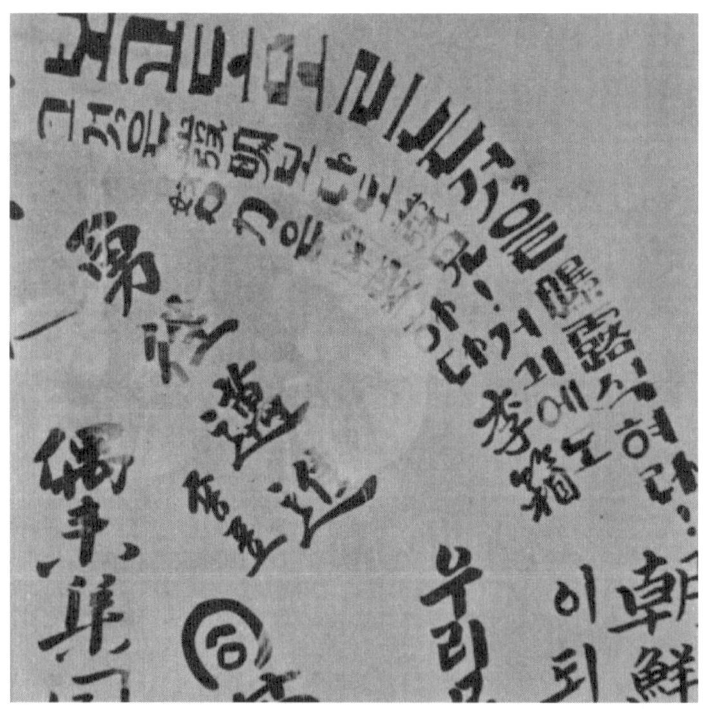

이상이 경성고등공업학교 졸업앨범에 남긴 아포리즘

◀ 이상이 樂浪파라 카페에 한 낙서 1

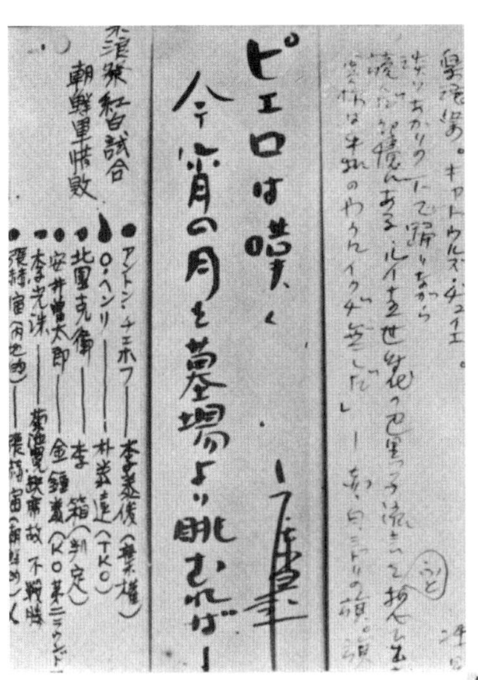

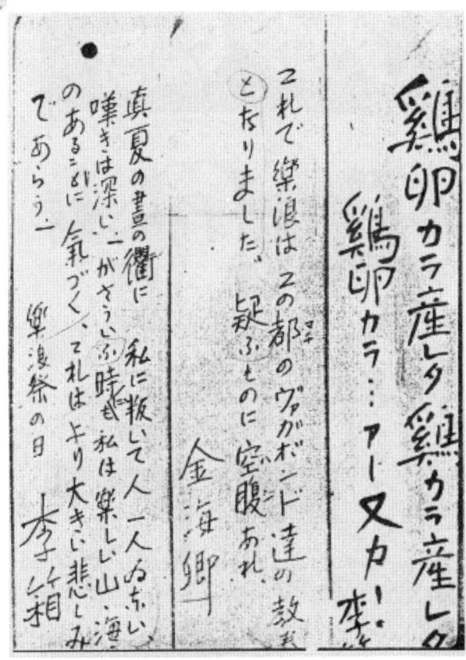

▲ 이상이 樂浪파라 카페에 한 낙서 2

이상이
「소설가 구보씨의 일일」에 그린 삽화
(『조선중앙일보』, 1934.8.2)

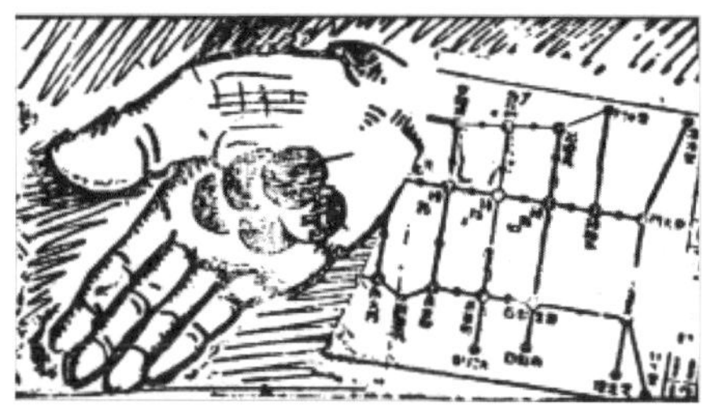

이상이
「소설가 구보씨의 일일」에 그린 삽화
(『조선중앙일보』, 1934.8.7)

이상이
「소설가 구보씨의 일일」에 그린 삽화
(『조선중앙일보』, 1934.8.11)

이상이
「소설가 구보씨의 일일」에 그린 삽화
(『조선중앙일보』, 1934.8.20)

이상이
「소설가 구보씨의 일일」에 그린 삽화
(『조선중앙일보』, 1934.9.15)

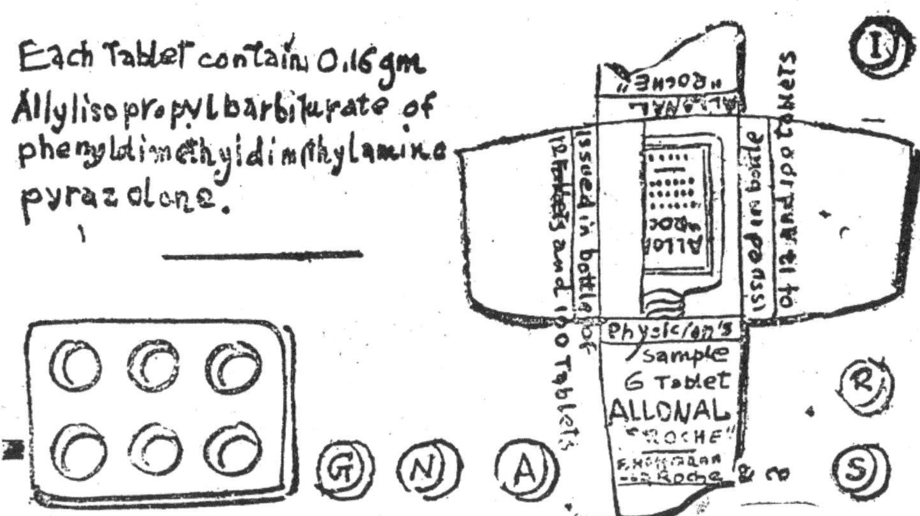

「날개」 속의 삽화 1(『조광』, 1936.9)

「날개」 속의 삽화 2(『조광』, 1936.9)

1990년 보성고등학교 교정에 세워진 이상의 시비

이상의 유품 파이프

1990년 보성고등학교 교정에 세워진 이상의 문학비

개정 정본 이상문학전집

02

소설

The Complete Works of Lee Sang : Fictions

이상 지음
김주현 주해

   정확한 원전이야말로 연구에 있어서 토대가 되며, 온전한 주석은 연구의 시금석이다. 연구자에게 무엇보다도 필요하고 소중한 것이 있다면, 온전한 전집을 구비하는 일일 것이다. 이상을 공부하면서 온전한 전집을 마련하는 일이 무엇보다 시급하다는 것을 깨달았다. 전집을 내겠다고 나선 지 6년, 그러나 모든 게 지지부진이었다. 처음 3차례의 교정쇄는 연구실 한켠에서 색을 바래가고 있었다. 전집이 지닌 문제점들과 마주할수록 용기와 자신감은 사라져만 갔다. 누군가가 이 일을 대신해준다면 하는 바람이 간절했고, 왜 굳이 하겠다고 나섰던가 후회도 막심했다. 그러나 누군가는 해야 한다는 당위성과 연구자로서의 소명의식 때문에 또 다시 지리하고도 어려운, 조심스러우면서도 벅찬 작업에 스스로를 내맡길 수밖에 없었다.

   이제까지 이상전집은 세 차례에 걸쳐 나왔다. 임종국의 부단한 노력으로 전집『이상전집』전3권, 태성사, 1956이 처음 나왔다. 그는 작품들을 일일이 수합하고, 그리고 직접, 또는 동료들의 힘을 빌어 일문시들을 번역하여 우리 앞에 내놓았다. 그로 인해 이상은 먼지 쌓인 잡지 속에서 우리들 곁으로 걸어 나왔고, 연구의 세례를 받게 되었다. 그는 최초 발표지면을 원전으로 삼고, 원전에 있어서 인쇄상의 오식임이 명백한 것은 정정訂正하였다. 그리고 번역에 있어서는 '원작자라면 어떻게 썼을까?' 하는 데 주안점을 두고, 대담한 의역意譯도 하였으며, 가능한 한 이상의 언어와 문체로 하였다. 그리고 이상의 사진첩에서 나온 미발표 유고를 발굴하여 번역·소개하고, 일문시는 원전을 그대로 제시하는 등 자료 고증 및 제시의 정확성을 위해서도 노력하였다. 그러나 일부 작품은 전달과정에 있어서 적지 않은 오류를 드러내고 있으며, 일문시 번역도 오역 등의 여러 문제점을 내포하고 있다.

이어령은 기존 전집을 보완하여 새로이 전집『이상소설전작집』 1·2권, 『이상수필전작집』, 『이상시전작집』, 갑인출판사, 1977~1978을 간행했다. 그는 원전과 일일이 대조하여 어구 하나에도 손상이 가지 않도록 바로 잡고, 일획일점一劃一點이라도 조심하여 이상의 실험적인 문체나 색다른 양식을 살려내도록 노력했다. 그리고 문학사상자료조사연구실에서 찾아낸 자료들, 이를테면 '낡은 신문철과 묵은 잡지, 심지어 유족의 다락까지 뒤져내어 찾아낸 육필원고, 가명이나 무기명으로 된 원고, 사진, 유품 앨범 등을 종합하여 편함으로써, '구슬이 서말이라도 꿰어야 보배'라는 진리를 실천해 보여주었다. 그는 주석작업에도 각고의 노력을 기울여 좋은 성과를 가져왔다. 그러나 전집은 새로 얻어진 자료의 풍성함 이면에 불철저하게 이뤄진 자료조사로 인해 새로운 문제점들이 발생하게 되었다.

세 번째로 나온 것이 문학사상사판 이상전집이다. 시집『이상문학전집』 1, 문학사상사, 1989은 이승훈, 소설집·수필집『이상문학전집』 2·3, 문학사상사, 1991·1993은 김윤식의 노력으로 이뤄졌다. 이들은 갑인출판사판에 소개된 작품들을 토대로 하였으며, 전집 발간 이후에 소개된 유고들을 수합하여 전집의 얼개를 갖추고, 여기에다 주해와 해설을 첨부하였다. 그것은 한편으로는 기존의 연구성과를 반영시키고, 또 한편으로는 편자들의 적절한 해설을 첨부함으로써 이상 문학의 이해 및 연구의 기초 자료들을 풍부하게 제시하였다는 장점을 갖고 있다. 전집이 판을 달리해 오면서 발굴과 연구성과를 적절하게 반영시킨 사실이야말로 다른 전집에서는 찾기 어려운 모범적인 사례로 평가된다. 그러한 노력들로 이상은 우리 근대문학에서 가장 중요한 작가 가운데 하나로 자리매김되었다. 그러나 다른 한편으로 각각의 전집이 선행 전집의 문제를 되풀이하는 오류를 낳고 말았다.

온전한 전집, 정본이라고 내세울 만한 전집을 만들고 싶었다. 편집자들의 '미스의 전무'를 위한 노력과 '일획일점에 대한 고려'에도 불구하고, 기존 전집들은 정전으로서의 가치를 상당 부분 상실하고 있다. 이번 전집은 그것에 대한 문제제기로서의 성격을 띤다. 작품이 전집에 실리면서 와전된 것은 물론이거니와 이상의 작품이라고 하기에는 어려운 작품들마저 전집에 들어 있다. 또한 원의와는 거리가 먼 내용들이 들어 있는 번역작품도 원전인 양 자리하고 있다. 전집은 그런 점에서 원전비평의 대상이 되어야 한다. 원전확정 작업이 먼저 수행되고 난 이후에 전집이 묶여져야 바른 순서인데, 오히려 지금의 전집은 그 반대에 해당되는 셈이다. 그래서 전집의 오류가 연구의 오류로 이어지는 악순환이 계속되고 있다. 이제라도 그러한 오류를 바로 잡아 보자는 것이 이 전집의 의도이다. 이번 전집은 정확한 원전을 제시하고, 보다 풍부한 주해를 달아 정본으로서의 이상 문학전집을 추구하였다. 이를 위해 다음과 같은 원칙에 입각하였다.

첫째, 구득 가능한 모든 작품은 최초 발표본을 토대로 하여 편집 과정에서 빚어질 수 있는 오류를 최소화하였다. 그리고 표기체는 발표 당시의 표기로 하였다. 동일 작품 내에서의 서로 다른 표기도 그대로 썼고, 띄어쓰기·기호·문단·문장부호 등도 그대로 따랐다. 다만 작가의 또는 식자공의 오식으로 명확히 판단되는 것은 고치되 주해를 달았다.

둘째, 모든 작품들은 원문의 저자명, 발표시기를 부기하였다. 이상의 본명이나 필명이 아닌 이름으로 발표되었거나 유고로 소개된 작품들은 소개 과정과 실린 배경을 밝혀 텍스트 확정에 도움을 주고자 하였으며, 일단 전집에 실어두었다. 모든 일문 작품은 한글 번역 뒤에 번역자를 밝혔고, 번역 내용이 서로 다른 경우는 같이 실어두었다. 그리고 기존 전집에 실렸지만 이상의 창작이 아닌 것으로 확실히 판단되는 작품은 이 전집에서 제외시켰지만, 미확정된 작품들은 실어둠으로써 추후 텍스트 확정을 기다리기로 했다. 그리고 기존 전집에 빠진 몇 작품과 최근 발굴된 작품은 포함시켰다.

셋째, 내용 중 특이사항에 대해서는 주해를 달았다. 어렵거나 난해한 것, 애매한 것을 우선적으로 주석 대상으로 삼았으며, 또한 작품의 이해에 필요한 정보

역시 주석에서 제공하였다. 번역된 작품의 내용 중 원의와 많이 다른 것은 주석으로 밝히었고, 또한 원전과의 비교를 위해, 확인 가능한 일문 원전은 부록으로 실어두었다. 그리고 최초 발표본이 전집 수용 과정에서 변개된 것은 밝혀두었으며, (참고로 임종국 편 전집은 전집(1)로, 이어령 편은 전집(2)로, 이승훈·김윤식 편은 전집(3)으로 약술했다) 보다 완전한 주석을 위해 전집(2)와 전집(3)의 주석에 도움받기도 했다.

넷째, 작품 전체를 3권으로 나뉘어 제1권은 시군으로, 제2권은 소설군으로, 제3권은 수필군 기타로 분류했다. 각 권의 작품 배열순서는 창작시기와 발표시기를 동시에 고려했으며, 부분적으로는 작품의 형식과 내용을 고려했다.

기존 전집이 나와 있지만 원전수집과 주석작업 모두 녹록치 않은 작업이었다. 어느 하나 만만하지 않았던 것이다. 원전은 도서관을 찾아다니며 확보하고, 더러는 수소문을 해서 개인 연구자로부터 얻기도 하였다. 몇 작품은 끝내 구할 수 없었고, 또한 구한 것도 원전의 상태가 좋지 않아 몇 번이나 발걸음을 다시 하기도 하고, 또 마이크로 필름이나 전자 파일 등을 보아가며 마무리를 했다. 주석 작업 역시 난관이었다. 이상은 괴짜 작가인 데다가 스스로도 5개 국어, 또는 7개 국어를 하겠다고 장담하지 않았던가. 그의 기호들을 이해하기 위해 책상에는 늘 국어·방언·한문 사전은 물론이고 일본어·중국어·영어·불어 사전을 펼쳐놓았다. 백과사전과 영화·의류·약품 등의 각종 사이트를 찾아 인터넷을 주유하고, 신문·잡지·연구서 등을 찾아 도서관을 드나들고, 지인들에게 심심찮게 폐를 끼치기도 했다. 그의 작품은 고유어·사투리·한자어 등과 수많은 외래어·외국어에다 시대어·기능어·전문어, 심지어 자신의 신조어 등이 등장하는, 그야말로 각종 기호의 실험장, 또는 그 성채였던 것이다.

지난 한 해 나는 연구실에서 죽은 이상과 고투를 벌였다. 이상은 자기의 성채에 함부로 침입하지 못하도록 무수한 방해물과 엄폐물을 설치하고, 온갖 위장

술을 부려놓았던 것이다. 마무리를 한다고 했지만 미흡하기 이를 데 없다. 아직 이 전집에서 제대로 해결하지 못한 것들이 많이 있다. 그리고 기존 전집의 오류를 극복하려 했지만, 나 또한 그러한 전철을 밟고 있는 것은 아닌지 두려움이 앞선다. 이제 그런 부분은 가혹한 비판과 따끔한 질책을 기다릴 수밖에 없다. 그것들이 보다 좋은 전집을 발간하는 데 도움이 될 것이라 믿어 의심치 않는다.

이 전집의 발간은 이상전집 편집자들, 이를테면 임종국·이어령·이승훈·김윤식 등 선학의 노력이 없었다면 불가능했다. 그들이 작은 과오가 있다 해서 그들의 큰 업적이 부정될 수 없다. 그리고 사에구사를 비롯하여, 이상 문학의 3세대 연구자, 이를테면 김성수·남금희·박현수·안미영·이경훈·조해옥 등의 텍스트 연구성과에 힘입은 바 크다. 일문시 해독에는 이금재 교수의 도움이 있었다. 그리고 여기에 일일이 기록할 수는 없지만, 후배·제자들의 도움에 힘입었다. 이들이 있었기에 전집이 빛을 볼 수 있게 되었다. 이들 모두에게 감사를 드린다.

2005년 3월, 伏賢 언덕에서
김주현

증보판 전집에 부쳐

작업을 합리적으로 못하는 나는 이번에도 적잖은 애로를 겪었다. 한 번 해도 될 일을 몇 번이나 해야 했다. 이상한 것은 꼭 확인을 해야 직성이 풀렸기에 주석 작업은 실로 외롭고 힘든 싸움이었다. 이 책은 지난 10여 년 내가 고군분투해 온 기록이다. 아, 이제 해방이 되는구나.

뒤에 오는 자는 행복하다. 이전 사람의 과오를 거울삼을 수 있기 때문이다. 정본 전집에서 이전 전집의 과오를 많이 극복했지만, 나의 실수 또한 적지 않았음을 고백하지 않을 수 없다. 이번 개정 및 증보판 작업을 통해 이전 전집 간행자들의 고뇌와 노고를 새삼 확인하였다. 그들의 고민을 함께 하고, 나의 부족함을 채워가면서 주석들을 보태나갔다. 그래서 정본을 포함한 모든 전집들의 오류를 상당 부분 걷어낼 수 있었음을 정말 다행스럽게 생각한다.

이상은 여전히 문제적이다. 「'종생기' 주석」김윤식에서부터 최근 「'실화'를 위한 몇 가지 주석」권영민에 이르기까지 이상 문학에 대한 주석 작업은 과히 주석학이라 할만치 그 넓이와 깊이를 더해왔다. 이상전집 발간에는 이 두 은사님의 영향이 자못 크다. 또한 정선태 선생의 도움에 감사하지 않을 수 없다. 정본이 나왔을 때 내가 미처 확인하지 못한 실수들을 그는 일일이 지적해주었다. 그들 덕분에 나는 책 전체를 다시 검토할 기회를 마련했으며, 이전의 단견과 미상한 것들을 많이 불식시킬 수 있게 되었다.

이상의 언어는 광대무쌍했으며, 과히 독보적이었다. 이번 작업에서 그의 어휘들에 대해 또 한번 감탄하지 않을 수 없었다. 그의 어휘를 새롭게 많이 밝혀내었지만, 여전히 미해결의 것들이 남아 있다. 뎃도마수, 데림프스 등 일부 어휘에 대해 주석을 달지 못했다. 그리고 「권두언」, 「현대미술의 요람」, 「논단시감」 등에 대해 저자확정을 제대로 내리지 못했다. 1998년 『조선과 건축』을 뒤져가며 「권두언」 저자확정에 열을 올렸지만 구체적 근거를 찾지 못했다. 그래서 이상의 학창 생활에 대해 누구보다 잘 알고 있던 고공 건축학과 동기 오오스미大隅彌次郎을 찾아 나섰지만, 그도 1995년에 이미 타계하고 말았다는 소식을 접했다. 그때의 망연함이란……조금 더 일찍 서둘렀다면……아쉬움과 낭패감으로 한동안 마음이 아렸다.

이번에도 이상의 누이 김옥희를 찾았다. 이미 90이 넘은 나이, 살아있다면 만나서 이상에 대해 듣고 싶었고, 그녀가 간직한 엽서를 통해 이상의 일본 하숙집 주소를 확인하고 싶었다. 그런데 아직 그녀를 찾지 못했다. 어쩌면 이러한 것들은 쓸데없는 변명이자 어림없는 회피일지도 모른다. 그러나 이 책이 나온 후에라도 김옥희가 아니라면 그녀의 가족이라도 찾을 것이다. 그리고 저자 미정의 작품들에 대해 언제까지라도 손 놓고 있지는 않을 것이다. 「논단시감」은 문체나 사상 등 여러 측면에서 이상 작품이 아닐 가능성이 크지만, 앞의 두 작품은 여전히 근본적인 저자 확정이 요구되는 상황이다. 천하의 형안이 나와 이 문제를 간단히 해결해주길 기대해 본다.

이번 주석 작업 역시 백과전서적 지식 전달에 초점을 맞추었다. 가능하면 주관적 의견은 피하고, 객관적 정보 전달에 애썼다. 작품을 지나치게 도해해놓았다는 비난을 받을지라도 해석과 판단은 온전히 연구자나 독자의 몫으로 남기고 싶다.

이제 이상으로부터 벗어나리라.

2009년 3월

복현 언덕에서 김주현

개정판에 부쳐

새로 판을 찍게 되어 기쁘다. 지난번 증보판²⁰⁰⁹에서 교정에 놓친 부분이 적지 않았다. 그리고 새로운 이상전집^{뿔, 2009}이 나왔는데, 이번에 그 전집^{전집(5)로 표기}의 일부 주석도 참고하였다. 이전 전집에서 당시 조악한 영인본이나 복사본을 바탕으로 작업하다 보니 글자 오류를 범했던 부분들이 있는데, 특히 「지주회시」, 「동해」 등에서 그러한 부분들을 바로잡았다. 「봉별기」, 「동해」, 「황소와 도깨비」, 「공포의 기록」, 「환시기」 등은 발표 시기를 고려해 이번에 배열 순서를 바꾸었다. 그리고 「불행한 계승」의 경우 띄어쓰기와 같은 자간 배열에도 신경썼다. 이번 전집에서 주석학의 방법을 활용하여 이전 전집의 문제들을 극복하고자 노력했다.

최초 발표본도 문제가 많았다. 하나의 단어가 여러 형태로 표기된 경우입술:닙술·입설·입살·입술, 여태껏:엽대것·엽대ㅅ것·엿째섯·여태껏, 이튿날:이튼날·읱은날·잇흔날·있흔날 등라던가, 동일한 대상이지만 서로 다른 표기가 나타난 경우겨을·겨울, 나희·나히, 머리·마리, 몬주·몬지, 발서·발시·벌서, 어는·어느, 조희·조히·조이, 한울·하날·하늘도 있었다. 게다가 글자가 90도, 180도 잘못 식자된 것들도 있었으며, 잉크가 제대로 묻지 않아 글자의 일부만 인쇄되거나 아예 낙자된 경우, 너무 많이 묻어 획이 더 들어가 다른 글자처럼 보이는 경우도 있었다. 심지어 글자 순서가 잘못 식자되거나 교정 글자가 다른 행에 놓인 경우도 있었다.

이번에 국립중앙도서관, 국회전자도서관 등에서 파일로 제공되는 잡지 원본을 구해서 이전 전집의 글자 오류를 많이 바로잡았다. 해독이 쉽지 않은 낱말, 구절에 대해 새로 주석을 달았고, 일부 기존 주석의 오류를 바로잡았으며, 일부 주석은 대체하였고, 또한 미비한 것을 보완함으로써 좀 더 완전한 판본을 만들려고 노력하였다. 그래도 아직 주석을 달지 못한 낱말들이 있으며, 여전히 얼마의 실수와 오류가 있을 줄로 안다. 이에 대해서는 후학들의 날카로운 눈과 예리한 지적을 기대한다. 앞으로 이 전집이 이상 문학 연구에 좋은 판본으로 활용되었으면 하는 바람이다.

2025년 3월

만오원晩悟園에서 김주현

차 례

소설 ————————

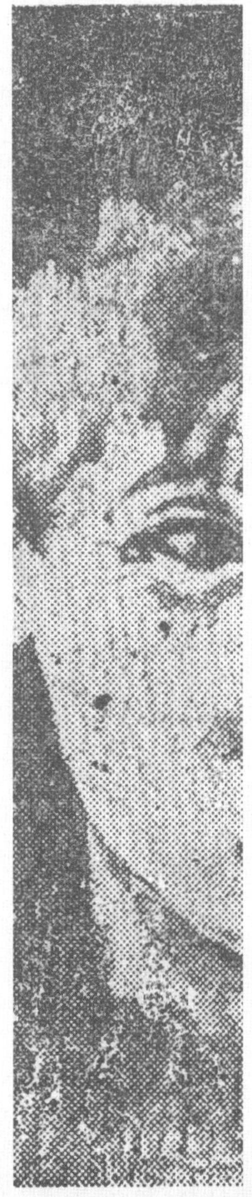

소설

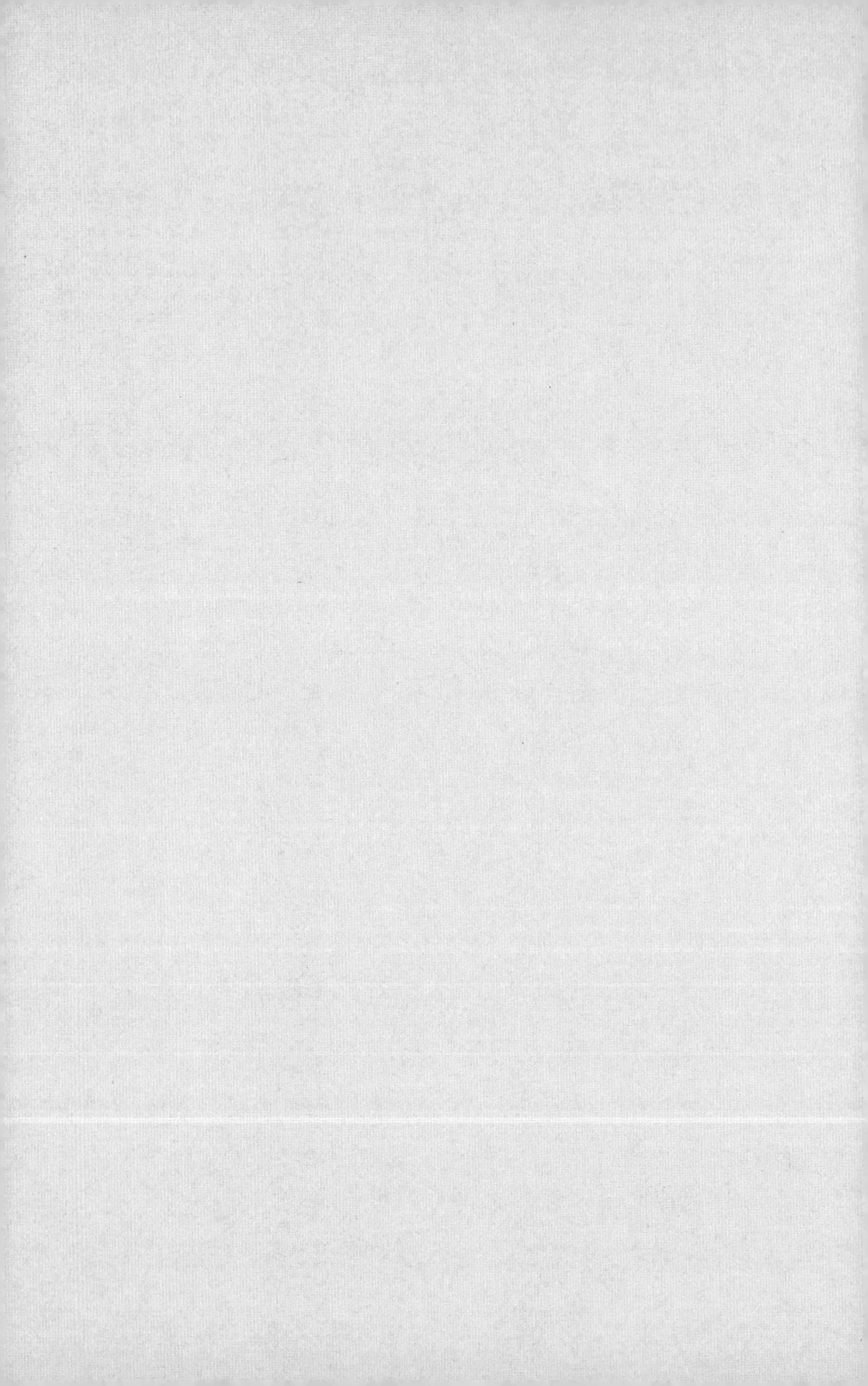

十二月十二日[1]

李 箱[2]

이째나저째나박행(薄幸)에우는내가 십유여년전그해도 저무랴는어느날 지향도업시고향을등지고 써나가랴할째에 과거의나의파란만흔생활에도 적지안흔인연을가지고잇는죽마의구우[3]M군이나를보내려 먼곳까지쪼차나와 갈넘을앗기는정으로나의손을붓들고

「세상이라는것은 우리가생각하는것과갓튼 것은아니라네」

하며처창한[4]낫빗으로 나에게말하든 그째의그말을 나는오날까지도긔억하야새롭거니와 과연그후의나는M군의그말과갓치 내가생각든바그러한것과갓튼세상은 어늬한모도차자내일수는업시 모도가돌연적이엿고 모도가우연적이엿고 모도가숙명적일쑨이엿섯다.

「저들은엇지하야 나의생각하는바를 리해하야주지안이할가나는이럿케 생각해야 올타하는것인데 엇지하야저들은 저럿케생각하야 올타하는것일가」

---

1 원문은『조선』(1930.2~12)에 실렸고, 연재 1회 작품 상단에 '불을避하는이'라 하여 원제목을 짐작케 하는 작품의 또 다른 제목이 제시되어 있다.『문학사상』(1975.9~12)에 현대어로 고쳐 소개되었는데, 당시 4회 연재분 첫머리에 나오는 작자의 말을 맨 앞에 내세우고 있으며, 전집(2)도 마찬가지이다. 전집(2·3)은 대부분『문학사상』소개본을 따르고 있다.

2 李箱 : 이 필명은 이상이 의주통 공사장에서 일할 당시에 얻게 된 것(김옥희, 문종혁 등)이라는 주장이 있었으나 그 이전 경성고공 졸업앨범에 이미 등장한다. 이상의 벗 원용석은 이상이 고공 시절 이미 필명을 쓴 것 같다고 증언하였고, 이상의 건축과 동기였던 오오스미(大隅彌次郎) 역시 고공 시절 이상이라는 필명을 해서체로 써서 자신에게 보여주었다고 말했다. 최근 구광모 (이상의 친구였던 구본웅의 조카)는 구본웅이 이상의 고공 입학 기념으로 사생상(寫生箱)을 선물했으며, 이상은 감사의 표시로 자기의 아호에 '상자'를 의미하는 '箱'자를 넣겠다고 했으며, 이로 인해 李箱이라는 필명이 탄생했다고 하였다. 이름의 형성 시기로 볼 때 상당히 설득력을 얻고 있다. 한편 이 이름은 理想, 異常 또는 異狀兒 등 다양한 의미로 해석되고 있다.

3 죽마의구우 : 죽마고우(竹馬故友). 대말을 타고 함께 놀던 친구란 뜻으로, 어릴 때부터 같이 놀며 자란 오랜 벗.

4 처창한 : 悽愴한, 또는 悽悵한. 몹시 구슬프고 애달픈.

이러한어리석은생각은하야볼겨를도업시

「세상이란그런것이야 네가생각하는바와다른것 째로는정반대되는것 그것
이세상이라는것이야!」

이러한결명적해답이 오즉질풍신뢰[5]적으로 나의아모청산[6]도주관도업는사
랑을 일략점령하야버리고말엇다 그후에나는

네가세상에 그엇써한것을알고저할째에는 위선네가먼저

「그것에대하야생각하야보아라 그런다음에 너는그첫번해답의대칭덤[7]을구한
다면 그것은최후의그것의정확한해답일것이니」

하는이러한참혹한비결까지 어더노핫섯다 예상못한세상에서부즐업시사라
가는동안에 어느덧 나라는사람은 구태여이대칭덤을구하지안이하고도 숨살히
[8]세상일을대할수잇는가련한『비틀어진』인간성의사람이되고말앗다 그리하야
인간을바라볼째에 일상에 그 리면(裏面)을보고 그럼으로말매암아『깁쌤』도
『슯흠』도『우슴』도『광명』도 이러한모든 인간으로서의당연히가저야할감정
의권위를초월한 그야말노아모자극도감격도업는 령덤(零點)에갓가운 인간으
로화하고말앗다 오즉내가 나의고향을써난뒤 오늘날까지 십유여년간의방랑생
활에서 어든바 그무엇이잇다하면

『불행한운명가운데서난사람은 싯々내[9]불행한 운명가운데서울어야만한다

---

5 질풍신뢰(疾風迅雷) : 빠르고 세찬 바람과 무섭게 울리는 천둥이라는 뜻으로, '몹시 빠르고 세
   찬 기세'를 비유.
6 청산 : 과거의 부정적 요소를 깨끗이 씻어버림. 自己淸算이라는 말이 있는데, 이는 '자기의 살림
   살이나 정신생활을 모두 정리함', 또는 '지난날의 온갖 너저분하였던 생활을 깨끗이 지워 버림'
   이라는 뜻이 있다.
7 대칭덤 : 점이나 도형이 어느 한 점에서 점대칭이 될 때, 그 점을 이르는 말.
8 숨살히 : 쉽사리. 전집(3)은 누락.
9 싯々내 : '々'은 주로 한 글자 반복에 사용되었고, 앞 글자의 반복을 뜻하는 기호이다. 그대로 표
   기하면 '싯싯내'가 된다. 그리고 '그날々々', '하나식々々々'처럼 두 자, 또는 그 이상의 반복에도
   사용된 경우가 있는데, 옮기면, '그날그날', '하나식하나식'이다. 그리고 서로 다른 두 글자, 또는
   세 글자의 반복은 주로 'ⅴ'를 사용하였는데, 만일 '그날々々'의 경우 달리 '그날ⅴ'로 썼으며, 이
   는 '그날그날'이 된다.

그가운데에약간의변화쯤잇다하드라도속지말나 그것은다만 그『불행한운
명』의굴곡에지나지안는것이다』

　이러한어그러진 결론하나가잇슬짜름이겟다 이것은지나간 나의반생의 전
부(全部)요 총결산이다 이 하잘것업는짧은한편은 이 어그러진인간법측을
『그』라는인격에붓치여서 재차의방랑생활에흐르랴는 나의참담을극한 과거의
공개장으로하랴는 것이다.

『一』

　통절한자극 심각한인상 그것은사람의성격까지도변화식힌다 평범한환경 단
조한생활 긴장업는전개가운데에 살아가는사람으로서는 도져히 그의성격까지
의변경을보기는어려울것이다 어느쌔무슨종류의일이고 참으로압흔자극과참
으로깁흔인상을거처서야 비로소 그사람의성격우에까지의결정적변화를차자
볼수잇슬것이다 이제 지금으로부터지나간 이삼년동안에 그를맛나보지못한사
람은누구나다『그』의성격의어늬곳인지 집어내이지못할변화를인식할것이다
이러한변화에따라 그의용모와표정 어조까지의 차라리슬허할[10]만한변화를 쏘
한누구나다 ─ 놀내임과의아(疑呀)를가지고대하지아니할수업슬것이다.

　『저사람 저사람의그동안생활에 저사람의성격을저만치변화식힐만한 무슨
큰자극과깁흔인상이 잇섯든것이겟지 무엇일가』

　그러나 이와갓튼 의아는도로혀 그의그동안의생활에도 그의성격을오늘의그
것으로변화식히게까지한 그러한압흔자극과깁흔인상이 잇섯다는것을더잘이
야기하는외에 아모것도안인것이겟다.

10　슬허할 : '슬퍼할'의 옛말.

『二』

　세대와풍정은 나날이변한다 그러나그변화는 그들을점々더살수업는가운데서 그들의존재를발견힐수밧게업도록 하는변화에지나지안이하엿다 이첫번희생으로는 그의안해가산후(産後)의발병으로 세상을써나고말은것이엿다 나만흔 (만타하야도사십이좀지난) 어머니를우으로모시고어미일흔젓먹이를품안에씌고 그날々々의밥을구하야 어두운거리를헤메이는 그의인간고야말노 참담그것이엿다.

　「죽어라죽어 차라리죽어라 나의이힘업는발길에 것치적대이지[11]를말아 피곤한이다리를위하야 평탄한길을내여다오」

　그의푸른입설이쩔니는 이러한무서운부르지즘이 채 — 그의입설을써러지기도전에 안탁가운[12]멧날의호흡을계속하야오든 그젓먹이마자 노혓든자리도업시 죽은어미의뒤를짜라갓다 M군과그 그리고애총[13]메이는사람 이세사람이돌림돌림 얼어부튼쌍을쌈을흘니여가며파서 그조고만한시체를무더준다음에M군과그는 저믄서울의거리를것는두사람이되엿다.

　「M군 나는이제나의지게의한편짝짐을나려노핫서 나는아모래도여기서 이대로는살아갈수업스니 죽으나사나 고향을한번쒸여나가볼테야」

　「그야 ···· 그러나 늙으신자네의 어머니를남의쌍에서고생식힌다면 차라리더압흔일이안이겟나」

　「그러나 나는불효한자식이라는것을면치못한지 벌서오래닛쌴」

　드믈게볼만치 그의눈이 깁숙히숨벅이고[14] 축々히번적이는것이 그의구든결

11　것치적대이지 : 거치적대지. 거추장스러워서 자꾸 거슬리거나 방해가 되지.

12　안탁가운 : 원문은 '안락가운'으로 오식.

13　애총 : 兒塚. 어린아이의 무덤.

14　숨벅이고 : 슴벅이고. 눈꺼풀이 움직이며 눈이 감겼다 떠졌다 하고. 전집(5)는 '꿈벅이고'의 오식으로 봄.

심의빗을 여지업시말하고잇는것도갓했다.

T씨 (T씨는그와의(義)는조치못하다할망정 그래도그에게는단하나밧게업는 친아우엿다) 어렵기짝이업는그들의살님이면서도 이단둘밧게업는형뎨가 짠집 살님을하고잇는것도그들의 의가좃치못한까닭이엿섯스나 그러나 그가이큰악 한결심을의론하랴함에는 그는 그 T氏의집으로달려가지안이하면안이되엿다.

「네나내나 여기서는살수업스니 우리죽을셈치고 한번쮜여나가벌어보자」

「형님은처자도업고한몸이닛깐 그럿케고향을쮜여나가시기가 어렵지안으시 리다만 나만해도철업는처가잇고 코흘니는저『업』(T씨의아들)이 잇지안소 자 저것들을데리고 여기서살재도고생이자심[15]한데 낫설은남의쌍에 가서그 남못할고생을엇쩌케하며 저것들은다무슨죄란말이요 갈나거든 형님혼자나 가시요 나는갈수업스니」

일상에어머니를모신형 그가갓가히잇서々 갓득이나살기어려운데 각금어머 니를구실(口實)로 그에게쯧기워가며사는것을 몹시도 괴로히녁이든T씨는 내 심으로그가어서어머니를모시고어데로든지 멀니보이지안는곳으로가기를 바 라고 기다렷든것이엿다 그가홧김에

「어머니 큰아들밥만밥임닛가 작은아들밥도밥이지요 큰아들만그럿케바라지 마시고 작은아들네밥도각금가서 열흘이고보름이고 좀어더잡숫다오시구려」

이러한그의말이 비록그의홧김이나술낌의말이라고는하나 그러나 일상에가 난에허덕지는자식들을바라볼재에 불안스럽고 면구스러운[16]마음을이기지못 하는 늙은그들의어머니는 작은아들T씨가실혀할줄을번연히알면서도 쏘작은 아들역시큰아들보다조곰도나을것업시 가난한줄까지번연히몰으는것도안이 엿스나 그래도 큰아들가엽슨생각에 하로이고 잇틀이고 T씨의집으로어더먹으 러터덜거리고갓섯다 쏘 그외에도 즉어머니생일날갓튼째

---

15   자심 : 기본형 '자심(滋甚)하다. 점점 더 심하다.
16   면구스러운 : 부끄러운. 낯간지러운.

「너도어머니의자식 나도어머니의자식 네나내나어머니의자식되기는일반인데 내가큰아들이래서 내혼자서만 물나는[17]법이잇늬 그러니너도반만물생각해라」

그럴째마다 반이고삼분의일이고 T씨는할수업거나잇거나 실혼것을억지로부담하야왓섯다 이와갓튼것들이다 ─ T씨가 그의갓가히잇는것을 그다지조와하지안이하는까닭이엿다.

「그럼T야 너어머니를마타라 나는일년이고 잇해이고 돈을벌어가지고 돌아올터이니 그러면그째에는 ……」

「에 ─ 다실소 돈벌어가지고오는것도아모것도다실소 내가어머니가당햇소 그런어수룩한소리하지도마시요 더군다나생각해보시요 형님은지금처자도다업는단한몸에 늙으신어머님한분을무엇을그러신단말이요 나는처자들이 우물우물하는데 게다가또어머니까지엇써케맛는단말이요 형님이어머니를 모시고다니시면서 고생을식히든지락을뵈우든지 그건다내가알배안이닛깐 어머니를나한테 써맛기고갈생각은쑴에도마시요」

이럿케 M은[18]그의면전에서 한번에획 ─ 배앗허버리고말앗다.

어머니를 그자식들이서로써미는이불효 어머니모시기를슬혀하는이불효 이것도 오즉그들을엇지할수도업시 빗그러매이고잇는 적빈(赤貧)그것이 그들로하야금참아 저즐느게한[19] 조고만한죄악일것이다.

그후몃츨동안 그는그의길들엿든 세대도구 （世帶道具） 를다팔아가지고 몃푼의로비[20]를만드러서 정든고향을길이등지랴는가련한몸이되엿다 비록그다지의는줏치못하엿다고는하나 그러나그러한형 그와의불의도 다 ─ 적빈그것째문이엿든그의아오T는 생사(生死)를가운데노혼마즈막리별을맛기며 눈물홀

17　물나는 : (부양의 책임을) 부담하라는.
18　M은 : 내용으로 보아 'T는'이 적합. 전집(2·3)은 후자로 수정.
19　저즐느게한 : 저지르게 한.
20　로비 : 路費. 먼 길을 오가는 데 드는 비용. 路資.

려셜어하는사람도 오즉이T하나가잇슬싸름이엿다.

「어머니 형님 언제나쏘뵈오리잇가」

「잘잇거라 잘잇거라」

목메인그들의참아보지못할비극 기차는가고 T씨는돌아오고 한밤중경성역 두에는 이러한눈물의리별극이 자족[21] 도업시잇섯다.

죽마의친구M군이학창[22] 의여가를타서 부산부두까지싸라와서 마음으로의 섭섭함으로서 그들모자를보내여주엇다 새벽바람찬부두에서 갈님을앗기는 친구와친구는손을마조잡고

「언제나쏘만날까 쏘만날수잇슬가 세상이라는것은우리가생각하는바 그러한것은안이라네 부대몸조심 부모효도닛지말아주게」

「잘잇게 이럿케먼데까지나와주니 참 고맙기긋업네 자네의지금한말 언제라도잇지안이할것일세 째째로생사를알니는 한조각소식붓치기를닛지말아주게 자 — 그러면」

새벽안개자옥한속을쑬고 검풀은물을헤치며 친구를실고써나가는 련락선의 뒷모양을 어느새까지나하염업시바라보와도 자최도남기지안은그새가 즉그해도저물랴는십이월십이일 (十二月十二日)일흔새벽이엿다.

그후그의소식을 즉접들을수잇는고향의사람에는 오즉M군이라는 그의 친구가잇슬싸름이엿다 그가처음의한두번을제하고는 T씨에게즉접편지하지안이한것과갓치 T씨도처음의한두번을제하고는 그에게편지하지안이하얏다.

오즉그들형뎨는 그도M군을사이로하야 M씨의[23] 소식을어더알고 T씨도M군을사이로하야 그의생사를알수잇는흐릿한상태가 기리게속되여왓든것이다.

M에게보내는편지 (一信)

M군 추운데그럿케먼곳까지나와서 어머니와나를보내주려고 자네의정성을 다하얏스니 그고마운말을무엇으로다하겟나 이 나의충정[24]의만분의일이라도 이글발[25]에부처보랴할쑨일세 생전에처음고향을떠난 이몸의몸과마음의더업는 괴로움 쏘한엇지이로다말하겟나 다만나의건강이조곰도축나지안이한것만 다시업는요행으로 알고잇슬짜름일세 그러나처음으로의 긴동안의려행으로말매암아 어머님께서는건강을퍽해하서서 지금은널어안즈시지도못하시고 누어게시네 이럿케도몸의압흠과괴로움을맛보시면서도 나에게대하야는 도리혀미안하다는드시 이럿타는말슴한마듸안이하시니 이럴째마다 이자식의불효를생각하고 스스로하늘을우러러 한숨지며 이가슴이씨여지는것과갓튼압흠을맛보는것일세 자네가말한바와갓치역시 세상은우리들이생각한바와는 몹시도달은것인모양이야 오나가나 나에게대하야서는 저주스러운것들쑨이요 차듸찬것들쑨일세그려!

×　　　×　　　×

이곳에는조선사람으로만 조직되여잇는조합이잇서서 처음도항 (渡航) 하야오는사람들을위하야 직업거주 (居住) 등절을소개도하며 돌보아도주며 여러가지로편의를도모하기에 진력하고잇는것일세 나의지금잇는곳은 신호시 (神戸市)[26] 에서 한일리[27]쯤써러저잇는 산지 (山地) 에갓가운곳인데 이곳에는수업는 조선사람의로동자가 복음자리[28]를치고잇는것일세 이산비탈에일면으로 움들을파고는 그속에서먹고자고울고웃고 씻고쌀내하고바누질하고 하면서복작

---

24 충정 : 衷情. 마음속 참된 정.
25 글발 : 〈옛말〉 글월. 편지.
26 神戸市 : 고베시. 일본 효고현[兵庫縣]의 현청 소재지.
27 일리 : 一里. 한국에서는 400미터, 일본에서는 약 3.93km.
28 복음자리 : 보금자리.

복작오물거리며살아가는것일세 쌜아너른흰옷자락이 바람에날니는것이나 다
홍저고리와연두치마입은어린아해들이오고가며쮜노는것이나 고향쌍을멀니
써난이곳일세만 그래도우리끼리모혀사는것갓해서 그리쓸々하거나 낫설지는
안흔듯해!

×　　　×　　　×

나는 아즉움을파지는못하얏네 헐어쌔진함석철판멋장과화재터에못쓸 재
목멋토막을 앗가운돈의멋푼을들여서사다가놋키는하얏네만은 처음당해보는
긴려행싯테 몸도피곤하고날도요즈음좀치웁고 쏘그날그날먹을버리를하노라
고 시내로들어가지안이하면안이될몸이라 엇써케그럿케 내가 들어잇슬움집이
라고 쉽살이팔사이가잇겟나 병드신어머님을모시고서 동포라고는하지만 낫설
은남의집에서 페를끼치고잇는생각을하며 어서어서 하로라도밧비 움집이나마
파서짓고들어야할터인데 모든것이다 ― 걱정거리쑨일세 직업이래야별로이럿
타는직업이잇슬까닭이업네 더욱 요즈음은겨을날이라 숙련된기술로동자외에
그야말노함부로그날그날을버러먹고사는 막버리[29]군로동자는 할일이아모것도
업는것일세 더욱이 나는아즉이곳사정도몰으고해서 당분간은고향에서 세간기
명[30]을팔아가지고 로자쓰고남어지얼마안되는돈을 살이나쌔를글거먹는세음
으로 갈가먹어가며 잇슬수밧게업네 그러나이곳은고향과는그래도줌[31] 달나서
아조하로에한푼도못벌어서 눈쓰고편히[32] 굼고안젓거나 그럿치는안은셈이어.

×　　　×　　　×

니불과옷을모도팔아먹고와서 첫재로도모지추워서살수업네 더군다나 병드
신늙은어머님을생각하면 어서하로라도밧비돈을변통[33]하야서 덥흘것과입을

29　버리 : 벌이. 돈벌이. 일을 하여 돈이나 재물을 벎.

30　세간기명(世間器皿) : 집안 살림에 쓰는 온갖 물건과 그릇, 기물.

31　줌 : '좀'의 오식인 듯.

32　편히 : 전집(2·3)은 '편히'로 수정. 현재말로는 '뻔히'에 오히려 가까울 듯.

33　변통(變通) : 그때 그때의 상황에 따라 융통성 있게 일을 처리함, 또는 돈이나 물건을 돌려 씀.

것을작만하여야만할터인데 그역시걱정거리에하나일세.

×　　×　　×

아즉도려행기분이 확 — 풀리지안이하야 들쓴마음을진정식히지못하얏스니 위선이만한통지비슷한데 굿치거니와벌서부터이럿케고향이그리워서야 엇써케압흐로 길고긴날을살아갈는지 의문일세 이곳사람들은 이제 처음이닛간그럿치 조곰지나가면차々관계치안타고하데만은 요즈음은밤이나 낫이다 눈만감으면 고향쑴이쑤여지어서 도모지괴로워살수업네그려 아 — 과연 운명은나의압길에 엇써한작란감을느러노흘는지몰으겟네만은 모도를바람과물결에맛길작정일세 직업도업고[34] 어머니의병환도얼는나으시게하고쏘 움집이라도하나마련하야 이국의생활 (異國生活) 이나마 조곰안정이된다음에 서々히모든것을 쏘알리어드리겟네 나도늙은어머니와특히건강을주의하겟거니와 자네도아못조록 몸을귀중히생각하야 언제까지라도튼々한일쑨으로의 자네가되여주기를바라네 써난지몃츨못되는오날엇지다시금맛날날을기필 (期必)[35] 할수야잇겟나만은 운명이전연 우리두사람을버리지안는다면 일후쏘다시반가히만날날이업지도안켓지! 한번더자네의쓴임업는건강을빌며 쏘자네의사랑에넘치는글을기다리며 ‥‥친구✕로부터 ‥‥

M에게보내는편지 (二信)

M군! 하날을쑤짓고쌍을눈흘긴들 무슨소용이잇겟나 M군M군! 어머니는도라가시엿네 세상에나오신지 오십년에 밝은날하로를보시지못하시고[36] 이럿타는 불평의말삼한마데[37]도못하야보시고 그대로이역 (異域) 의차듸찬흙속에길

34　업고 : 전집(2·3)은 '얼고'로 수정. 내용상 '얼고'의 오식인 듯.

35　기필(期必) : 틀림없이 이루어지기를 기약함.

36　못하시고 : 원문은 '못지고'로 오식.

37　한마데 : 한마디.

이잠드시고말앗네 불효한이자식을원망하시며 쓸아렷든이세상을저주하시며 어머님의외롭고불상한령혼은 얼마나 이 이역한울에수업시방황하실것인가 죽엄! 과연죽엄이라는것이무엇이겟나 사람들은얼마나 그죽엄을무서워하며 얼마나어렵게알고잇나 그러나 그무서운죽엄 그어려운죽엄이라는것이 마츰내는 그럿케도우습고 그럿케도하잘것업시쉬운것이드란말인가 나는이제 그일상에 두려워하고 어렵게녁이든죽엄이라는것이 사람이나기보다도 사람이살아가기보다도 그어는[38] 것보다 가장하잘것업고 가장우숩광스러운것이라는것을잘알앗네 오십년동안 기구한목숨을니여오시든어머님이 하로아츰에 그야말로풀닙에맷첫든 이슬과갓치살아지고마시는것을보니 인생이라는것이 그다지도 허무 (虛無) 하드라는것을 늣길째로늣겻네.

   M군! 살길을차자서 고향을등지고 형데를썰치고 친구를버리고 이곳으로더듬거려흘너온나는 지금에한분밧게안이게시든 어머님을닐헛네그려! 내가지금 운명의싣임업는 작란을저주하면무엇을하며 나의불효를스사로뇌우치며[39] 한탄한들무엇을하며 무상한인세에향하야 소래질으며 외친들 그쏘한무엇하겟나! 사는것도죽는것도 모도가허무일세 우주 (宇宙) 에는 오즉 이 허무외에는 아모것도업는것일세.

×　　×　　×

   한분어머니를마자닐헛스니 지금에나는문자 (文字) 대로 아조홀몸이되고말앗네 이제내가어데를간들 무엇내몸을빗그러매이는것이잇겟스며 나의걸어가는길우에 무엇걸이적대일[40] 것이잇겟나? 나는일로부터 그날을위한그날의생활 이러한생활을하야가랴고하는것일세 왜? 인생에게는 다음순간이엇지될지도몰으는 오즉눈압혜의 허무스러운찰나 (刹那) 가잇슬짜름일터이닛깐!

×　　×　　×

---

38   어는 : 어느. 이상 소설에는 '어느'의 의미로 '어는'이 여러 군데 사용되었다.
39   뇌우치며 : '뉘우치며'의 오식인 듯. 전집(2·3)은 '뉘우치며'로 수정.
40   걸이적대일 : 걸리적대일. 거추장스럽거나 성가시어 자꾸 거슬리거나 방해가 될.

나는지금에한사람의훌륭한숙련 (熟練) 직공일세 사회에처하야 당々한유직자 (有職者) 일세 고향에잇슬째조곰배화둔도포업 (塗布業)[41] 이 이곳에와서 싣어저가든나의목숨을니여주네 씨여먹을줄엇지알앗겟나 지금 나는 ××조선소 (造船所) 건구도공부 (建具塗工部) 에 목줄을매이고잇네 급료말인가 하로에 일원오십전 한달에사십오원 이한몸동이가먹고살기에는 넘우나만흔돈이안이겟나 나는남는돈을저금이라도하야보랴하얏스나 인생은허무인데 그것무엇그럴필요가잇나 언제죽을지아는이몸이라고 아조바로저금을다하고 그것다내게는주저넘은[42]일일세 나의주린창자를이채고[43] 남는돈의전부를 술과그리고도박으로 소비해바리고마는것일세 어더도술! 닐허도술! 지금의나의생활 이술과도박이업다할진댄 그야말로전혀제로에갓갑다고해도과언이안이겟네.

×   ×   ×

고향에도봄이왓겟지 아! 고향의봄이한업시그리우네그려! 골목골목이『앵도저리쌧씨』[44]장사다니고 개천가에달내장사헤메이는 고향의봄이그립기한이업네그려 초저녁병문[45]에 창자를싣는듯한 처량한날나리[46]소리 젓빗하날에써도는고향의봄이 더욱한업시그리워 산설고물설은이쌍에도봄은차저와서 지금내가 몸을의지하고잇는 이움집들 다닥다닥붓튼산비탈도 엷은양광(陽光)에씻기워가며 종달새노래에 기지개펴고잇는것일세 이째에 나는유쾌하게일하고잇는것일세 이세상을괴롭게구는봄이 밧게왓것만은 그것은 나와는아모관게가업다는드시 소리놉히목청노하 노래부르며써들며 어머님근심도 집의근심 도 쏘고향근심도 아모것도업시유쾌하게일하고잇는것일세.

×   ×   ×

---

41   도포업(塗布業) : 칠하여 지워 없애거나 위에 덧발라서 가리는 일.
42   주저넘은 : 전집(2·3)은 '주제넘은'으로 수정.
43   이채고 : '채이고'의 오식인 듯. '채우고'의 옛말.
44   앵도저리쌧씨 : 앵두, 자두, 버찌. 저리는 자리(紫李, 자두)의 오식. 버찌는 벗나무 열매.
45   병문(屛門) : 골목 어귀의 길가.
46   날나리 : 태평소의 속칭. 단단한 나무의 속을 파서 만든 국악기의 한 가지.

어머님이돌아가시든 그움집은 나의눈으로는 보기도실헛네 그리하야나는새
로히건너온사람에게 그움집을넘기고 그곳에서좀쑥썰어저서 새로히움집을하
나쏘지었네 그러나그새움집속에서는누구라 나의도라오기를기다리고잇겟나
참으로아모도업는것일세 나는일터에서나오는대로 밤이깁도록 그대로시가지
(市街地)를정신업시헤매이다가 그야말노 잠을자기위하야 그움집을차자들고
차자들고하는것일세그러나내가거리한모통이나 공원「쩬취」[47] 우에서 밤새운
것도 한두번이안인것은말할것도업네.

　자네는 지금의나의찰나적으로타락된생활을 마도(罵倒)할는지도몰으겟네
그러나설사자네가나를욕하고쑤즈람을한다하드라도 엇지할수업는일일세 지
금나의심정(心情)의참깁흔속을살펴알사람은 오즉나를제하고아모도업는것이
닛간 원컨대 자네는넘우나 나를책망힐타[48] 만말고서 이 ― 나의긔막힌심정의참
깁흔속을 조곰이라도살피여주기를바라네.

×　　　×　　　×

　어머님이 도라가신지도 발서두주일이넘엇네그려 그즉시로자네에게 이비
참 (悲慘) 한소식을전하야주랴고도하얏스나 자네역시즘작할일이겟지만은 도
모지착란 (錯亂) 된 나의머리와손씃트로는 도져히한자를그릴수가업섯네 그래
서이럿케느즌것도느즌것이겟스나 아즉도나의 그극도로착란(錯亂)되얏든머리
는 완전히진정(鎭靜)되지못하얏네 요사히나의생활현상갓해서야 사람이사는
것이무슨의의(義意)가잇는것이겟스며 쏘사람이살아야만하겟다는것도 무슨
쌔닭인지 도모지알수가업네 오즉모든것이 우습게만보이고하잘것업시만보이
고 가치업서만보이고 순간에서순간으로옴기는데에만 무엇이고잇다는의의 (意
義) 가조곰이라도잇는것인듯하기만하네 나의요즈음생활은 나로서도 량심의

47　「쩬취」: bench. 가로 길게 만들어, 여러 사람이 앉을 수 있도록 된 의자. 「쩬취」에서 꺽쇠 기호는
　　 일본식 표기법. 외래어는 가타가나(片假名)로 하되「 」표시를 했고 지명도 그러한 표기를 따른
　　 경우가 있음. 때로는 윗점을 치기도 함. 전집(3) 주 참조.
48　힐타 : 힐책하고 타박함.

가책 (苛責) 을전연밧지안는것도안일세 그러나 지금의나의어두어진가슴에 한 줄기조고만한빗갈이라도 도라올째까지는 이러한생활을게속하지안이하면안 이되겟네 설사 이 당분간 (當分間) 이라는것이 나의눈을감는전 (前) 순간까지 를 가르치는것이된다하드라도…….

×　　×　　×

어머님의도라가심에대하야는 물론영양부족(營養不足)으로말매암은 몸의 극도의쇠약과 도(度)에넘치는긔한(飢寒)이 그대부분의원인이겟스나 그러나 그직접원인은 생전못하야보시든 장시간의려행긋테 극도로몸과마음의흥분과 피로 (疲勞) 를가저온데다가 토질 (土質) 이달은물과밥으로말매암은 일종의토 질 (土疾)[49] 비슷한병에 걸니신데잇는것이라고생각하네 평소에그다지 쒸여난 건강을가지시엿다고는할수업섯스나 별로잔병치례를하지도안이하며계시든어 머님이 이번에이럿케한번에 힘업시씨러지실줄은 참으로쑴밧게도생각못하얏 든바이야 돌아가실째에도 역시아모말도안이하시고 오즉자식나어길너서 남갓 치호강은못식히나마 쌔마듸가쌔지도록고생식힌것이 다시업시미안하고 한이 된다는말슴과 T를못보시며돌아가시는것이 쏘한가지섭섭한일이라는말슴 자 네의후정 (厚情) 을감사하시는말슴을하실싸름이엿섯네 그리고는그다지몸의 고민도업시 고요히잠들드시눈을감으시데 참허무한그러나생각하면 위선눈 물이압흘가리는 어머님의림종 (臨終) 이엿네 어머님의그말들은 아즉도그부첫 님갓튼어머니를고생식힌 이불효의자식의가슴을에이는[50] 것갓트며 내일생 내 가눈감을순간까지잇지그째그말슴을 나의기억에서살아질수가잇겟나!.

×　　×　　×

나는일로부터 자유로히세상을구경하며 그날그날을유쾌하게살아가랴고하 는것일세 나의장래를생각할것도 불상히돌아가신어머님을생각할것도 다업다

49　토질(土疾) : 어떤 지방의 수질(水質)이나 토질(土質)에 맞지 않아 생기는 병. 풍토병(風土病).
50　예이는 : 에이는. 칼로 도려지듯 몹시 아픈.

고생각하네 왜? 그것은차라리 나의못박힌가슴에 더업는고통을가저오는것이
닛짠! 마음가라안는대로 일간쏘자세한말 그리운말적어보내겟거니와 T는지
금에 어머님세상써나가신것도몰으고그대로 — 적빈 (赤貧) 속에쏘들니여가
며허덕이겟지?! 쏘한생각하면가슴이압흐기한이업네 T에게는곳 내가즉접알
녀줄것이니 어머님의세상써나신데대하야는 자네는아모말도하지말아주게 자
네의정에넘치는글을기다리고 아울러자네의더업는건강을빌며……. 친구×
로부터

M에게보내는편지 (三信)

    M군! 나가자네를그리여 한업시적조[51]한날을보내는거와가치 자네도 쏘한
나를그리여 얼마나적조한날을보냇나? 언제나나는자네의끈임업는건강을알니
우고 자네는나의쏘한끈임업는건강을알니울수잇는것이 오즉우리두사람의다
시도업는깁쓸이안이겟나.

    내가신호를써나 이곳명고옥 (名古屋)[52] 으로흘너온지도발서반년! 아 — 고
향쌍을써난지도발서꿈결갓튼삼년이지나갓네그려 그동안에나는무엇을하얏
나 오즉나의청춘의몸달는삼년이속절업시줄아들엇슬짜름일세그려! 신호××
조선소(造船所)시대의나의생활은 그가운데비록한분어머니를닐흔설음이잇섯
다고는하나 그러나 가만히생각하여본다면 그것은참으로평온무사한 안일한생
활이엿섯네 악마와갓튼이세상에 임의[53]도전 (挑戰)[54] 한지오래인 나로서는
이평온무사한 안일한 즉선생활(直線生活)이실증이낫네 나는널니헷트려저잇

---

51   적조(積阻) : 오랫동안 소식이 막힘. 격조(隔阻).

52   名古屋 : 나고야. 일본 아이치현[愛知縣]의 현청 소재지.

53   임의 : 이미

54   挑戰 : 전집(2·3)은 '桃戰'으로 오식.

는 이살벌 (殺伐) 의항 (巷)[55] 이 고로고로보고십허젓네 그리하야그곳에서사괴인그곳친구한사람과함께 이곳명고옥으로 쮜여온것일세 두사람은처음에 이곳어느식당「쏘이[56]」가되엿섯네.

세상이허무라는 이불후 (不朽) 의법측은 덕용되지안이하는곳이업데 얼마전그의공휴일 (公休日) 에 일상에산양 (獵) 을즐기는그는 그의친구와함께 이곳에서퍽멀니썰어저잇는 어느산촌 (山村) 으로 총을메이고써나갓네 그러나 그날오후에 그는그의친구의그릇으로 그친구는탄환에마저 산중에서무참히죽고말앗네 그친구는겁결에 고만어듸로도망하얏섯스나 얼마되지안이하야잡히엿다고하데 일상에쾌활하고개방적 (開放的) 이고 양기 (陽氣) 에넘치든그를생각하며 다시한번더 세상의허무를늣긴것일세 그와나의사괴임의동안이 비록몃츨되지는안이하얏스나 퍽 ─ 마음과쯧의상통됨을볼수잇든 그를닐흔나는 그래도그곳을획 ─ 써나지못하고 지금은그식당「헷드쿡」[57]이되여가지고잇스면서늘 ─ 그를생각하며 엇썬째에는 이신변이약간의공허 (空虛) 까지도늣길적이다잇네.

×   ×   ×

나의지금목줄을매이고잇는식당은 일홈이야먹을식자식당일세만은 그것을먹기위한식당이안이라 놀기를위한식당일세 이안에는피아노가노혀잇고 라듸오가잇고 축음기가몃개식이나잇네 쑨만안이라 어엿쑨녀자 (女給) 가 이십여명이나잇스니 이곳청등 (靑燈)[58] 그늘을차자드는 버러지의무리들은『망핫탕』[59] 과『화잇트홀스』[60] 에신경을마비식혀가지고 란조 (亂調) 의『짜썬쓰』[61] 에취하며

---

55   항(巷) : 마을.
56   쏘이(boy) : 식당이나 호텔 따위에서 접대하는 남자.
57   헷드쿡(head cook) : 주방장.
58   靑燈 : 푸른 빛을 내는 등. 여기서는 '화류계'를 의미.
59   망핫탕 : 맨해튼(Manhattan).
60   화잇트홀스 : Whitehalls, '맨하튼'과 더불어 놀이식당 이름인 듯.
61   짜쓰 : '재즈(jazz) 음악'을 일컫는 듯. 전집(2·3)은 '재즈'로 수정.

육향분복(肉香芬馥)[62]한소녀들의불근닙술[63]을 보려고모혀드는것일세 공장의
기적이저녁을고할째면 이곳식당은 그 — 광란 (狂亂) 의쑥게를열기시작하는
것일세 음란을극한노래와 광대에갓가운춤으로 어우러지고무르녹아서 그날
밤그날밤이새여가는것일세 이버러지들은사회전반의게급을망라하얏스니 직
업이업는부랑아(浮浪兒)·「살라리맨」[64]·학생·로동자·신문기자·배우·취한
[65]그러한여러가지게급의그들이나 그러나촉감 (觸感) 의향락을구하며 렴가 (廉
價) 의헛된사랑을구하랴오는데에는 다한결가치 일치하야버리고마는것일세.

나는밤마다 이버러지들의목을축이기위한 신경을마비식히기위한 비료 (肥
料) 거리와마취제를료리하기에 여념이업는것일세 나는밤새도록 이 — 어즈
러운소음 (騷音) 을 귀가해여지도록듯고잇는것일세 더업는황홀과흥분과피
로를늣기면서 나의뇌채를노예화식히여서 그들에게녜공[66]하고잇는것일세 그
피로 (疲勞) 와긴장 (緊張) 도지금에와서는 다 — 어느듯면역 (免疫) 이되고말
엇네만은!.

×　　　×　　　×

나는몃번이나 나도놀날만치 코우숨첫는지몰으겟네 나! 오날까지나역시 그
날의근육을판 그날의주머니를 술과도박에썰고써는 생활을게속하야오든나로
서 그버러지들을향하야 그소음을향하야 코우슴첫다는말일세 내가싯펄언칼을
들고 나의손을분주히놀닐째에 그들의써둘고날치는[67] 것이엇쎠케 그리우숩게
보이는지몰낫네.

「무엇하려저들은일부러 술로몸을피로식히며 밤새임으로정력을감퇴식 히기

---

62 육향분복(肉香芬馥) : 몸에서 풍기는 향내.

63 닙술 : 입술. 이 작품에는 '입셜', '입살', '입술'로도 표기됨.

64 살라리맨(salaried man) : 봉급 생활자.

65 취한 : 취한(醉漢)은 '술에 잔뜩 취한 사내', 즉 주정뱅이를 일컫는다. 여기에서는 치한(痴漢 : 여
자를 희롱하는 사내), 즉 색한(色漢)을 의미할 수도 있다.

66 녜공(禮供) : '예로써 공대하는, 예절 있게 바치는'이라는 뜻. 전집(2·3)은 '제공하는'으로 수정,
오식.

67 날치는 : 자기 세상인 것처럼 날뛰는.

를즐겨할가 무엇하려저들의『포켓트』[68] 를 일부러털어바치려올가」

이것은전면[69]나에게대하야수ㅅ쩩기엿네 한편으로는 그들이 어린애갓치보이고 철업서보이고 불상한생각까지들어서.

「내가왜술을먹엇든가 내가왜도박을햇든가 내가왜일부러나의「포켓 트」를 털어바첫섯든가」

이럿케지나간 잇해남즛한 나의생활에대하야외심[70]도하며 스ㅅ로쑤지즈며 붓그러워도하야보앗네

「인제야내마음이 아마바른길로드러ㅅ나보다」 이럿케생각하야보앗스나

「술을먹지말아야지 도박을고만두어야지 돈을모아야지 이것이오흘가 아 ─ 그러나 돈은모아서무엇하랴 무엇에쓰며 누구를주랴 쏘누구를주면무엇하랴」

이러한생각이아즉도 나의머리에생각되여 밤마다모혀드는그벌어지들을 나는한업시비우스면서도 그래도나는아즉그타락적 찰나적생활기분이남아잇는지 인생에대한허무와저주를안이늣길수는업네 그러나이것이나의소생 (蘇生) 의길일는지도몰으겟스나 째로나의과거생활의 그릇됨을늣길적도잇스며 생에대한참된의의(意義)를 조곰식이라도알아지는것도갓트니[71] 이것이나의마음과사상의점점약하야가는증조나아닌가하야 섭ㅅ히생각될적도업지안으나 하여간최근나의내적생활현상 (內的生活現像) 은 확실히과도기 (過渡期) 를것고잇는것갓흐니 이째에아모조록 자네의 나를위한마음으로의교시 (敎示) 와 주저 (躊躇) 업는편달 (鞭撻) 을바라고기다릴쑨일세 이럿케심리상태의정곡 (正鵠) 을일흔나는 요사히무한히번민하고잇는것이닛짠! ……

×　　　×　　　×

직업이직업이라 밤을낫으로밧고는생활이 처음에는 쾌 ─ 괴로운것이엿스나

68　포켓트(pocket) : 양복에 달린 호주머니의 총칭. 여기에서는 구체적으로 '주머니(에 든)돈'을 의미.

69　전면(全面) : 전체, 온통.

70　외심 : '의심'의 오식인 듯. 전집(2·3)은 '의심'으로 수정

71　갓트니 : 전집(3)은 '같으나'로 오식.

지금와서는 그것도면역이되여서 공휴일갓튼날 일즉들어누으면 도로혀잠이얼
는오지안이하는형편일세 그러나물론이러한생활이건강상에 조치못할것은명
백한일이니 나로서 나의몸의변화를인식하기는좀어려우나 일상에창백한얼골
빗을가지고잇는 그소녀들이 퍽불상하야보이네.

그러나 쏘한편밤잠은못잘망정 지금의나는한사람의훌륭한『쿡』[72] 으로서 누
구에게도손색이업는것일세 부즐업는목구녕을니여가기에 나는두가지의 획식
술 (獲食術)[73] 을배왓구나하는생각을하면 이몸이한업시애처럽기도하네!『쿡』
이니만큼 먹기는누구보다도잘먹으며 쏘이식당안에서는 그래당々 한세력을가
지고잇는것일세 내가몹시쌀々한사람이라그런지 녀급(女給)[74]들도 그리나를
사괴이랴고도안이하나 드른즉그들가운데에도 퍽고생도만히하고 긔구한운명
에 쏫기워온불상한사람도만흔모양이야.

×　　　×　　　×

이『쿡』생활이언제까지나계속되겟스며 쏘이『명고옥』에언제까지나잇슬지
는 나로서도 긔필할수업거니와 아즉은이『쿡』생활을고만둘생각도 명고옥을써
날게획도아모것도업네 오즉운명이가저올 다음의작란은무엇인지 기다리고잇
슬따름일세 처음신호에다앗슬째 그곳누구인가々 말한것과갓치 날이가고달이
가면 차々 관게치안으리라하드니 참으로요사히는고향도 형뎨도 친구도 다니젓
는지 별로히쏨도안쒸어지네 오즉자네를그리워하는외에는 그저아모나맛나는
대로 허々웃고사는요사히의나의생활은 그다지나로하여금적막과고독을늣기
게하지도안네 차라리다행으로녁일가?.

이곳은그다지춥지는안으나 고향은무던히추우럿다 T는요사히엇지나살아
가며 업이가그럿케재조가잇서々공부를잘한다니 T집안을위해서나 널니조선
을위해서나 쏘한깃버할일이안이겟나 자네의나를생각하야주는쓰거운글을기

72 　쿡(cook) : 요리사.
73 　획식술(獲食術) : 밥벌이 수단, 기술.
74 　녀급(女給) : 여급. 카페나 다방, 음식점 따위에서 손님의 시중을 드는 여자.

다리고 아울너자네의건강을빌며. ×로부터.

M에게보내는편지 (四信)

태양은 — 언제나 물체들의짧은그림자를 던저준적이업는 그태양을머리에
이고 — 엿다는이보다는 빗두로바라다보며살아가는곳이 내가재생(再生)하
기전에살든곳이겟네 태양은정오 (正午) 에도결코물체들의짧은그림자를던
저주기를영원히거절하야잇는 — 물체들은영원히 긴그림자만을가짐에만족하
고잇지안이하면안이될 — 그만콤북극권 (北極圈) 에갓가운 위경도 (緯經度)
의수ㅅ자를소유한곳 — 그곳이내가재생하기전에 내가살든참으로쏨갓흔세계
이겟네 원시 (原始) 를자랑스러운듯이니야기하며 하날의놉흔것만알앗든지
법선 (法線)[75] 으로만법선으로만 이럿케울립 (鬱立) 하야잇는무수한침엽수
(針葉樹) 들은 백중천중 (百重千重)[76] 으로포개저잇는 닙새사이로 담황색 (淡
黃色) 태양광을 황홀한간섭작용 (干涉作用) 으로투과 (透過) 식히고잇는 잠
자고잇는듯한광경이 내가재생하기전에살든 그나라그북국[77]이안이면 어느
곳에서도어더볼수업는시뎍정조 (詩的情調) 인것이겟네 오로지지금에는쑴 —
쑴이라면 넘우나깁히가깁고니저버리기에넘우나 감명독 (感銘毒) 한[78]쑴으로
만 나의변화만흔생 (生) 의한쏘각답게기억되네만은 그언제나휘발유찍걱이갓
흔 갑싼음식에살찐사람의지방 (脂肪) 빗갓흔 그하늘을내가부득이련상할적마
다 구름한점업는 이청천을보고잇는 나의개인(個人)마음까지 지저분한막대기
로 휘저어놋는것갓네 그것은영원히나의마음의 흐리터분한기억으로 조곰이

---

75 법선(法線) : 물리에서, 투사 광선이 경계면과 만나는 점으로부터 그 면에 수직으로 그은 직선.
    수학에서, 곡선 또는 곡면 위에 있는 임의의 접선 또는 접평면에 수직인 선.

76 백중천중(百重千重) : 백겹 천겹.

77 북국 : 北國. 전집(3)은 '북극(北極)'으로 오식.

78 감명독(感銘毒)한 : 감명 깊은.

라도밝은빗을어더보랴고 고닯허하는나의가엽슨로력에 최후까지수반(隨伴)
될 저주할방해물인것일세.

× × ×

나의뉵안(肉眼)의부정확한 오차(誤差)를관대히본다하드라도 그것은이십오
도 (25°) 에는내리지안을 치명적「스로－프」[79](傾斜)이엿슬것일세 그뒷둑
뒷둑하는 위험하기짝이업는괴도(軌道)우의바람을쪼개고 공간을쪼개고 막진
(驀進)[80] 하는「토록코」[81] 우에 내몸을실는다는것은 전혀나의생명을그대로내
여던지려는것과 조곰도다름업는것일세 임의부뎡(否定)된생(生)을 식도(食道)
라는질긴줄에포박당하야억지로질々쓸려가는 그들의『살아간다는것』은 그
들의피부와조곰도질것업시 조고만치의윤택도업는『즛』이안이고무엇이겟나
그들의매말은 인후(咽喉)를통과하는격렬한공긔의진동은 모도가창조의신에
대한 최후적마멸(馬蔑)[82]의절규(絶叫)인것일세 그음울한소리를들을수잇는
사람은 누구나 — 실타는것을 억지로매질을바다가며 강제되는『삶』에대하
야 필사뎍항의를드리지안흘사람이 어데잇겟나 오즉그들의눈에는 천고의백설
을머리우에이고 풍우로더부러니야기하는 련산의봉도라지[83]들도 한낫악마의
우상밧게 아모것으로도보히지안는것일세 그째에사람의마음은 환경의거울이
라는것이안이겟나.

× × ×

나는재생으로말매암아 생에대한새로운용긔와환희를 한몸에획득한것갓흔

---

79 스로－프(slope) : 경사. 원문에서 윗점이나「 」를 이용하여 외래어, 외국어를 표기했다.

80 막진(驀進) : (좌우를 돌아보지 않고) 힘차게 나아감.

81 토록코 : 원래 광산이나 공사현장에서 사용되던 지붕 없는 열차로 공사현장에 작업인부 수송에
도 사용됨.

82 마멸(馬蔑) : 전집(2)는 '모멸(侮蔑)'의 오식으로 봄. 글자상으로 보면 蔑(욕하고 꾸짖고 업신여김)
의 오식으로 보이지만, 내용상으로 보면 磨滅(갈리어 닳아 없어짐, 蔑=滅)의 오식으로 보인다.

83 봉도라지 : 봉우리. '봉우리'는 봉두라지(강원, 충청), 봉두리(경상, 충남) 등 다양한 사투리가 있
음. 전집(2·3)은 '봄도라지'로 수정. 그러므로 '련산의 봉도라지'는 '이어진 산(連山)의 봉우리'
로 보임.

지금의나로변하야잇는것일세 그러기에전세의나를 그혈사(血史)를고백하기에
의외의통쾌와얼마의자만까지 늣기는것이안이겟나 내가그경사우에서 참으로
생명을내어던지는일을하든 그의식엽든과뎡을 자네에게쏘다트리는것도 필연
컨대그용긔와그깃븜에 격려된한표상이안일까하는것일세.

×　　　×　　　×

　그째까지의나의생에대한신렴은 ─ 구태여신렴이잇섯다고하면 그것은넘우
나유희적이엿슴에 놀나지안이할수업네.
　「사람이유희덕으로살수가잇담?」
　결국나는째々로허무두자를입밧게헷드리며 거리를왕래하는 한개조고만한
경멸할 「니히리스트」⁸⁴ 엿든것일세 생을찻다가생을부뎡햇다가 드듸여첨으
로귀의하여야만할나의과정은 ─ 나는허무에귀의하기전에 벌서생을부뎡하엿
서야될터인데 ─ 어느째에내가나의생을부뎡했든가 ···· 집을써날째! 그째는
내가줄기찬힘으로 생에매여달니지안엇든가 그러면어머님을일헛슬째! 그째
나는어언간무수한허무를 입밧게방산⁸⁵식힌뒤가안이엿든가 그사이! 내가집을
써날째부터 어머님을일흘째까지 그사이는실로은동안 ···· 쑨이랴 그동안에나
는생을부뎡해야만할 아모런리유도가지々안엇든가. 생을부뎡할아모리유도업
시 앙감질(單足跳)⁸⁶로허탄히 허무를질々흘녀왓다는 그희롱덕나의과거가 붓
그럽고쑤즈람하고십흔것일세 회한을늣기는것일세.
　「생을부뎡할아모리유도업다 허무를운々할 아모리유도업다 힘차게살아야만
하는것이 ····」
　재생한뒤의나는 나의몸과마음에 챗직질하야온것일세 누구는말하얏지
　「신에게대한최후의복수는 내몸을사파⁸⁷로부터 사라트리는데⁸⁸잇다」 고.
　그러나나는

84　니히리스트(nihilist) : 허무주의자.
85　　방산(放散) : 제멋대로 흩어짐, 풀어서 헤침.
86　　앙감질(單足跳) : 한 발은 들고 한 발로만 뛰어가는 짓.

「신에게대한최후의복수는 부뎡되랴는생을 줄기차게사라가는데잇다」 이러케 ⋯.

✕　　✕　　✕

또한신뢰(迅雷)와갓치　그「스로―프」를나려줄니고[89]잇는얼마안되는순간에 엇써한순간이엿네 내귀에는무서운소리가들려왓서.

『✕야쒸여내려라 죽는다 ⋯』

『네뒤「토로」[90] 가비엿다(空) 쒸여내려라!』

나는거의본능뎍으로고개를돌렷네　과연나의뒤를멋간안되게까지늇박해온 ― 반드시조종하는사람이잇서야만할　그「토로」 우에는사람이업는것이엿네 나는「쌔레키」[91] 를노핫네. 동시에나의「토로」도 무서운속도로 나의압혜가는 「토로」 를늇박하는것이엿네 나는「토로」 우에서필사적으로부르지졋네.

『야! 압혜「토로」 야「쌕레키」를노아라 충돌된다 죽는다 내뒤「토로」 에는사 람이업다 쌕레키를노하라』

그러나압혜「토로」 는쌕레키를 노흘수는업섯네 그것은「레―루」[92] 가잣나는 종뎜에 거의갓가히다앗슴으로 압혜「토로」 는 도로혀「쌕레―키」를 눌너야만 할필요에잇는것이엿네.

『내가쒸여나려 그러면내「토로」 의「쌕레키」 는노하진다 그러면내「토로」 는압혜「토로」 와충돌된다 그러면 압혜ㅅ놈은죽는다 ⋯』

나는뒤를또한번도라다보앗네 얼마전에놀내여「쌕레키」 를노혼 나의「토로」 보다도훨신먼 저「쌕레키」 가노하진 내뒤「토로」 는 내「토로」 이상의가속도로

87　사파(娑婆 범) : 불교에서, 중생이 갖가지 고통을 참고 견뎌야 하는 괴로움이 많은 이 세상. 사바 세계. 속세(俗世).

88　사라트리는데 : 사라지게 하는 데.

89　줄니고 : (속도를) 줄이고.

90　토로 : 트럭(truck).

91　쌕레키(brake) : 제동장치. 원문에서는 '쌔레키'와 혼용되어 표기.

92　레―루(rail) : 철로.

내「토로」를각々으로뉴박해와서 이제는한두간뒤 — 멧초뒤에는 내목숨을내
여던저야될 (참으로) 충돌이 니러날 — 그러케갓갑게뉴박해잇는것이엿네.

『쒸여나리지안이하고 이대로잇스면 아모리「쌕레키」를노하도 나는뒤「토로」
에충돌되여죽을것이다 쒸여나려? 그러면내가쒸여나린빈「토로」와 그뒤를
뉴박[93]하든빈「토로」는충돌될것이다 다행히선로밧갓흐로굴러써러지면조
켓지만 선로우에그대로조곰이라도걸처노인다면 그뒤를싸르든「토로」들은
이갑바진「토로」에충돌되여씰어지고 쏘그뒤를싸르든「토로」는거긔
서충돌되고 쏘그뒤를싸르든「토로」는거긔서충돌되고 ‥‥ 이럿케수업는
「토로」들은 뒤으로뒤으로충돌되여 그우에탓든사람들은 죽고다치고 ‥‥ !』.

나는세번째 쏘한거의번능적으로[94]뒤를도라다보앗네 그러나다행히넷째
「토로」부터 압헤올위험을예긔하얏든지「쌕레키」를벌서눌너서 멀니보이지도
안을만콤써러저서 가만가만히나려오고잇는것이엿네 다만화산(火山)의분화를
바라보고잇는사람의눈초리와갓흔 그러한공포에가득찬눈초리로 멀니갑흘[95]
— 우리들을 바라다보고잇는것이엿네 그쌔에

『쒸여내리자 그래야만압헤사람이산다』

내가화살갓흔「토로」에서 발을쎄이랴하는순간 쌔는임이느젓섯네 뒤에뉴박
해오든주인업는「토로」는 무슨증오(憎惡)가나에게그리깁헛든지 젓먹은긔운
싸지다하는단말마[96]의야수갓치 나의「토로」에 거대한음향과함께충돌되고말
앗네. 그순간에우주는 나로부터소멸되고 다만오랜동안의무(無)가계속되얏
슬쑨이엿다고보고할만치 모든일과물건들은나의정신권내에잇지안이하얏든
것일세 다만재생한후 멀니내「토로」의뒤를싸르든 멧사람으로부터「공중에소
삿든」 나의그후존재를 신화(神話)삼아들엇슬쑨일세.

---

93 뉴박 : 육박(肉迫), 바싹 따라붙음. 원문은 '뉴바'로 오식.
94 번능적으로 : 본능적으로.
95 갑흘 : '압흘'의 오식인 듯. 전집(2·3)은 '앞을'로 수정.
96 단말마 : 斷末摩. 숨이 끊어질 때의 모진 고통.

×　　　×　　　×

　재생되든첫순간 나의눈에빗최인나의주위에 더러운광경을 나는자네에게 니야기하고십지안네 그것은 그런것을쓰고잇는동안에 나의마음에 혹이나 동요가 생기지나안이할가 하는위험스러운의문에 서 ─ 그러나 나의주위에잇는동모들의 참으로근심스러워하는표정의얼골들이 두번째로나의눈에비최엿슬째에 의식을일흔나의전몸동아리에서 다만나의입만이부드럽게 ─ 참으로고요히 ─ 참으로착하게미소하는것을 내눈으로도보는것 갓하엿네 나는감사하얏네 신에게보다도 위선그들동모에게 ─ 감사는영원히신에게들임업시그동모들에게만 그치고말는지도몰나.　내팔이아즉도나의동체(胴體)에달려잇는가만저보랴하얏스나 그팔자신이벌서전부터생리뎍으로 움즉일수업는것이된지 오래엿든 모양이데 나는다시그들동모들에게감사하며 환게 (幻界)갓흔꿈속으로 깁히쌔지고말앗네 나는어머니에게 좀더갑잇는참다운삶을살수잇게하지못한「내」가악마 ─ 신이안이라 ─ 에게무수히매맛는것을보앗네　그리고나는「나」에게욕하얏고경멸하얏네 그리고나는좀더건실하게살지안앗든「쿡」생활이후의「내」가 쏘한악마에게매맛는것을보앗네 그리고나는나에게욕하얏고 경멸하얏네 그리고생에새로운 참다운의의 (意義) 와신에대한최후뎍복수의결심을 마음속으로 깁히암송하얏네 그꿈은나의죽은과거와 재생후의나사이에 형상지여저잇는과도긔에 의미깁흔꿈이엿네 하여간니를갈아가며라도 살아가겟다는악지[97]가 나의생에대한[98] 변경식히지못할신렴이엿네 다만나의의미업시쏘광명업시 그대로삭제(削除)되여바린과거 ─ 나의인생의한부분을 설 ─ 쎄[99]조상(吊喪)하얏슬짜름일세.

×　　　×　　　×

　털끗만한인정미(人情味)도포함하고잇지안이한 밧갓헤부는바람은 이북국

97　악지 : 잘 되지 않을 생각이나 주장을 억지로 해내려는 고집.
98　생에대한 : 생에 대한. 전집(2·3)은 '생애 대한'으로 오식.
99　설-ㅅㅔ : 섧게. 서럽게.

에장차엄습하야올 무서운기절[100]을 교활하게예고하고잇는것이나안이겟나 번개갓치슷치는지난겨을 이곳에서바든나의눅체적고통의기억의단편들은 눈쌈박할사이에 무죄한나를전률(戰慄)식히는것일세 이무서운기절이이나라에차자오기전에 어서이곳을써나서 바람이나마 인정미 ― 비록그러한사람은 못맛나드라도 ― 잇는바람이부는곳으로가야할터인데 나의몸은아즉도전연부자유에 비쓰러매여잇네 ― 그것은눅체덕으로나정신덕으로나 의사하는사람은나의반드시원상대로의복구를예언하데만은 그러나행인지불행인지 나는방문밧게서

「절쑥발이는아모래도면치못하리라」

이럿케근심(?)하는 그들의말소리를들엇네그려 ― 만일에내가그들의이말과가치 참으로절둑발이가되고만다하면 ― 나는이생각을하며 내마음이우는것을늣기네.

「절쑥바리」

엽대것[101]내몸우에 뒤집어씨처저잇든 무수한대명찰 (代名札)[102] 외에 나에게는 쏘이러한새로운대명찰하나가 더뒤집어지는고나 ― 어데까지라도 쌈ㅅ한암흑에지질니워[103]잇는 나의압길을건너다보며 영원히나의신변에서업서진등불을 원망하는것일세 절쑥발이도살수잇슬까 ― 절쑥바리도살게하는 그러케관대한세계가 지상에어느한구통[104]에잇슬까? 자네는이속타는나의물음 ― 안이차라리부르지즘에대하야 대답할무슨재료 안이용기라도잇겟는가?.

×　　　×　　　×

북국생활칠년! 그동안에 나는지덕(智的)으로나 덕덕(德的)으로나 만흔교훈

100　기절 : 절기(節氣). 기후.
101　엽대것 : 여태껏. 본문에 '엽대ㅅ것', '엿째썻'으로도 나옴.
102　대명찰 (代名札) : 이름을 대신하는 것.
103　지질니워 : (의견이나 기세에) 꺾이어 눌린.
104　한구통 : 한구석, 한귀퉁이.

을어든것만은사실일세 머지안이한장래에 그전에나보다 확실히더늙은절쑥발이의내가 동경에다시낫타날것을약속하네 그곳에는그래도조곰이라도싸쯧한나의식어쌔진인생을 조곰이라도 덥허줄[105] 바람이불것을숨꾸며 줄기차게정말악마싸지도 나를미워할째싸지 줄기차게살겟다는것도약속하네 재생한나이닛싸 물론과거의일체추상(醜相)은 곱게청산하야쌔리고 박물관내의한권의력사책으로하야 가만히표지를덥는것일세 모든새로운 광채찬란한력사는 이제로부터전개할것일세 하면서도

「절쑥발이가? ····」

새로히방문하야오는절망을늣기면서도 아즉나는최후싸지줄기차게 살것을맹서하는것일세 과거를너무짓거리는것이어리석은일이라면 장래를너무짓거리는[106] 것도 어리석은일일것일세.

×　　　×　　　×

M군! 자네가편지를손에들고 글자글자를자네눈에통과식힐째 자네눈에멧방울눈물이 잇슬이라는추측이 그러케억측일싸 그러나감히바란다면「첫재로는자네의생에대한실망을경게할것이며 둘재로는나의절쑥발이에대하야 형식뎍[107] 동정에그칠것이요 결코자살뎍비애를늣기지말것들」 이겟네 그것은나의지금이「줄기차게살겟다는」 무서운고집에 조고만한실망뎍파동이라도잇쓸어올싸두려워서 ···· 나의염세 (厭世) 에대한결사뎍투쟁은 자네의신경을번잡케할만치되여나아갈것을 자네에게약속하기를 써리지안이하네 자네의건강을비는동시에 못면할 이절쑥발이의또한건강이잇기를빌어주기를은근히바라며. ×
로부터

105　덥허줄 : 기본형은 덮다. 전집(2·3)은 '덥혀줄'로 오식. '덮어줄'의 의미이며, '데워줄'의 본문 표기는 '뎁혀줄'이 맞다.

106　짓거리는 : 지껄이는.

107　형식뎍 : 원문은 '형식녁'으로 오식.

M에게보내는편지 (五信)

자네의장문의편지 그가운데에 오즉자네의건강을전하는구절외에는 글자글자의전부가 오즉나의조소(嘲笑)를사기위한외에 아모미력(魅力)도가지지안이한것들이엿네 자네는왜 — 남에게의지하야 살아가랴하는가 남에게의지하야살아간다는것은 곳생에대한권리를 그사람우에가저올 자포자긔의즛이라는것을 엇지모르는가 일조일석에그만흔재물을탕진식혀바럿다하야 자네는자네아버지를무한히경멸하며[108] 나중에는부수적으로짤아오는 절망까지하소연하지안이하얏는가 그것이 자네가스사로구실을꾸미여가지고나아가서 자네의애를써 잘 — 경영[109] 되여나오든생을 구태여부뎡하야보랴는것이안이고 무엇이겟나 그것은비겁인동시에 — 모든비겁이하나도죄악안인것이업는것과가치 — 역시죄악인것일세.

✕　　　✕　　　✕

어렵거든 혹은나의말이 우의덕(友誼的)으로조치안케들니거든 구태여라도운명이라고그러케단렴[110] 하야주게 그것도오즉자네에게 무한한사랑을밧고잇는 나의자네에게대한무한한사랑에서나온것인만큼 나는자네에게 인생의혁명적으로[111] 새로운제이차적「스타—ㄹ」[112]을 충고치안이할수업는것일세 그리고될수만잇스면 이운명이라는요물을 신용치말아주기를바라는것일세 — 이러케말하는나자신부터도 이운명이라는요물의다시업는독신자(篤信者)이면서도 —.

「운명의[113] 작란?」

하, 그런것이잇슬수가잇나 잇다면넘우도운명의작란이겟네.

　　　　　　×　　　×　　　×

　M군!　나는그동안　여러날을두고몹시알앗네　무슨원인인지나도모르게 이
― 원인알수업는병이 나의몸을산채로는더삶을수업는데까지 쌀마가지고는 죽
엄의출입구까지 잇그러갓든것일세 그째에나의곱게청산하야버렷던 나의정신
어느모에도남아잇지안아야만할　재생하기전에　일어낫든일까지도 재생후의그
것과함께 죽 단렬(單列)로 나의의식(意識)압흘 천々히지나가고잇는것이엿네
그리고나는반의식의나의눈으로 그행렬가운데서 숨차게허덕이든　과거의나를
물끄럼이바라다보고잇든것이엿네　그것은 내눈에넘우도불상한꼴로낫하낫섯
씨째문에 아 ― 그것들은 ―

　「이것이죽은것인가보다 적어도죽어가는것인가보다」

　이럿케몽롱히늣기면서도

　「죽는것이 이럿키만하다면야」

　이런생각도나서　일종의통쾌까지도늣긴것갓흐며　그러나죽어가는나의눈에
빗취는 과거의나의모양 그불상한꼴을보는것은 확실히슯흔일일쑨안이라 고통
이엿네 엇잿든나를간호하든 이집주인의말에의하면 무엇나는잠을자면서도 늘
― 울고잇드라든가 ‥‥.

　「이것이죽는것이라면 ―」

　이럿케 그 ― 꼴사나운행렬을바라보든 나의머리가운데에는 내가사랑에주려
잇는　형제와넷친구를애걸하듯이그리며그행렬가운데에　행여나낫타나기를 무
한히기다렷든것일세 이마음이아마 엇썬시인의병석에서불은 ―.

　「얼는이째 넷친구한번식 모도만나둘거나」

　하든 그시경(詩境)에노는것이나안인가하얏네.

　　　　　　×　　　×　　　×

　순전한하숙(下宿)이라고만볼수도업스나　그러나괴상한성격을각々가진사람
들이　만히모혀잇는 지금의나의사는곳일세　이곳주인은　나보다퍽년배(年輩)

에속하는사람으로 그의일상생활양(樣)으로보아 나의마음을쓰는바가적지안엇
스되 자세한것은 더자세히안다음에 써보내겟거니와 하여간내가고국을써나
자네와눈물로작별한후로 처음으로맛난가장친한친구의한사람으로 사괴이고
잇는것일세 그와나는깁히깁히인생을니야기하엿스며 나는그의말과인격과 그
리고그의생애에 만흔경의로써대하고잇는중일세.

× × ×

운명의악희[114]가 내게씨칠「푸로크람」[115]은 아즉도다하지안이하얏든지 나는
그죽엄의출입구까지 단여온병석으로부터 다시닐어낫네 생각하면그동안에 내
가흘닌「쌈」만해도 말(斗)로계산할듯하니 다시금푹저즌 요ㅅ바닥을내려다보
며이몸의하잘것엇는것을 탄식하야마지안엇스며 피비린냄새나는 눈방울을다
름박질식혀가며 불려노핫든나의「포켓트」는 이번병으로말매암아 만히줄어들
엇네 그러나병석에서도 나의먹을것의걱정으로말매암아 나의그「포켓트」를건
드리게되기는 주인의동정이 넘우나컷든것일세 지금도그의동정을밧고잇슬싼
이야 압흐로도길이 그의동정을밧지안으리라고는 단언할수업스며.

「돈을모아볼까」

내가줄기차게살아보겟다는결심으로 모흔돈을 남의동정을바더가면서
도 쓰기를앗가워하는나의마음의추한것을 새삼스러히발견하는것갓하야
불유쾌하기짝이업네 동시에나의마음이잘못하면 허무주의에돌아가지나
안이할까하야 무한히경계도하고잇섯네.

× × ×

M군! 웃지말아주게 나는그동안에의학(醫學)공부를시작하엿네 그것은내가
전부터 그방면에취미가잇섯다는것도속일수업는일이겟스나 쏘의사인자네를
쌀하가고십흔가엽슨마음에서 그리한것이라고말하고십흔것도 속일수업는일

---

114 악희 : 惡戲. 못된 장난.
115 푸로크람(program) : 목록, 순서, 계획표.

이겟네 모든것이 다 ― 그 ― 줄기차게살아가겟다는 가엽슨악지에서 나온줏
이라는것을생각하고 부드러운미소로칭찬하야주기를바라는것일세 쏘다시생
각하면 나의몸이불구자임으로 세상에만흔불구자[116]를동정하고저하는마음에
서 그리는것인지도모로겟스나 내가불구자인것이 사실인만큼 내가의학공부
를시작한것도 자네에게는넘우나돌연적이겟스나 역시사실인것을엇지하겟나
여긔에도나는주인의만흔도음을바다오는것을말하야두거니와 하여간 이새로
운나의노력(努力) 이 나의압길에 쏘엇더한운명을 느러놋토록만들는지아즉은
수々썩기에부칠수밧게업네.

╳　　　╳　　　╳

　불상한의문에싸혓든 그「정말절쑥발이가될는지」도 싯々내는한개의완전한
절쑥발이로 울면서하든예언에 어긔지안은채 다시금동경시가에낫타낫네그려!
오고가는사람이이가엽슨「인생의패북자」[117] 절쑥발이를 누구나비웃지안코는
맛고[118]보내지안이하는것을설어하는 불유쾌한마음이 나는아모리용긔를내여
보앗스나 소제식힐수가업시 쌕리깁히박혀잇네그려.
　「영원한절쑥발이 그러나절쑥발이의 무서운힘을보혀줄쎌자세히보아라」
　이곳에서도 원한과울분에짓는 단말마[119]의전률할 신에대한복수의맹서를
볼수잇는것일세 내몸이이럿케악지를쓸째에 나는스사로내몸을도라다보며
한업는련민과고독을늣기는것일세 믈에싸저 애쓰는사람의목이 수면우에소
삿슬째그의눈이사면의 무변대해[120]임을바라보고 절망하는듯한일을나는우는
것일세 그째마다 가장세상에마음을주어 갓가운사람에게둘러싸혀 싸뜻한이

116　불구자 : 원문은 '볼구자'로 오식.
117　패북자(敗北者) : 원문은 '패배'를 '패북'으로 쓰고 있다. '패북(敗北)', '패북자(敗北者)'가
　　　그런 용례인데, 이는 '패배', '패배자'로 쓰는 것이 옳다. 이하에도 이들 단어는 원문대로
　　　두었음을 밝혀둔다.
118　맛고 : 맞고. 오는 사람을 예의로 받아들이고.
119　단말마 : 斷末魔. 숨이 끊어질 때의 괴로움.
120　무변대해 : 無邊大海. 끝없이 넓은 바다. 망망대해.

불속에 고요히누어서 그들과쏘나의미소를서로교환하는 그러한안일한생활이
하로밧비실현되기를 무한히꿈꾸고잇는것일세 그것은즉시로내몸을깁흔「노
스타로지」[121]에쌔트리여서는 고향을꿈꾸게하고 친구를꿈꾸게하고 뉵친과형
제를꿈꾸게하도록표상되는것일세 나는가벼운고통가운데에도 눈물겨운향수
(鄕愁)의쾌감을 눈감고가만히늣기는것일세.

×　　　×　　　×

명고옥(名古屋)쿡생활이후로 전々류랑[122]의칠년동안한번도거울을들여다본
적이업든나는 절쑥발이로동경에돌아와서처음으로거울에빗최는 나의모양이
나로서도놀나지안을수업슬만치 그럿케도무섭게변한데에 「악!」소리를지르지
안이할수업섯네 그것은청춘 — 쑨이랴 인생의대부분을박탈당한 썩어찌그러진
험집(傷痕)투성이의 갑업는골동품인나엿든것일세 그쌔에도나는쏘한 나의동
체(胴體)를꽉차서 치밀어올나오는묵어운「피스톤」에 눌니우는듯한절망에쌔젓
섯네 그러나즉시그것은나에게 아모것도안이하는것을가르처주며 이패북의인
간을위로하며 격려하야주데 그쌔에

　「그러면M군도아차T도!」

　이런생각이암행렬차(暗行列車)갓치 나의허리를스처갓네 별안간 자네의얼
골이보고십허서 환등(幻燈)[123]을보는 어린아해의

　「무엇이나올까」

하는못생긴생각에가득찻네 그래서나도자네에게 나의근영(近影)을한장보내
거니와 자네도나의환등을보는 어린아해갓흔마음을생각하여 자네의최근사진
을한장보내주기를바라네 물론서로맛나보앗스면 그우에더시원하고반가울일
이잇겟나만은 기필치못할우리의운명은 지금도자네와나두사람의맛날수잇는

121　노스타로지(nostalgia) : 향수, 회향병.

122　전々류랑 : 輾轉流浪. 이리저리 정처 없이 떠돎.

123　환등(幻燈) : 그림, 사진, 실물 따위에 강한 불빛을 비추어 그 반사광을 렌즈에 의하여 확대하여
　　　서 영사(映射)하는 조명 기구.

아모방책도가르처주지안네그려!.

×　　　×　　　×

　내가주인에게그만큼나의마음을　붓칠수까지잇섯는이만큼아즉나는아모데로도옴길생각은업네 지금생각갓해서는 압흐로얼마든지 이곳에잇슬것갓흐니까 나에게결뎡덕변동이업는 한자네는안심하고 이곳으로편지하야주기를바라네 T는요즈음엇더한가 여전히적빈(赤貧)에심신(心身)을쪼들니우고잇다하니 그도한운명에맛길수밧게업지안켓나 나의안부잘전하야주게 내가집을써나십년동안 T에게한장편지를즉접부치지안이한데대하야서는 ― 나의마음가운데에털끗만치라도 T에게악의가잇지안이한것은 물론자네가잘알고잇스닛깐 ― 자네의사진이오기를기다리며 쏘자네의여전한건강을빌며 ― 영원한절쑥발이 ×로부터

　

『三』

　

　버서나려고애쓰는환경일사록 그환경은그사람에게 매여달려버서나지를안는것이다 T가아모리그적빈을 버서나려고애써왓스나 형과갈린지십유여년인 오날까지도 역시그적빈을면할수는업섯다 아버지의불의의실패가잇기전까지도그래도그곳에서는상당히물적으로 유족한생활을하고잇든M군의호의로 T가결정적직업을가지게되지못하얏섯다할진댄세상에서 ― 더욱이가난한사람은 더욱가난해지지안으면안이되게변하야가는세상에서 T의가족들은 그날그날의목을축일것으로말매암아 더욱이나그들의머리를석이지[124]안을수업섯슬것이다 그러나다행히위험성 적은생계를경영해나아간다고는하야도 역시가난그것을 한씹씩쏵이도면치못한것은말할것도업다 행인지불행인지 T의안해

124　석이지 : 썩이지. '석이다'는 '썩이다'의 옛말로 '걱정이나 근심 따위로 마음이 몹시 괴로운 상태가 되게 만드는 것'을 말함.

는「업」이하나를나은뒤로는 사나희도게집아희도낫치못하얏다 그리하야T의가
정은쓸 하엿다 그러나다만세식구밧게안되는간단한가정으로도 그새나이재
나존재하야왓든것이다.

　적빈[125]가운데에서출생한『업』이가 반듯이못낫스리라고추측한다면 그것은
전연사실과 반대되는추측[126]일것이다 「업」이는그아버지T에게서도 또그외
에 그가족의누구에서도 차자볼수업슬만치 영리하고예민한재질과 풍부한두뇌
의소유자로 태여낫든것이다 과연「업」이는어려서부터 간긔(癎氣)[127]로죽을
쌘죽을쌘하면서 겨우살아낫다 그러나지금에는건강한몸이되엿다 T의적빈한
가정에는 그들에게다시업는위안거리엿고 자랑거리엿섯다 T의부처는「업」이
가어려서부터 죽을것을근 히살려왓다는리유로도 또남의자식보다잘나고쏙
 하다는리유로도 그가정의 자랑거리라는리유로도 그아들의덕을보겟다는리
유로도 그들의줄수잇는 최절뎡의사랑을「업」에게바처왓든것이다.

　양육의방침이 그양육되는아해의성격의 거의전부를결뎡한다면 교육의방침
도 또한그의성격에적지안이한관계를끼칠것이다 「업」이는적빈한가정에태여
낫스나 또한M군의호의로 바들만큼의 계제적(階梯的)[128]교육을바다왓다 조흔
두뇌의소유자인「업」에게대하야 이교육은효과업지안을쏜이랴! 무엇에던지그
는남보다 먼저당할줄알고 남보다일즉알줄알고 남보다일즉늣길줄아는 혁 한
공적을닐우엇다. M군이해외에잇는 그친구에게보내는편지마다 자긔의공로를
자랑하는의미를쎠낸 더업는칭찬도칭찬이엇거니와 학교선생이나 그들주위의
사람들은 누구나다최고의칭찬하기를앗기지안이하야왓든것이다 T에게는 이
것이몸에넘치는광영인것은물론이요 그럼으로「업」이는 T의둘도업는자랑거리
요 보물이엿든것이다.

「훌륭한아들을가진사람」

이와갓흔말을들은 T로하야금 「업」을위하야하는것은물론이오 이와갓흔말을 영구히몸에밧기위하야서는 「업」이를 T의상뎐(上殿)으로 위하게까지식히엿다 넘우과도한칭찬의말은 T에게깃븜을줄쌘안이라 T에게쏘한 무거운책임도주 는것이엿다.

「이아들을위해야한다」

업을소유한아버지의T씨가아니엿고 T가씨를소유한아들이엿든것이다 업은 T씨가 가장그책임을다하야々만하고 그충실을다하여야만할T씨의주인々것 이엿다 T씨는업이그어머니의뱃속을하직하든날부터 오날까지성낸손으로 업 을싸려본일이 한번도업섯슬쌘만안이라 변한어조로쓰즈람한마데못하야본채 로왓든것이다.

「내가지금은이럿케 가난하지만 저것이자라서훌륭하게되는날에는 나는저 것의덕을보리라」

다만하로라도 밧비업이학업을맛치기만 그리하야 하로라도밧비훌륭한사람 이되여지기만 한업시기다리든것이엿다 비록업이 여하한괴상한행동에나아가 드라도T씨는

「저것도 다공부에 소용되는일이겟지」

하고 업이활동사진배우의 「푸로마이트」[129] 를사다가 그의방벽에다가 죽붓 처노아도 그것이무엇이냐고 업에게도M군에게도뭇지도안이하고 그저이럿케 만생각하야버리고 고만두는것이엿다 더욱이무식한씨로서는 그런것을물어보 거나 혹시잘못하는듯한뎜에대하야 충고라도하야보거나하는것은 필요업는 간섭갓치생각되여 전혀입을내여밀기를주저하야왓든것이다 언제나 T씨는업 의동정 (動靜) 을살펴가며 업이가T씨밋헤서사는것이안이라 T씨가업의밋헤서

---

129 푸로마이트(bromide paper) : 예능인·운동선수 등의 소형 초상 사진.

사는것과갓튼모순에갓가운상태에서 그날그날을살아왓든것이다.

　이런재에 선천적성격 (先天的性格) 이라는것은 의문이만흔것이다 사람의성
격은외래의자극 (外來의 刺戟) 즉환경에싸라 형상지여지는것이라는결논 (結
論) 에도달치안이할수업는것이다 이와갓튼교육방침밋헤잇는 쏘이와갓튼환경
에서자라나는업의성격이 그가태여난가정의적빈함에반대로교만하기짝이업고
방종하기짝이업는　업을형성할것은물론임에오료 (誤謬) 를발견할수업슬것이
다 업은자긔주위의모든사람을보기를 모도자긔아버지T씨와갓치보는것이엿다
자긔의말을T씨가　잘들어주드시　세상사람도 그럿케희생적으로 자긔의말에전
연노예적으로 굴종할것이라고밋는것이엿다 자긔를호위하야주리라고밋는것
이엿다 업의것잡을수도업는공상은천마 (天馬) 가공중을가는것과갓치 자유롭
게구사 (驅使) 되여왓든것이다.

　『함렛트』[130] 의 「유령」 (幽靈)[131] 『오리－브』[132] 의「감람수[133] 의방향」 『쌕로－
드외이』[134] 의 「경종」[135] 『맘모－톨』[136] 의 「리－젤」[137] 『오페라』[138] 좌의 「화문
천정[139] —」 이럿케[140]

130　『함렛트』 : 세익스피어의 희곡, 『햄릿』.

131　幽靈 : 『햄릿』에 나오는 전왕, 즉 햄릿의 아버지가 유령의 모습으로 등장하는데, 그를 지
　　　칭하는 듯.

132　오리－브(olive) : 물푸레나무과의 상록 교목. 열매의 살로는 올리브유를 짜며, 소아시아 원산으
　　　로 지중해 연안과 미국에서 많이 재배함.

133　감람수 : 감람과의 상록 교목. 성서(聖書)의 '올리브'를 번역하여, 감람나무라고 하는데, '橄欖樹
　　　의 芳香'은 결국 올리브 나무의 향기가 된다.

134　쌕로－드외이(Broadway) : 미국 뉴욕주(州) 뉴욕의 거리. 연도에는 시청사·유니언스퀘어·매
　　　디슨스퀘어·타임스스퀘어·센트럴파크·컬럼비아대학교 등이 있다. 패션과 상업의 중심가로
　　　서, 고급 상점·백화점·뮤지컬 극장·영화관이 많다.

135　경종 : 警鐘(경계하기 위하여 치는 종)을 말하는 듯.

136　맘모－톨 : '거대한 쟁반(mammoth-tole)'을 의미하는 것은 아닐까? 전집(5)는 '맘모－톨(mam-
　　　moth-tall)'이란 그리스신화에 등장하는 거대한 사냥꾼 오리온'으로 설명.

137　리－젤(Rigel) : 오리온자리 β의 고유명.

138　오페라(Opera) : 가극(歌劇). 여기에서는 오페라 극장을 의미.

139　화문천정 : 花紋天井, 꽃무늬 천장을 의미하는 듯.

140　이 단락은 유령에서 화문천정에 이르기까지 이상의 자유연상을 통한 상상력의 극치를
　　　잘 보여준다.

허영! 그것들은 뒤가뒤를물고환상에저즌 그의머리를싣치지안이하고 지나가는것이엿다 방종(放縱)허영(虛榮)타락 이것은령리한두뇌의소유자인업이라도 반드시거러야만할과정이안일까 그들의가정이만들어내인 그들의교육방침이 만들어내인 그러나 엉쑹한결과를가저오게한 예기못한긔적 업은과연지금에 그의가정혜성가치낫하난한긔적뎍존재인것이엿다.

『四』

M군은실망하얏다 업은 아모리생각하야보아도「마이나쓰[141]」의존재엿다.

「저런사람이필요할까? 아니 잇서도조흘까?」

그러나「유해무익」이라는 참을수업는결론이엿다.

「가지가돗고 쏫이피기전에 일즉히 그순(筍) 을잘나버리는것이낫지안을까」

M군에게대하야서는 너무나악착한착상(着想) 이엿다 그리하야

「다시한번업의전도[142]를위하야 잘 지도하야볼까」

그러나

「한사람의사상은반응 (反應) 키어려운만치환성되여잇지안은가 쑨만안이라 설복 (說服) 을당하기에는 업의 이지 (理智) 는너무짜다롭다」

M군의 업에게대한애착은 근본적으로다하야버렷다 M군의이러한 정신적실망의반면에는 물질적방면에서바든 영향(影響)도 적지안이하얏다 그것은오늘날까지업의학비 (學費) 를대여오든M군이수년전에 그의아버지가불의의 액운(厄運)으로말미암아 파산 (破産) 을당하다십히되여 유々자적 (悠々自適) 하든연구실의생활도더하지못하고 어늬관립병원 촉탁의 (囑託醫) 가되여가지고 온갖물질적고통을 당하지안으면안이되게되엿든것이다 그간으로도 M

---

141   마이나쓰 : minus. 유익하지 않은, 무익한. 전집(5)는 '하급'으로 설명.

142   전도 : 前途. 앞으로의 나아갈 길. 장래.

군은 여러번이나 업의학비를대이기를단렴하려하얏든것이엿스나 그러나 아즉
그의업에대한실망이 그리 크지도안이하얏고쏘 싹이나랴는아름다운싹을 그대
로썩거버리는것도갓하서어딘지 애착째문에매여달녀지는 미련 (未練) 에씃니
여 그럭저럭 오날까지씃어왓든것이엿스나 지금에 이르러서는그의업에대한
애착과미련도 곱게어데론지 다살아지고마랏다 그러기째문에이물질적관게가
그로하야금 업을단념식히기를더욱쉽게하얏든것이나안이엿든가한다.

　「업이! 이번 봄은벌서업이졸업일세그려!」

　「네 ― 구속만코귀찬튼중학생활도 이럿케씃나랴하고보니 섭〻한생각이업

　는것도안임니다」

　「그러면졸업후의지망은? ―」

　「음악학교! ―」

그래도주저하든단념은M군을결정식혀바렷다.

　「업이 자네도 잘알다십히 지금의나는나한몸둥이를지〻 (支持) 해나아가기에
도어려운가운데이잇서! 음악학교의뒤를대여줄수가업다는것은 결코악의가안이
야 나의지금생각갓해서는천재의순을쎅는것도갓트나 이제부터는 이만콤이
라도 자네를길너주신가난한자네의부모의은혜라도갑하보는것이조흘것갓네」

　이말을하는M군은 도저히 업의얼골을치여다볼수가업섯다 M군의 이와갓튼
소극적약점 (消極的弱點) 은업으로하야금

　「오 ― 네 은혜를갑흐란말이로구나」

　하는부적당한분개를 불질으게하는것이엿다 그러나 이럿케말하는M군은 언
제인가학교무슨회에서 여흥으로만인의이목이 집중되는연단우에서 「쌔이로
링」[143] 의줄을롱락하든 그업이를생각하고섭〻히생각한것만치 그에게는 조곰
도악의가품여잇지안이하얏든것이다 M군의업에대한 「내몸이어렵드라도식혀
보랴하얏스나」 하든실망은 즉시로 「나를미워하는세상 내마음대로되지안는세

---

143 쌔이로링 : 바이올린(violin). 대표적인 현악기의 한 가지. 제금(提琴).

상」 하는 업의실망으로옴기여젓다.

「내생명을썩그랴는세상 활동의 원동력을 주랴하지안는세상」

「M씨여 당신은나를미워햇지 나의천재를시긔했지 나는당신을원망함니다」

어두운거리를수업시헤매이는것이 려항 (閭巷)[144] 의천한게집과씩쑥씩쑥하소연하는것이 남의집담모통이에서밤을새우는것이 공원「쎈취」에서낫잠을자는것이 새々로죽어가는T씨를졸나서멧푼의돈을글거내여 피부의엿흔환락을차자다니는것이 중학을맛치고나온청소년업의 그후생활이엿다.

나날이늘어가는것은 업의교만 방종한태도

「아버지! 아버지는 웨다른아버지들과갓치 돈을만히좀못벌엇습딋까[145] 웨 남갓치 자식공부좀못식혀줍닛까 웨 남갓치 자식호강좀못식혀줍닛까 웨 도드랴는순을썩느냐는말이요」

「아버지무섭다」는생각은 업에게는털끗만치도잇슬리가업섯다 그것은차라리T씨가 아들업이를무서워하는것이올흔것갓튼상태이엿섯스닛가

「오냐 다 — 내죄다 그저아비못맛난탓이다」

T씨는 이럿케 업에게 비는것이엿다.

「애비가 자식호강못식히는생각만하고 자식이애비호강좀식혀보겟다는생각은쑴에도못하겟니? 옛기못된자식」

T씨에게 이러한생각은 참으로쑴에도날수업섯다「천재를썩인다 애비의죄다」 이럿케 T씨의생활은독죄(瀆罪)[146] 의생활이엿다 그날의밥을스려먹을쌀을 걱정하는 그들의살림가운데에서엿스나 업의「돈을내라」 는절대한명령에는 쌀팔돈[147] 이고 전당을잡혀서이고 그당장에내여놋치안코는죽을것갓치만알고잇

---

144 려항(閭巷) : 백성의 살림집이 많이 모여 있는 곳.
145 벌엇습딋까 : 전집(2·3)은 '벌었습니까' 로 수정. 오식. '벌었습디까' 가 적당.
146 독죄(瀆罪) : 속죄. '독죄' 는 잘못된 음.
147 쌀팔돈 : 내용으로 보아 '쌀살돈' 이 적합.

는 T씨의살님이엿다 참아못할 야료[148]를T씨의눈압헤서 거리낌업시연출하드라도 멋칠밤식을못갈데가서자고들어오는것을 T씨눈으로보면서도

「저것의 심정을살핀다」 는드시

「미안하다 다내죄가안이면무엇이냐」는 드시업의압헤서머리를숙인채 업에게말한마데던저볼용기도업시 맛치 무슨큰죄나진종 (僕) 이주인의얼골을참아못치여다보는것과갓치묵々히안자잇는것이엿다 째로는

「해외의형은엇저면 돈도좀보내주지안는담」

이럿케 얼토당토안은 그형을원망도하야보는것이엿다 T씨의아들업에대한이와갓튼 죽은쥐갓튼태도는업의 그교만종횡 (驕慢縱橫) 한잔인성을더욱々々조장식히는촉진제외에는아모것도안이엿다 업에실망한M군과M군에실망한업의사이가멀어저감은물론이요 그러한불합리 (不合理) 한T씨의태도에불만을가득가진M군과 자긔아들에게주든사랑을일조에집어던진 가증한M군을 원망하는T씨의사이도점々멀어저갈짜름이엿다 다만해외에방랑하는 그의소식을직접듯는M군이 그의안부를전하는동시에 그들의안부를알여T씨의집을잇따금방문하는외에는그들사이에 오고감의필요가전혀업든것이엿다.

M에게보내는편지 (第六信)

두달! 그것은무궁한우주의년녕 (年齡) 으로볼째에얼마나짧은것일까?! 그러나자네와나사이에 가로질엿든 그두달이야말노 나는자네의죽엄까지도우려하고 자네는나의죽엄까지도 우려하얏슴즉한추측이 오측 (誤測) 이안일것이분명할만치 그럿케도초조와 근심에넘치는기ㅡㄹ고긴두달이아니엿겟나 자네와나의그우려 그러나내가 이글을쓰며자네의틀님업는건강을밋는것과갓치 나는다시업는건강의주인으로서 나의정력이[149] 허락하는한도까지 밤과낫으로힘

---

148 야료 : 까닭 없이 트집을 부리고 마구 떠들어 대는 짓.

차게일하고잇는것일세.

　M군! 나의 이슨임업는건강을자네에게전하는 깁썜과아울너 머지안이하야 우리두사람이 얼골과얼골을 서로맛나겟다는깁썜쏘한전하는것일세.

×　　×　　×

　우수운말이나 지금쯤참으로[150] 々련 (老鍊) 한々사람의의학사 (醫學士) 로완성되여잇겟지　그로련한의학사를멀니쎨어저　나의요즈음렬심으로하야 오든 의학의공부가지금에는겨우　얼간의사하나를만들어노핫다는것은 그무슨희극적대조이겟나　이것은이곳에친구의직접의　원조도원조이엿겟지만은　쏘한편으로멀니잇는　자네의나에게대하야주는슨임업는사랑의덕이 그대부분이겟다고미드며　쏘한자네가더한층이나 반가워할줄밋는소식이겟다고도밋는것일세 내가고국에도라간다음에는자네는나의　이약한손을잇끌어그길을함께걸어주겟다는것을 약속하야주기를바라며마지안는것일세.

×　　×　　×

　오날々 쑴에만 그리든고국으로돌아가랴하고보니 감개무궁[151]하야 나의가슴을어지럽게하네　십유여년의기나긴방랑생활에서　내가어든것이무엇인가 한분어머니를일엇네 그리고절쑥발이가되얏네 글한자못배왓네 돈한푼못벌엇네 사람다운일하나못하야노앗네 오즉누추한쑴속에서 나의몸서리칠청춘을　일생의중요한부분을　삭제당하기를그저달게바다왓슬싸름일세 차인잔고 (差引殘高)[152] 가무엇인가 무슨낫으로 고향쌍을밟으며 무슨낫으로　형제의낫을대하며 무슨낫으로　고향친구의낫을대할것인가? 오즉회한(悔恨)차인잔고가잇다고하면　오즉이회한의한뭉텅이가잇슬싸름이안이겟나?　그러나　다시생각하고　나

149　정력이 : 전집(2·3)은 '경력이'로 오식.

150　참으로 : 전집(3)은 '창으로'로 오식.

151　감개무궁 : 전집(2·3)은 '감개무량'으로 수정, 오식.

152　차인잔고(差引殘高) : 전집(2)는 '差人殘高'의 오식으로 보고, '남의 가게에서 장사하는 사람의 수지를 제한 나머지 이익'으로 설명. 그러나 '뺀 나머지 금액'을 뜻하는 일본식 한자.

는가벼운한숨으로서나의괴로운마음을안심식히는것이니 그럿케붓쓰러워야만
할고향쌍에는 지금쯤은 나의얼골 안이나의일홈이나마 긔역할수잇는 사람의한
사람조차도잇지안이할것일쑨이랴 그곳에는 이인생의패북자인나를마음으로
써 반가히마저줄자네M군이잇슬것이요 늙친의형제T가잇슬것임으로일세 이
깁씀으로 나는나의마음에용긔를내이게하야 몽매에도그리든[153] 고향의흙을밟
으랴하는것일세.

×　　　×　　　×

　근삼년동안이나 마음과몸의안정을가지고 멈을너잇는이곳의주인은 내가자
네와작별한후에 자네에게주든이만콤의우정을앗기지안이한 그럿케친한친구
가되여잇다는 말을자네에게전한것을 자네는잇지안이하얏슬줄밋네 피차에흉
금[154]을노흔두사람은주객 (主客) 의굴네를일즉히버서난 그리하야외로운그와
외로운나는적々 (비록사람은만흐나) 한이집안에단두사람의가족이되엿네 이
럿케그에게그의가족이업는것은물론이나 이만한려관외에 처々에상당한건물
들을 그의소유로가지고잇는 쌔 잇는그일세.

　나로서들어가는바 그의과거가 비풍참우 (悲風慘雨)[155] 의혈사를이곳에라
렬하면무엇하겟나만은 과연 그는문자대로의고독한 랑인 (浪人)[156] 일세 그러
나 그의친구들의간곡한권고와 쌔로는나의마음으로의권고가잇슴에도불구하
고 그는결코 안해를취 (聚) 하지아니하는것일세.

　「돈도그만콤모앗고 나희도저만큼되엿스니 장차의길고긴로후 (老後) 의날
　을의지할 신변의고적[157] 을위로할헤로[158] 가잇서야안이하겟소」

　「하 그것은전혀내마음을몰나주는말이요」

---

153 그리든 : 전집(2)는 '그리한'으로 오식.

154 흉금 : 원의는 앞가슴의 옷깃이지만, 여기서는 마음속 깊이 품은 생각을 의미.

155 悲風慘雨 : 구슬픈 바람과 모진 비라는 뜻으로, '비참한 처지'를 비유하여 이르는 말.

156 랑인(浪人) : 마땅한 일자리가 없거나 때를 만나지 못하였거나 하여, 놀고 있는 사람. 부랑자.

157 고적(孤寂) : 외롭고 쓸쓸함.

158 헤로 : 偕老, 즉 한평생 같이 지내고 늙음. 여기에서는 그렇게 할 배우자를 일컬음.

일상에 내가나의객관[159]에고적을그에게하소연할새면 그는도로혀 나를부러워하며 자긔신변의고적과공허를나에게하소연하는것일세 그러면서도 그는결코안해를엇지안이하겟다하며 그럿타고헛튼녀자를함부로대하거나하는일도결코업는것일세.

「그러면 그가녀자에게대하야 무슨가지[160]못할깁흔원한이나잇는것이안일까」 하는선입관념 (先入觀念) 을가진눈으로보아서그런지 그는남자에게는 엇썬사람에게든지 친절하게하면서도 녀자에게는어썬사람에게든지 냉정하기짝이업는것일세 례 (例) 를들면 이집녀중 (女中)[161] 들에게하는 그의태도는학대, 냉정, 잔인, 그것일세 나는새로

「너무그러지마오 가엽스니」

「녀자닛싼」

그는언제나 이럿케대답할쓴이엿네 그의이수〻쎡이의대답은나의〻아 (疑呀)[162] 를점〻깁게만하는것이엿네 하로는종용한밤 두사람은쏘한썰분차를마시여가며 세상이약이를하고잇섯네 그싯헤

「녀자에관련된 남에게말못할 무슨 비밀의과거가잇소?」

「잇소! 잇되깁소?」

「내게들녀줄수업소?」

「그것은 남에게 이약이할필요도 리유도전혀업는것이요 오즉 신 (神) 이그것을알고잇슬짜름이여야만할것이요 그것은내가눈을감고 내그림자가 지상에서살아지는동시에 살아저야만할짜름이요」

나는물논 그에게질기게더뭇지아니하얏네 그의그림자와함께살아질비밀이무엇인지는몰으겟스나 쾌활한기상의주인〻 그는 쏘한남달은개성의소유자인

것일세.

×　　　×　　　×

　그는나보다십어세(十餘歲)맛일세　그의나희에　겨누어넘우과하다할만치 만히난그의흰머리털 (白髪) 은나로하야금공경하는마음을가지게하네 쏘한동시에　그의풍파만흔과거를웅변으로이약이하고잇는것도갓트니　그와갓튼그가 나를사괴야주기를 동년배의터노흔사이의우의 (友誼) 로써하야주니　내가나의방랑생활에잇서〻 참으로나의「희로애락」을밧굴수잇는사람은 오즉그쑨이라고엇지말하지안켓나? 그와나는구〻한 그야말노경제문뎨(經濟問題)를버서난 가족 ― 그가지금에경영하고잇는려관　(旅館) 은 그와내가주객의사이는커녕 누가주인〻지도모르게 차라리엇썬재에는 내가주인노릇을하게쯤되는　말하자면공동경영아래에잇는것과갓튼　그와나사이인것일세 그의장부 (帳簿) 는나의장부이엿고 그의금고 (金庫) 는나의금고이엿고 그의열쇠는 나의열쇠이엿고 그의 이익과손실 (利益損失) 은나의이익과손실이엿고그의채권과채무 (債權債務) 는나의채권과채무인것이엿네　그와나의모―든행동은그와내가목적을갓치한　영향을갓치한 그와나의행동들이엿네 참으로그와내가서로미듬은 맛치한들보를써밧치고섯는¹⁶³ 량편두개의기둥이　서로밋지아니하면　아니되는사이도갓튼것이엿네.

×　　　×　　　×

　이와갓튼깁썬소식만을라렬하고잇든나는지금돌연히　그가세상을써낫다는 슬픈소식을자네에게 전하지안을수업는 운명에조우 (遭遇) 된지오래인것을말하네　나와맛난후삼년에갓가운동안쑨아니라　그의말에의하면그이전에도몸살이나감기한번도알아본적이업는　퍽건강한몸의주인이든 그가졸지에이럿케씰어젓다는것은 그와오래동안갓치잇든나로서는더욱히나의외인것이엿네한이삼일을알는동안에는신렬이좀잇다하드니 내가엽헤안자잇는압헤서 고요히잠자

163　섯는 : 전집(2·3)은 '있는'으로 오식. 섰는.

는듯키갓네.

「사람업는벌판에서 별 (星) 을처다보며 죽을줄안내몸이 오날이럿케편안한
자리에누어서 당신의설어운간호를바더가며 세상을써나니 깁쎄오 당신의은
혜는명도[164]에가서반드시갑흘것을약속하오 — 이집과내가진물건의 얼마
안되는것을당신에게맛기ㅅㅅ로수속까지다되여잇스니 가는사람의마음이라
가엽시생각하야맛허주기를바라고 아못조록그것을가지고 고향에도라가형
제친구들과 함쎄깁쓴게살아주기를바라오 내가이럿케하잘것업시갈줄은나
도몰낫소 그러나 그것도다 — 내가 나의과거에바든 그쎄살에지나치는 고생
의열매가도진[165]째문인줄아오 나를보내는그대도외롭겟소만은 그대를두고
가는나는 사파 (娑婆) 에살아 쉼즉이든날들보다도 한층이나외로울것갓소!」
이럿케쓰듸쓴멋마데를남겨놋코 그는갓네 그후그의장사도치른지멋츨째되
든날 나는그의일상쓰든책상속에서 우에말들과갓튼의미의유서 (遺書) 그리
고문서들을차자내엿네.

×   ×   ×

이제 이것이 나에게깁쓴일ㅅ까 그러치아이하면 슬픈일ㅅ까 나는 그어는것
이라고도말하기를주저하는것일세 내가그의생전에그와내가주고밧든친교를생
각하면 그의죽엄은 나에게무한히슬픈일이아니겟나만은 어머니의배속을 써
나든날부터 적빈에만지질리워가며[166] 살아온내가 비록남에게는 얼마안되게
보일는지몰으겟스나 나로서는나의일생에상ㅅ도하여보지도못할만치의 거대
한재산을어든것이 엇지그다지깁쓴일이아니겟다고 생각하겟는가 이러한나
의생각은세상을써난 그를생각하기만하는데에서도 더읍슬량심의가책을아니
밧는것도아니겟스나 그러나 우에말한것은 나의량심의속임업는속삭임인것
을엇지하게나」

---

164 명도 : 불교에서, 사람이 죽어서 간다는 영혼의 세계. 저승.
165 도진 : 도로 생기거나 심해진.
166 지질리워가며 : 기본형, 지질리다. 꺾이어 내리눌리다.

「엇째서 그가이것을나에게물녀줄까」

「죽은그의일홈으로 사회업에긔부할까」

이러한생각들이 쯘임업시 나의머리에지나가고 지나오고한것은 쏘한내가나의마음을속이는말이겠나? 그러나 물논전에도늣기지아니한바는안이나 차々나이들고 체력이감퇴되고 원긔가좌절됨을짜라서 이몸의주위의공허가력々히발견되고청운 (靑雲) 의젊은쯧도차々주름살이잡히기를시작하야한낫고향을그리워하는마음 한낫이몸의쓸々한늣김만이 나날이커가는것일세 그리하야어서밧비 고향에도라가사랑하는친구와얼싸안기워가며¹⁶⁷ 그립든형제와석기워가며 멋날남지아니한나의여생 (餘生) 을보내고십흔마음이 좀더깁씀과우슴과안일한가운데에서보내고십흔마음이 날이가면갈사록최근에일으러서는 일층더하야가는것일세 내가의학공부를시작한것도전々푼의돈이나마모으기시작한것도 그런생각에서나온가엽슨즛들이엿네」

사회사업에 기부할생각보다도 내가々질생각이더컷든 나는드듸여 그가운데의일부를헤치여생전그에게부수 (附隨) 되여잇든용인 (傭人) 녀중 (女中) 들과얼마아니되는채무를처치한다음 남어지의전부를가지고 고향에돌아갈결심을하얏네 그들가운데멋사람으로부터는 단언커니와나의일생에들어본적이업든비란의말싸지들엇네」

「돈! 재물! 이것째문에 그의인간성(人間性)이々럿케도더럽게변하고말 다니! 죽은그는나를향하야 얼마나조소할것이며 춤배앗틀것이냐」

새삼스러히 씨들고까오러진¹⁶⁸이몸의하잘것업슴을경멸하며런민하얏네 그러면서도

「이것도 다 — 엽대ㅅ것 나를붓들어매고 그는적빈싸문이아니냐」

이럿케 자긔변명의길도차저보면서 자긔를위로하는것이엿네.

---

¹⁶⁷ 안기워가며 : 원문은 '안기원가며'로 오식.

¹⁶⁸ 까오러진 : 전집(2·3)은 '까부러진'으로 수정. 내용상 '까꾸러진', 곧 '힘을 잃거나 꺾이어 무너진 상태'를 의미하는 듯. 전집(5)는 '기울어지다'로 설명.

×　　　×　　　×

친구를 일흔슬픔은 어느결에살아젓는가 지금에나의가슴은 고향쌍을밟을깁
쐄 친구를맛날깁쐄 형제를맛날깁쐄 이러한가지의깁쐄들노쫙차잇네 놀나거니
와 나의일생에잇서々 한편으로는 량심의가책을바다가면서라도 최근몃츨동안
만콤깁쌧든날이잇섯든가를의심하네.

아 — 이것을깁쐄이라고 나는 자네에게전하는것일세그려 눈물이나네그려!

×　　　×　　　×

자네는일상 나의족하업의칭찬의말을앗기지아 이 하 며 왓 지 최근에자네의
편지에이업에 대한아모런말도잘볼수업슴은무슨일々까 하여간 젓먹든 코흘니
든그업이를보아버리고방랑생활십유여년 오늘날그업이재질의풍부한생래의[169]
령리한업이로잘아낫다하니 우리집안을위하야서나 일상에적빈에우는 T자신
을위하야서나더업시깁쌔할일이라고생각하면서도 쏘한편으로는 이제는 우리
갓튼사람은아모소용이업고나하는생각을하니감개무량하네 쏘한미구에[170] 만
나볼깁쐄과아을너 이미지수의족하업이에대하야만흔촉망과기대를가지고잇
는것일세.

M군! 나는아못조록 쌜니서둘너서 어서속히고향으로돌아갈차비를차지려
하거니와 이곳에서처치하야만할일도한두가지가아니고해서 아즉도이곳에여
러날잇지아이하면 아니될형편이나 될수만잇스면 세전 (歲前) 에고향에돌아
가그립든형제와친구와함께 즐거운가운데에서 오는새해를마지하려하네 어서
돌아가서 지나간녯날을추억도하야보며 그립든회포를 풀어도보아야할터인데!.

일긔치운데 더욱 V 건강에주의하기를바라며 T에게도불일간[171] 내가직접
편지하랴고도하거니와 자네도밧분몸이지만한번차저가서이소식을전하야주
기를바라네 자 — 그러면맛나는날그째싸지평안히 — ×로부터 ……」

169　생래의 : 生來의, 즉 타고난.
170　미구에 : 未久에. 오래지 않아.
171　불일간(不日間) : 며칠 내, 며칠 걸리지 아니하는 동안.

나의지난날의일은맑앗케 이저주어야하겟다 나조차도그것을이즈려하는것이니 자
살(自殺)은멋번이나 나를 차자왓다 그러나 나는죽을수업섯다.

나는 얼마동안작으마한 한광명을다시금볼수잇섯다 그러나그것도전연얼마동안에
지나지안이하엿다 그러나 쏘한번나에게자살이차자왓슬째에 나는내가여전히 죽을수
업는것을잘알면서도 참으로죽을것을멋번이나생각하얏다. 그만큼이번에 나를차저온
자살은 나에게잇서 본질적 (本質的) 이요 치명적 (致命的) 이엿기째문이다.

나는 전연실망가운데잇다 지금에 나의 이무서운생활이노 (繩) 우에 슨도승사 (渡
繩師)[172] 의모양과갓치 나를지지하고잇다.

모든것이 다 하나도무섭지안이한것이업다 그가운데에도이「죽을수도업는실망」
은 가장큰좌표에잇슬것이다.

나에게 나의일생에다시업는행운이돌아올수만잇다하면 내가자살할수잇슬째도잇
슬것이다 그순간까지는 나는죽지못하는실망과살지못하는복수(復讐)[173] — 이속에
서 호흡을게속할것이다.

나는지금희망한다 그것은살겟다는희망도 죽겟다는희망도아모것도안이다 다만
이무서운긔록을다써서맛초기전에는 나의그최후에 내가차지할행운은 차자와주지말
앗스면하는것이다 무서운긔록이다.

펜은나의최후의칼이다.

— 一九三〇, 四, 二十六, 於義州通工事場[174] —

(李　〇)

어데로가나?

사람은다길을것고잇다 그럼으로 그들은어데로인지가고잇다 어데로가나?

광맥 (鑛脈) 을차즈랴는것갓튼사람이잇는가하면산ㅅ보하는사람도잇다.

세상은어둡고험준하다 그럼으로그들은헤매인다 탐험가 (探險家) 나산ㅅ보
자 (散步者) 나다갓치 —

172　도승사(渡繩師) : 줄을 타는 광대.

173　복수 : 원문은 '본수'로 오식.

174　義州通工事場 : 이상은 경성고등공업학교를 졸업한 후 조선총독부 내무국 건축과 기수로 취직
하여 1930년 4~7월 의주통 전매청 청사 설계 준공의 일을 맡은 것으로 알려져 있다.

사람은다길을것는다 간다 그러나가는데는업다 인생은암야의장단업는산보이다.

그들은오랫동안의적응 (適應) 으로하야 올뱀이와갓튼눈을어덧다 다쏙갓다.

그들은씃업시목말으다 그들은씃업시구 (求) 한다 그리고 그들은씃업시골은 (擇) 다.

이「골음」이라는것이 그들이가지고나온 모든것들가운데 가장조흔[175]것이면서도 가장낫썬것이다.

이암야에서도 씃까지쫏쳐난사람이잇다 그는엇쎠한것엇쎠한방법으로도 구제되지안는다.

— 선혈이림리[176]한복수는시작된다 영원히씃나지 안 는 복 수 를 — 피 — 밋 (底) 업는학대의함정 —

×   ×   ×

사람에게는교통이[177]업다 그는지구 (地球) 권외에서도그대로학대바닷다 그의고기를전부조려서애 (愛) 라는공물 (供物) 을만드러 사람들압헤눈물흘니며도보앗다 그러나모든것은 더한층 그를학대하고쪼차내엿슬쑨이엿다.

「가자! 니저버리고가자!」

그는멋번이나 자살을쇠하야보앗든가 그러나그는 이나날이진 (濃) 하야만가는복수의불길을가슴에품은채 승겁게가버릴수는업섯다.

「내쎠씃까지다갈려업서지는한이잇드라도 — 그쌔에는내정령 (精靈) 혼자서라도—」

그의갈니는니쌜 (齒) 사이에서는뇌장 (腦漿)[178] 을갈아마실듯한쇠ㅅ소리와

---

175 가장조흔 : 원문은 '장조흔'으로 한 글자 누락.

176 림리(淋漓) : 피·땀·물 따위가 흥건하게 흐르거나 뚝뚝 떨어지는 모양.

177 교통이 : 전집(2·3)은 '고통'으로 수정. 단순히 '고통'의 오식인지, 아니면 '교통'이 옳은지는 숙고해야 할 문제이다. 교통이란 '서로 왕래하며 의사소통을 하는 것'을 의미.

178 뇌장(腦漿) : 지주막(蜘蛛膜) 하강(下腔), 뇌실(腦室) 및 척추의 중심관을 채우고 있는 액체.

피육 (皮肉) 을말아올닐듯한회오리바람이이러낫다.

그의반생을두고 (아마) 하야나려오든 무위한애 (愛) 의산ㅅ보는긋낫다.

그는 그의몽롱한과거를회고하야보며 그눈멀은산ㅅ보를조소하얏다 그리고
그의압헤일직선으로쌔처잇는목표가즌길을바라보며 득의 (得意) 의우슴을 완
리 (莞爾) 히[179] 우섯다.

×　　　×　　　×

닥가도닥가도유리창에는성애가슬엇다 그럴수록 그는자조닥갓고 자조닥그
면 성애는작고슬엇다 그래도그는얼마든지닥갓다.

승강장찬바람속에옷고롬을날니며섯다가 처음들어왓슬째에는퍽도싸스하
드니 그것도 삽시간 (霎時間) 이요 발밋헤「스팀[180]」은작고식어만가는지 삼등
객차 (三等客車)[181] 안은 각금소름이씨칠만치써늘하얏다.

가방을 겨우다나[182] 우에다언고 안씨는안잣스나 그의마음은종시안지안앗다
그의눈은 유리창의스는성애가닥가도스고쏘닥가도쏘스드시 싯처도솟고 쏘싯
처도쏘솟는눈물노축엿다 (濡) 그는이까닭몰을눈물이 이상하얏다 그런것도 그
의눈물의원한인[183]이엿는지도몰은다.

저즌눈으로흐린풍경을보지안이하려눈물과성애를쉬일사이업시번가라닥가
가며 그는창박글내여다보기에주린드시 탐하얏다 모든것이 이상하게만할쑨이
엿다.

「엇지이럿케하나도이상한것이업슬까? 아!」 그에게는이것이 이상한것이엿다.

하염업는눈물을흘녀서 그는그의백사지 (白砂地) 된뇌와심장을조상하얏다.

회색으로흐린하늘에 소리업는가마귀쎄가 몽롱한북망산[184]을반점(斑點)[185]

179　완리(莞爾)히 : 빙그레.

180　스팀(steam) : 금속관에 더운물이나 뜨거운 김을 채워 열을 내는 난방 장치.

181　삼등객차(三等客車) : 열차를 세 등급으로 나누었을 때, 가장 낮은 등급의 열차.

182　다나(たな) : '棚'의 일본어. 선반.

183　원한인 : 아마도 '怨恨因'으로 '원한의 원인'인 듯. 전집(2·3)은 '원한'으로 한 글자 누락.

184　북망산(北邙山) : 무덤이 많은 곳, 또는 사람이 죽어서 묻히는 곳. 북망산천.

씩으며 감도는모양 ― 그냥세상끗까지라도 다우잇슬[186]드시겹친데 쏘겹처저 누어잇는적갈색 (赤褐色) 의버서진산 (山) 들의자비 (慈悲) 스러운곡선 (曲線) ― 이런것들이 그의흥미 (興味) 를닐게하지안는것도안이엿다 그러나 이런것들도 도모지이상치안이한것이 그에게는 도모지이상하얏다.

이러한가운데에도 그는 그의눈과유리창을닥기를게을니하지안앗다.

「남의것을 웨 ― 거저먹으랴고그리는것일까」

그는「싸개쑨」[187] 을생각하야보앗다.

「남의것을거저 ― 남의것을 ― 거저 ―」

그는쏘자긔를생각하야보앗다.

「남의것을거저 ― 나는남의것을거저갓지안앗느냐 ― 비록그사람은죽어서 이세상에잇지안타하드라도 ― 그의유서 (遺書) 가그것을허락하얏다할지라 도 ― 그의유산의전부를차지하야도 조곰도거리낌이업슬만치 그와나는친 한사이엿다하드라도 ― 나는 그의허고만흔 유산을그저차지하지안앗느냐 남의것을 ― 그는아모리친한사이라하드라도 남이다 ― 남의것을거저 나는 그의유산의전부를 ― 사회사업에 (社會事業) 에반드시 밧첫서야올흘것을 ― 남의것이다 ― 상속이유언된유산 ― 거저 ― 사회사업 ― 남의것 ―」

그의머리는어지러웟다.

「고요한싸개쑨 ― 체면잇는싸개쑨!」

그러나그는성애실은유리창을닥는것과갓치 그의주머니속에들어잇는「돈」 의조회조각 ― 수형[188]을어루만저보기를째々로하는것도 이저버리지는안엇다.

발끗에서올나오는치위[189]와 피곤 ― 머리끗헤서 나려오는산란과피곤 ― 그

---

185 반점(斑點) : 얼룩덜룩한 점.
186 다우잇슬 : 전집(2·3)은 '닿아 있을'로 수정.
187 싸개쑨 : 소매치기.
188 수형(手形) : '어음'의 옛말.
189 치위 : 추위.

것은복부 (腹部) 에서충돌되여서는 시장함으로표시(表示)되엿다 한조각의말은「쌍」을씹어본다음에 그는 물도마시지안이하얏다 오줌누러가는것이 귀치안아서 —

먹은것이라고는새벽녁에도 역시말은쌍한조각밧게는업다 그째도역시물은마시지안앗다.

그런데 그는벌서변소에를멋번이고갓는지몰은다 절눔바리를잇글고 사람비々대는차안의좁은틈을헤처가며지나다니기가귀찬앗다 이것이괴로웟다 그리하야이번에도 물을마시지안이한것이다 그러나 오줌을수업시 — 그는 이것이 이차안의특유인 미지근한치위째문이안인가? 이럿케도 생각해보앗다 그는 변소에들어서々는 반드시한번식 그수형 (手形) 을 쓰내여자세히검사하야보는것도 겸겸하얏다.

「오냐 — 무슨소리를내가듯드라도다시살자」

왼편다리가차々압하올나왓다 — 결니는것처럼 — 저리는것처럼 — 기미(氣味)[190] 낫브게 —.

「긔후가변하야서 — 풍토가변하야서 —」

사람의배를갈느고 그내장을세조 (內藏洗滌) 하는것은고사하고 — 사람의썩는다리를절단 (折斷) 하는것은고사하고 — 등에는조고만부스럼에「메스[191]」한번을대여본일이업는 슬풀만치풍부한경험을가진훌륭한의사의 그는이러한 진단을그의압흔다리에다내려도보앗다 그래바지아래를거더올니고압흔다리를 내여보앗다 바른편다리와는엄청나게훌륭하게 썌만남쌔만은[192]외인편다리는 바닥에서소사올나오는「풍토달은」치위째문인지 죽은사람의그것과갓치푸르럿다 거기에멋줄기샛팔안정맥줄이반투명체 (半透明體) 가내뵈드시내보이고

---

190 기미(氣味) : 성격, 기질, 성향. 기미, 즉 중국 의학에서 약의 '寒·熱·冷·溫'을 氣라 하고 '辛·酸·甘·苦'를 味라 한다.
191 메스(mes) : 외과 수술용 칼.
192 만은 : '말은', 즉 '마른'의 오식으로 보임. 전집(2·3)은 '만은'을 그대로 둠.

잇섯다 털은어느는사이에인지다쌔저하나도업고 모공(毛孔) 의자족[193]에는파리 쏭갓흔쌈은점 (黑點) 이위축 (萎縮) 된피부우에일면으로널녀잇섯다 그는그것을 「나의것」 이니만치 가장친한기분으로언제까지라도 드려다보며쌀々한그면을맛조케쓸어다듬어주고잇섯다.

그쌔에건넌편자리에안자잇든신사(紳士)(?)는간엷은한숨을석거혀를한번 「쩍」 하고 치더니[194] 그자리에서이러서々황々히 어데론지가버렷다.

「내리는게로군 ─ 저가방 ─ 여보시오저가방」

그는고개를돌이키여 그신사의가는쪽을향하야소리질넛다

「여보시오 저 ─ 가방을가지고내리시오 ─ 저」

쏘한번소리처보앗스나 그신사의모양은 벌서어느곳으로가버렷는지 보이지안앗다. 「그가생각나서차지러오도록 나는 저 ─ 가방을직혀주리라」 이런생각을 그는한턱쓰는세음으로생각하얏다.

「여보인젠 그다리좀내놋치마시요」

「아 ─ 참저가방 ─」

이럿케불식간에대답을한 그는앗가자리를써나어데로갓는지업서젓든 그신사가어는틈에인지 다시 그자리에와안저잇는것을 그제야 겨우보아알앗다 신사는쏘서々히입을열어

「여보나는인제멧정거장남지안앗스니 내가나릴째까지는제발 그다리좀내여놋치좀마오!」

「네 ─ 하도압흐기에 엇제그런가하고좀보앗지요 혹시풍토가 ………」

「풍토?당신다리는풍토에쌀아압흐기도하고안압프기도하고 그럿소?」

「네 ─ 원래 이외인편다리는 닷친다리가되여서 조곰일기가변하기만하야도 곳압흐기가쉬운 ─ 신세는볼일다본 ─ 그러치만니를갈고 ─」

---

193 자족 : 자국, 흔적.
194 치더니 : 차더니. '혀를 찬다'는 것은 '마음이 언짢거나 유감의 뜻을 나타내는 것'을 말한다.

「하々그러면 오 — 알앗소 — 그원편 — ‥‥」

「네 — 그압흘적마다 고생이라니어듸참 —」

「내생각갓해서는 그건내생각이지만 그럿케두고 고행할것업시병신되기는
다 — 일반이니 아조잘나버리는것이조흘것갓소 저내가아는사람도하나 그이
야기는할것도업소만 — 엇쨋든그것은내생각에는 그럿타는말이닛까 짤느라
고 당신보고 — 짤느라고그러는말은안이요만 — 하여간그럿타면픽고생이되
겟는데 —」

「글세 말슴이야조흔말슴이외다만 원아모리 고생이된다하드라도 엇써케제
다리를잘으는것을제눈으로쌘히보고잇슬수가잇나요?」

「그럿치만 밤낫두고고생하는이보다는낫겟다는말이지요 그것은뭐 엇제다가
그럿케몹시다첫단말이요」

「그거요 다 이로말할수잇나요 이다리는화태(樺太)[195]에서일할적에 「토
로」에서 쮜여나리려다가 「토로」 와한데 딍구는바람에 이럿케몹시다친거지요」

「화태?」

신사는잠시의아와놀나는얼골빗을보인다음에 다시말을이여

「엇제다가 화태까지나 가섯드란말이요?」

「예서는먹고살수가업고하닛까 돈벌너써난다는것이마즈막천하에쌍잇는데
는사람사는곳이고안사는곳이고안가본데가잇나요 이럿케써돌아다니는게
올쌔쏙! 가만잇자 — 열일곱해 안이열다섯핸가 — 엇쨋든십여년이지요」

「돈만 만히벌엇스면 고만안이요」

「그런데 어듸돈이 그럿케벌니나요 한푼 — 참업습니다 벌기는고만두고굶기
를남먹듯햇습니다 어머님집써난지일년도못되여돌아가시고 — ……」

「하 — 어머님이 — 어머님도당신하고갓치가섯습딋가 — 처자 (妻子) 는 그

---

195 화태(樺太) : 사할린. 일본 홋카이도(北海道) 북쪽에 위치하며, ‘사할린’을 일본에서는 ‘가라후
토(樺太)’라고 부른다.

럼다잇겟구료」

「웬걸요 — 처자는집써나기전에 다 — 죽엇슴니다 어린것을나은지 — 에그게 — 엇젯든에미가먼저죽으니까죽을밧게요 어머님은아오에게맛기고써나려고햇지만원래 우리형제는의가좃치못한데다가 아오도처자가다잇는대다가저처럼이럿케가난하니 어듸맛흐려고그럼닛까」

「아오님은단한분이요?」

「네 — 그게그럿케의가좃치못하답니다 남이보면붓그러울지경이지요」

「그래시방엇써케해서어듸로가는모양이요」

신사의얼골에는련민 (憐憫) 의빗이보히엿다.

「십여년을별즛을다하고 돌아다니다가 ‥‥ 참그동안에는죽으려고약까지타논일도몃번인지몰으지요 세상이다우숩쌍스러워서 술 노름으로세월을보낸일도잇고 식당「쿡」노릇을안해보앗나 이래뵈여도양료리 (洋料理) 는그래도못만드는것업시 능난하답니다 일등 「쿡」 이엿섯스닛까화태에도오랫동안잇섯지요 그째저는꼭죽는줄만알앗는데그래도명이기닛까할수업나보아요 이럿케절눔바리가되여가면서도엿째썻살고잇스니 그째그놈들(그는누구라는것도업시이럿케평범히불넛다) 이 이다리를막잘느려고 뎀비는것들을죽어라하고못잘느게햇지요 기를쓰고 죽어도그냥죽지내살점을 쎄내던지々는안켓다고 니 (齒) 를악물엇드니 그놈들이 그래도내억지는못니기겟든지 그냥내버려두엇세요 덕택에 시방이모양으로절눔발이 신세를 네 — 가기는제가갈데가잇겟슴닛까 아오의집으로가야지요 의가조흐니낫부니해도한배의동생이요 쏘십여년만에고향에돌아오는몸이니 반가워하지는못할지라도 그리실혀하지는안흘것갓슴니다 고향이요 고향은서울 — 아조서울태생이올시다 서울에는아오하고 쏘극진히친한친구한사람이잇슴니다 그저그사람들을밋고시방[196]이럿케가는길이올시다 그러치만 내니를악물고라도」

---

196 시방 : 時方. 지금. 바로 이때.

「그럼그저고향이그리워서 오는모양이구려」

「네 — 그럿타면 그럿치요 그런데허기는 ‥‥」

그는별안간에말을멈지는[197] 것갓치하얏다.

「그럼 아마무슨큰수[198] 가생겨서오는모양이로구려」

어데까지라도신사의말은 그의급처 (急處)[199] 를찔으는것이엿다.

「수 — 에 — 수가생겻다면 — 허기야수라도 —」

「아조큰수란말이로구려하 ‥‥」

두사람은잠시쓰듸쓴우슴을우서보앗다.

「달은사람이보면 허잘것업는것일지는몰나도 제게는참큰수치[200] 요 허고보니 —」

「얘기를좀하구려 그무슨그럿케큰순가」

「얘기를해서무엇하나요?그저그럿케만하시지요[201] 뭐 — 해도상관은업기는 업지만 ……」

「그 아마 당신쎄좀꺼리는데가잇는계로구려? 그럿타면할수업겟소만 쏘그 럿타고허드라도 내가당신을천리나만리나쌀아단일사람이안이요 쏘내가무 슨경찰서형사 (警察署刑事) 나그런사람도안이요 이럿케차속에서우연히맛 낫다가헤지고말사람인데 설사일후에쏘만나는수가잇다하드라도 피차에얼 골조차도이저버릴것이니누가누군지안단말이요 내가쏘무슨당신의성명을 아는것도안이고 상관업지안켓소」

「아 — 그럿타면야 — 뭐 — 제가이야기안한다는까닭은무슨경찰에쓰릴 무슨 사긔취재[202] (?)나햇다해서 그러는건이[203] 안임니다 이야기가너무장황해서

---

197 멈지는 : '멈치는'의 오식인 듯. 전집(2·3)은 '멈추는'으로 수정.

198 수 : 數. 좋은 운수.

199 급처(急處) : 급소. 목숨이 좌우되는 아주 민감하고 중요한 부위.

200 수치 : 數値. 계산하여 얻은 값. 그는 '큰수'를 '큰 수치의 재화'로 이해함.

201 하시지요 : 전집(2·3)은 '아시지요'로 수정.

202 사긔취재 : 詐欺取材. 속여서 재물을 취함.

쏘몃정거정안가서　나리신다기에　이야기가중간에　끈어지면 하는사람이나
듯는사람이나피차재미도업슬것갓고그래서 —」

「그럿케되면　내　이약이씃나는정거장까지더가리다그려 — 이약이가재미만
잇다면말이요 —」

「네(?)안이 — 몃정거장을더가서도좃타니 그것이엇써케하시는말슴인지 저
는도모지 —」

두사람은쏘잠깐우섯다 그러나그는놀낫다.

「내려행은 그럿케아모럿케나해도 상관업는려행이란말이요 —」

「그럿치만돈을더내서야안나요」

「돈?하 — 그래서그럿케놀내인모양이로구려!　그건조곰도념려할것업
소나는철도국에다니는사람인고로차는돈한푼안이내고라도얼마든지거
저탈수잇는사람이닛싸　나는지금볼일로××싸지가는길인데　서울에도
볼일이잇고해서 어듸를먼저갈가하고망성거리든[204]차에 미안한말이지
요만　앗가당신의그다리를보고고만××일을몬저보기로한것이요　그럿
치만쏘당신의이야기가　아조썩재미가잇서々　중간에서그냥내리기가앗
갑다면　서울싸지가면서다 — 듯고　서울일도보고하는것이　조흘듯도하
고해서하는말이요」

「네 — 나는쏘 철도국 차를거저 그것참좃슴니다 차를얼마든지거저 —」

이「거저[205]」소리가그의머리에　거머리모양으로묘하게착달나붓터서는　썰어
지々안이하엿다 아그는잠간동안 혼자애쓰지안이하면 안이되엿다 억지로 태연
(泰然)한차림을쑤미며 그는얼는입을열엇다그러나 그말마테는묘하게굴곡이심
하얏다 그는유리창이 어늬틈에밧기조곰도내여다보이지안을만치슬은성애를
닥기도하야보앗다.

203　건이 : '것이'의 오식인 듯.
204　망성거리든 : 전집(2·3)은 '망설거리던'으로 수정.
205　거저 : 아무런 노력이나 대가 없이.

「말하자면 횡재 에 ― 횡재 ― 무엇횡재될것도업지만 쏘횡재라면 그야 ― 횡재[206]안이라고도할수업지만 엇잿든 제가 고생々々끝에동경(東京)으로한삼년전에다시돌아왓습니다 게서친구한사람을사귀엿는데 그는별사람이안이라제가묵고잇든집주인임니다 그사람은 저보다도더아모도업는아조고독한사람인데 그려관외에쏘집도 여러체를가지고잇섯는데 잇는동안에 그사람과나는각별히친한사이가되여 그려관을우리둘이서경영하야나가게되엇슴니다 그런데그사람이 얼마전에고만죽엇습니다 밋든친구가죽엇스니 비록남이엿건만엇써케설은지 아마어머님돌아가실째만콤이나울엇습니다 남달은정분을생각하고는장사도제손으로잘지내주엇지요 그런데 인제그럿커든요 ― 자 ― 그가써 ― ㄱ죽고보닛까 그의가젓든재산 ― 무엇재산이라고까지는할것은업슬는지는몰나도하여간 제게는 게서더큰재산은엇째[207] ― 그럿케말할것까지는업슬지몰나도 엇잿든 상당히큰돈(?)이닛가요 ― 그게어듸로가겟느냐 이럿케될것이안이냐 그런말이거든요 ―」

「그러닛까 그것을당신이 ― 슬적 이럿케햇다는말인것이요그려 하 ……

싸는 …… 참 …… 횡재는 ……」

「아 ― 천만에 제생각에는 그것을죄다 사회사업 (社會事業) 에긔부할생각이엿지요물론 ―」

「그런데 안햇다는말이지 ―」

「그런데 그가죽기전에 벌서 ― 그가저죽을날이갓가워오는것을 알고그랫든지 다저에게다상속하도록수속을하여놋코는 유서에다가는써 ― ㄱ무엇이라고써노왓는고하니」

「사회사업에긔부하라고써 ―」

「아 ― 그게안이거든요 이것을그대의마음갓해서는반드시사회사업에긔

206 횡재 : 橫材. 뜻밖에 재물을 얻음. 또는 그 재물.
207 엿째 : 여태.

부할줄밋는다 그러나 죽는사람의소원이니아모조록그대로가지고고향으
로돌아가서친척친구와함세로후 (老後) 의편안한날을맛고보내도록하
라 만일그렷치안이하고 내말을어긔는째에는 나의령혼은명도에서도그
대의몸을우려하야안정 (安靜) 할날이업슬것이라고 ―」

「하 ― 대단히편리한유서로군!당신그창작 ‥‥」

신사는말을멈추엇다 그러나 그의얼골은 어듸까지든지냉소와조롱의빗으로
차잇섯다.

「그래서 그의죽은혼령도위로할겸 저도좀인제는편안한날을좀보내보기도할
겸해서 이렷케돌아오는길이요 ―」

「하 ― 그럴쯧하거든 그래 대체그돈은얼마나되며 무엇에다쓸모양이요」

「얼마요 만태야[208] 실상얼마되지는안슴니다 제게는 ― 무얼하겟느냐 ― 먹고
살고하는데쓰지요」

「아그래 그저그돈에서작고글거다먹기만할모양이란말이요 사회사업에기부
하겟다는사람의 사람은짠사람인모양이로군!」

「그저작고글거다먹기만이야하겟슴닛까 설마허기는시방계획은크담니다」

「한번다부지게먹어보겟다는말이로구료」

「제게한친구가의사지요 그전에는 그사람도남부럽지안케상당히살앗건
만 그부친되는이가미두(米豆)[209] 라나요 그런것을해서 우리친구병원까
지들어먹엇지요 그래시방은 엇썬관립병원에촉탁의 (囑託醫)[210] 로월급
생활(月給生活)을하고잇다고 그럿케멋해전부터편지거든요 그래서친구
존일[211] 도할겸 쏘세상에나처럼압흔사람병든사람을위하야 사회사업도
할겸 ― 가서 그친구와갓치병원을하나내일까하는생각인데요 크기야생

---

208 만태야 : 많다고 해야.
209 미두(米豆) : 현물 없이 투기적 약속으로 곡물을 거래하는 일.
210 囑託醫 : 임시로 일을 맡아보는 의사.
211 존일 : 좋은 일.

각만은 ―」

「당신은집이나직히려오」

「웨요 저도의사람니다 친구의그소식을들엇대서 그런것은안이지만 내몸이
병신이닛까 그런지 세상에 허고만흔불상한사람중에도 병든사람 알는사람처
럼불상한이는업는것갓해서 저도의학을좀배와두엇지요」

신사는가벼운미소 (微笑) 를얼골에씌우면서 「의학」 을배운사람치고는너무
도무식하고유치하고저급인그의말에놀난다는드시 「쩍」 「쩍」 혀를몃번첫다.

「그래당신이 「의학」 을안단말이요」

「네 ― 안다고까지야 ― 그저좀씽겻지요²¹² 가갸거겨 ― 웨그리심닛까 ― 어
듸편치안으신데가잇다면제가시방이라도보아드리겟습니다 잇슴닛까 ― 잇
스면 ―」

두사람은 크게소리치며우섯다 차창 (車窓) 밧근 어늬사이에날이저모러흐린
하늘에갓득이나음울한기븐이쩌돌앗다 차안에는전등까지도켜젓다 그러나 그
들은 그것도쌔닷지못하얏섯다 그는밧글좀내여다보려고유리창의성애를쏘닥
것다 닥기운부분에는밧그로수업는물방울이 맛치말못할설움에소리업시우는
사람의쌤에무든멋방울눈물처럼 여기저기에부터잇섯다 그것들은차의움즉임
으로일순후에는곳자최도업시쩔어지고 그리면 쏘새로운물방울이 쏘어늬사이
에인지와붓고하야 그물방울은 늘거의갓튼수효로널녀잇섯다.

「눈이오시는게로군」

두사람은이야기를멈추고 고개를모아창밧글내여다보앗다 눈은 「너는서울가
니?나는부산간다」 하는드시 엽흐로만〻〻〻〻²¹³쌜으게지나가고잇섯다 이
야기에팔니여 얼마동안은이젓든외인편다리는 여전히 ― 앗가보다도더하게압
흐고쑤시엿다 저렷다 그는그다리를웃²¹⁴밧갓흐로내리쓰다듬으며 순식간에

---

212 씽겻지요 : 기본형 '뜽기다'에서 온 말. 모르는 것을 일러주어 깨닫게 하다.

213 엽흐로만 : 전집(2·3)은 '옆으로만' 하나를 누락.

214 웃 : 원문은 '옷'으로 오식.

「쉬—스」소리를내이며입에군춤[215]을한목음이나 쑬덕삼켯다 그춤은몹시도 싣적々々한것으로맛치「콘덴스드밀크」[216]나엿을삼키는기분이엿다 신사는량미 (兩眉) 간에조고만냇천(川)짜썬를그린채그모양을한참이나 나려다보고안잣드니별안간쾌활한어조 (語調) 로밧고아입을열엇다.

「의사 (醫師) 가다리를알는것은희괴한일이로군!」

「제쫑구린줄몰은다[217] 고!」

두사람은 이전보다도더크게소리처우섯다 그우슴은치위에원기를지질리운차안의승객들의멍々한귀에벽력갓튼파동을주엇슴인지 그들은이우슴소리의발원지를향하야일제히고개를돌넷다 두사람은이모든시선의화살에살이간즈러윗다 그리하야고개를다시창쪽을향하야보앗다가다시쏘숙여도보앗다.

얼마만에 그가고개를돌니엿슬새통로 (通路) 건너편에그를향하야안자잇는 젊은녀자하나는수건으로얼골을가린채고개를폭숙으리고잇는것을 그는발견할 수잇섯다.

「우나? — 무슨말못할사정이잇는게지 — 누구와생리별이라도한게지!」

그는이런유치한생각도하야보앗다.

「그러면 그돈을시방당신의몸에진이고잇겟구려 그럿치안으면!」

신사의이말소리에 그는졸도할드시 나로돌아왓다 그순간에그의머리에는전광 (電光) 갓튼그무엇이쩌도는것이잇섯다.

「아—니요 벌서아오 친고에게보냇세요 그런것을 이럿케몸에다지니고단일 수가잇나요」

하며 그는그수형에들은웃포켓트의것을손바닥으로가만히어루만저보앗다 한장의조희를싸고또싸고멋겹이나쌋든지그의손바닥에는 풍부한질량의쾨감이늣

---

215 군춤 : 군침. 공연히 입안에 도는 침.

216 콘덴스드밀크(condensed milk) : 연유(煉乳).

217 제쫑구린줄몰은다 : 자신의 똥은 구린내 나는 줄 모른다는 것으로, 흔히 자기의 허물을 깨닫지 못함을 비유적으로 이르는 말.

거젓다 그의입안에는만족과안심의미소가맴돌앗다.

  차안은제법어두어젓다(그것은 더욱이창밧기엿슬는지도몰으나 지금에 그의
세게는이차안이엿슴으로이다) 생각업시그는앗가 그가바라보든젊은녀자의안
자잇는곳으로 머리를돌녀보앗다 그새에녀자는들엇든 얼골을놀난드시얼는숙
이고는수건으로가려버리엿다 더욱놀난것은 그엿다.

  「흥―원 도모지 별일이로군!」

  그는군입을다서[218] 보앗다 창밧게는희미한가운데에도 수업는전등이 우는눈
으로보는별들과도갓치 이지러저번적이고잇섯다.

  「서울이 아마갓가운게로군요」

  「갓가운게안이라 예가서울이요」

  그는이빈약한창밧풍경 (風景) 에놀낫다.

  「서울!서울!그여코―어듸내 니를갈고―」

  그는이 「니를갈고」 소리를벌서 멋번이나하얏든지[219] 몰은다 그러나 자긔
도쏘듯는사람도 그것이무슨쯧인지 엇지하겟다는소리인지째달을수업섯다 차
안은이제극도로식어온것이엿다 그는별안간 「시베리아」 철도를타면안이엿써
할싸하는밋도쯧도업는생각을하야보기도하얏다.

  사람들은 모아[220] 부시럭부시럭이러낫다 그도얼는변소에를안전하도록단여
온다음신사의조력을어더 「다나」 우의가방을나렷다 그리고 그것을바른손아귀
에 쏙쥐고서 나릴준비를하얏다 차는벌서역구내에들어왓는지 무수한검고묵어
운화물차사이를서〻히것고잇는것이엿다,

  차는 「치―ㄱ」 소리를 지르며 졸도할만치큰기적소리를한번울니고는 「승강
장」 에다앗다 소란한천지는시작되엿다

  그는니저버리지안이하고 그녀자의잇든곳을쏘한번돌아다보앗다 그러나

---

218 군입을다서 : 무엇을 먹고 싶어서 입을 다시어.

219 하얏든지 : 전집(2·3)은 '하였는지'로 오식. 현대체로 쓰면 '하였던지'가 옳다.

220 모아 : 전집(2·3)은 '모두'로 수정.

그째에는그녀자는반대편문으로나갓섯기짜문에 그는녀자의등과머리뒤모양

밧게는볼수업섯다.

「에 ― 그러나 도모지 ― 이럿케기억안되는얼골은 처음보겟서 불완전 불완

　전!」

　그는밀녀나가며 이런생각도하야보앗다 그녀자의잠간본얼골을 아모리 다시

그의머리속에 낫하내여보려하얏스나종시정돈되지안이하는채희미하게맴돌고

잇슬쌴이엿다 압흔다리 차안의치위에몹시식은다리를 잇끌고 사람틈에 그럭

저럭밀녀나가는 그의머리는 이러한쓸쎄업는초조로불근화가나서어즈러운것

이엿다.

　승강대를나릴째에 그는그신사손목을한번잡아보앗다 압흔다리를가지고나

리는데 신사의힘을빈다는것처럼 그러나그것은 그가무엇인지유혹하야지는것

이잇섯기째문이엿다 쥐인이고[221] 보앗스나 그는할아모말도생각나지안이하얏

다 그는잠간머뭇々々하얏다.

　「저 ― 오늘이몃츨임닛까?」

　「십이월십이일!(十二月十二日)」

　「십이월십이일!네 ― 십이월십이일!」

　신사의손목을쥐인채 그는이럿케중얼거려보앗다 순식간에 신사의모양은잡

답한[222]사람속으로사라젓다.

　그는찻고쏘차잣다 그러나누구인지아지못할사람이 그의손목을달녀잡앗슬

째싸지 그는아모도찻지는못하얏다 희미한전등밋헤우줄대는사람들의 얼골

은한결갓티다쪽갓튼것만갓핫다 그는그의손목을잡는사람의얼골을 거의저절

로나려다보앗다.

221　쥐인이고 : 전집(2·3)은 '쥐고'로 수정. '쥐이고'에서 '인'이 잘못 들러간 것으로 보인다. 오늘날
　　표현은 '쥐고'.
222　잡답한 : 雜沓한, 즉, 많이 몰리어 붐비는. 전집(3)은 '잡다한'으로 오식.

그러나 ─ 눈 ─ 코 ─ 입 ─.

「하 ‥‥ 두개의눈 ─ 한개씩의코와입!」

소리안나는우숨을혼자우섯다눈을쓴채!

「×군! 나를못아라보나 ×군!」

한참동안이나 두사람의시선은 그대로느러붓흔채마조[223] 매여달녀잇섯다.

「M군! 아! 하! 이거얼마만이심닛가 ─ 얼마 ─ 에 ─ 얼마만인가 ─」

그의눈에는그대로눈물이고엿다.

「M군! 분명히M군이시지요! 그럿치?」

침묵 ‥‥ 이부득이한침목이 두사람사이를아니차자올수업섯다 ─ 입을쫙담은채그는눈물에[224] 흐린눈으로 M군의옷으로신발로쏘옷으로이럿케보기를오르내리켯다 그의머리(?)에갓가운곳에는 (?) 이상한생각 (갓흔것) 이쩌올낫다.

「M군 ─ 그M군은나의친구엿다 분명이역시」

M군보다 키는 차라리그가더컷다 그러나 그가군을바라보는것은 분명히『치여다보는것』 이엿다 그의이모순된눈에서는 눈물이[225] 그대로쏘다지기만하얏다 ─ 어느째싸지라도 ─.

군중의잡도한조음[226] 은하나도 그리귀여[227] 늣겨지々 안앗든것은물논이다 ─ 그리고그쌘만아니라 그의눈이초점을일러버렷든것도,

「차라리 앗가그신사나싸라갈것을」

던광가튼생각이쏘쩌올낫다 그째그는그의귀가「형님」 소리를멧번이나『들엇든기억』쌔지쏘차버렷다.

---

223 마조 : 마주. 전집(2·3)은 '마구'로 수정, 오식.

224 눈물에 : 전집(3)은 '눈물을'로 오식.

225 눈물이 : 원문은 '눈몰이'로 오식.

226 잡도한조음 : 전집(2·3)은 '잡다한 소음'으로 수정. '噪音'='騷音'.

227 귀여 : '귀에'의 오식인 듯. 전집(2·3)은 후자로 수정.

「차라리 ― 아 ―」

「이사람들이나를기다리엇든가 ― 아 ―」

모든것은다간다 가는것은어언간간것이다 그에게잇서도모든것은벌서다간 것이엿다.

다만 ― 그리고는 오지아니하면아니될것이 그뒤를니여서『가기위하야』줄대 여오고잇슬쑌이엿다.

「아 ― 갓구나(去) ― 간것은업는것만도못한『업눈것』이다 ― 모 ― 든 ― ‥‥」

그는M군과T씨와 그리고T씨의아들「업」― 이세사람의손목을번갈아한번 식쥐여보앗다 어느것이나다쌧々하고 핏기업시말은것이엿다.

「아오야 ― T ―

족하 ― 업 ― 네가업이지 ― ‥‥」

그들도 그의눈물을보앗다 그리고어두운낫빗에아모말들도업섯다 간단한해 석을나리운것이엿다.

「밧갓헤는눈이오지?」

「써러지면녹고 ― 써러지면녹고그러닛가뭐」

써러지면녹고 ― 그에게는오즉 눈만이그런것도안일것갓핫다 ― 그리고비 유할곳업는자긔의몸을생각하야도보앗다.

네사람은것기를시작하얏다 ― 어느틈에인지그는『업』의손목을쏙잡고잇섯 다.

「네얼골이 그럿케잘생긴것은 ― 최상의행복이요 동시에최하의불행이다」

그는업의붉게닉은두쌤부터 코밋헤인중을한참이나훔처보앗다. 그곳은 그 를만든 신(神) 이마즈막색기손까락을쌔인자리인것만갓핫다.

도영(倒映)[228] 되는가로등(街路燈) 과「헷드라이트」 는눈물에저즌그의눈속

---

228 도영(倒映) : 거꾸로 비치는.

에 이중뎍 (二重的) 으로재현되여잇는것갓했다.

×　　　×　　　×

T씨의집에서이것저것맛잇는음식을식혀다먹엇다 그자리에M군도잇섯든것은물논이다 자리는어리석기쉬웟다 그래그는입을열엇다.

「오래간만에오고보니 ― 그것도그래 ― 맛나고보면 할말도업거든 ― 사람이란도모지이상한것이거든 ― 얼싸안고한 ― 두어 ― 시간딍굴것갓지 ― 하기야 ― 그러치만 ― 썩 ― 당하고보면그저한량업시반갑다쏜이지 ― 쏘별무슨―」

자긔말이자긔눈에씌울째처럼승거운째는업다.

그는이럿케느러놋는동안에 『자긔말이자긔눈에씌윗』 다자리는쏘어리석어갓다.

「이세상에벙어리나 귀먹어리처럼 ― 엇쌧든 그런병신이차라리나을것이야 ―」

이런말을하고나서보니 넘우지나친말인것도갓햇든것이눈에씌윗다. 그는멈춧햇다.

「×군 ― 말굿헤말이지 ― 그래도눈먼장님은아니닛가 자네편지는자세보아서아네 자네도인제고생굿헤락이나느라고 ― 하기는우리가튼사람도자네덕을닙지안나! 하 ……」

M군의이 말굿헤우숨은넘우나기교뎍 (技巧的) 이엿다 차라리우슬만하얏다.

「우슬만한희극(喜劇)!」

그는누구의이런말을생각하야보앗다 그리고M군의이우숨이정히 그것에해당(該當)치안는것인가도생각하야보앗다. 그리고속으로우섯다.

「형님언제나 심평[229]이필가『필가』햇드니 …… 인제는나도기지게좀펴겟소 ― 허 ……」

---

229 심평 : 셈평의 방언. 이해관계를 따지어 셈을 쳐보는 생각, 또는 생활의 형편. 여기서는 후자의 뜻.

이럿케도모든『우슬만한희극』은작고만니러낫다.

「하 ⋯⋯! 하 ⋯⋯」

그는나가는데맛겨서 그대로막우서버렷다 눈감고칼쌈하는세사람처럼관게도업는세가지우숨이서로어우러저서 슷치고 부딋고 맛닷치는꼴은『우슬만한』희극중에도진기한광경이엿다.

열한시쯤하야 M군은도라갓다 그리고나서그는곳자리에쓸어젓다 곳깁흔쑴속으로써러진 그는여러날만에극도로피곤한그의몸을처음으로 편안히쉬이게하얏다.

얼마를잣는지 (그것은하여간그에게는몃츨동안만갓했다) 귀가간즐어움을견듸다못하야억씨로쌔엿다 쌔이고난그는그의귀가 그럿케간즈러윗든까닭이무엇이엿든가를차자보앗스나어둠컴ㅅ한방안에는 아모것도집어내일것이업섯다.

「쑴을꾸엇나 ― 그럼 ―」

쑴이엿든가 아니엿든가를생각하야보는동안에 그의ㅅ식은일순간에명료하야젓다 짜라서그의귀도그것이무엇인가를구분해내일만치 정확히간즈러움을가만히늣기고잇섯다.

「시게소리 ― 밤 (夜) 소리(그런것이잇다면) ― 그리고 ― 그리고 ―」
분명히통소ㅅ소리다.

「이럴내가아니다」

그러나 그의마음은알수업시감상뎍 (感傷的) 으로변하야갓다 무엇이ㅅ럿케맨들가를생각하야보앗스나 알수업섯다 얼마동안이나어둠침ㅅ한공간속에서초뎜닐흔두눈을유희식히다가 별안간그는 「통소²³⁰의크기는얼마나될가」 를생각해보앗다 그의생각에는그통소의크기는그가집고단이는 「스틱」²³¹ 기럭

---

230 통소 : 통소. 가는 대로 만든 목관 악기. 세로로 내려 불고 앞에 다섯 개의 구멍, 뒤에 한 개의 구멍이 있다.

231 스틱(stick) : 지팡이, 막대, 단장(短杖).

이만은할것갓햇다 그러치안이하면 저런굵은엿흔소리가날수가업슬것[232]갓햇
다 이런생각을하야보고나서 그는혼자우섯다.

「앗가그신사나따라갈것을! 차라리!」

엇지하야이런생각이들가 그는멧번이나 생각하야보앗다 M군과 T는나를얼
마나반가워하야주엇느냐 ― 나는눈물을흘니기까지하지아니하얏느냐 ― 엄의
손목을잡지아니하얏느냐 ― M군과T는나에게얼마나큰기대를가지고 잇지아
니하냐 ― 나는 ― 그들을밋고 ― 오즉 ― 이곳에돌아온것이아니냐 ―.

「아 ― 확실히 그들은나를반가워하고잇슴에 틀님은업슬가? 나는지금어데로
　드러가느냐」

그는지금그윽한곳으로 통하야잇는 ― 그그윽한곳에는행복[233]이 잇슬지불
행이잇슬지는 몰은다 ― 층게를한단∨드듸며 올나가고잇는것만갓햇.

그의가슴은아지못할것으로꽉차잇섯다 그것을그가의식할째에 그는그것이
무엇인가를황々히[234]드려다본다 그째에그는이째까지무엇에인지 꽉채워저잇
는것갓든[235] 그의가슴속은아모것도업시팅뷔인것으로 그의눈압혜낫하난다.

「아모것도업섯구나 ― 역시」

그가다시고개를들엇슬째에는뷔인것으로만알아젓든 그의가슴속은 역시무
엇으로인지차잇는것을 다시늣겨지는것이엿다.

모든것이모순이다 그러나모순쒼것이 이세상에잇는것만콤모순이라는것은
진리이다 모순은그것이모순쒼것이안이다 다만모순쒼모양으로되여 저잇는진
리의한형식이다.

「나는 그들을반가워하여야만한다 ― 나는그들을미더오지아니하얏느냐?

그럿타확실히나는그들이반가웟다 ― 아 ― 나는그들을미더 ― 야한다 ― 안

---

232 업슬것 : 전집(3)은 '없는 것'으로 오식. '없을 것'이 옳다.
233 행복 : 원문은 '행북'으로 오식.
234 황々히 : 갈팡질팡 어쩔 줄 모르게 급히.
235 갓든 : 전집(2·3)은 '같은'으로 오식. '같던'이 옳다.

이다 나는벌서그들을미더온지오래다 — 내가참으로그들을반가워하얏든가
— 그것도안이다 — 반갑지안이하면안이될이경우에는 반가운모양외에아모
런모든모양도나에게 — 이경우에 — 낫하날수는업다 — 어쨌든반가윗다 —」

시게는가느단소리로네시를첫다 다음은다시씀쪽∨한침묵속에잠기고만다 T
씨의코고는소리와 엄의간엷힌숨소리가들여올쑌이다 그의귀를간지럽히든통
소ㅅ리도어느는사이에인지업서젓다.

「혹시내가속지나안는것일가 — 사람은모도다서로속이려고드는것이닛가
그러나설마그들이 — 나는그들에게진심을바지리라[236] —」

사람은속이랴한다 서로ㅅㅅ — 그러나 속이랴는자긔가어언간[237] 속고잇는것
을쌔닷지는못하는것이다 — 속이는것은쉬운일이다 그러나속는것은더쉬운일
이다 — 그덤에잇서속이는것이란어려운것이다 사람은반성 (反省) 한다 그반
성은이러한토대우에슨것임으로 그들은그들이속이는것이고 속는것이고 아모
것도반성치는못한다.

이째에그도확실이반성하야보는것이엿다 그러나그는아모것도반성할수업
섯다.

「나는아모도속이지안는다 그대신에아모도나를속일사람은업슬것이다 —」

그는「반가워하지안이하면안된다 — 사랑하지안이하면안된다 — 밋지안이
하면안된다」 등의「‥‥ 지안이하면안되는의무를늘생각하고잇다 그러나이
「‥‥ 지안이하면안된다」 라는것이도덕상에잇서 엇더한좌표우에노혀잇는것
인가를생각해볼수는업섯다 — 싸라서 이그의소위「의무」 라는것이 참말의미
의「죄악」 과얼마나한거리에써러저잇는것인가를생각해볼수업섯는것도물론
이다.

사람은도덕의근본성을 고구하기전에위선자긔의일신을관렴우에세워놋코

---

236 바지리라 : '바치리라'의 오식인 듯. 전집(2·3)은 '바치리라'로 수정.
237 어언간 : 알지 못하는 동안에 어느덧.

주위의사물에당한다 그럼으로그들의최후뎡[238]실망과공허를어는재이고 반듯
이가저온다 그러나 그것이왓슬재에 그가모든근본착오를새닷는다하야도 재는
그에게잇서 임의넘우느저젓고야 말고하는것이다.

인류의력사가시작될재부터 사람은얼마나이오료 (誤謬) 를반복하야왓든가
이덤에잇서々인류의정신뎍진보는실로가엽슬만치지々 (遲々) 할것이라고안
이할수업다.

「주위를 나의몸으로로써사랑함으로써 나의일생을바치자 ……」

그는이「사랑」이라는것을아모비판도업시실행을「결뎡」하야버리고말앗
다.

「그러나 내가앗가그신사를싸라갓든들? 나는속을는지도몰은다 그러나반듯
이속을것을보증할사람이누구냐 ── 그신사에게 나의마음과가튼참마음이업
다는것을보증할사람은쏘누구냐……」

이러한자긔반역도 그에게잇서는관렴에상쇄 (相殺) 될만큼도업는극히소규
모의것이엿다 ── 집을써나 천애[239]를떠단인지십여년 그는한번도이만큼이라도
깁히생각해본적이업섯다 그의머리는 냉수에당갓다쓰어내인것가치 맑고투명
하얏다 모든것은 이상하얏다.

「밤이라는것은 사람이생각하여야만할시간으로신이사람에게준것이다.

그는새삼스러히밤의신비를늣겻다.

「그녀자는 누구며지금쯤은어데가서무엇을생각하고는울고잇슬까?」

그의눈압헤는 그인상업는녀자의얼골이희미하게써올낫다 얼골의평범이라
는것은 특이 (못생긴편으로라도) 보다얼마나못한것인가를그는그녀자의경우
에서늣겻다.

「그녀자를싸라갓서도」

---

238 최후뎡 : '최후덕'의 오식인 듯. 전집(2·3)은 '최후적'으로 수정.
239 천애 : 天涯. 하늘의 끝, 아득히 멀리 떨어진 낯선 곳.

이것은그에게탈선갓햇다 그리하야 그는생각하기를그첫다 그는몸괴로운듯
이 (사실에) 한번자리속에서돌나누엇다[240] 방안은여전히단조로히시간만삭이
고잇다 그쌔그의눈은건는편벽에걸인 조고만한일녁[241] 우에머물넛다.

DECEMBER 12

이수자는확실히 그의일생에잇서ﾟﾟ기렴하야도 조흘만한(그이상의)것인것
갓햇다.

「무엇하러내가 여기를도라왓다[242]」

그러나 그곳에는벌서그러한「리류」를캐여보아야할아모리유도업섯다 그는
말안듯는몸을억지로가만히니르키엿다 그리하고는손을내여밀어일력의「12」
쪽을쎄어내엿다.

「벌서간지오래다」

머리맛헤버서노흔웃웃의「포켓트」속에서지갑을쓰내여서는그일력쪽을집
어너헛다 — 마치그는정신닐흔사람이무의식[243] 으로하는쏠로 —.

천정을향하야눈을꽉감고누엇다 그의혈관에는인제피가한방울식두방울식
돌기를시작한것갓핫다 완전히편안한상태엿다.

주위는 침묵속에서단조로운 음악을연주하고잇는것갓햇다.

「생명은의지다」

무의미한자연속에오즉자긔의생명만이 넘치는힘을 소유한것갓흔것이 그에
게는퍽깃벗다 그쌔에퍽갓가운곳에서닭이홰를「탁ﾟ」멋번겁처치드니 청신한
[244]목소리로잇흔날의첫번울음을울엇다 그소리가그에게는얼마나 생명의깃븜
과의지의힘을표상하는것갓햇섯는지몰낫다 그는소리안나게속으로마음껏우섯

---

240 돌나누엇다 : 돌아누었다.

241 일녁 : 日曆. 달력.

242 도라왓다 : 전집(3)은 '도라왔나'로 수정. 의미상 후자가 적절.

243 무의식 : 자각이 없는 의식의 상태. 정신 분석에서는 의식되면 불안을 일으키게 되는 억압된 원
시적 충동이나 욕구, 기억, 원망 따위를 포함하는 정신 영역을 이른다.

244 청신한 : 淸新한. 맑고 산뜻한.

다—.

조곰후에는앗가 그소리난곳보다도더갓가운곳에서 더한층이나우렁찬목소리로의「쇠씨요」가들녀왓다 그는더업시깃벗다 엇지할수도업시깃벗다 그가만일춤출수잇섯다하면그는반듯이닐어나서 춤추엇슬것이다 그는견델수업섯다.

「T—T—집에서닭을치나?」

「T—업아—집에서 …… 」

그러나아모대답도업섯다 다만T씨의코고는소리와업의간얇힌숨소리가전과조곰도 다름업시게속되고잇슬쓴이엿다 그곳에는다시아모일도 이러나지안이한째와도로맛찬가지로변하얏다 (사실에아모일이고 니러나지는안앗스나)

「승리! 승리!」

어언간그는쏘다시괴로운쑴속으로 들어가바럿다 — 해가미다지에쐐놉핫슬째까지 —

×　　　×　　　×

아모리그는처자보앗스나 나무도업는말은풀밧헤는 천개나만개나한모양의무덤들이일면으로 널녀잇기만할쑨이엿다차즐수업스리라는것을 나서기전부터도모르는것은안이엿다그러나 그는나섯다 쏘차즐수가잇섯대야아모소용도업슬것이엿스나 그러나 그의마음가운데에는무엇이나 령감이잇슬것만갓했다.

「반가히마저주겟지! 적어도반갑기는하겟지!」

집행이를쥐인손 — 손등은바람에터저 샛쌀간피가흘넛스나 손바닥에는 축々이식은쌈이배엿다 수건을씌내여손바닥을닥글째마다 하염업는눈물에저즌눈갓[245]과쌈을씻는것도 닛지는안앗다 눈물은쌤에흘너서 그대로찬바람에 어(凍) 는지싸늘하얏다 — 두줄기만이더욱이나 —

「왜눈물이흘을까 — 무엇이설을까?」

그에게는 다만찬바람째문인것만갓했다 바람이소리질으며 불째마다 그의

245　눈갓 : 눈의 윗눈꺼풀, 또는 눈가(눈의 가장자리나 주변)를 의미. 전집(2·3)은 '눈가'로 수정.

눈은더한층이나저젓다 키적은잔듸의벌판은소리날것도업시 다만바람과바람
이서로어여드는[246] 칼날갓튼비명이잇슬쑨이엿다.

 해가훨신놉핫슬째까지 그는그대로헤매엿다 손바닥의쌈과눈의눈물을한번
식더씨서 내인다음그는아모데이고그럴법한자리에가안잣다.

 그곳에도한개의 큰무덤과그엽헤작은무덤이 억개를마조대인것처럼노혀잇
섯다 그는한참동안이나 물끄럼이그것을나려다보앗다.

「세상에 쏘나와갓티 젊은안해와어린자식을한꺼번에갓다파무든사람이쏘잇
는가보다」

그는 그러한남과 이러한자긔를비교하야보앗다.

「그러한사람도잇다면 그사람도지금은나갓티세상을써도라단일터이지 그리
고쏘지금쯤은벌서 그사람도죽어세상에서업서저버렷는지도모르지」

그는자긔가지금무엇하려이곳에왓는지몰낫다 반가워하야주는사람이업는것
은그래도고사하고라도 그에게반가운것의아모것을차즐수도업섯다 이럿케마
른풀밧헤안자잇는그의모양이그의눈으로도 「남이보이듯키」 보이는것갓햇다.

「가자 ― 가 ― 이곳에 오래잇슬필요는업다 ― 아니처음부터올필요도업다
―

사람은살아야만한다 ― 그러다가어는날이고는반듯이죽고야말것이다 ―그
러나사람은 어데까지라도살아야만할것이다.

죽는것은사람의사는것을업시하는것임으로 사람에게는중대한일이겟다 ―
죽는것 ― 죽는것 ― 과연죽는것이란사람이사는가운데에는 가장두려운것
이다 ― 그러나 ―

죽는것은사는것의크낙한[247] 한부분이겟스나 그러나죽는것은벌서사는것과
는아모관게도업는것이다 사람은죽는것에철저하여야할것이다 그러나죽는

것에는 벌서눈이라도주어볼아모갑 (價) 도업서지는것이다.

죽는것에대한미적지근한미련은 째끗이버리자 — 그리하야죽는것에철저하
도록힘차게살아볼것이다 —」

인생은결코실험 (實驗) 이안이다 실행 (實行) 이다.

사람은놀날만한긴장속에서일각의 여유좃차도가지々아니하얏다.

「보아라 이언덕에널려잇는수도업는무덤들을 그들이대체무엇이냐, 그것들은
모든점에잇서々 무 (無) 이하의것이다」

해는빗최일짱을가젓슴으로행복이다   그러나짱은해의빗최임을밧는것만으
로는행복되지안타 그곳에무엇이잇슬까

「보아라 해의빗최임을밧고잇는저무덤들은 무엇이행복되랴 — 해는무엇
이행복되며!」

그것은현상이안이다 존대[248] 도안이다 의々 업는모양 (?) 이다 (만일이러한말
이통할수잇다면)

「생성하고 자라나고 살고—아—그리하야해도 쌍도비로소행복된것이안이랴!」

그의머리우를비스듬이[249] 빗최이고잇는 그가사십년동안을낫닉히보아오든
그해가오늘에잇서々는 류달니도숭엄하야보엿고 령광 (靈光)[250] 에빗나는것만
갓햇다 더욱이나싸쯧한것만갓햇고더욱이나 밝은것만갓햇다.

십여년전에M군과함쎄 어린것을파뭇고힘업는몸이다시집을향하야것든이
좁고더러운길과 그리고길가의집들은오늘역시조곰도변한곳은업섯다.

「사람이란 쐐우스운것이야」

그는의식업시발길을아모데로나 죽은것들을피하야옴기엿다 어대를어느곳
으로헤매이엿는지 그가이촌락 (?) 을드러슬수가잇섯슬째에는 세상은벌서어둠
컴々 한암흑속에잠긴지오래엿다.

---

248   존대 : '존재'의 오식인 듯. 전집(2·3)은 '존재'로 수정.
249   비스듬이 : 원문은 '비드슴이'로 오식.
250   령광(靈光) : 신령스럽고 성스러운 빛.

집에는피곤한사람들의코고는무거운소리가 흐릿한등광[251] 과함께씨여진들창으로[252] 새여나왓다 바람은더한층이나불고 그대로찻다 (冷) 다씰어저가는집들이적은키로늘어슨것은 그곳이빈민굴인것을말하는것이엿다 그러나 그에게는 그래도이곳이얼마나『사람사는것』갓고 따수해보이는지몰낫다.

×　　　×　　　×

그는 도모지그들의마음을 짐작할수가업섯다 어느새에는 그에게무한히호의를보여주는것갓티하다가도 쏘어느새에는쓸々하기가짝이업섯다 그는도모지갈피를잡을수도조차업섯다 일로보아하여간 그들이그에게무엇이나불평이잇는것만은분명하얏다 어느날밤에그는그들을모도불넛다 이약이라도갓티하야보자는뜻으로

「T! 의가조흐니낫부니하야도 지금우리에게누가잇나 다만우리두형뎨가잇지안나 — 아주머니 (T씨의안해를그는이럿케불넛다) 그러치안소쏘그리고 업아 너도그러치아니하냐 우리외에설영M군이잇다하드라도 — 하기야 M군은우리들가족과마찬가지로친밀한사이겟지만 그래도M군은『남』이안인가」

그는여긔에말을쑥씃코 한번그들의얼골들을번갈아드려다보앗다 그들의얼골에는깃분표정은업섯다 그러나적어도근심스럽거나 어두운표정은아니엿다 그리고그쑨만아니라무엇이나 그들은그에게요구하고잇는듯한빗도 어렴풋이볼수잇섯다.

「자! 우리일을우리끼리의론하지아니하고누구하고 의론하나 — 나에게는벌서먹은바생각이잇서! 그것은내말하겟스되 — 쏘자네들쎄도조흔생각이잇스면 나에게말하야주엇스면좃켓서 하여간이돈은남의것이안인가 남의것을내가억지로 (?) 어든것은 — 죽은사람의 쯧을어기듯하야가며 이럿케내가차지한것은 다우리들도한번남부럼지[253] 안케잘살아보자는생각에서 그런것이안

인가 지금이돈에내것남의것이잇슬까닭이업서 내것이라면제각기다내것이
될수잇겟고 남의것이라면다각기누구에게나남의것이닛간? 자! 내눈에씌우
지못한 나에게대한불평이잇다든지 쏘엇써케하얏스면조켓다든가하는생각
이잇다든지하거든 우리가갓티서로가르처주며 의론하야보는것이조치안이
한가?」

그는쏘한번고개를돌니여가며 그들의얼골빗을살펴보앗다 그러나아모변화
도차자내일수는업섯다.

「그러면 내가생각하고잇다는것을이약이하야보지! 내생각가태서는 ─ 이돈
을반에탁갈나서 자네하고나하고 반분식논아갓는것도 조흘것갓드나 기실얼
마되지도안는것을쏘반에난호고말면 더욱이나적어지겟고 무슨일을해볼수
도업겟고 그럴것가태서! 생각다생각긋헤나는이런생각을햇서!」

그의얼골에는무슨이약이!? 못할것을이약이하는것갓튼어려운표정이보였다.

「즉반분을하고々만두는것보다도 그것을 그대로가지고가티무슨일이고한번
하야보자는말이야 그러는데에는우리는M군의힘도빌수밧게는업서 쏘우리
둘의힘만으로는된다하드라도 ─ 생각하면 우리는녯날부터M군의신세를슴
쓱이저왓스닛가 지금은거의가족과마찬가지로친밀한사이가되여잇지안은
가 ─ 그러한사람과함께 협력해보는것도좃치안이할까하는데 ─ 쏘M군은
요사이 자네들도아다십히매우곤궁한속에서지내고잇지안은가말이야 ─ 하
면 여지썻신세진은혜도갑하보는세음으로!」

「M군은의사 (醫師)이지 하기는나도그생각으로그랫다는것은안이로되엇잿
든 의학공부를약간해둔경력도잇고하니 ─ M군의명의 (名義) 로병원을하나
내이는것이엇써할까하는말이거든! ─」

그는이말을쑥써러트린다음 입안에모인구든침을한목음술썩삼켯다.

「그야 누구의일홈으로하든지상관이야업겟지만 ─ 그래도M군은 그방면에
잇서々는 상당히년조254도잇고 쏘일홈도잇지안은가 ─ 즉그것은우리의편

리한덤을취하는 방침상그리는것이고 ― 무슨그사람이반듯이 전부이주인[255]
이라는것은안이거든 ― 그래서는 수입이얼마가되든지삼분하야서논키로[256]!
― 엇썬가? 의향이」

그들의얼골에는여전히 아모다른표정도차자내일수는업섯다 쐭담을녀잇는
그들에입을아모리드려다보아도 열닐것갓지도안앗다.

「자 ― 조흐면조켓다고 쏘더조흔방책이잇스면 그것을말하야주게! 불만인가
― 덜조흔가」

방안은고요하다 밧게도아모소리도나지는안앗다 ― 버러지[257] 소리의한결가
튼「리듬」 외에는 방안은언제까지라도 침묵이계속하랴고만들엇다.

그날밤에 그는밤이거이밝도록잠들지못하얏다 슷업는생각의줄이뒤를니여
서새여나오는것이엿다.

「모든사람의일들은불행이다 그러나사람은사람이그럿케도불행함으로 행복
된것이다」

그에게는 불행의최후의쾌미 (快味) 가알녀진것도갓했다.

「이대로가자 ― 이대로가는수밧게는아모도리도업다 이제부터는내가여지
썻차자오든『행복』이라는것을찾기도고만두고 다만『삶』을갑잇게만들기에
만힘쓰자 행복이라는것은업다 ― 잇슬가능성이업는것이다 ― 나는이잇슬수
업는것을여지썻차잣다 나는그릇『견양』[258] 대엿다 ― 그럼으로나는확실히
『완전한인간의패북자』 엿다 ― 째는임의느즌것갓다 그러나쏘생각하면째
라는것이잇슬것갓지도안타 ― 나는다만 삶에대한구든의지를 가즐짜름이여
야만한다 ― 그삶이라는것이싸홈과 슯흠과피로투성이된것이라할지라도 ―

---

254 년조 : 年條. 어떤 일에 종사한 햇수, 사물의 역사나 유래.
255 전부이주인 : 전집(2·3)은 '전부의 주인'으로 수정. 그냥 '전부 이 주인'으로 읽어도 될 듯.
256 논키로 : '나누기로'의 구어체.
257 버러지 : 벌레.
258 견양 : 겨냥.

그곳에는불행도업다 ─ 다만힘세찬『삶』의々지가그냥그힘을내여휘둘으고

잇슬짜름이다」

인간은실로인간외에는아모것도안이엿다 그들은얼마나애를썻나 하날도싸

아보고 디옥[259]도파보앗다 그리고신(神)도조각(彫刻)하야보앗다 그러나그

들은쌍이외에 그들의발하나를세울만한곳을차자내이지못하얏고 사람이외에

그들의반려(伴侶)도차자내일수업섯다 ─ 그들은싸우와그리사람들의얼골들을

번갈아바라다보앗다 그리고는결국길게한숨쉬엿다.

「벗도갈곳도업다 ─ 이괴로운몸을그래도 이험악한싸홈터에서질々끌고도

라단여야할것인가 ─ 그밧게도리가업다면! 사람아 힘플넌다리라도 최후의

힘을주어세워보자 서로々々다갓티 쏘다각기잘싸우자! 이것이다 그리고이

것이잇슬짜름이고나 ─」

그는그의몸이한층이나 더피곤한듯키자리속에서한번돌처누엇다 피곤함으

로부터오는엿흔쾌감이 전신에한써번에스르々기여올나옴을그는늣길수잇섯다.

「하여간에 나는위선T의집에서써러지자 (離) 그것은내가T의집에머물너잇

는것이 피차에고통을가저온다는리유로부터하는이보다도 ─

그까진일로 마음을귀찬케굴어진집한[260]인간투쟁을방해식힐수는업다 ─」

밤이거의밝게쯤되여서야겨우 그는최후의 결뎡을어덧다 설령그가T씨의집

을써난다하야도 그는지금의형편으로도녀히혼자살아갈수는업섯다 그리하야

그는M군과함쎄잇씨로결뎡하얏다 그리고T씨가조화하든지 그의방침대로병

원을내인다음 수입은삼분할것도결뎡하얏다.

지금M군의집은전일의대가를대신하야 눈에씌우지도안이할만한오막사리엿

다 모든것이결뎡되는대로병원갓가히 좀큰집을하나산다음 M군의명의로자기

도M군의한가족이될것도결뎡하얏다 쏘병원을신축하기에넉々하다면 아조그

---

259 디옥 : 지옥(地獄).
260 진집한 : 진지한의 오식인 듯. 전집(2·3)은 후자로 수정.

건물한못통이[261]에다 주택까지겸할수잇도록하야볼까도 생각하얏다 그러나 그
것은그에게는될것갓지도안케생각키엿다.

×　　　×　　　×

햇해[262]는왓다 그의생활도한층새로운 활긔를쎄워오는것가태다 즐겁지도슯
흐지도안은새해엿스나 그에게는다시몹시의미깁흔새해엿든것만은사실이엿다.

— (一九三〇, 五 於義州通工事場) —

생물은다즐거웟다 적어도즐거운것갓치보혓다 그가봄을맛낫슬째 봄을보앗
슬째에죽을힘을다기우려가며긍정(肯定)하렷든「생」이라는것에대한새로운회
의와 그에좃는실망이그를차잣다(訪) 진행하며잇는온갓물상가운데에서그하나
만이뒤에써러저남어잇는것만갓핫다 「벌서도태되엿슬」그를생각하고법측이
라는것의새로의기발한례외를자신에서늣겻다 그러나그에게는아즉도여력(餘
力)이잇섯다 긍정에서부정에항거하는투쟁 — 최후의피투성이의일전(一戰)이
남아잇섯다 그것은「용납되지안은애」(愛)「눈먼(盲)애」 — 그것을조건업시세
상에현상하는그것이엿다.

인간락선자(落選者)의힘은 오히려클새도잇다 봄을보앗슬째지상에엉키는
생(生)을보앗슬째증대되는자아이외(自我以外)의열락을보앗슬째차자오는자
살적절망에충돌당하얏슬째 그래도그는의연히 차라리더한층생에대한살인적
집착과살신성인덕(殺身成仁)애(愛)를지불키용감하얏다 봄을안이볼수업시볼
수밧게업섯슬째 그는자신을혜성(彗星)이라생각하야도보앗다 그러나 그가혜
성이기에는너무나광채가업섯고너무나무능하얏다 다시한번자신을일평범이하
의인간에나려트려보앗슬째 그가그럿키에는너무나열락과안정이업섯다 이중
간적(실로아모것도안인)불만은더욱이나 그를광란에갓갑게 심술내이도록하는

---

261 못통이 : 모퉁이.

262 햇해 : '새해'와 같은 뜻. 전집(2·3)은 '새해'로 수정.

것이엿다.

×　　　×　　　×

　T씨에관한그의근심은　그가그의생에대한신조의안으로깁히들어가면들어갈수록커가기만하는것이엿다 그원인이 어늬곳에잇든지는하여간 그가T씨의집을나온것은한낫도의적으로만생각할째에는한「잘못」이라고도할수잇겟스나 그의그러한결정적일이 동인(動因)에잇서ヽ는 추호의「잘못」도석기지안이하얏다는것은　그가변명할수잇슬쑨만안이라　나아가력설할수싸지잇는것이엿다 그의인상(人相)이몹시낫봐서그랫든지 M군의가족으로부터도 그는환영밧지못하얏슬쑨만안이라 M군의어린아해들싸지도 그를쌀치는[263]안앗다　그러나　그는그째문에자신의불복을늣기거나　혹은M군의집을쩌날생각이나　다시T씨의집으로드러갈생각갓튼것은하지도안이하얏다 그까짓것들은 그에게잇서별로문제안되는 자긔는 그이상더큰악한[264]문제에조우하야잇는것으로만녁엿다　밤이면밤마다자신의실추 (失墜) 된인생을명상하고　머지안이한병원을아츰마다쏘저녁마다오고가는것이　엇지그다지단조할[265]것갓햇스나　그에게잇서ヽ는실로긴장그것이엿다　언제나젓는다리를잇끌고서 홀노그길과그길을오르나리는것은 부근사람들에게한철학적인상싸지주는것갓햇다 그러나누구하나 그에게말한마데나 한번의주의를베풀어보랴는사람은업섯다.

　그는 그러한쪽갓튼모양으로 각금T씨의집을방문한다 그것은대개는밤이엿다 그가녁달동안T씨의문지방을넘어단엿스나 그가T씨를설복할수는업섯다.

　「오너라 갓치가자!」

　「형님에게 신세씨치고십지안소」

　그들의회화는일상에이럿케간단하얏다　그리고는　그뒤에반드시길다란침묵이솟싸지　씽기우고말고는하얏다 째로는그가눈물싸지흘녀여가며　T씨의소매

263　쌀치는 : 따르지는.

264　큰악한 : 크낙한.

265　단조할 : 單調할. 단순하고 변화가 없어 새로운 느낌이 없을.

에매여달녀보앗스나 T씨의싸쯧한대답을어더들을수는업섯다.

×　　　×　　　×

느즌봄의저녁은어즈러웟다 인간과온간[266]물상과 그리고그런것들사이에 씽기워잇는공긔까지도느른한란무(亂舞)를하고십흔대로하고잇는것만갓햇다 젓빗하늘은달을중심으로하야타기만만(墮氣滿々)[267]한폭죽(爆竹)[268]을게속하야방사하고잇스며마비된것갓튼별들은조잡한회화(會話)를게속하고잇는것갓핫다 온갓것들은한참동안만의광란에지처서고요하다 그러나대지는넘치는자긔열락을이기지못하야 몸비트는것가치저음(低音)의아우성소리를그대로 단조로히헷쓰리고만잇는것도갓햇다 그속에집행이를의지하야T씨의집으로걸어가는그의모양은 전연히세게의존재할만한것이안인만치 타게에서쮜여온괴존재라도갓햇다 물론그자신은그런것을인식할수업섯스나(쏘업섯서야할것이다 만일 그가그런것을인식할수잇섯든들 그가첫째그대로살아잇슬수가업는것이닛싸)째로맹렬한기세로그의가슴을습격하는치명적적료[269]는 반드시그것을상증한것이거나 적어도그런것에원인되는것이엿다 보는것과 듯는것과 그리고생각하는것에피곤한 그의니마우에는 그의마음과살을한데 쥐여짜썬내여노흔것과도갓튼 무색투명의쌈이멧방울인가엉기웟섯다 그는보기실케절으며움즉이는다리를잠시동안멈추고 그쌈을씨서가면서는「후 ―」한숨을쉬엿다.

　「아 ― 인생은극도로피로하얏다」

　T씨의문지방을그는그날밤에쏘한넘어섯다 그리고는세상의모든것을다 ―사양하는듯한엿흔목소래로

　「업이야 ― 업이야」 를불넛다.

266　온간 : 온갖.

267　타기만만(墮氣滿々) = 惰氣滿滿. 게으름이 가득한.

268　폭죽(爆竹) : 가는 대통이나 종이로 만든 통에 불을 지르거나 화약을 재어 터뜨려서 소리가 나게 하는 물건.

269　적료 : 寂寥. 쓸쓸하고 고요함.

T씨는 아즉 일터에서돌아오지안이하얏섯다 업이도어되를나갓는지보이지
안이하얏다 T씨의안해만이희미한불밋헤서헐어쌔진옷자락을주믈느고안자잇
섯다 편리하지안이한침묵이어데까지라도 두사람의사이에심연을지엿다 그는
생각과생각끗헤준비하얏든주머니의돈을쓰내여T씨의안해의압헤노핫다.

「자—그만하면—그만콤이나하얏스면 나의정성을생각해주실게요—자—」

멧번이엿든가 이러한 그의피와정성을한데뭉치여 (그정성은오로지T씨 한사
람에게향하야밧치는정성이엿다느니보다도 그가인간전체에게눈물노현상하는
과연살신적[270]정성이엿다) T씨들의압헤드린이돈이그의손으로다시금쫏씨워
도라온것이 헤아려서멧번이엿든가 그여러번가운데T씨들이 그것을밧기만이
라도한일이단한번이라도잇섯든가 그러나참으로개(犬)와갓치충실한 그는이
것을밧치기를 니저버리지는안이하얏다 이러나는반감의힘보다도 자긔의마음
의부족하얏슴과수만의무능하얏슴을 회오하는힘이도로혀더컷든것이다.

T씨의안해는주믈느든옷자락을한편에놋코 피기[271]업는두팔을아래로축첫
드리엿다 그러나입은열닐것갓기도하면서한마데의말은업섯다,

「자—그만하얏스면—자—」

두사람의고개는말업는사이에숙으러젓다 그의눈에서굵다란눈물이러쭉ゝ써
젓슬째에T씨의안해의눈에서도그만못지안이한눈물이흘넛다 대기는여전히단
조로히울엇다.

「자—그만하면—」

「네—」

그대로계속되는침묵이 그들의주위의모든것을점령하얏다.

×　　　×　　　×

그가 이러스자T씨가들어왓다 그는나가랴든발길을멈츳하얏다 형제의시선

---

270 살신적 : 殺身的. 몸을 희생하는, 헌신적, 희생적.
271 피기 : 핏기. 피의 기운.

은마조친체잠시동안게속하얏다 그사이에그는T씨의안면전체에서부터 퍼저나오는강한술의취기를인식할수잇섯다.

「T!내마음이그르지안은것을알아다고!」

「하 ‥‥ 하 ‥‥」

T씨는 그대로얼마든지웃고만서잇섯다 몸의쌈내와입의술내를맛흘수업시퍼쓰리면서!

「T야‥ 네가내말을이럿케나 안들을것은무엇이냐?T!나의 ‥‥」

「자이것을좀보시요!형님!이팔쑥을!」

「본다면!」

「아즉도내팔로내가 ‥‥ 하 ‥‥ 굶어죽을까봐그리근심이시요?하 ‥‥」

T씨가팔쑥을거더든채 그의얼골을쑤러질드시드려다볼째그의고개는안이숙으러질수업섯다.

「T!나는지금집으로 도로가는길이다 — 엇쌧쯘 오늘저녁에라도좀더깁히생각하여보아라」

아즉도초저녁거리로 그가나섯슬째에 그는T씨의아즉도선우슴[272]소리를그의뒤에서들을수잇섯다 것는사이에 그는무엇인가여지썻걸어오든길에서 엇썬달은터진길로나올수잇섯는것과갓튼감을늣겻다 그러나쏘한생각하야보면그가새로나온그터진길이라는것도종래의길과는 그다지달음업는 협착하고괴벽한길이라는것갓튼 늣김도늣겨젓다.

×　　×　　×

C라는간호부에게대하야 그는처음부터적지안케마음을잇끌니어왓다 그가C간호부에게대하야 소위호기심이라는것은결코 이성적그엇썬것이안일것은말할것도업다 그가C간호부의얼골을마조할째마다 그는이상한기분이날적도잇섯다.

「도모지어듸서 — 본듯해 —」

<hr>

272 선우슴 : 선웃음. 우습지도 않은데 꾸며서 웃는 웃음.

C는일상그와갓가히잇섯다 일상에말이업시침울한괴분의녀자엿다 언제나 축々이저즌것갓튼눈이 아래로깔니워서는무엇인가 집흔명상에잠기워잇섯다 그리다가는묵々히잡고만잇든일거리도 한데로제처놋코는 곱게살속으로분이 숨여들어간얼골을 두손으로가리우고는 그대로고개를숙여버리고는하는것이 다 더욱 그두손으로얼골을가리울째

「어듸서본듯해 ─ 도모지」

생각날쯧날쯧하면서도종시 그에게는생각나지안이하얏다 다른사람들에게 생소한C가그에게만흔 친밀의쯧을보혀주고잇는것도갓탯스나 각별히간절한 회화한번이라도 밧고아본일은업섯다 늘그의압헤서가장종순하고[273] 머리숙 이고일하고잇섯다.

첫녀름의낫은짜우의초목들까지도 피곤의빗[274]을보이고잇섯다 창밧그로나 려다보이는 종횡으로불규측하게얼키운길들은 축々한생기라고는조곰도차자 볼수는업고 매말은몬주[275]가「포푸라[276]」머리의흔들닐적마다 널고닐고하는것 이 맛치극도로쇠약한병자가 병상우에서 각금토하는습기업는입김과도갓치보 혓다고 색창연한[277] 늙은도시(都市)의부정연한[278]건축물사이에 소밀ㅅ도 (疎密 度)로씽기워잇는공기까지도 졸음졸고잇는것가치병 ─ 하니보혓다 C는건넌편 책상에의지하야 무슨책인지열심으로닑고잇섯다 그는신문조각을뒤적거리다 가급기졸고안자잇섯다 피곤해쌔진인생을생각할째 그의졸음조는것도당연한 일이엿다.

「선생님!조흐심닛까?아 ─ 저도!」

---

273 종순하고 : 순종하고.

274 피곤의빗 : 원문은 '피의곤빗'으로 오식.

275 몬주 : 먼지.

276 포푸라(poplar) : 포플러. 버드나뭇과의 낙엽 교목. 높이는 36~39미터이며, 잎은 어긋나고 넓은 달걀 모양이다.

277 고 색창연한 : 古色蒼然한. 오래되어 예스러운 풍치나 모습이 그윽한.

278 부정연한 : 不整然한. 가지런하지 못한.

그목소리도역시피곤한 한인생의졸음조는목소리에지내지안이엿다.

「선생님!선생님!선생님!선생님」

최면술사가 어슴푸렷한푸른전등밋헤서 한사람에게무슨한마데이고를무한히 시진[279]하도록 「레피－트」[280] 식히고잇는것과도갓치 꿈속갓치고요하고 어슴푸레하얏다.

「선생님!선생님!저도한째는신이라는것을 미덧든일이잇담니다!」

「⋯⋯⋯」

「선생님!신은잇는것임닛까?잇슬수잇는것임닛까?잇서도관게치안은것임닛까?」

「⋯⋯ 흥 ⋯⋯ C씨! ⋯⋯ 소설에그런말이잇슴닛까?」

「여기서도!그들은신을미드려고애를쓰고잇슴니다그려!한째의저와갓치!」

「⋯⋯⋯」

또한졸음조는것갓튼 침묵이그사이에한참이나노혀잇섯다「앵도저리[281] ― 쌧지 ―」 어린장사의목소리가 작고만 ― 그들의쉬이랴는 귀를귀찬케굴고잇섯다.

「선생님!저를선생님의겻헤다 ― 제가잇고십허하는째까지두어주시지요」

「그것은?그러면?그럿타면?」

「선생님!선생님은저를전여모르서도 저는선생님을잘알고잇습니다」

그의들냐는잠은 일시에냉수씨연즌것갓치 쌔워저버리고말앗다.

「즉!안다면!」

「선생님!팔년! ― 엇잿쓴그전 ― 명고옥의생활을기억하심닛까?」

---

279   시진 : 澌盡, 기운이 아주 쑥 빠져 없어짐. 또는 視診, 즉 눈으로 환자의 몸을 보고 그 외부에 나타
         난 변화로 병을 진단함. 여기서는 전자가 적합할 듯.

280   레피－트(repeat) : 반복.

281   앵도저리 : 앵두-자두. '저리'는 '자리(紫李, 자두)'의 오식.

「명고옥? ─ 하 ─ 명고옥?」

「선생님!제가 ─ 죽은××의아오올습니다」

「응!××?그 ─ 아!」

고향을써나 두형매[282]는오랜동안유랑의 생활을게속하얏다죽엄으로만닥어가는 그들을차저오는극도의곤궁은 과연그들에게는차라리 죽엄만갓지못한바른(正)삶이엿다 차々옴돗기시작하는세상에대한조소(嘲笑)와증오는드듸여그들의인간성까지도 변형식히여놋치안코는마지안이하얏다 ××는그의본명은안이엿다 그가이십이조곰넘엇슬째 그는극도의주림을이기지못하야 남의대야[283]한개를훔친일이잇섯다 물론일순간후에는무한히첨회[284]의눈물을흘니엿스나 한번업즐너노흔물은 다시엇지할수도업섯다 첫째로법의눈을피한다는이보다도 여지썻의자긔를쌔긋이장사지낸다는의미아래에서자긔의본명을버린다음지금의××라는일홈을가지게된것이다 청정된[285]새로운생활을영위(營爲)하야나아가기위하야 어린누이의C를일쓸고[286]그의발길이도라드러슨다는곳이 곳명고옥 ─ × ─ 그량삼년[287]외국생활을격거보든그식당이엿다 우연한인연으로맛난 이두신생에발길드리며 노흔인간들은곳 가장친밀한우인이되엿섯다.

「첨회!자긔가자긔의과거의죄악에대하야 참으로첨회의눈물을흘넛다하면 그는그의지은죄에대하야 독죄[288]바들수잇슬까?」

그는××로부터일상에이러한말을 침울한얼골로하고는하는것을들엇다.

「만인의신은업다 그러나자긔의신은잇다」

그는늘이러한대답을하야왓섯다.

---

282 형매 : 兄妹. 형과 누이.

283 대야 : 세수하는 그릇.

284 첨회 : '참회'의 오식인 듯. 전집(2·3)은 '참회'로 수정.

285 청정된 : 淸淨된. 맑고 깨끗한. 여기서는 '죄가 없이 깨끗한'을 의미함.

286 일쓸고 : '이쓸고'의 오식인 듯. 전집(2·3)은 '이끌고'로 수정.

287 그량삼년 : 그 량삼년. '량삼'은 '이삼'을 뜻하는 중국어식 표현이며, "그 2~3년"을 뜻함. 전집 (2·3)은 '그냥 삼년'으로 잘못 옮김.

288 독죄 : 贖罪를 잘못 읽은 듯. 전집(2·3)은 '속죄'로 수정.

「지금이라도 내가그대야를가지고 그주인압헤업드리어 울며사죄한다면 그
　주인은나를용서할것인가?신까지도나를용서할것인가」

　어느밤에××는자긔가 도적하얏섯다는것과갓튼 모양이라는대야를한개사
가지고 돌아온일까지도잇섯다 ××의얼골에는취소할수업는 어둔구름이가득
이씨워잇는것을 그는볼수잇섯다.

「아모리생각하야도 — 이상처를두고ヽヽ알는것보다는 — ××!래일은내가
　그주인을차저가겟소 그리고는그압헤서울어보겟소?」

　그는죽을힘을다하야××를말니엿다.

「이왕이처름새로운생활을하기시작하야노흔이상 — 이럿케하는것은 자긔를
　넷날그죄악의속으로 다시돌녀보내는것이되지안을까!첨회가잇는사람에게
　는 그순간에벌서모든것으로부터용서바다서!지난날을추억하는이보다는 새
　생활을근심할것이야!」

　××의친구중에A라는대학생이잇섯다 C는A에게부탁되여잇섯다 A는아즉
도 나어린C엿스나 은근히장래의자긔의안해만들것까지도생각하고잇섯다 C도
A를극히쌀코 존경하야인류의깁흔정의를맺고잇섯다.

　느즌가을하늘이맑게개인어느날××와A는렵총(獵銃)을엇개에 — 즐거운수
렵의하로를 어늬깁흔산중에서갓치보내게되엿다 운명은악희라고만은 보아
버릴수업는악희를감히시작하얏스니 A의견양대인탄환은××의급처에명중하
고말앗다모든일은꿈이안이엿다 기막힌현실일쑨이랴!!엇써케할수도업는엄연
한과거엿다 A는멋츨의류치장생활을한다음 머리쌱근채어데로인지종적을감
초운후 이세상에서 그의소식을아는사람은한사람도업게 그의자최는 이세상
에서살아저버리고말앗다 일시에두사람을일허버린C는 A가우편으로보내준얼
마의돈을수중에한[289] 다음 그대로넓은벌판에발길을드리여노앗다.

「그동안칠년 — 팔년의저의삶에대하야서 엇떤국어로이야기할수잇겟슴닛까」

289　수중에한 : 수중(手中)에 넣은.

이곳까지이야기한C의눈에는　몃방울의눈물이분먹은쌤에가느다란두줄의길을 내여놋코까지잇섯다.

「제가선생님을뵈옵기는 오라버님을뵈오려갓슬째 몃번밧게는업슴니다 ―
　그러나제가생각해도 이상히선생님의얼골만은 저의기억에가장인상깁흔 그
　이엿나보아요!」

이곳까지들은그는 여지썻꼼짝할수도업시막히엿든 그의호흡을비로소회복
한드시 길다란심호흡을한번쉬엿다.

「C씨 ― 그래 그A씨는 그후한번도맛나지못하섯소?」

「선생님!제가누가잇겟슴닛싸!이럿케천하를헤매이는것도A씨를차자보겟다
　는일럼임니다 ― A씨는벌서죽엇는지도모름니다 ― 다행히오늘 ― 도라가신
　오라버님의기념처럼×선생님을이럿케맛나모시게되니 ― 선생님아못조록
　죽은오라버님을생각하시고저는선생님겻헤제가실증나는날까지　두어주세
　요　제가실증이낫슬째에는　또 ― 선생님가엽슨이새 (鳥)를저가고십흔데로
　가게내여바려두어주세요 저는 ‥」

숙으러지는고개에두손이올나가가리워질째에

「도모지어듸서본듯해!」

그기억은아모리생각하야도　명고옥에서의기억은안이엿고분명히다른어늬
곳에서의기억에틀님업는것이엿다 그러나종시그의기억에써올나오지는안이하
얏다.

「선생님!A씨나오라버님이나 ― 그들을위하야서라도 저는죽을힘을다하
　야신을미더보려고하얏슴니다　그러나지금은신의존재커녕은　신의존재
　의가능성까지도의심함니다」

「만인을위한신은업슴니다 그러나자긔한사람의신은누구나잇슴니다」

　창밧게길몬주속에서는　구세군행려도[290]의복음과찬미가소리가　가장저음으

290　행려도 : 行旅徒. 돌아다니는 무리.

로들녀왔다.

×　　　×　　　×

사람들은놀내여T씨를둘너쌋다 그리고써들엇다 인사불성된T씨의억개와팔사이로는 붉은선혈이웃밧갓트로 배여흘너쩌러지고잇섯다.

「이사람형님이병원을한답듸다」

「어된고?누구아는사람잇나」

「내알아 — 엇째쯘메고들갑시다」

폭양[291]은대지를 그대로불살나바릴드시내리쪼이고잇섯다 목쉬인지경노래[292]와목도[293]소리가무르녹은 큰악한공사장한귀통이에서는 자그마한소동이々러낫섯다 그러나잠시후에는「그까짓것이다무엇이냐」 는드시 도로전모양으로도라가바렷다.

×　　　×　　　×

T씨는거의일주야 만에야 의식이회복되엿다 상처는그다지큰것이안이엿스나 놉흔곳에서써러지노라고 몹시놀내인것인듯하얏다 T씨의안해는곳달녀와서 마음껏간호하얏다 그러나업의자태는나타나지안이하얏다 그가T씨의병실문을열엇슬째T씨부々의무슨이야기소리를들엇다 그러나그의얼골을보자마자곳씃치어버린듯한 표정을그는늙을수잇섯다 T씨의안해의아래로숙인 근심스러운얼골에는「적빈[294]」두글자가삭인드시쒸려시나타나잇섯다.

「T야!상처는대단치안으니 편안이누어잇서라 다 — 념려는말고 —」

「..........」

그는자긔방에서쏘무엇인가 깁히깁흔것을생각하고잇섯다 그생각하고잇는

---

291 폭양 : 曝陽. 뜨겁게 내리 쬐는 볕.

292 지경노래 : 지정 노래. 지반을 다질 때 부르는 노래.

293 목도 : (여러 사람이) 무거운 물건이나 돌덩이를 밧줄로 얽어 어깨에 메고 옮김, 또는 그 일에 쓰는 굵고 긴 막대기.

294 적빈 : 赤貧. 아주 가난하여 아무 것도 없음.

자긔조차 무엇을생각하고잇는지모를만콤 그의두뇌는혼란 ― 쇠약하얏다.

「아 ― 극도로피곤한인생이여!」

세상에바치랴는자긔의「목」의가는곳 ― 혹 이제는이목을비록세상이바더라도[295] 하여주는째가도라왓나보다 ― 하는갓튼생각도써올낫다 험상스러운손가락사이에씽기워 단조로운곡선으로피워올나가고잇는 담배연긔와도갓치 그의피곤해싸진뇌수에서도피비린내나는 흑색의연긔가엉기어올나오는것갓탯다.

「오냐만인을위한신이야업슬망정 자긔하나를위한신이웨 ― 업겟느냐?」

그의손은책상우의신문을집엇다 그리고그의눈은무의식적으로 지면우의활자를넑어나려가고잇는것이엿다.

「교회당에방화!범인은진실한신자!」

그의가슴에서는매치엇든화산이소리업시 분화하기시작하얏다 그러나그는 아모쓰거운늣김도 늣길수는업섯다 다만무엇인가변형된 (혹은사각형의) 태양적갈색의광선을방사하며 붕괴되여가는력사의째안인 려명을고하는것을 그는볼수잇는것도갓햇다.

×　　　×　　　×

T씨는저녁째 드듸여병원을나서々그의집으로돌아갓다 T씨의안해만이 변명못할신세의눈초리를 그에게보혀주며쓸々히T씨의인력거뒤를쌀앗갓다 그는모든것을리해하야버렷다.

「T야―T야―」

그는그뒤의말을니을수잇는단어(單語)를차자내일수업섯다 T씨의얼골에는 전연표정이업섯다 그저병원을의식이회복되자 형의병원인줄을알은다음에 잇슬곳이안이닛까 나간다는그것이엿다 세상사람들은그를비웃기도하얏고 욕하는이까지도잇섯다.

「그형인지무엇인지 전구두쇤가봅듸다」

295　바더라도 : 전집(2·3)은 '받아라도'로 수정.

「이염천[296]에먹고사는것은고사하고 하도집에서아모리한대야상처가낫기는
좀어려울걸!」

그의귀는이러한말들에귀먹어리엿다.

「그래그럿케내보내면엇써케사ー노?굶어죽지」

그뒤로도그의발길이T씨의집문지방을안이넘어슨날은업섯다 또수입의삼분
의일을여전히 T씨의안해에게전하는것도게을니하지는안이하얏다 쑨만안이라
다른의사를대이게하야 (그와M군은T씨로부터거절하얏슴으로) 치료는나날이
쾌유의쪽으로진섭[297]되여가고잇섯다.

수입의삼분의일이무조건으로T씨의손으로돌아가는데대하야 M군은적지
안케불평을가젓섯다 그러나물론M군이그러한불평을 입밧게내일리는업섯다
그가쏘한이러한것을눈치못채일리는업섯다 그러나그역시엇지할수도업는일
이엿다 엇썬째에는 이러한것은터놋코 M군의압헤하소하야[298]볼까도 한적까
지잇섯스나 그러지못한채로세월에게질々끌니워가고잇섯다.

「다달이나는분명히T의안해에게 그것을전하야주엇거늘!그것이다시돌아오
지안이하기 시작한지가임이오래거든 ― 그러면분명히 T는그것을자긔손에
다달이넛코 써왓슬것을 ―T의태도는너무과하다 ― 극하다 ―」

그는더참을수업는것을늣겻다 그러나더참을수업는것을참아넘기는것이 그
가세상에바치고자하는 그의참마음이라는것을깁히자신하고 모든유지되여오
든현상을 게을니안이할쑨이랴 한층더부즈런이하얏다.

×　　　×　　　×

오늘도쏘한그의절놈발의발길을 T씨의집문지방을넘어섯다T씨의안해만이

만면한수색으로[299] 그를대하야주엇다 물논이야기잇슬까닭이업섯다 비스듬이 열닌어둠컴々한 방문속에서는 T씨의알는소리석긴코고는소리가들넛다.

「좀엇썬가요!」

「차々나아가는것갓습니다」

「의사는?」

「단여갓슴니다」

「무엇이라고그럽닛가요?」

「넘려할것업다고」

그만하야도그의마음은깁쌧다 마루씃헤걸터안저 이마에맷츤쌈을씨스랴할 째 그의머리우하늘은싯썸엇케 흐리여들어오고잇섯다 그런가보다하는사이에 주먹갓튼빗방울이마당의말은몬주를 폭발식히기시작하얏다 서늘한바람이한 번획불어스치드니 지구를싸고잇는대기는별안간완연[300] 전쟁을이르킨것갓핫 다 T씨의초가집웅에서는물이라고생각할수도업는 더러운액체가줄々쏘다지기 시작하얏다 그는고개를들어하늘을치여다보앗다 그저무한히검기만하얏다 다 만각금번적어리는번개가푸른빗의절선[301] 을큰소리와함께 그리고잇슬쑨이엿 다 세상사람들에게 이기다리고기다리든비가얼마나 새롭고감사의것일것이엿 스랴 만은 ─ 그에게는다만그의눈과귀에감각되는 한현상에지나지안는것이 엿다 새로울것도 감사할것도아모것도업섯다 피곤한인생 ─ 그는얼마동안이나 멀거니안저잇다가 정말인간들이내여다버린것모양으로안자잇는 T씨의압헤례 의것을내여밀엇다 T씨의안해는그저고개를숙이엿슬쑨이엿고여전히아모말도 업섯다 그는쏘거북한기분속에서버서나려고

「업이는어딜갓나요 요새는도모지볼수가업스니 ─ 더러들어안저서 T간병

---

299 만면한수색으로 : 滿面한 愁色으로, 얼굴에 근심이 가득한 모습으로.

300 완연 : 宛然. 뚜렷이. 확실히.

301 절선 : 切線. 곡선상의 두 점 P・Q를 연결하는 직선을 가정하고, 점 Q가 이 곡선에 따라 한없이 점 P에 접근할 때의 직선 PQ의 극한의 위치, 또는 그 자취.

도좀하고하지」「벌서나간지가닷새 ― 도모지말을할수도업고」

「외말을못하시나요」

「…………」

우연한회화의한도막이 그에게적지안이한 의아의파문을니르키엿다 (속으로는분하얏다)

「에 ― 못된자식 ― 애비가죽어들어누엇는데」

그는비오는속으로그대로나섯다 머리우에서는우뢰와번개가 여전히끈치지안이하고닐엇다.

「신은이제나를증벌하랴드는것인가」

「나는죄가업다 ― 자 ― 내가무슨죄가잇는가 좀보아라 ― 나는죄가업다!」

그는자긔의선인임을나아가력설하기에는너무나약한인간이엿다 자긔의오즉죄업슴을 죽어가며변명하는데 긋칠줄밧게몰낫다.

「만인의신!나의신!아!무죄!」

모든것은거더잡을수업시 뒤죽박죽이엿다 자동차의「헷드라잍」302 빗속에서번개와어울어저서번적이엿다.

於義州通303工事場 ―

그것이 벌서찌는듯한여름어느날의일이여섯다면 세월은과연쌜은것이다 축느러진나무닙에는윤택이랄것이업섯다 영원히 윤택이나지못할투명한 수증기가 세게에차잇는것갓탓다.

쇠박々々오는조름을 참을수업서 그는창밧글바라보앗다 사람들은 여전히무

---

302 헷드라잍(headlight) : 가차나 자동차 따위의 앞에 단 등. 전등(前燈). 전조등.

303 義州通 : 서울에서 의주로 가는 1번 국도의 일부를 의주로로 불렀는데, 1914년 일제가 '의주통'으로 지칭함. 서울역에서 독립문을 거처 홍은 사거리에 이르는 도로이다. 이상은 1929년 4월부터 서대문 의주통의 전매국 연초공장 공사장에서 일했고, 1930년 3월 9일 공장 낙성식에 참석하기도 했다.(방민호)

거운발길을옴기여노흐며잇섯다 서로만나는사람은담화를하는것도갓탯다 장
사도지나갓다 무엇이라고소리놉히외첫슬것이다 그러나 모든사람들은입만생
긋거리는데에긋치는것갓치 소리나지안이하얏다 「고요한담화인가」 그에게는
그럿케생각이되엿다 벽돌집의한덩어리는구름이해를가렷다 터노흘새마다흐
렷다 개엿다하얏다 그러나 그것도 지극히 고요한이동(移動)이엿다 그의웃눈
섭은차々무게를늘니는것갓탯다 얼마가지안이하야는 아랫눈섭우에가만히언
첫다 공긔가 겨우통할만한적은 그틈에서는참을수업는조름이 ― 그것도소리업
시 ― 새여나왓다.

병원은호흡(呼吸)을 ― 불규측(不規則)한호흡을무겁게게속하고잇섯다 그불
규측한호흡은 그의조름에혼화[304]되여 저윽히얼마간규측적인것갓치보혓다.

어린아해우름소리가 아랫층에서들엿다 그러나 그것도그의엿가락처럼 느러
진조름의줄을 건드려볼수도업섯다 한번지나가는바람과갓탯다 그뒤에는또
피곤한그의조름이그대로게속되여갓슬쑨이다.

그가잇는방 「쏘어」(문)가이상한음향을내이며 가만히열렷다 둔 (鈍) 한「슬
립퍼」 소리가둘, 셋, 넷 하고, 하나가긋나기전에 쏘하나가낫다 저절로도라가는
「쏘어」 의장식(蝶番)은 「쏘어」 를 「쏘어」 틀(額框) 틈사이에 ― 무거운짐을나
려놋는모양으로 갓다씽기웟다 그리고는가느다란숨소리 ― 혹 전연침묵이엿는
지도 모를 ― 나마[305]날듯한비중(比重) 늘은공기가실내 (室內) 에속도더된 파
도를 작란하고잇섯다.

일분 ― 이분 ― 삼분……

「선생님!선생님!주무세요?선생님」

C간호부(看護婦)는멋번이나 그의억개를흔들어보앗다 그의억개에다흔C간
호부의손은 젊듸젊은것이엿다 그는쾌감잇는탄력을늣겼는지도모른다 그러나

---

304 혼화 : 混和. 한데 섞어서 합함, 또는 한데 섞이어 융화됨. 또는 渾和, 즉 혼연하게 화합함.
305 나마 : 마저. '좀 모자라지만 아쉬운 대로'의 뜻.

그것은그새문에 더욱이나 조름은둑게(厚)둑거운것이되여갓다.

「선생님!잠에취하섯세요?선생님!」

구루마[306]박휘[307]도는소리 — 매암이[308]잡으려몰여다니는아해들의소리 — 이런것들은 아즉도그대로 그의귀박휘에붓터남어잇서서 손으로몰래훌트면 우수수썰어즐것도갓댓다 그럿케 그의잠!조름!은조름 그것만으로단순한것이 엿다.

장주 (莊周) 의쑴[309]과갓치 — 눈을부비여보앗슬째 머리는무겁고 무엇인가 어둡기가짝이업는것이엿다 그은동안에지나간 그의반생의축도를 그는조름속 에서도 피곤한날개로한번휘거처 날아보앗는지도몰낫다 쑴을기억할수는업섯 스나 쑴을쑤엇는지도 혹은안쑤엇는지도 그것까지도알수는업섯다 그는어데인 가 풍경업는세게에가서 실컨울다그울음이다하기전에쌔워진것만갓튼모 — 든 그의사고 (思考) 의상태는 무겁고 어두운것이엿다.

「선생님! 잠에취하섯세요?퍽곤하시지요 쌔워드려서 — 곤하신데주무시게 둘걸!」

그는하품을한번 큼즉하게하야보앗다 머리와 그리고 머리에딸리지아니하면 아니될모든것은 한번에번적가벼워젓다 동시에은동안의기다란쑴도한번에 다 — 날아간것과갓댓다 그리고는 그의몸은 쏘다시엇지할수도업는 현실의한모통 이로다시금돌아온것갓댓다.

「선생님!그리기에 저는선생님께 아모런즛을하야도관게치안치요!다용서해 주세요」

「그야!」

「선생님졸니서々 단잠이폭드신걸 쌔워노하 — 서그래도선생님은 저를용서

306　구루마 : 수레. 바퀴를 달아서 굴러가게 만든 기구로 사람이 타거나 짐을 싣는다.

307　박휘 : 바퀴.

308　매암이 : 매미.

309　장주(莊周)의쑴 : 원문은 '壯周'로 오식. 장자가 어느 날 꿈에 나비가 되었다는 胡蝶夢을 일컬음.

「해주시지요」

「글세!」

「용서하야주시고십지안흐세요?선생님」

「혹시!」

「선생님오늘일은 용서하야주시지안으서도좃슴니다 그럿치만은 한가지청이 잇슴니다 더위에괴로우신선생님을잠간만버려도 그것은정말선생님용서해주실는지요」

「즉그럿타면!」

「몃츨동안만선생님겻틀써나 더위의선생님을 내여버리고저만선々한데를차자서 정말잠간몃츨동안만 — 선생님혹시용서해주실수가잇슬는지요?정말 몃츨동안만!」

「선々한데가잇거든가오 몃츨동안만이랄것이아니라 선々한것이슬혀질째까지 잇다오오 제발로것겟다 용서여부가뭇겟소? 하々」

그의얼골에서는 우슬째에움즉이는근육이 확실히움즉이고는잇섯다 그러나 평상시에아니보히든몃줄기의혈관이 쑤려시새로보혓다.

「선생님 그럿케하시는것은저는실슴니다 선생님저를미워하심닛까?저를미워하시지는안으시지요 절다려 어듸로가라고그러시는것임닛까?그러시는것은안이겟지요?」

「그회화에는 나는관게가업는것갓소하하 그러나 다천만에말슴이요」

「그러시면 못가게하시는걸 제가졸느다々々々 겨우허락 — 용서를밧게 — 이럿케하서야 저도가는보람도잇고 쏘가도열는오고 — 선생님도보내시는 — 용서하시는보람이게시지안슴닛까?」

「허락할것은 얼는허락하는것이 질々쓰으는것보다좃치」

「그것은그럿치만 자미가업슴니다」

「나는늙어서 아마그런자미를모르는모양이요」

「선생님은!」

「늙어서!하々……」

돌아안는C간호부는품속에서 손바닥보다도적은 원형의거울을씌집어내여 쏘무엇으로인지쌤, 니마를싹々문즐느고잇섯다 잇지[310]안은동안갓치잇든 그들사이엿것만은 그로서는실노 처음보는일이요그의눈에는한이상한광경으로빗최엿다.

×　　　×　　　×

미목수려(眉目秀麗)[311]한한청소년이이리로거러오는것이보혓다 량편손에는 여러개의물건상자가매여달려잇섯다 흑(黑)과백 (白) 으로만장속[312]한 그청소년의몸에서는 거의광채를발하다십히 눈부시엿다 들창에매여달녀밧갓만을내여다보고잇든C간호부는 그째에 그의방에서나갓다 거의의식 (意識)을일흔 그는C간호부의풍부한발이 층게를나려가는여러음절의소리가운데의몃도막을들엇슬쑌이엿다 아랫층에서는가벼운 ─ 그러나퍽명랑한우숨소리가 아라듯지못할만한정도로흐려진유쾌한 그러나 퍽쌀막한담화소리에석겨들녀왓다 쿵─쿵─쿵쿵 분명히네개의발이 층게를올나오고잇섯다.

「큰아버지!」

「선생님!」

고개를숙인채 그의압에나란히서잇는 이두청춘 (靑春) 을바라볼째에 그의눈에서는번개가낫다 혹은어린양들에게백년의가약을 손소맷게하야주는거륵한목사 (牧師) 와도갓탯다 그의가슴에서는형상업는물결이흔들녓다 그우에쓴조고만사색 (思索) 의배를파선식키랴는드시

「업아 내가너를본지 몃달이되는지?」

---

310 잇지 : 전집(2·3)은 '잊지'로 수정 오식. 오히려 '있지'로 보는 것이 타당할 듯. 그러면 '있지 않은 동안 같이 있던'은 역설적 표현이다. 그리고 '잊지'의 본문 표현은 '닛지'임.

311 미목수려(眉目秀麗) : 눈썹과 눈이 수려한, 즉 용모가 빼어난.

312 장속 : 裝束. 몸을 꾸며 차림, 또는 그 몸차림.

고개를숙인업의입살은 썰어질것갓치도아니하엿다.

「업아 네가입은옷 (依服) 은감도좃커니와 쏙맛는다」

그의시선은푸른빗을내이며 업의립상(立像)을오르내렷다

「업아 내가가지고온이상자속에든것은 무슨조흔물건이냐 혹시 그가운데에
　는 나에게줄선물도석겨잇는지 하나둘셋 — 넷 — 다섯 —」

그의시선은 다시금판자우에나란히노혀잇는 여러개의상자우를하나 둘 거처
가며산보하얏다.

「업아 아버지의상처는좀나흔가?아니 너최근에너의집을들는일이혹잇는가?」

「…………」

「내가보는대로말하고보면아마 지금려행의길을써나는모양이지?아마」

「………」

방안에는찬바람이돌앗다 들창을새여들어오는 훈운한바람도다 — 이방안에
들어오자마자 밧과[313]온도를닐허버리는것과갓탯다.

「C씨!C씨는언제부터 나의업이와친하얏는지모르겟스나 — 자 — 두사람에
　게 내가물을말은 이럿케 두사람이내압헤함께낫타난쯧은무슨쯧인지?이야기
　할것이잇는지청할것이잇는지 혹나에게무엇을줄것이잇는지 —」

C간호부는 고개를숙인채 좌우를두어번둘너보드니 무슨생각이급히써올낫
는지 황ㅅ히그방을나갓다 남아잇는업한사람만이 교의[314]에걸터안즌그압에 쌱
가세운장송[315]과갓치부동자세 (不動姿勢) 로서잇섯다 그는교의에서몸을이르
키며담배를한개피여물엇다 연긔의빗은신선한청색이엿다.

「업아 — 이리와서안자라 큰아버지는 결코너에게악의를가지ㅅ아니하얏다
　나의뭇는말을속이지말고대답하여라」

「네가돈이어듸서생기니?네가버는것은아니겟지」

「어머님이주심니다」

「아범에게서는 어더본일이업니?」

「업슴니다」

「그만하면알앗다」

업은처음으로 그의얼골을 한번치어다보앗다.

「C양은엇써케 언제부터알앗니?」

「우연히알앗슴니다 사괴인지는아즉한달도못됨니다」

「저것들은다무엇이냐」

「해수욕에쓰는것임니다 옷 — 그런것」

「해수욕 — 그러면해수욕을가는데 하々…… 작별을하려온것이로군 물론C
양과둘이서?」

「네 제생각은 큰아버지를뵈옵고가지아니려하얏슴니다만은 C간호부말이우리
둘이서 그압헤나가간곡 (懇曲) 히용서를빌면 반다시 용서하여주시리라고 — 그
말을제가미든것은아님니다 그러나 저는아니올수업섯슴니다 쏘C간호부는 큰아
버지쎄서는 우리두사람의사이도반다시리해하야주시리라는말도하얏슴니다만은
물론그말도저는밋지안엇슴니다」

「잘알앗서 나는 — 그러면나로서는 혹용서하야줄점도잇겟고 혹용서하지아
니할점도잇슬테닛까」

「그럼무엇을용서하시고 무엇은용서하지아니하실터인지요?」

「그것은 보면알것이아닌가」

그의말긋헤는 가벼운경련이 갓치쌀핫다 책상우에쓰집어내여싸하노흔해수
욕도구 (道具) 는쇄만흔것이엿다 그는그자그마한산(山)우에「알콜」의소낙비
를나리윗다 성냥긋에서 옴겨붓는불은검붉은화렴 (火焰) 을발하며 그의방천정
을금시로식검엇케쓰실리워노핫다 소리업시타올으는직물류, 고무류의그자그
만한산은보는동안에 문허저가고문허저가고하얏다 그광경은맛치쑴이아니면

볼수업는 동작이잇고음향이업는반환영(半幻影)과갓텟다 벽우의시게가 가만히새로한시를첫다 업의얼골은초일초 분일분샛파랏케질리워갓다.

입술은 파래지며심히썰엇다 동구 (瞳球) 를싸고잇는눈웃두덩도썰엇다 눈의흰자위는빗갈을닐흐며 회갈색으로변하고 검은자위는더욱々々칠흑(漆黑)으로변하며 전광 (電光) 갓튼윤택을방사하얏다 그러나동상 (銅像) 갓튼업의부동자세는 조곰도변형되려고는하지안하얏다.

「푸지직」소리를남기고불은써젓다책상을덥허쌋든「클로드」[316]도책상의「봐니수」[317]도나타나고눌엇다 그우에그해수욕 도구들의다타고남은 몃줌의검은재가엉기여잇섯다 쏙다든「쏘어」 가밧갓트로부터열렷다.

「선생님!」

오즉한마듸 ― 잠시나붓거리는 그입술이달녀잇는C간호부의얼골은심야의정령 (精靈) 의그것과도갓치 창백 (蒼白) 하고도가련 (可憐) 하얏다 그쑨만아니엿다 그러한C간호부의서잇는등뒤에부동명왕[318]의얼골과갓치 흑연화렴속에인쇠되여잇는듯한 T씨의그것도 그는볼수잇섯다 일순후[319]에는그의얼골도창백화하지아니할수업섯고 그의입술도조곰식조곰식그리하야커다랏케썰리기시작하얏다.

✕　　✕　　✕

흘으는세월이조락(凋落)의가을을 이짜우에방문식히엿슬째는 그가나무닙늣쩌우는수림을산보하고 업의병세(病勢)를T씨의집대문간에 물어버릇하기시작하얏슨지 도임의오래인째엿다.

업은절대로그를맛나지안이하랴는것이엿다 그는업의병세를부득이T씨의집

316　클로드(cloth) : 옷감, 천. 여기에서는 책상보를 뜻함.

317　봐니수(varnish) : 니스, 광택제, 유약.

318　부동명왕(不動明王) : 불교에서의 팔대 명왕의 하나. 대일여래(大日如來)가 모든 악마와 번뇌를 항복시키기 위하여 분노한 모습으로 나타난 형상.

319　일순후 : 一瞬後. 아주 짧은 시간 이후.

대문간에서뭇지안이하면안이되엿다 오즉T씨의안해가 근심과친절을함께하야 그를마저주엇다.

「좀엇썻슴닛까? 그 쩌는증세가조곰도낫지안슴닛까?」

「그저마찬가지예요 엇썩하면조흘지요」

「무엇 먹고십다는것 가지고십다는것은업슴닛까?하고십다는것은쏘업습닛까?」

「해수욕복을사주람니다 쏘무슨 아루쇠」 (알콜?) —」

「네々알앗슴니다」

천가지만가지궁리를가슴가운데에왕래식히려 그는병원으로돌아왓다 필요이외의회화를밧고아본일이업는사이쯤된M군에게그는간곡한어조로말을붓치어보앗다

「M군!도모지모를일이야 모든죄가결국은내게잇다는것이안일까?M군자네가아못조록좀힘을써주게」

「힘이야쓰고십지만은 자네도마찬가지로 나도만나지안켓다는 환자의고집을엇써케하느냐는말일세 청진기한번이라도 대여보아야 성의무성의여부가생기지안켓나」

「내생각갓해서는 그업에게는청진긔의필요도업슬것갓것만 ……」

「그것은 자네가밤낫하는소리 마찬가지소리」

그에게는이이상 더말을게속식킬용기조차도 힘조차도업섯다 책상우에노힌한장의편지 — 발신인의주소도 성명도그것봉에는씨워잇지만은 — 가잇섯다.

「선생님!가을바람이부니인생이라는 더욱이나어두운것이라는것이생각됨니다. 표연히야속한마음을가슴에품은채 선생님의겻을쩌난후벌서철하나이밧괴앗슴니다 이처름흘으는광음속에서 우리는무엇을속절업시찾고만잇슬까요. 그동안한장의글월을올니지안타가 이제새삼스러히 이펜을날려보는저의심사를 혹은선생님은엇찌나생각하실는지는모르겟슴니다 그럿슴니다 세

상은 즉오해(誤解)속에서오해로만살아가는것인가함니다 선생님이우리들
을이해하섯기에 우리들은선생님의거룩한사랑까지도오해하얏슴니다 그리
하야병상에 누어잇는「업」씨를 — 그리고 쏘표연히선생님의겻을써난 저도
선생님쎄서오해하섯슴니다 제가들이고저하는 이 그다지지안은글도 물론전
부가다오해투성이겟지요 그러니 선생님쎄서 제가이글을드리는태도나 쏘
는그글의내용을오해하실것도물논이겟지요 아 — 세상은어데까지나오해의
갈구리로련쇄되여[320]잇는것이겟슴닛까?저의오라버님의최후도 쏘그이 (대
학생 — C간호부의내면) 도그째의일도그후의일도모든것이다오해싸문에 —
가아니엿슴닛까? 제가제의신세를 이모양으로만든것도 이처럼세상을집삼
아 표랑 (風浪)[321] 의삶을영위 (營爲) 하게된것도 전부다 — 그긔인 (起因)
은오해 — 우리어리석은인간들의무지로부터출발된오해싸문이 안이엿스면
무엇이엿든가함니다(어페를관대히보아주서요) (中略)

　선생님이 저에게깃처주신하해 (河海) 갓튼은혜(恩惠)에치하의말슴이엇
찌 이에서다하겟슴닛까만은 덧업는붓끗이 오즉선생님의고명 (高名) 과조
희[322]의백색을더럽힐싸름임니다.

　선생님 이제저는과거에제가가젓든모든오해를 오해그대로적어올려보겟
슴니다 그것은제가지금도 그오해를 그오해채 그대로가지고잇는싸닭이겟슴
니다.

　선생님!선생님께서는「업」씨와저두사람사이를과연엇써한색채로관찰하시
엿는지요 (어페를아못조록관대히보아주십시요) 안인것이안이라 저는「업」
씨를마음으로사랑하얏슴니다 쏘「업」씨도 저를좀더무겁게사랑하야주엇슴
니다 이제생각하야보면 — 업씨의나희 — 이제스물한살 — 저스물여섯 —
과연우리두사람의사랑이철저한사랑이엿다할지라도 이와갓튼년령의상태의

320　련쇄되여 : 連鎖되어. 서로 이어져.

321　風浪 : 漂浪의 오식.

322　조희 : 종이.

아래에서는 그사랑이란그래도좀더좀더빗다른 그무엇이잇지안이하면안이
되지안켓슴닛까?

　두사람의만난 — 무엇이라할가 — 하여간우연중에도너무우연이겟슴니다
그것은말슴올니기쓰림니다 혹시병상에누어게신「업」씨의신상에엇쩌한 이
상이라도잇지나안이할가하야 다만저이들두사람의사랑의내용을불구자적
(不具者的) 병적이면불구자적병적 그대로라도살외어볼가함니다.

　(아 — 싯업는오해는아즉도 — 아즉도) 선생님!제가「업」씨를사랑한리유는
업씨의얼골 — 면영 (面影) 이세상에서자최를감초고만 그이의면영과흡사
하얏다는 — 다만그한가지에지나지안슴니다 그이는 — 지금쯤은 퍽늙엇겟
지요! 혹벌서이세상사람이안인지도모름니다 그러나 저의긔억에남아잇는그
이의면영은 그이와제가갈리지안이하면 안이되엿든그순간의그것채로 신선
하게남아잇슴니다.

　남의사랑을밧는것은행복 (幸福) 임니다 — 남을사랑하는것은 적어도깃씀
임니다 남을사랑하는것이나 남의사랑을밧는것이나 인간의아름다움의극치
(極致) 이겟슴니다.

　저는생각하얏슴니다 저의업씨에게대한사랑도과연인간의아름다움의하나
로칠수잇슬가를 그러나저는저로도 과연저의업씨에게대한사랑에는 너무나
만흔아욕 (我慾) 이품겨잇는것을발견하얏슴니다 그리하야 곳 — 저는저의업
씨에게대한사랑을주저하얏슴니다.

　그러나 쏘한가지알외올것은 업씨의저에게대한사랑임니다 경조부박[323]한
생활 부피업는생활을하야 오든업씨는저에게서비로소 처음으로인간의내음
나는력량(力量)잇는사랑을늣길수잇섯다함니다 업씨의말을들으면 업씨의
저에게대한사랑은 적극적으로업씨가저에게제공하는 그러한사랑이라는이
보다도 저의사랑이깃이잇다면 업씨는업씨자신의저에게대한 사랑을신선한

---

[323]　경조부박(輕佻浮薄) : 사람됨이 진중하지 못하여 날리고 가벼움.

대로 그대로소지(所持)한채그깃밋흐로기여들고십흔 그러한사랑이엿다고
함니다.

하여간업씨의저에게대한사랑도 우리가항상볼수잇는시정간 (市井間) 의
사랑보다는 무엇인가좀더깁히가잇섯든듯하며 성스러운것이엿든가함니다
여러가지점으로주저하든저는 업씨의[324]저에게대한사랑의피로 말미아마무
던한용기를어들수잇섯슴니다 선생님 — 저이들은엇잿든 이제는원인을고구
(考究) 할것업시서로사랑하야 자유로사랑하야가기로하얏슴니다 이만콤저
이들은삽시간동안에 눈멀어버리고말엇슴니다 선생님 — 저이들의사랑쏠은
생리적으로도한불구자적현상에속하겟지요 더욱, 사회적으로는 한 가련한
탈선이겟지요 저이들도 이것만은 어렴풋이나마늣것슴니다 그러나 사람이
자긔의심각한 추억의인간과면영[325]이갓튼사람에게 적어도호의를갓는것은
사람의본능 (本能) 의하나가안일가요 생리학 (生理學) 에나혹은심리학에나
그런것이어듸업슴닛까 쏘사회적 (社會的) 으로도 령 (靈과靈) 끼리만이충돌
하야발생되는신성 (神聖) 한사랑의결합체 (結合體) 존재할수잇다는것이 그
다지해괴한사건에속살할가요![326] (中略)

선생님!해수욕행도저의제의 (提議) 엿슴니다 해수욕도구도제돈으로산것
임니다 업씨는헤염도칠줄모른다함니다쏘물을그다지즐기는것도안이엿슴
니다 그러나 저의말이면어데라도가고십다하얏슴니다 그것을한게집의간사
한유혹이라는이보다도 모성 (母性) 의갸륵한애무 (愛撫) 와도갓튼늣김이엿
다함니다.

선생님!너무나 가혹하시지나안이하섯든가요 그것을웨살나버리섯슴닛까?
업씨에게도깁씀이잇섯슴니다 저도모성애 (母性愛) 와갓튼사랑을 업씨에게
베푸는것이 쏘그사랑을달게바다주는것이 무한々깁씀이엿슴니다.

324　업씨의 : 원문은 '업시의'로 오식.

325　면영 : 面影. 얼굴.

326　속살할가요 : '속할가요'에서 한 글자가 잘못으로 더 들어간 듯.

그깁쌤을 선생님은검붉은화렴속에불살나바리시엿습니다 그이상한악취를발하며 타올으는불길은 오즉 그책상우에목면과소무만을태운데 긋친줄아심닛까?「쏘어」 뒤에 서잇든저의심장도 (확실히) 쏘그리고 업씨의그것도 업씨의아버님의그것도 다살라바린것이엿슬것임니다.

저의등뒤에사람이잇는지알길이잇섯겟슴닛까 하물며그사람이누구인가를알길은던욱히나[327] 잇섯겟슴닛까 얼마후에참으로긴동안의얼마후에 그이가 업씨아버님인것을알수잇섯습니다 (저는업씨의아버님을모름니다 그러나 그째에처음으로알엇습니다) 선생님께서도 의외이섯겟지요 업씨의아버님이 그곳에와게섯다는데대하야는 …… 그러나저는업씨의아버님이 그곳에와게신데대하야서 업씨의아버님자신으로부터 그전말을자세히들엇습니다 그것은 이곳에써알외일만한것은못됨니다 (中略)

병석에서도늘해수욕복을원한다는소식을 저는업씨의친구되는이들께서 어더들을수잇섯습니다 선생님도물론잘아시겟지요 선생님!감상이엇써심닛까? 무엇을의미함이엿든지 저는업씨의원을풀어드리고저함니다.

선생님!남어지 저의월급이몃푼잇슬줄생각함니다 좌기주소로송부하야주십시요.

오해속에서나온오해의글인만큼 저는당々히닥처오는오해를인수 (引受)할만한 준비를가초아가지고잇습니다 너무길다란글이 혹시선생님께폐를끼치지나안이하얏나함니다 관대하신용서와선생님의건강을빌며

××통×정목○○ C변명△△올님

×　　　×　　　×

그는어데까지라도자신을비판하야보앗고반성하야보앗다.

그는다달이닛지안코 적지안은돈을T씨의안해손에쥐여주엇다 T씨의안해는

---

327 던욱히나 : 더욱이나.

그것을참아T씨의압헤내놋치못하얏스리라 T씨의안해는 그것을업에게 그대
로내여주엇스리라 업은그것을가지고경조부박한도락 (道樂) 에탐하얏스리라
우연히 간호부를맛나해수욕행까지결정하얏스리라 애비(T씨가)가닷처서 들어
누엇건만은 집에는 한번도들니지안는자식 그돈을 ─ 그피가나는돈을 그대로
철업고방탕한자식에게내여주는어머니 ─ 그는이런것들이미윗다 C간호부만
하드래도 반다시유혹의팔길을 업의우에내리밀엇슬것이다 그는이것이괫심하
얏다.

그러나 한장C간호부의그편지는 모든그의추측과단안을전복식키고도 오히
려남음이잇섯다.

「역시 모─든죄는나에게잇다」

그의속주머니에는적지안이한돈이들어잇섯다 C간호부는삼층한구통이조고
만「다々미」[328] 방에누어잇섯다 그품에 전에볼수업든젓먹이간난아헤가들어잇
섯다.

「C양!과거는 엇지되엿쓴 지금에이것은도모지엇지된일이요?」

「선생님!아모것도저는말하고십지는안슴니다 사람의일생은 이럿케죄악만
으로얼거서놋치안이하면 유지가안되는것임닛까?」

「C양!나는그말에대답할아모말도가지々못하오 오헤와용서!그리기에인류사
회 (人類社會) 는 그다지큰풍파가업시 지々되여가지안소?」

「선생님!저는 지금아모것도 후회치안슴니다 모든것을 다후회하지안이하면
안이될것이닛까요 선생님!이것을부탁합니다」

C간호부의눈에서는 맑은눈물방울이흘넛다 그는C간호부의내여미는젓먹이
를 의식업시두손으로바다들엇다 싸뜻한온기가얼고식어쌔진그의손에전하야
왓다 그쌔에 그는누어잇는C간호부의초최한얼골에서십여년전에 저세상으로
간안헤의면영을발견하얏다 그는깁썀 슯흠 교착된무한々 애착을늣겻다 그리고

C간호부의 그편지가운데의어느구절을생각내여보기도하얏다 그리고는 모―
든C간호부의일들에조건업는용서 ― 라는이보다도호의를붓첫다.

　「선생님!오늘 이곳을써나가시거든 다시는저를찾지는말아주서요 이것은 제
　가나은것이라생각하서도조코 안나은것이라생각하서도조코 아모조록선생
　님 이것을부탁함니다」 하려든말도식키려든게획도 모다허사로다만 그는그
　의「포겟트」 속에들엇든 돈을C간호부머리밋테놋코는 쯧도안이한선물을
　품에안은채 첫눈부실거리는리를[329]나섯다.

　「사람이란 그추억의사람과갓튼 면영[330]의사람에게서 엇썬연ㄞ한정서를늣기
　는것인가」

이런것을생각하야도보앗다.

×　　×　　×

　업의병세는겨울에들어서 오히려점ㄞ더하야가는것이엿다 전신안[331] 거의쌔
만남고 살아잇다고볼수잇는것은 눈과입 이둘쑨이엿다 그방웃목에는철안인
해수욕도구로차잇섯다업은안자서나 누어서나종일토록눈이쌔지게 그것만바
라보고안자잇섯다.

　「아버지 ― 말숙한새기와집 안방에가누어서 알앗스면병이나흘것갓해 ―
　아버지 기와집하나삽시다 말숙하고정결한 ……」

　업의말이엿다는 이말이 그의귀에들자엇지몃츨이라는날자가갈수잇섯스랴
즉시업의유원은풀닐수잇섯다 새집에간지잇틀 업은못먹든밥도먹엇다 집안사
람들과 그는깁쌔하얏다 그저한업시 ―

　그러나 이믜쌔는돌아왓다 사흘되든날아츰 (그아츰은몹시치운아츰이엿
다) 업은해수욕을가겟다는출발이엿다 새옷을갈아입고 방문을죄다열어놋코
방웃목에싸여잇는해수욕도구를 모도다마당으로쓰집어내게하얏다 그리고는

329　첫눈부실거리는리를 : '첫눈 부실거리는 거리를'에서 '거'가 누락된 듯.
330　면영 : 원문은 '명영'으로 오식.
331　전신안 : '전신은'의 오식인 듯. 전집(2·3)은 후자로 수정.

그우에적지안흔헤수욕도구의산에「알콜」을들어부으라는업의명령이엿다.

「큰아버지쎄작별의인사를드리겟스니 좀오시라고그래주시요 어서々

々곳 ― 지금곳」

그와업의시선이 오래 ― 참으로오래간만에 서로마조치엇슬째 쌍방에서다

창백색의린광[332] 을발사하는것갓탯다.

「불!인제게다가불을질으시요」

몽々한[333] 흑연 (黑煙) 이둔한음향을반주식히며 차고건조한천공[334] 을향하야

올나갓다 그것은한괴기 (怪氣) 를씌운 그다지성(聖)스럽지안은광경이엿다.

가련한백부의그를립회식킨다음 업은골수에사못친복수를수행하얏다 (이것

은과연인세의일이안일까? 작자의한상々의유희에서만나올수잇는것일까?) 쓸

가운데에타고남아잇는재부시럭이와조곰도못함이업슬째까지 그의주름살잡힌

심장도아조색깜앗토록다탓다.

그날저녁째 업은드듸여운명 (殞命) 하얏다 동시에그의신경의전부도다죽엇

다 지금의 그에게는아모것도업섯다. 다만아득하고캄々한무한대의태허 (太

虛) 가잇슬쑨이엿다.

여 ― 요에헤 ― 요그리고종소리 상두군[335] 의입곱은소리가차고놉흔하늘에

울엇다.

그의발은 맛치 공중에써서옴겨지는것만갓탯다 심장이타고 전신의신경이운

전을정지하고 ― 그의 그힘업는발은 아름다운생기에충만한지구 (地球) 표면

에부착될만한자격도업는것갓태다.

그의눈압에서는 그몽々한흑연 ― 업의새집마당에서피여올으든 그몽々한흑

---

332 린광 : 燐光. 빛의 자극을 받아 빛을 내던 물질이, 그 자극이 멎은 뒤에도 계속하여 내는 빛.

333 몽々 (濛濛)한 : 앞이 자욱하고 몽롱한.

334 천공 : 天空. 끝없이 열린 하늘.

335 상두군 : 행상(行喪) 때 상여를 메는 사람. 상여꾼.

연의일상이언제까지라도 아룬거려살아지려고는하지안엇다.

  새만남은가로수(街路樹)도 넘어가고남어지빈약한석양(夕陽)에비초여가며
괴운시진해하는건축물들도 공중을횡단하는헐버슨참새의쎄들도 ― 안이가장
창々(蒼々) 하여야만할대공(大空) 그것까지도 ― 다 ― 한가지흑색으로밧게
는 그의눈에뵈이지안이하얏다 그의호흡하고잇는산소(酸素)와 탄산와사[336]의
몃「릿틀」[337] 도 그의모세관(毛細管) 을흘으는가느다란피줄의그어느한방울까
지도 다 ― 흑색 ― 그몽々한흑연과조곰도다름이업는 ― 이안이라고는그에게
늣기지안앗다.

  「나는 지금어데를향하야가고잇는것일가」

  「안이 안이 ― 이것이나일까 ― 이것이 무엇일까 나일까가 일수가[338]잇슬까」

  가로등건축물자동차 피곤한마차와짐구루마[339] ― 하나도그의눈에이상치안
이한것은업섯다.

  「저것들은 다 ― 무슨맛에저짓들이람!」

  그러나 그의본기[340]를상실치는안이한 일신의제기관들은그로하야금 다시그
의집으로도라가게하지안코는두지안앗다.

  손을들어 그의집문을밀어열랴하야보앗스나 팔둑의관절은구덧는지 조곰도
들니지는안앗다 소리를질러집안사람들을불너보려하얏스나 성대는진동관성
(振動慣性) 을망각(忘却)하얏는지 음성(音聲) 은나오지안이하얏다.

  「창조의신(創造神) 은나로부터 그조종(操縱) 의실줄(絲線)을 이미거두엇는
가?」

  눈섭밋데는 굵다란눈물방울이맷처잇섯다 그러나 그자신도 그것을감각할수

---

336 탄산와사 : 탄산가스(carbonic acid gas).
337 릿틀 : 리터(liter).
338 나일까가 일수가 : '일까가'에서 '가'는 '나'오식이며, '나일까 나일 수가'로 볼 수 있다.
339 짐구루마 : 짐 싣는 수레.
340 본기 : 本基. 기초와 근본.

업섯다 그의등뒤에서 웬사람인지외투에나려안즌눈을터노라고 옷자락을흔들고잇섯다.

「무엇을 그럿케 생각하고잇나?」

「응? 누구 — 누구요」

「웨 그럿케놀나나?날세나야」

M군이엿다 병원에서 이제 도라오는길이엿다.

「업이가갓서 —」

「응? 기여코?」

두사람은 이이상더이야기하지안앗다 어둠침ㅅ한 그의방안에는몃권의책이 시체 (屍體) 와갓치 이곳저곳에조리업시산재하야잇슬쌘이엿다.

웃풍이반자[341] 를울니며휙슷첫다.

「으아 —」

「하ㅅ 잠이쌔엿구나 잘갓느냐[342] 아ㅅ 울지마라 울싸닭은업지안으냐 젓달나고, — 아이「고무」 젓쏙지가어데갓슬싸 우유 (牛乳) 를뎁히여노핫는지 웬 — 아아아울지마라 울지말어야착한아해이지 — 아 — 이런이런!」

가슴에쓰러올으는무량한감개를 그는억제할수업섯다. 그저쏘다저흐르기만 하는 그쓰거운눈물을그어린것의쌤에부비며씨섯다 그리고힘썻 ∨ 그것을쪄안 앗다 어린것은젓을어더먹을수잇슬쌔까지는 염치업는울음을쓰치지는안앗다.

✕　　✕　　✕

T씨는 그대로그엽에쓰러젓다 구뎅이는발서반이나팟다 그쌔T씨는그엽에 쓰러젓다.

언쌍을쌔처가며파는곡괭이소리 — 이리뒤치적저리뒤치적나가셜어지는얼 어구든흙덩어리 — 다시는 모도혀질길업는만가 (輓歌) 의토막 과도갓치 처량

341　반자 : 더그매를 두고, 천장을 평평하게 만든 시설.
342　잘갓느냐 : '잘잣느냐'의 오식인 듯. 전집(2・3)은 후자로 수정.

한것이엿다.

　사람들은달녀드러 T씨를 니르키엿다 T씨의코구멍과입으로는속도쌔른 허―
연입김이드나들엇다 그엽에서잇는그의서잇는그의모양 ― 그부동자세는 이북
망산넓은 언덕에헤여저잇는수만흔묘표나 그럿치안이하면가막까치[343]안자날
개쉬이는헐버슨마른나무의 그모양과도갓탯다.

　관은나려갓다 T씨와 그안해와 그리고 그의우름은이째일시에폭발하얏다 북
망산석양천[344]에는곡직착종(曲直錯綜)[345]된곡성이처량히써올낫다 업의시체
를이모양으로갓다파뭇고터덜∨가든 그길을도라드러오는 그들의모양은창조
주에게가장저주바든것과도갓탯고 도주하든「카인」[346] 의일행들의모양과도
갓탯다.

× × ×

　그는닛지안이하고 T씨의집을차잣다. 그러나 업이죽은뒤의 T씨의집에는한
바람이하나불고잇섯다. 쏘그러나 그가T씨의집을찻기는결코잇지는안앗다.

　T씨는무엇인가 깁흔명상에쌔저서는누어잇섯다 T씨는일터에도나가지안이
하얏다 다만누어서 무엇을생각하고잇슬쑨이엿다

　「T!‥‥‥‥‥」

　「‥‥‥‥‥‥」

　그는T씨를불러보앗다 그러나T씨는대답이업섯다. 쏘그러나 그에게도무슨할
말이잇서々부른것은안이엿다. 그는쓸쓸히그대로 도라오기는하얏다 그러나 이
러한방문이나마그는결코게을니하지안이하얏다.

× × ×

343　가막까치 : 까마귀와 까치를 아울러 이르는 말.

344　석양천 : 夕陽天. 해 질 무렵의 하늘.

345　曲直錯綜 : 굽음과 곧음, 옳고 그름이 서로 혼란스럽게 뒤섞인.

346　카인 : 구약 성서 〈창세기〉에 나오는 아담과 이브가 낳은 맏아들의 이름. 여호와가 동생 아벨의
　　　제물은 받고, 자기 제물은 거절함을 분히 여겨 동생을 죽이었으므로 내쫓김.

북부에는하로밤에두곳 — 거의동시에큰화재 (火災) 가잇섯다. 북풍은집〃의
풍령(風鈴)[347]을못견듸게 흔드는어느날밤은이쯧하지안이한두곳의화재로말
미아마 일면의불바다로화하고말앗다 바람차게불고치운밤임에도불구하고사
람들은원근에서몰려드러와서 북부시가의모든길들은송곳한개를드러세울틈도
업슬만치악마구리[348]쓸틋야단이엿다 경성의소방대는비상의경적을란타하며
총동원으로두곳에난호아모혀들엇다.그러나 충천[349]의화세는밤이깁허갈사록
점〃더하야가기만하는것이엿다 소방수들은필사의용기를다하야진화에로력
하얏스나 연소의구역은각〃으로넓어만가고잇슬쑌이엿다 기와〃벽돌은튀고
문허지고 나무는쓴숫[350]이되고 우지직소리는쓴일사이[351]업시나고 기둥과들
보를닐흔집들은착〃으로문허지고한채의집이문허질적마다 불쏭은천길만길
튀여오르고 완연히인간세게에현출된활화지옥 (活火地獄)[352] 이엿다 닙도붓지
안이한수목들은 헐버슨채그대로다타죽엇다.

 불길이삽시간에자긔집으로옴겨붓자 세간기명은써낼사이도업시행길로쒸
여나온주민들은 어데로갈곳을아지못하고갈팡질팡방황하얏다.

「수길아!」

「복동아!」

「금순아!」

다각긔자긔자식을차잣다 그무리들가운데에는

「업아! 업아!」

이럿케소리놉히외치며 쏘다니는한사람도잇섯다. 그러나정신의조리를상실

한그들무리는 그소리하나쯤은귀등에담을여지조차도업섯다. 두구역을전멸식 킨다음 잇튼날새벽에맹렬하든그불도진화되엿다 개다가고닭이울든이두동리 는검은재의벌판으로변하고말앗다.

이갓치큰일에니르기까지한 그불의출화원인에대하야는 아모도아는사람이 업섯다 다만 그날밤에는북풍이심하얏든것 수개의소화전은얼어붓터서 물이나 오지안이하얏든까닭에 만흔소방수의필사의[353]로력도허사로수수방관[354]치안 이하면안이되엿든곳이잇섯든것등을말할수잇슬[355]쑌이엿다.

×　　　×　　　×

M군과그가족은인명이야무사하얏섯지만은 M군은세간긔명을구하려드나 들다가다리를닷첫다.

이재민들은갓가운곳어느학교ゝ사에수용되엿다 M군과그가족도그곳에수용 되엿다.

M군이병드러누은엽에는 거의전신의 허물이벗다십히된그가말쑥모양으로 서잇섯다 초최한그들의안모[356]에는인세의괴로운물결이주름살저잇섯다.

그가 그맹화가운데에서 이리저리날쒸엿슬째

「무엇을차즈려 — 무슨목적으로내가이러나」

물론자긔도 그것을알수는업섯다 첨편[357]에불이붓터도 오히려 부동자세로저 립[358]하고잇는전신주(電信柱)와갓치 그는멍ゝ히서잇섯다 그째에 그의머리에 벽력[359]갓치써올으는 그무엇이잇섯다 얼마전에 그간 간호부를마즈막차젓슬째

---

353 필사의 : 전집(3)은 '필사적'으로 오식.

354 수수방관 : 원문은 '추수방관'으로 오식. 팔짱을 끼고 보고만 있다는 뜻으로, 간섭하거나 거들지 아니하고 그대로 버려둠을 이르는 말.

355 잇슬 : 원문은 '잇슐'로 오식.

356 안모 : 顔貌. 얼굴 모양. 용모.

357 첨편 : 꼭대기.

358 저립(佇立) : 우두커니 섬.

359 벽력 : 霹靂. 벼락. 공중의 전기와 땅 위의 물체에 흐르는 전기 사이에 방전 작용으로 일어나는 자연 현상.

C간호부의

「이것을잘부탁함니다」

하든 그것이엿다. 그는 그대로멱진적[360]으로맹렬히붓터오르는화렴속을헤치고쮜여드러갓다 그리하야 그것먹이를가슴에꽉안은채나왓다 어린것은 아즉것이먹고십지는안앗든지 잠은쌔여잇섯스나 울지는안앗다 도리혀 그의가슴에이양히[361]힘차게안기웟슬제놀나서울엇다.

「그럿치 네눈에는 이불길이々상히보이겟지」

그러나 그의옷은누럿다 그의얼골과팔뚝손은더웟다[362] 그러나 그는쓰거운것을늣길사이도업섯고신경도업섯다. 타오르는M군과 그의집, 병원, 그것들에대하야는 조고만애착도업섯다 차라리 그에게는

「벌서타버렷서야올흘것이 여지썻남아잇섯지」

이럿케 그의가슴은오래∨묵은병을써나버리는것과갓치 그불길이시원하게늣겨젓다 다만한가지생명과도밧골수업는보배를건진것과갓튼쾌감을 그것먹이에게서맛볼수잇섯다.

╳　　╳　　╳

한사람중년로동자가자수 (自首) 하얏다 대화재에싸여잇든중첩한의문은[363]일시에소멸되엿다.

「희유의[364]방화범!」

신문의 이긔사를낡고안자잇는 그의가슴가운데에는 그대화[365]에못지안이한불길이별안간타올느고잇섯다.

360　멱진적(驀進的) : (좌우를 돌아보지 않고) 힘차게 나아가는.

361　이양히 : 전집(2·3)은 '이상히'로 수정. 아래 내용으로 보아 '이상히'로 보는 것이 적합. 또는 이처럼?

362　팔뚝손은더웟다 : 팔뚝과 손은 뜨거웠다는 의미. 전집(2·3)은 '팔뚝 손을 데었다'로 수정.

363　의문은 : 원문은 '의운은'으로 오식.

364　희유의 : 흔하지 아니 하고 드문.

365　대화 : 大火, 즉 큰 화재, 또는 大禍, 큰 재앙.

「T야! T야!」

T씨는 그날밤M군과 그의집병원두곳에 그길노불을노핫다 타오르지안을까를넘려하야 병원에서만흔 「알콜」 을훔처내여부엇다 불을거어대인다음 그길로자수하랴하얏스나타오르는불길이 너무도자미잇는데취하얏섯고 쏘분주수선한그째에경찰에자수를한대야신통할것이 조곰도업슬것갓타야 그잇튼날하기로하얏섯다.

날이새자T씨는 곳 그불터를보려갓다 그것은T씨마음가운데상〻한이상 넓고큰것이엿다 T씨는놀나지안이할수업섯다 하로잇틀 ― T씨는차츰 V 평범한인간의괴도로[366] 복구하지안이하면안이되게되엿다 그러나 이대로언제까지라도쓸고갈수는업섯다.

「희유의방화범!」

경찰에낫타난T씨에게 세상은의외에도 이러한대명찰을수여 (授與) 하얏다.

×　　　×　　　×

(모든사건이라는일홈붓틀만한것들은다 ― 싯낫다 오즉이제남은것은 「그」 라는인간의갈길을 그리하야갈곳을선택하며 지정하야주는일쑨이다 「그」 라는한인간은 이제인간이인간에서넘어야만할고개의최후의첨편에저립367하고잇다 이제그는 그자신을완성하기위하야 그리하야 인간의한단편으로서의 종식 (終息) 을위하야 어늬길이고것지안이하면안이될단말마 (斷末魔)[368] 다. 작자는 「그」 로하야금 인간세게에서구원밧게하야보기위하야 잇는대로긔회와사건을주엇다 그러나 그는구조되지안앗다 각자는[369]령혼을인정한다는것이안이다 작자는아마누구보다도령혼을밋지안이하는자에속할는지도몰은다 그러나그에게령혼이라는것을부여 (賦與) 치안이하고는 ― 즉다시하면

366　괴도로 : 궤도(軌道)로.

367　저립(佇立) : 우두커니 섬.

368　斷末魔 : '숨이 끊어질 때의 괴로움'을 이르는 말. 임종.

369　각자는 : '작자는'의 오식인 듯. 전집(2·3)은 '작자는'으로 수정.

그를구하는최후에남은한방책은 오즉 그에게령혼 (靈魂) 이라는것을부여하

는것하나가남엇다.)

황막한벌판에는흰눈이일면으로덥히워잇섯다　곳々이썰면서잇는외소한말

은[370]나무는대지의동면을[371]수호 (守護) 하는가련한패잔병 (敗殘兵) 과도갓탯

다　그우를하늘은쉬일사이도업시함박눈을썰구고잇섯다　소와말은 오즉외양간

에서울엇다　사람은방안으로방안으로이럿케세게를축소식키고잇섯다.

　길을것는사람이잇다　다른사람들이것기를긋친　황막한이벌판길을것는사람

이잇다.

　그는지금어데로가는지　어데로부터왓는지　알길이업섯다　벌판가운데 어데

로부터어데까지나느러서잇는지　전신주의전선은찬바람에못견듸겟다는드시

「윙」 소리를지르며 이나라의이끗테서 이나라의저끗까지라도 방안에들어안자

잇는사람과사람의음신[372]을전하고잇다.

　「깁쌘일도잇겟지 그러나 쏘생각하야보면 몹시급한일도잇스렷다 아모런깁쌘

일도 아모런쓰라린일도다 — 통과식키여전할수잇는전신주에 느러저잇는전

선이야말노 나의혈관이나모세관과도갓다고나할까?」

　싸마귀는날앗다　두어쏘각남아잇는말은닙은　두서너번조고만재조를넘으며

써러젓다.

　「싹! 싹!」

　「웨우느냐?」

　그는가슴을나려다보앗다 어린것은 어느사이에인지 그품안에서잠이들엇섯다.

　「배가곱흐지나안은지 웬!」

　도홍색　그조고마한일면피부에는　두어송이눈이썰어저서는하잘것업시녹아

370　외소한말은 : 왜소(矮小)한 마른.

371　동면을 : 冬眠을. 겨울잠을.

372　음신 : 音信. (먼데서 전하는) 소식. 성식(聲息). 편지.

바럿다 그러나 어린것은잠을깨이라고도차겁다고도안이하는채 숫한눈섭은 아
래로덥히워추잡한안게(眼界) 를페쇄(閉鎖) 식켯고 두조고만코구멍으로는 찬
공긔가녹아서드나들고잇섯다.

선로가낫타낫다 잠들은대지의무장과도갓햇다 횟푸르게번적이는 그쌍줄[373]
의선로는대지가소유한예리 (銳利) 한칼이아니라고는볼수업섯다 그는선로를
건너서서단조로히쌧처잇는 그칼날을쪼차서한업시걸엇다.

「쌩! 쌩!」

수만흔 곡괭이가언쌍을내리찍는소리엿다 신작로한편에는 모닥불이피워서
잇섯다 푸른연기는 건조투명한하늘노뭉겨올낫다. 치위는별안간 그의몸을엄습
하는것갓탯다.

「쌩! 쌩!」

청등한[374]금속의 음향은 아즉도게속되엿다 그소리는 이쪽으로점々갓가히들
려온다 그리고 그는 그소리나는곳을향하야것고잇섯다 그는모닥불가에가섯다
확씨치는온기가죽은사람을살닐것갓치훈운하얏다.

「위선살것갓다 —」

오므라들엇든전신의근육이 조곰식々々々 풀어지는것갓탯다.

「불! 흥! 불 — 내심장을태우고 내전신의혈관과신경을불사르고 내집내세간
내재산을불살너버린불! 이불이 지금나의몸을 이어러죽게된 나의몸을뎁히여
주다니!

장작을하나식々々々 쓴숫[375]을만들고잇는조고만화렴들! 장래에는쏘무
엇々々을살너쓴숫을만들랴는지!

그것은한물체가탄소로변하는현상에만 끗칠까 — 산화작용[376]? 아하 좀더

---

373 그쌍줄 : 전집(2·3)은 '기 쌍줄'로 오식.
374 청등한 : 전집(3)은 '청둥한'으로 오식.
375 쓴숫 : 뜬숯. 장작을 때고 난 뒤에 꺼서 만든 숯.
376 산화작용 : 酸化作用. 어떤 물질이 산소와 결합하는 작용.

의미가잇지나안흘가? 그럿케단순한것인가?」

그의눈압에는 이제한새로운우주가전개되고잇섯다. 그곳은 여지껏그가째워잇든[377] 그검은빗의분위기를대신하야밝은빗의정화된공기가잇섯다 차듸찬무관심을대신하야 동정이잇섯고 사랑이잇섯다. 그는지금일보々々그세계를향하야전진을게속하고잇는것이엿다.

「이리오너라 그대배곱흔자여!」

이러한소리가들려왓다.

「이리오너라 그대심혈의로력에보수밧지못하는자여!」

이러한소리도들렷다.

「그대는 노력을버리지말것이야 보수가잇슬것이니!」

이러한소리가 또들려오기도하얏다.

「쌍! 쌍!」

그째이소리는그의귀밋까지와서쑥근첫다 그리하고는왁자직썰하는소리와함께만흔사람들이 그의서잇는모닥불가에모혀드럿다.

「불이다 ― 써젓네!」

「장작을좀더가저오지!」

굵은장작이징겨젓다[378] 말은장작은푸지직소리를질으며타올낫다 그리하야검풀은연긔가부근을흐리여노핫다.

「에 ― 추워 ― 에 ― 쓰시다」

모 ― 든사람들의곱은입설에서는 이런소리가흘너나왓다.

연긔는검고불길은붉엇다 푸지직소리는여전히낫다 이제그의눈압에낫타낫든새로운우주는 어늬사이에인지 소멸되고 해수욕도구 (道具) 를불살으든어늬장면[379]이환기되엿다.

377　째워잇든 : 전집(2·3)은 '싸여 있던'으로 수정.
378　징겨젓다 : 쟁여졌다(기본형 쟁이다 : 여러 개를 차곡차곡 포개어 쌓다)의 방언인 듯.
379　장면 : 원문은 '장명'으로 오식. 전집(2·3)은 '장면'으로 수정.

「불이냐! 불이냐!」

그의심장은놉히쒸엿다 그고동은가슴에안기워잇는어린것을눌너죽일것갓
댓다 그는품안의것을쓸너서는모닥불겻테나려노핫다 그리고는가슴을확풀어
헤치고 마음껏 그불에안기워보앗다 새로히 쎄처오는불기운은 그의쒸는가슴을
한층이나더건드리여놋는것갓탯다.

무슨동기로인지 그의머리에는「알콜」이라는것이런상되엿다.

「에ㅡㅅ? 불? 불이냐?」

어린것을 모닥불겻테노흔채 그는일직선으로 그선로를밟아쒸여다라나기를
시작하얏다. 그의 시야를속々으로스처지나가는선로침목 (枕木) 이 씃업시느
려노혓섯슬쑨이엿다 그의전신의혈관은 이제 순환을시작한것갓탯다.

「누구야 누구야」

「앗!」

「누구야ㅡ어듸가는거야」

「아ㅡ저불!불!」

「하,,,!」

그의전신은 사시나무썰니듯썰엿다.

「아 ㅡ 인제죽을째가도라왓나보다! 아니참으로사라야할날이도라왓나보
다!」

그는 이럿케생각하얏다 그사람은 그의 그모양을조소와경멸의표정으로만나
려다보고잇섯다. 그러나 이제야 최후로새우주가 그의압에는전개되엿든것이
다.

「여보십시요!」

그는수작하기곤란한이자리에서 이럿틋 입을여러보앗스나별로 그사람에게
대하야할말은업섯다 그는몹시머믓∨ 하얏다.

「외그리오?」

「저 ― 오늘이멋츨임닛까?」

「오늘? 십이월십이일?」

「네!」

긔적일성과아울너 부근의 「시그낼」380 은나려것다. 동시에남행렬차의기다란장사 (長蛇) 가 그들의섯는곳으로향하야달려왔다.

「여보381 ∨ 기차! 기차!」

「ㆍㆍㆍㆍㆍㆍㆍㆍㆍㆍㆍㆍ」

「여보382 ∨ 저거! 이리빗켜!」

「ㆍㆍㆍㆍㆍㆍㆍㆍㆍㆍㆍ」

「앗!」

그는지금모―든세상에 씌치는만흔로력에도불구하고보수밧지못하얏든 모―든거룩한성도 (聖徒) 들과함께보조를마초아 새로운우주의명랑한가로를거러가고잇는것이엿다.

그의눈에는일상에볼수업섯든밝고신선한자연과상록수 (常綠樹) 가보혓고 그의귀에는일상에들을수업섯든 유량383 우아한음악이들려왔다 그리고 그가호흡하는공기는맑고 싸수하고투명하얏고 그가마시는물은영겁을상증하는384 령험의생명수엿다 그는지금론공행상 (論功行賞) 에선택되어 심판의궁정 (宮廷) 을향하야것고잇는것이엿다.

순간후에 그의머리에언처질 월게수의황금관을생각할째에피투성이된 그의일신은깁씀에밋처쒸엿다 대자유를차자서 우주애 (宇宙愛) 를차자서 그는 이미 선택된길을것고잇는데다름업섯다.

그러나 쏘한생각하야보면 불을피하야선로우에썰고섯든그는과연어데로갓든가.

그는확실히 새로운우주의가로를보행하얏슬것이다 그러나 쏘그의령락한육체우으로는 무서운「에너－지」의긔관차의차륜이굴너々머갓는지도모른다. 그리하야 그의피곤한쌔를분쇠식키고 타고남은근육을산々히점여[385] 노앗는지도모른다 그리하야긔관차의 「피스톤」[386] 은그의해골을잇끌고 그의심장을잇끌고 검붉은핏방울을칼날노횟풀으러잇는선로우에쑤리며 십리나이십리밧게 잇는어늬촌락의 정거장까지라도갓는지도모른다 모닥불을쏘이든철도공사의 인부들도부근민가의사람들도 황々히[387] 그곳으로달려드럿다. 그러나 앗까에 불을피하야다라나든 그의면영은차즐수도업섯다 써러진팔과다리 동구 (瞳球) 간장 (肝臟) 이것들을 참아볼수업다는가애로운[388] 표정으로나려다보며 새로운 우주의가로를거러가는 그에게전별의마즈막만가(輓歌)[389] 를쓸々히들니여주 엇다.

그사람은그가십유여년방랑생활싯테 고국의첫발길을실엇든 그긔관차속에 서만낫든 그철도국에다닌다든사람인지도모른다 사람은 이너무나우연한인과 (因果) 를인식지못할는지도모른다 그러나 사람이알거나모르거나 인과는그인 과의법즉[390] 에만충실스러히하나에서둘노 그리하야 셋째로수행되여가고만잇 는것이엿다.

「오늘이몃츨임닛까」

이말을그는그갓튼사람에게우연히두번이나 무럿는지도모른다 짜라서

「십이월십이일!」

---

385 점여 : 저미어. 여러 개의 작은 조각으로 얇게 베어 내.
386 피스톤(piston) : 유체의 압력을 받아 실린더 속을 왕복 운동하는 원판형이나 원통형의 부품.
387 황々히 : 遑遑히. 마음이 몹시 급(急)하여 허둥지둥.
388 가애로운 : 可哀로운. 가련한.
389 만가(輓歌) : 죽은 사람을 애도하는 노래나 가사.
390 법즉 : '법측'의 오식인 듯.

이대답을 그는갓튼사람에게서두번이나들엇는지도모른다 그러나 모든것은
다 ― 그들에게다만모를것으로만낫타나기도하얏다.

인과에우연이되는것이잇슬수잇슬까? 만일인과의법측가운데에서 우연이라
는것을차즐수업다하면 그박휘가 그의허리를너머간 그기관차가운데에는C간
호부가타잇섯다는것을엇써케나사람은설명하려하는가?또 그C간호부가왓자
직결한차창밧글내여다보고 그리고 그분골쇄신³⁹¹된검붉은피의지도 (地圖)
를발견하얏슬째 씀찍하다하야 고개를돌렷든것은엇써케나설명하려는가? 그리
고C간호부가 닷친차창에는허연성애가슬어잇섯다는것은 엇찌나설명하려는
가? 이쑨일까 우리는더욱이나 근본적의아에봉착 (逢着) 할수도잇다는것이다.

만일지금 이C간호부가타고잇는객차의고간³⁹²이그적에³⁹³그가타고오든 그
고간일쑨만아니라 그자리까지도역시그갓튼자리엿다하면 그것은 쏘한 엇지
나설명하려느냐?

북풍은마른나무를흔들며부러왓다 먹을것을찾지못한참새들은 전선우에서
배곱흠으로치운날개를썰며쉬이고잇섯다.

그가피를남기고간세상에는 이다지나깁흔쇠락의겨울이엿스나 그러나 그가
론공행상을바드려행진하고잇는새로운우주는 사시장춘이엿다.

한령혼이심판의궁정을향하야 거러가기를이미출발한지오래니 인생의어늬
한구절이 씃낫는것인지도모른다. 그러나사람들다몰켜가고난아모도업는모닥
불가에는 그가불을피하야다러날째놋코간 그어린젓먹이가 그대로노혀잇섯다.

씨처오는온기가 퍽그어린것의피부에쾌감을주엇든지 구름한점업시맑게개
여잇는깁히물을³⁹⁴창공을 그조고마한눈으로쏫잇는드시 치여다보며소리업시

---

391 분골쇄신 : 粉骨碎身. 뼈가 가루가 되고 몸이 부서짐.

392 고간 : 고간차(庫間車). 덮개가 있는 화물차.

393 그적에 : 과거의 어느 시점을 뜻하며, 여기에서는 작년 12월 12일을 말함. 전집(2·3)은 '그저게'
로 잘못 옮김.

394 물을 : '몰을'의 오식인 듯. 전집(2·3)은 '모를'로 수정.

누어잇섯다. 강보(襁褓)[395] 틈으로새여나와흔들니는세상에도 조고맛코귀여
운손은일만년의인류력사가일즉이풀지못하고 고만둔채의대우주의철리[396] 를
설명하고잇는것인지도모른다.

그러나 그부근에는 그것을아라드를수잇는「퍼우스트」[397] 의로철학자도업섯
거니와 이것을조소할범인 (凡人) 들도업섯다.

어린것은별안간사람이 그리웟든지 혹은 배가곱핫든지「으아」 울기를시작하
얏다 그것은동시에시작되는인간의백팔번뇌[398] 를상증하는[399] 것인지도모른다.

「으아!」

과연인간세게에무엇이잇난는가 기막힌한비극이 그종막[400] 을나리우기도전
에 쏘한개의비극은다른한쪽에서벌서 그막을열고잇지안는가?

그들은단조로운이비극에피곤하얏슬것이나 그러나 그들은 그것을연출하기
도결코닛지는아니하며 쏘그것을구경하기에도결코배불으지는안는다.

「으아!」

엇썬사람을[401] 이소리를생기에충만하얏다 닐컬을는지도모른다 쏘한그러할
는지도모른다. 그러나 이것이확실히인생극의첫막을여는 「사이렌」[402] 인것에
도틀님은업다.

「으아!」

---

395 강보(襁褓) : 포대기.

396 철리 : 哲理. 아주 깊고 오묘한 이치.

397 퍼우스트(Faust) : 괴테의 『파우스트』를 말함. '「퍼우스트」의 로철학자'는 『파우스트』에 등장하
    는 파우스트 박사를 말함.

398 백팔번뇌 : 사람이 지닌 108가지의 번뇌. 6근(根)에 각기 고(苦), 락(樂), 불고불락(不苦不樂)이
    있어 18가지가 되고, 이에 탐(貪)과 무탐(無貪)이 있어 36가지가 되며, 이것을 다시 과거, 현재,
    미래로 각각 풀면 108가지가 된다. 일반적으로 사람의 마음속에 있는 엄청난 번뇌를 이른다.

399 상증하는 : 상징하는.

400 종막 : 終幕. 끝막. 여러 막으로 이루어진 연극이나 오페라 따위의 마지막 막(幕).

401 사람을 : 전집(3)은 '사람은'으로 수정. 문장 구조상 후자가 적절.

402 사이렌(siren) : 많은 공기 구멍이 뚫린 원판을 빠른 속도로 돌려 공기의 진동으로 소리를 내는
    장치, 또는 그 소리.

한인간은쏘한인간의뒤를니어 쏘무슨단조[403]로운비극의각본을연출하려하는고

그소리는오늘에만「단조」라는일컬음을바들것인가

「으아!」

여전히 그소리는쓰치지아니하랴는가

「으아!」

너는쏘어늬암로 (闇路)[404] 를한번거러보려느냐 그럿치아니하면 일즉이 이곳을쩌나려는가 그럿타 그모닥불이다쩌지고 그리고 맹렬한치위가너를엄습할째에는 너는아마일즉암치[405] 행복의세게를향하야 쩌날수잇슬는지도모른다.

「으아!」

「으아!」

이소리가약하게 그리하야점々강하게들려오고잇슬쏜이엿다. ─ (完) ─

─ 발표지면 : 『朝鮮』, 1930.2~12

---

403   단조 : 單調. 가락이나 장단 따위가 변화 없이 단일함.
404   闇路 : 밤길, 또는 어두운 길.
405   일즉암치 : 일찌감치. 조금 이르다고 할 정도로 얼른.

地圖의暗室

比 久[406]

기인동안잠자고 짧은동안누엇든것이 짧은동안 잠자고 기인동안누엇섯든그이다 네시에누으면 다섯 여섯 일곱 여덜 아홉 그리고아홉시에서 열시까지리상 — 나는리상[407] 이라는한우수운사람을아안다 물론나는그에대하야 한쪽보려하는것이거니와 — 은그에서 그의하는일을쎄여던지는것이다. 태양이양지짝처럼나려쪼이는밤에비를퍼붓게하야 그는레인코오트[408] 가업스면 그것은엇써나하야방을나슨다.

離三茅閣路到北停車場 坐黃布車去[409]

엇던방에서그는손까락끗을걸린다 손까락끗은질풍과갓치지도우를거읏는데[410] 그는마안흔은광을보앗건만의지는것는것을엄격케한다 외그는평화를발견하얏는지 그에게뭇지안코의레한[411] K의바이블[412] 얼골에그의눈에서나온한조각만의보재기를한조각만덥고가버렷다.

옷도그는아니고 그의하는일이라고그는옷에대한귀찬은감정의버릇을늘하로의한번식벗는것으로이러러치아니하냐 누구에게도업시반문도하며 위로도하야가는것으로 도 보아 안버린다.

친구를편애하는야속한고집이 그의밝안몸뎅이를 친구에게그는그럿케도쉽살이내여맛기면서 어듸친구가무슨즛을하기도하나 보자 는생각도안는못난이

406　比久 : 구본웅에 따르면, 이상은 '비구'라는 호를 썼다고 한다.

407　리상 : 이상이 자신의 이름을 일부러 강조하여 내세운 것으로 보인다.

408　레인코오트(raincoat) : 비옷.

409　삼모각로에서 북정거장까지 황포차를 타고 간다.

410　거읏는데 : 걷는데. 전집(1)은 '그었는데'로 오식.

411　의레한 : 전집(1)은 '의례히'로 수정.

412　바이블(Bible) : 성경.

라고도하기는하지만 사실에그에게는 그가그의밝안몸뎅이를가지고단이는묵어운로역에서버서나고십허하는갈망이다 시게도칠랴거든칠것이다 하는마음보로는한시간만에세번을치고삼분이남은후에륙십삼분만에처도너할대로내버려두어버리는마음을먹어버리는관대한세월은 그에게이째에시작된다.

앙샐을르[413]에봉투를 씨워서그감소된빗은 어듸로갓는가에대하야도 그는한번도생각하야본일은업시 그는이러한준비와장소에대하야 관대하니라 생각하야본일도업다면 그는속히잠들지아니할가 누구라도생각지는아마안는다 인류가아즉만들지아니한글자가 그자리에서이랫다 저랫다하니무슨암시 이냐가무슨까닭에 한번늙어지나가면 도무소용인인[414]글자의고정된기술방법을채용하는 흡족지안은버릇을쓰기를버리지안을싸를그는생각한다 글자를저것처럼가지고그하나만이 이랫다저랫다하면 쏘생각하는것은 사람하나 생각둘말 글자셋 넷 다섯 쏘다섯 쏘쏘다섯 쏘쏘쏘다섯그는결국에시간이라는것의무서운힘을밋지아니할수는업다한번지나간것이 하나도쓸데업는것을알면서도 하나를버리는묵은즛을그도역시거절치안는지그는그에게물어보고십지안타 지금생각나는것이나 지금가지는글자가잇다가가즐것하나 하나 하나에서모도식못쓸것 인줄알앗는데외지금가지느냐안가지면 고만이지하야도 벌서가저버렷구나 벌서가저버렷구나 벌서가것구나 버렷구나 쏘가것구나. 그는압과[415] 오는시간을입은 사람이든지길이든지 거러버리고거더차고싸와대이고십헛다 벗겨도옷벗 겨도옷 벗겨도옷 벗겨도옷 인다음에야거더 도길[416]거더 도길인다음에야한군데버틔고서서 물너나지만안코 싸와대이기만이라도하고십헛다.

---

413 앙샐을르(ampoule 프) : 전구. 암페어(ampere), 또는 앰플(ample)라는 주장이 있으나, 이는 잘못이다.

414 도무소용인인 : 전집(1)은 '그도무소용인'으로 수정. '도대체 쓸모 없는'의 뜻인 듯.

415 압과 : 전집(1·2·3)은 '압과'를 '압파'의 오식으로 보고 '아파'로 수정하였으나 전집(5)는 '압과'를 그대로 씀. 이상 소설(「12월 12일」, 「지도의 암실」, 「집팽이轢死」)에서 '아파'는 '압하'로 썼으므로, '압과'는 '앞과'로 보는 것이 타당함.

416 거더 도길 : 전집(2·3)은 '거더'를 '거러'의 오식으로 이해하여 '걸어도 길'로 수정.

앙샜을르에불이확켜지는것은 그가쌔이는것과갓다하면이럿타 즉밝은동안
에불인지마안지[417] 하는얼마쯤이 그의다섯시간뒤에흐리명덩히달나붓흔한시
간과갓다하면 이럿타즉그는봉투에싸여업서진지도모르는 앙샜을르를보고
침구속에반쯤강삶아진[418] 그의몸덩이를보고봉투는 침구다생각한다 봉투는옷
이다 침구와봉투와 그는무엇을배웟느냐몸을내여다버리는법과 몸을주어드리
는법과 미다지에광선잉크가 암시적으로쓰는의미가 그는그의 몸덩이에불이
확켜진것을알라는것이닛가 그는봉투를닙는다 침구를닙는것과 침구를벗는것
이다 봉투는옷이고 침구다음에 그의몸덩이가 뒤집어쓰는것으로달는다 밝앗케
앙샜을르에습기제하고 젓는다 바다서는내어던지고 집어서는내여버리는 하로
가불이들어왓다 불이쩌지자시작된다. 역시그럿코나오늘은 카렌더[419] 의붉은빗
이 내여배엿다고 그럿케카렌더를만든사람이나쎄이고간사람이나가마련하야
노흔것을 그는 위반할수가업다 K는그의방의카렌더의빗이 K의방의카렌더의
빗과일치하는것을 조화하는선량한사람이닛가 붉은빗에대하야겸하야 그에게
경고하얏느냐그는몹시생각한다 일요일의붉은빗은월요일의힌빗이잇슬쌔에
못쓰게된것이지만 지금은가장씨우는[420] 것이로고나 확실치안이한두자리의수
자가 서로맛붓들고그가웃는것을보고 웃는것을흉내내여 웃는다 그는카렌더에
게 지지는안는다 그는대단히넓은우슘과 대단이좁은우슘을 운반에요하는시간
을 초인적으로가장쩗게하야 우서버려보혀줄수잇섯다.

인사는유쾌한것이라고하야 그는게을느지안타늘. 투스부럿쉬[421] 는그의니사
이로와보고 물이얼골그중에도쌤을건드려본다그는변소에서 가장먼나라의호
외[422]를 가장갓갑게보며 그는그동안에편안히서술한다 지난것은버려야한다고

---

417 불인지마안지 : 불(火)인지 만지. 전집(2·3)은 부처(佛)인지 악마(魔)인지로 잘못 설명.

418 강삶아진 : 호되게, 또는 심하게 삶아진.

419 카렌더(calendar) : 달력.

420 씨우는 : 쓰이는. 전집(1·2·3)은 후자로 수정.

421 투스부럿쉬(toothbrush) : 칫솔.

422 호외 : 號外. 특별한 일이 있을 때에 임시로 발행하는 신문.

거울에열닌들창[423]에서 그는리상 — 이상히이일홈은 그의그것과쪽갓거니와 — 을맛난다[424] 리상은그와쪽갓치 운동복의준비를차렷는데 다만리상은그와 달라서 아모것도하지안는다하면 리상은어데가서하로종일잇단말이요 하고십 허한다.

그는그책임의무체육선생리상을맛나면 곳경의를표하야그의얼골을리상의 얼골에다문즐러주느라고 그는수건을쓴다. 그는리상의가는곳에서 하는일까 지를뭇지는안앗다. 섭섭한글자가하나식 하나식섯다가 썰어지기위하야 나암 는다.

你上那兒去 而且 做甚麼[425]

슙흔몬지가옷에 옷을닙혀가는것을 못하야나가게 그는얼는얼는쪼차버려서 퍽다행하얏다.

그는에로시엥코[426]를닑어도조타 그러나그는본다외나를 못보는눈을가젓느 냐 차라리본다 먹은조반은 그의식도를거처서바로에로시엥코의뇌수로들어서 서 소화가되든지안되든지 밀려나가든버릇으로 가만가만히시간관렴을 그래도 안이어기면서압슨다 그는그의조반을 남의뇌에써맛기는것은견델수업다 고견 데지안아버리기로한다음 곳견데지안는다 그는차즐것을곳찻고도 무엇을차잣 는지는알지안는다.

태양은제온도에조을닐것이다 쏘다트릴것이다 사람은싹장벌러지[427] 처럼쌜 것이다 싸쑷할것이다 넘어질것이다 색쌈안피조각이쎙그렁소리를내이며 썰어 저쌔여질것이다 쌍우에눌어부틀것이다 내음새가날것이다 구들것이다 사람은

피부에검은빗으로도금을올닐것이다 사람은부듸질것이다소리가날것이다.

　사원에서종소리가걸어올것이다 오다가여긔서놀고갈것이다 놀다가로지안이할것이다.

　그는여러가지줄을잡아다니라고 그래서성낫슬째내여거는 표정을작만하라고 그래서그는그럿케해바닷다 몸덩이는성나지아니하고 얼골만성나자기는얼골속도 성나지안이하고살껍더기만성나자기는[428] 남의목아지를어더다 부친것갓하야쉬제멋적엇스나 그는그래도그것을 압세워내세우기로하얏다 그러케하지안이하면 아니되게다른것들 즉나무사람옷심지어 K까지도그를놀리러드는것이닛가 그는그와관게업는나무사람옷심지어 K를차즈려나가는것이다 사실쌔나나의나무와스케이팅[429]녀자와 스카아트[430] 와교회에가고마안 K는그에게관게업섯기짜문에 그럿케되는자리로 그는그를옴겨노아보고십흔마음이다 그는K에게외투를어더그대로돌아서서넘엇다 쌕듯이쾨감이억개에서잔등으로 걸처잇서서비잇키지안는다 이상하고나한다.

그의뒤는그의천문학[431]이다 이럿케작정되여버린채 그는별에갓가운산우에서 태양이보내는멧줄의볏을압정으로 쏙쏘자노코 그압헤안저그는놀고잇섯다 모래가만타 그것은모도풀이엿다 그의산은평지보다나즌곳에 처어저서그쑨만안이라 움푹오므러들어잇섯다 그가요술가라고하자 별들이구경을온다고하자 오리온[432]의좌석은 조긔[433]라고하자 두고보자 사실그의생활이 그로하야금움즉이게하는즛들의여러가지라도는 무슨모옵쓸흉내이거나 별들에게나구경식힐요술이거나이지이쪽으로오지안는다.

428　성나자기는 : 성나 자기는. 전집(1)은 '성나자 그는'으로 오식.

429　스케이팅(skating) : 활주.

430　스카아트(skirt) : 스커트. 치마.

431　천문학 : 우주의 구조, 천체의 생성과 진화, 천체의 역학적 운동, 거리·광도·표면 온도·질량· 나이 등 천체의 기본 물리량 따위를 전문적으로 연구하는 학문.

432　오리온 : 쌍둥이자리와 에리다누스강자리 사이에 있는 별자리.

433　조긔 : 말하는 이나 듣는 이로부터 멀리 있는 곳을 가리키는 지시 대명사. '저기'의 입말로도 사용됨.

너무나의미를 닐허버린그와 그의하는일들을 사람들사는사람들틈에서 공개
하기는 끔쩍끔쩍한일이닛가 그는피난왓다 이곳에잇다 그는고독하얏다 세상어
는틈사구니에서라도 그와관게업시나마 세상에관게업는듯을하는이가잇서서
작고만작고만의미업는 일을하고잇서주엇스면 그는생각안이할수는업섯다.

JARDIN ZOOLOGIQUE[434]

CETTE DAME EST −ELLE LA FEMME DE MONSIEUR LICHAN?[435]

앵무새당신은 이럿케짓거리면 조흘것을그새에 나는

OUI![436]

라고그러면 조치안켓슴닛가 그럿케그는생각한다.

원숭이와절교한다 원숭이는 그를흉내내이고 그는원숭이를흉내내이고 흉내
가흉내를 흉내내이는것을 흉내내이는것을 흉내내이는것을 흉내내이는것을흉
내내인다 견데지못한밧븜이잇서서 그는원숭이를보지안앗스나 이리로와버렷
스나 원숭이도그를아니보며 저긔잇서버렷슬것을 생각하면가슴이 터지는것과
갓핫다 원숭이자네는사람을흉내내이는버릇을타고난것을작고사람에게도 그
모양대로되라고하는가 참지못하야그럿케하면 자네는쏘하라고 참지못해서 그
대로하면 자네는쏘하라고 그대로하면 쏘하라고그대로하면쏘하라고 그대로하
야도 그대로하야도 하야도쏘하라고하라고 그는원숭이가나에게 무엇이고식히
고 흉내내이고간에 이것이고만이다 싹마음을굿게먹엇다 그는원숭이가진화하
야 사람이되엿다는데대하야 결코밋고십지안앗는쑨만안이라 갓흔에호바[437]
의손에된것이라고도 밋고십지안앗스나그의?

그의의미는 대체어데서나오는가 머언것갓하서불러오기어려울것갓다 혼자

---

434 JARDIN ZOOLOGIQUE : 불어로 '동물원'.

435 '이 부인은 귀하 이상의 부인입니까?'라는 뜻으로, 이것은 「오감도 시 제6호」의 "이小姐는紳士
李箱의夫人이냐" 구절과 같은 의미이다.

436 OUI! : 예! 이들의 대화 내용은 「오감도 시 제6호」와 밀접한 관련을 띠고 있다.

437 에호바(Jehovah) : 여호와, 야훼, 전능하신 신(the Almighty).

사아는것이 가장혼자사아는것이 되리라하는마음은 락타를타고십허하게하면 사막넘어를생각하면 그곳에조흔곳이 친구처럼잇스리라 생각하게한다 락타를 타면그는간다 그는락타를죽이리라 시간은그곳에안이오리라왓다가도 도로가 리라그는생각한다 그는트렁크[438]와갓흔락타를조와하얏다 백지를먹는다 지페 를먹는다 무엇이라고적어서무엇을 주문하는지 엇던녀자에게의답장이녀자의 손이포스트[439]압헤서한듯이[440] 봉투째먹힌다 락타는그런음란한편지를먹지 말앗스면 먹으면괴로움이몸의살을말르게하리라는것을 락타는모르니하는수 업다는것을 생각한그는연필로백지에 그것을얼는배앗허노흐라는 편지를써서 먹이고십헛스나락타는 괴로움을모른다.

정오의사이렌이호오스[441]와갓치 쌔처쌔드면그런고집을 사원의종이쌍々싸 린다 그는튀여올으는고무쌜과갓흔 종소래가아모데나 함부로헤여저썰어지는 것을보아갓다 마즈막에는엇던언덕에서 종소리와사이렌이한데저저서 밋그 러저내려쩌러저한데 쏘다저싸혓다가 확헤여젓다 그는시골사람처럼서々섯 난뒤를까지 구경하고잇다 그쌔그는.

풀엄[442]우에누어서 봄내음새나는 졸음을주판에 다놋코안자잇섯다 하나 둘 셋 넷 다섯 여섯 일곱 여덜 일곱 여섯 일곱 여섯 다섯 넷 다섯 여섯 일곱 여덜 아 홉 여덜 아홉 여덜 아홉 잠은턱밋헤서 눈으로들어가지안는것은[443] 그는그의 눈으로 물쓰럼이바라다보면 졸음은벌서 그의눈알망이에회색 그림자를던지 고잇스나등에서비최는햇볏이너무싸쓧하야 그런지잠은번적번적한다 외잠이 안이오느냐 자나안자나마찬가지 인바에야안자도조치만안자도조치만 그래도

자는것이 나앗다고하야도생각하는것이잇스니잇다면 그는외이런앵무새의 외
국어를듯는냐 원숭이를가게하느냐 락타를오라고하느냐 바드면내여버려야할
것들을바다가지느라고 머리를괴롭혀서는안되겟다 마음을몹씨상케하느냐
이런것인데이것이나마 생각안이하얏스면 그나마나을것을구타여생각하야 본
대ㅅ자잇짜가는소용업슬것을외씨근씨근몸을달리노라고 얼골[444]과수족을 달
려가면서생각하느니잠을자지잔댓자안이다 잠은[445]자야 하느니라생각까지하
야노앗는데도 잠은죽어라[446]이쪽으로 자그만콤만더왓스면 되겟다는데도더
안이와서 안이자기만하려들어안이잔다 안이잔다면.

　차라리길을걸어서 살내여보이는스카아트를 보아서의미를찻지못하야노
코아모것도안이늣기는것을하는것이차라리나으니라 그러치만어데그럿케
번々히잇나 그는생각한다 새쓰는여섯자에서 조곰우우를쩌서단이면조타 만흔
사람이탄새쓰가만흔이[447] 거러가는 만흔사람의머리 우를지나가면 퍽관게가
업서々편하리라 생각하야도편하다 잔등이묵어워들어온다 죽엄이그에게왓다
고 그는놀라지안아본다 죽엄이묵직한것이라면 남어지얼마안되는시간은 죽엄
이하자는대로하게내여버려두어 일생에업든 가장위생적인시간을향락하야보
는편이 그를위생적이게하야 주겟다고그는생각하다가 그러면그는죽엄에 견
데는세음이냐못 그러는세음인것을자세히알아내이기어려워고로워[448]한다 죽
엄은평행사변형의법측으로 보일르샤알르의법측[449] 으로 그는압흐로 압흐로걸
어나가는데도왓다 써밀어준다.

<hr>

444　얼골 : 원문은 '열골'로 오식.

445　잠은 : 전집(1)은 '잠을'로 수정.

446　죽어라 : 전집(1)은 '죽어라고'로 수정.

447　만흔이 : 전집(1)은 '이'자 누락.

448　고로워한다 : 괴로워한다.

449　보일르샤알르의법측(Boyle-Charles' Law) : 보일의 법칙과 샤를의 법칙(게이뤼삭의 법칙)을 합
　　　친 것으로, 보일－게이뤼삭의 법칙이라고도 한다. 기체의 부피 V는 압력 P에 반비례하고, 절대
　　　온도 T에 정비례한다는 법칙으로 PV/T ＝ (일정)으로 표시할 수 있다.

活胡同是死胡同 死胡同是活胡同[450]

그째에그의잔등외투속에서.

양복저고리가 하나썰어젓다 동시에그의눈도 그의입도 그의염통도 그의뇌수도 그의손까락도 외투도 자암뱅이[451]도모도어얼러썰어젓다 남은것이라고는 단추 넥타이 한릿틀[452]의탄산와 사[453]부시럭이엿다 그러면그곳에서잇는것은 무엇이엿드냐하야도 위치쁀인페허에지나지안는다 그는그런다 이곳에서흔어진[454]채 모든것을다꼿을내여 버려버릴가 이런충동이쌍우에썰어진팔에 엇던 경향과방향을 지시하고그러기시작하야버리는것이다 그는무서움이 일시에치밀어서성내인얼골의성내인 성내인것들을헤치고 홱압흐로나슨다 무서운간판 저어뒤에서 기우웃이이쪽을내여다보는 틈〃이들여다보이는 성내엿든것들의 싹둑〃〃된모양이 그에게는한업시 가엽서보혀서 이번에는그러면가엽다는데 대하야 장적당하다고[455] 생각하는것은무엇이니 무엇을내여거얼가 그는생각 하야보고 그럿케한참보다가 우숨으로하기로작정한그는그도 모르게얼는그만 우서버려서 그는다시거더드리기어려웟다 압흐로나슨우슴은 화석과갓치 화려 하얏다.

　笑　怕　怒[456]

시가지한복판에 이번에새로생긴무덤우으로 싹장벌러지에무든각국우숨이

450　뚫린 골목은 막다른 골목이요, 막다른 골목은 뚫린 골목이다. '사는 것이 어찌 이와 같으며, 죽음이 어째서 같은가. 죽음이 어째서 이와 같으며, 사는 것이 같은가'(이어령)나 '사는 것이 어째서 이와 같으며, 죽음이 어째 어째서 이와 같은가'(김용직)와 같은 해석이 있지만, 이는 한문식 해석이고, 원문은 백화문이다. 그리고 이 구절은 「오감도 시 제1호」의 "(길은막달은골목이適當하오), (길은뚫닌골목이라도適當하오)" 구절이나 「최저낙원」의 "…… 기실 뚫렷고 기실 막다른 어룬의 골목이로소이다"라는 구절과 밀접한 관련을 맺고 있다.
451　자암뱅이 : 잠방이. 가랑이가 무릎까지 내려오도록 짧게 만든 홑바지.
452　릿틀 : 리터(liter).
453　탄산와사 : '탄산가스(carbonic acid gas)'를 뜻함.
454　흔어진 : '흩어진'의 오식인 듯. 전집(1·2·3)은 '흩어진'으로 수정.
455　장적당하다고 : 전집(1·2·3)은 '장' 앞에 한 글자 '가'가 빠진 것으로 여겨, '가장 적당하다고'로 수정.
456　笑怕怒 : 소파노. 웃음·두려움·노함.

헷쓰려써러트려저모혀들엇다 그는무덤속에서다시한번죽어버리랴고 죽으면
그래도 쏘한번은더죽어야하게되고하야서 쏘죽으면쏘죽어야되고 쏘죽어도 쏘
죽어야되고하야서 그는힘드려한번몹씨 죽어보아도 마찬가지지만그래도 그는
여러번々々죽어보앗으나 결국마찬가지에서 씃나는씃나지안는것이엿다 하
느님은그를내여버려두심닛가 그래하느님은죽고나서쏘죽게내여버려두심닛
가 그래그는그의무덤을엇더케 치울까생각하든씃흐 머리에 그는그의잔등속
에서 썰어저나온근거업는 저고리에그의무덤파편을 주섬々々싸그러모아가지
고 터벅々々걸어가보기로 작정하야노코 그러케하야도 하느님은가만히잇나를
쏘그다음에는 가만히잇다면 엇더케되고 가만히잇지안타면엇더케할작정인가
그것을차레々々보아나려가기로하얏다.

K는그에게 빌려주엇든저고리를 닙은다음서양시가렛트[457] 처럼극장으로 몰
려갓다고그는본다 K의저고리는풍긔취체탐정[458] 처럼.

그에게무덤을 경험케하얏슬뿐인 가장간단한불변색이다 그것은어데를가드
라도 까마귀처럼트릭크[459]를 우슬것을생각하는그는그의모자를 버서쌍우에
놋코그가만히잇는 모자가가만히잇는틈을타서 그의구두바닥으로힘썻 나려밟
어보아버리고십흔마음이 종아리살구쎠싸지 나려갓것만그곳에서장엄히도승
천하야버렷다.

남아잇는박명의령혼 고독한저고리의 페허를위한완전한보상그의령적산술
그는저고리를닙고 길을길로나섯다. 그것은맛치저고리를 안입은것과갓흔 조건
의특별한사건이다 그는비장한마음을 가지기로하고길을 그길대로생각씃헤생
각을겨우々々니여가면서걸엇다 밤이그에게그가갈만한길을잘내여주지안이하
는 협착한속을 ─ 그는밤은낫보다 쌕々하거나 밤은낫보다되에다랏커나[460] 밤

---

457 서양시가렛트(西洋cigarette) : 양담배.
458 풍긔취체탐정 : 風紀取締探偵. 풍습이나 기강을 단속하는 탐정.
459 트릭크(trick) : 계교.
460 되에다랏커나 : 되다랗거나. 기본형, 되다랗다. 풀이나 죽 따위가 물기가 적어 매우 되다.

은낮보다좁거나하다고늘생각하야왓지만 그래도그에게는 별일별로업시 조홧거니와 ― 그는엄격히걸으며도 유기된그의기억을안스고 초々히그의뒤를짜르는저고리의령혼의 소박한자태에 그는그의옷깃을여기저기적시여 건설되지도항해되지도 안는한성질업는지도를 그려서가지고단이는줄 그도모르는채 밤은밤을밀고 밤은밤에게밀니우고하야 그는밤의밀집부대의 숙으로々々々[461] 점々깁히들어가는 모험을모험인줄도 모르고모험하고잇는것갓흔것은 그에게 잇서 아모것도아닌그의방정식행동은 그로말매암아집행되여나가고잇섯다 그러치만.

그는외버려야할것을 버리는것을 버리지안코서버리지못하느냐 어데까지라도고로움이엿슴에변동은 업섯구나그는그의행렬의마즈막의 한사람의위치가 싯난다음에 지긋々々이 생각하야보는것을 할줄몰으는 그는그가안인 그이지 그는생각한다 그는피곤한다리를잇슬어붙이던지는불을밟아가며불로갓가히가보려고불을작고만밟앗다.

我是二 雖說沒給得三也我是三[462]

그런바에야 그는가자그래서스카아트밋헤 번적이는 조고만메탈[463]에의미업는 베에제[464]를부친다음 그자리에서잇슴즉이잇스랴하든 의미까지도 니저버려보자는것이 그가그의의미를니저버리는 경과까지도잘니저버리는것이되고마는것이라고 생각하게되는 그는그렁케생각하게되자 그렁케하야지게그를 그런데로내여던저버렷다 심상치안이한음향이웃쪽섯든 공기를몃개넘어 트렷는데도 불구하고심상치는안은길이여야만할것이급기해하에는심상하고 말은것은

<hr>

461 숙으로々々々 : '속으로々々々'의 오식으로 보임.

462 "나는 둘이다. 비록 셋을 줄 수는 없다고 하더라도, 그래도 나는 셋이다" 정도로 해석된다. 전집(2)는 "나는 둘이다, 비록 셋을 줄 수 없다고 말한다 하더라도 역시 나는 셋이다"로 해석하였다. "비록 셋을 주어 얻지 못했을지라도"의 의미이지만, 그렇게 해석할 수도 없다. 전집(2)는 "나는 둘이다, 비록 셋을 줄 수 없다고 말한다 하더라도 역시 나는 셋이다"로 해석하였다.

463 메탈(medal) : 기념이나 표창의 뜻을 담은, 쇠붙이 따위로 만든 표장.

464 베에제(baiser 프) : 키스.

심상치안은일이지만그일에 일으러서는심상해도조타고 그래도조흐닛가아모래도 조옷케되니싸아모러타하야도 조타고그는생각하야 버리고말앗다.

LOVE PARADE[465]

그는답보를게속하얏는데 페브멘트[466]는후울훌날으는 초콜레에트처럼 훌々날아서 그의구두바닥밋흘밋그러히쪽々쌔저나가고잇는것이 그로하야금 더욱々々 답보를식히게한원인이라면 그것도원인의하나가 될수도잇겟지만 그 원인의대부분은 음악적효과에잇다고안이볼수업다고 단정하야버릴만치 이날 밤의그는음악에 적지안이한편애를 가지고잇지안을수업슬만치 안개속에서라이트[467]는스포오츠를하고 스포오츠는그에게잇서서는 마술에갓가운기술로 밧게는안이보이는것이엿다.

쏘어[468]가그를무서워하며 뒤로물러스는거의 동시에묵어운저기압으로흘으는고 기압의기류를리용하야 그는그레스토오랑[469]으로넘어젓다하야도조코 그의몸을게다가 내여버렷다틀어박앗다하야도 조츨만치[470]그는그의몸덩이 의향방에대하야아모러한설게도하야 노치는안이한행동을 직접행동과행동이가지는 결정되여잇는운명에 내여맛겨버리고 말앗다 그는너무나 돌연적인 탓에그에게서 쌔아저버서서저서업즐러젓다 그는이것은이결과는 그가바다서는 내여던지는 그의하는일의무의미에서도 제외되는것으로사々 오입이하에썰어 내엿다.

그의사고력을 그는도막々々 내여노코난 다음에는그사고력은 그가도막々 々 내인것은 안이게되여버린다음에 그는슬그머니업서지고 단편들이춤을한개

---

465 LOVE PARADE : 사랑행진, 원문은 PARRADE로 오식. 사에구사는 이것이 1930년 파라마운 트사에서 만든 영화「The Love Parade」에서 유래한다고 보았다.

466 페브멘트(pavement) : 도로.

467 라이트(light) : 조명, 조명등.

468 쏘어(door) : 문.

469 레스토오랑(restaurant) : 서양식 음식점.

470 조츨만치 : '조흘만치'의 오식인 듯. 전집(1·2·3)은 '좋을만치'로 수정.

식만추고 그가물러가잇슴즉이생각히는데로 차레로차레안이로[471] 물너버리
닛가그의짓거리는것은 점々깁히를닐허버려지게되니 무미간조한[472] 그의한가
지식의곡예에경청하는하나도 물론업슬것이엿지만잇섯스나 그러나K는그의
새쌝앗게찌저진 얼골을보고곳나가버렷스닛가 다른사람하나가잇다 그가늘산
보를가면그곳에는커다란바위돌이 돌연히잇스면 그는늘그곳에기이대이는 버
룻인것처럼 그는한녀자를늘찻는데 그녀자는참으로위치를변하지안이하고잇
스닛가 그는곳기대인다 오늘은나도화아나나는[473] 일이썩만흔데그도 화아가
낫슴닛가하고물으면 그는그럿타고 대답하기전에 그러냐고한번물어보는듯이
눈을녀자에게로 흘깃써보앗다가고개를 솟썩々々하면녀자도 곳쏘고개를솟썩
々々하지만 그의미는퍽달은줄을알아도좃코몰라도조치만 그는아알지안는다
오늘모도놀러갓다가오는사람들쑨이 퍽마안흔데 그도노올러갓섯드람닛가하
고 녀자는그의쏙들어간쌤을쏙씻겨쓰다듬어주면서 물어보면그래도 그는그럿
타고그래버린다 술을먹는것은 그의눈에는수은을먹는것과갓치 밧게는안이보
이게 압하보히기시작한지는 퍽오래되엿는데 물론그러닛까 그럿치만그는술을
먹지안이하며 커피이를마신다 녀자는실타는소리를한번도하지안이하고 술을
마시면얼골에잇는 눈가앗[474]이대단히붉애지면 녀자의눈은대단히 성질이달라
지면 마음은사자와갓치 사나워저가는것을 그가가만히직히고 안자잇노라면
녀자는그에게 별즛을다하야도 그는변하랴는 얼골의표정의멱살을 쏵붓들고다
시는 노치안으닛까 녀자는성이나서닛쌀로 입살를쏴께물어서 피를내이고 축
음기[475] 와갓흔국어로그에게향하야 가느다랏코길게막퍼부어도 그에게는아모

---

471 안이로 : 전집(1·2·3)은 '아니로'로 수정. '안으로'가 내용상 적합할 듯.
472 무미간조한 : '무미건조한'의 오식으로 보임.
473 화아나나는 : '화아가 나는'의 오식인 듯.
474 눈가앗 : '눈가'를 의미하는 것으로 보임. 눈의 가장자리나 주변.
475 축음기 : 레코드에서 녹음한 음을 재생하는 장치. 판의 회전에 따라 바늘이 레코드에 새겨진 음구
　　　(音溝)를 지나감으로써 일어나는 진동을 기계적으로 증폭하여 금속의 진동판에 전하여 재생.

러치도안타 녀자는우운다 누자[476] 그녀자에게 그러케하는버릇이 녀자에게붓허

잇는줄 녀자는몰으는지 그가녀자의검은곳 곳친머리를가만히 쓰다듬어주면 너

는고생이자심하냐는말을 의례히하는것이라 그러케그도한줄알고 녀자는 그

럿타고고개를테불[477] 우에 업드려올녀노흔채 좌우로조금흔드는것은 그럿치

안타는말은 안이고상하로흔들수는없는까닭인 증거는녀자는곳눈물이글성々

々한얼골을들어그에게로주면서 팔둑을홀홀거드면서 자아보십시요 이럿케말

르지안앗슴닛까하고 암만내여밀어도 그에게는얼마콤에서얼마콤이나 말랏는

지도모지 알수가업서서 그럿켓다고그저간단히 건드려만두면 부운한듯이녀자

는막우운다.

앗싸까지도그는저고리를 이상히닙엇섯지만 지금은벌서 그는저고리를닙은

평상시를것는 그이고말아버리게되여서길을것는다 무시々々한하로의하로가

차츰々々 곳나들어가는구나하는 어둡고도가벼운생각이 그의머리에씨운모자

를쓰면 벗기고쓰면 벗기고하는것과갓치 간즐간즐상쾌한것이엿다 조곰가만히

잇스라고 앙쌕을르의씨워진채로 잇는봉투를 벗겨노흔다음책상우에잇는 여러

가지책을 하나식 둘식 셋식 넷식트람프[478]를석글째와갓치 석기시작하는것은

무엇을 찾기위한석근것을 차곡차곡추리는것이 그럿케보히는것이지만 얼른나

오지안는다 시게는여덜시불빗이방안에화안하야도시게는친다든가 간다든가

하는버릇을 조곰도변하지안이하닛가 이째부터쯤그의하는일을 시작하면저녁

밥의소화에는 그다지큰지장이업스리라 생각하는까닭은 그는결코음식물의 완

전한소화를바라는것은 안이고대개우엔만하면 그저그대로니저버리고 내여

버려두리라하는 그의음식물에대한관념이다.

백지와색연필을들고 덧문을열고문하나를 여언다음또문하나를여은다음 또

열고또열고또열고또열고 인제는어지간히들어왓구나 생각히는째쯤하야서 그

₄₇₆ 누자 : 전집(1·2·3)은 '누가'로 수정.

₄₇₇ 테불(table) : 탁자.

₄₇₈ 트람프(trump) : 트럼프 카드. 으뜸패의 한벌.

는백지우에다색연필을 세워노코무인지경에서 그만이하다가고만두는 아름다
운복잡한기술을시작하니 그에게는가장넓은 이벌판이발근밤이여서 가장좁고
갑々한것인것갓흔것은 완전히니저버릴수잇는것이다 나날이이럿케들어갈수
잇는데싸지 들어갈수잇는한도는점々늘어가니 그가들어갓다가는 언제든지
처음잇든자리로도로 나올수는념려업시잇다고 밋고잇지만차즘차즘그러치도
안은것은 그가알면서도는 그러지는안을것이닛가 그는확실히몰으는것이다.

　　이런째에녀자가와도 조흔째는그의손에서 피곤한연기가물억물억기어올으
는째이다 그녀자는그고생이 자심하야서[479] 말낫다는넙적한손바닥으로 그를
쑤덕쑤덕두드려 주어서잠자라고하지만그는 녀자는가도조타오지안아도 조
타고생각하는것이지만이럿케 각금정말좀와주엇스면생각도한다 그가만일녀
자의뒤로가서바지를것고스면 그는잇는지 업는지몰으게되여버릴만콤화가나
서 말낫다는녀자는 넙적한치격[480]을 그는녀자쑨안이라 아모에게서도슬혀하
는것이다. 넷 — 하나둘셋넷이러케 그거추장스러히 굴지말고산々이넷만첫스
면 여북[481] 조흘가생각하야도시게는 그러지안으니 아모리하야도 하나둘셋은
내여버릴것이닛가 인생도이럭저럭하다가 그만일것인데낫모를녀인에게 우슴
싸지산저고리의지저분한경력도 희지부지다슬어질것을 이럿케마음조릴것이
안이라 앙샥을르에붕투씨우고 옷벗고몸덩이는 침구에써내여맛기면 얼마나모
든것을 다니즐수잇서 편할가하고그는잔다.　　　　　一九三二, 二, 十三

— 발표지면 : 『朝鮮』, 1932.3

479　자심하야서 : 滋甚하야서. 너무 심하여서.
480　넙적한 치격 : '넙적한 체격'의 오식인 듯.
481　여북 : 오죽, 얼마나, 작히나.

休業과事情[482]

甫　山

삼년전이보산과SS와 두사람사이에 씌워들어안저잇섯다 보산에게달은갈길이쪽을가르처주엇스며 SS에게달은 갈길저쪽을가르처주엇다. 이제담하나를막아노코이편과저편에서 인사도업시그날그날을살아가는보산과 SS두사람의 삶이엇더케하다 가는갓가워젓다. 엇더케하다가는 멀어젓다이러는것이 픽자미잇섯다. 보산의마당을 둘러싼담엇던점에서 부터수직선을 끌어노으면그선우에SS의방의들창이잇고 그들창은 그담의 매앤꼭싹이보다도 오히려한자와가웃[483]을 더놉히나잇스닛가SS가들창에서 내여다보면 보산의마당이환이다들여다보이는것을 보산은 적지안이화를내이며 보아지내왓든것이다. SS는 째々로 저의들창에매여달려서는 보산의마당의임의의한점에 춤을배앗는버릇을 한두번안이내애는것을 보산은SS가들키는것을 본적도잇고 못본적도잇지만본적만처서 헤여도쇄만타. 엇째서 남의집기지[484]에다 대이고[485]함부로 춤을 배앗느냐 대체생각이엇더케들어가야 남의집마당에다 대이고춤을 배앗고십흔 생각이 먹흴가를보산은 알아내기가 픽어려워서엇던째에는 그럼내가 어듸한번 저방저들

482　이 작품은 문학사상자료실의 발굴로 『문학사상』(1977.5)에 소개되었다. 소개 당시 이 작품을 이상의 작품으로 규정하는 이유를 다음과 같이 들고 있다. 첫째, 산문임에도 불구하고 띄어쓰기를 전연 하지 않았다. 둘째, 작중인물의 이름은 傳記套로 作者의 이름을 따서 적는 버릇, 즉 다른 소설에서는 '이상', '나' 등으로 쓰고 있고, 이 단편에서는 筆名 甫山을 그대로 作中人物의 이름으로 사용하였다. 셋째, 소설의 구성이 일정한 줄거리 없이 에세이식으로 되어 있고, 心理的인 內的 독백으로 되어 있다. 그리고 그가 즐겨 쓰는 관용구나 어투가 「地圖의 暗室」의 문체와 같은 문체를 사용하고 있다. 넷째, 강박관념을 나타내는 주인공의 성격과 행동이 비슷하게 나타난다. 다섯째, 소설 속에 한문 문구를 집어넣고 있다. 이상의 작품이 확실한 것으로 판단된다.

483　가웃 : 되·말·자 따위로 되거나 잴 때, 그 단위의 절반가량에 해당하는, 남는 분량을 이르는 말. 곧 45cm.

484　기지 : 基地. 집터, 터전.

485　대이고 : '대고'의 늘인 말. 기본형 '대이다'에서 나온 '대고'는 '…을 향하여'라는 뜻. 그러나 한편으로 '계속하여 자꾸, 무리하게 자꾸'라는 의미로도 볼 수 있다.

창에가 매여달려볼가 그러면 싯싯내는 나도이마당에다대이고 춤을배앗고십흔 생각이써올으고야 말것인가 이럿케까지생각하고하고는하얏지만보산은 아즉 한번도실제로 그들창에가매여달려본적은업다고하야도 보산의SS의그런추잡스러운행동에대한악감이나분노는 조곰도덜어지지는안은 채로이전이나 맛찬가지다. 아츰오후두시 — 보산의아츰기상시간은대개오후에 들어가서야잇는데 그러면아츰이라고 할수는업지만 그날로서는제일첫번닐어나는것이닛가 아츰이라고하는것이조타 — 에닐어나서 투스부라쉬[486]를닙에물고 뒤이지[487]를손아귀에꽉쥐이고마당에나려스면 보산은위선SS의얼골을차저보면 의례히그들창에서 눈에씌우는법이엿다. SS는보산을 보자마자기다렷다는듯이 춤을큼직하게한입쌕듯이그러모아서이쪽보산의조름든얼채인얼골로 머뭇거리는 근처를견양대여서한번에배앗는다. 그소리는퍽완전한것으로처음SS의입을써 날째로부터보산의 다당[488]정해진어는한군데쌍 — 흙우에썰어저약간의여운진 동을내이며 흔들니다가머물너주저안저버릴째까지거의 교묘한사격이완료된 것과갓흔 모양으로듯(고보)는사람으로하야금 부족한감이업슬만하게얌전한 것이다. 단번에보산은 얼이쌔아저버려서버엉하니 장승모양으로섯다가는다 시정신을 자알가다듬어가지고증오와모욕의가득찬눈초리로 그무례한침략자 SS의춤갓가이로 가만가만이닥아스는것이다. 빗갈은거의SS의소화작용의일부 분을담당하는 타액선의분피물[489]이라고는 볼수업슬만치주제[490]가람루[491]하 며 거의춤이라는 체면을유지하지못하고잇는쌀이보산의마음을비록잠시동안 이나마 몹시센치멘탈[492]하게한다.

---

486 투스부라쉬(toothbrush) : 칫솔.

487 뒤이지 : 뒤지(—紙)를 늘려 쓴 말로 밑씻개로 쓰는 종이, 휴지를 말한다. 전집(3)은 '양치물을 담는 용기인 듯'으로 잘못 설명.

488 다당 : 전집(3·5)처럼 '마당'의 오식으로 보는 것이 타당할 듯.

489 분피물 : 분비물(分泌物)의 오식. 전집(2·3)은 '분비물'로 수정

490 주제 : 변변하지 못한 몰골이나 몸치장.

491 람루 : 남루(襤褸). 옷 따위가 때 묻고 해어져 너절함을 의미.

492 센치멘탈(sentimental) : 감상적인, 정에 약한, 다감한, 정에 호소하는.

SS는그의귀중한춤으로하야 나의압헤이다지사나운주제를로출식혀스사로의
명예의몃부분을회손식히는 싹한일이무엇이SS에게깃븜이되는것일가 보산은
째마츰탄식하얏다.

변소에서보산의압헤막혀잇는 느얼[493]담벼락은 보산에게잇서서는 조희를엇
는시간이느얼이엇는시간보다도 훨신더만흘만치의례히변소에 들어온보산에
게맛겨서는조희노릇을하는것이다. 조희노릇을하노라면 보산은여지업시 여러
가지글을썻다가여지업시여러번지잇고[494] 말아버린다. 엇던째에는사람된체
면으로서는 도저히적을수업는씀쯕씀쯕한사건을만들어서단년히[495] 그우에다
적어놋코차국차국나려놁는다. 그리고난다음에는 쏘진는다.[496] 보산은SS의그
런나날이의조치못한도전적태도에대하야서생각하야본다. 결코SS에게는보산
에게대하야악의가업는것을 보산이알기는쉬웟스나 그러나그러면외그들창에
서압흐로 일백팔십도의넓은 전개를가젓스면서도 구타여이마당을향하야 춤을
배앗느냐 그리고도아조천연스러운시침이를싹떼운얼골로 압전망을내여다보
거나들창을닷거나하는것은 누가보든지혹은도전적태도라고오해하기쉽지안
은가를SS는알만한데도 모르는가모르는체하는가 그것을물어보고십지만 나는
그까짓쑹쑹보SS갓흔자와는말을주고밧기는실으닛가 그러면나는 그대로내여
버려두겟느냐 날마다쏙갓흔일이쏙갓흔정도로계속되는것은인생을심심하게하
는것이닛가 나에게잇서서 그보다도더무서운일은 다시업겟스니하로밧비 그것
을물니처야할것인데그러면나는SS의부인에게 편지를쓰리라SS군에게.

군은그사이안녕한지에대하야 소생은임의다즘작하얏노라그것은 날마다째
새로 그들창에낫하나는 군의얼골의산문어[497]와갓흔붉은빗과 그리고나날이

---

493 느얼 : 널, 널판지.

494 지잇고 : 짓고. 기본형, 짓다. '지우다'를 예스럽게 이르는 말. 쓰거나 그리거나 묻은 글씨, 그림,
      흔적 따위를 지우거나 천 따위로 보이지 않게 없애다.

495 단년히 : 斷然히. 결연한 태도로.

496 진는다 : 짓는다. '지운다'는 뜻.

497 산문어 : 살아있는 문어.

자악아들어가는 군의눈이속히속히나에군의건강상태의 일진월장[498]을 증명
하며보여주는것이다. 나의건강상태에대하야 서는말할것업고다만한가지항의
하는것은 다른것이안이라 군은대체엇지하야그들창에매여달닌즉은 반듯이나
의집마당에다대이고 — 그것도반듯이나의 쏙바로보고섯는 압헤서 — 춤을배
앗는가. 군은도모지가 외면에낫하나서 사람의심리를지배하지안이치못하는미
관이라는 데대하야한번이라도고려하야 본일이잇는가. 쏘는위생이라는관렴
에서 불결이여하히사람의 육체쑨만안이라정신적으로도사람에게 해를끼치
는가를아는가 모르는가. 바라건댄군은속히그비신사적근성을 버리는동시에
춤배앗는즛을근신하라. 이만. —

　이런편지를써서는 쎡SS의부인에게몬저전하야주면SS의부인은반듯이 이것
을닑으리라 닑고난다음에는 마음가운데에이니는[499]분노와모욕의념을이기
지못하야 반듯이남편SS에게뉴박하리라 — 여보대체이런창피를 외당하고잇단
말이요당신은 도야지만도못한사람이오 하고드리대이면쏭쏭보SS는반듯이황
겁하야 아아그런가 그렷타면오늘부터라도그춤배앗는것만은 고만두지배앗
흘지라도보산의집마당에다대이고배앗지만안으면 고만이지창피할것이야 무
엇이잇나이러면SS의부인은 화가막법곡[500]까지칙바처서편지를짝々찌저버리
고 그만울고말것이닛가 SS는그러면내다시는춤배앗지안으리라 그래가면서
드듸여항복하고말것이다. 아아그러면된다보산은깃분생각이 아츰의기분을상
쾨히한것을조화하면서 변소를나스면 삼십분이라는적지아니한시간이업서젓
다. 나와보면아즉도SS는들창에 매여달녀잇스며 보산이이리로어슬넝어슬넝
거러오면서싱글싱글 웃는것을보자마자쏘춤을큼직하게 한번탁뱃텃다. 역시
이번에도보산의마당의앗가운한점에가래가썰어진다. 그것을보는보산은다시
화가치솃처서 엇지할길을몰으고투스부러쉬를쌔서던지고 물을한입문다음움

<hr>

498　일진월장 : 日進月將. 나날이 다달이 자라거나 발전함.
499　이니는 : 한 글자가 오식으로 들어간 듯. '니는', 또는 '이는'으로 '일어나는'을 뜻함.
500　법곡 : 음가로 보아 보꾹(천장)이나 배꼽으로 보인다.

질움질하야가지고SS의들창쪽을향하야 확붐어본다. 이리하기를서너번이나하다가 나종에는목젓에다넘겨가지고 그렁그렁해가지고는 여러번해매내이면SS도견딜수 업다는듯이마즈막으로 춤을한번탁배앗흔다음에들창을홱다처버리고 SS의그보산의두갑절이나 되는큰대가리는자취를감초아버리고야말엇다. 보산은세수대야에다손을쇠자담그고는 오늘싸홈에는 대체누가이겻나자칫하면 저쭝쭝보SS가이긴것인지도모른다그러치만십생팔구[501]는내가이긴것이다 그럿케생각하야버리면 상쾌하기는하나 도모지한구석에 쩌림직한생각이 남아잇서씻겨나가지를안아서 보산은세수를하는동안에 몹시도고생을한다. 노래소리가들려온다 SS의오지쑥쌕이[502]극는소리갓흔쩔ㅅ한목소리다. 아하그러면SS가이긴모양이다 그러치안코야 저럿케유쾌한목소리로상규를일한[503]놉고소란한목소리로유ㅅ히노래불을수야 잇슬수가잇슬가 보산은사지가 별안간저상[504]하야초최한얼골빗을참아남에게보혀줄수가 업서ㅅ쓰거운물에다야단스럽게문즐러대인다. 문득보산을깃부게할수잇는죽어가는 보산을살녀내일수잇는 생각하나가보산의머리속에써올은다. 올타되엿다나도저럿케노래를부르면 고만이안인가나도개선가를불으면

삭풍은나무쯧헤불고 명월은눈우에찬데

만리변성에일장검집고서서

수파람[505]한큰소리에 거칠것이업서라.[506]

---

501 십생팔구 : '十常八九'를 말함. 십중팔구와 같이 열 가운데 여덟이나 아홉이란 뜻.

502 오지쑥쌕이 : 질흙으로 빚어서 구워 만든 뚝배기.

503 상규를일한 : 상규(常規)는 일상의 규칙, 일반적인 규칙. '일(逸)한'은 일탈한, 벗어난. 그러므로 일상적인 규칙을 벗어난.

504 저상 : 沮喪. 기력이 꺾여서 기운을 잃음.

505 수파람 : 휘파람.

506 김종서(1390~1453)의 시조.

쏙한시간만자고 니러날가그러면네시 쏘조곰잇다가는밥을먹어야지아니지
다섯시 외그러냐하면 소화가안되닛가한시간은 안젓다가 네시에들어누흐면
안이지여섯시 외그러냐하면 얼는잠이들지안이하고 적어도 다섯까지 한시간을
씌을것이닛가 여섯시여섯시에닐어나서야 전기불이모도들어와잇슬것이고 해
도저서도로밤이되여잇슬터이고 저녁밤ᄶ[507]도벌서지낫슬것이니 그래서야낫
에이러낫다는의외[508]가어느곳에잇는가 공원으로산보를가자 나무도보고바위
도보고소학교아해들도보고 쌜내하는사람도보고 산도보고 시가지를나려다도
보고 매우효과적이고 의미심장한일이안일가보산은곳니러나서 문깐을나슨다.

　공원은갓가히바로산밋혜서 산과다어잇스니 시가지에서차즐수업는 신선한
공기와청등한경치가늘사람을기다리고잇는곳으로 보산은그러한훌륭한장소
가자기집바로갓가히잇다는것을 퍽깃버하야미덤즉하게녁이여오는 것이다. 가
지는안치만언제라도가고십흐면 곳갈수잇지안으냐 이다지불결한공기속에서
살아간다고하지만신선한공기가필요한째에는늘겻헤잇다는것을생각할수잇스
며 쏘곳가서충분히마시고올수가잇지안이하냐 마시지안는다하야도벌서심리
적으로는마신것과마찬가지가안이냐 사람에게는생리적으로보다도심리적으
로위생이더필요한것이안일가 그런고로보산은늘건강지대에서살고잇는것과
조곰도달음이업는것이안일가 안이차라리더한층나는[509]것이안일가. 째로는
비록보산일망정이럿케신선한공기를마시러공원으로산보를가고잇지안이하냐.
보산의마음은깃버젓다.

　문간을나스자보산은SS를맛낫다. 는이보다도SS가SS의집문간에나와잇는것

507　저녁밤ᄶ : '저녁밥ᄭ'의 오식인 듯. 이는 '저녁밥 때'를 의미.
508　의외 : '의의'의 오식인 듯. 전집(2·3·5)는 '의의'의 오식으로 봄.
509　나는 : 나은. 좋거나 앞선.

을보지안을수업섯다. SS는그바위만한가슴과배사이처내로[510]치면 횡격막[511]
의위치부근에다 SS의딸어린아해를안고나와서잇다. 는이보다도어린아해는바
위우에열넛거나올녀노혀안저잇거나 달나부터매여달려잇거나 의어는하나이
엿다.

　— 에슴쏙슴쏙이도흉한분장[512]이로군 저것이가면이라면?

　엣 엣 에엣 —

　쏭쏭보SS의뇌는대단히낫불것은정한리치다. 그러치아이하고야 그런혹은이
런추태를평연히[513] 로출식히지는대개안이할것이닛가. 보산은이럿케생각하
며 못내그딸어린아해를불상이넉이느라고 한참이나애를쓴리유는 어린아해도
딸아서뇌가낫부리라 장래어린아해의시대가돌아왓슬새에는 뇌가낫분사람은
오늘의뇌가낫분사람보다도휠신더불행할것이틀님업슬것이닛가. SS는어린아
해의장래갓흔것은 쑴에도생각할줄모르는가 외스사로뇌를개량치를안는가 안
이그것은임의할수업는일이라고하자하야도 웨피임법을써서불행함에[514]틀님
업슬딸어린아해를낫키를미연에막지안엇는가 그것도SS가 뇌가낫쌘까닭이겟
지만 참으로싹하고도한심한일이라고볼수밧게업슬것이다. SS의딸어린아해는
벌서세살딸어린아해의시대도머지안이하얏스니 SS나 나이나그어린아해의얼
마나불행한가를눈으로바로볼것이니 그것은 견댈수업는일이다. 차라리SS에게
자살을권할가 그러치만뇌가낫쌘 SS로서는 이것을나의살인행위로밧게는해석
치안이할것이니 SS가자살할수잇슬가는십지도안은일이다. 보산은다시는SS의
딸어린아해를안고문깐에나와슨 사나운모양은보지안이하리라결심하랴하얏

510　처내로 : 체내로.

511　횡격막 : 橫膈膜. 흉강(胸腔)과 복강(腹腔)을 나누는 근육성의 막.

512　분장 : 扮裝. 꾸밈이나 차림새.

513　평연히 : 平然히. 평범하고 자연스럽게.

514　불행함에 : 원문은 '불해함에'로 오식.

스나 그것은도저히보산의마음대로되는일은안일터이닛가 고결심하는것까지
는고만두기로하얏스나 될수잇스면피할도리를강구할것을깁히마음가운대에
먹어두기로하얏다. 쏘하나올타 그러면SS에게 그럿치안이하면SS의부인에게
피임법에관한비결을멧가지만적어서보낼가 그럿케하자면 나는흥미도업는피
임법에관한책을적어도멧권은읽어야할터이니 그것도도모지귀찬은일이다고
만두자 그러자니참으로SS의부부와쌀어린아해는불행고[515] 나를생각하면 보
산은쏘한번마음이 센치멘탈[516]하여들어오는것을늣기지안이할수는업섯다.

　밤이이슥히보산의한낫이다달아와잇섯다.　얼마잇스면보산의오정이친다.
보산은고인의말대로　보산이얼마나음양에관한리치를잘리해하야정신수양을
하고잇는것인가를　다른사람들은하나도몰으는것이섭섭하기도하얏스며　쏘는
통쾌하기도하얏다.　보산은보산의정신상태가　얼마나훌륭히수양되여잇는것인
가　모른다는것을마음속에굿게　미더오고잇는것이엇다. 양의성한새를잠자며
음의성한새를쌔워잇서　학문하는것이얼마나리치에맛는일인가 세상사람들아
외몰으느냐 도탄에무친[517] 현대도시의시민들이 완전히구조되기에는　그들이쌔
저잇는불행의깁히가너무나깁허버리고만것이로구나　보산은가엽시녁인다. 넑
든책을덥흐며　그는조희를내여노하시를쓴다.
　세상에서쌍바닥에달나부터쓰더먹고사는　천하인간들의쓰는시와는운소[518]
로차가나는훌륭한시를　보산은멧편이나멧편이나써놋는것이건만 그대신세상
사람들은 그의시를리해하야줄리가업는과대망상[519]으로밧게는볼수업는것이
엿다.　이것을보산혼자만이설어하고잇스니　누가보산이이것을설어하고잇다는

515　불행고 : 전집(2·3)은 '불행하고'로 수정.

516　센치멘탈(sentimental) : 감상적인, 정에 약한, 다감한, 정에 호소하는.

517　도탄에무친 : 도탄(塗炭)에 묻힌. 몹시 곤궁하고 고통스러운 지경에 빠진.

518　운소 : 雲宵. 구름이 낀 하늘. 높은 지위. 그러므로 '운소로'는 '대단히, 천양지차로'의 의미.

519　과대망상 : 자신의 능력, 재산, 용모 따위의 현재 상태를 실제보다 턱없이 크게 과장하여 그것을
　　　사실인 것처럼 믿는 일.

것조차알아줄이가잇슬가. 보산은보산이야말로외로운사람이라고 그럿케정하
야 노코안자잇노라면 눈물나는한구[520]고인의글이그의머리에써올은다 보산을
위로한답시고보산아 보산아들어보아라

德 不 孤　必 有 隣[521]

보산의방안에걸린여러가지 그림틀들은쪽바로걸려서잇지안이하면안된다.
보산은곳니러나서 쪽바로서잇지안이한것을 쪽바로세워놋는다. 보산은보산의
방안에잇는무엇이든지이고는[522]반듯이 보산을본바더야할것이라고생각하자
마자 고단한몸불편한몸을비드슴이[523] 담벼락에 기이대이고잇든것을얼른놀란
듯키고처서는 쪽바로안는다. 그리고는 그림틀들은다보산을본바든것이안이
냐 라고생각하며 흔연히깃버하는것이엿다.

시계가세시를첫다. 보산의오후가탓다.[524] 밤은너무가[525]고요하야서째로는
시계도젝걱어리기를싀리는듯이 그네지를[526]자고고만두려고만드는것갓핫다.
보산은피곤한몸을자리우에그대로잠간눕혀본다. 이제부터누흐면 잠이들수잇
슬가업슬가를시험하야보기위하야 그러나잠은보산에게서는 아즉도머언것으
로 도모지가보산에게올가십지는안앗다. 보산은다시몸을니르키여 책상머리에
기대이면 가만가만히들러오는 노래소리는 분명히SS의노래소리에틀님이업는
데 아마SS도저럿케밤을낫으로삼아서지 내는가 그러면SS도 음양의조흔리치
를터득하얏다말인가안이다. 그싸위쑹쑹보SS의낫썬뇌를가지고는도저히 그런

520　한구 : 한 구절.
521　『논어』의 〈이인편〉에 나온 구절. 덕(있는 사람)은 외롭지 않고 반드시 이웃이 있다.
522　무엇이든지이고는 : 무엇이든지 간에.
523　비드슴이 : 비스듬히. 한쪽으로 기울게.
524　오후가탓다 : 전집(3)에서는 '오후가 탔다'로 보며, 기본형은 '타다, 어떤 것에 영향을 잘 받거나
　　　느끼다'로 설명. 또한 '오후 같았다'로 보는 견해(김성수)도 있다.
525　너무가 : '너무나'의 뜻.
526　그네지를 : 그네질을. 그네질을 자꾸(또는 자고) 그만두려고만 드는.

것을깨달아내일수가잇다고는추측되지안는일이다. 저것은분명히SS의불섭생[527]으로말미암아닐어나는불면증이다. 병이다잠이안이오닛가 저러케청승스럽게니러나안자서 가장신비로운것을보기나하듯키노래를부르고잇는것이다. 그러나그것은그럿타고하야두겟지만 앗가낫에들니든개선가의SS의목소리를 들을수업슬만치 지저분히흉한것이엿슴에반대로 이밤중의SS의목소리의무엇이라고 저럿케아름다움여. 하고보산은감탄하지안이할수업섯슬만치 가늘고 기일고 썰니고 흔들니고 얇고 머얼고 얏고한것을듯고 안자잇는보산은금시로 모든것을다안이저버릴수밧게업섯슬만치 멍하니 안자서듯기는듯고잇지만 그 것이과연SS의목소리일가 쭝쭝보SS의낫샌뇌로서 저만치고흔목소리를 자아내 일만한훌륭한소질이어느구석에 박혀잇섯든가 그러타면 쭝쭝보SS는그다지업 수히넉일수는업는 쭝쭝보SS가안일가 목소리가저만하면사람을감동식횔만한 자격이 넉넉히잇지만 그까짓것쯤두려울것은업다하야 버리드라도하여간에SS 가이한밤중에 저만콤아름다운목소리를 내일수잇다는것은 참신기한일이라고 안이칠수업지만 그러타고이보산이그에게경의를 별안간표하기시작하게된다 거나 할일이야천부당만부당에잇슬법한일도안이렷만 보산이그래도SS의노래 소리에 이러케도감격하고잇는것은공연히엿태까지가지고오든 SS에대한경멸 감과우월감을일시에문허트려버리는것이되고말지나안을가 그것이퍽불안하 면서도 보산은가만히SS의노래소리에 귀를기우리고안자잇다.

오늘은대체음력으로 멋츤날쯤이나되나 안이양력으로물어도조타 달은음력 으로만쓰는것이안이고 양력으로쓰는것이안이냐 하여간날짜썬가엇더케되여 잇길내이럿케달이밝을가달이세시가지내엿는데 하늘거의한복판에그대로남 아잇슬가 보산의그림자는보산을닮지안이하고 대단히키가적고 쭝々하다는 이보다도 쭝쭝한것이 거의SS를닮앗구나불유쾌한일이로구나 외하필그까짓뇌

가 낫쌘쏭쏭보SS를닮는단말이냐 그럿치만쏭々한것과 쏭々한것은대단히달은 것이닛가 하필닮앗다고 말할것도안이닛가 그짜짓것은아모래도조치안으냐하 드라도 윈일로이럿케SS의목소리가아름다울가하고 보산은그SS가매여달니기 만하면 반듯이이마당에다대이고 춤을배앗는 불결한들창이잇는 담밋흐로갓가 히가서가만히 그쪽SS의방노래소리가흘너나오는것이 과연여기인가안인가하 고 자세히엿들어보아도 분명히노래소리가나오는곳은 여기인데그러타면 그노 래는SS의노래소리에는 틀님이업슬것을생각하니 더욱더욱이상하다는생각만 이 보산의여러가지생각의 압흘스는것이엿다. 그러나보산은 쏘다시생각하야 보면 그노래소리는SS의부인의노래소리가안인지도몰으지만 그럿타고SS와SS 의부인은한방에잇는지 그럿타면쌀어린아해가세살먹엇는데 피곤한어머니의 몸이엿째썻잠이들지안앗다고는이야 생각할수는업는사정이안이냐 잠이안들 엇다하야도 어린아해가잠에서 쌔울가봐결코노래를부르거나 할리는업지만 쏘 누가남의속을아느냐 혹은어린아해가도모지잠이들지안이함으로 자장가를불 으는것이나안일가하지만 보산이아모리아모것도모른다한대야불리우는노래가 자장가이고 안인것쯤이야 구별하야내일수잇슷즉한데 그래도누가아나 째가 째인만콤 그러치만보산에귀에는 분명히일본야스기부시[528]에틀님업섯다. 설 마SS의부인이일본야스기부시를한밤중에불느랴하야도 그런것들은하여간SS 와SS의부인이한방에잇다는것은 대단이물란한[529]일이라고생각한다. 더욱이 둘이한방에잇다는것은 보산에게알린다는것은다시업시 말들을만한물란한일 이다 보산은이러케어러가지로생각하며 그담밋헤서노래소리에귀를기우리고 잇다.

---

528 야스기부시(やすぎぶし 安來節) : 島根縣 中海에 접한 항구도시 安來에서 발달한 민요. 島根 일 대에서 불려진 船歌인 出雲節이 변화한 것으로 大正 5년 安來町 출신의 渡辺糸가 동경 淺草의 興行街에서 부른 이래 대유행했다. 쟁반과 소쿠리를 들고 화려하게 춤추는「どじょうすくい」 의 춤이 붙는다.
529 물란한 : 문란한. 도덕이나 규범 따위가 어지러운.

한개의밤동안을잣는지 두개의밤동안을잣는지 보산에게는쪽々이나스지안

앗슬만하니 시계가아홉시를가르치고잇드라는우연한일이다. 마당에나스는보

산의마음은 아즉자리가운데에잇섯는데 아츰은이상한차림차림으로 보산은놀

나게하얏슬째에 보산의방안에잇든마음이 냉큼보산의몸동아리가운데로튀여

들고보니 그리고난다음의보산은 아츰의흔히보지못하든 경치에놀라지안이

할수업섯다. 집웅우에까치가한머리가잇는데 그것이엇더케도마음노코머믈러

잇는것갓치보이는지 그곳은마치까치의집으로박게 안이녁여진다면쏘외까치

는늘보산이니러나는시간인 오후세시가량해서는어데를가고업느냐하면 그것

은까치는 버리를하러나간것으로아직도라오지안이한탓이라고 그럿케까닭을

부처노코나면보산에게는그럴쯧하게생각하게되니 보산이니러날째마다보삷

혀보지도안이하는집웅 우에한자리는 까치가사는집 ― 사람으로치면 ― 이잇

는것을보산은 몰랏구나생각하노라면보산은웃고십헛는데 그럼까치는 어느째

에버리자리⁵³⁰를향하야써나서는 집을뒤에두고 나스는것일는지가좀알고십허

서한참이나서서작고만치어다보아도 까치는영영날나가지는안으니 아마까치

가집을나슬시간은아즉안이되고먼모양이로구나한즉보산은오늘은나도쇠닐즉

니러낫구나 생각을먹는것이 붓그럽지안코 무엇�꺼리낌한일도업서서퍽상쾌한

기분이다. 그러나SS가여전히 그들창에매여달녀서는이쪽보산의마당을노려보

고잇는것을본 보산은가슴이꽉막히는것갓타지며 별안간압히팽々돌아들어오

는 것을 못그러게할수업섯다. 대체SS가이일은아츰에원일일가 SS는이럿케일

즉니러날수잇는사람은 물론보산에게는 안이엿고아츰으로부터보산이 니러

나서처음SS를만나는시간까지 그동안은SS는죽은사람이라고처도관게치안을

것인데 인제보니 SS는잇구나 밤네시로부터아츰 이맘째까지는구타여SS를업는

사람이라고치지는안는다 피차에잠자는시간이라고치고라도 이것은천만에쯧

---

530 버리자리 : '벌이 자리, 즉 삶의 터전'이라는 뜻이지만, 여기에서는 '사냥터'라는 의미에 더 가깝다.

하지못한일이다. SS는보산을향하야 예언자와갓흔엄숙한얼골을하드니 썩큼직

하게하품을한번하고나서는 소프라노[531]에갓가운목소리로 소가영각[532]할째하

는 소리와갓흔기성[533]을한번내여보드니 입맛을쩍々다시면서 지난밤에아름다

운 노래소리를 그대는들엇는지과연그것이 이SS라면 그대는배아흐로[534] 놀

나지안이하려는가하는듯이 보산의표정의내여걸닐간판의 무슨빗갈인가를기

다린다는듯이 흠쌕해야 그것이그것이지하는듯이보산을나려보며 어데다른곳

에서어더온것갓흔아름다운미소를얼골에씌우는것이엿다. 보산은그다음은 그

러면무엇이냐는듯이SS를바라다보면 SS는아아그것은네가웨잘알고잇지안이

하냐는듯이 춤을입하나가득이거의보산의발갓가운한점에다배앗노코는 만족

하다는데갓가운 표정을쓱하야보이면보산은저것이 아마SS가만족해서못견데

는째에하는얼골인가보다 씀쓱이도변々치못하다생각하얏다는체하는 표정을

보산은SS에게대항하는쯧으로하야보혀도 SS는그까짓것은몰나도조타는듯이

한번해노흔표정을변경치 — 좀체로는 — 안는다.

　횡포한마술사보산이낫하나자 그느얼조각은쏘조희노릇을하노라면 조희가

상々할수잇는바 글자라는글자 말이라는말처노코 안씨우는것이업다. SS야 나

는너에게도 저히[535]경의를표할수는업다.

　너의그동물적행동은무엇이냐. 나의자조의[536]너에게대한모멸적표정을너는

눈이잇거든보느냐 못보느냐보고나서는 노하느냐 웃느냐너도사람이거든 좀노

할줄도알아두어라 모르거든 너의부인에게 물어보아라 쌜니노하라. 그리하야

다시는 그와갓흔파렴치적행동을거듭하지말기를바란다. 그러면SS는 보산아

531　소프라노(soprano 이) : 가장 높은 음역.

532　영각 : 암소를 찾는 황소의 긴 울음소리.

533　기성 : 奇聲. 기이한 소리.

534　배아흐로 : 바야흐로.

535　저히 : 적이. 꽤 어지간한 정도로.

536　자조의 : 自嘲의. 자기 조소적인.

노하는것이란다무엇이냐 나는적어도 그까짓일에노하고십지는안타 쌀아서나
의그동물적행동이란대체나의엇더한행동을 가르처말하는것인지는몰으나 나
의행동의어느하나라도너를위하야 변경할수는업다 이럿케답장이오면 SS야나
는너에게최후통첩을보낸다. 너갓흔사회적저능아를그대로두어서는 인류의해
독이될것이닛가 나는너를래일아츰 네가쏘그싸위짓을개시하는것과동시에 총
살을하야버리리라 총 총 총 총 총[537] 은나의친한친구가공기총을가즌것을나
는잘알고잇스닛가 그는그것을얼는빌려줄々로밋는다. 너는그래도조곰도무섭
지안은가 네가즉사까지는하지안을지몰으지만 얼골에생길무서운험[538] 을무엇
으로 가리려는가 너는그흉한험으로 말미암아일생을두고 결혼할수업는불행을
맛보리라 그러면보산아너는무슨정신이냐 나는임의결혼하얏다는것을몰으느
냐 나의안해는너를미워하리라그러면SS들어보아라 나는너의부인에게편지를
하야버릴것이다너의그더러운행동을사실대로일일히적어서는 그러면너의부
인은 너를얼마나모욕하며 첨오[539] 할것인가를너갓흔쏭々보의낫썬뇌를가지고
는 아마추측해내이기는어려울것이다그러면 보산아너는무엇이라고나를놀리
느냐 너는나의안해를탐내는자인것이분명하다. 나는너를살인죄로고소할것이
다법률이 너에게가할고통을너는무서워하지안느냐그러면.

보산은적을 물니치기준비에착수하얏다. 잉크와펜 원고지에적히는첫자가
오자로생겨먹고마는것을 화를내이는것잡히지안는보산의마음에매여달녀 테
룽데룽하는보산의손이조희를쏘기쏘기구겨서는 마당한가운데에홱내여던진
다는것이공교스러히도 SS가오늘아츰에배앗허노흔춤에서 대단히갓가운범위
안에썰어지고만것이 보산을불유쾌하게하야서보산은얼는니러나 마당으로나
려가서는그구긴조희를다시집어서는보산이인제이만하면 적당하겟지 생각하

<hr>

537　총 총 총 총 총 : 작가가 의도적으로 떼어쓰기를 하여 총소리의 음향적 효과를 살리고 있다.
538　험 : 흠. 상처 자국.
539　첨오 : 전집(2·3)은 '혐오'로 수정. 혹시 諂惡, 또는 諂悟(아첨과 혐오)를 나타낼 수도.

는자리에갓다썩노코나서생각하야보니 그것은버린것이안이라 갓다가노흔것
이라 보산의이조희에대한본의를투철치못한위반된것이분명함으로 그러면이
것을방안으로가지고돌아가서 다시한번버려보는수밧게업다하야 그러케이번
에야하고하야보니너무나 공교스러운일에 공교스러운일이계속되는것은 이
것도공교스러운일인지안인지 자세히몰으는것갓흔것쯤은그대로내여버려두어
도 관게치안코 위선이것을내가적당하다고인정할째까지고처하는것이 업는
시간에 급선무라하야작고해도마찬가지고 고처해도마찬가지엿다 하다가는
흥분한정신에몃번이나해앳는지 도모지몰으는동안에 일이성공이되고보니 상
쾌하지안흔지 그것도도모지보산자신으로서는 판단하기어려운일이엿는데 그
러타면단할[540] 사람이라고는 아모도업지안이하냐고하지만 위선편지부터써야
하지안켓느냐 생각나닛가보산은 편지부터써서 이번에는그런고생은안하리라
하고 정신을차려썻다는것이 겨우다음과갓흔것이엿다.

　　『SS야 내가엇더한사람인가 너의부인에게물어보아라 너의부인은조곰도 미
인은안이다』―

　　오늘은분명히무슨축제일인가보다하고 이상한소리에무슨일이생겻슬가하
고 생각하며귀를기우리고잇노라면 보산의방에걸닌세게에제일구식인시계가
장엄한격식으로시계가칠수잇는제일만흔수효를친다[541]. 보산은 니러나문깐을
나섯다가편지를SS의집문깐에너흐랴는생각이 막니일기전에이상스러운것을
본것이잇다. SS의집대문을가로즐녀매여진 색기줄에는숫과붉은고초가매여달
녀잇섯다. 이런세상에추태가어데잇나SS는참으로이세상에서 제일가엽슨사람
이닛가 나는SS에게절대행동을하는것만은 고만두겟다고결심하고난다음에는

540　단할 : '당할'의 오식인 듯. 전집(5)는 '단힐 = 다닐'로 보지만, 이상 소설에서 '다닐'은 '단일'로
　　　썼다.
541　제일만흔수효를친다 : 12번 치는, 곧 정오를 말함.

보산은그대로대단히슯흔마음도잇기는잇것이다[542] 하면서어슬넝어슬넝걸어

서는간다는것이 와보니보산의마당이다.

— 발표지면 : 『朝鮮』, 1932.4

542　잇것이다 : 전집(2·3)은 '있는 것이다'로 수정. 문맥상 후자가 적절.

집팽이轢死[543]

李 箱

아츰에쌔이기는 일즉쌔엿다는증거로 닭우는소리를들엇는데 쏘생각하면 여관으로도라오기를 닭이울기시작한후에 — 참쏘생각하면 그밤중에 달도업고한 시골길을 닷마장[544] 이나되는 읍내에서엇더케걸어서돌아왓는지 술을먹어서 하나도생각이 안나지만 둘이걸어오면서 S가코를곤것은기억합니다 여관주인아주머니가 아조듯기실은 여자목소리로 『김상!오정이 지낫는데 무슨잠이요 어서일어나요』 그리는바람에 일어나보닛가 잠은한잠도 못잔것가튼데 시게를보닛쌰 아홉시반이닛가 오정이란말은 여관주인아주머니외누리[545] 가 틀님업습니다 겻헤서자든S는 벌서담배로솔다리네개를 만들어놋코 어듸로나갓는지업고 내가늘흉보는 S의 인생관을 쑤려너어가지고단이는것가튼 참궁상스러운가방이 쑤굴∨하게노혀잇고 그속에는S의著書가들어잇슬것이 분명합니다 양말을신지안은채로 구두를신엇드니 좀못박인모소리[546] 가압해서 안되엿길내 다시양말을신고 구두를신고퇴ㅅ마루에 걸터안저서 S가어데로갓나하고생각하고잇스려닛가건너편방에서묵고잇는 참쑹々한사람이 나를작고보길내 좀게면쩍어서[547] 문밧그로나갓드니 문압헤늑대가티생긴 시골쑤기개가 두마리가나를번갈나홀씸∨치여다보길내 그것도실어서 도로퇴ㅅ마루로오닛가 그쑹々한사람은 부처님처럼 앗가안젓든고대로 안친채 쏘나를보길내 참별사람도다만쿤 왜내얼골에 무에무덧나 그런생각에 쏘대문깐으로 나가닛가 그쌔야 S가어슬넝 어슬넝

---

543 제목 앞에 '戲文'이라는 용어가 있다. 제목이 '지팡이가 차에 치어 죽다'라는 우스꽝스러운 뜻을 담고 있다. 전집(2)는 수필집에 포함시켰다.

544 닷마장 : 다섯 마장. 마장은 십 리나 오 리 미만의 거리를 이를 때 '리(里)' 대신으로 쓰는 말.

545 외누리 : 에누리. 실제보다 더 보태거나 깎아서 말하는 일.

546 모소리 : 모서리.

547 게면쩍어서 : 계면쩍어서. 쑥스럽거나 미안하여 어색해서.

이리로 오면서 내얼골을 보드니 공연히 싱글벙글웃길내 나는 쏘나대로 공연히 한번싱글벙글우섯습니다 대체 어듸를갓다왓느냐고 그랫드니 참새벽에닐어나서 수십리길을걸엇는대 그것도몰으고엿태 잣느냐고나다려 게을는사람이라고 그리길내 대체어듸∨를갓다왓는지 일너바처보라고그랫드니 文武亭[548]에가서 영감님하고기생이 활쏘는것을맨처음에보고 — 그래서 나는무슨기생이 새벽부터활을쏘느냐고그랫드니 그대답은아니하고 쏘文會書院[549]에가서 八先生의사당을보고 起雲亭[550]에가서약물을먹고 오는길이라고 그리길내 내가가만히처다보닛가 참수십리길에틀님은업지만 그게원정말인지 고지들리지[551]는안는다고 그랫드니『에하가씨』[552]를내여노흐면서 저건너天一閣식당에가서 커피를한잔먹고왓스닛까 탐승[553]비용은십전이라고 그리길내 나는내가이러케싱겁게 S에게속은것은 잠이들새엿거나 잠이모자라는까닭이라고 그랫드니참그럿타고 나도잠이모자라서 죽겟다고S는그랫습니다

　밥상이들어왓습니다 반찬이 열가지나되는데 풋고초로만든것이다섯가지 — 내마음에쏙들엇습니다 여관주인아주머니가오드니 찬은업지만 만이먹으라고 그리길내 구첩반상[554]이찬이업스면 찬잇는밥상은 그럼 찬을몃가지나노아야 되느냐고 그랫드니 가지수는만치만입에맛지안을것이라고 그리면서 그래도 여전히만히 먹으라고그리길내 아주머니는공연히 천만에말슴이라고그랫드니 그러치만 소고기만은서울서 어더먹기어려운 것이라고 그리길내 서울서도 소

548　文武亭 : 배천온천 인근에 있는 활터.

549　文會書院 : 황해도 배천군 치악산 기슭에 있는 서원. 배천 지방 유림 출신인 안당·신응시·오억령 등과 이 고을과 관련이 있는 명현 이이, 성혼, 조헌의 위패를 모신 서원.

550　起雲亭 : 배천온천 주변에 있는 정자.

551　고지들리지 : 곧이들리지 : 남의 말을 듣고 그대로 믿지.

552　에하가씨(えはがき) : 그림 엽서.

553　탐승(探勝) : 경치 좋은 곳을 찾아다님.

554　구첩반상(九―飯床) : 밥·탕·김치·간장(초간장·초고추장)·조치류(찌개 1·찜 1) 등의 기본에다 숙채·생채(두 가지)·구이(두 가지)·조림·전류·마른반찬·회류의 아홉 가지 반찬을 갖추어 차리는 상차림.

고기는 팔아도 경찰서에서 꾸지람하지안는다고그랫드니 그린게아니라 송아
지고기가어듸잇겟느냐고그럼니다 나는상에 노힌송아지고기를다먹은뒤에 냉
수를청하얏드니 아주머니가 손소가저오는지라 죄송스럽다고그리닛가 이냉수
한지게에 오전하는줄은김상이 서울살아도 ― 서울사닛가 몰으리라고그리길내
그것은쏘엇쌔서 그럿케냉수가갑이빗싸냐고그랫드니 이온천[555] 일대가 어듸를
파든지 펄ㅅ쓸는물밧게는 안숫는하느님헌테 죄바든쌍이되여서 냉수가먹고십
흐면 보통갓흐면거저주는온천물을 듬쏙길어다가 잘식혀서 냉수를만들어서먹
을것이로되 硫黃[556]내음새가몹씨나는고로 서울서수도물만홀짝∨마시고살아
오든손님들이 싹질색들을하는고로 부득이지게를지고한마장이나 넘는정거장
싸지 냉수를한지게에오전식을주고사서 길어다먹는데 넘우거리가멀어서물통
이 좀새든지하면 오전어치를사도이전어치밧게못어더먹으니 세음을싸지고보
면 이냉수는한대접에 일전식은바다야경우가올흔것이아니냐고 아주머니는그
리는지라 그것참수고가만흐시다고 그럼이냉수는특별이 조심∨하야서 마시겟
다고그랫드니 그럿치만냉수는 얼마든지거저들일것이니 념녀말고쏠쩍∨먹으
라고그리는말을 듯고서야 S와둘이비로소마음놋코 벌덕∨먹엇습니다
발동기소리가 윈종일밤새도록탕ㅅㅅㅅ나는것이 헐일업시港口에온것갓흔
기분이난다고 S가그리는데알고보닛가그게바로한지게에 오전식하는질기고
튼ㅅ한냉수를길어올니는『펌프모오터』[557] 소리인줄누가알앗겟슴닛가

    밥갑을치르려고 얼마냐고 그리닛가 엇저녁을안먹엇스닛가 七十전식일원사
십전만 내이라고 그리는지라 일원짜썰리두장을주닛가 거슬늘돈이업는데 나가
서다른집에 가서밧고아가지고 오겟다고그리는것을 말니면서그만두라고 그만
두고남어지는 아주머니왜쩍[558]을사먹으라고 그리고나서생각을하닛까 아주머

---

555 이온천 : 배천온천.
556 硫黃 : 비금속 원소의 하나. 누런색의 결정(結晶)으로 천연적으로 홑원소 물질로 존재한다. 수
      지 광택이 있으며, 공기 중에서 가열하면 푸르스름한 불꽃을 내며 타서 이산화황이 된다.
557 펌프모오터(pump-motor) : 물을 퍼올리는 엔진.

니더러 웻썩을사먹으라는것도 좀우숩기도하고하지만 쏘돈류십전을가지고『파라솔』[559] 을사가지라고그릴수도업고 말인즉잘한말이라고 생각하고나닛가 생각나는것이주인아주머니에게는 슬하에일점혈육[560] 으로 귀여운짜님이 한분게 신데나희는세살임니다짬박이저버리고 짜님웻썩을사주라고 그러케가르켜주지못한것은 퍽유감임니다 주인영감을 못보고가는것갓흔데 섭々하다고그리면서 주인영감은 어듸를이럿케볼일을보러갓느냐고 그러닛가『세에루』[561] 양복을닙고『네쑤다이』[562] 를매고 읍내에들어갓다고 아주머니는그리길내 나는 안녕히게시라고 인사를하고 곳두사람은 정거장으로나갓슴니다

　　대체로 이黃海線[563]이라는철도의『레일』폭은 너무좁아서 쪽『튜럭크레일』[564] 폭만한것이 참앙즉스럽슴니다[565] 그리로굴녀단이는기차 그기차를쓸고달니는 기관차야말로 가엽서 눈물이날지경임니다 그야말로사람이치우면 사람이다칠는지기관차가 다칠는지 참알수업슬만치귀엽고도 갸륵한데다가 그래도『크롯싱』[566] 에오면 말쑥에다가간판을써서갈오대『기차에조심』 그것을읽은다음에 나는S다려농담으로그간판을사람에서 보히는쪽에는『기차게[567] 조심』그럿케쓰고 기차에서보히는쪽에는『사람에 조심』 그럿케짜로 ∨ 썻스면여러가지 의미로보아 좃켓다고그래보앗드니 쯧밧게S쏘찬성하얏슴니다 S의그인생관을 집어너허가지고단이는 가방은 캡[568]을쓴여관심부름쑨녀석이 들고벌서『풀냇

558　웨썩 : 밀가루나 쌀가루를 반죽하여 얇게 늘여서 구운 과자.

559　파라솔(parasol) : 태양 빛을 막기 위한 (여자용) 양산.

560　혈육 : 원문은 '혁육'으로 오식.

561　세에루(serge) : 서지(능직의 모직물).

562　네쑤다이(necktie) : 넥타이.

563　黃海線 : 경의선(京義線)의 사리원(沙里院)에서 황해안 부근의 장연(長淵)에 이르는 협궤(狹軌) 철도선.

564　튜럭크레일(truck-rail) : '화차(貨車) 철도', '튜럭크(일본어로 토롯코)'란 원래 광산이나 공사현장에서 사용되던 지붕 없는 열차.

565　앙즉스럽슴니다 : 앙증스럽습니다. 작으면서도 갖출 것은 다 갖추어 아주 깜찍한 데가 있다.

566　크롯싱(crossing) : 건널목.

567　기차게 : '기차에'의 오식인 듯.

568　캡(cap) : 둘레에 전이 없고 차양이 달린 모자.

폼』[569] 에들어서서 저쪽기차가 올쪽을열심으로바라보고섯는지라시간은좀남

앗는데 혹그『갸쿠비씨』[570] 녀석이 그가방속에든인생관을건들이지나안을가

겁이나서얼는그가방을이리쌔아스려고얼는우리도개찰을통과하야서 『풀냇폼』

으로가는데 여관『쏀오이』[571] 나『갸쿠비씨』나호텔자동차운전수들은 일년간입

장권을 한써번에삿는지는몰으지만 함부로드나드는데 다른사람은전송을하려

『풀냇폼』에들어가자면 입장권을사야된다고 역부가강경하게막는지라 그럼입

장권은갑시얼마냐고그랫드니 十전이라고 그것참빗싸다고그랫드니 역부가힐

끗십전이무엇이호되여서[572]그리느냐는눈으로 그사람을보닛가 그사람은그만

十전이앗가워서 그사람의친한사람의전송을『풀냇폼』에서하는것만은 중지하

는모양임니다 장난감갓흔『씨그낼』[573] 이썰어지드니 갸륵한기관차가 연기를제

법펄석∨쌈으면서 기적도쏙한번울녀보면서들어옴니다 금테를둘이나둘는 월

급을만히타는놉흔역장과금테를하나밧게아니둘는월급을좀적게타는조역[574]이

나와섯다가 그의례히주고밧고하는굴넝쇠[575]를이얌전하게생긴기차도역시주

고밧는지라하도엇줍지안아서[576]S와나와는그래도이기차를타기는타야하겟지

만도 원체겁도나고[577] 가엽기도하야서 몸동이가조곰해지는것갓하서 간즐니우

는것처럼남보기에는 좀처다보일만치 우섯슴니다 종이울니고 호르랙이가불니

고 하는체는다하느라고 기적이쏙한번울니고 긔관차에서 픽―소리가낫슴니다

기차가써남니다 十전이앗가워서『풀냇폼』에들어오지아니한 맥고자[578]를쓴사

---

569 풀냇폼(platform) : 역에서 기차를 타고 내리는 곳.

570 갸쿠비씨(きゃくひき) : 손님 끄는 여자. 여기서는 '유객', '유객꾼'을 뜻함.

571 쏀오이(boy) : 식당이나 호텔 등지에서 일하는 심부름꾼, 또는 손님을 거들어주는 종업원을 일
  컫는 말.

572 호되여서 : 호되어서. 대단하거나 매우 심해서.

573 씨그낼(signal) : 신호, 암호, 경보, 신호기(機).

574 조역 : 助役. 철도청에서, 역장을 보좌하고 역장이 없을 때는 그 직무를 대행하는 사람.

575 굴넝쇠 : 장남감의 하나로, 쇠붙이나 대나무 따위로 만든 둥근 테.

576 엇쭙지안아서 : 어쭙잖아서. 비웃음을 살 만큼 언행이 분수에 넘치는 데가 있어서.

577 겁도나고 : 원문은 '겁노나고'로 오식.

578 맥고자 : 밀짚이나 보릿짚으로 만들어 여름에 쓰는 모자. 위가 높고 둥글며 갓양태가 크다.

람이 누구를향하야그리는지 쑤굴∨한 한정하지도[579]못한 손수건을흔드는것
이 보혓습니다 칙々푹팍 칙々푹팍그리면서 짐검다리로도 넉々한개천에노힌철
교를 건너갈째가튼데는 제법흡사하게기차는소리를 내일줄아는것이아닙닛가

　그불상한기차가 객차를세채나끌고왓습니다 S와의우리두사람이탄객차는 맨
끝째객차인데그객차의안에 멤버[580]는다음과갓습니다 물논 정말기차처럼『쌕
스』[581] 가잇슬수업는것이닛가 쪽전차처럼가로기이다랏케 나란히안는것입니다
위선내외가 두쌍인데 썩졂은사람이썩졂은부인을 거느리고 부인은샛쌁안『핸
드쌕』[582] 을들엇는데 밧간양반은구두가 좀해여젓습니다 쏘하나는 쇄늙수구례
한사람이 썩졂은부인을데리고 부인은쏠로만든갑이만해보히는[583] 부채하나를
들엇슬쑨인데 밧갓어룬[584]은 쑹쑹한『튜렁크』[585] 를하나 씽々매여가면서 들고
들어왓습니다 그『튜렁크』속에는무엇이들엇는지도모지알수업습니다 그밧갓
어룬은 실례지만 좀미련하게생겻는데다가 무테안경[586]을넙적한코에걸처노코
신문을참자미잇게보고잇는 겻헤부인은 쌔끗하고살갈[587]은 희고쏘눈섭은검고
만코 머리밋흐로솜털이퍽만코팔 에쌈안솜털이 나시르々하고[588] 입설은얇고푸
르고 눈에는쌍갑흘이지고 머리에서는젓나무[589]내음새가나고 옷에서는우유내

579　한정하지도 : 전집(2·3)은 '정하지도'라고 하여 한 글자 누락. 전집(5)는 '한적하고 고요하다'로
　　　이해함. '한 淨한', 곧 '하나의 맑고 깨끗한'으로 보임.

580　멤버(member) : 구성원, 일원.

581　쌕스(box) : '상자'라는 의미가 일반적이지만, 여기에서는 칸막이를 한 좌석, 특등석, 화물칸 따
　　　위를 뜻함.

582　핸드쌕(handbag) : 여성들이 손에 들거나 어깨에 메고 다니는 작은 가방.

583　갑이만해보이는 : 값이 많아(비싸) 보이는.

584　밧갓어룬 : 바깥어른. 집안의 남자 주인을 높여 이르는 말.

585　튜렁크(trunk) : 트렁크, 여행용 큰 가방.

586　무테안경 : 테가 없이 렌즈에 바로 다리가 연결된 안경.

587　살갈 : 살결.

588　나시르々하고 : 나실나실하고. 짧고 연한 풀이나 털 따위가 늘어져 가볍게 자꾸 흔들리고.

589　젓나무 : 소나뭇과의 상록 교목. 높이는 20~40미터이며, 잎은 선 모양이다. 4월에 꽃이 피는데
　　　암꽃은 긴 타원형이고 수꽃은 황록색의 원통 모양이며, 열매는 원통 모양의 구과(毬果)로 10월
　　　에 익는다. 목재는 가구, 건축, 제지용으로 쓰고 정원수로 재배한다.

음새가나는미인입니다 눈알은 사금파리로만든것처럼 번적하고차듸찬것갓고 아모말도업시 부채도겻헤놋코 이걸터지[590] 갓흔기차들창밧갓경치 어듸를그 러케보는지 눈이쌈작이는일이업슴니다쏘다른한쌍의비들기로말하면 밧갓양 반은안젓는데 부인은섯슴니다 부인저고리는 얇다란항라[591] 홋겁데기가되여 서 대패질한소나무에『니스』[592]칠한것갓흔 조발적인 살갈[593]이 환하게들여다 보히고 내여다보히는데 구두는 여러조각을 누덕∨찍어매인『크림』[594]빗갈나 는 복스새구두[595]에馬占山[596]氏수염갓흔구두씬이 늘어저잇고 밧갓양반은 별안 간양복웃옷을활ヽ벗길내 더워서그리나보다그랫더니 쑤기쑤기뭉처서 조금앗 케만들드니 다리를쑥벗고저고리를벼개삼아 기다랏케 들어누닛가 부인이한참 밧갓양반을나려다보드니 들어누엇다는것을확실히인정한다음에 부인은그머 리맛흐로안저서 손수건을몬지터는것처럼 흔들흔들하면서 밧갓양반얼골에다 대이고 부채질을하야주니까 밧갓양반은바람은안나고 코로몬지가들어간다는 의미의표정을부인에게[597] 한번하야보히닛가 부인은 그만둠니다

그외에는 족기에금시게줄을늘어트린 특색밧게는아모런특색도업는젊은신사 한사람 쏘진흑투성이가된 힌구두를신은신사한사람 단것[598]장사갓흔늙수구레

---

590 걸터지 : 거지를 뜻하는 '걸러지'의 오식인 듯. 전집(2·3)은 '거러지'로 수정

591 항라 : 명주, 모시, 무명실 따위로 짠 피륙의 하나. 씨를 세 올이나 다섯 올씩 걸러서 구멍이 송송 뚫어지게 짠 것으로 여름 옷감으로 적당하다.

592 니스 : 광택이 있는 투명한 피막을 형성하는 도료. 천연수지나 합성수지를 용매에 녹여 만든다. 가구나 선박, 차, 나무 따위에 바르면 용매가 휘발되면서 표면에 막이 생겨 광택을 내며, 습기를 방지한다.

593 조발적인 살갈 : 전집(2)는 '도발적인 살결'이란 뜻으로 봄. 이어지는 내용으로 보면 '照發적 인'(비치고 드러나는)이 적합할 것이나, 이는 조어이다. 그리고 '살갈'은 '살결', '살갖'도 가능하 겠지만 '살깔', 즉 살의 맵시나 바탕을 말하는 듯.

594 크림(cream) : 우유에서 얻는 지방질. 노란 빛깔을 띤 젖 모양으로 생겼으며 버터, 아이스크림 따위의 원료나 조리에 쓴다. '크림빛'은 노란빛깔을 뜻함.

595 복스새구두 : 새 박스구두(box shoes), 제화(製靴)용의 무두질한 송아지 가죽으로 만든 새 구두.

596 馬占山 : 마잔산(1884~1950) 중국의 군인. 중·일전쟁 때 반만항일군(反滿抗日軍)을 일으켜 일본과 싸웠다.

597 부인에게 : 원문은 '부일에게'로 오식.

598 단것 : 맛이 단 음식. 설탕물 과자류 따위.

한마나님이하나 가방을잔쓱끼고안자서 신문을보고잇는S『쑤르몽』[599]인『시모
오느』갓흔부인의『푸로필』[600]만구경하고안저 잇는말나쌔진나 이상과갓슴니다
　마루창[601] 한본복판[602] 쐐큰구녕이하나쑬녀서 기차가다라나는대로 철로바탕
이들여다보히는것이 이상스러워서 S다려이것이무슨구녕이겟느냐고 의논하야보
앗드니 S는그게무슨구녕일가그리기만하길내 나는이것이 아마이럿케철노바탕
을나려다보라고만든 구녕인것갓기는가튼데 그런작난구녕을 만들어노흘니는
업스것가 내생각갓타서는기차박휘에기름늣는구녕일것에 틀림업다고그랫드니S
는아아이것을 참깜쌕니저버럿섯구나 이것은춤을배앗트리는구녕이라고 그리면
서춤을한번배앗하보히드니 나다려도 정말인가거즛말인가어듸춤을한번배앗허
보라고그리길내나는그『모나리사』[603] 압헤서춤을배앗기는좀마음에쎄림적하야
서 나는그만두겟다고 그리면서 참아가리가 여실히타구[604]가티생겻구나그랫슴니
다 상자쌔비로만든것가튼 정거장에서 고무장화를신은 역장이굴넝쇠를들고나오
드니 기차가정거를하고기관수와역장이무엇이라고커다란목소리로서너마듸니야
기를하드니기적이울니고동리어린아희들이대여섯기차써나는것을보고박수갈채
를하는소리가성대하게들니고나면쏘위험한전진입니다어느틈에내겻헤는갓쓴해
태[605]처럼생긴영감님하나가내즐거운백통색[606]시야를가려놋코안젓슴니다
　내가너무『모나리사』만을 바라다보닛가 마즌편에안젓는 항나적삼을 닙은비

599　쑤르몽 : Remy de Gourmont(1858~1915) 프랑스의 문예평론가, 시인, 소설가. 대표적인 시집
　　　으로『시몬』(1892)이 있다.

600　푸로필(profile) : 측면에서 본 얼굴 모습이나 윤곽, 인물 약평(略評).

601　마루창 : 廳板. 바닥에 깔아 놓은 널조각. 마루판.

602　한본복판 : '한복판'의 오식인 듯.

603　모나리사 : 미술에서, 1500년경에 이탈리아의 화가 다빈치가 그린 여인상을 이르는 말. 피렌체
　　　귀족의 아내를 모델로 그렸다 하며, 신비로운 미소로 유명함. 여기서는 '어여쁜 여인'을 뜻함.

604　타구 : 唾具. 가래나 침을 뱉는 그릇.

605　해태 : 옳고 그름을 판단하여 안다고 하는 상상의 동물. 사자와 비슷하나 머리 가운데에 뿔이 하
　　　나 있으며, 궁전 좌우에 석상(石像)으로 새겨서 세웠음.

606　백통색 : 白銅. 구리·아연·니켈의 합금. 은백색으로, 화폐나 장식품 등에 쓰임. '백통색'은 은백
　　　색을 의미.

둘기가 참못난사람도다만타는듯이 내얼골을보고 나는그까짓일에 붓그러워할
일은 아니닛가 막『모나리사』를 보고십흔대로보고『모나리사』는 내얼골을 보
는 비둘기부인을 쏘좀조소하는듯이 바라보고 들어누어잇는 밧갓비둘기가 가만
히보닛가 건너편에 안저잇는『모나리사』가 자기안해를 그럿케 업슨역여보는것
이 마음에 좀흡족하지못하야서 화를내이는기미로 벌덕닐어나안는바람에 들
어눕느라고버서노흔구두에발이잘들어맛지안아서 그만양말로담배쏭다리를밟
을것을 S가보고 싱그레웃으닛가 나도그눈치를채이고 S를향하야마조싱그레우
섯드니 그것이대단이실례행동갓고 쏘한편으로무슨음모나아닌가 퍽수상스러
워서 저편에안저잇는금시게줄과 진흙무든흰구두가 눈을쏭그럿케쓰고 이쪽을
노려보닛가 당것장수할머니는쏘이쪽에무슨괴변이나 나지안앗나해서 역시눈
을두리번∨하다가아모일도업스닛가 싱거워서 눈을도로그마즌편의 금시게줄
로 옴겨 노흘적에 S는보든신문을척々접어서 인생관가방속에다가집어늣트니
정식으로『모나리사』와 비둘기는 어느편이더어엿쌘가를판단할작정인모양으
로 안경을바로잡드니 참세게에이런기차는 다시업스리라고한마데하닛가 비둘
기와『모나리사』가 S쪽을일시에보는지라 나는쏘창밧갓 논속에허수아비갓흔
황새가 한마리나려안젓스니 저것좀보라고 소리를질넛드니 두미인은쏘일시에
시선을나잇는창밧갓흐로 옴겨보앗는데 결국아모것도 보히지안으닛가 싱그
레우스면서 내얼골을한번식보드니『모나리사』는생각난듯이 겻헤『비프스테
이크』[607] 갓흔밧갓어룬의기름씨흘으는코잔등이 근처를 한번 들여다보는것을
본나는 속마음으로 참앗갑도다 그럿케생각하고잇는데 S는 무슨생각으로앗랫
는지[608] 개발에편자[609]라는말이잇지안으냐고그리면서 나에게해태[610]한개를

---

607 비프스테이크(beef-steak) : 서양 요리의 하나. 연한 쇠고기를 적당한 두께로 썰어서 소금과 후
       춧가루를 뿌려 뭉근히 구워 익혀서 만든다.
608 앗랫는지 : 전집(2)는 '알았는지'로 수정. '그랬는지'로 수정(임종국)한 것도 있는데, 후자가 보
       다 타당할 듯.
609 개발에편자 : '제격에 어울리지 않게 호사스러운 것을 즐기는 꼴'을 비꼬아 이르는 속담.
610 해태 : 담배 이름.

주는지라 성냥을그어서불을부치려닛가 내겻혜안젓는갓쓴해태가성냥을좀달
나고 그리길내주엇드니 서울서주머니에너허가지고간『캬페』[611] 석냥이되여서
이상스럽다는듯이 두어번두집어보드니 집고들어온 길고도굵은 얼는보면 몽둥
이가튼 집행이를 방혜안되도록한쪽으로치워노려고노차마자 쐐크게와직근하
는소리가나면서 그길다란집행이가 간데온데가업습니다 영감님은그것도모르
고 담배불을부치고성냥을나에게 돌녀보내드니 건넌편부인도웃고겻혜안저잇
는부인도수건으로입을가리고웃고 S도깔々웃고 젊은사람도웃고나만이웃지안
코 안젓는지라 좀이상스러워서 영감은내억개를 쑥찔느드니 요다음정거장은
어듸냐고 은근히뭇는지라 요다음정거장은요다음정거장이고 영감님무어일허
버린거업느냐고그랫드니 쏘여러사람이웃고영감님은위선쌈지[612] 괴불주머니
[613] 등속을만저보고 보싸리한구통이를어루만저보고 쏘잠간내얼골을치어다
보드니 참내집행이를 못보앗느냐고그럽니다 쏘여러사람은웃는데나만이웃지
안코그집행이는 이구녕으로쌔저달아낫스니 요다음정거장에서는쏙나려서그
집행이를차즈러가라고 이철둑으로쏙싸라가면될것이닛가 길은아조찻기쉽지
안으냐고그리닛가 그집행이는돈주고산것은아니닛가일허버려도조타고 그리
면서태연자약하게 담배를쌕쌕쌜고안젓다가 담배를다먹은다음 담배대를그집
행이집어먹은구녕에다 대이고싹々쩌는바람에나는그만전신에 소름이 쏵끼첫
습니다 다른사람들도 물논이째만은 우술수도 업는업슨역일수도업는참 아깃자
기한마음에서 역시소름이끼첫스리라고나는생각합니다

— 발표지면 :『月刊每申』, 1934.8

---

611 캬페(café 프) : 커피나 술, 또는 가벼운 음식 따위를 파는 음식점. '카페 성냥'은 '카페를 홍보하
     기 위해 만든 성냥을 일컫는 듯.
612 쌈지 : 담배, 돈, 부시 따위를 싸서 가지고 다니는 작은 주머니.
613 괴불주머니 : 색 헝겊에 솜을 넣고 수를 놓아 예쁘게 만든 조그만 노리개.

鼅鼄會豕[614]

李 箱

1

그날밤에그의안해가층게에서굴러떨어지고 ― 공연히내일일을글탄말라[615]
고 어느눈치빨은어룬이 타일러놓섰다. 옳고말고다. 그는하로치씩만잔뜩산(生)
다. 이런복음[616]에곱신히[617]그는 덩어리[618](속지말라)처럼말(言)이없다. 잔뜩
산다. 안해에게무엇을물어보리오? 그러니까안해는대답할일이생기지않고 따
라서부부는식물처럼조용하다. 그러나식물은아니다. 아닐뿐아니라여간동물이
아니다. 그래서그런지그는이굴궤짝만한방안에무슨연줄로언제부터이렇게있
게되었는지도모지기억에없다. 오늘다음에오늘이있는것. 래일조금전에오늘
이있는것. 이런것은영따지지않기로하고 그저 얼마든지 오늘 오늘 오늘 오늘
허릴없이눈가린마차말[619]의동강난視야다. 눈을뜬다. 이번에는생시가보인다.
꿈에는생시를꿈꾸고생시에는꿈을꿈꾸고 어느것이나자미있다. 오후네시. 옴겨
앉은아침 ― 여기가아침이냐. 날마다다. 그러나물론그는한번씩한번씩이다.(어
떤巨大한母체가나를여기다갖다버렸나) ― 그저한없이게을른것 ― 사람노릇을

---

614 鼅鼄會豕: '거미가 돼지를 만나다'는 의미이다. 이를 '거미가 발앍은 돼지걸음 걷기', 또는 '거미가
돼지를 그리다'(김윤식)로 해석하거나 '거미가 돼지(또는 돼지의 살)를 저며 먹다'(김주현)로
해석했다.

615 내일일을글탄말라: 『성경』의 "내일 일을 위하여 걱정하지 말라"(마태복음6 : 34)의 인용. '글탄
하다'는 '속을 태우며 걱정하다'는 의미.

616 복음: 기쁜 소식.

617 곱신히: 남의 비위를 거스르지 아니하고 싹싹하고 상냥하게.

618 덩어리: 전집(1)은 '벙어리', 전집(2·3)은 '덩어리'로 표기하였지만 '벙어리'의 오식으로 봄. 그
러나 이상은「김유정」에서 '바위덩어리처럼 말이 없다'를 썼기 때문에 '덩어리'로 볼 수 있다.

619 마차말: 마차를 끄는 말.

하는채대체어디얼마나기껏게을을수있나좀해보자 — 게을으자 — 그저한없이
게을으자 — 시끄러워도그저몰은체하고게을으기만하면다된다. 살고게을르고
죽고 — 가로대사는것이라면떡먹기다.[620] 오후네시. 다른시간은다어디갔나.
대수냐. 하루가한시간도없는것이라기로서니무슨성화가생기나.

또 거미. 안해는꼭거미. 라고그는믿는다. 저것이어서도로환투[621]를하여서거
미형상을나타내었으면 — 그러나거미를총으로쏘아죽였다는이야기는들은일
이없다. 보통 발로밟아죽이는데 신발신기커냥일어나기도싫다. 그러니까마찬
가지다. 이방에 그외에또생각하야보면 — 맥이뼈를디디는것이빤이보이고, 요
밖으로내어놓는팔뚝이밴댕이[622]처럼꼬스르하다[623] — 이방이그냥거민게다.
그는거미속에가냘적하게들어누어있는게다. 거미내음새다. 이후덥지근한내음
새는 아하 거미내음새다. 이방안이거미노릇을하느라고풍기는흉악한내음새에
틀림없다. 그래도그는안해가거미인것을잘알고있다. 가만둔다. 그리고기껏게
을러서안해 — 人거미 — 로하여금육체의자리 — (或, 틈)를주지않게한다.

방밖에서안해는부시럭거린다. 내일아침보다는너무일르고그렇다고오늘아
침보다는너무늦은아침밥을짓는다. 예이덧문을닫는다. (敏활하게)방안에색조
이[624]로발른반다지[625]가없어진다. 반다지는참보기싫다. 대체세간이싫다. 세간
은어떻게하라는것인가. 웨오늘은있나. 오늘이있어서 반다지를보아야되느냐.
어둬졌다. 계속하야게을른다. 오늘과반다지가없어저라고. 그러나안해는깜짝
놀란다. 덧문을닫는 — 남편 — 잠이나자는남편이덧문을닫었더니생각이많다.
오줌이마려운가 — 가려운가 — 아니저인물이웨잠을깨었나. 참신통한일은 —

---

620 떡먹기다 : '누워서 떡먹기다'의 준말. 매우 쉽다는 뜻.

621 환투 : '환토'로서 '幻退' 또는 '幻生'의 의미, 즉 사람이 죽었다가 형상을 바꾸어서 다시 태어남.

622 밴댕이 : 청어과의 바닷물고기. 몸길이 15cm 가량. 전어와 비슷하며 등은 청흑색, 배는 은백색
　　 이며, 우리나라 서남해 연안과 일본 근해에서 많이 남.

623 꼬스르하다 : 꼬스름하다. '고소하다'의 방언.

624 색조이 : 색종이

625 반다지 : 앞의 위쪽 절반이 문짝으로 되어 아래로 젖혀 여닫게 된, 궤 모양의 가구.

어쩌다가저렇게사(生)는지 — 사는것이신통한일이라면또생각하야보면자는것
은더신통한일이다. 어떻게저렇게자나? 저렇게도많이자나? 모든일이稀안한일
이었다. 남편. 어디서부터어디까지가부부람 — 남편 — 안해가아니라도그만안
해이고마는고야. 그러나남편은안해에게무엇을하였느냐 — 담벼락이라고외풍
이나가려주었드냐. 안해는생각하다보니까참무섭다는듯이 — 또정말이지무서
웠겠지만 — 이닫은덧문을얼른열고 늘들어도처음듣는것같은목소리로어디말
을건네본다. 여보 — 오늘은크리스마스요 — 봄날같이따듯(이것이원체틀린禍
근이다)하니 수염좀깎소.

　도모지그의머리에서 그 거미의어렵디어려운발들이살아지지않는데 들은 크
리스마스라는한마디말은참서늘하다. 그가어쩌다가그의안해와부부가되어버렸
나. 안해가그를땋아온것은사실이지만 웨땋아왔나?아니다. 와서웨가지않았나
— 그것은분명하다. 웨가지않았나 이것이분명하였을때   — 그들이부부노릇
을한지 一년반쯤된때 — 안해는갔다. 그는안해가웨갔나를알수없었다. 그까
닭에도저히안해를찾을길이없었다. 그런데안해는왔다. 그는웨왔는지알았다.
지금그는안해가웨안가는지를알고있다. 이것은분명이웨갔는지모르게안해가
가버릴증조에틀림없다. 즉 경험에의하면그렇다. 그는그렇다고웨안가는지를
일부러몰라버릴수도없다. 그냥 안해가설사또간다고하드래도웨안오는지를잘
알고있는그에게로불숙돌아와주었으면하고바라기나한다.

　수염을깎고 첩첩이닫어버린번지에서나섰다. 따는크리스마스가봄날같이따
듯하였다. 태양이그동안에퍽자란가도싶었다. 눈이부시고 — 또몸이까칫까칫
조하고[626] — 땅은힘이들고 두꺼운벽이더덕더덕붙은삘딩들을처다보는것은보
는것만으로도넉넉히숨이차다. 안해흰양말이고동색[627] 털양말로변한것 — 기
절은房속에서묵는그에게겨우제목만을전하였다. 겨울 — 가을이가기도전에

626　까칫까칫조하고 : 전집(2・3)은 '까칫까칫도 하고'의 오식으로 봄.

627　고동색 : 검붉은 색을 띤 누런색. 적갈색.

내닥친겨울에서 처음으로인사비슷이기침을하였다. 봄날같이따뜻한겨울날
— 필시이런날이세상에흖이있는공일날[628]이나아닌지 — 그러나바람은뺨에도
코ㅅ방울에도차다. 저렇게바쁘게씨근거리는[629] 사람 묵어운통 짐 구두 산양개
야단치는소리 안열린들창 모든것이 견딜수없이답답하다. 숨이매킨다. 어디로
가볼까. (A取引店)[630] (생각나는명함) (吳군)[631] (자랑말아) (二十四日날월
급이든가) 동행이라도있는듯이그는팔장을내저으며싹둑싹둑썰어붙인것같이
얇학한A취인점담벼락을뼁뼁싸고돌다가 이속에는무엇이있나. 공기? 사나운
공기리라. 살을점이는 — 과연보통공기가아니었다. 눈에핏줄 — 새빨갛게달
은전화 — 그의허섭수룩한몸은금시에타죽을것같았다. 吳는어느회전의자에병
마개모양으로명처있었다.[632] 꿈과같은일이다. 吳는장부를뒤져 주소씨명을차
국차국써내려가면서미남자[633]인채로생동생동(살고)있었다. 調査部라는패가
붙은방하나를독차지하고 방사벽에다가는빈틈없이方眼지[634]에그린그림아닌
그림을발라놓았다.「저런걸많이연구하면대강은짐작이나스렸다」「도통허면
[635]돈이돈같지않어지느니」「돈같지않으면그럼方眼지같은가」「方眼지?」「그
래도통은?」「흐흠 — 나는도로그림이그리고싶어지데」그러나吳는야위지않
고는배기기어려웠든가싶다. 술 — 그럼 색? 吳는완전히吳자신을활활열어제
처놓은모양이었다. 흡사 그가 吳앞에서나세상앞에서나그자신을첩첩이닫고
있듯이. 오냐 웨그러니 나는거미다. 연필처럼야외가는것 — 피가지나가지않
는혈관 — 생각하지않고도없어지지않는머리 — 칵매킨머리 — 코없는생각 —

---

628 공일날 : 일을 하지 않고 쉬는 날. 일요일.

629 씨근거리는 : 거칠고 가쁘게 숨 쉬는 소리가 자꾸 나는.

630 取引店 : 상점, 거래소. 전집(3) 주 참조.

631 吳군 : 이상의 친구였던 문종혁을 일컬음.

632 명처있었다 : 뭉쳐있었다. 한데 합쳐서 한 덩어리가 되다. 전집(5)는 '銘치다' 곧 '기물(器物)에
     제작자의 이름을 새기거나 쓰다'로 설명.

633 미남자 : 美男子. 얼굴이 잘생긴 남자.

634 方眼지 : 方眼紙, 모눈종이.

635 도통허면 : 道通하면. 사물의 이치를 깨달아 통하다.

거미거미속에서 안나오는것 ― 내다보지않는것 ― 취하는것 ― 정신없는것 ―
房 ― 버선처럼생긴房이었다. 안해었다. 거미라는탓이었다.

　㝹는주소씨명을멈추고그에게담배를내밀었다. 그리자연기를갈르면서문이
열렸다. (퇴사시간)뚱뚱한사람이말처럼달려들었다. 뚱뚱한신사는㝹와깨끗
하게인사를한다. 가느다란몸집을한㝹는굵은목소리를굵은몸집을한신사는가
느다란목소리로주고받고하는신선한회화다. 「사장께서는나가섰나요?」 「네 ―
참이백명이좀넘는데요」 「넉넉합니다면저오시겠지오」 「한시간쯤미리가지요」
「에 ― 또 에 ― 또 에또 에또 그럼그렇게알고」 「가시겠습니까」

　툭탁하고나드니뚱뚱한신사는곁에앉은그를흘깃보고 고개를돌리고그저나
갈듯하다가[636] 다시흘끗본다. 그는 ― 내인사를하면어떻게되드라? 하고망싯
망싯하다가그만얼떨결에꿉뻑인사를하여버렸다. 이무슨염체없는짓인가. 뚱
뚱신사는인사를받더니받아가지고는그냥씽긋웃듯이나가버렸다. 이무슨모욕인
가. 그의귀에는뚱뚱신사가대체누군가를생각해보는동안에도「어떠십니까」는그
뚱뚱신사의손까락질같은말한마디가남아서윙윙한다. 어떠냐니무엇이어떠냐
누 ― 아니그게누군가 ― 오라 오라[637]. 뚱뚱신사는바로그의안해가다니고있는
카페R회관주인이었다. 안해가또온것 서너달전이다. 와서그를먹여살리겠다
는것이었다. 빗「百圓」을얻어쓸때그는안해를앞세우고이뚱뚱이보는데타원형
도장을찍었다. 그때 유까다[638]입고내려다보든눈에서느낀굴욕을오늘이라고
잊었을까. 그러나 그는 이게누군지도채생각나기전에어언간이뚱뚱에게고개
를숙으리지않았나. 지금. 지금. 골수에숨이고말았나보다. 칙칙한근성이 ― 몰
르고그랬다고하면말이될까? 더럽구나. 무슨구실로변명하여야되나 에잇!에
잇 ― 아무것도차라리억울해하지말자 ― 이렇게맹서하자. 그러나그의뺨이확
근확근달았다. 눈물이새금새금[639] 맺허들어왔다. 거미 ― 분명히그자신이거미

636　그저나갈듯하다가 : 전집(1)은 '지나갈듯하다가'로 수정.

637　오라 오라 : 옳아 옳아.

638　유가다(ゆかた) : 浴衣. 목욕을 한 뒤 또는 여름철에 입는 무명 홑옷.

였다. 물뿌리[640] 처럼야외들어가는안해를빨아먹는거미가 너 자신인것을깨달아라. 내가거미다. 비린내나는입이다. 아니 안해는그럼그에게서아무것도안빨아먹느냐. 보렴 — 이파랗게질린수염자죽 — 쾽한눈 — 늘신하게만연되나마 나하는형영[641] 없는營養을 — 보아라. 안해가거미다. 거미아닐수있으랴. 거미와 거미거미와거미냐. 서로빨아먹느냐. 어디로가나. 마조야외는까닭은무엇인가. 어느날아침에나뼈가가죽을찢고내밀리려는지 — 그손바닥만한안해의이마에는땀이흘른다. 안해의이마에손을얹고 그래도여전히그는 잔인하게 안해를밟았다. 밟히는안해는삼경이면쥐소리를질으며찌그러지곤한다. 내일아침에페지는염낭처럼.[642] 그러나아주까리같은사치한꽃이핀다. 방은밤마다홍수가나고이튿날이면쓰레기가한삼태기씩이나났고 — 안해는이묵직한쓰레기를담아가지고늦은아침 — 오후네시 — 뜰로나려가서그도代理하야두사람치의해를보고들어온다. 금긋듯이안해는작아들어갔다. 쇠와같이독한꽃 — 독한거미 — 문을닫자. 생명에뚜껑을덮었고 사람과사람이사귀는버릇을닫았고그자신을닫았다. 온갖벗에서 — 온갖관계에서 — 온갖희망에서 — 온갖慾에서 — 그리고온갖욕[643]에서 — 다만방안에서만그는활발하게발광할수있었다.[644] 미역핥듯핥을수도있었다. 전등은그런숨결때문에곳잘꺼졌다. 밤마다이방은고달펐고 뒤집어엎었고 방안은기어병들어가면서도[645] 빠득빠득번히고있다. 방안은쓸어진다. 밖에와있는세상 — 암만기다려도그는나가지않는다. 손바닥만한유리를

---

639 새금새금 : 여럿이 다 맛깔스럽게 조금 신 맛이나 냄새가 있는.

640 물뿌리 : 물에 떠있는 식물이 물속에 내리고 있는 뿌리. 전집(5)는 '물뿌리=물부리=빨부리'로 설명. '연필처럼 야외가는'이라는 표현으로 보아 '빨부리'라는 설명은 일리가 있다.

641 형영 : 形影, 즉 형체와 그림자. 전집(5)에서는 '형용(形容)'의 오식으로 봄.

642 페지는 염낭처럼 : 펴지는 염낭. 염낭은 허리에 차는 작은 주머니의 하나로, 아가리에 주름을 잡고 끈 두 개를 좌우로 꿰어서 홀치며, 위는 모가 지고 아래는 둥글다. 펴진다는 것은 아가리 주름이 펴진다는 뜻. 전집(3)은 '펴지는'으로 수정.

643 온갖욕 : 온갖 辱. 온갖 욕설, 치욕, 고생 등.

644 있었다 : 전집(1)은 '있다'로 오식.

645 기어병들어가면서도 : 기어이 병들어 가면서도.

통하야 꿋꿋이걸어가는세월을볼수있을따름이었다. 그러나밤이그유리조각마자도얼른얼른닫아주었다. 안된다고.

그리자뭇는그의무색해하는것을볼수없다는듯이들창샷타[646]를내렸다. 자 나가세. 그는여기서나가지않고그냥그의방으로돌아가고싶었다. (六원짜리셋방) (방밖에없는방) (편한방) 그럴수는없나.「그뚱뚱이어떻게아나?」「그저알지」「그저라니」「그저」「친헌가」「천만에 ─ 대체그게누군가」「그거 ─ 그건가부꾼[647]이지 ─ 우리취인점허구는 돈만원거래나있지」「흠」「개천에서龍이나려니까[648]」「흠」

R카페는뚱뚱의부업인모양이었다. 내일밤은A취인점이고객을초대하는망년회가R카페삼층홀에서열릴터이고뭇는그준비를맡았단다. 이따가늦으막해서뭇는R회관에좀들른단다. 그들은차점[649]에서위선홍차를마셨다. 크리마스추리[650]곁에서축음기가깨끗이울렸다. 두루매기처럼길다란털외투 ─ 기름발른머리 ─ 금시계 ─ 보석바킨넥타이핀 ─ 이런모든뭇의차림차림이한없이그의눈에거슬렸다. 어쩌다가저지경이되었을까. 아니. 내야말로어쩌다가이모양이되었을까. (돈이었다)사람을속였단다. 다털어먹은후에는볼품좋게여비를주어서쫓는것이었다. 三十까지百萬원. 주체할수없이달라붙는계집. 자네도공연히꾸물꾸물하지말고 청춘을이렇게대우하라는것이었다. (거침없는뭇이야기) 어쩌다가아니 ─ 어쩌다가나는이렇게휠신물러앉고말았나를알수가없었다. 다만모든이런뭇의저속한큰소리가맹탕그짓말같기도하였으나 또아니부러워할려야아니부러워할수없는 형언안되는것이확실이있는것도같았다.

지난봄에뭇는인천에있었다 십년 ─ 그들의깨끗한우정이꿈과같은그들의소

646 샷타(shutter) : 두루마리처럼 위로 감아올리거나 내리게 된 철제 덧문.

647 가부꾼 : 부자인 듯. 전집(3) 주 참조. 전집(5)에서는 "'가부'(株)에 '꾼'이 결합된 말"로 봄. 노름꾼처럼 주식하는 사람을 비아냥대어 쓴 말인 듯.

648 개천에서龍이나려니까 : 시원찮은 환경이나 변변찮은 부모에게서 빼어난 인물이 나는 경우를 '개천에서 용 난다'고 함.

649 차점 : 다방.

650 크리스마스추리(Christmas tree) : 크리스마스 때에 여러 가지 장식으로 꾸미는 나무.

년시대를그냥아름다운것으로남기게하였다. 아직싹트지않은일은봄 健강이없
는그는妹와사직공원[651] 산기슭을가치걸으며 妹가긴히이야기하야겠다는이야
기를듣고있었다. 너무나뜻밖에일은 ─ 妹의아버지는백만의가산을날리고마
지막경매가완전히끝난것이바로어끄제라는 ─ 여러형제가운대이妹에게만단
한줄기촉망을두는늙은期米[652] 호걸의애끓는글을妹는속주머니에서끄내보이고
─ 저바릴수없는마음이 ─ 妹는운다 ─ 우리일생의일로정하고있던畵필을요만
일에버리지않으면안되겠느냐는 ─ 전에도후에도한번밖에없은妹의淙淙[653] 한
고백이었다. 그때그는봄과함께健강이오기만눈이빠지게고대하던차 ─ 그도속
으로畵필을던진지오래었고 ─ 묵묵히머지않어쪼개질축축한지면을굽어보았
을뿐이었다. 그리고뒤미처태풍이왔다. 오너라 ─ 와서 내생활을좀보아라 ─
이런妹의불음을빙그레웃으며 그는인천에妹를들렀다. 四四 ─ 벅적대는해안
통[654] ─ K취인점사무실 ─ 어디로갔는지모르는妹의형영깎은듯한妹의집무태
도를그는여전히근강이[655] 없는눈으로어이없이들여다보고오는날을오는날을탄
식하였다. 방은전화자리하나를남기고빽빽이방안지로메꿔저있었다. 낡기도전
에갈리는방안지우에붉은선푸른선의높고낮은것 ─ 妹의얼굴은일시일각이한
결같지않았다. 밤이면妹를딿아양철조각같은빠아[656] 로얼마던지쏘다닌다음 ─
(시끼시마) [657] ─ 나날이축가는[658] 몸을다스릴수없었건만 이상스럽게妹는여

---

651 사직공원 : 서울 종로구 사직동에 있는 공원.

652 期米 : 米豆. 현물 없이 미곡을 거래하는, 달리 말해 현실의 거래를 목적으로 하는 것이 아니고
　　미곡의 시세를 이용하여 거래하는 일종의 투기 행위.

653 淙淙 : 물이 흐르는 소리, 금석(金石)의 소리. 그러므로 '종종한'은 '물이 흐르는 듯한'의 뜻.

654 해안통 : 현재 인천의 중앙동 일대. 일제강점기 미두장(米豆場)이 있었다.

655 근강이 : 건강이.

656 빠아(bar) : 목로, 술집, 간이식당.

657 시끼시마(しきしま 敷島) : 大和國(현재의 奈良縣)의 딴 이름. 일제강점기 인천에 있던 유곽 이
　　름. 1902년 '이사청령(理事廳令)'에 의거해 거류지 안에 유곽지를 지정하고, 17개의 음식점이
　　각각 800원씩을 출자하여 부도루(敷島樓, 현재 선화동)라고 명명하고 영업을 시작한 것이 인
　　천 유곽의 시작이었다.(이영태)

658 축가는 : 전집(1)은 '축이가는'으로 수정.

섯시면깨었고깨어서는홰등잔[659] 같은눈알을이리굴리고저리굴리고 빨간뺨이
까딱하지않고아홉시까지는해안통사무실에낙자없이[660] 있었다. 피곤하지않는
昗의몸이아마금강력[661] 과함께 — 필연 — 무슨道고도를통하였나보다. 낮이면
昗의아버지는울적한심사를하나남은가야금에붙이고있다금자그만한수첩에믿
는아들에게서걸리는전화를만족한듯이적는다. 미다지를열면경인열차가가끔
보인다. 그는昗의털외투를걸치고월미도[662] 뒤를돌아드믄드믄아직도덜진꽃나
무사이잔디우에자리를잡고반듯이누어서봄이오고健강이아니온것을글탄하였
다. 내다보이는바다 — 개흙밭우로바다가한벌드나들드니날이점을고점을고하
였다. 오후네시昗는휘파람을불며이날마다같은잔디로그를찾어온다. 천막친
데서흔들리는포오타불[663] 을들으며차를마시고사슴을보고너무긴방축[664] 중간
에서좀선선한아이스크림을사먹고굴캐는것좀보고昗房에서신문과저녁이정답
게끝난다. 이런한달 — 五월 — 그는바로그잔디우에서어느듯배다락이[665] 를배
웠다. 흉중에획책하든일이날마다한켜씩바다로흩어젔다. 인생에대한끝없는
주저를잔뜩진이고 인천서돌아온그의방에서는안해의자취를찾을길이없었다.
부모를배역한이런아들을안해는기어이렇게잘뗑겨[666] 주는구나 — (문학) (시)
영구히인생을망설거리기위하야길아닌길을내디덧다그러나또튀려는마음 —
삐뚜러진젊음 (정치) 가끔그는투어리스트뷰우로[667] 에전화를걸었다. 원양항
해의배는늘방안에서만기적도불고입항도하였다. 여름이그가땀흘리는동안에

---

659 홰등잔 : 화등잔(火燈盞), 등잔. 놀라거나 앓아서 퀭하여 진 눈을 비유적으로 이르는 말.

660 낙자없이 : 영락없이. 조금도 틀리지 아니하고 꼭 들어맞게.

661 금강력(金剛力) : 금강신이 지니고 있는 것 같은 몹시 강한 힘.

662 월미도 : 인천광역시 중구에 있는 섬. 섬 중심의 월미산 일대는 월미공원으로 조성되어 있고, 소
     월미도와 사이에 인천항 갑문이 있고, 그 안쪽에는 인천항이 들어서 있음.

663 포오타불(portable) : 들고 다닐 수 있는, 휴대용의, 경편한. 여기에서는 휴대용 라디오(portable
     radio)를 의미하는 듯.

664 방축(防築) : 우리말로는 방죽. 전집(1)은 '방죽'으로 수정.

665 배다락이 : 배따라기. 일명 이선가(離船歌)·이선(離船)이라고도 하는 서도잡가(西道雜歌).

666 뗑겨 : 기본형 '뚱기다'에서 온 말. 모르는 것을 일러주어 깨닫게 하다.

667 투어리스트뷰우로(tourist bereau) : 여행사.

가고 ─ 그러나그의등의땀이걷히기전에왕복엽서모양으로안해가초조이돌아
왔다. 낡은잡지속에섞여서배곯아하는그를먹여살리겠다는것이다. 왕복엽서
─ 없어진半 ─ 눈을감고안해의살에서허다한指紋내음새를맡았다. 그는그의생
활의敘술에귀찮은공을쳤다[668]. 끝났다. 먹여라먹으마 ─ 머리도잘라라 ─ 머리
지지는십전짜리인두[669] ─ 속옷밖에필요치않은하루 ─ R카페 ─ 뚱뚱한유까
다[670] 앞에서얻은백원 ─ 그러나그百원을그냥쥐고인천뭇에게로달려가는그의
귀에는지난五월뭇가 ─ 백원을가저오너라위선석달만에 백원내놓고오백원을
주마 ─ 는분간할수없지만너무든든한한마디말이쟁쟁하였든까닭이다 그리고
盜電하는그에게안해는제발이제려그랬겠지만잠잣고있었다. 당하였다. 신문
에서배시간표를더러보기도하였다. 뭇는두서너번편지로그의그런생활태도를
여간칭찬한것이아니다. 뭇가경성으로왔다. 석달은한달전에끝이났는데 ─ 뭇
는인천서뭇에게버는족족털어받히든안해(라고뭇는결코부르지않았지만)를벗
어버리고 ─ 그까짓것은하여간에뭇의측량할수없는깊은우정은그넉달전의일
도또한달전에의례이있었어야할일도광풍제월[671] 같이잊어버린 ─ 참반가운편
지가요며칠전에 그의닫은생활을뚫고들어왔다. 그는가을과겨울을졌다. 계속
하여자는중이었다. ─ 예이그래이사람아한번파치[672] 가된계집을또데리고살다
니하는뭇의필시그럴공연한쑤석질[673] 도싫었었고 ─ 그러나크리스마스 ─ 아니
다. 어디그펑구어먹은좋은얼굴을좀보아두자 ─ 좋은얼굴 ─ 전날의뭇 ─ 그런
것이지 ─ 주체할수없게되기전에여기다가똥그래미를하나처두자 ─ 물론안해
는아무것도모른다.

---

668 공을 쳤다 : 돈벌이를 하지 못했다.
669 인두 : 불에 달구어 천의 구김살을 눌러 펴거나 솔기를 꺾어 누르는 데 쓰는 기구.
670 유까다 : 浴衣. 일본의 여관이나 호텔의 침실에 비치되어있는 가운으로 욕탕이나 식당에 갈때
　　　입고 갈 수 있는 간편복.
671 광풍제월 : 光風霽月. 시원한 바람과 맑은 달, 또는 '아무 거리낌이 없는 맑고 밝은 인품'을 비유
　　　하여 이르는 말.
672 파치 : 깨어지거나 흠이 생겨 못 쓰게 된 물건.
673 쑤석질 : 가만히 있는 사람을 꾀거나 추겨서 마음을 충동하는 일.

2

그날밤에안해는멋없이층게에서굴러떨어졌다. 못났다.

도저히알아볼수없는이깅가망가[674]한뭇와그는어디서술을먹었다. 분명히안해가다니고있는R회관은아닌그러나역시그는그의안해와조금도틀린곳을찾을수없는너무많은그의안해들을보고소름이끼쳤다. 별에별세상이다. 저렇게해놓으면어떨떤것[675]어떤것인지 — 오 — 가는것을보면알겠군 — 두시에는남편노릇하는사람들이일일이영접하러오는그들여급의신기한생활을그는들어알고있다. 안해는마주오지[676]안는그를애정을구실로몇번이나책망하였으나 들키면어떻게하려느냐 — 누구에게 — 즉 — 상대는보기싫은넙적하게생긴세상이다. 그는이왔다갔다하는똑같이생긴화장품 — 사실화장품의高하가그들을구별시키는외에는표난데라고는영없었다 — 얼숭덜숭[677]한안해들을두리번두리번돌아보았다. 헤헤 — 모도그렇겠지 — 가서는방에서 — (참당신은너무닮았구려) — 그러나내안해는화장품을잘사용하지않으니까 — 안해의파리한바탕죽은깨 — 코보다적은코, 입보다얇은입 — (화장한당신이화장안한안해를닮았다면?) —「용서하오」— 그러나내안해만은 웨그렇게야위나. 무엇때문에(네罪)(네가모르느냐) (알지) 그러나이여자를좀보아라. 얼마나이글이글하게살이알르냐 잘쩟다. 곁에와앉기만하는데도후끈후끈하구나. 뭇의귀ㅅ속말이다.「이게마유미야이뚱뚱보가 — 허릴없이양돼진데좋와좋단말이야 — 金알났는게사니[678]이야기알지(알지)즉화수분[679]이야 — 하루저녁에三원四원五원 — 잡힐물

---

674 깅가망가 : '깅가밍가', 즉 '긴가민가'의 뜻. 그런지 그렇지 않은지, 분명하지 않은 모양. 이상은
　　 이런 뜻으로 '깅가망가'를 여러 군데 썼다.

675 어떨떤것 : '떨'이 오식으로 들어간 듯. 전집(1·2·3)은 '어떤 것'으로 수정.

676 마주오지 : 마중 오지. 전집(5)는 '마주'를 '마중'의 오식으로 보았는데, 이는 앞 문장의 '영접'으
　　 로 볼 때 타당함.

677 얼숭덜숭한 : 여러 가지 빛깔로 된 큰 점이나 줄이 고르지 아니하게 뒤섞이어 무늬를 이룬. 여기
　　 에서는 화장이 제대로 되지 않은 모습을 일컬어 표현.

678 게사니 : '거위'를 일컫는 방언.

679 화수분 : 재물이 계속 나오는 보물단지. 그 안에 온갖 물건을 담아 두면 끝없이 새끼를 쳐 그 내

건이없는대돈주는전당국680이야(정말?)아 — 나의사랑하는마유미거든」 지금
쯤은안해도저짓을하렸다. 아프다. 그의찌프린얼굴을얼른뭇가껄껄웃는다. 홍
— 고약하지 — 하지만들어보게 — 소오바681에계집은절대금물이다. 그러나살
을점여먹이려고달겨드는것을어쩌느냐 (옳다옳다) 계집이란무엇이냐돈없이계
집은무의미다 — 아니, 계집없는돈이야말로무의미다 (옳다옳다) 뭇야어서다
음을계속하여라. 따면따는대로금시계를산다몇개든지, 또보석, 털외투를산다,
얼마든지비싼것으로. 잃으면그놈을끄린다682옳다. (옳다옳다) 그러나이짓은
좀안타까운걸. 어떻게하는고하니계집을하나찰짜683로골라가지고 쓱 시계보
석을사주었다가도로빼앗어다가끄리고 또사주었다가또빼앗어다가끄리고 —
그러니까사주기는사주었는데그놈이평생가야제것이아니고내것이거든 — 쓱
얼마를그린다음에는 — 그러니까꼭여급이라야만쓰거든 — 하루저녁에아따얼
마를벌든지버는대로털거든 — 살을점여먹이러드는데하루에아三四원털기쯤
— 보석은또여전이사주니까남는것은없어도여러번사준폭684되고내가거미지,
거민줄알면서도 — 아니야, 나는또제요구를안들어주는것은아니니까 — 그렇
지만셋방하나얻어가지고 가치살자는데는학질685이야 — 여보게거기까지가면
三十까지百만원꿈은세봉686이지. (옳다?옳다?)소 — 바란놈있다가부자되는수
효보다는지금거지되는수효가훨신더많으니까, 다, 저런것이하나있어야든든하
지. 즉背수진을처놓자는것이다. 뭇는현명하니까이金알낳는게사니배를갈를

용물이 줄어들지 않는다는 설화상의 단지를 이른다.
680 전당국 : 물건을 잡고 돈을 빌려 주어 이익을 취하는 곳.
681 소오바(そうば) : 相場. 여기에서는 '米豆'.
682 끄린다 : 전집(5)는 '끌인다 : 끌어대다'로 설명. 내용상 끌어대다, 곧 '끌어다가 뒤를 대다'는 의
     미임.
683 찰짜 : 수더분한 맛이 없고 몹시 깐깐한 사람.
684 폭 : 폭. 셈.
685 학질 : 말라리아 원충을 가진 학질모기에게 물려서 감염되는 법정 전염병으로 갑자기 고열이
     나며 설사와 구토·발작을 일으키고 비장이 부으면서 빈혈 증상을 보인다.
686 세봉 : 속어로 '좋지 않은 일, 큰 탈이 날 일'을 의미.

리[687]는처만만무[688]다. 저더덕덕덕붙은볼따구니두껍다란입술이생각하면다시없이귀엽기도할밖에.

그의눈은주기로하야차차몽농하야들어왔따개개풀린시선이그마유미라는고기덩어리를부러운듯이살피고있었다 안해 — 마유미 — 안해 — 자꾸말러들어가는안해 — 꼬챙이같은안해 — 그만좀말르지 — 마유미를좀보려무나 — 넙적한잔등이푼더분한[689]푹, 幅, 푹[690]을 — 세상은고르지도못하지 — 하나는옥수수과자모양으로무럭무럭부풀어오르고하나는눈에보이듯이오그라들고 — 보자어디좀보자 — 인절미굽듯이부풀어올라오는것이눈으로보이렸다. 그러나그의눈은어항에든금붕어처럼눈자위속에서그저오르락나리락꿈틀거릴뿐이었다. 화려하게웃는마유미[691]의복스러운얼굴이海草처럼늘이게움직이는것이히미하게보일뿐이었다. 뭇는이런코를찌르는화장품속에서웃고소리지르고손벽을치고또웃었다.

웨뭇에게만저런강력한것이있나. 분명히뭇는마유미에게야위지못하도록禁하야놓았으리라. 명령하야놓았나보다. 장하다. 힘. 의지. — ?그런강력한것 — 그런것은어디서나오나. 내 — 그런건만있다면이노릇안하지 — 일하지 — 하여도잘하지 — 들창을열고뛰어나리고싶었다. 안해에게서 그악착한끈아풀을글러던지고훨훨줄다름박질을처서다라나버리고싶었다. 내의지가작용하지안는온갖것아, 없어저라. 닫자. 첩첩이닫자. 그러나이것도힘이아니면 무엇이랴 — 시뻘겋게상기한눈이살기를띄우고명멸하는황홀경[692]담벼락에숨쉬일구녕을찾었다. 그냥벌벌떨었다 텅비인곬속에회오리바람이일어난것같이완전이전후를가리

---

687 金알낳는게사니배를갈를리 : 욕심에 어두워 황금알을 낳는 거위의 배를 갈라 죽이고 만다는 이솝의 우화를 인유해옴.

688 처만만무 : '천만만무'의 오식으로 보임. 후자는 '千萬萬無'로 절대로 있을 수 없음을 뜻함.

689 푼더분한 : '얼굴이 투실투실하여 복성스러운, 여유가 있고 넉넉한'의 뜻

690 푹, 幅, 푹 : 전집(1·2·3)은 '폭, 幅, 폭'으로 수정.

691 마유미 : 원문은 '마유'로 '미'자가 누락.

692 황홀경 : 한 가지 사물에 마음이나 시선이 혹하여 달뜬 경지나 지경.

지못하는일개그는추잡한취한[693]으로화하고말았다.

그때마유미는그의귀에다대이고속삭인다. 그는목을움칫하면서혀를내밀어 널름널름하야보였다. 그러나저러나녀무먹었나보다 — 취하기도[694] 취하였거 니와이것은배가좀너무부르다. 마유미무슨이야기요. 「저이가거짓말쟁인줄제 가모르는줄아십니까. 알아요(그래서)미술가라지요. 생딴천[695]을해놓겠지요. 좀타일러주세요 — 어림없이그리지말라구요 — 이마유미는속는게아니라구요 — 제가이러는게그야좀반허긴반했지만 — 선생님은아시지오(알고말고)으쨌 든저따위끈아풀이한마리있어야삽니다. (뭐?뭐?)생각해보세요 — 그래하루밤 에三四원씩벌어야뭣에다쓰느냐말이에요 — 화장품을사나요?옷감을끊나요허 긴한두번아니열아믄번꺼지는아주비싼놈으로골라서그짓도허지오 — 허지만 허구헌날화장품을사나요옷감을끊나요?거다뭐허나요 — 얼마못가서실증이납 니다 — 그럼거지를주나요?아이구참 — 이세상에서제일미운게거집니다. 그래 두저런끈아풀을한마리가지는게화장품이나옷감보다는훨신났습니다. 좀처럼 실증나는법이없으니까요 — 즉남자가외도하는 — 아니 — 좀달릅니다. 하여간 싸움을해가면서벌어다가그날저녁으로저끈아풀한테빼았기고나면 — 아니송 두리째갖다받히고나면속이시원합니다. 구수합니다. 그러니까저를빨아먹는거 미를제손으로길르는세음이지요. 그렇지만또이허전한것을저끈아풀이다수굿 이채워주거니하면아까운생각은커녕즈이가되려거민가싶습니다. 돈을한푼도 벌지말면그만이겠지만인제그만해도이생활이살에척배여버려서얼른그만두기 도어렵고 허자니그러기는싫습니다. 이를북북갈아제처가면서기를쓰고빼았습 니다.

양말 — 그는안해의양말을생각하야보았다 양말사이에서는신기하게도 밤 마다지페와은화가나왔다 五十전짜리가딸랑하고방바닥에굴러떨어질때 듣는

---

693 취한 : 醉漢. 술 취한 사람을 낮잡아 이르는 말.
694 취하기도 : 전집(1)에서 누락.
695 딴천 : 딴청. 어떤 일을 하는 데 그 일과는 전혀 관계없는 일이나 행동.

그음향은이세상아무것에도 비길수없는가장숭엄한[696] 감각에틀림없었다 오늘
밤에는 안해는또몇개의그런은화를정갱이에서배앝어놓으려나그북어와같은
종아리에난돈자죽 — 돈이살을파고들어가서 — 고놈이안해의정기를속속디리
빨아내이나보다. 아 — 거미 — 잊어버렸던거미 — 돈도거미 — 그러나눈앞에
놓여있는너무나튼튼한쌍거미 — 너무튼튼하지않으냐. 담배를한대피어물고 —
참 — 안해야. 대체내가무엇인줄알고죽지못하게이렇게먹어살리느냐 — 죽는
것 — 사는것 — 그는천하다.[697] 그의존재는너무나우숩광스럽다 스스로지나치
게비웃는다.

　그러나 — 두시 — 그황홀한동굴 — 房 — 을향하야그의걸음은빠르다. 여러
골목을지나 — 뭇야너는너갈데로가거라 — 따듯하고밝은들창과들창을볼적마
다 — 닭 — 개 — 소는이야기로만 — 그리고그림엽서 — 이런펄펄끌른심지를
부여집고[698] 그확근확근한방을향하야쏟아지듯이몰려간다. 전신의피 — 무게
— 와있겠지 — 기다리겠지 — 오래간만에취한실없은사건 — 허리가녹아나도
록이녀석 — 이녀석 — 이엉뚱한발음 — 숨을힘껏드리쉬어두자. 숨을힘껏쉬어
라. 그리고참자에라. 그만아주미처버려라.

　그러나웬일일까[699] 안해는방에서기다리고있지않았다. 아하 — 그날이왔구
나. 웨갔는지모르는데가버리는날 — 하필? 그러나 (웨왔는지알기전에) 웨갔
는지모르고 지내는중에 너는또오려느냐[700] — 내친걸음이다. 아니 — 아주닫어
버릴까. 수채구멍에빠저서라도섯불리세상이없스녁이려도[701] 없스녁일수없도
록 — 트집거리를주어서는안된다. R카페 — 내일A취인점이고객을초대하는망
년회를열 — 안해 — 뚱뚱주인이받아가지고간 내인사 — 이저주받아야할R카

페의뒷문으로하야주춤주춤그는조―바[702]에그의험수룩한꼴을나타내었다. 조
―바내다안다 ― 너이들이얼마에사다가얼마에파나 ― 알면무엇을하나 ― 여
보안경쓴부인말좀물읍시다. (아이구복작거리기도한다이속에서어떻게들사
누) 부인은통신부같이생긴조이조각에차례차례도장을하나씩만찍어준다. 안해
는일상말하였다. 얼마를벌든지일월[703]씩만갚는법이라고 ― 따는무利자다 ―
어째서무利자냐 ― (아느냐) ― 돈이 ― 같지않드냐 ― 그야말로도통을하였느
냐. 그래「나미꼬가어디있습니까」「댁에서오셨나요지금경찰서에가있습니다」
「뭘잘못했나요」「아아니 ― 이거어째이렇게칠칠치가못할까」는듯이칼을들고
나온쿡[704]이똑똑이좀들으라는이야기다. 안해는층게에서굴러떨어졌다. 넌웨
요렇게빼빼말렀니 ― 아야아야노세요말좀해봐아야아야노세요 (눈물이핑돌
면서 당신은웨그렇게양돼지모양으로살이쪘소오 ― 뭐이, 양돼지? ― 양돼지
가아니고 ― 에이발칙한것. 그래서발길로채웠고채워서는층게에서굴러떨어졌
고굴러떨어졌으니분하고 ― 모두분하다.「과히다치지는않았지만 그런놈은버
릇을좀가르처주어야하느니그래경관은내가불렀소이다」 말라꽹이라고그런점
잖은손님의농담에어찌외람이말대꾸를하였으며말대꾸도유분수지양돼지라니
― 그래생각해보아라네가말라꽹이가아니고무엇이냐 ― 암 ―내라도양돼지소
리를듣고는 ― 아니말라꽹이소리를듣고는 ― 아니양돼지소리를듣고는 ― 아
니다아니다말라꽹이소리를듣고는 ― 나도사실은말라꽹이지만 ― 그저있을수
없다 ― 양돼지라 그래줄밖에 ― 아니그래양돼지라니그런괘씸한소리를듣고
내가손님이라면 ― 아니내가여급이라면 ― 당치않은말 ― 내가손님이라면그
냥패주겠다. 그렇지만안해야양돼지소리한마디만은잘했다그러니까거더채었
지 ― 아니 나는대체누구편이냐누구편을들고있는세음이냐 그대그락대그락
하는몸이은근히다쳤겠지 ― 접시깨지듯했겠지 ― 아프다. 아프다. 앞이다캄캄

---

702 조―바(ちょうば帳場) : (상점·여관의) 장부를 기재하고 계산하는 곳. 카운터.
703 일월 : '일원'의 오식인 듯. 기존 전집(1·2·3)은 '일원'으로 수정.
704 쿡(cook) : 요리사.

하야지기전에 사부로[705]가씨근씨근왔다. 남편되는이더러오란단다바로나요
— 마침잘되었습니다. 나쁜놈입니다고소하세요. 여급들과뽀이들과이다바[706]
들의동정은실로나미꼬일신우에집중되어형세자못온건치않은것이었다.

　경찰서숙직실 — 이상하다 — 우선경부보[707]와 순사그리고뭇R카페뚱뚱주
인 그리고과연양돼지와같은범인 (저건내라도양돼지라고자칫그리기쉬울걸)
그리고난로앞에새파랗게질린채쪼크리고앉어있는새양쥐만한안해 — 그는얼
빠진사람모양으로이진기한 — 도저히있을법하지않은컴비네슌[708]을몇번이고
두루살펴보았다. 그는비철비철그양돼지앞으로가서그개기름흐르는얼굴을한
참이나디려다보드니 떠억「당신입디까」「당신입디까」 아마안면이무던이있
나보다서로처다보며빙그레웃는속이 — 그러나안해야가만있자 — 제발울음을
끄처라어디이야기나좀해보자꾸나. 후한 — 숨을내쉬고났드니멈췄던취기가한
꺼번에치밀어올라오면서그는금시로그자리에쓸어질것같었다. 와이샤쓰자락
이바지밖으로꾀저나온이양돼지에게 말을건넨다「뵈옵기에퍽몸이약하신데
요」「딴말슴」「딴말슴이라니」「딴말슴이지」「딴말슴이시라니」[709]「허딴말
슴이라니까」「허딴말슴이라니까라니」 그때참다못하야경부보가소리를질렀
다. 그리고 그대가나미꼬의정당한남편인가 이름은무엇인가직업은무엇인가하
는질문에는질문마다 그저한없이공손히고개를숙여주었을뿐이었다. 고개만
그렇게공연히숙였다치켰다할것이아니라그대는그래고소할터인가즉말하자면
이사람을어떻게하였으면좋겠는가. 그렀습니다 (당신들눈에내가구데기만큼이
나보이겠소? 이사람을어떻게하였으면좋을까는내가모르면경찰이알겠거니와
그래내가하라는대로하겠다는말이요?) 지금내가어떻게하였으면좋을가는누구

705　사부로 : 전집(5)는 'さぶろう(三郎)', 즉 '동류 중의 셋째'로 설명.
706　이다바(いたば 板場) : 조리사.
707　경부보(警部補) : 경부는 일제 강점기에, 경찰관직의 하나. 김소운은 「이상, 이상」에서 경부보=
　　　警衛로 설명. 경부보는 경부의 아래 직책.
708　컴비네슌(combination) : 결합, 짝맞춤, 배합(配合).
709　말슴이시라니 : 전집(1)은 '말씀이지라니'로 수정.

에게물어보아야되나요. 거기섰는뭇 그리고내안해의주인 나를위하야가르처주소, 어떻게하였으면좋으리까눈물이어느사이에빰을흐르고있었다. 술이점점더취하야들어온다. 그는이자리에서어떻다고참아입을벌릴정신도용기도없었다. 뭇와뚱뚱주인이그의어깨를건드리며위로한다. 「다른사람이아니라우리A취인점전무야. 술취한개라니 그렇게만알게나그려. 자네도아다싶이래일망년회에전무가없으면사장이없는것이상이야. 잘화해할수는없나」「화해라니누구를위해서」「친구를위하야」「친구라니」「그럼우리점을위해서」「자네가사장인가」 그때뚱뚱주인이「그럼당신의안해를위하야」百원씩두번얻어썼다. 남은것이百五十원 ─ 잘알아들었다. 나를위협하는모양이구나.「이건동화[710]지만세상에는어쨌든이런일도있소. 즉百원의석달만에꼭五百이되는이야긴데꼭되었어야할五百원이그게넉달이었기때문에감쪽같이한푼도없어저버린신기한이야기요 (뭇야내가좀치사스러우냐) 자이런일도있는데 일개여급발길로차는것쯤이야팟고물[711]이아니고무엇이겠소? (그러나뭇야일없다일없다) 자나는가겠소웨들이렇게성가시게구느냐, 나는아무것에도참견하기싫다. 이술을곱게삭이고싶다. 나를보내주시오안해를데리고가겠소. 그리고는다마음대로하시오」

밤 ─ 홍수가고갈한최초의밤 ─ 신기하게도건조한밤이었다안해야너는이이상더야웨서는안된다절대로안된다명령해둔다. 그러나안해는참새모양으로깽깽신럴까지내어가면서날이새도록알았다.[712] 그곁에서그는이것은너무나염치없이씨근씨근쓸어지자마자잠이들어버렸다. 안골던코까지골고 ─ 아 ─ 정말양돼지는누구냐 너무피곤하였든것이다. 그냥기가마켜버렸든것이다.

그동안 ─ 긴시간.

---

710 동화(童話) : 아이들을 위한 이야기.

711 팟고물 : 원래 팥을 삶아 으깨어 만든 가루로 떡에 묻히거나 켜켜로 뿌리는 떡고물을 말한다. 그런데 이 고물은 떡을 하고 나면 남거나 떡에서 떨어지게 마련이다. 그래서 여기에서 팥고물은 '어떤 일을 처리하거나 보아주고 부수적으로 챙기는 수입' 정도를 뜻한다.

712 알았다 : 앓았다.

안해는아침에나갔다. 사부로가불러왔기때문이다. 경찰서로간단다. 그도오란다. 모든것이귀찮았다. 다리었는안해를억지로내어보내놓고그는인간세상의하품을한번커다랗게하였다 한없이게을른것이역시제일이구나 첩첩이덛문을닫고 알른소리없는방안에서이번에는정말 ― 제발될수있는대로안해는오래걸려서있다가저녁때나되거든돌아왔으면그리든지 ― 경우에딿아서는안해가아주가버리기를바라기조차하였다. 두다리를쭉뻗고깊이깊이잠이좀들어보고싶었다.

오후두시 ― 十원지페가두장이었다. 안해는그앞에서여내[713] 해죽거렸다. 「누가주드냐」 「당신친구朴씨가줍디다」 朴 朴역시朴로구나 (그게네百원꿀떡삼킨 동화의주인공이다) 그리운지난날의기억들변한다모든것이변한다. 아무리그가이방덛문을첩첩닫고一년열두달을수염도안깎고누어있다하더래도세상은그잔인한 「관계」 를가지고담벼락을뚫고숨여든다. 오래간만에잠다운잠을참한 잠늘어지게잤다. 머리가차츰맑아들어온다. 「朴가주드라 그래뭐라고그리면서주드냐」 「전무가술이깨서 참잘못했다고사과[714]하드라고」 「너대체어디까지갔다왔느냐」 「조―바까지」 「잘한다, 그래그걸넙적받았느냐」 「안받으려다가정잘못했다고그러드라니까」 그럼朴의돈은아니다. 전무? 뚱뚱주인 둘다있을법한일이다. 아니, 十원씩추렴[715]인가. 이런때왜그의머리는맑은가. 그냥흐려서 아무것도생각할수없이되어버렸으면자히[716]좋겠나. 망년회 오후. 고소. 위자료. 구데기. 구데기만도못한인간안해는. 아프다면서재재대인다.[717] 「공돈이생겼으니써버립시다. 오늘은안나갈테야 (멍든데고약사발을생각은꿈에도하지않고) 내일낮에치마가한감저고리가한감 (뭣이하나뭣이하나) (그래서十원은까불린[718]다음) 남저지[719]十원은당신구두한켜레마처주기로」 마음대로하려므

---

713 여내 : '이내'(금방), 또는 '連해'(연신)의 의미. 전집(2·3)에서는 '내여'의 오식으로 봄.

714 사과 : 전집(1)은 누락.

715 추렴 : 여럿이 각각 얼마씩의 돈을 내어 거둠.

716 자히 : 작히.

717 재재대인다 : 기본형, 재재대다. 조금 수다스럽게 자꾸 재잘거리다.

718 까불린 : 함부로 써 버린.

나. 나는졸립다. 졸려죽겠다. 코를풀어버리드라도내게의논말아. 지금쯤R회
관삼층에얼마나장중한연회가[720] 열렸을것이며 양돼지전무[721]는와이샤쯔를집
어넣고얼마나점잖을것인가. 유치장에서연회로(공장에서가정으로)二十원짜
리─二百여명 ─ 칠면조 ─ 햄 ─ 소세이지 ─ 비겨[722] ─ 양돼지 ─ 一년전이
년전十년전 ─ 수염 ─ 냉회[723]와같은것 ─ 남은것 ─ 뼉다귀 ─ 지저분한자죽
─ 과 무엇이남었느냐 ─ 닳은一년동안 ─ 산채썩어들어가는그앞에가로놓인
아가리딱버린일월이었다.

　위로가될수있었나보다. 안해는혼곤이잠이들었다. 전등이딱들하다는듯이물
끄럼이내려다보고있다. 진종일을물한목음마시지않았다. 二十원때문에그들부
부는먹어야산다는 철측을 ─ 그장중한법률을 완전히 거역할수있었다.[724]
이것이지금이기괴막측[725]한생리현상이즉배가고프다는상태렸다. 배가고프다.
한심한일이다. 부끄러운일이었다. 그러나 뭇 네생활에내생활을비교하야 아니
내생활에네생활을비교하야어떤것이진정우수한것이냐. 아니 어떤것이진정열
등한것이냐. 외투를[726]걸치고모자를얹고 ─ 그리고잊어버리지않고그二十원
을주머니에넣고집 ─ 방을나섰다. 밤은안개로하야흐릿하다. 공기는제대로썩
어들어가는지쉬적지근하야.[727] 또 ─ 과연거미다. (환투) ─ 그는그의손가락을
코밑에가저다가가만히맡어보았다. 거미내음새는 ─ 그러나二十원을요모조모
금물르든[728]그새금한[729]지폐내음새가참그윽할뿐이었다. 요 새주한[730]내음새

719　남저지 : '나머지'의 방언.

720　연회가 : 원문은 '연회각'으로 오식.

721　양돼지전무 : 원문은 '양지전무'로 '돼'자가 누락.

722　비겨 : 비계. 짐승, 특히 돼지의 가죽 안쪽에 두껍게 붙은 허연 기름 조각.

723　냉회 : 전집(3)은 冷灰, 즉 불기운이 도무지 없는 차디찬 재로 설명.

724　위로가…거역할수있었다 : 전집(1)은 이 한 단락이 누락.

725　기괴막측 : '기괴망측(奇怪罔測)'의 오식일 듯. 또는 '奇怪莫測'일 수도 있음. 전자는 '괴상하고
　　기이하여 느낌이 좋지 아니함'을, 후자는 '기괴하기가 헤아릴 수 없음'을 뜻함.

726　외투를 : 원문에는 '외특를'로 오식.

727　쉬적지근하야 : 쉬지근하야. 맛이나 냄새가 좀 쉰 듯하여. 전집(1)은 '쉬지근아다'로 잘못 수정.

728　금물르든 : 전집(2·3)은 '주무르던'으로 수정. 뒤의 '새주한'은 '새금한'의 오식이 분명한데, '금

― 요것때문에세상은가만있지못하고생사람을더러잡는다 ― 더러가뭐냐. 얼마나많이축을내나. 가다듬을수없는어지러운심정이었다. 거미 ― 그렇지 ― 거미는나밖에없다. 보아라. 지금이거미의끈적끈적한촉수가어디로몰려가고있나 ― 쪽 소름이끼치고시근땀이내솟기시작이다.

노한촉수 ― 마유미 ― 뭇의자신있는계집 ― 끈아풀 ― 허전한것 ― 수단은없다. 손에쥐인二十원 ― 마유미 ― 十원은술먹고十원은팁[731] 으로주고그래서마유미가응하지않거든 예이[732] 양돼지라고그래버리지. 그래도그만이라면二十원은그냥날러가 ― 헛되다 ― 그러나어떻냐공돈[733] 이아니냐. 전무는한번더안해를층게에서굴러떨어트려주렴으나. 또二十원이다. 十원은술값十원은팁. 그래도마유미가응하지않거든 양돼지라고[734] 그래주고 그래도그만이면二十원은그냥뜨는것이다부탁이다. 안해야 또한번전무귀에다대이고 양돼지 그래라. 거더차거든두말말고층게[735] 에서나려굴러라.

― 발표지면 : 『中央』, 1936.6

물르던'의 '금'과 '새주한'의 '주'가 서로 엇바뀌어 들어간 것이다.

729　새금한 : 조금 신맛이 있는. 전집(2·3)은 '새큼한'으로 수정.

730　새주한 : '새금한'의 오식이 분명. 전집(2·3)은 '새큼한'으로 수정.

731　팁(tip) : 시중든 사람에게 감사의 뜻으로 요금 외에 따로 주는 돈.

732　예이 : 어떤 사실을 부정하거나 무엇이 못마땅할 때 내는 소리.

733　공돈 : 노력의 대가가 아닌, 거저 얻거나 생긴 돈.

734　양돼지라고 : 전집(1)은 '양돼지라' 하여 한 글자 누락.

735　두말말고층게 : 원문은 '두말고층말게'로 '말'자 위치가 오식.

날개[736]

李　箱

『剝製가되어버린天才』를 아시오? 나는 愉快하오.이런때 戀愛까지가愉快하오.

肉身이흐느적흐느적하도록 疲勞했을때만 精神이 銀貨처럼 맑소 니코틴이 내 蛔ㅅ배알는 배ㅅ속으로숨이면 머리속에 의례히 白紙가準備되는법이오 그우에다 나는 윗트[737]와 파라독스[738]를 바둑布石처럼 느러놓소. 可恐할[739]常識의 病이오.

나는또 女人과生活을 設計하오. 戀愛技法에마자 서먹서먹해진, 智性의極致를 흘낏 좀 드려다본일이있는 말하자면 一種의 精神奔逸者말이오. 이런女人의半 — 그것은온갖것의半이오 — 만을領受[740]하는 生活을 設計한다는말이오 그런生活속에 한발만 드려놓고 恰似두개의太陽처럼 마조처다보면서 낄낄거리는 것이오. 나는 아마 어지간히 人生의諸行이 싱거워서 견델수가없게쯤되고 그만둔모양이오 꾿 빠이.

꾿 빠이. 그대는 있다금 그대가 제일실여하는 飮食을貪食하는 아일로니[741]를 實踐해 보는것도 좋을것같소. 윗트와파라독스 …………

그대自身을 僞造하는것도 할만한일이오. 그대의作品은 한번도 본일이없는 旣成品에依하야 차라리 輕便하고高邁하리다.

十九世紀는 될수있거든 封鎖하야버리오. 도스토 에프스키精神이란 자칫하면 浪費인 것같소, 유―고―[742]를 佛蘭西의 빵한조각[743]이라고는 누가그랫는지 至言[744]인듯싶소 그렇나 人生 或은 그 模型에있어서 띠테일[745] 때문에 속는다거나해

서야 되겠오? 禍를보지마오. 부디그대께 告하는것이니 …………

(테잎이끊어지면 피가나오. 傷차기도 머지안아 完治될줄민소. 꾿빠이)

感情은 어떤 포―스. (그 포―스의素[746]만을指摘하는것이아닌지나[747] 모르겠오) 그 포―스가 不動姿勢에까지 高度化할때 感情은 딱 供給을停止합네다.

그 三十三번지라는것이 구조가 흡사 유곽[749]이라는느낌이 없지않다.

한번지에 十八가구가 죽 ─ 어깨를맞대고느러서서 창호가 똑같고 아궁지 모양

---

736 이 작품에는 이상의 삽화 두 개가 들어 있다. 하나는 '아로날' 갑을 뜯어놓은 것이고, 하나는
반나의 여인이 누워 있고 그 앞에는 책을 펴서 세워놓은 모습이다. 십자가처럼 찢어진 아로
날 갑에는 "ROCHE"라 하여 제약회사의 이름이 새겨져 있다. F. Hoffmann ─ La Roche & Co
는 1896년 10월 1일 스위스 바젤에 설립된 의약품 제조회사이다. 그림의 중앙에는 "아로날
(ALLONAL)……"이, 그 좌우에는 "12개의 병과 100개의 정제(錠劑)에 든(issued in bottle of 12
and 100 tablets)"이, 그림의 위쪽에는 "아로날 로슈(ALLONAL "ROCHE")"가, 그리고 아래쪽
에는 "의사의 샘플 6알 아로날 로슈 호프만─로슈 회사(physician's sample 6 Tablet ALLONAL
"ROCHE" F. Hoffmann ─La Roche & Co)"가 적혀 있다. 한편 왼쪽 상단에는 "각 정제는 0.16
그램의 페닐 디메틸 아미노 피라졸론의 알릴 이소프로필기(基) 바르비투르산염(酸塩)을 함유
하였다(Each Tablet contains 0.16gm Allylisopropylbarbiturate of phenyldimethyldimephylamino
pyrazolone)"라는 설명이 붙은 그림이 있다. 그리고 그림 주위에는 'I·R·S·A·N·G'라는 영어
대문자가 새겨진 알약이 흩어져 있다. 이것은 이상(IRSANG), 또는 리상(RISANG)이 된다. 자
신의 이름을 마치 퍼즐처럼 제시해둔 것이다. 참고로 'Allylisopropylbarbiturate'는 Allyl-isopro-
pyl-barbiturate이라는 세 단어가 결합되었 으며, 'phenyldimethyldimephylamino'는 phenyl-di-
methyl-dimephyl-amino라는 네 단어가 결합되었다. 한편 아로날은 '알릴 이소프로필기 바르
비투르산의 산, 진통제와 진정제(allylisopropylbarbituric acid, analgesic and tranquilliser)'이다.

737 윗트(wit) : 말이나 글을 즐겁고 재치 있고 능란하게 구사하는 능력.

738 파라독스(paradox) : 패러독스.

739 可恐할 : 두려워하거나 놀랄.

740 領受 : 전집(1)은 '領收'로 수정.

741 아일로니 : 원문은 '마일로니'로 오식.

742 유─고 : 위고(Victor-Marie Hugo, 1802~1885) 프랑스의 낭만파 시인·소설가·극작가.

743 佛蘭西의 빵한조각 : 아꾸다까와 류노스께(芥川龍之介)의 말인 듯. 그는 「난장이 말」에서 "위고,
전 프랑스를 뒤덮는 한 조각의 빵, 더욱이 아무리 생각해 보아도 버터는 그다지 듬뿍 칠해져 있
지 않다"고 썼다.

744 至言 : 지극히 당연한 말, 또는 지극히 좋거나 중요한 말.

745 띠테일(detail) : 세부, 세목, 사소한 것, 하찮은 것.

746 素 : 전집(1)은 '元素'로 한 자를 더 넣어 의미의 정확성을 기하고 있으나, 그렇다면 '要素'도 가
능할 것이다. 그냥 '바탕' 정도로 이해하면 될 것 같다.

747 아닌지나 : 전집(1)은 '아닌지 나도'로 오식.

이 똑같다. 게다가 각가구에 사는사람들이 송이송에[750] 꽃과같이젊다. 해가들지 않는다. 해가드는것을 그들이 모른체하는까닭이다. 턱살밑에다 철줄을매고 얼 룩진 이부자리를너러말닌다는핑게로 미다지에해가드는것을 막아버린다. 침침 한방안에서낮잠들을잔다. 그들은 밤에는잠을자지않나? 알ㅅ수없다 나는 밤이 나 낮이나 잠만자느라고 그런것은 알ㅅ길이없다. 三十三번지 十八가구[751]의 낮 은 참 조용하다.

조용한것은 낮뿐이다. 어둑어둑하면 그들은 이부자리를거더드린다. 전 등ㅅ불이켜진뒤의十八가구는 낮보다 훨신화려하다. 저므도록 미다지 여닫는 소리가 잦다, 바뻐진다. 여러가지내음새가 나기시작한다. 비웃[752]굽는내 탕고 도—란[753]내 뜸물내 비누ㅅ내 ………

그렇나 이런것들보다도 그들의문패가 제일로 고개를끄덕이게하는것이다. 이 十八가구를대표하는 대문이라는것이 일각이저서 외따로떨어지기는했으나 있다. 그렇나 그것은 한번도 닫힌일이없는 행길이나마창가지대문인것이다 왼 갖장사아치들은 하로가운데 어느시간에라도 이대문을통하야 드나들수가있는 것이다. 이네들은 문ㅅ간에서두부를사는것이 아니라 미다지만열고 방에서 두 부를사는것이다. 이렇게생긴 三十三번지 대문에 그들十八가구의문패를 몰아 다부치는것은 의미가없다. 그들은 어느사이엔가 各미다지우 百忍堂이니吉祥 堂이니 써부친 한겯에다 문패를부치는풍속을 갖어버렸다.

---

748 女王蜂 : 알을 낳는 능력이 있는 암벌로 몸이 크며 벌 사회의 우두머리이다. 교미 후 수벌이 죽
     기 때문에 곧 미망인과 같게 된다.

749 유곽 : 창녀가 모여서 몸을 팔던 집이나 그 구역.

750 송이송에 : '송이송이'의 오식인 듯. 전집(1·2·3)은 '송이송이'로 수정.

751 三十三번지 十八가구 : 많은 연구자들이 이상이 고의적으로 '三十三', '十八'이라는 성적 기호를
     쓴 것으로 해석하고 있다. 그러나 박태원의 소설 「보고」에 따르면, 이상(작중인물은 '최군')은
     '관철정 삼십삼번지' '열여덟 가구' 속에 살았던 것으로 나온다.

752 비웃 : 청어.

753 탕고도—란 : 일제 때 많이 쓰인 화장품 이름. 오늘날의 화운데이션보다 빛깔이 더 짙은 것으로
     고체임. 전집(2) 주 참조.

내방미다지우 한곁에 칼표딱지[754]를 넷에다낸것만한내 — 아니! 내 안해의
명함이 붙어있는것도 이풍속을좇은것이아닐ㅅ수없다.

나는 그러나 그들의 아모와도놀지않는다 놀지안을뿐만아니라 인사도않는
다. 나는 내안해와 인사 하는외에 누구와도인사하고싶지않았다.

내안해외의 다른사람과 인사를하거나 놀거나 하는것은 내안해낯을보아 좋
지않은 일인것만 같이 생각이들었기때문이다. 나는 이만큼까지 내안해를소중
히 생각한것이다.

내가 이렇게까지 내안해를소중히 생각한까닭은 이 三十三번지 十八가구가
운데서 내안해가 내안해의 명함처럼 제일적ㅅ고 제일아름다운것을 안까닭이
다. 十八가구에각기 벨너들은[755] 송이송이 꽃들가운데서도 내안해는 특히 아름
다운 한딸기의꽃으로 이 함석집웅밑 볓안드는지역에서 어디까지든지 찬란하
였다 따라서 그런 한떨기 꽃을직히고 — 아니 그꽃에 매어달녀사는 나라는존재
가 도모지 형언할수없는 거북ㅅ살스러운 존재가 아닐수 없었든것은 물론이다.

나는 어데까지든지 내방이 — 집이아니다. 집은없다. — 마음에 들었다. 방안
의기온은 내체온을위하야 쾌적하였고 방안의침침한정도가 또한 내안력[756]을
위하야 쾌적하였다. 나는 내방이상의 서늘한방도 또 따뜻한방도 히망하지는않
었다. 이이상으로 밝거나 이이상으로 안윽한방을 원하지않았다. 내방은 나하나

---

754 칼표딱지 : 전집(2)에서는 '뜯어서 쓰는 딱지'로 설명. '칼표'는 당시의 담배의 상품명이다. 김
　　옥희에 따르면, 이상은 칼표 껍질에 그려져 있는 도안을 잘 옮겨 그렸다고 한다. '딱지'라는 말
　　은 우표, 증지, 상표 따위처럼 그림이나 글을 써넣어 어떤 표로 쓰는 종잇조각'을 뜻한다. 이상은
　　'굴딱지', '게딱지', '우표딱지'라는 어휘들을 썼는데, 궐련딱지도 여기에 속한다. 그러므로 칼표
　　딱지는 칼표(담배)딱지를 뜻한다.
755 벨너들은 : 전집(1·2·3)은 '별러 들은'으로 수정. '별러'의 기본형은 '벼르다'로 '어떤 비율에 따
　　라 여러 몫으로 고르게 나누다'는 의미.
756 안력 : 眼力. 물체의 존재나 형상을 인식하는 눈의 능력.

를위하야 요만한정도를 꾸준히직히는것같아 늘 내방이[757] 감사하였고 나는또 이런방을위하야 이세상에 태어난것만같아서 즐거웠다.

그러나 이것은 행복이라든가 불행이라든가 하는것을 게산하는것은 아니었다. 말하자면 나는 내가행복되다고도 생각할필요가없었고 그렇다고 불행하다고도 생각할필요가없었다. 그냥그날그날을 그저 까닭없이 펀둥펀둥 게을느고만있으면 만사는 그만이였든것이다.

내몸과마음에 옷처럼 잘맞는 방속에서 딩굴면서 축처저있는것은 행복이니 불행이니하는 그런세속적인 게산을떠난 가장 편리하고 안일한 말하자면 절대적인상태인것이다. 나는 이런상태가 좋았다.

이 절대적인 내방은 대문ㅅ간에서 세어서 똑— 일곱째칸이다. 럭키쎄분의뜻이없지않다. 나는 이 일곱이라는숫자를 훈장처럼 사랑하였다. 이런이방 이가운데장지로말미암아 두칸으로 난호여있었다는 그것이 내운명의상증[758]이였든것을 누가알랴?

아랫방은 그래도 해가든다. 아츰결에 책보만한해가들었다가 오후에 손수건만해지면서 나가버린다. 해가영영들지안는 우ㅅ방이 즉 내방인것은말할것도 없다. 이렇게 볏드는방이 안행해[759]이오 볏안드는방이내방이오 하고 안해와나 둘중에누가정했는지 나는 기억하지못한다. 그러나 나에게는 불평이없다.

안해가 외출만하면 나는 얼는 아래ㅅ방으로와서 그동쪽으로난들창을열어놓고 열어놓면 드려비치는볏살이안해의 화장대를비처 가지각색 병들이 아롱이지면서 찬란하게 빛나고 이렇게 빛나는것을 보는것은 다시없는 내오락이다. 나

---

757 내방이 : 전집(2)는 '내방에'의 오식으로 보고 있지만, 그대로도 의미 소통에 지장이 없다.
758 상증 : 상징.
759 안행해 : 전집(1)은 '안해방'으로 고쳤는데, 그것은 뒤의 '내방'과 대비하기 위해서이다. '안해해'의 오식으로 보이며, '해'는 '것'이라는 의미로 그냥 옮겨도 무방하다.

는 조꼬만「돋뵈기」를끄내갖이고 안해만이 사용하는 지리가미[760]를 끄실너 가면서 불작난을하고논다. 평행광선을굴절식혀서 한초점에뫃아갖이고고 초점이 따끈따끈해지다가 마즈막에는 조히를끄실느기 시작하고 가느다란 연기를내이면서 드디어 구녕을 뚤어놓는데까지에니르는 고 얼마안되는동안의 초조한맛이 죽고싶을만치 내게는 재미있었다.

이작난이 실증이나면 나는 또 안해의 손잽이거울을갖이고 여러가지로논다. 거울이란 제얼골을비칠때만 실용품이다. 그외의경우에는 도모지 작난감인것이다.

이작난도 곳 실증이난다. 나의 유희심은 육체적인데서정신적인데로 비약한다. 나는 거울을내던지고 안해의 화장대앞으로 가까이가서 나란히 늘어놓인 고 가지각색의화장품병들을 드려다본다. 고것들은 세상의무엇보다도매력적이다. 나는 그중의하나만을골라서 가만히 마개를빼고 병ㅅ구녕을 내코에갖어다대이고 숨죽이듯이 가벼운호흡을하야본다. 이국적인 쎈슈알[761]한향기가 폐로숨여들면 나는 제절로 스르르 감기는 내눈을느낀다. 확실히 안해의체臭의 파편이다 나는 도로병마개를막고 생각해본다. 안해의 어느부분에서 요 내음새가났든가를 … 그러나 그것은 분명치않다. 왜? 안해의체취는 요기늘어섰는 가지각색향기의 합게일것이니까.

안해의방은 늘 화려하였다. 내방이 벽에 못한개교치지않은[762] 소박한것인반대로 안해방에는천정밑으로 쫙 돌려 못이박히고 못마다 화려한 안해의 치마와 저고리가 걸렸다. 여러가지 문의가[763] 보기좋다. 나는 그 여러조각의치마에서

---

760 지리가미(ちりがみ) : 휴지.
761 쎈슈알(sensual) : 관능적인, 육감적인, 음탕한.
762 못한개교치지않은 : '못 한 개 꼬치지 않은'의 오식으로 보임. 전집(1·2·3)은 '못 한 개 꽂히지 않은'으로 수정.
763 문의가 : 무늬가.

늘 안해의 胴체[764]와 그동체가될수있는 여러가지포―스를 연상하고 연상하면서 내마음은 늘 점잖지못하다.

그렇것만 나에게는 옷이없었다. 안해는 내게는 옷을주지않았다 입고있는 콜텐[765]양복한벌이 내자리옷[766]이였고통상복과나드리옷을 겸한것이었다. 그리고 하이넥크[767]의쎄―타[768]가 한조각 사철을통한 내 내의다 그것들은 하나같이 다빛이검ㅅ다. 그것은 내 짐작같아서는 즉 빨내를될수있는데까지 하지않아도 보기싫지않도록 하기위한것이아닌가 한다. 나는 허리와 두가랭이 세군데 다― 꼬무밴드가끼워있는 부드러운 사루마다[769]를입ㅅ고 그리고아모소리없이 잘 놀았다.

어느듯 손수건만 해졌든볏이나갔는데 안해는 외출에서 도라오지않는다. 나는 요만일에도 좀 피곤하였고또안해가도 라오기전에 내방으로 가있어야될것을생각하고 그만 내방으로 건너간다. 내방은침침하다. 나는이불을뒤집어쓰고 낮잠을잔다. 한번도 걷은일이없는 내이부자리는 내 몸동이의일부분처럼 내게는 참 반갑ㅅ다. 잠은 잘오 적도있다.[770] 그러나 또 전신이까칫까칫하면서 영잠이오지 않는적도있다. 그런때는 아모제목으로나 제목을 하나 골라서 연구하였다. 나는 내 좀 축축한이불속에서 참 여러가지 발명도하였고 논문도많이썼다. 시도많이지었다. 그러나 그 것들은 내가잠이드는 것과동시에 내방에 담겨서철철넘치는 그 흐늑흐늑한공기에 다― 비누처럼풀어저서 온데간데가없고 한잠 자고 깨인 나는속이 무명헌겁이나메물껍질[771]로 떵떵찬 한덩어리벼개와도같

---

764 胴체 : 胴體. 사람이나 동물의 몸에서, 목·팔·다리·날개·꼬리 따위를 제외한 가운데 부분.

765 콜텐 : corded velveteen. 무명실로 골이 지게 첨모직(添毛織)으로 짠 직물.

766 자리옷 : 잠잘 때 입는 옷.

767 하이넥크(high-necked) : 목까지 높이 올라온 옷깃, 또는 그런 옷.

768 쎄―타(sweater) : 편물로 된 상의(上衣)의 총칭.

769 사루마다(さるまた) : 팬츠.

770 잘오 적도 있다 : 중간에 한 글자 누락된 듯 보인다. 전집(1·2·3)은 '잘 오는 적도 있다'로 수정.

771 메물껍질 : 메밀껍질.

은 한벌 神經 었을뿐이고[772]뿐이고하였다.

그리기에[773] 나는 빈대가 무었보다도싫였다. 그렇나 내방에서는 겨울에도 몇 마리식의빈대가 끊 지않고나왔다 내게 근심이있었다면 오즉 이 빈대를미워하는 근심일것이다. 나는 빈대에게물녀서 가려운자리를 피가나도록긁었다. 쓰라리다. 그것은 그윽한쾌감에틀님없었다 나는 혼곤히 잠이든다.

나는 그러나 그런 이불속의 사색생활에서도 적극적인것을궁리하는법이없다. 내게는 그럴필요가대체없었다. 만일 내가 그런 좀 적극적인것을궁리해내었을 경우에 나는 반듯이 내안해와의논하야야할것이고 그러면 반듯이 나는 안해에게 꾸즈람을 들을것이고 — 나는 꾸즈람이 무서웠다는이보다도 성가셨다. 내가 제법한사람의사회인의 자격으로일을해보는것도, 안해에게 사살[774]들는것도

나는 가장게을는 동물처럼게을는것이 좋았다. 될수만있으면 이 무의미한인간의탈을 버서버리고도싶었다.

나에게는 인간사회가 스스로웠다.[775] 생활이스스로웠다. 모도가서먹서먹할 뿐이었다.

안해는 하로에두번세수를한다. 나는 하로한번도 세수를하지않는다. 나는 밤ㅅ중 세시나네시해서 변소에갔다 달이밝은밤에는 한참식 마당에 우둑허니 섰다가들어오곤한다. 그렇니까 나는 이 十八가구의 아모와도 얼골이마조치이는일이 거이 없다. 그렇면서도 나는 이 十八가구의 젊은녀인에얼골들을 거반다 기억하고 있었다, 그들은 하나같이 내안해 만못하였다.

열한시쯤해서하는 안해의첫번세수는 좀간단하다. 그러나 저녁일곱시쯤해서 하는 두번째세수는 손이많이간다. 안해는 낮에보다도 밤에 더 좋고깨끗한옷을

---

772 神經 었을뿐이고 : 중간에 한 글자 누락된 듯 보인다. 전집(1·2·3)은 '神經이었을 뿐이고'로 수정.
773 그리기에 : 전집(1)은 '그러기에'로 수정.
774 사살 : 사설(辭說). 늘어놓는 말이나 이야기.
775 스스로웠다 : 기본형, 스스럽다. 수줍고 부끄러운 느낌이 있다.

입는다. 그리고 낮에도외출하고 밤에도외출하였다.

안해에게 직업이있었든가? 나는 안해의직업이 무었인지알수없다. 만일 안해에게 직업이없었다면 같이직업이없는나처럼 외출할필요가 생기지않을것인데 ― 안해는외출한다. 외출할뿐만아니라 래객이많다. 안해에게 래객이 많은 날은 나는 왼종일내방에서 이불을쓰고 누어있어야만된다. 불작난도못한다. 화장품내음새도못맡는다. 그런날은 나는 의식적으로 우울해하였다. 그렇면 안해는 나에게 돈을준다. 오십전짜리은화다. 나는 그것이좋았다. 그러나 그것을 무엇에 써야 옳을지몰라서 늘 머리맡에 던저두고두고 한것이 어느결에뫃여서 꽤 많아졌다. 어느날 이것을본안해는 금고처럼생긴벙어리[776]를 사다준다. 나는 한푼식 한푼식 고속에넣고 열쇠는 안해가갖어갔다. 그후에도 나는 더러 은화를 그벙어리에 넣은것을기억한다. 그리고 나는 게을렀다. 얼마후 안해의머리쪽에 보지못하든 누깔잠[777]이하나 여드름처럼돋았든것은 바로 그 금고형벙어리의 무게가 가벼워졌다는 증거일까. 그러나 나는 드디어 머리맡에놓였든 그 벙어리에손을 대이지않고 말았다. 내게을름은 그런것에 내 주의를환기식히기도 싫었다.

안해에게 래객이있는날은 이불속으로 암만 깊이들어가도 비오는날만큼 잠이 잘오지는[778]안았다. 나는 그런때 안해에게는 왜 늘 돈이있나 왜돈이많은가를 연구했다

래객들은 장지 저쪽에 내가있는것은[779] 몰으나보다, 내안해와 나도 좀 하기 어려운 롱을[780] 아조서슴ㅅ지않고쉽ㅅ게해던지는 것이다. 그러나 내안해를가운데 서너사람의래객들은 늘비교적점잖았다고 볼수있는것이 자정이 좀 지나

---

776 벙어리 : 도기로 만든 저금통.
777 누깔잠 : 누깔은 '눈깔'의 비속어이며, 잠은 비녀를 뜻한다. 누깔비녀를 뜻함.
778 잘오지는 : 전집(1)은 '잘 오지'로 한 글자 누락.
779 것은 : 전집(1)은 '것을'로 수정.
780 롱을 : 弄을, 농담을, 또는 희롱을.

면 의례히 도라들갔다. 그들가운데는 픽 교양이옅은자도 있는듯싶었는데 그런
자는 보통 음식을사다먹고논다. 그래서 보충을하고 대체로 무사하였다.

나는 위선 내안해의직업이무었인가를 연구하기에착수하였으나 좁은시야와
부족한지식으로는 이것을 알아 내이기힘이든다. 나는 끝끝내 내안해의직업이
무엇인가를모르고 말야나보다.

안해는 늘 진솔보선[781]만 신었다. 안해는 밥도 지었다 안해가 밥짓는것을 나
는 한번도 구경한일은없으나 언제든지 끼니때면 내방으로 내조석밥을 날라다
주는것이다. 우리집에는 나와내안해외에 다른사람은아모도없다. 이밥은 분명
히 안해가 손수 지었음에틀님없다.

그러나 안해는 한번도 나를 자기방으로부른일이없다 나는 늘 웃ㅅ방에서 나
혼자서 밥을먹ㅅ고 잠을잦다. 밥은 너무 맛이없었다. 반찬이 너무 엉성하였다.
나는 닭이나강아지처럼 말없이 주는 모이를 넙적넙적 바다먹기는했으나 내심
야속하게생각한적도 더러 없지않다 나는 안색이 여지없이 창백해가면서 말러
드러갔다. 나날이 눈에보이듯이 기운이줄어들었다. 영양부족 으로하야 몸둥이
곳곳이 뼈가 불숙불숙 내어밀었다. 하룻밤 사이에도 수십차를돌처눕지않고는
여기저기가백여서나는 백여내일수가없었다.

그렇기때문에 나는 내이불속에서 안해가 늘 흔히쓸수있는 저 돈의출처를 탐
색해보는일변 장지틈[782]으로새어나오는 아래ㅅ방의 음식은무었일까를 간단히
연구하였다. 나는 잠이 잘 안왔다.

깨달았다. 안해가쓰는돈은 그 내게는 다만 실없은사람들로밖에보이지않는
까닭모를래객들이 놓고 가는것에 틀님없으리라는 것을나는깨달았다 그러나왜
그들래객은돈을 놓고가나 왜내안해는 그돈을바다야되나 하는 禮儀 관념이 내

---

781 진솔보선 : 지어서 한 번도 빨지 않은 새 버선.
782 장지틈 : 방과 방 사이, 또는 방과 마루 사이에 칸을 막아 끼운 문틈.

게는 도모지 알수없는것이었다.

그것은 그저 禮儀에지나지않는것일까. 그렇지안으면혹 무슨 代가[783]일까 보수일까. 내안해가 그들의눈에는 동정을받어야만할 한 가엾은 인물로 보였든가.

이런것들을생각하노라면 의례히 내머리는 그냥 혼란하야버리고버리고하였다. 잠들기전에획득했다는결논이 오즉 불쾌하다 는것뿐이였으면서도 나는 그런것을 안해에게 물어보거나할일[784]이 참 한번도없다. 그것은 대체귀찮기도하려니와 한잠자고 일어나는나는 사뭇 딴사람처럼 이것도저것도 다 깨끗이 잊어버리고그만두는 까닭이다.

래객들이돌아가고, 혹 밤외출에서도라오고 하면 안해는 경편한[785]것으로 옷을바꾸어입고 내방으로 나를 찾아온다. 그리고 이불을들치고 내귀에는 영 생동생동한 몇마디말로 나를위로하려든다. 나는 嘲소도苦소도哄笑도아닌 우숨을 얼골에띠우고 안해의아름다운얼굴을처다본다 안해는 방그레웃는다. 그러나 그얼굴에떠도는 일말의 애수를나는놓지지안는다.

안해는 능히 내가 배곺아하는것을 눈치채일것이다. 그러나 아래ㅅ방에서 먹고남은음식을 나에게주러 들지는않는다. 그것은 어디까지든지 나를 존경하는 마음일것임에틀님없다. 나는 배가곺으면서도 저윽이 마음이든든한것을 좋아했다. 안해가 무었이라고 지꺼리고갔는지귀에남아있을리가없다. 다만 내머리맡에 안해가놓고 간은화가 전등ㅅ불에 흐릿하게 빛나고있을뿐이다.

고 금고형[786]벙어리ㅅ속에 고 은화가 얼마큼이나뫃였을까. 나는 그러나 그것을 처들어보지않았다. 그저 아모런 의욕도기원도없이 그 단초구녕처럼생긴 틈사구니로은화를 드려트려둘뿐이었다.

---

783 代가 : 代價. 어떤 일을 함으로써 생기는 희생이나 손해, 또는 그것으로 하여 얻어진 결과. 보상.

784 할일 : 전집(1)에서는 '한 일'로 수정하였으나 그대로 두는 것도 의미소통에 문제가 없다.

785 경편한 : 輕便한. 가볍고 편하거나 손쉽고 편리한.

786 금고형 : 원문은 '금고평'으로 오식. 전집(1·2·3)은 '금고형'으로 수정.

왜 안해의래객들이 안해에게 돈을놓고 가나 하는것이 풀수없는의문인것같이 왜안해는 나에게 돈을놓고가나 하는것도 역시 나에게는 똑같이풀수없는 의문이었다. 내 비록 안해가내게돈을놓고가는것이 싫지않았다하드라도 그것은 다만 고것이내손까락에 닫는순간에서부터 고 벙어리주둥이에서 자최를감초기까지의 하잘ㅅ것없는 짧은촉각이좋았달뿐이지 그이상아모기쁨도 없다

어느날 나는 고 벙어리를 변소에갖다 넣어버렸다그때 벙어리속에는 몇푼이나 되는지는 몰겠으나 고 은화들이 꽤들어있었다.

나는 내가 지구우에살며 내가 이렇게 살고있는지구가 질풍신뢰[787]의속력으로 광대무변[788]의공간을달니고 있다는것을생각했을때 참허망하였다. 나는 이렇게 부즈런한지구우에서는 현기증도날ㅅ것같고해서 한시바삐 나려버리고싶었다.

이불속에서 이런생각을하고 난뒤에는 나는 고 은화를 고 벙어리에 넣고넣고 하는것조차가 귀찮아졌다. 나는 안해가 손수벙어리를사용하였으면하고 희망하였다. 벙어리도 돈도 사실에는 안해에게만필요한 것이지 내게는 애초부터 의미가전연없는것이었으니까 될수만있으면 그 벙어리를안해는 안해방으로갖어갔으면하고 기다렸다. 그러나 안해는 갖어가지않는다. 나는내 안해방으로[789] 갖어다둘까하고 생각하야보았으나 그즈음에는 안해의래객이원체많아서 내가 안해방에 볼 기회가도모지없었다. 그래서 나는 하는수없이 변소에갖다집어넣어버리고만것이다.

나는 서글픈마음으로 안해의 꾸즈람을 기다렸다. 그러나 안해는 끝내 아모말도 나에게 묻지도하지도않았다. 않았을뿐아니라 여전히 돈은돈대로 내머리맡에놓고가지않나? 내머리맡에는 어느듯 은화가 꽤 많이 뫃였다.

---

787 질풍신뢰 : 疾風迅雷. 심한 바람과 번개라는 뜻으로, 빠르고 심하게 변하는 상태를 이르는 말.
788 광대무변 : 廣大無邊. 넓고 커서 끝이 없음.
789 나는내 안해방으로 : 전집(1)은 '나는 내가 안해 방으로'로 오식.

래객이 안해에게돈을놓고 가는것이나 안해가 내게돈을놓고가는것이나 일종의 쾌감 — 그외의다른 아모런리유도없는것이[790]아닐까 하는것을 나는 또 이 불속에서 연구하기시작하였다. 쾌감이라면 어떤종류의 쾌감일까를 계속하야 연구하였다. 그러나 그것은 이불속의연구로는알ㅅ길이없었다. 쾌감 쾌감, 하고 나는 뜻밖에도 이문제에대해서만 흥미를 느꼈다.

안해는 물논 나를 늘 감금하야두다싶이하야왔다. 내게 불평이있을리없다. 그런중에도 나는 그 쾌감이라는것의유무를 체험하고싶었다.

나는 안해의 밤외출틈을타서 밖으로나왔다. 나는 거리에서 잊어버리지않고 가지고나온 은화를 지폐로바꾼다 五원이나된다. 그것을 주머니에넣고 나는 목적을잃어버리기위하야 얼마든지거리를쏘단였다. 오래간만에보는거리는 거의 경이에가까울만치 내신경을흥분식히지않고는마지않았다. 나는 금시에 피곤하야버렸다. 그러나 나는참았다 그리고 밤이 이슥하도록 까닭을 잊어버린채 이거리저거리로 지향없이헤매였다. 돈은 물논 한푼도쓰지않았다. 돈을 쓸 아모 염두[791] 도 나스지않았다. 나는 벌서돈을쓰는 기능을 완전히 상실한것같았다.

나는 과연 피로를 이이상견데기가 어려웠다. 나는가까수로 내집을찾었다. 나는내방으로가려면 안해방을통과하지아니하면안될것을알고 안해에 래 객이있나없나를걱정하면서 미다지앞에서 좀 거북ㅅ살스럽게기침을한번했드니 이것은 참 또 너무 암상스럽게[792] 미다지가열니면서 안해의얼골과 그등뒤에 낫설은남자의얼골이 이쪽을 내다보는것이다. 나는 별안간 내어쏟아지는 불빛에눈이부셔서 좀 머뭇머뭇했다.

---

790   리유도없는것이 : 원문은 '리유도는없것이'로 중간 두 글자가 도치됨.

791   염두 : 念頭. 생각의 시초, 생각의 머리. 전집(1·2·3)은 '염두(감히 무엇을 하려는 마음)'로 수정. 전자는 주로 '염두에 두다'로 쓰이지만, 그래도 두어도 무방할 듯.

792   암상스럽게 : 기본형, 암상스럽다. 보기에 남을 시기하고 샘을 잘 내는 데가 있다.

나는 안해의눈초리를 못본것은아니다. 그렇나 나는모른체하는수밖에없었다. 왜? 나는 어쨋든 안해의방을통과하지아니하면 안되니까 ………

나는 이불을두집어썼다. 무었보다도 다리가앞아서 견델수가없었다. 이불속에서는 가슴이 울넝거리면서 암만해도 까무라칠것만같았다. 걸을때는몰랐드니 숨이차다. 등에식은땀이 쭉 내배인다. 나는 외출한것을 후회하였다 이런 피로를잊고 어서 잠이들었으면좋았다. 한잠 잘 — 자고싶었다.

얼마동안이나 비스듬이엎드려있었드니 차츰차츰 뚝딱거리는 가슴 동기[793]가가라앉는다. 그만해도위선 살것같았다. 나는 몸을돌처반듯이 천정을향하야 눕고 쭉 — 다리를뻗었다.

그렇나 나는 또다시 가슴의동기를피할수 없게되었다 아래ㅅ방에서 안해와 그남자의 내귀에도들니지안을 만치열은 목소리로 소근거리는 기척이 장지틈으로 전하야왔든것이다. 청각을 더 예민하게하기위하야 나는 눈을떳다. 그리고 숨을죽였다 그러나 그때는 벌서 안해와남자는 앉었든자리를 툭툭털며 이러섰고 이러스면서 옷과모자쓰는 기척이하는[794]듯하드니 니어 미다지가 열니고 구두뒤축ㅅ소리가나고 그리고 뜰에 나려스는소리가 쿵 하고나면서뒤를 딸으는 안해의 고무신소리가 두어발자국 찍 찍 나고 사뿐사뿐 나나하는사이에 두 람의 [795]발소리가 대문ㅅ간쪽으로 사라졌다.

나는 안해의 이런 태도를본일이없다. 안해는 어떤사람과도 결코 소군거리는 법이없다. 나는 웃방에서 이불을쓰고누었는 동안에도 혹 술이취해서 혀가잘 돌아가지않는 래객들의담화는 더러 놓지는수가 있어도 안해의 높지도 얕지도않은 말소리는 일즉이 한마디도 노처본일이없다. 더러 내귀에 거슬니는소리가있어도 나는그것이 태연한목소리로 내귀에 들녔다는리유로 충분히안심이되었다.

<hr>

그렇듯안해의 이런태도는 필시 그속에 여간하지않은 사정이 있는듯싶이생
각이되고 내마음은 좀 서운했으나 그렇나 그보다도 나는 좀 너무 피곤해서 오
늘만은이불속에서 아모것도 연구치않기로 굳게결심하고 잠을기다렸다. 잠은
좀처럼 오지안았다. 대문ㅅ간에나 간안해도[796] 좀처럼 들어오지 않았다. 그러
는동안에 흐지부지나는 잠이들어버렸다. 꿈이얼쑹덜쑹 종을잡을수없는 거리
의풍경을 여전히 헤맸다.

나는 몹이 흔들녔다. 래객을보내고드러온 안해가 잠든나를 잡아흔드는것이
다. 나는눈 번쩍뜨고 안해의얼골을 처다보았다. 안해의 얼골에는우슴이 없다.
나는[797] 좀눈을부비고 안해의얼골을 자세히 보았다. 노기가 눈초리에떠서 얇은
입술이 바르르 떨닌다. 좀처럼 이 노기가 풀니기는 어려울것같았다. 나는 그대
로 눈을감아버렸다 벼락이나리기를기다린 것이다. 그러나 쌔근 하는숨ㅅ소리
가나면서 푸시시 안해의 치맛자락소리가나고 장지가여다치며 안해는 안해방
으로도라갔다. 나는 다시몸을돌처이불을두집어쓰고는 개구리처럼 업드리고,
업드려서 배가곺은 가운데에도 오늘밤의 외출을 또한번후회하였다

나는 이불속에서 안해에게 사죄하였다. 그것은 네오해라고 ………
나는 사실 밤이 퍽이나 이슥한줄만 알았든것이다. 그것이 네말맛다나 자정전
인줄은 나는 정말이지 꿈에도 몰랐다. 나는 너무 피곤하였었다. 오래간만에 나
는 너무 많이걸은것이 잘못이다. 내잘못이 라면 잘못은그것밖에는[798] 없다. 외
출은 왜 하였드냐고?
나는 그 머리맡에제절로뭉인 五원ㅅ돈을 아모에게라도좋으니 주어보고싶었
든것이다. 그뿐이다. 그렇나 그것도 내잘못이라면 나는 그렇게 알겠다. 나는후

796　대문 … 안해도 : 대문간에 나간 안해도.
797　없다. 나는 : 원문은 '없다나. 는'으로 오식.
798　밖에는 : 전집(1)은 '밖에'로 한 글자 누락.

회하고있지않나?

내가 그 五원ㅅ돈을 써버릴ㅅ수가있었든들 나는 자정안에 집에도라올수없었을것이다. 그러나 거리는 너무 복잡하였고 사람은 너무도 들끓었다. 나는 어느사람을 붓들고 그 五원돈을 내어주어야 할지갈피를잡을수가없었다. 그러는동안에 나는 여지없이 피곤해버리고말았든것이다.

나는무엇보다도 좀 쉬고싶었다. 눕고싶었다. 그래서나는 하는수없이 집으로 도라온것이다. 내짐작같아서는 밤이 어지간히 늦은줄만알았는데 그것이 불행히도 자정전이었다는것은 참안된일이다. 미안한일이다. 나는 얼마든지 사죄하야도좋다 그러나 종시안해의오해를풀지못하였다하면 내가 이렇게까지사죄하는보람은 그럼 어디있나? 한심하였다.

한시간동안을 나는 이렇게 초조하게 굴지않으면 않되였다. 나는 이불을 획 제처버리고 이러나서 장지를열고 안해방으로비철비철 달녀갔든것이다. 내게는 거의 의식이라는것이없었다. 나는 안해 이불우에없드러지면서 바지포켙속에서 그 돈 五원을끄내안해손에 쥐어준것을 간신히 기억할뿐이다.

잇흔날 잠이깨였을때 나는 내안해방 안해이불속에있었다. 이것이 이 三十三번지에서 살기시작 한이래 내가 안해방에서 잔맨처음이였다.

해가들창에 훨신높았는데[799] 안해는임이 외출하고 벌서내곁에 있지는않다. 아니! 안해는 엇저녁 내가 의식을 잃은동안에 외출한것인지도모른다. 그러나 나는 그런것을 조사하고 싶지않았다. 다만 전신이 찌뿌두둑한것이 손구락하나 꼼짝할 힘조차없었다. 책보보다 좀 적은면적의 볓이 눈이부시다. 그속에서 수없는몬지가 흡사 미생물처럼 란무한다. 코가 칵 맥히는것같다. 나는 다시 눈을감고 이불을 푹뒤집어쓰고 낮잠을 자기에 착수하였다 그렇나 코를스치는안해의채臭는 꽤 조발적[800] 이었다. 나는몸을 여러번여러번비비 꼬면서 안해의화

---

799 높았는데 : 원문은 '늪았는데'로 오식.
800 조발적 : '挑發的'을 잘못읽은 듯. 전집(3)은 후자, 즉 '도발적'으로 수정.

장대에늘어슨 고가지각색화장품병들과 고 병들이[801] 마개를 뽑았을때풍기든 내음새를 더듬느라고 좀처럼잠은들지안는것을 나는어찌하는수도 없었다.

견디다못하야 나는 그만 이불을거더차고 벌떡 이러나서 내방으로갔다. 내방 에는 다식어빠진 내 끼니가가즈런히 놓여있는것이다. 안해는 내모이를 여기다 주고나간것이다. 나는 위선 배가곫았다. 한수깔을 입에 떠넣었을때 그 촉감은 참 너무도 냉회[802] 와같이 써늘하였다. 나는 수깔을 놓고 내이불속으로 드러갔 다. 하룻밤을 비어때린 내이부자리는 여전히 반갑게 나를 맞어준다. 나는 내이 불을뒤집어 쓰고 이번에는 참 늘어지게 한잠잤다. 잘 —

내가 잠을깨인것은 전등이 켜진뒤다. 그러나 안해는아직도도라오지안았나 보다. 아니!들어왔다 또 나갔는지도 알수없다. 그러나 그런것을 삼고[803] 하야 무 엇하나?

정신이 한결 난다. 나는 지난밤일을생각해보았다. 그돈 五원을 안해손에쥐 어주고너머젔을때에느낄수있었든쾌감을 나는 무었이라고 설명할수가 없었다. 그렇나[804] 래객들이 내안해에게 돈 놓고가는심치며[805] 내안해가 내게 돈 놓고 가는심리의 비밀을 나는 알아내인것같아서 여간 즐거운것이아니다. 나는 속으 로 빙그레 웃어보았다 이런것을모르고 오늘까지지내온 내자신이 어떻게 우수 꽝스러워보이는지 몰랐다. 나는 억개춤이 났다.

따라서 나는 또 오늘밤에도 외출하고싶었다. 그러나 돈이없다. 나는 엇저녁 에 그 돈 五원을 한꺼번에 안해에게 주어버린것을 후회하였다. 또 고 벙어리를

---

801 병들이 : 전집(1)은 '병들의'로 수정하여 문법적 관계를 분명히 했다.

802 냉회 : 冷灰(불기운이 전혀 없는 차가워진 재), 또는 冷膾(차가운 회).

803 삼고 : 전집(1)은 '상고(詳考 : 자세히 생각하다, 또는 相考 : 서로 견주어 고찰함)'로 오식. '삼고 하여'는 '재삼 생각해서'라는 뜻이다.

804 그렇나 : 전집(1)은 '그러니'로 오식. 현대체로 바꾸면 '그러나'가 된다.

805 심치며 : '심리며'의 오식인 듯. 전집(1·2·3)은 '심리며'로 수정.

변소에갖다 처넣어버린[806] 것도 후회하였다. 나는 실없이 실망하면서 습관처럼 그 돈 五원이들어있든 내 바지포켙에손을넣어한번휘둘러보았다. 뜻밖에도 내 손에쥐어지는것이있었다. 二원밖에없다. 그러나 많아야맞은[807] 아니다. 얼마간 이고 있으면된다. 나는 그만한것이 여간 고마운것이 아니였다.

나는 기운을 얻었다. 나는 그 단벌다떨어진콜텐양복을걸치고 배곬은것도 주 제사나운것도 다 잊어버리고활개짓을하면서 또 거리로 나섰다. 나스면서 나는 제발 시간이 화살닫듯해서 자정이어서 홱지나버렸으면 하고 조바심을태웠다. 안해에게 돈을주고안해방에서 자보는것은 어디까지든지 좋았지만 만일 잘못 해서 자정전에집에들어갔다가 안해의 눈총을맞는것은 그것은 여간 무서운일 이아니었다. 나는 저므도록 길가 시게를 드려다보고 드려다보고하면서 또 지향 없이 거리를방황하였다 그러나 이날은 좀처럼 피곤하지는않았다. 다만 시간이 좀너무 더디게가는것만같아서 안타까웠다.

경성역시게가 확실히 자정이지난것을본뒤에 나는 집을향하였다. 그날은 그 일각대문[808]에서 안해와 안해의남자가 이야기하고섯는것을 맞났다. 나는 모른 체하고 두사람곁을지나서 내방으로 들어갔다. 뒤니어 안해도 들어왔다. 와서 는 이밤중에 평생안하든 쓰게질[809]을하는것이다. 조곰있다가 안해가 눕는기 척을였듣자마자 나는 또 장지를 열고 안해방으로가서 그 돈 二원을 안해손에 덥석쥐어주고 그리고 ― 하여간 그 二원을 오늘밤에도 쓰지않고 도로 갖어온것 이 참 이상하다는듯이 안해는 내얼골을 몇번이고였보고 ― 안해는 드디어 아모 말도없이 나를 자기방에 재워주었다. 나는 이 기쁨을 세상의무었과도 바꾸고싶 지는않았다. 나는 편이 잘 잣다.

---

806 처넣어버린 : 원문은 '처넣어버란'으로 오식.
807 맞은 : 맞은. 전집(1·2·3)은 후자로 수정.
808 일각대문 : 대문간이 따로 없이 양쪽에 기둥을 하나씩 세워서 문짝을 단 대문.
809 쓰게질 : 쓰레질. 비로 쓸어 집안을 청소하는 일.

잇흔날도 내가 잠이깨었을때는 안해는 보이지않았다 나는 또 내방으로가서 피곤한몸이 낮잠을잣다.

내가 안해에게흔들녀깨였을때는 역시불이들어온뒤였다 안해는 자기방으로 나를 오라는것이다 이런일은 또처음이다. 안해는 끊임없이 얼골에미소를띠우고 내팔을이끄는 것이다. 나는 이런 안해의태도리면에 엔간치않은음모가숨어 있지나 않은가하고 저윽히 불안을느끼지않을수없었다.

나는 안해의하자는대로 안해방으로 끌녀갔다. 안해방에는 저녁밥상이 조촐하게차려저있는것이다. 생각하야보면 나는 잇흘을굶었다. 나는 지금 배 곺은 것까지도 깅가망가[810] 잊어버리고 어름어름하든[811] 차다.

나는 생각하였다. 이 최후의만찬을먹고 나자마자 벼락이나려도 나는 차라리 후회하지않을것을 사실 나는인간세상이 너무나 심심해서 못견디겠든차다. 모든일이성가시고귀찮았으나 그러나 불의의재난이라는것은 즐겁움다.

나는 마음을 턱 놓고 조용히 안해와 마조 이 해괴한저녁밥을먹었다. 우리부부는 이야기하는법이없었다. 밥을먹은뒤에도 나는 말이없이 그냥 부시시이러나서내방으로 건너가버렸다 안해는 나를 붓잡지않았다. 나는 벽에 기대어앉어서 담배를한대피어물고 그리고 벼락이떨어질테거든 어서 떨어저라하고기다렸다.

오분! 십분! ―

그러나 벼락은 나리지않았다. 긴장이 차츰늘어지기시작한다. 나는 어느듯 오늘밤에도 외출할것을생각하고있었다.[812] 돈이있었으면하고 생각하고있었다.

그러나 돈은 확실히 없다. 오늘은 외출하야도 나종에올 무슨기쁨이있나. 나는 앞이 그냥 앗득하였다. 나는 화가나서 이불을뒤집어쓰고 이리딩굴저리딩굴

---

810 깅가망가 : ‘깅가밍가’, 즉 ‘긴가민가’의 뜻.
811 어름어름하든 : 말이나 행동을 똑똑하게 분명히 하지 못하고 우물쭈물하던.
812 있었다 : 전집(1)은 누락.

굴렀다. 금시 먹은밥이 목으로 작구 치밀어올나온다. 메시꺼웠다.

하늘에서 얼마라도좋으니 왜 지폐가 소낙비처럼퍼붓지않나, 그것이 그저 한없이 야속하고 슱었다. 나는이렇게밖에 돈을 구하는 아모런방법도 알지는못했다. 나는 이불속에서 종 울었나보다. 돈이 왜 없냐면서 ……

그랬드니 안해가 또 내방에를왔다. 나는 깜짝놀라아마 인제서야 벼락이나리려나보다하고 숨을죽이고 둑거비모양으로 업데있었다. 그렇나 떨어진입을새어나오는안해의 말소리는 참 부드러웠다. 정다웠다. 안해는 내가 왜 우는지를 안다는것이다. 돈이없어서 그렇는게아니란다.[813] 나는실없이 깜짝 놀랬다. 어떻게 저렇게 사람의속을 환-하게 드려다보는구 해서 나는 한편으로 슬그머니 겁도 않나는것은 아니였으나 저렇게말하는 것을보면 아마 내게 돈을줄생각이 있나보다, 만일 그렇다면오작히나[814] 좋은일일까. 나는 이불속에 뚤뚤말린채 고개도들지않고 안해의 다음거동을 기다리고있스니까, 엣소 ―하고 내머리맡에 내려뜨리는것은 그갭분한[815]음향으로보아지폐에 틀림없었다. 그리고 내귀에다대이고 오늘을낭어제보다도 좀 더늦게들어와도좋다고 속삭이는것이다 그것은 어렵지않다. 위선 그돈이 무엇보다도 고맙고 반가웠다.

어쨋든 나섰다. 나는 좀 夜盲증[816]이다. 그래서 될수있는대로 밝은거리로골라서 도라단이기로했다. 그리고는경성역[817] 일이등대합실한곁 티―룸―[818]에

---

813 아니란다 : 전집(1)은 '아니냔다'의 오식으로 봄. 내용 전개상 적합하게 보인다.

814 오작히나 : 오죽이나.

815 갭분한 : '가뿐한'의 방언. 가볍고 상쾌한.

816 夜盲증 : 망막에 있는 간상세포의 능력이 감퇴하여 밤에는 사물이 잘 보이지 아니하는 증상.

817 경성역 : 1925년 9월 남만주철도주식회사에서 붉은 벽돌의 르네상스식 건축물인 역사로 신축. 당시 건물로 규모도 상당하였지만 지붕의 돔과 독특한 외관으로 장안의 화재가 되었다. 건축 자재는 주로 붉은 벽돌을 사용하였으며, 1층 중앙홀은 바닥을 화강암으로 깔고 중벽(中壁)은 석재, 벽은 인조석을 붙혔다. 건물 내의 귀빈실 마루바닥은 모두 박달나무로 깔았고 역사의 2층 에는 양식당이 있었다. 광복 이후 서울역으로 개명.

818 티―룸(tearoom) : 다방, 찻집.

를들렀다. 그것은 내게는 큰 발견이었다. 거기는 위선아모도아는 사람이않온
다, 설사 왔다가도 곳들 가니까 좋다. 나는 날마다 여기와서 시간을보내리라 속
으로 색각하야[819]두었다.

제일 여기 시게가 어느 시게보다도 정확하리라는것이 좋았다. 섯불니 서투른
시게를보고 그것을믿고 시간전에 집이도라갔다가 큰코를다처서는않된다.

나는 한 뽁스[820]에 아모것도없는것과 마조앉어서 잘끌은커피를마셨다. 총총
한가운데 여객들은 그래도 한잔커피가 즐거운가보다. 얼른얼른 마시고 무얼 좀
생각하는것같이 담벼락도 좀 처다보고하다가 곳 나가버린다 서글다. 그러나 내
게는 이 서글은 분위기가 거리의티－룸－ 들의 그거추장스러운분위기보다는
절실하고 마음에들었다. 있다금 들니는 날카로운 혹은 우렁찬기적소리가 모－
찰트[821] 보다도 더가깝다. 나는 메뉴에적힌몇가지않되는 음식일홈을 치읽ㅅ고
내리읽ㅅ고 여러번 읽었다. 그것들은 아물아물한것이 어딘가 내 어렸을때동모
들일홈과 비슷한데가있었다.

거기서 얼마나 내가 오래 앉었는지정신이 오락가락하는중에 객이 슬몃이 뜸
－해지면서 이구석저구석 거더치우기 시작하는것을보면 아마 닫을시간이된모
양이다 열한시가 좀 지났구나 여기도 결코내 안주[822] 의곳은 아니구나, 어디가
서 자정을넘길가, 두루 걱정을하면서 나는 밖으로나섰다. 비가온다. 빗발이 제
법 굵은것이 우비도우산도없는나 고생을식힐작정이다. 그렀다고 이런괴이한
풍모를체리고 이 홀[823] －에서 어믈어믈하는수는없고 예이 비를맞이면맞었지
하고나는 그냥나서버렸다.

대단히 선선해서 견딜수가없다. 콜텐옷이 젔기시작하드니 나중에는 속속디

<hr>

819 색각하야 : '생각하야'의 오식.
820 뽁스(box) : 상자. 여기서는 '칸막이 한 좌석'의 의미.
821 모－찰트 : Wolfgang Amadeus Mozart(1756~1791) 오스트리아의 작곡가.
822 안주 : 安住. 편히 삶.
823 홀(hall) : 건물 안에 집회장, 오락장 따위로 쓰는 넓은 공간.

리 숨여들면서 처근거린다. 비를맞어가면서라도 견딜수있는데까지 거리를 돌아단여서시간을보내려하였으나 인제는 선선해서이이상은 더견딜수가없다. 오한이 작구 일어나면서 이가 딱 딱 맞부딋는다.

나는 거름을 재치면서 생각하였다. 오늘같은 궂은날도 안해에게 래객이있을나구. 없겠지 하는생각이드는것이다. 집으로가야겠다. 안해에게 불행히 래객이있거든내사정을하리라. 사정을하면 이렇게 비가오는것을눈으로보고 알아주겠지.

부리낳게 와보니까 그렇나 안해에게는래객이 있었다 나는 그만[824] 너무춥고 척척해서 얼떨ㅅ김에 녹[825] 하는것을잊었다. 그래서나는 보면 안해가 좀 덜 좋아할것을그만보았다. 나는 갑발자족[826]같은 발자족을내이면서 덤벙덤벙 안해 방을디디고 그리고 내방으로가서 쪽빠진옷을활활 버서버리고 이불을 뒤썼다. 덜덜덜덜 떨닌다. 오한이 점점 더심해들어온다. 여전 땅이 꺼저들어가는것만같았다 나는 그만 의식을잃어버리고말았다.

잀은날 내가 눈을떳슬때 안해는 내 머리맡에앉어서 제법 근심스러운얼골이다. 나는 감기가들었다. 여전히으시시춥고 또 골치가앞으고 입에군침이도는것이쓸쓸하면서 다리팔이 척늘어저서 노곤하다.

안해는 내머리를 쓱 집허보드니 약을먹어야지한다. 안해손이 이마에 선뜻한 것을보면 신열이 어지간한모양인데 약을먹는 다면 해열제를먹어야지 하고 속생각을하자니까 안해는 따뜻한물에 하얀정제약 네개를준다. 이것을먹고 한잠 푹─자고나면괜찮다는것이다. 나는널늠받아먹었다. 쌉싸름한 것이 짐작같아서는 아마아스필린[827]인가싶다. 나는 다시 이불을쓰고 단번에 그냥 죽은것처럼 잠이들어버렸다.

824　그만 : 전집(1)은 누락.

825　녹(knock) : 가볍게 문을 두드림.

826　갑발자족 : 갑발(匣鉢)은 도자기를 구울 때 담는 큰 그릇을, 자족은 어떤 물체에 다른 물건이 닿거나 하여 생긴 자리, 즉 자국을 의미. 전집(5)는 '갑발자족'의 오식으로 보고, '발감개를 하고 있는 것 같은 발자국'으로 설명하였는데, 일리가 있다.

827　아스필린(aspirin) : 아세틸살리실산의 상품명. 해열제·진통제·항류머티즘제로서 사용.

나는 코ㅅ물을 훌쩍훌쩍하면서 여러날을알았다. 알른동안에 끊이지않고 그 정제약을먹었다. 그렇는동안에감기도 나았다. 그러나 입맛은 여전히 소태처럼 썼다.

나는 차츰 또 외출하고싶은생각이났다. 그러나 안해는 나다려 외출하지말라고일르는것이다. 이 약을날마다 먹고 그리고 가만히 누어있으라는 것이다. 공연히 외출을하다가 이렇게 감기가들어서 저를 고생을식히는게아니냔다. 그도 그렇다. 그럼외출을하지 않겠다고 맹서하고 그 약을연복하야[828] 몸을 좀 보해보리라고나는생각하였다. 나는 날마다 이불을 뒤집어쓰고 밤이나낮이나잣다. 유난스럽게 밤이나낮이나 졸녀서견딜수가없는것이다. 나는 이렇게잠이 작구만오는것은 내가 몸이 훨신튼튼해진증거라고 굳게 믿었다.

나는 아마 한달이나 이렇게 지냈나보다. 내 머리와 수염이 좀 너무 자라서 후틋해서 견딜수가없어서 내 거울을좀보리라고 안해가외출한틈을타서 나는 안해방으로가서 안해의화장대앞에 앉어보았다. 상당하다. 수염과머리가 참 산란였다.[829] 오늘은 리발을좀하리라생각하고 겸사겸사고 화장품병들마개를뽑고 이것저것 맡아보았다 한동안 잊어버렸든향기가운데서는 몸이 배 배 꼬일것같은 체臭가 전해나왔다. 나는 안해의일홈을 속으로만 한번 불러보았다. 「蓮心[830]이!」하고 ………

오래간만에 돋뵈기작난도하였다. 거울작난도하였다. 창에든 볏이 여간 따뜻한것이아니였다. 생각하면 五月이아니냐.

나는 커다랗게 기지게를 한번 펴보고[831]안해 벼개를내려비이고 벌떡 자빠저서는 이렇게도 편안하고 즐거운세월을 하느님께 흠씬 자랑하야주고싶었다. 나는 참세상의아모것과도 교섭을 갖이지않는다. 하느님도 아마나를 칭찬할수도

---

828 연복하야 : 練服하야. 약을 일정한 기간 동안 계속하여 복용하여.

829 산란 였다 : 누락된 자를 복구하면 '산란하였다'가 됨.

830 문종혁의 증언에 따르면, '蓮心'은 금홍의 본명이라 한다.

831 펴보고 : 전집(1)은 '켜보고'로 수정.

처벌할수도없는것같다.

　그러나 다음순간[832] 실로세상에도 이상스러운것이눈에띠웠다. 그것은 최면약 아달린갑[833]이였다. 나는 그것을 안해의화장대밑에서 발견하고 그것이흡사 아스피린처럼생겼다고 느꼈다. 나는 그것을 열어보았다. 똑네개가뷔였다.

　나는 오늘아츰에 네개의아스피린을먹은것을 기억하고있었다. 나는 잣다. 어제도 그제도 그끄제도 — 나는졸녀서 견딜수가없었다. 나는 감기가 다 나았는데도 안해는 내게아스피린을주었다. 내가 잠이든동안에 이웃에불이난일이 있다. 그때에도 나는 자느라고 몰났다. 이렇게 나는 잣다. 나는 아스피린으로알고 그럼 한달동안을두고 아달린을먹어온것이다. 이것은 좀 너무 심하다.

　별안간 아뜩하드니 하마트라면 나는 까므라칠번하였다. 나는 그아달린을 주머니에넣고 집을나섰다. 그리고 山을찾어올라갔다. 인간세상의아모것도 보기가싫였든것이다. 걸으면서 나는 아모쪼록 안해에관계되는일은 일체[834] 생각하지않도록 努力하였다. 길에서 까므라치기 쉬우니까다. 나는 어디라도 양지가바른 자리를하나골라서[835] 자리를잡아갖이고 서서히 안해에 관하야서연구할작정이였다. 나는 길ㅅ가에 돌창, 핀구경도[836] 못한진개나리꽃, 종달새, 돌멩이도색기를 까는이야기, 이런것만 생각하였다다행히 길가에서 나는 졸도하지않았다.

　거기는 뻰취가있었다. 나는 거기 정좌하고 그리고그아스피린과아달린에관하야 연구하였다. 그러나 머리가도모지 혼란하야 생각이 체게를이루지않는다. 단오분이못가서 나는 그만 귀찮은생각이 벗쩍 들면서 심술이났다. 나는 주머니에서갖이고온 아달린을끄내 남은여섯개[837] 한꺼번에 칠경질경[838] 씹어먹어버

832　그러나 다음순간 : 원문에는 '그러순나 다음간'으로 오식.

833　아달린갑 : 아달린(adalin)은 '최면제'의 상표명이다. 여기서는 '아로날갑'을 의미하는 것 같다. 아로날갑은 이 작품 서두의 삽화에 분해되어 그려져 있다.

834　일체 : 전집(1)은 누락.

835　골라서 : 전집(1)은 '골라'로 한 자 누락.

836　돌창, 핀구경도 : '돌창(도랑창)에 핀 구경도'의 뜻으로 보임.

837　여섯개 : 전집(1·2·3)은 모두 '여섯개를'로 수정.

838　칠경질경 : 전집(1·2·3)은 '질경질경'으로 수정.

렸다. 맛이 익살맞다. 그리고나서 나는 그 뻰취우에 가로 기다랗게누었다. 무슨생각으로 내가 그따위짓을 했나? 알ㅅ수가없다. 그저 그러고싶었다. 나는 게서 그냥 깊이 잠이들었다 잠ㅅ결에도 바위틈을흘으는 물ㅅ소리가 줄 줄 하고귀에 언제까지나어렴풋 들려왔다.

내가 잠을깨였을때는 날이 환―히밝은뒤다. 나는 거기서 일주야[839]를잔 것이다. 풍경이 그냥 노―랗게보인다. 그속에서도 나는 번개처럼 아스피린과 아달린이 생각났다

아스피린, 아달린, 아스피린, 아달린,[840] 맑스,[841] 말사스[842] 마도로스,[843] 아스피린, 아달린.

안해는 한달ㅅ동안 아달린을 아스피린이라고 속이고 내게 먹였다. 그것은 안해방에서 이[844] 아달린갑이 발견된것으로 밀우어 증거가너무나확실하다.

무슨목적으로 안해는 나를 밤이나 낮이나 재웠어야됐나?

나를 밤이나낮이나재워놓고 그리고 안해는 내가자는동안에 무슨짓을했나?

나를 조곰식조곰식 죽이려든것일까?

그렇나 또 생각하야보면 내가 한달을두고 먹어온것은 아스피린이었는지도 모른다. 안해는 무슨 근심되는일이있어서 밤러면[845] 잠이잘오지않아서 정작안해가 아달린을 사용한것이나 아닌지, 그렇다면 나는 참 미안하다나는 안해에게

---

839 일주야 : 一晝夜. 하루 낮밤.

840 아스피린, 아달린 : a―lin의 반복을 통한 리듬 형성.

841 맑스 : Karl Heinrich Marx(1818~1883) 독일의 공산주의자·혁명가·경제학자. 주요 저서로 『자본론』이 있다.

842 말서스 : Thomas Robert Malthus(1766~1834) 영국의 경제학자. 주요 저서로 『인구론』(1798) 이 있다.

843 마도로스(matroos 네) : 뱃사람, 선원. 맑스·말사스·마도로스는 'ma―s'의 반복을 통한 자유연상의 예.

844 이 : 전집(1)은 누락.

845 밤러면 : 전집(1)은 '밤이면'으로, 전집(2·3)은 '밤되면'으로 수정하였는데 자형상 후자에 가까운 것으로 보인다.

이렇게 큰 의혹을갖었었다[846]는것이참안됐다.

나는 그래서 부리낳게 거기서 나려왔다. 아랫ㅅ두리가 홰 홰 내어저이면서 어찔어찔한것을 나는 겨우집을향하야 걸었다. 여덜시 가까이였다.

나는 내 잘못든생각을 죄다 일러바치고 안해에게사죄하려는것이다. 나는 너무 급해서 그만 또 말을 잊어버렸다.

그랬드니 이건 참 너무 큰일났다. 나는 내눈으로는 절대로 보아서않될것을 그만 딱 보아버리고만것이다. 나는 어떨결에 그만 냉큼 미다지를닫고 그리고 현기증이나는것을진정식히느라고 잠간 고개를숙이고 눈을감고 기둥을집고섰자니까 일초여 유도없이 홱 미다지가다시열니드니 매무새를 풀어헤친 안해가 불숙내밀면서내멱살을잡는것이다. 나는그만 어지러워서 게가 그냥나둥그러졌다. 그랬드니 안해는 너머진내우에 덥치면서내살을 함부로 물어뜯는것이다. 앞아죽겠다. 나는 사실반항할의사도힘도없어서 그냥 넙적 업뎌있으면서 어떻게 되나보고있자니까 뒤니어 남자가나오는것같드니 안해를한아름에 덥썩 안아갖이고 방안으로 드 가 는것이다 안해는 아모말없이 다소곳이 그렇게 안겨드러가는것이 내눈에 여간 미운것이아니다. 밉다.

안해는 너 밤 새어가면서 도적질하러단이느냐, 게집질하러단이느냐고 발악이다. 이것은 참 너무 억울하다 나는 어안이 벙벙하야 도모지입이 떠러지지를 안았다.

너는 그야말로 나를 살해하려든것이아니냐고 소리를 한번 꽥 질러보고도싶었으나 그런 깅가망가한소리를섯불니 입밖에내였다가는 무슨화를볼른지 알수있나 차라리 억울하지만 잠잣고있는것이 위선 상책인듯싶이생각이들길래 나는 이것은 또 무슨생각으로 그랬는지모르지만 툭툭털고이러나서내 바지포켙속에 남은 돈 몇원몇십전을 가만히끄내서는 몰래미다지를열고 살몃이문ㅅ지방밑에다놓고 나서는 나는 그냥 줄다름박질을처서나와버렸다.

846　갖었었다 : 전집(1)은 '가졌다'로 한자 누락.

여러번 자동차에 치일번하면서 나는 그래도 경성역을찾어갔다. 빈자리와 마
조앉어서 이 쓰디쓴입맛을거두기위하야 무었으로나 입가심을하고싶었다.

커피 ─. 좋다. 그렇나 경성역홀 ─ 에한거름을 디려놓았을때 나는 내 주머니
에는 돈이한푼도없는것을 그것을깜빡잊었든것을 깨달았다. 또 아뜩하였다. 나
는 어디선가 그저 맥없이 머뭇머뭇하면서 어쩐 줄을 모를뿐이였다. 얼빠진사람
처럼 그저 이리갔다저리갔다하면서 ……

나는어디로어디로 디립ㅅ다 쏘단였는지 하나도 모른다. 다만 몇시간후에내
가 미쓰꼬시[847] 옥상에있는것을깨달았을때는 거이 대낮이였다.

나는 거기 아모데나 주저앉어서 내 잘아온 스믈여섯해를 회고하야보았다. 몽
롱한기억속에서는 이렇다는아모 제목도 붙그러저나오지안았다.

나는 또 내자신에게물어보았다. 너는 인생에 무슨욕심이있느냐고. 그러나 있
다고도 없다고도, 그런 대답은 하기가싫었다. 나는 거이 나 자신의존재를 인식
하기조차도어려웠다.

허리를굽혀서 나는 그저 금붕어나 디려다보고있었다 금붕어는 잘 참들겼
다.[848] 작은놈은작은놈대로 큰놈은큰잠놈[849]대로 다 ─ 싱싱하니 보기좋았
다. 나려빛이는 五月햇ㅅ살에 금붕어들은 그릇바탕에 그림자를 나려트렸다. 지
느레미는하늘하늘 손수건을흔드는 흉내를내인다. 나는이지느레미수효를 헤여
보기도하면서 굽힌허리를 좀처럼펴지않았다. 등어리[850]가 따뜻하다.

나는 또 회탁의[851]거리를나려다보았다. 거기서는 피곤한 생활이 똑 금붕어지

---

847 미쓰꼬시 : 한말에 이르러 경제진출의 주도권을 잡아왔던 삼정재벌(三井財閥)은 그 직영백화
    점인 미쓰꼬시(三越) 지점을 1906년에 서울에 설립하였다. 위치는 충무로 1가 사보이 호텔 건
    너편이었다. 이어 1927년에는 현재의 신세계백화점 자리에 현대식 건물을 착공하여 1934년
    10월에 이전함으로써 미쓰꼬시는 현대식의 대형백화점으로 발전하였다.
848 잘 참들겼다 : 전집(1)은 '참 잘들도 생겼다', 전집(2·3)은 '참 잘들 생겼다'의 오식으로 봄. 후자
    로 보는 것이 타당할 듯.
849 큰잠놈 : 큰놈. '잠'이 잘못 들어간 듯.
850 등어리 : 등. 등허리.
851 회탁의 : 전집(2·3)은 '회락의'로 오식. '灰濁의'는 '회색의 탁한'이라는 의미이다.

느레미처럼 흐늑흐늑 허비적거렸다눈에보이지안는 끈적끈적한줄에엉켜서 헤어나지들을못한다 나는 피로와공복 때문에뭉어저드러 가는품동이를끌고그회탁의거리속으로 섞겨들어가지않는수도없다생각하였다.

나서서[852] 나는 또 문득 생각하야보았다. 이발ㅅ길이 지금 어디로 향하야 가는것인가를 …………

그때 내눈앞에는 안해의목아지가 벼락처럼 나려떨어졌다. 아스피린과아달린.[853]

우리들은 서로 오해하고있느니라. 설마안해가 아스피린대신에아달린의정량을 나에게먹여왔을까? 나는 그것을 믿을수는없다. 안해가 그럴 대체 까닭이없을것이니

그러면 나는 날밤을새면서 도적질을 게집질을 하였나? 정말이지 아니다.

우리부부는 숙명적[854]으로 발이맞지않는 절늠바리인것이다. 내나[855] 안해나 제거동에로 짓[856]을브칠필요는없다. 변해[857]할필요도없다.[858] 사실은 사실대로 오해는 오해대로 그저 끝없이 발을 절뚝거리면서 세상을 거러가면 되는것이다. 그렇지않을까?

그러나 나는 이발길이 안해에게로 도라가야 옳은가 이것만은 분간하기가 좀 어려웠다. 가야하나? 그럼어디로가나?

이때 뚜 — 하고 정오 싸이렌이울었다. 사람들은 모도 네활개를펴고 닭처럼 푸드덕거리는것같고 온갖 유리와 강철과 대리석과지페와잉크가 부글부글 끓고 수선을떨고 하는것같은 찰나, 그야말로 현란을 극한 정오다.

---

852 나서서 : 기본형, 나서다. 앞이나 밖으로 나와 서다.

853 아달린 : 원문은 '아말린'으로 오식.

854 숙명적 : 원문은 '숙명정'으로 오식.

855 내나 : 전집(1)은 '내가'로 고침.

856 로직(logic) : 논리.

857 변해(辯解) : 잘 설명하여 밝힘.

858 필요도없다 : 원문은 '필요도없'으로 '다'가 빠짐.

나는 불연듯이 겨드랑이 가렵다. 아하그것은 내 인공의날개가돋았든 자족이다. 오늘은없는 이 날개, 머릿속에서는 희망과야심의 말소된페 — 지[859]가 띡슈내리[860]넘어가듯번뜩였다.

나는 것든걸음을멈추고 그리고 어디한번 이렇게 외처보고싶었다.

날개야 다시 돋아라.

날자. 날자. 날자. 한번만 더 날자ㅅ구나.

한번만 더 날아보자ㅅ구나.

— 발표지면 : 『朝光』, 1936.9

859　페—지(page) : 쪽, 면.
860　띡슈내리(dictionary) : 사전.

逢別記

李　箱

1

스믈세살이오 — 三月이오 — 咯血이다. 여섯달 잘 길른수염을 하로 면도칼로다듬어 코밑에다만 나비만큼 남겨가지고 藥한제지어들고 B라는 新開地 閑寂한 溫泉[861]으로갔다. 게서 나는 죽어도좋았다.

그렇나 이내 아즉 길을펴지못한[862]靑春이 藥탕관을붓들고늘어저서는 날살리라고 보채는것은 어찌하는수가없다. 旅舘 寒燈아래 밤이면 나는 늘 억울해했다.

사흘을못참ㅅ고 기어 나는 旅舘主人영감을앞장세워 밤에 長鼓소리가나는집으로 찾어갔다. 게서 맞난것이 錦紅이다.

「멫살인구?」

體大가비록 풋고초만하나 깡그라진게집이 제법 맛이 맵다 열여섯살? 많아야 열아홉살이지하고있자니까

「스믈한살이예요」

「그럼 내나인 멫살이나돼뵈지?」

「글세 마흔? 서른아홉?」

나는 그저 흥! 그래버렸다 그리고 팔짱을 떡 끼고앉어서는 더욱더욱 점잖은 체했다. 그냥 그날은 無事히 헤어졌것만 —

861　B라는…溫泉 : 白川溫泉을 뜻함. 참고로『중앙』(1936.1)에 소개된 배천온천의 내용을 보면 다음과 같다. "京義線土城驛에서 朝鐵黃海線을 바꾸어 타고 約三十分 가면 白川溫泉驛에 도착하는데, 同 溫泉은 昭和 2年 發見 當時에는 面事務所에서 小規模의 共同浴場을 設備한데 不過하였지만 其後에 朝鮮黃海線이 開通되자 巨金을 投하여 모든 華麗한 設備를 다하게 되었을 뿐 아니라 特히 京城과 近距離에 있는 關係上 지금은 有名한 溫泉場으로 알려졌는데, 그附近에는 每年 冬期가 되면 無數한 鶴群이 飛來한다 하여 또 究竟거리가 되어 있는데, 이 泉質은 알카리性 單純泉으로 外傷諸障害 婦人病 神經病 等에 特效가 있다 한다."(현대체로 표기 수정)

862　길을펴지못한 : 전집(1·2·3)이 '기를 펴지 못한'의 오식으로 보나, '길을 펴(열)지 못한'이 적합하다.

이튼날 畵友K君[863]이왔다. 이사람인즉 나와 弄하는친구다. 나는 어쩔는수없이 그 나비같다면서달고다니든 코밑수염을 아주 밀어버렸다. 그리고 날이저믈기가急하게 또 錦紅이를맞나려갔다.

「어디서 뵌어른걸은데」

「어쩌녁에왔든수염난냥반 내가 바루아들이지. 목소리꺼지닮었지?」

하고 익쌀을부렸다. 酒席이 어느듯罷하고 마당에 나려스다가 K君의귀에다대이고 나는 이렇게속삭였다.

「어떻? 괜찮지? 자네 한번 얼러[864]보게」

「관두게, 자네나 얼러보게」

「어쨌든 旅舘으루껄구가서 짱껠뽕[865]을해서 定허기루허세나」

「거 좋지」

그랬는데 K君은 厠간[866]에가는체하고 避해버렸기때문에 나는 不戰勝으로 錦紅이를 이겼다.

그날밤에 錦紅이는 錦紅이가 經産婦[867]라는것을 감초지않았다

「언제?」

「열여섯살에머리었어서 열일굽살에낳았지」

「아들?」

「딸」

「어됬나?」

「돌만에죽었어」

지어가지고온 藥은집어치우고 나는 전혀 錦紅이를사랑하는데만골몰했다 못

863　畵友K君 : 꼽추 화가 具本雄(1906~1953)을 말함. 한국의 서양화가.
864　얼러 : 기본형, 어르다. 어우르다의 준말이며, 성교하다, 배필로 삼다는 뜻이 있다.
865　짱껠뽕(じゃんけんぽん) : 가위 바위 보.
866　厠간 : 변소.
867　經産婦 : 이미 출산의 경험이 있는 여자.

난소린듯하나 사랑의힘으로 咯血이 다 멈췄으니까 ―

나는 錦紅이에게 노름채[868]를주지않았다. 왜? 날마다 밤마다 錦紅이가 내房에있거나 내가錦紅이房에있거나 했기때문에 ―

그대신 ―

禹라는 佛蘭西留學生의遊冶郎[869]을 나는 錦紅이에게 勸하았다. 錦紅이는 내말대로 禹氏와더부러 「獨湯」에들어갔다. 이 「獨湯」이라는것은 좀 淫亂한設備였다. 나는 이 淫亂한設備 문깐에나란히버서놓은 禹氏와錦紅이신발을보고 얿잖아하지않았다.

나는 또 내곁房에와 묵고있는 C라는辯護士에게도 錦紅이를勸하았다. C는 내熱誠에 感動되어 하는수없이 錦紅이房을 犯했다.

그렇나 사랑하는錦紅이는 늘내곁에있었다. 그리고 禹, C, 等等 에게서받은 十圓紙幣를여러장끄내놓고 어리광석게 내게자랑도하는것이었다.

그리자 나는 伯父님[870] 소상[871] 때문에 歸京하지않으면안되게되었다 복송아꽃이滿發하고 亭子곁으로 石間水[872]가 줄 줄 흘르는 좋은 터전을한군데찾어가서 우리는 惜別의하로를 즐겼다. 停車場에서 나는 錦紅이에 十圓紙幣한장을 쥐어주었다. 錦紅이는 이것으로 典當잡힌時計를찾겠다고그리면서울었다.

2

錦紅이가 내 안해가되었으니까 우리內外는 참 사랑했다. 서로 지나간일은묻지않기로하았다. 過去래야 내過去가 무엇있을까닭이없고 말하자면 내가錦紅이過去를묻지않기로한約束이나 다름없다.

錦紅이는 겨우 스믈한살인데 서른한살먹은사람보다도 낳았다 서른한살먹은

---

868 노름채 : 노름차, 화대(花代).
869 遊冶郎 : 주색에 빠진 방탕하고 유약한 남자.
870 伯父님 : 김연필. 1932년 5월 7일 사망.
871 소상(小祥) : 죽은 지 한 돌 만에 지내는 제사. 일주기(一週忌). 백부의 소상은 1933년 5월 7일이 된다.
872 石間水 : 바위틈에서 나오는 샘물.

사람보다낳은錦紅이가 내눈에는 열일곱살먹은少女로만보이고 錦紅이눈에 마흔살먹은사람으로보인나는 其實스믈세살이오 게다가 주책이좀없어서 똑 열아믄살먹은아이같다 우리內外는 이렇게 世上에도없이 絢亂하고[873] 아기자기하였다.

부즐없는歲月이 —

一年이 지나고 八月, 여름으로는 늦고가을로는 일른 그북새통에 —

錦紅이에게는 예전生活에對한 鄕愁가왔다.

나는 밤이나낮이나 누어 잠만자니까 錦紅이에게對하야 심심하다. 그래서 錦紅이는 밖에나가 심심치않은 사람들을맞나 심심치않게놀고도라오는 —

즉 錦紅이에 狹착한[874]生活이 錦紅이의鄕愁를向하야 發展하고飛躍하기시작하였다는데지나지않는이야기다.

그런데 이번에는 내게 자랑을 하지않는다. 않을뿐만아니라 숨기는것이다.

이것은 錦紅이로서 錦紅이답지않은일일밖에없다. 숨길것이있나? 숨기지않아도좋지. 자랑을해도좋지.

나는 아모말도하지않는다. 나는 錦紅이娛樂의 便宜를도웁기위하야 가끔 P君집에가쟜다. P君은 나를 불상하다고그랬든가싶이 지금 記憶된다.

나는 또 이런것을 생각하지않았든것도아니다. 즉남의안해라는것은 貞操를직혀야하느니라고!.

錦紅이는 나를 내懶怠한生活에서깨우치게하기위하야 우정姦淫하였다고 나는 好意로解釋하고싶다. 그렇나 世上에흔히있는 안해다운禮儀를직히는체해본것은 錦紅이로서 말하자면 千慮의一失[875] 아닐수없다.

873　絢亂하고 : 원문은 '絢亂하고'로 오식. 絢爛(눈이 부시도록 찬란함)과 眩亂(정신을 차리기 어려울 정도로 어수선함)을 합한 이상의 조어. '무늬가 어지러운'을 뜻함.

874　狹착한 : 차지하고 있는 자리가 매우 좁다, 또는 처하여 있는 사정이나 형편이 매우 어렵다.

875　千慮의一失 : 천 가지 생각 중의 한 가지 실수라는 뜻으로, 아무리 지혜로운 사람도 한번쯤은 실수가 있다는 것을 비유하는 말.

이런 實없은 貞操를看板삾자니까 自然 나는 外出이자졌고 錦紅이 事業에便宜를도읍기위하야 내 房까지도 開放하야주었다. 그러는中에도 歲月은 흘으는 法이다.

하로 나는 題目없이 錦紅이에게 몹시얻어마졌다. 나는 아파서 울고 나가서 사흘을 들어오지못했다. 너무도 錦紅이가 무서웠다.

나흘만에와보니까 錦紅이는 때묻은버선을 웃목에다버서놓고나가버린뒤었다.

이렇게도못났게 홀애비가된내게 몇사람의친구가 錦紅이에關한 不美한쏘싶[876]을가지고와서 나를 慰勞하는것이었으나 終始나는 그런趣味를理解할도리가 없었다.

뼈스를타고 錦紅이와男子는 멀리 果川冠岳山으로가는것을보았다는데 정말 그렇다면 그사람은 내가 쪼차가서야단이나칠까봐무서워서 그린모양이니까 퍽 겁쟁이다.

3

人間이라는것은 臨時 拒否하기로한 내生活이 記憶力이라는 敏捷한作用하지[877]않았기때문에 두달後에는 나는 錦紅이라는 姓名三字까지도 말쑥하게 이저버리고말았다. 그런 杜絶된歲月가운데 하로吉日을卜하야 錦紅이가 往復葉書처럼 도라왔다. 나는 그만 깜짝놀랐다.

錦紅이의모양은 뜻밖에도 憔悴하야보이는것이 참 슬펐다.

나는 꾸짓지안고 麥酒와붕어菓子와장국밥을 사먹어가면서 錦紅이를 慰勞해주었다. 그렇나 錦紅이는 좀처럼 화를풀지않고울면서 나를원망하는 것이었다. 할수없어서 나도 그만울어버렸다

「그렇지만 너무 느졌다. 그만해두 두달之間이나되지않니? 헤여지자, 응?」

「그럼 난 어떻게되우 응?」

---

876 쏘싶(gossip) : 소문, 험담 등.
877 作用하지 : 전집(1)은 '작용을 하지'로 수정.

「마땅헌데있거든 가거라, 응」

「당신두 그럼 장가가나?응?」

헤어지는限에도 慰勞해보낼지어다. 나는 이런良議아래 錦紅이와離別했드니라. 갈때 錦紅이는 선물로 내게벼개를주고갔다

그런데 이 벼개말이다.

이벼개는 二人用이다. 싫대도 작구 떠맡기고간 이벼개를 나는 두週日동안 혼자 비어보았다. 너무 길어서 안됐다. 안됐을뿐아니라 내머리에서는나지않는妙한머리 기름때내때문에 安眠이 저윽이 防害된다.

나는 하로 錦紅이에게 葉書를띠웠다.

「重病에걸려누었으니 얼른 오라」고.

錦紅이는와서 보니까 내가[878] 참딱했다. 이대로두었다가는 亦是몇일이못가서 굶어죽을것같이만보였든가보다. 두팔을 부르걷고 그날부터나서[879]벌어다가 나를 먹여살린다는것이다.

「오-케-」

人間天國 — 그렇나 날이 좀 추었다. 그렇나 나는 대단히安逸하얐기 때문에 재채기도하지않았다

이러기를두달? 아니 다섯달이나되나보다. 錦紅이는 忽然히 外出했다.

달포를두고 錦紅이「홈-씩」[880]을 期待하다가 盡力이나서 나는 器皿什物[881]을 뚜들겨팔아버리고 二十一年만에 「집」으로도라갔다.

와보니 우리집은 老衰했다. 이어不肖李箱은 이 老衰한家庭을 아주 쑥밭을만들어버렸다. 그동안 이태가량 —

於焉間 나도 老衰해버렸다. 나는 스믈일곱살이나먹어 버렸다

---

878 내가 : 전집(1)에서 누락.

879 나서 : 전집(1)은 '나가서'로 오식. 나서서.

880 홈-씩 : 홈씩(homesickness). 향수병.

881 器皿什物 : 그릇 집기 등속.

天下의女性은 多少間 賣春婦의要素를품었느니라고 나혼자는 굳이 信念한다. 그대신 내가賣春婦에게銀貨를支拂하면서는 한번도 그네들을賣春婦라고생각한일이없다. 이것은 내錦紅이와의 生活에서 얻은體驗만으로는 成立되지않는理論같이생각되나 其實 내眞談이다.

4

나는 몇篇의小說과몇줄의詩를써서 내 衰亡해가는 心身우에 恥辱을倍加하얐다. 이以上 내가 이땅에서의生存을 게속하기가자못어려울지경에까지이르렀다. 나는 何如間 허울좋게 말하자면 亡命해야겠다.

어디로갈까. 나는 맞나는 사람마다 東京으로가겠다고 豪言했다. 그뿐아니라 어느친구에게는 電氣技術에關한 專門공부를하려[882] 간다는둥 學校先生님을맞나서는 高級單式印刷術을硏究하겠다는둥 친한친구에게는 내 五個國語에能通할作定일세 어쩌구 甚하면 法律을 배우겠오 까지虛談을 탕 탕 하는것이다. 웬만한친구는 보통 들 속나보다 그렇나 이 헷宣傳을 안믿는사람도 더러는있다. 何如間 이것은 영영 뷘뷘털털이가되어버린 李箱의 마즈막 空砲에 지나지 않는것만은 事實이겠다.

어느날 나는 이렇게 如前히 空砲를놓으면서 친구들과술을먹고있자니까 내 어깨를툭치는사람이 있다. 「긴상」[883]이라는 이다.

「긴상 (李箱도事實은긴상이다) 참 오래감만이수. 건데 긴상꼭 긴상함번[884]
맞나뵙자는사람이 하나있는데 긴상어떻거시려우」

「거누군구. 남자야?여자야?」

「여자니까 일이재미있지않으냐 거런말야」

「여자라?」

---

882 하려 : 전집(1)은 '하러'로 수정.

883 긴상 : 일본말로 '金氏'를 일컬음.

884 함번 : 한번을 소리나는 대로 적은 것. 이상은 '한쌍'도 '함쌍'이라 적는 등 '한' 대신에 '함'을 여러 군데 쓰고 있다.

「긴상 옛날 옥상[885]」

錦紅이가 서울에나타났다는이야기다. 나타났으면나타났지 나를 왜 찾누?

나는 긴상에서 錦紅이의宿所를 알아가지고 어쩔것인가 망서렸다. 宿所는 동생 一心[886]이집이다

드디어 나는 맞나보기로 決心하고 그리고 一心이집을차저가서

「언니가왔다지?」

「어유 ― 아제[887]두, 도라가신줄 알았구려! 그래자 그만치 인제온단말슴유, 어서 드로수」

錦紅이는 亦是 憔悴하다.[888] 生活戰線에서의 疲勞의빛이 그얼골에 如實하았다

「네눔하나보구저서 서울왔지 내 서울 뭘허려왔다디?」

「그리게 또 난 이렇게 널차저오지않었니?」

「너 장가갔다드구나」

「얘 디끼[889] 싫다. 그 육모초[890] 겉은 소리」

「안갔단말이냐 그럼」

「그럼」

당장에 목침이 내 面上을向하야날라들어왔다 나는 예나다름없이 못났게웃어주었다

술床을보왔다.[891] 나도 한잔먹고 錦紅이도한잔먹었다. 나는 寧邊歌[892]를

---

885 옥상(おくさん) : 사모님, 부인.

886 一心 : 문종혁의 증언에 따르면, 一心은 금홍(본명 蓮心)의 동생이다.

887 아제 : 아재. '아저씨'의 낮춤말.

888 憔悴하다 : 병, 근심, 고생 따위로 얼굴이나 몸이 여위고 파리하다.

889 디끼 : 듣기.

890 육모초 : 익모초(益母草). 육모초는 맛이 쓰디쓰기 때문에 '육모초 같은 소리'란 '쓰디쓴 소리'를 뜻함.

891 보왔다 : 전집(1)은 '보아 왔다', 전집(2·3)은 '보았다'로 수정.

892 寧邊歌 : 평안북도 지방의 민요.

한마디[893]하고 錦紅이는육자백이[894]를한마디했다.

　밤은이미깊었고 우리이야기는이게 이生에서의永離別이라는結論으로밀려갔다. 錦紅이는 銀수저로 소반전을 딱 딱 치면서 내가 한번도 들은일이없는 구슬픈唱歌를한다.

　「속아도꿈결 속여도꿈결 구비구비뜨내기世上 그늘진心情에 불질러버려라云云」

— 발표지면 : 『女性』, 1936.12

893　한마디 : 원문은 '한만디'로 오식.
894　육자백이 : 육자배기. 잡가의 한 가지로 남도 지방에서 널리 불리며, 곡조가 활발함.

童骸[895]

李　箱

○ 觸角

觸角이 이런情景을 圖解한다.

悠久한歲月[896]에서 눈뜨니 보자, 나는 郊外 淨乾한[897] 한방에 누어自給自足하고있다. 눈을 둘러 방을 살피면 방은 追憶처럼 着席한다. 또 창이 어둑어둑 하다.

不遠間 나는 굳이직힐 한개 슈―트케―스[898]를 발견하고 놀라야한다. 게속하야 그슈―트케―스 곁에 花草처럼 놓여있는 한 젊은 女人도 발견한다.

나는 실없이 疑訝하기도해서 좀 처다보면 각시가 방긋이 웃는것이아니냐. 하하, 이것은 기억에있다. 내가 열심으로 연구한다 누가 저 새악시를 사랑하든가! 연구중에는

『저게 새벽일까? 그럼 저묾일까?』

부러 이런소리를 했다. 女人은 고개를 끄덕 끄덕한다. 하드니또 방긋이 웃고 부시시 五月철에맞는 치마저고리 소리 를 내면서 슈―트케―스를열고 그속에서 서슬이퍼런 칼 을 한자루만 끄낸다.

이런경우에 내가 놀래는빛을 보이거나 했다가는 뒷갈망[899] 하기가 좀 어렵다. 反射的으로 그냥 손이 목을눌렀다 놓았다 하면서 제법 천연스럽게

『늬ㅁ재[900]는 刺客 입늬까요?』

895　童骸 : 아이의 유해로 아이(童孩)와 유해(遺骸) 또는 해골(骸骨)을 (또는 그 이미지들을) 결합한 조어. 최근 연구에서는 이를 "童貞의 形骸"를 줄여서 만든 조어로 해석하였다(권영민).

896　悠久한歲月 : 전집(1)은 이 작품에서 이를 포함, 모두 세 군데에 걸쳐 '悠久한 世月'로 오식.

897　淨乾한 : 정결한.

898　슈―트케―스(suitcase) : 옷가방.

899　뒷갈망 : 뒷갈무리. 일의 뒤끝을 맡아서 처리함.

900　늬ㅁ재 : 임재. 임자의 입말, 또는 사투리. 나이가 지긋한 부부 사이에서, 상대편을 서로 이르는 이인칭 대명사.

서툴른 西道사투리다. 얼골이 더 깨끗해지면서 가느다랗게 잠시 웃드니, 그
것은 또 언제 갔다 놓았든것인지 내 머리맡에서 나쓰미깡[901]을 집어다가 그 칼
로싸각싸각깍는다.

『요곳 봐라!』

내 입안으로 침이 쫘르르 돌드니 불연듯이[902] 弄談이 하고싶어 죽겠다.

『가시내애요, 날쫌보이소, 나캉 結婚할낭기오? 盟誓되나? 되제?』

또 ―

『융(尹)이 날로 패아주뭉 내사고마[903] 마자 주을란다. 그람 늬능 우앨랑가
[904]? 잉?』

우리둘이[905] 맛있게 먹었다. 時間은 분명이 밤이[906] 쏘다저 드려온다. 손으로
손을잡고

『밤이 오지않고는 결혼할수 없으니까』

이렇게 탄식한다. 기대하지않은 간즈러운 경험이다.[907]

낄낄낄낄 웃었으면 좋겠는데 ― 아 ― 결혼하면 무엇하나, 나따위가 생각
해서 알일이되나? 그렇나 재미있는 일이로다.

『밤이지오?』

『아―냐』

『왜 ― 밤인데―에 ― 우숩다 ― 밤인데그렇네』

『아―냐, 아―냐』

『그러지 마세요, 밤이예요』

---

901 나쓰미깡(なつみかん) : 귤의 일종(여름 밀감).
902 불연듯이 : 불을 켜서 불이 일어나는 것과 같다는 뜻으로, 갑자기 어떠한 생각이 걷잡을 수 없이
      일어나는 모양.
903 고마 : 고만. 고 정도까지만. '내사고만'은 '나야 고 정도까지만'이라는 뜻.
904 우앨랑가 : 어이할런가. 어떻게 할런가.
905 우리둘이 : '우리 두 사람이'의 뜻. 전집(1·2·3)은 '우리들이'로 수정, 오식.
906 밤이 : 전집(1)은 '밤에'로 수정.
907 경험이다 : 원문은 '경혐이다'로 오식.

『그럼 뭐, 결혼해야허게』

『그럼요—』

『히히히히—』

결혼하면 나는 姙이를 미워한다. 尹? 姙이는 지금 尹헌테서오는길이다. 尹이 내어대었단다.[908] 그래보는거다. 그런데 姙이가 채 오해했다. 정말 그러는줄알고 울고왔다.

(애개—밤일세.)

『어떻거구 왔누』

『건 알아 뭐허세요?』

『그래두』

『제가 버리구왔세요』

『足히[909]?』

『그럼요—』

『히히』

『절 모욕허지마세요』

『그래라』

이러나드니—나는 지금 이러난姙이를 좀 描寫해야겠는데 最小限度로 그 차림 차림이라도 알아두어야겠는데—姙이 슈—ㅌ케—스를 두집어엎는다. 왜 저러누—하면서 보자니까 야단이다. 죄다 파 헤치고 무엇인지찾는모양인데 무엇을찾는지 알아야 나도 助力을하지, 저렇게 방정만떠니 낸들 손을 대일수가있나, 내버려 두었다. 가도 참ㅅ다 참ㅅ다 못해서

『거 뭘 찾누?』

『엉—엉—반지—엉—엉—』

---

908 내어대었단다 : 기본형, 내대다. 함부로 말하거나 거칠게 굴며 대하다.
909 足히 : 충분히, 넉넉히라는 뜻.

『원 세상에, 반진 또 무슨 반진구』

『결혼반지지』

『올아, 올아, 올아, 응, 결혼반지렸다』

『아이구 어딜갔누, 요게, 어딜갔을까』

결혼반지를 잊어버리고 온 新婦. 라는것이 있을까? 可笑롭다. 그렇나 모르는 말이다. 라는것이 반지는 新郎이 준비하라는 것인데 ─ 그래서 아주 아는척하고

『그건 내 슈─트케─스에 들어있는게 原則的으로 옳지!』

『슈─트케─스 어딨에요』

『없지!』

『쯧, 쯧,』

나는 신부 손을 붓잡고

『이리좀와봐』

『아야, 아야, 아이, 그러지마세요, 놓세요』

하는것을 잘 달래서 왼손 무명지에다 털붓으로 쌍줄반지를 그려주었다. 좋아한다. 아모것도 낑기운것은 아닌데 제법 간질간질한게 천연 반지 같단다.

천연 결혼하기 싫다. 트집을 잡아야겠기에 ─

『멫번?』

『한번』

『정말?』

『꼭』

이래도 안되겠고[910] 間髮[911]을 놓지말고 다른방법으로 拷問을 하는수밖에없다.

---

910 안되겠고 : 전집(1)은 '안되겠다고'로 오식.

911 間髮 : 아주 잠시 또는 아주 적음을 이르는 말.

『그럼 尹以外에?』

『하나』

『예이!』

『정말하나예요』

『말 말아』

『둘』

『잘헌다』

『셋』

『잘헌다, 잘헌다』

『넷』

『잘헌다, 잘헌다, 잘헌다,』

『다섯』

속았다 속아넘어갔다. 밤은왔다. 촛불을켰다. 껏다. 즉 이런 假짜반지는 탄로가 나기쉬우니까 감춰야하겠기에 꺼도 얼른 켰다. 밤이 오래걸려서 밤이었다.

○ 敗北시작

이런情景은 어떨까? 내가 理髮所에서 理髮을하는중에 —

理髮師는 낯익은 칼 을 들고 내 수염 많이난 턱을 치켜든다.

『님재는 刺客입늬까』

하고싶지만 이런소리를 여기 理髮師를보고도 막 한다는것은 어쩐지 안해라는 존재를 是認하기 시작한나로서 좀 良心에안된일이 아닐까 한다.

싹뚝, 싹뚝, 싹뚝, 싹뚝,

나쓰미깡 두개 外에는 또 무엇이 채용이 되였든가 암만해도 생각이 나지않는다. 무엇일까.

그러다가 悠久한歲月에서 쫓겨나듯이 눈을뜨면, 거기는 理髮所도 아모데도 아니고 新房이다. 나는 엊저녁에 결혼 했단다.

窓으로 기웃거리면서 참새가 그렇게 으젓스럽게 싹뚝거리는것이다. 내 수염은 조곰도 없어지진 않았고.

그렇나 큰일난것이 하나 있다. 즉 내곁에 누어서 普通 아츰잠을 자고있어야 할 신부가 온데간데가 없다. 하하, 그럼 아까내가 理髮所걸상에 누어있든것이 그쪽이 아마 생시드구나, 하다가도 또 이렇게까지 녁녁한[912] 꿈 이라는것도 없을줄 믿고싶다.

속았나보다. 밋진것은 없다고하지만 그동안에 원 歲月은 얼마나 悠久하게 흘렀을까. 그렇게 생각을 하고보니까 어저께 맞난 尹이 맞난지가 바로몇해나되는것도 같아서 익쌀맞다. 이것은 한번 尹을 찾어가서 물어보아야 알일이아닐까, 즉 내가 자네를 맞난것이 어제같은데 實로 몇해나 된 세음인가, 必是 내가 姙이와 엊저녁에 결혼한것같은 착각이있는데 그것도 다 虛妄ㅅ된일이렸다. 이렇게 —

그렇나 다음순간 일은 더 커졌다. 신부가 忽然히 나타난다. 五月 철로치면 좀 더웁지나않을까싶은 洋裝으로 차렸다. 이런 姙이와는 나는 面識이 없는것이다. 그나[913] 그뿐인가 斷髮이다. 或 이이는 딴 안악네가 아닌지 모르겠다. 斷髮 洋裝의 姙 이란 내 親近에는 없는데, 그럼 이렇게 서슴ㅅ지않고 내房으로 드러올줄 아는 남 이란 나와 어떤惡緣일까?

가시내는 손을 툭툭 털드니

『갖다 버렸지』

이렇다면 姙이에는 틀님없나보니 安心하기로하고

『뭘?』

『입구 옹 거』

『입구 옹 거?』

<hr>

912　녁녁한 : 역력한. 자취나 기미, 기억 따위가 환히 알 수 있게 또렷한.
913　그나 : 전집(1)은 '그러나'로 수정.

『입고옹게 치마조고리지 뭐 예요?』

『건 어째 내가 버렸다능거야』

『그게 바로⁹¹⁴ 그거예요』

『그게 그거 라니?』

『어이참, 아, 그게 바로 그거라니까그래』

초가을옷이 늦은봄옷과 비슷하렷다. 姙이말을 假量 신용하기로하고 姙이가 단 한번 尹에게 —

가만있자, 나는 잠시 내 신세에대해서 釋明해야⁹¹⁵ 할것같다. 나는 이를테면 적지아니 慘酷하다. 나는 아마 이 宿命的業寃⁹¹⁶을질머지고 한평생을 내리번민 해야 하려나보다. 나는 형상없는 모―던뽀―이⁹¹⁷ 다. 라는것이 누구든지 내 꼴 을보면 도라스고싶을것이다. 내가 이래뵈도 체중이 十四貫⁹¹⁸이나 있다고 일러 드리면 貴下는 알아차리시겠오? 즉 이 瘠身⁹¹⁹이 銃알을집어 먹었기로니 좀처 럼 나기어려운 洞窟을 보이는것은 말하자면 나는 전혀 腦髓에 무게가 있다. 이 것이 貴下가 나를 겁낼 重要한비밀이외다.

그러니까 —

於此於彼에 일은 運命에 波紋이없는듯이 이렇게까지 展開하고 말았으니 내 目的이라는것을 披歷할⁹²⁰ 필요도 있는것같다. 그렇면 —

尹, 姙이, 그리고 나,

누가 제일 미운가, 즉 나는 누구편이냐는말이다.

어쩔까. 나는 한번만 똑똑이 말하고싶지만 또한 그만두는것이 옳은가도싶으

---

914 바로 : 전집(1)은 누락.

915 釋明해야 : 사실을 설명하여 내용을 밝혀야.

916 業寃 : 전생에서 지은 죄로 말미암아 이승에서 받는 괴로움.

917 모―던뽀―이(modern boy) : 현대적인 소년.

918 十四貫 : 1관은 3.75kg. 그러므로 14관은 52.5kg.

919 瘠身 : 수척한 몸.

920 披歷할 : 전집(1·2·3)은 '披瀝할'로 수정.

니 그럼 내 禮儀와 風丰[921]를 確立해야겠다.

지난가을 아니 늦은여름 어느날 — 그 歷史的인 날짜는 姸이 잘 기억하고있을 것이다 만 — 나는 尹의사무실에서 일은아침부터 와 앉어있는 姸이의 可憐한 座席을 발견한것이다. 그렇나 그것은 온것이아니라 가는길인데 집의 아버지가 나가갔다고[922] 야단치실까봐 무서워서 못가고 그렇게 앉어있는것을 나는 일즉암치도 와 앉었구나 하고 문득 오해한것이다. 그때 그옷이다.

같은 슈미―스,[923] 같은 뜌로워스,[924] 같은머리쪽, 한 男子 또한 男子.

이것은 안된다. 너무나 어색해서 급히 내다버린모양인데 나는 좀 엄청나다고 생각한다. 大體 나는 그런 富裕한 이데올로기 를 마음놓고 諒解하기어렵다.

그뿐아니다. 첫째 나의 態度問題다. 그시절에 나는 무엇을하고 세월을보냈드냐? 내게는 歲月조차 없다. 나는 들창이 어둑어둑한것을 드나드는 안집어린 애에게 一錢식주어가면서 물었다.

『애, 아침이냐, 저녁이냐』

나는 또 무엇을먹고 살었는지 생각이 나지않는다. 이슬을 바다먹었나? 설마.

이런 나에게 姸이는 부즐없이 體面을 차리러듣것이다. 可憐하다.

그런데 이상한것은 그시절에 나는 제가 배가 곺은지 안곺은지 를 몰르고 지냈다면 그것이 듣는사람을 능히 속일수있나. 거즛뿌렝이 리라. 나는 것잡을수없이 皮膚로 거즛뿌렝이를 해버릇하느러고 인제는 저도 눈치채이지 못하는틈을타서 이렇게 虛妄한 거즛뿌렝이를 엉덩방아찟듯이 해 넘기는모양인데, 만일 그렇다면 나는 큰일났다.

그리기에 사실 오늘아침에는 배가 곺으다. 이것으로 미루면 아까 姸이가 스

921　風丰 : 살지고 아름다운 풍채.

922　나가갔다고 : 전집(1)은 '나갔다고', 전집(2·3)은 '나가갔다고'의 오식으로 봄. 내용상 후자가 타당할 듯.

923　슈미―스(chemise 프) : 여성의 양장용 속옷의 한 가지. 어깨에서 엉덩이를 가릴 정도의 길이로, 보통 소매가 없음.

924　뜌로워스(drawers) : 여성용 팬츠.

카트,[925] 슬맆,[926] 듀로워一스, 등속을 모조리 내다버리고드러왔드라는 紹介조

차가 필연 거즛말일것이다. 그것은 내 吝嗇한 愛情의打算이 姬이더러

　『너 왜 그러지 않었드냐』

하고 暗暗裏에 퉁명? 심술을 부려본것일줄 나는 믿는다.

　그렇나 發音안되는 글자처럼 생동생동한 姬이는 내손톱을 열심으로 깎아주

고있다.

　『猛獸가 家畜이되려면 이 凶惡한 毒牙를 剪斷해 버려야한다』

는 美術的인 勸誘임에 틀림없다 이런 一方 나는 못났게도

　『아이 배 곺아』

하고 여지없이 素朴한얼골을 姬이에게 디밀면서 아침이냐 저녁이냐 과연 이것

만은 묻지않었다.

　新婦는 어디까지든지 귀엾다 돋뵈기를 갖이고보아도 이 可憐한 一朶花[927]의

나이 를 알아내이기는 어려우리라 나는 내失望에 守備하기위하야 열일곱이라

고 넉넉 잡아준다. 그렇나 내귀에다 속삭이기를

　『스믈두살이라나요 어림없이 그리지마세요. 그만 하면 알텐데 부러그리시지

오?』

　이 可憐한新婦가 지금 赤手空拳[928] 으로 나갔다. 내짐작에 쌀과 나무와 숫과

반찬거리를 작만하려 나간것일것이다.

　그동안 나는 심심하다. 안집 어린애기 불러서 같이놀까. 하고 전에없이 불렀

드니 얼른 나와서 내房 미다지를열고

　『아침이예요』

　그린다. 오늘부터 一錢 안준다. 나는 다시는 이 어린애와는 놀수없게되었구

925　스카트(skirt) : 서양식 여자 옷의 치마.

926　슬맆(slip) : 어깨에 걸어서 드레스보다 짧게 입는 여자용 속옷.

927　一朶花 : 한 송이 꽃.

928　赤手空拳 : 맨손과 맨주먹이란 뜻으로, 아무 것도 가진 것이 없음.

나 하고 나는 할수없어서 덮어놓고 성이 잔뜩난 얼굴을해보이고는 뺨치듯이 房미다지를 딱 닫어버렸다. 눈을감人고 가심이[929] 두군두군하자니까 으아 하고 그 어린애 우는소리가 안마당으로 멀어가면서 들려왔다. 나는 오랜동안을 혼자서 덜덜떨었다. 姙이가 도라오니까 몸에서 牛乳내가난다. 나는徐徐히 내活力을 整理하야가면서 姙이에게 注意한다. 똑간난애기같아서 썩 좋다.

『牧場[930] 꺼지 갔다왔지요』

『그래서?』

카스텔라[931] 와 山羊乳를 책보에 싸 가지고왔다. 집시族[932] 아침 같다.

그러고나서도 나는 내 本能以外의것을 지꺼리지않았나보다.

『어이, 목말라죽겠네,』

대개 이렇다.

이 牧場이가까운郊外에는 電燈도水道도없다. 水道대신에 펌프[933].

물을길러갔다오드니 다. 우는줄만알었드니 웃는다. 조런 — 하고보면 눈에 눈물이 글성 글성하다. 그러고도 웃고있다.

『고게 누우집 아일까. 아, 쪼꾸망게 나더러 너 담발했구나, 핵교 가니? 그리겠지, 고게 나알 제 동무루 아아나봐, 참 내 어이가없어서, 그래, 난 안간단다, 그랬드니, 요게 또 헌다는소리가 나 발씻게 물좀 끼언저주려무나 애, 아주 이리겠지, 그래 내 물을 한통 그냥 막 쫙 쫙 끼언저 줘었지, 그랬드니 너두 발씻으래, 난 있다가씻는단다 그러구 왔서, 글세, 내 기가맥혀,』

누구나 속아서는 안된다. 해人수로 여섯해 전에 이 女人은 정말이지 處女대

---

929 가심이 : 가슴이.

930 牧場 : 牧場을 의미. 塲은 '場'의 잘못된 글자로 여러 군데 사용되었다.

931 카스텔라(castella 포) : 밀가루에 설탕, 달걀, 물엿 따위를 넣고 반죽하여 오븐에 구운 양과자.

932 집시族 : 코카서스 인종에 속하는 소수의 유랑 민족. 인도에서 발상하여 헝가리를 중심으로, 유럽 여러 지역·서아시아·아프리카·미국에 분포하는 흑발·흑안(黑眼)·황갈색 피부의 민족으로, 일정한 거주지가 없이 항상 이동하면서 생활한다.

933 펌프 : 사람이 손잡이를 상하로 움직여 그 압력으로 땅속에 수직으로 박혀 있는 관을 통하여 지하수가 땅 위로 나오도록 하는 기구.

로 있기는 성가서서 말하자면 헐값에 즉 아모렇게나 내어주신분이시다. 그동안 滿五個年[934] 이분은 休憩라는것을 모른다. 그런줄 알아야 하고 또 알고있어도 나는 때마츰 변덕이나서

『가만있자, 거 얼마들었드라?』

나쓰미깡이두개에 제아모리 비싸야 二十錢, 올치깜빡잊어버렸다 초한가락에 三錢, 카스텔라 二十錢, 山羊乳는 어떻게해서그런지 거저,

『四十三錢인데』

『어이쿠』

『어이쿠는 뭐이 어이쿠예요』

『고눔이 아무數루두 除해지질 않는군 그래』

『素數?』

옳다.

신통하다.

『신통해라!』

○ 乞人反對

이런情景 마자 불쑥 내어놓ㅅ는날이면 이번 復讐行爲는 完璧으로흐지부지 하리라. 적어도 完璧에 가깝기는하리라.

한사람의女人이 내게 그 宿命을公開해주었다면 그렇게 쉽사리 公開를받은 — 懺悔를듣는 神父같은 地位에있어서보았다고 자랑해도좋은 — 나는 비교적 행복스러웠을른지도[935] 모른다. 그렇나 나는 어디까지든지 약다[936]. 약으니까 그렇게 거저먹게 내행복을 얼골에 나타 내이거나 하지는않는다는것이다.

이와같은 르로직[937] 을 不言實行하기 위하야서만으로도 내가 그 구중중한 수

---

934 滿五個年 : 전집(1)은 '滿九個年'으로 오식.

935 행복스러웠을른지도 : 전집(1)은 '행복스러웠을지도'로 한 자 누락.

936 약다 : 꾀가 많고 눈치가 빠르다.

937 르로직(logic) : 논리. '르로직'은 '로직'에 대한 출판오식으로 보인다. 이상은 외래어를 쓰면서

염을 깎지않은것은 至當한중에도 至當한 맵시일것이다.

그래도 이 愚鈍한女人은 내 얼골에 더덕더덕 붙은바 醜를 指摘하지않는다. 그것은 두말할것도없이 그宿命을 公開하든口實도 헛되니와[938] 그女人의愛情이 不足한탓이리라. 아니 전혀 없다.

나는 바른대로말하면 애정같은것은 히망하지도않는다 그렇니까 내가 결혼한 이튼날 新婦를더리고 外出했다가 다행히 길에서 그 신부를 잃어버렸다고하자. 내가 그럼 밤잠을못자고 찾을까.

그때 가량 이런 엄청난 글발[939]이 날러드러왔다고 내가 은근히 히망한다.

『小生이 某月某日 길에서 줏은바 少女는 貴下의 新婦임이 確實한듯하기에 通知하오니 찾어가시오』

그래도 나는 고집을 부리고 안간다. 발이 있으면오겠지, 하고 나의 念頭에는 그저 汪洋한[940] 自由가 있을뿐이다.

돈지갑을 얻는[941] 포켙에다 넣었는지 모르는사람만이 容易하게 돈지갑을 잃어버릴수있듯이, 나는 길을 걸으면서도 결코 新婦 姸이에대하야 주의를하지않기로 주의한다. 또 사실 나는 좀 片頭痛이다. 五月의 郊外 길은 좀 눈이부셔서 실없이 어찔어찔하다.

─走馬加鞭─[942]

이런 느낌 이다.

姸이는 결코 結婚이튼날 걸는길을 앞스지않으니 姸이로치면 이날 사실 가볼만한데가 없다는것일까. 姸이는 그럼 뜻밖에도 孤獨하든가.

첫겹자음을 많이 썼는데, 뜌로워스, 뻬스트, 렉튜어 등이 그러하다. '르'은 '함르렡'(「종생기」)의 '르' 표기와 같다. 전집(1)은 '로직', 전집(2·3)은 '로직'으로 수정.

938 헛되니와 : 전집(1·2·3)은 '헛되거니와'로 수정.

939 글발 : 글월, 편지의 옛말.

940 汪洋한 : 미루어 헤아리기 어려운.

941 얻는 : '어느', 또는 '어떤'의 오식인 듯.

942 전집(2·3)은 '走馬加鞭'을 하나의 소제목으로 보고 있으나, 원문에서 소제목은 앞의 '○乞人反對'처럼 ○가 제목 앞에 제시되어 있다.

닲는말에 한층 채찍을 내리우는형상, 姪이의 적은步幅이 어디 어느地點에서 卒倒를하나 보고 싶기도해서 좀 심청맞으나[943] 자분참[944] 걸었든것인데 —

아니나다를까? 떡 없다.

내常識으로하면 귀한사람이 家畜을끌고 逍遙하랴할때 의례히 가축이 앞슨다는것이다.

앞서가는 내가 놀라야하나. 이경우에 그렇면 그렇지하고 까땍도하지않아야 더 점잔은가.

아직은? 했건만도 於焉간 없어졌다.

나는 내 孤獨과 내 老年을 생각하고 거기는 銀行벽 모통인것도 채 認識하지도 못하는중 서서 그래도 서너번은 뒤 或은 兩곁을 둘러보았다. 斷髮 洋裝의少女는 마침 드물다.

『이만하면 遺失이구?』[945]

닥처와야 할일이 척 닥처왔을때 나는 내갈팡질팡하는 肉身을 收拾해야한다. 그렇나 姪이는 銀行 正門으로부터 魔術처럼 나온다. 하이힐[946]이 아까보다는 사뭇묵어워보이기도하는데, 이상스럽지는않다.

『拾圓째리를 죄다 十錢째리루 바꿨지, 이거좀 봐, 이망쿰이야, 주머니에다 늫세요』

走馬加鞭이라는 爽快한 내語彙에 드디어 슬램프[947] 가왔다. 는것이다.

나는 기뻐하지않는다. 그렇다고 大膽하게 그럴상싶은 표정을 이 소녀 앞에서 하는수는 없다. 그래서 얼른

SEUVENIR![948]

---

943 심청맞으나 : 심청, 곧 심술 맞으나.

944 자분참 : 지체없이 곧. 전집(5)는 '자분자분, 온순하고 침착하게'로 설명.

945 遺失이구 : 전집(1)은 '遺失이군'으로 오식.

946 하이힐(high heeled shoes) : 굽이 높은 여자용 구두.

947 슬램프(slump) : 심신의 상태 또는 작업이나 사업 따위가 일시적으로 부진한 상태, 불황, 불경기.

948 SEUVENIR : SOUVENIR의 오식인 듯. 후자는 기념품, 비망록 등을 일컬음.

均衡된步調가 똑같은목적을향하야 걸었다면 겉으로보기에 親和하기도하렸만, 나는 내마음에 忍耐를 명령하야놓고 파라독스에의한復讐에 착수한다. 얼마나 요런암상[949] 은 참나? 計算은 말잔다.

愛情은 애초부터 없었다는 증거!

그렇나 내입에서 復讐라는 말이 떠러진이상 나만은 내 姙이에게대한 愛情을 있다고 욱일수있는것이다.

보자! 얼마간 피곤한 내 두발과 姙이의 한켤레하이힐이 尹의집 문ㅅ간에 가스게되었는데도 깜쪽스럽게[950] 姙이가 성을안낸다. 안차고 겸하야 다라지기도하다[951]

尹은 不在요, 그렇면 내가 뜻하지않고 姙이의顔色을 삵일 기회가 온것이기에 『PM 다섯시까지 따이먼드[952] 로 오기를』
이렇게 적어서 안ㅅ잠재기[953]에게 전하고 흘낏 姙을 노려보았드니 —

얼떨결에 色素가없는血液 이라는 說明할修辭學을 나는 내가마치 姙이편인 것처럼 敏捷하게 찾아놓았다.

暴風이 눈앞에온경우에도 얼골빛이 변해지지않는 그런얼골 이야말로 人間苦의根源이리라. 실로 나는 울창한 森林속을 진종일 헤매고 끝끝내 한나무의 印象을 훔처오지못한 幻覺의人 이다. 無數한表情의말뚝이 共同墓地처럼 내게는 똑같아보이기만하니 멀니 이 奔走한 焦燥를 어떻게 점잔을빼어서 救하느냐.

따이먼드茶房 문앞에서 너무 머뭇머뭇하느라고 드러가지못하고말기는 처음

---

949 암상 : 남을 미워하고 샘을 잘 내는 잔망스러운 심술.

950 깜쪽스럽게 : 전집(1)은 '깜찍스럽게'로 수정. 여기에서는 아래의 내용으로 보아 '감쪽스럽게'이기보다 '깜찍스럽게'가 적합할 듯.

951 다라지기도하다 : 전집(1·2)은 '닳아지기도한다'의 오식으로 보았으며, 전집(3)은 '됨됨이가 단단하여 여간한 일에는 겁내지 아니하다'로 보았다. 우리의 관용구로 '안차고 다라지다'라는 말이 있는데, 이는 '성질이 겁이 없고 깜찍하며 당돌하다'는 뜻이다.

952 따이먼드(diamond) : 금강석. 여기서는 다방 이름.

953 안ㅅ잠재기 : 안쌈재기로도 표현. 안잠자기, 즉 남의 집에서 잠을 자며 일을 도와주는 여자.

이다. 尹이오면 — 따이먼드 뽀—이 녀석은 尹과姙이 여기서 그들을[954]사랑하는 夫婦 인것까지도 알고, 하니까 나는 다시 내 筆蹟을

『PM 여섯시까지 집으로 저녁을討食[955] 하려 가리로다. 勿驚[956] 夫妻』

주고 나왔다. 나온것은 나왔다뿐이지

DOUGHTY DOG[957]

이라는 可憎한작난감을 살 의사는 없다. 그것은 다만 十圓짜리챈지[958]와 아울러 姙이의 분간못할 天候[959]에서 나온 輕症의賭博[960]이리라.

여섯시에 일어난事件에서 나는 완전히 失脚했다.

가량 — (내가 尹더러)

『아 아 있군그래, 따이먼드에갔든가, 게다 여섯시에오께 밥달라구적어놨는데, 밥이라면 술이붙으렸다』

『갔지, 가구말구, 밥은 예펜네가어딜가서 아직 안됐구 술은 내 미리먹구왔구,』

첫째 尹은 따이먼드까지 안갔다. 고 안짬재기 말이 아이구 댕겨가신지 오분두못돼서 드로세서 여태 기대리섰는데요 — PM 다섯시 는 즉 말하자면 나를 힘써맞날것이없다는 태도다.

『대단히 교만하다』

이러려다 그만두어야했다. 나는 그대신 배를 좀 불—숙 앞으로 내어 밀고

『내 안해를 소개허지 이름은 姙이』

『안해? 허 — 착각을 이르켰군그래, 내 짐작 같에서는 그게 내안해비슷두헌데!』

---

954 그들을 : 원문은 '그늘을'로 오식.

955 討食 : 음식을 억지로 청하여 먹음.

956 勿驚 : 놀라지 말라는 뜻으로, 엄청난 것을 말할 때 앞세워 이르는 말.

957 DOUGHTY DOG : 용감한 개, 여기서는 장난감 이름인 듯.

958 챈지(change) : 교환, 환전. 여기서는 '거스름돈'의 의미.

959 天候 : 기후.

960 賭博 : 전집(1)은 '賭賻'로 오식.

『내가 더 미안헌말 한마디만 허까, 이따위 서푼째리小說을쓰느라고 내가 萬年筆을 쥐이지않았겠나, 追憶이라는건 요컨대 이 萬年筆망큼두 손에 直接 쥘이능게아니란 내 學說이지, 어때?』

『먹다 냉깅걸 몰르구 집어먹었네그려, 자낸 自古로貴族趣味는 아니라니까, 아따 자네衛生이 不足헌체허구 그저 그대루 견디게그려, 내게 암만 퉁명을 부려야낸들 또 한번 죗다⁹⁶¹버린 萬年筆을 인제와서 어쩌겠나』

내얼골은 담박⁹⁶² 잠잠하다. 할말이없다. 핑게삼아 내포켙에서

DOUGHTY DOG

을 끄내놓고 스프링을감아준다. 한마리의 그레이하운드⁹⁶³가 제몸집만이나한 구두한짝을물고느러저서 흔든다. 죽도록 흔들어도 구두대로 개는개대로 鋼鐵의位置를변경하는수가없는것이 딱하기가 짝이없고 또 내가 더럽다

DOUGHTY⁹⁶⁴

는 더럽다⁹⁶⁵는말인가. 焦燥하다는말인가. 이글자의 威壓에 참 나는 견델수없다.

『아닝게아니라 나두 깜짝 놀랬네, 놀랜것이, 지애가(안짬재기가)내 댕겨두로니까⁹⁶⁶ 헌다는소리가, 한 마흔댓되는이가 열칠팔되는 시액시를데리구 날 찾어왔드라구, 딸 겉기두헌데 또 첩겉기두 허드라구, 종이쪼각을봐두 자네이름을안썼으니 누군지 알수없구, 덮어놓구 따이먼드루 찾어갔다가 또 혹시 실수허지나않을까봐, 예끼 그만내버려둬라, 제눔이누구등간에⁹⁶⁷ 날보구싶으면 찾어오겠지 허구 기대리든차예, 하하 이건 좀 일이 제대루되질않은것 겉기두

허예 어째』

나는 좋은기회에 姙이를 한번 어디 도라다보았다. 魚族이나 다름없이 뭉툭한 채 그 이 두 남자를 건드렸다 말았다 한 손을 솜씨있게놀려

DOUGHTY DOG

스프링을 감아주고있다. 이것이나로서 성화가 날 일이아니면 罪 씨인[968] 이다. 아ー아ー.

나는 아ー아ー 하기를 免하고싶어도 다음에 내 묽어저드러가는 肉體를 支持할수있는 말을할수있도록 工夫하지않고는 이 구중중한[969] 아ー아ー를 모른 체할수는없다.

○ 明示

女子란 과연 天惠처럼 男子를 철두철미 처다보라는 義務를 思想의 先決條件으로하는 彈性體[970]든가.

다음瞬間 내 最後의趣味가

『家畜은 인제는 싫다』

이렇게 快히 부르짖은것이다.

나는 모든것을 忘却의벌판에다 내다덚이고 얇다란趣味한풀만을 질질 끌고단이는 자기자신문지방[971]을 이제는 넘어 나오고싶어졌다.

憂患!

유리속에서 웃는 그런 不吉한 靈幽의우슴은 싫다. 인제는 소리를 가장 快活하게질러서 손으로맞으려면맞어지는 그런 우슴을 웃고싶은것이다. 憂患이있는것도아니오 憂患이없는것도아니오 나는 深夜에 車道에나려슨 超然한性格으

968　씨인 : 전집(5)는 'sin'으로 설명. 한글로는 '씨인'으로 적절한 의미가 없고, '싸인'(sign)이나 장면을 뜻하는 '씨인'(scene)이 아닐까.

969　구중중한 : 더럽고 지저분한.

970　彈性體 : 탄성을 가지는 물체. 개체는 탄성 한계 안에서는 모두 이에 속하지만 특히, 고무처럼 탄성 한계가 큰 것을 이른다.

971　자기자신문지방 : 자기 자신의 문지방(울타리).

로 이런 俗된 混濁에서 도라서보았으면—

그러기에는 이번에 적잔이 技術을 要했다. 칼로 물을 버히듯이

『아차! 나는 T가 월급이군그래, 잊어버렸구나!(하것만 나는 덜 배알어놓은것이 혀에 미꾸라지 처럼 걸려서 근실근실한다. 尹은 或은 植物과같이 人文을 떠난防彈족기를입었나) 그러나 尹! 들어보게, 자네가 모조리 할텄다는 姙이의裸體는 그건 姙이가 沐浴헐때 입는 비누 듀레스972나 마창가질세!지금 아니! 전무후무하게973 姙이벌거숭이는 내게 獨占된걸세, 그리게 자넨 그만큼 해두구 그 병정구두겉은 교만을 좀 버리란말일세, 알아듣겠나』

尹은 落照를 받은것처럼 얼골이 붉콰하다. 거기 嘲笑가 脂肪처럼 윤이나서 蔓延하는것이 내 戰鬪力을재채기식힌다.

尹은 내가 불상하다는듯이

『내가 이만큼꺼지 辭讓허는데 자네가 공연이 작구 그리면 또 모르네, 내 성가셔서 자네 따구 한대쭘 갈길른지두』

이런 어리석어빠진 論爭을 왜 내게 裁判을청하지않느냐는듯이 그레이하운드가 구두를 기껏 흔들다가 그치는것을보아 姙이는 舞踊의어떤포—스같은 손짓으로

『지이가 됴—스974의女神입니다. 둘이 어디 목아질 한번바꿔부처보시지오, 안되지오? 그러니 그만들두시란말입니다. 尹헌테 내애준肉體는 거기 該當한貞

---

972 듀레스(dress) : 옷.

973 전무후무하게 : 이전에도 없었고 앞으로도 없게.

974 됴—스 : 중국에서 Joss는 중국인이 섬기는 우상, 신상(神像)을 뜻하며, 스페인어로 Dios는 신(God)을 뜻한다. 한편, 최근 한 연구에 따르면, '됴스의 女神'은 제우스 신의 쌍둥이 아들 디오스쿠리(Dioscuri)를 낳은 레다이다(권영민, 『이상 텍스트 연구』, 뿔, 2009). 레다는 그리스 신화에 나오는 스파르타의 왕비로서 목욕을 하다가 백조로 변한 제우스와 정을 통하였으며, 그날 밤 남편 틴다레오스 왕과도 관계를 갖는다. 그래서 두 알을 낳았는데, 헬레네·폴리데우케스·카스토르·클리타임네스트라가 생겨났다고 한다. 앞의 둘은 제우스, 뒤의 둘은 틴다레오스의 자식이라 전하고 있다. 임이가 윤과 나, 둘과 정사를 나눴다는 점에서 '됴스의 女神'은 레다를 지칭할 가능성이 크다.

操가 法律처럼 붙어갔든거구요, 또 지이가 어저께 결혼했다구 여기두 여기해당한 정조가 딸아왔으니까 뽑낼것두없능거구 嫉妬헐것두 없능거구, 그러지말구 곁은 選手끼리 握手나허시지요, 네?』

尹과나는 악수하지않았다 握手以上의 痛棒[975]이 尹은몰라도 적어도 내웅에는[976] 나려앉었든것이니까. 이것은 여기앉었다가 밴댕이[977]처럼 납짝해질 증조가아닌가 집이[978] 차츰차츰 나서 나는 벌떡일어나면서 들창밖으로 춤을 탁배앝을까 하다가 차분참[979]

『그렇지만 자네는 萬金을기우려두 인젠 姓이 裸體 느냎[980] 하나 보기두 어려울줄알게, 조꿈두 사양헐께없이 구구루[981]나허구 並行해서 온전헌 正義를유지허능게 어떵가?』

하니까.

『二着 열뻴[982]헌눔이 아무래도 一着 단한번 헌눔앞에서 고갤 못드는법일세, 자네두 그만헌 禮儀쯤 분간이슬뜻헌데 왜그리 바들짝바들짝 허나 응? 그러구 그萬金이니 萬萬金이니허능건 또 다 뭔가? 나라는사람은말일세 자세듣게, 女子가 날 싫여허면헐수룩 좋아허는체허구 쫓아댕기다가두 그女子가 서뿔리 그럼허구 좋아허는낯을 단 한번 허는나달에는,[983] 즉 말허자면 마주막물건을 단한번 건드리구난다음엔 당장 눈앞에서 그女子가 싫여지는 성질일세,

---

975 痛棒 : 좌선(坐禪)할 때 마음의 안정을 잡지 못하는 사람을 징벌하는 데 쓰는 방망이.

976 내웅에는 : 내 위에는.

977 밴댕이 : 청어과의 바닷물고기. 몸길이 15cm 가량. 전어와 비슷하며 등은 청흑색, 배는 은백색이며, 우리나라 서남해 연안과 일본 근해에서 많이 남.

978 집이 : '겁이'의 오식으로 보임. 전집(1·2·3)은 '겁이'로 수정.

979 차분참 : '자분참'의 오식으로 보임. 지체없이, 곧. 전집(2)는 '차분함'의 오식으로 봄.

980 느냎 : 스냎, 즉 스냅(snap)의 오식으로 보임.

981 구구루 : 국으로. '제가 생긴 그대로, 제 주제에 알맞게, 잠자코'의 뜻.

982 열뻴 : 전집(1)은 '열뻔', 전집(2·3)은 '열번'으로 수정. 그러나 이상은 오늘날 '번'이 들어갈 곳에 '벌'로 쓴 것이 여러 군데 있다.

983 허는나달에는 : 전집(1)은 '허는 날에는' 전집(2·3)은 '허는 나달에는'으로 수정. '나달'은 '나잘', 즉 '시기, 때'를 의미한다. 뒤에 '貞操責任이생기는 나잘에' 역시 '貞操責任이 생기는 때에'라는 의미이다. 전집(5)는 '나달'을 '날과 달, 세월'로 설명.

그건 자네가아주 바루 正義가어쩌니허지만 이거야말루 내 정의에서 울어나

오는걸세, 대체 난 나버덤 낮은人間이 싫으예 女子가 한번 제마주막것을구경

식힌다암엔 열이면열 百이면百, 밑으루내려가서 그男子를 처다보기시작이

거든, 난 이게 견딜수없게 싫단 그말일세』

나는 그제는 사뭇 돌아섰다. 그만침 精密한侮辱[984]에는 더 견디기 어려워서.

尹은 새로 담배에 불을부처물드니 주머니를 뒤적뒤적 한다. 나를 殺害하기위

한 凶器를 찾는것일까. 담배불은 임이 붙었는데 —

『여기 十圓있네, 가서 가난헌 T군 졸르지말구 자네가 T군헌테 한잔 사주게나,

자넨 오늘 그 자네서푼째리 體面때문에꽤 憂鬱해진모냥이니 자네 소위新婦허

구 같이있다가는 좀 위험헐껄, 그렇니까 말일세 그 신부는 내 오늘 같이 키네

마[985]루 모시구 갈테니 안헐말루 잠시 빌리게, 응? 왜 맘에 꺼림찍 헝가?』

『너무 細密허게 내 行動을 指定허지말게, 하여간 난혼자좀나가야겠으니 姙

이, 尹군허구 키네마 가지 응 키네마좋아허지 왜』

하고 말끝이 채 맞기[986]전에 姙이 뽀루퉁하면서 —

『姙이남편을 그렇게 맘대루 동정허거나 慈善허거나 헐權利는 남에겐 더군다

나 없읍니다. 자 — 그거받아서는안됩니다. 여깃세요』

하고 내여놓은 無數한 十錢짜리.

『하 하 야 이겁봐라』

尹은 담뱃불을 재떠리에다 벌레 죽이듯이 꼭 꼭 이기면서 좀처럼 우슴을 얼

골에서 건지않는다. 나도 사실 속으로

『하 하 야 요겁봐라』

안한것이 아니다. 그러나 나도 우서보였다. 그리고는 姙이 등을어루맞어주고

그 白銅貨를한웅큼 주머니에늫고 그리고 과연 尹이집을 나스는길이다.

---

984 侮辱 : 깔보고 욕되게 함.

985 키네마(kinema) : = cinema. 영화, 영화관.

986 맞기 : 전집(1)은 '맺기'의 오식으로, 전집(2·3)은 '맞기'로 표기하고 '맺기'의 오식으로 보고 있다.

『이따 파헐臨時해서 내 키네마문밖에서 기대리지, 어디지?』

『단성사,[987] 헌데 말이났으니말이지 난 오늘 친구헌테술값 꾀주는權利를 완전히 구속당했능걸! 어—쯧 쯧』

적어도 百步가량은 앞이 매음[988]을돌았다. 무던이 어지러워서 비척비척 하기까지한것을 나는아모에게도 자랑할수는없다.

○ TEXT

『불작난 — 貞操責任이없는 불작난이면? 저는 즐겨 합니다. 저를 믿어주시나요? 貞操責任이생기는 나잘에 벌서 이 불작난의記憶을 저의 良心의힘이 抹殺하는 것입니다. 믿으세요』

評 — 이것은 分明히 다음에敍述되는 같은 娾이의敍述때문에 娾이의 怜悧한 거짓뿌렁이가 되고마는것이다. 즉

『貞操責任이있을때에도 다음같은 方法에依하야 불작란은 — 主觀的으로만이지만 — 용서될줄압니다. 즉 안해면남편에게, 남편이면안해에게, 무슨特殊한戰術로든지 감쪽같이모르게 그렇게 스무—드[989] 하게불작란을하는데 하고나도 이렇달 形蹟을 꼭 남기지말아야한다는것입니다. 네?

그러나 主觀的으로 이것이 容納되지안는경우에 하였다면 그것은 罪요 苦痛일줄압니다. 저는 罪도알고苦痛도 알기때문에 저로서는 어려울까합니다. 믿으시나요? 믿어주세요』

評 — 여기서도 끝으로 어렵다는대문부근이 分明히 거짓뿌렝이라는것이다. 그것은 亦是 같은 娾이의筆跡 이런 在意識[990] 綻露現象에依하야 確實하다.

『불작란을 못하는것과 안하는것과는 性質이 아주 다릅니다. 그것은 컨디슌

---

987 단성사(團成社) : 1907년 서울 종로 3가[廟洞]에 연예공연장으로 개설되었고, 1918년 영화 전용관으로 개축된 한국 최초의 본격적인 상설 영화관.

988 매음 : 맴. 제자리에서 서서 뱅뱅 돎.

989 스무—드(smooth) : 유연하고 부드럽게.

990 在意識 : subconsciousness. 의식이 접근할 수 없는 정신의 영역, 또는 우리들에게 자각되지 않은 채 활동하고 있는 정신세계.

991如何에 左右되지는않겠지오. 그러니 어떻다는말이냐고 그러십니까. 일러드리지오. 기뻐해주세요. 저는 못하는것이아니라 안하는것입니다.

自覺된 戀愛니까요.

안하는경우에 못하는것을 觀望하고있노라면 좋은語彙가 생각납니다.

嘔吐 저는 이것은 견딜수없는 肉體的刑罰이라고 생각합니다 온갖 自然發生的姿態가 저에게는 어째 乳臭萬年992의 넝마쪼각 같읍니다. 기뻐해주세요. 저를 이런 遠近法에조차서 사랑해주시기바랍니다』

評 ─ 나는 싫여도 요만큼 닥아슨位置에서 姙이를 說論하려드는 때쉬993 의 姿勢를取消해야 하겠다 안하는것은못하는것보다 敎養 知識이런尺度로따저서 높다. 그러나 안한다는것은 내가 빚어내이는 氣候如何에憑藉해서 언제든지 아모 謙遜이라든가 躊躇없이 불작란을 할수있다는 條件附契約을 車道복판에 安全地帶設置하듯이 强要하고있는徵兆에 틀림은없다.

나 스스로도 不快할 에필로─그994 로 貴下들을引導하기위하야 다음과같은 薄氷을 밟는듯한 會話를 組織하마.

『너는 네말맞다나995 두사람의男子 或은 事實에 있어서는 그以上 휠신더많은 男子에게 내주었든 肉體를걸머지고 그렇게도 豪氣있게 또 正正堂堂하게 내 城門을 闖入할수가 있는것이 그래 鐵面皮가아니란 말이냐?』

『당신은 無數한賣春婦에게 당신의 그 당신 말맞다나高貴한肉體를 廉價로 구경시키셨읍니다. 마찬 가지지요』

『하하! 너는 이런 社會組織을 깜빡 잊어버렸구나. 여기를 너는 西藏996으로

---

991 컨디슌(condition) : 몸의 상태, 건강상태, 사정, 조건.

992 乳臭萬年 : 젓비린내가 오래 남음. 전집(5)의 설명처럼 '더러운 이름을 후세에 오래도록 남김(遺臭萬年)'을 가져와 한 글자 뒤틀어서 사용한 것임.

993 때쉬(dash) : 돌격, 타격, 과시, 허세.

994 에필로─그(epilogue) : 시가, 소설, 연극 따위의 끝나는 부분.

995 말맞다나 : 말마따나. 말한 대로, 말한 바와 같이.

996 西藏 : '티베트'의 한자음 표기.

아느냐. 그렇지않으면 男子도哺乳行爲를하든 피데칸트롭스[997] 時代로아느
냐. 可笑롭구나. 未安하오나 男子에게는 肉體라는 觀念이없다. 알아듣느냐?』

『未安하오나 당신이야말로 이런 社會組織을 어째 急速度로 逆行하시는것같
읍니다. 貞操라는것은 一對一의確立에있읍니다. 掠奪結婚이 지금도 있는줄
아십니까.』

『肉體에對한 男子의 權限에서의嫉妬는 무슨 걸래쪼각같은 敎養나브랭이가
아니다. 本能이다 너는 아 本能을 無視하거나 그 稚氣滿滿한[998] 敎養의掌匣
으로 整理하거나하는재조가 通用될줄아느냐?』

『그럼 저도 平等하고溫順하게 당신이定義하시는『本能』에依해서 당신의過去
를 嫉妬하겠읍니다. 자— 우리 數字로 따저보실까요?』

評— 여기서부터는 내 敎材에는 없다.

新鮮한道德을 期待하면서 내 舊態依然하다고할만도한 貫祿을[999] 버리겠노라.

다만 내가[1000] 이제부터 내 不足하나마 努力에依하야 獲得해야할것은 내가
脫皮할수 있을만한 知識의 購買다.

나는 내가 환甲을지난 몇해後 내무릎이 이러스는날까지는 내 오―크
[1001] 材로만든 葡萄송이같은 孫子들을거느리고 喫茶店[1002]에 가고싶
다. 내 알라모우드[1003]는 孫子들의그것과 泰然히맞스고싶은 現在의 내
悲哀다.

---

997 피데칸트롭스 : 50만 년전에 지구에 살았던 인류로 현 인류의 조상이 되며, '원인(猿人)', 또는
    원인(原人)으로 부른다.
998 稚氣滿滿한 : 유치한 기분이나 기운이 가득한.
999 貫祿을 : 전집(1·2·3)은 '貫錄'으로 오식. '몸에 갖추어진 위엄이나 무게'란 뜻.
1000 내가 : 전집(1)은 누락.
1001 오―크(oak) : 떡갈 나무, 졸참나무류의 총칭.
1002 喫茶店 : 찻집, 다방.
1003 알라모우드(à la mode 프) : 최신 유행을 뜻하는 말.

○ 顚跌[1004]

이러다가는 내 中立地帶로만 알고있든 健康術이 자칫하면 崩壞할것같은 危懼가 적지않다. 나는 조심조심 내 앉은자리에 或 有害한 昆虫이나 棲息하지 안는가보살펴야한다.

T君과 마조앉어 싱거운 술을 마시고 있는동안 내눈이 여간 축축하지않었단다. 그도 그럴밖에. 나는 時時刻刻으로 自殺할것을, 그것도 제 형편에 꼭 마처서 생각하고 있었으니 —

내가 받은 自決의判決文 題目은

『被告는 一朝에 人生을 浪費하였느니라. 하로 被告의生命이延長되는것은 이 乾坤의 經常費[1005]를 구타여騰貴시키는것이어늘 被告가드러가고저하는 쥐구녕이 거기있으니 被告는 모름직이 그리가서 꽁문이쪽을 도라다보지는 말지어다』

이렇다.

나는 내 言語가 이미 이 荒漠한地上에서 蕩盡된것을 느끼지 않을수 없을만치 精神은 空洞이오, 思想은 당장 貧困하였다. 그러나 나는 이 悠久한歲月을 無事히睡眠하기위하야, 내가 夢想하는情景을 合理化하기위하야, 입을다물고 꿀항아리처럼 잠잫고있을수는 없는일이다.

『몽고르퓌에 兄弟[1006]가 發明한 輕氣球가 結果로보아 空氣보다무거운 飛行機의 發達을희방[1007]놀것이다 그와같이 또 空氣보다 묵어운 飛行機發明의 힌트의 出發点인 날개가 도리혀現在의 形態를가춘 飛行機의發達을 희방놀았다고 할수도있다. 즉 날개를 펄럭거려서 飛行機를 날르게하려는 努力이야말로 車輪을 發明하는대신에말의 步行을본떠서 自動車를 만들궁리로 바퀴대

1004 顚跌 : 무엇에 걸리거나 헛디디거나 하여 굴러 넘어짐, 또는 일이 틀어져 실패함.
1005 經常費 : 매년 계속해서 지출되는 일정한 경비.
1006 몽고르퓌에 兄弟 : 조셉 몽골피에(J. M. Montgolfiere, 1740~1810)와 작크 몽골피에(J. E. Montgolfiere, 1745~1799). 이들은 1783년 열기구로 공중을 비행하는데 처음 성공하였다.
1007 희방 : 훼방.

신 機械裝置의 네발이달린 自動車를 發明했다는것이나 다름없다』

抑揚도 아모것도없는 死語다. 그럴밖에. 이것은 즈앙꼭또우[1008] 의 말인것도

나는 그러나 내말로는 그래도 내가 죽을 때까지의단하나의 絶望 아니 希望을

아마 텐스[1009] 를고처서 지꺼려버린기색이있다.

『나는 어떤 閨秀作家를 秘密히 사랑 하고 있소이다그려!』

그 閨秀作家는 原稿 한줄에 반듯이 한자식의 誤字를 揷入하는 快活한怠慢性

을가진 사람이다. 나는 이女人앞에서는 내 醜 짓[1010] 밖에는, 할수있는 擧動의

心理的餘裕가없다. 이女人은 多幸히 經産婦다.

그러나 고지듣지마라. 이것은 다음과같은 내 面目을 維持하기위해發掘한 옌

장[1011] 에 지나지안는다.

『내가 結婚하고 싶어하는 女人과 結婚하지 못하는것이 결[1012] 이나서 結婚하

고싶지도 저쪽에서 結婚하고싶어하지도안는 女人과 結婚해버린탔으로 뜻밖

에 나와結婚하고싶어하든 다른女人이 그또 결이나서 다른男子와 結婚해버

렸으니 그야말로 — 나는 지금 一朝에破滅하는 結婚우에佇立[1013] 하고있으니

— 一擧에 三尖[1014] 일세그려』

즉 이것이다.

T군은 암만해도 내가 불상해 죽겠다는 듯이 나를 물끄럼이 바라다보드니

『자네, 그중어려운 外國으로가게, 가서 비로소 말두배우구, 또 사람두처음으

로 사귀구 그리구 다시 채국채국 살기시작허게, 그렇거능게 자네 自殺을求할

1008 즈앙꼭또우 : Jean Cocteau(1889~1963) 프랑스의 시인·소설가·극작가.

1009 텐스(tense) : 구미어(歐美語)에서 현재·과거·미래 따위의 때를 나타내는 문법적 분류. 시제(時
制).

1010 醜 짓 : 탈자를 맞춰 넣으면 '醜한짓'이 될 것이다. 전집(1·2·3)은 '추한 짓'으로 수정.

1011 옌장 : 연장.

1012 결 : 못마땅한 것을 참지 못하고 성을 내거나 왈칵 행동하는 성미.

1013 佇立 : 우두커니 섬.

1014 一擧에 三尖 : '한번에 세 가지가 솟아오르다'는 의미인데, 一擧兩得이 긍정적인 의미인데 비해,
一擧三尖은 부정적인 의미를 띠고 있다. 결국 한번에 세 가지 (안 좋은) 일이 발생하다는 뜻.

수있는 唯一의方途 가 아닌가 그렇게생각하는내가 그럼 薄情한가?』

自殺? 그럼 T君이 눈치를 채었든가.

『이상스러워 할것도없는게 자네가 주머니에 칼을 넣고 댕기지안는것으로보
아 자네에게 自殺하려는 意思가 있다는걸 알수있지않겠나. 勿論 이것두 내게
아니구 남한테서 꿔온에피그람[1015]이지만』

여기 더 앉었다가는 鰒魚처럼 탁 터질것같다. 아슬아슬한 때 나는 T君과 함
께 빠―[1016]를나와 알마치[1017] 단성사문앞으로가서 三分쯤 기다렸다.

尹과姬이가 一條二條하는 文章처럼 나란히 나온다. 나는 T君과같이 「晩
春」[1018] 試寫를보겠다. 尹은 우물쭈물하는것도같드니

『바통[1019] 가저가게』

한다. 나는 일 없다. 나는 절을하면서

『一着選手여! 나를 列車가 沿線의 小驛을자디잔바둑돌 黙殺하고 通過하듯이
無視하고 通過하야 주시기(를)바라옵나이다』[1020]

瞬間 姬이 얼굴에 毒花가핀다. 응당 그러리로다. 나는 二着의名譽같은것은
요새쯤 내다버리는것이 좋았다 그래 얼른 릴레[1021]를 棄權했다. 이경우에도 語
彙를 蕩盡한浮浪者[1022]의 資格에서 恐懼 橫光利一[1023]氏의 出世를 사글세 내어

1015 에피그람(epigram) : 경구. '주머니에…意思가 있다'까지를 의미.

1016 빠―(bar) : 바(서양식 술집).

1017 알마치 : 알맞게.

1018 晩春 : 원제는 「The Flame Within」으로 1935년 미국에서 제작된 영화. 굴딩(Edmund Gould-
ing) 감독, 하딩 주연이며, 단성사에서 1936년 6월경에 상연. 자세한 영화 내용은 동아일보
(1936.6.23)를 참조.

1019 바통(baton) : 릴레이 경기에서, 앞 주자가 다음 주자에게 넘겨주는 막대기.

1020 요코미츠 리이치(橫光利一)의 작품 「頭ならびに腹」에 나온 "特別急速列車는 滿員의 간혹 全速
力으로 달렸다. 沿線의 小驛은 돌과 같이 黙殺당했다(特別急行列車は滿員のまま全速力で驅け
てるた. 沿線の小驛は石のやうに黙殺された)"라는 구절을 인용해 온 것이다.

1021 릴레(reley) : 릴레이 경기.

1022 浮浪者 : 떠돌이. 여기서는 작품을 떠돌며 적당한 어휘를 찾아 헤매는 작가 자신을 말한다.

1023 橫光利一(1898~1947). 일본의 소설가. 신감각파를 대표하는 작가로 새로운 감각적인 작품을
썼다. 뒤에 신심리주의로 옮겨 강렬한 자의식을 추구하는 작품을 씀. 대표작으로 「파리」, 「기

온것이다.

姓이와尹은 人波속으로 숨여버렸다.

갸렐리[1024] 어둠속에 T君과 어깨를나란히앉어서 신발바꿔신은 人間 코메디[1025]를나려다보고 있었다. 아래배가 몹시 아프다. 손바닥으로 꽉 눌으면 밀려나가는 김 이 입에서 哄笑[1026]로化해 터지려든다. 나는 阿片[1027]이 좀 생각났다. 나는 조심도할줄모르는 野人이니까 半쯤죽어야 껍적대이지안는다.

스크린에서는 죽어야할사람들은 안죽으려들고 죽지않아도 좋은사람들이 죽으려 야단인데 수염난사람이 수염을 혀로 핥듯이[1028] 만지적만지적하면서 이쪽을향하드니하는소리다.

『우리醫師는 죽으려드는사람을 부득부득 살려 가면서도 살기어려운 세상을 부득부득 살아가니 거 익쌀맞지 않소?』

말하자면 굽달린自動車를 硏究하는 사람들이 거기서 이리뛰고 저리뛰고 하고들있다.

나는 차츰차츰 이 客 다 빠진 텅 빈 空氣속에沈沒하는 果實 씨 가 내 허리띠에 달린것같은 恐怖에 지질리면서[1029] 정신이 점점 몽롱해드러가는 벽두에 T군은 은근히 내 손에 한자루 서슬 퍼런 칼을 쥐어준다.

(復讐하라는 말이렸다)

(尹을찔러야하나? 내 決定的敗北이 아닐가? 尹은 찔르기 싫다)

계」, 「여수」 등이 있다.

1024 갸렐리(gallery) : 회랑.

1025 코메디(comedy) : 희극.

1026 哄笑 : 입을 크게 벌리고 웃거나 떠들썩하게 웃음. 또는 그 웃음.

1027 阿片 : 덜 익은 양귀비 열매에 상처를 내어 흘러나온 진(津)을 굳혀 말린 고무 모양의 흑갈색 물질. 모르핀을 비롯하여 30가지 이상의 알칼로이드가 들어 있으며, 진통제·진경제·마취제·지사제 따위로 쓰이는데, 습관성이 강한 중독을 일으킨다.

1028 핥듯이 : 전집(1)은 누락.

1029 지질리면서 : 기본형은 지질리다. 즉, 지지름을 당하다. 지지르다(의견이나 기세를 꺾어 누르다, 무거운 물건으로 내리누르다)의 피동.

(姙이를 찔러야하지? 나는 그 毒花핀 눈초리를 網膜에映像한채生 生¹⁰³⁰하다니)

내 心臟이 꽁 꽁 얼어드러온다. 빼드득빼드득 이가갈린다.

(아 하 그럼 自殺을 勸하는 모양이로군, 어려운데 ― 어려워, 어려워,어려워)

내 卑怯을 嘲笑하듯이 다음순간 내손에 무엇인가뭉클 뜨듯한덩어리가 쥐어졌다. 그것은 서먹서먹한表情의나쓰미깡, 어느틈에 T군은 이것을 제 주머니에 다 넣고 왔든구.

입에 침이 좌르르 돌기전에 내눈에는 식은 컾 에 어리는 이슬처럼 방울지지 안는 눈물이 핑 돌기시작하였다.

― 발표지면 : 『朝光』, 1937.2

1030 往生 : 〈불교〉 목숨이 다하여 다른 세계에 가서 태어남.

황소와독쌔비(童話)[1031]

金海卿[1032]

어썬 산골에 돌쇠라는 나무장사가 살고잇섯습니다 나히 三十이 넘도록 장가
도안가고 쏘부모도 일가친척도 업는혈혈단신이라 먹을것이나 잇는동안은 핀
둥핀둥놀고 그리다가 정 궁하면 나무를팔러 나갑니다

어데서 해오는지 알암드리[1033] 장작이나 솔나무를 황소등에다 듬북실코 장
터나 읍으로 팔러갑니다 아침일즉이 해도 쓰기전에 방울달린 소를쓸고 이려 이
려…… 쌀랑 쌀랑…… 이려 이려 — 몃十리식되는 장터로 읍으로 팔릴 쌔까지
쓸고다니다가 해저물녁히래야 겨우 다시 집으로 도라옵니다

그 방울 달은 황소가 쏘 돌쇠의 큰 자랑꺼리엿습니다 돌쇠에게는 그황소가
무엇보다도 소중한 재산이엇습니다 자기압흐로잇든 몃마지기 토지를 팔어
서 돌쇠는 그황소를 산것입니다 그황소는 아직 나히는 어리엿스나 키가 훨신
크고 골격도 튼튼하고 털이 쏘 유난스럽게 고앗습니다 긴 쇠리를 좌우로 흔들
며 나무짐을 잔득 지고 텁석텁석 걸어가는양은 보기에도 참 훌륭햇습니다 그동

1031 연재 2회(1936.3.6)부터는 제목이 「황소와독개비」로 되어 있고, 작품 속에서 독쌔비와 독개비
가 같이 쓰이고 있다. 최근 한 연구자(김영순)는 이 작품이 일본 작가 토요시마 요시오(豊島與
志雄)의 작품 「천하 제일의 말」(『赤い鳥』, 1924.3)을 번안한 것이며, 작자도 이상이 아닐 가능
성을 제기하였다(『창비어린이』 3, 2003.12). 김해경이 송경과 더불어 『목마』에 수많은 외국 동
화를 번역해서 실었다는 점, 그리고 그가 『赤い鳥』에 실린 다께이(武井)의 표지 그림과 삽화를
본떠서 『목마』의 그림을 그렸다는 점(조용만) 등으로 보아 이상이 토요시마의 작품을 패러디
한 것이 분명하다.
1032 金海卿 : 연재 2회(1936.3.6)부터 '金海鄕'으로 되어 있는데, '鄕'은 '卿'의 오식으로 보임. 참고
로 『경성고등공업학교일람』(1941.7.28 발행)의 건축학과 제7회 명단에도 이상은 '金海卿'이
아닌 '金海鄕'으로 오식.
1033 알암드리 : 아름드리. 둘레가 한 아름이 넘는 것을 나타내는 말.

리에서 으쓱가는 이황소를 돌쇠는 퍽 귀에하고[1034] 위햇습니다

어느해 겨울 맑게 개인날 돌쇠는 전과갓치 장작을한바리[1035] 잔득실고 읍을 향해서길을 써낫습니다 읍에 도착한것이 오정때쯤 이엿습니다 그날은 운수가 조왓던지 살사람이얼른 나서서 돌쇠는 그리애쓰지안코 장작을 팔수잇섯습니다 돌쇠는 마음에 대단히흡족해서 자기는 맛잇는 점심을사먹고 소에게도 배불리 죽을먹엿습니다 그리고나서잠간쉬이고 그날은 일즉도라올 작정이엿습니다

얼마쯤도라오려니까 별안간 한울이 흐리기 시작하고 북풍이[1036] 내리불드니 히쓱히쓱진눈째비까지 쌕리기 시작합니다 돌쇠는 소중한황소가 눈을마질까겁이나서 길가에잇는 주막에들어가서 두어시간쉬엇습니다 그랫드니 다행히 눈은 얼마아니오고 그치고마럿습니다

아직 저물지는 안엇는고로 돌쇠는 황소를끌고 급히 길을 써낫습니다 쌜리가면 어둡기전에 집에 도라올수 잇슬것가탯기 째문입니다 그러나 짧은 겨울해는 반도못와서 어느듯 저물기 시작햇습니다 날이 흐럿기째문에 더일직어두엇는지도 몰읍니다

「야단낫구나」

하고 돌쇠는 야숙한 한울을 처다보며혼자 중엄거리고[1037] 가만히 소등을쓰다듬엇습니다

「날은 춥구 길은 어둡구그러치만 헐수잇나 자 어서, 가자」

돌쇠가 혼잣말가치 중얼거리는[1038] 말을 소도 알어들엇는지 쌀랑∨ 쑤벅∨ 걸음을 쌜리합니다

이러케 얼마를 오다가 어느 산허리를돌아스려니까 별안간 길엽 숲속에서 고

1034 귀에하고 : '귀애(貴愛)하고' 또는 '귀해 하고'의 오식인 듯. 전집(1·2·3)은 '귀애하고'로 수정.

1035 한바리 : '바리'는 마소의 등에 잔뜩 실은 짐을 세는 단위이며, 한 바리는 마소에 한번 잔뜩 실은 짐을 뜻함.

1036 북풍이 : 원문은 '북풒이'로 오식.

1037 중엄거리고 : '중얼거리고'의 오식인 듯.

1038 중얼거리는 : 원문은 '중거얼리는'으로 오식.

양이만한 새카만놈이 쌍창 쮜여 나오며 눈위에가 업대여 무릅을 쑬코 작고[1039]

절을합니다

「돌쇠아저씨 제발 살려주십시요」

처음에는 쌈작 놀래인 돌쇠도 이러케말을 부치는고로 발을 멈추고 자세히 바

라보니까 사람인지 원숭인지 분간할수업는 얼골에 몸에 비해서는 좀 기름한[1040]

팔 다리 살결은 까뭇까뭇하고 귀가 웃뚝 솟고 적은 쏘리까지 달려서 원숭

이것기도하고 고양이것기도하고[1041] 쏘어써케보면 개것기도 햇습니다

「얘 요게 뭐냐」

돌쇠는 약간 놀래면서 소리첫습니다

「대체 너는 누구냐」

「제 이름은 산오쑤기예요」

「뭐? 산오쑥이?」

그새 돌쇠는 얼른 어썬 책속에서본그림을 하나 생각해 냇습니다 그 책속에는

얼골은 사람과 원숭이의 중간이요 쏘리가 달리고 팔다리가 길고 귀가 오쑥 일

어선 것을 거려[1042]노코 그엽헤다 독깨비라고 씨여잇섯든것입니다

「거짓말 말어 요놈아」

하고 돌쇠는 소리를 버럭 질럿습니다

「너 요놈 독깨비 색기지」

「네 정말은 그럿습니다 그러치만 산오쑤기라구두 합니다」

「하하ᄼᄼ 역시 독깨비색기 엿구나」

돌쇠는 껄ᄼ 웃으면서 허리를 굽히고 물엇습니다

「그래 대체 독깨비가 초저녁에웨 나왓스며 쏘 살려 달라는건 무슨 소리냐?」

독째비색기의 이약이는 이러햇습니다

지금부터 한 일주일전에 날이 짜쯧하길래 독째비색기들은 五六머리가 쎼를지여 인가근처로 놀러나왓드랍니다 하로 온종일 자미잇게 놀고 막 도라가려 할째에 마침 동리의 산양개한테 붓들려 쇠리를물리고 마럿습니다 겨우 몸은쌔저나왓스나 개한테 물린쇠리가 반동강으로 툭 잘러젓기쌔문에 여러가지재조를 못피게되고 마럿습니다 그쑨아니라[1043] 동무들도 다 이저버리고 혼자 써러저서 할수업시 입째껏 그산허리 숨속에 숨어잇섯든것입니다

독째비에겐 쇠리가 아조소중한물건입니다 쇠리가 업스면 첫재 재조를 피일수 업는고로 먼 산속에잇는 집에도갈수업고 배가 곱하서 먹을것을 차즈러나가려니 산양개가 무섭습니다 날이 치우면 쇠리의 상처가 쑤시고압흐고 — 그래서 꼼작못하고 일주일동안이나 숨속에 가처잇다가 마침 돌쇠가 지나가는 것을 보고 살려달라고 쮜여나온것입니다

「제발 이번만 살려주십시요 은혜는 평생 잇지안켓습니다」

이약이를 마치고나서 독째비색기는 머리를 쌍속에 틀어박고 두손으로 싹싹 빔니다

이약이를 듯고 자세히 보니까 과연살이 밧삭 쌔지고 쇠리에는 아직도 상처가 생생하고 추위를 견듸지 못해서 온몸을 바들바들 떨고잇습니다 돌쇠는 그정경을보고 아모리 독째비색기로서니……하는 측은한 생각이나서

「살려주기야 어렵지 안타만은 대체 어쩌케 해달라는 말이냐」

하고 물엇습니다

「돌쇠아저씨의 황소는 참 훌륭한 소입니다 그황소[1044]뱃속을 쏙두달동안만 저에게 빌려주십시요 더두 실습니다 쏙 두달 입니다 두달만 지나면 날두 짜쯧해 지구 쏘 상처두 나을테구 하니깐 그째는 제맘대루 도라단닐수잇습니다 그동

안만이황소뱃속에서 살두룩 해주십시요 절대루 거짓말 아닙니다 거짓말을 해
서 아저씨를 속이기커녕은 지가 이소뱃속에 들어가잇는 동안은 이소를 지금버
덤 열갑절이나 기운이세이게 해드리겟습니다 그러니 제발 이번 한번만 살려주
십시요」

　이말을 듯고 돌쇠는 말문이 맥히고 마럿습니다 귀엽고 소중한 황소뱃속에다
독쌔비색기를 너코다닐수는 업는일입니다 그러타고 그것을 거절하면 독쌔비
색기는 필경 얼어죽거나[1045] 굶어죽고 말것입니다 아모리 독쌔비라기로 그러
케 되는것을그대로 둘수도 업고 쪼소의힘을 지금보다 十배나 강하게 해준다니
그리 해로운일은 아닙니다

　생각다못해서 돌쇠는 소의 등을 두드리며 「어썩허면 조켓니」하고 물어보니
까 소는 그말귀를 알어들엇는지 고개를 쓰덕쓰덕 합니다

　「그럼 너허구십흔대루 해라 그러치만 꼭 두달동안만이다」

　돌쇠는 독쌔비색기를 보고 이러케 다짐햇습니다

　독쌔비색기는 조화라고 펄펄 쮜면서 백번 치사하고[1046] 쌍창쮜여서 황소
배ㅅ속으로 들어가고 마럿습니다

　돌쇠는 쩰쩰 웃고 다시소를 몰기시작햇습니다 그랫더니 참 놀라운 일입니다
아싸보다 十배나 소는걸음이쌜러저서도저히쌀어갈수가업섯습니다 할수업시
소등에올라탓더니 소는 연방쌀랑Ｖ방울소리를 내이며 순식간에마을까지 쮜여
도라 왓습니다

　과연 독개비색기가 말한대로 돌쇠의황소는 전보다 十배나 힘이 세여젓든것
입니다 그이튼날부터는 장작을 산덤이가치 실흔 구루마라도 쓰는지 마는지 줄
것[1047] 줄다름질을 처서 내니다 그전에는 하로종일 걸리든 장터를 이튼날부터
는 아모리 장작을 만히 실엇서도 하로 세번식을 왕래햇습니다

1045 얼어죽거나 : 원문은 '얻어죽거나'로 오식.
1046 치사하고 : 치하하고, 혹은 칭찬하고.
1047 줄것 : 줄곧.

돌쇠는 걸어서는 도저히 따라갈수가 업서서 새로 구루마를 하나 사서 밤낮 그 위에 올라타고 다녓습니다 얘— 이건 참 굉장하다…… 하고 돌쇠는 한울에 나 올은 듯이 기뻐 햇습니다 따라서 전보다도 훨신 더 소를 귀애하고 소중히 역이게되엿습니다

자— 이러고보니 동리에서나 읍에서나 큰 야단입니다 돌쇠의황소가 산덤이가티 장작을실고 하로에 장터를 세번식 왕래하는것을 보고 모두 눈이 쑹그랫습니다 그중에는 어쩌케해서 그러케 황소의힘이 세여젓는지 부득부득 알려는사람도잇고 또 달래는대로 돈은[1048] 줄테이니 제발 팔어달라고 청하는사람도 잇섯스나 돌쇠는빙그레 웃기만하고 대답도하지 안엇습니다

「어썬말이냐 우리소가 제일이다」

그럴쩍마다 돌쇠는 이러케 생각하고 더욱 맛잇는죽을 먹이고 쌀랑쌀랑 이려이려귀신이[1049]나서 소를 모랏습니다

원래 게으름뱅이 돌쇠입니다만은 이튼날부터는 소모는데 고만 재미가나서 장작을 팔러다녀서 돈도 만히모앗습니다 눈이오거나 아조 치운 날은 좀 편히쉬여보려도 소가 말을 안들엇습니다 첫새벽부터 오양간속에서 발을 구르고 구슬[1050]을내흔들고 — 넘처흐르는 긔운을참지못해 겅정정 �뜀니다 그러면 돌쇠는 할수는시[1051] 또황소를끄러내이고맙니다

이러는사히에 어느듯 두달이 거진다 지나가고 三월그믐께가 닥어왓습니다 그째부터 웬일인지 작고 소의배가[1052] 부르기시작햇습니다 돌쇠는깜짝놀내여 틈잇는대로 커다란 배를 문질러주기도하고 또 약도 써보고 햇스나 도모지 효력이 업습니다 로인네들에게보여도 무슨째문인지 아는 사람이 업섯습니다

1048 돈은 : 전집(2·3)은 '돈을'으로 수정.
1049 이려이려귀신이 : 전집(2·3)은 '이려 이려 하고 신이'로 수정.
1050 구슬 : 구슬방울의 준말로 워낭을 의미하는 듯. 워낭은 마소의 귀에서 턱 밑으로 늘여 단 방울.
1051 할수는시 : 아마도 '할수는업시' 또는 '할수업시'의 오식으로 보임.
1052 소의배가 : 원문은 '소의쎄가'로 오식.

돌쇠는 매일을 걱정과 근심으로 지냇습니다 아마 이것이 필경 배ㅅ속에잇는 독개비[1053] 작란인가보다 하는것은 으슴푸레 짐작할수 잇섯스나 처음에 쏙 두 달동안이라고 약속한일이니 엇지할수 업는 일입니다 그쑨아니라 소는 다만 배 가 불러올쑨이지 별로 기운도 줄지안코 알치도 안는고로

「제기 그냥 두어라 며칠더 기대리면 결말이 나겟지 죽을것 살여주엇는데 설 마나쑨짓야 하겟니」

이러케 생각하고 四월이 되기만 고대햇습니다

소는 여전히 기운차게 이구루마[1054]를 쓸고 산이든 언덕든 평지가치 달렷습 니다

그예 三월금음이 닥어왓습니다

돌쇠는 겨우 후— 하고 한숨을 내쉬이고 그날 하로만은 황소를 편히 쉬이게햇 습니다 그리고 이왕이니 오늘 하로만 더 독개비를 두어두기로 결심하고 소를오 양간에다 매인후 맛잇는 죽을 먹이고 자기는 일즉부터 자고마럿습니다

이튿날 四월초하롯날 첫새벽입니다 문득 돌쇠가 잠을 쌔이니까 오양간에서 쿵쾅쿵쾅하고 야단스런 소리가 낫습니다돌쇠는 쌈작 놀래여금방 잠이쌔여서 쒸처일어낫습니다

소를 누가 훔처가지나 안나 하는근심에 돌쇠는 옷도 못가러입고 맨발로 마당 에쒸여나려 단숨에오양간압까지다름질 첫습니다 그랫드니 웬일인지 돌쇠의황 소는 오양간속에서 이를악물고 괴로워못견듸겟다는듯이 미친것모양으로 경중 ∨ 니다[1055] 가엽게도 황소는 진쌈을 잔득흘리고 고개를 내저으며 기진력진한[1056] 모양입니다

<hr>

1053 독개비 : 원문은 '독비'로 한 글자 누락.
1054 이구루마 : 전집(1)은 '이'가 누락.
1055 니다 : '쐽니다'의 오식인 듯.
1056 기진력진한 : 氣盡力盡(=氣盡脈盡)한. 기운이 다하고 맥이 풀린. 전집(1)은 '기진맥진한'으로 수정.

돌쇠는 깜짝 놀래여 미친듯이 날뛰는 황소곱비[1057]를 붓잡고 느러젓습니다
그러나 황소는 좀체로 진정치를 안코 더욱 힘을내여 괴로운듯이 날뜁니다

「대체 이게 웬 영문야」

할수업시 돌쇠는 소의곱비를 노코 한숨을 내쉬이며 얼쌔진 사람가치 그자리에 웃둑서고 마랏습니다

「돌쇠아저씨 돌쇠아저씨」

그째입니다 어데서인지 자기를 불으는소리를 돌쇠는확실히 들엇습니다 돌쇠는 그 소리를 듯고 정신이 버썩나서 주위를 돌아보앗습니다 그러나 아모도 보이지는 안습니다 그째 쏘 어데서인지 나즈막한 목소리가 들려왓습니다

「돌쇠아저씨 돌쇠아저씨」

암만해도 그소리는 황소입속에서 나오는것 갓헛습니다 그래서 돌쇠는 자세히 들으려고소입에다 귀를 갓다대엿습니다

「돌쇠아저씨 저예요 저예요 저를 몰르세요?」

그째에야 겨우 돌쇠는 그 목소리를 생각해내엿습니다

「오— 너는 독개비 색기로구나 날이 다 새엿는데 웨 남의 소배속에 입째들어잇니 약속한 날자가 지낫스니 얼른 나와야 허지안켓니」

그랫드니 황소 속에서 독개비색기는 이러케[1058] 대답햇습니다

「나가야 헐텐데 큰일 낫습니다 돌쇠아저씨 덕택으로 두달동안 편히 쉬인건 참고맙습니다만은 매일 들어누어 아저씨가주시는맛잇는 음식을 먹고잇다가 기한이됏길래 나가려니까 그동안에굉장이살이 쩟나봐요 소목아지가 좁아서 쌔저나갈수가 업게됏단 말예요 억지루 나가려면 나갈수는 잇지만 소가 아푼지 막 쮜고 발광을 하는구면요 야단 낫습니다」

돌쇠는 그말을듯고 기가 딱 맥히고 마럿습니다

「그럼 어쩌커면 조탄 말이냐 그거 참야단이로구나」

　돌쇠는 팔장을 끼고 생각에 잠기고 마럿습니다 독개비색기에게 황소 배ㅅ속을 빌려준것을 크게 후회햇지만 인제와서 무슨 소용이 잇겟습니까 무엇보다도 소가불상해서 돌쇠는 고만 눈물이글성∨ 하고 금방 울음이터질것 갓햇습니다 그째 쏘 독개비색기 목소리가 들려나왓습니다

「아 돌쇠아저씨 조흔수가 잇습니다 어쩌케든지 해서 이소가 하품를 허두록 해주십시요 입을 싹 버리고 하품을 헐째에 지가 얼른 쒸여나갈템니다 그러치안으면 한 평생 이뱃속에서 살거나 쏘는뱃가죽을 쑬코 나가는수박게 업습니다 그 대신 하품만 허게해주시면 이소의힘을지금버덤 백갑절이나 더 세이게 해드리겟습니다」

「올타 참 그러쿠나 그럼 내 하품을 허게헐테니 가만이 기다려라」

　소가 살어날수 잇다는생각에 돌쇠는 얼른 이러케 대답은 햇스나 가만히 생각해보니 일은 싹합니다

　대체 어쩌케해야 소가 하품을 하는지 도모지 알수가 업습니다 그쑨아니라 소가 하품하는것을 돌쇠는 입째것 한번도본일이 업습니다 그래서 함부로 엽구리도 씰러보고 코구녕에다 막대기도 쇠자보고 간질러도 보고 콧등을 쓰다듬어보기도하고 ― 별々쇠를 다 내이나 소는 하품커녕은 귀찬은듯이 몸을 피하고 도리질을하고 한 두어번 연거퍼 재채기를 햇슬쑨입니다 도모지 하품을 할 기색은 보이지 안습니다

　그러타고 이대로 내버려 두엇다가는 독개비색기가 뱃속에서 작구 자라서 제 절로 배가터지거나 그러치안으면물어쓰끼여 아까운황소가 죽고 말것입니다 쌍을팔어서 산황소요 세상에 다시업시 애지중지하는 귀여운 황소가 그꼴을 당한다면 그게 무슨짝입니까 돌쇠는 답답하고 분하고 슬퍼서 어쩔줄을 몰을 지경입니다

　생각타 못해서 돌쇠는 옷을 갈어입고 동리로 쒸여내려왓습니다

「어쩌허면 소가 하품하는지 아시는분 잇스면 제발 좀가르켜주십시요」

동리로 내려온 돌쇠는 맛나는 사람마다 붓잡고 이러케 웨치며 물엇습니다만 은아모도 아는사람은업섯습니다 동리에서 제일나히만코 무엇이든지 안다는로인조차 고개를 기우리고 대답을하지못햇습니다

그러케 얼마를 뭇고다니다가 결국다시 빈손으로 돌쇠는집으로 돌아오고마럿습니다 인제는 모든일이다틀렷구나생각하니 압히캄〃하고기가탁탁 맥힙니다 고개를 폭 숙이고 풀이 죽어서 길게 멋번식한숨을 내쉬이며 돌쇠는오양간 압흐로 도라와서 얼쌔진 사람가치 황소의얼골을 처다보앗습니다

자기를 위해서 멋해동안힘도 만히 도웁고 애도 만히 쓴 귀여운 황소! 며칠안되여 뱃속에잇는 독개비색기째문에 뱃가죽이 터저서 죽고 마를 귀여운황소! 그것을 생각하니 사람이 죽는것보다 지지안케 불상하고 슬푸고 원통합니다

공연히 그놈에게 속아서황소뱃속을 빌리여 주엇고나하고 후회도 하여보고 쏘 그러케 미련한 자기자신을 스스로 매질도 해보고 — 그러나 그것이 인제와서 무슨 소용입니까 얼마안잇서 돌쇠의둘도업는 보배이든 황소는 죽고마를것이요 돌쇠자신은 다시 외롭고 쓸쓸한 몸이 되리라는 그것만이 사실입니다

참다못해서 돌쇠는 눈물을 흘리고 소리내여 울며 간신히 고개를 처들고 다시 한번 황소의 얼골을 바라 보앗습니다 황소도 자기의 신세를 쌔다럿는지 쏘는돌쇠의 마음속을 짐작햇는지 묵업고 육중한 몸을 뒤흔들며 역시 슬푼드시 돌쇠의 얼골을 바라보고 잇습니다

얼마동안 그러케 씀작안코 돌쇠는 오양간아페 쇠부리고 안저서 황소의 얼골만 처다보고잇섯습니다 밥먹을생각도 업습니다 배도 고푸지안엇습니다 다만 귀여운 황소와 이별하는것이 슬퍼습니다 오정째가까히되도록 돌쇠는 이러케 황소의얼골만 처다보고잇섯습니다 그랫드니 차〃몸이피곤해서 눈이아푸고 머리가혼몽하고 졸려젓습니다 그래서 고만저도 몰으는사히에 입을 쌕버리고 기다라케 하품을하고마럿습니다

그새입니다 돌쇠가하품을하는것을본황소도 싸라서 길다란하품을하기시작
했습니다

「올타됏다」

그것을 본 돌쇠가 청쮜여 일어나며조타라고 손벽을 칠째입니다 가버린[1059]
황소입으로 살이 통통히 찐 독개비색기가쌍창 쮜여나왓습니다

「돌쇠아저씨 참 오랫동안 고맙습니다 아저씨 덕택에 이러케 살까지 쩟스니
아저씨 은혜가 참 백골난망[1060]입니다 그대신 아저씨소가 지금보다 백갑절이
나 기운이 세이게 해드리겟습니다」

독개비색기는 돌쇠아페 업데여 이러케말하고나서 넙직 절을 하더니 상처가
나은 쇠리를 저으며 두어번 재조를 넘엇습니다 그리고나서 어데로인지 업서지
고 마럿습니다

그째에야 돌쇠는 겨우 정신을 차럿습니다 입째것일이 꿈인지 정말인지 잠간
동안은 분간할수 업섯습니다그러다가 고개를 들어 홀죽해진 황소의배를 바라
보고 처음으로모든것을 째닷고 하하 ∨ 큰소리를내여 웃섯습니다 그리고귀여
워 죽겟다는듯이황소의등을 쓰다듬엇습니다

── × ──

죽게되엿든 황소가 다시살어낫슬쑨아니라 이튼날부터는 입째보다 백갑절이
나힘이 세여저서 세상사람들을 놀내엿습니다 돌쇠는 더욱 부지런해저서 일은
아침부터 백마력(百馬力)[1061]의 소를몰며「독개비아니라 귀신이라두 불상하거
든 살려주어야 하는법야」 이러케 속으로 중얼거리고 콧노래를불럿습니다 (끗)

── 발표지면 : 『每日申報』, 1937.3.5~9

1059 가버린 : 전집(3)은 '벌린'으로 수정.

1060 백골난망 : 白骨難忘. 죽어서 백골이 되어도 잊을 수 없다는 뜻으로, 남에게 큰 은덕을 입었을 때
　　　고마움의 뜻으로 이르는 말.

1061 백마력(白馬力) : 백 마리 말의 힘이란 뜻으로, '1마력'은 말 한 마리의 힘에 해당하는 일의 양이
　　　다. 1마력은 1초당 746줄(joule)에 해당하는 노동량으로 746와트의 전력에 해당한다.

不幸한 繼承[1062]

한여름 대낮 거리에 나를 배반하여 사람 하나 없다.

敗北에 이은 敗北의 履行,　　그 苦痛은 絶大한[1063] 것일 수밖에 없다.

나는 그것을 잘 알고 있다 — 自殺마저 허용되지 않고 있다는 것을.

그래 그렇기에 —

나는 곧 다시 즐거운 山 즐거운 바다를 생각하지 아니하면 아니된다. — 달뜬 친절한 말씨와 눈

　길 — 그리고 나는 슬퍼하기보다는 우선 괴로와하기부터 실천하지 아니하면 아니된다.

한여름 대낮 거리 사람들 모두 날 배반하여 虛虛롭고야[1064]

1

箱은 참으로 後悔하지 아니할까?　　그렇진 않겠지. 그건 참을 수 없는 冷情함보다

　도 더욱 冷情하여 참을 수 없는 것.　　그럼에도 불구하고 그는 기다리고 있다.

1062 일문 유고로 있던 것이 발견되어 번역되었으며, 『문학사상』 1976년 7월호에 소개되었다. 조연
　　현은 번역 후 다음과 같은 설명을 실어 두었다.
　　本誌에 소개하는 李箱의 日文遺稿는 1960년에 입수하여 그 1부를 『현대문학』(1960년 11월부
　　터 61년 1월호)에 발표하고 그 나머지를 내가 보관하고 있었던 것이다. 원고가 산란하여 문맥
　　의 연결을 맞추기 어려운 몇 편(이것은 이후 최상남에 의해 번역 소개되었다. 「단상」의 주 참조)
　　만은 그대로 나에게 남아 있다. 이번에 소개하는 것 중에도 문맥을 찾기 어려운 것이 몇 개는 들
　　어 있다.
　　유고 전체에 대한 자세한 소개 경위는 시 「유고」의 주를 참조. 번역문의 행배열이 몹시 혼란스
　　럽지만, 원문의 배열방식을 상당 부분 반영하려 했다는 점에서, 여기에서는 『문학사상』 번역본
　　을 토대로 실었다. 전집(2·3)은 일상적인 행배열로 바꾸었다. 일문 원문의 일부가 김윤식, 『이
　　상 문학 텍스트 연구』(서울대출판부, 1998)에 실려 있다.
1063 絶大한 : 견줄 바가 없이 큰.
1064 원문은 일본 단까(短歌) 형식을 취한 것이다(역자주). 여기에서 '虛虛롭고야'는 '마음이 텅 빈
　　듯이, 외롭고 허전하고 허망하고 허탈한 느낌이 가득하구나'라는 뜻.

後悔를 ─ 箱에게서 後悔하지 아니하는 時間은 더욱 위태하다는 그런 말일까.

그는 절실히 後悔를 苦待하고 있다.

그런 꼴이었다.

혼자서 못된 짓 하고 싶다. 난 이제 끝내 살아나지 못할 것 같다. 필경 살아나지 못할 테지.

허나 언제나 箱과 꼬옥 같은 모양을 한, 바로 箱 자신이 이 아니면 아니된다. 그림자보다도 不透明한 한 사나이가 그의 앞에 막아서면서 어정버정[1065]하는 것이었다.

그는 그 빗바랜 세피어[1066]색 그림자 앞에선 고개를 들지 못한다.

어차피 살아날 수 없는 것이라면, 혼자서 한껏 殘忍한 짓을 해보고 싶구나.

그래 상대방을 죽도록 기쁘게 해주고 싶다. 그런 상대는 여자 ─ 역시 여자라야 한다. 그래 여자라야만 할지도 모르지.

그래 그는 後悔하지 아니했는가. 거듭될수록 오히려 後悔는 深刻해지지 아니했던가. 그럴 때 그의 지쳐버린 머리로 어떤 것을 생각했던가. 이 경우의 여자 ─ 그의 이른바 여자란 무엇인가.

箱은 사실은 이토록 後悔하고 있단 말이다. 그의 머리는 ─ 理性은, 참으로 그가 苦待하고 있는 것은 물론 後悔 같은 씁쓰레한 서툰 料理는 아니다. 後悔하지 아니하고 되는 일.

그래 이번만은 後悔하지 않고 되는 첩경을 찾아내리라.

아니 이거 무슨 물건이 바로 이 내 몸에 달라붙어서 떨어지지 않기 때문이겠지. 요놈을 떼쳐버려야지 ─

그러나 그건 대체 무슨 놈일까

그는 理性은 멀쩡했었다. 그것이 보였을 만큼 ─ 그러나 그가 疲勞를 회복하기

1065 어정버정 : 사이가 어그러지고 버그러져 서먹서먹한 모양.

1066 세피어(sepia) : 수채화 따위에 쓰이는 그림물감의 한 가지. 오징어의 먹물에서 뽑아 만든 암갈색의 물감.

가 무섭게 이내 그의 그러한 理性은 다시 무디어지고 마는 것이었다.

그래 標本처럼 혼자 椅子에 端坐하여 蒼白한 얼굴이 後悔를 기다리고 있었던
것이다.[1067]

이제 금시 도어가 열리면 事件이 ― 事件이라고 하기엔 너무나도 초라한 장난
이, 혹은 친구의 호주머니에 혹은 未知의 남의 고십(gossip)[1068]에 숨겨져 들
어오지나 아니할까.

箱은 보기에도 딱하게 벌벌 떨고 있었다.

아아, 後悔하긴 싫다, 아무 것도 갖다주지 않는 게 좋겠다.

그렇지 그래, 午前中에 잘라 파는 꽃을 어린아이가 사러 온다.　　그 뒤로는 반
드시 그 꽃보다도 어린아이보다도 新鮮한 誘惑이 전연 誘惑이라는 그 面貌를
바꿔가지고 제법 신나게 들어오는 것이었다.

　　　　　2

木芙蓉[1069]은 인사하듯 나가버렸다. 이젠 그 이상 그는 참을 수가 없다.
그도 그 뒤를 쫓아서 나간다.

읽다 만 敎科書를 접기보다도 더욱 쉽게 肉親 위에 덮쳐 오는 온갖 恥辱마저 그
의 앞서의 後悔와 함께 치워 버리곤, 그는 행복한 昆虫처럼 뛰어가는 것이다.

犯罪 냄새가 나는 그러한 新式 座席은 없을 것인가.

허나 그는 다시 空氣銃 가진 사람보다도 쉽게 그 비슷한 것을 발견해낸다.

1067 그래……것이다 : 이 구절은 「공포의 기록」에도 반복된다.
1068 고십(gossip) : 신문, 잡지 등에서 개인의 사생활에 대하여 소문이나 험담 따위를 흥미 본위로 다
룬 기사.
1069 木芙蓉 : =芙蓉. 아욱과의 낙엽 관목으로 중국 원산의 관상식물이며, 담홍색 꽃이 피는 식물. 여
기에서는 후자를 뜻하며, 사람의 별명인 듯.

그는 그만 微笑하면서 인사를 하고 마는 것이다.

오늘밤은 둘이 함께 해야 하나 보다.   그 언짢은 그림자의 사나이와 箱은 한 椅子 위에 걸터앉고 이젠 料理도 아주 한 사람 몫이다.

누이처럼 생각한 적도 있답니다.

케티 폰 나기[1070] 같이 아름다운 오뎅집 딸한테 그는 인제 그야말로 전혀 의미 없는 말을 한 마디 해보았다.

누굴 말입니까?(정말 별란 소리 다 한다. 누이처럼 생각했던 사람이란 대체 누구를 말하는 건가)

난 야단친 적도 있답니다, 좀 더 見聞을 넓히라고요.

허어,

한데 그 여자와 惡魔가 걸으니까 거 참 지독한 절름발이었지요. 하지만 어느 쪽이 길고 어느 쪽이 짧은지는 전혀 알 수 없었지요.

나기孃은 웃었다.   그건 箱의 수다에 언제나 번쩍이는, 더럽게 基督敎 냄새만 나는 思考方式을 슬쩍 嘲笑한 것일까. 어떻든 그는 벼란간 啞然[1071] 해지고 말았다.

酒氣로 뻘개진 얼굴의 內面에 발그레 紅潮가 도는 걸 느꼈다. 평소 그가 없신여기고 있던 것들이 실은 그로서 없신여겨선 안될 것들이라는 사실이 內心 몹시 창피했기 때문이다.

뭐 이런 건 이 언짢은 그림자의 사나이가 집게손가락으로 장난스런 주름살을 만들면서 나를 쿡쿡 찔러대기 때문이다.

(대단할 건 없다. 따돌려버려라) 해서 — 난 이후로도 그를 누인 줄 알고 위로해 주곤 할 작정입니다.

나기孃은 비로소 알아차린 것 같다.   허나 나기孃을 깨우치게 한 그 한마디는 또 얼마나 세상에 어리석기 그지 없는 수작이었겠는가.

1070 케티 폰 나기 : 배우의 이름인 듯.
1071 啞然 : 너무나 놀라워서 말이 안 나오거나 어안이 벙벙함.

이상 야릇한 밤이었다. 허나 또 決定的인 밤이었다. 집 밖에서 低徊하며[1072] 가지 않는 나그네가 그제서야 겨우 집안에다 짐을 부리운 것 같은……

濃厚한 脂肪色[1073] 思索에 결코 接近시켜선 안된다. 하나의 白金線[1074]의 正體를 마침내 白日下에 폭로하고 만 嘲弄 받아야 할 밤이 아니면 아니된다.

단 한 줄기의 白金線 — (나기孃, 당신만 해도 모노그램[1075]과 같은 白金線의 바둑무늬란 말이오)

고단한 人生에 이건 또 부질없는 농담이다. 酒氣가 그의 血液 속에 滔滔히 밀려 흐르고 있는 不幸한 祖上의 體臭를 더욱 더 부채질하고 있다. 허나 이 경우만은 그는 제멋대로 여전히 不吉한 呼吸을 시작할 수는 없는 것 같았다.

被害者를 낼만한 弄談은 금해야 할 것이다. 그의 腦裡에 첫째로 떠오는 禁制[1076]의 소리는 몽롱하나마 그것은 被害者에의 警戒인 것 같았다. 그렇다, 箱의 앞에 被害者는 肉眼이라는 條件을 가지고 箱을 威脅하는 포우즈[1077]를 계속할 것이다. 그것은 괴롭다.

차라리 이렇게 하자. 저 언짢은 그림자의 사나이가 나중에 무엇이라고 나무라든 아랑곳할 것이 뭐냐.

옳지, 하고 그는 後悔보다도 더욱 冷情한 푼돈을 집어던지고는 오뎅집 콘크리이트 바닥을 차고 일어섰다.

그리곤 가을바람처럼 비틀거리면서 一路 —

差押[1078]이다. 특히 네놈이 이번엔 指名 당하고 있단 말이다. 그런 기세로 箱의

1072 低徊하며 : 머리를 숙이고 생각에 잠겨 왔다 갔다 하며.
1073 濃厚한 脂肪色 : '濃厚한 地方色'의 오식일 수도.
1074 白金線 : 백금으로 만든 선. 백금은 금속 원소 중에서 가장 무거운, 은백색의 귀금속 원소. 전성(展性)과 연성(延性)이 좋고 고온에서도 산화하지 않으며, 장식품이나 이화학용 기계·전극 등에 쓰인다.
1075 모노그램(monogram) : 두 개 이상의 글자를 한 글자 모양으로 도안한 것, 합일 문자(合一文字).
1076 禁制 : 어떤 행위를 하지 못하게 말림, 또는 그런 법규.
1077 포우즈(pose) : 자세.
1078 差押 : 단속하여 눌러둠.

速度에는 시뻘거니 發紅한 怒여움이 충만해 있었다.

　　　3

不吉한 豫感에는 그는 무섭도록 敏感했다. 不吉한 事件 앞에선 반드시 무슨 일
　　에나 不吉한 조짐이 그를 괴롭히는 것이었다.

그는 이런 괴로움에서 벗어날 수는 없었다. 항상 戰戰兢兢하여 겁을 먹고 있지
아니하면 아니되었다.

머리 정수리를 粉碎 당한 不動明王[1079] 같이 그의 敏感은 이미 電氣椅子 위에
　　端坐하고 있었다. 푸른 눈은 허망한 前方에 無形의 一點을 택하여 불꽃 튀듯
　　凝視하고 있었다. 아니나 다를까 — 그렇다, 딱잘라 말하겠다. 그렇다, 하지만
　　그러면 나쁠까, 罪惡이 될까, 不道德이 될까.

그러는 素雲[1080]의 한 마디에 — 箱은 가슴팍 前面에 한 잎발[簾]의 미끄러져
　　내리는 소리를 들었다. 이것이 不吉이었던가 — 허나 이젠 이것을 똑바로 볼
　　수는 없다. 발너머로 보이는 이 不吉의 正體라는 건 그다지 대단한 것도 아닌
　　듯했다.

그렇다면 무엇일까 — 한 걸음 앞에 있는 그는 아직껏 겁을 먹고 있다. 아까보다
　　더욱 한층 파랗게 질려 있다.

　　난 友情인지 뭔지를 통 믿지 않는다는 것쯤 알아채고 있을 게다. 이런 내
　　　말의 根據일랑 그래 가령 友情에서라고 해두기로 하자. 그리고 보면 너
　　　는 살았고나? — 이봐 —

1079 不動明王 : 불교에서의 팔대 명왕의 하나. 대일여래(大日如來)가 모든 악마와 번뇌를 항복시키
　　기 위하여 분노한 모습으로 나타난 형상.
1080 素雲 : 김소운(金素雲, 1907~1981) 시인, 수필가. 이상은 김소운이 아동잡지『목마』를 할 때, 표
　　지 그림을 그려주는 등 도움을 주었다고 한다. 김소운은 이상을 위해「沈痛儀仗－李箱에게주는
　　詩」(『中央』, 1934.9)를 헌사하기도 했고, 또한 이상의 편지를 갖고「청령」,「한개의 밤」등을 초
　　하기도 했다.

가볍게 주먹으로 素雲의 허리께를 쿡 찌르면서, 箱은 울며 웃는 상판[1081] 이었다. 이런 때 그는 가장 많이 假面을 사용하는 것인데, 그 假面이야 말로 箱 자신의 본얼굴에 제일 가까운 것인 줄을, 그 자신의 본얼굴을 한번도 보지 못한 사람으로선 결코 알아챌 수는 없다. 모르면 몰라도 箱 자신조차 — 가 그 精巧함에는 미처 注意하지 못한다.

　이젠 더 내 平生엔 사랑을 한다든가 하는 機會는 없을 것이라고 단정하고 있었단다. 설령 어느 경우 이쪽에서 연연한 戀情을 느낀다손 치더라도, 결국은 바닷가 조개비의 짝사랑[1082]이 되고 말 것이라고 굳게 체념하고 있었단다.　불긋불긋 녹슨 들판만 아득한 千里란다.

사귀면 損害 본다. 허나 되려 반갑다. 두셋 친구 이외에 내 自殺을 만류해줄 理由의 근원이 있을 턱이 없다.

자넨 혹은, 하필이면 네가 그러느냐 그럴지도 모른다.　허나 난 正當防衛 그것마저 준비하고 있었단다 — 아니지, 어느 경우이건 놀림받기는 싫단 말이야.　그래서 그 손쉬운, 즉 조그마한 犧牲을 택했던 게야. 이러한 점에서 내가 下手人[1083]이라는 責任을 지게 될지도 모르지만, 그 점에서만 말하자면 난 군이 그 責任을 회피하려곤 하지 않을 작정이다.

아니, 자넨 아주 無關心한 것 같군.　하나의 嘲笑거리를 얻은 것 같을지도 모르지. 허나,

이런 날에도 어찔다 떠오르는 추억의 조각 漢江물 반짝이는 여름 햇살 보누나[1084]

여름햇살이라고 한 것은 안좋다. 더더구나 안좋다.

1081 상판 : 상판대기의 준말. 얼굴을 속되게 일컫는 말.
1082 조개비의 짝사랑 : 전복 조개는 조개비가 한개라, 제 짝을 그리워한다는 일본 속담이 있다(역자주).
1083 下手人 : 손을 대어 직접 사람을 죽인 사람, 또는 남의 밑에서 졸개 노릇 하는 사람.
1084 원문은 역시 단까 형식을 취하고 있다(역자주).

(한여름 햇살이 퍼붓는 거리에 사람들은 나를 배반한 것이다. 한 사람도 없다. 허나 나 또한 즐거운 山 희롱거리는 海邊을 생각할 것을 잊지는 아니한다. 지껄대는 친절한 말과 말. 정겨운 눈매 — 나는 거리를 쏘다니지 아니하면 아니된다. 한여름 살갗을 어여[1085] 흐르는 땀에 헐떡이면서 사람 하나 없는 거리를 쏘다니지 아니하면 아니된다.)

4

箱은 그러나 조종을 받고 있었다. 그는 저 十年이 하루 같은 몸짓을 그만두지는 못한다. 산다는 것은 어쩌면 이다지도 재미 없는 몸짓의 連續인 것일까.

허나 그만두든 그만두지 않든 人形 자신의 意思에 의하는 것은 아니다.

七月 보름 밤 漢江에 사람 많이 나온 것을 말하면서 酒家의 一部分(그는 쓰러지면 店員아이의 물洗禮를 받을 것만 같았다……)

가랑비가 내리다가 이윽고 제법 쏟아져 내렸다. 사람들은 그래도 흩어지려곤 하지 않았다. 그래 俗世는 더욱 더 空氣를 濁하게 해갔다.

　　타자꾸나

　　타자꾸나

꼭둑각씨 人形[1086]을 태운 보우트는 그 人形을 다시 조종하면서, 또 한 사람에 의해 조종 받고 있었다. 箱은 어떻게 하면 좋단 말인가. 이 무슨 窮地.　그는 양말을 벗어 던지고 여차할 때 헤엄칠 준비를 했다. 허나 그는 헤엄쳤던가. 알고보면 그는 헤엄칠 줄 모르는 것이다.

무슨 생각에서일까. 배는 반드시 뒤집히는 거라고만 단정하고 있는 근거는 어디에 있단 말인가.

1085 어여 : 기본형 어이다. 옛말로 피하다, 에돌다의 의미.
1086 꼭둑각씨 人形 : 꼭두각시 인형. 나무로 깎아 만들어 기괴한 탈을 씌워서 노는 젊은 색시 인형.

그는 전날밤의 그의 失言?을 想起해 보았다. 혹은 轉覆[1087]을 불러올 것 같은─
心臟의 어떤 어두운 空氣를 자아낼 것 같은─

無關心하다니, 무슨 소리냐?

이 한 마디가 과연 어떻게 받아졌을 것인가.　이제와서 생각해 보면, 그것은
분명 意外의 暴言이었다. 그렇지, 暴言이지.

箱은 그 한 마디만을 뉘우쳤다.　묘한 데까지 손을 내밀고 싶어하는 놈이라는
소리를 듣고 싶지 않기 때문에─

손을 내밀어? 어느 쪽이 손을 내밀었단 말이지? 아니면 손은 양쪽에서 함께 내
밀었던 것일까. 우습기 짝이 없다. 사람을 우습게 보는군.

箱은 소리를 내어(그때 그의 앞에 卑屈한 몸짓으로 막아 서는 자가 있었기에)

(비켯 ─ 비키라니깐 ─)

언짢은 그림자의 사나이는 驚愕했다. 처음으로, 정녕 처음으로 그의 성난 꼴이
무서웠던 것이다. 위험햇, 뭘하고 있나?

바보 같군 ─ 물이야, 漢江이란 말야 ─ 보우트는 크고 그리고 江물은 작다. 가
랑비는 친절하지 뭐냐. 예서 난 혼자 낮잠을 자고 싶다.

난 젊어질 작정이야 ─ (그리고 箱은 한꺼번에 10年이나 늙을 작정이야)

그러면서 素雲은 무엇인지 箱에게 몰래 命令했다. 알고 있어. 난 그렇게 할께. 산
다, 살지 못한다 그런 문제가 아니야. 自尊心, 이건 또 어쩌면 이렇게도 낡은
장난감 勳章일까. 결코 그런 건 아니다. 그런 식으론 진짜 어쩌지는 못할걸.

그럼 왜? 왜 잠자코 보우트를 둘이서 탔느냐 말이다. 反對 ─ 素雲이 물에 빠지
면 그는 배 안에 점잖이 있어야 하는 것쯤은 알고 있었을 게다. 알고 있었지.
허나 이건「하는 後悔」가 아닌「있는 後悔」가 시킨 일일 게다.

기슭 위에 있는 것은 모두가 따스하다. 그리고 배 안에 있는 그는 차겁다. 그리
고 그가 기슭에 있을 땐, 後悔 때문에 모두가 反對가 아니면 아니되었다.

1087 轉覆 : 굴러서 뒤집힘.

避하지 아니하면 아니되는 것, 避해서 安全한 것을 어째서 避하지 아니하였느냐 말이다. 한 줄기의 白金線을 白日에 드러냈던 때의 後悔 — 아니다 —

그래 그것은 나중이냐, 아니면 정녕 먼저냐? 豫感이라니 정말이냐.

허나 분명 얻은 것은 아니다. 무엇인가 송두리채 잃은 것만은 사실이다. 속일 순 없다. 이건 또 致命的인 缺席이었다.

무엇일까. 누이인 줄 알고 있던 두 가지의 性格을 두 가지의 方法으로 생각했던 그것일까. 아니면, 한꺼번에 十年後로 後退해버린 自身의 位置일까. 아니면, 十年이란 먼 곳에 微笑짓는 海邊의 素雲 — 그 친구일까.

아니면, 그것들과는 전혀 다른 그 무엇일까.

5

훗훗한 풀냄새가 코를 쿠욱 찔러 왔다. 疲勞한 두 사람은 어렴풋한 어둠 속에서 께느른하게[1088] 잠자고 있다. 모든 職業, 모든 失望, 모든 無聊[1089]를 分擔하면서 시방 두 사람이 내려다보고 있는 住宅群 — 그 속에서 사람들은 역시 서로 사랑하고 있는 것일까. 역시 걱정을 하고들 있을 테지. 보게, 이렇게.

이 레일은 京義線[1090]이었나.

예전의 그, 지금은 近郊 一周, 東京의 省線[1091] 같은 거지. 한번 타보지 않겠나, 天下泰平한 汽車라구. 동녘이 밝아왔구먼.

자아, 가자구. 그러지 말고 가자구. 고집부리지 말고. 멋꼬라지 없게, 새삼스레, 자아, 자아.

그렇지. 箱은 결국 가만히 있을 수는 없었다. 가만히 있는다는 것은 — 전연 손

1088 께느른하게 : 기본형 '께느른하다'. '일에 마음이 내키지 않고 몸이 느른하게'라는 뜻.
1089 無聊 : (흥미가 없어) 지루하고 심심함.
1090 京義線 : 서울과 신의주 사이를 잇는 철도로 1906년 4월에 개통. 길이는 496.7km.
1091 省線 : 동경 시내 주변을 도는 전찻길. 山水線이라고도 함. 전집(3) 주 참조.

을 내밀지 않는다는 것. 그래, 그렇게 하려고 한다면, 대체 그는 어떻게 하고 있으면 좋단 말인가. 결국 가만히 있는 것. 그런 일은 있을 수 없거든.

가만히 있기는커녕, 정녕 가만히 있진 못하겠다. 이건 또 不可思議한 處地인 것 같았다. 왜 가만히 있지 못한단 말인가?

素雲은 집에 가겠노라 했던 것이다. 집에 가서 혼자 조용한 시간을 가지고 싶다는 것이었다. 슬픈 心情을 주체스러워 하고 싶다는 것이었다. 그리고 괴로워해 하겠노라고 ―

괴로워해?

그 괴로움이야말로 사람들이 원해도 쉬이 얻을 수 없는, 말하자면 괴로움 같은 그런 것은 절대로 아닌, 어떤 그 무엇이지 않을까.

조용한 時間만큼 적어도 두 사람에게 있어서 싫은 것은 없을 터이다. 실상 箱은 그것이 무엇보다도 무서운 것이었다.

그러나 완전히 외톨로 남게 되어 ― 箱은 素雲의 팔을 잡아 끌면서, 절일[1092] 만큼의 서러움을 몸에 느끼지 않을 수가 없었던 것이었다.

무슨 수를 쓰든 이 자리를 면하지 아니하면 아니된다. 아니다, 素雲으로 하여금 이 「눈물의 場」에서 달아나게 해선 안된단 말이다.

억지로, 傲氣로도 ― (혼자 있고 싶지는 않단 말이다. 혼자 있는 건 무서워)

혼자서? 혼자서 있는 것일까 그것이? 그리고 그런 內容을 가지고서의 혼자서 있는 것, 그것이 허용될 수 있는 일일까.

數字는 3이다. 二와 一이라는 짝맞춤 밖에는 전혀 方法은 없는 것이다.

그리하여 이미 決定된 것이나 다름 없지 않은가. 그런데도 무엇을 그렇게 우물쭈물하고 있는 것이냐? 얌전하게 斷念해야지 ―

그러고 싶어. 사실은 그래도 좋다곤 생각해. 허나 그저 가만히 있지는 못하겠다 그런 소리일 따름이야. 이걸 달래주는 법은 없을까.

1092 절일 : 저릴. 피가 잘 통하지 못하여 감각이 둔하고 아릴.

箱은 諦念한 듯 또다시 레일 위에 걸터앉았다. 풀냄새가 한층 드세게 코로 왔다. 自然은 결코 게으르진 않은 것이다.

동녘은 더욱 밝아 왔다. 그것은 諦念하는 表情과도 같은 가냘픈 嘆息이었고. 벌써 아침이 오지 않는가.

絶望의 새끼줄을 붙잡고 — 이 무슨 멋꼬라지 없는 하룻밤이었던가. 이미 分離된 것을 끌어당긴다는 것은 적어도 卑屈한 일이 아닐 수 없다.

밤이 밝아온다. 絶望은 絶望인채, 밤이 사라져 없어지듯 놓아주지 아니하면 아니될 性質의 것이다.

날뛰는 妄念 위에, 狂氣 어린 揶揄 위에, 그야말로 희디흰 새벽빛 베일[1093]이 덮쳐오는 것이었다.

레일은 더욱 더 차겁다. 매질 하듯 箱의 咀呪 받은 肉體를 가로질렀다. 그리고 뺨엔 두 줄기 차거운 것이 있었다.

레일 앞에는 무엇이 있었는가. 거기엔 오로지 그의 才能을 짓밟는 後悔가 있을 따름이었다. 그럼에도 불구하고, 거기 아니면 그는 살아날 수 없다고 — 아니다, 그릇된 생각이다 — 내뿜는 奔流[1094]를 막아낼 수는 없다고 생각했던 것일까.

바보 같은 — 箱은 돌아다보듯 하면서, 저만치 先着해 있는 자신의 無謀하고 癡鈍[1095]함을 비웃으려 했던 것이다. 허나 突然 —

가자, 箱! 가자꾸나 — 좋은 앨[娼女] 사자꾸나.

아니야, 난 이젠 斷念했어. 벌써 날도 샜어. 저것 봐, 제법 붉어왔는걸.

1093 베일(veil) : 망사와 같은 얇은 천. 비밀스럽게 가려져 있는 상태를 비유적으로 이르는 말. 장막.
1094 奔流 : 내달리듯이 아주 빠르고 세차게 흐르는 물줄기, 또는 어떤 현실이 매우 힘차게 변화·발전하는 상태를 비유적으로 이르는 말.
1095 癡鈍 : 어리석고 둔함.

一言 重千金!¹⁰⁹⁶ 뿔뿔이 갈라진 逆流가 豫期치 않은 方向으로 ― 그리하여 그들은 宿所로부터 더욱 더 멀어져 갈 따름이었다.

6

밤이 사라졌다. 벗어던져진 電燈에는 아련한 哀愁와 외잡한¹⁰⁹⁷ 수다가 異國人처럼 오도카니 버림 받고 있었다.

銀貨에 의한 貞操의 새 색칠 ― 箱의 生命은 이런 섬에 당도하여 비로소 찬란한 光芒¹⁰⁹⁸을 發하는 것 같았다.

모든 것은 玄關 신발장 께에 구두와 함께 벗어던져져 있다. 이제 이 紙幣 냄새 물씬거리는 室內엔 孤獨이란 찾아볼 수가 없다.

箱은 錄音된 玩具처럼 토오키 브로마이드¹⁰⁹⁹ ― 신나게 지껄였다. 그의 얼굴은 웃음으로 넘쳐 있었다.

― 銀仙아! 電燈이 꺼졌어, 졸립질 않니? (등불이 꺼지면 잠이 깬다는 걸 아는 사람들은 여기 없다.)

― 아아뇨.

― 난 말야, 愛人을 친구한테 뺏겼단 말야. 분명하진 않지만, 아무래도 그런 것 같아. 아냐, 난 그 애가 내 愛人인지 아닌지 그런 거 쇠통¹¹⁰⁰ 알지 못했어. 허지만 내 친구가 ― 어느 틈에 내 친구가 그 앨 좋아하게 됐단 말야. 그랬더니 그때 그 애는 내 愛人이란 사실을 깨닫게 됐단 말야. 그러고 보면 뺏기고 만 셈이지 뭐냐.

1096 一言 重千金 : 男兒一言 重千金의 인용.
1097 외잡한 : 猥雜한. 외설스럽고 난잡한.
1098 光芒 : 비치는 빛살.
1099 토오키 브로마이드(talkie bromide) : 평범한 발성 표현.
1100 쇠통 : 전혀, 온통.

그래서 난 遲刻했대고나 할까 그렇게 되고 만 꼴인데, 이제 새삼 그 앤 내 愛人이란 주장은 못하게 됐지. 그렇지, 主張할 수가 없지. 그래서 난 친구한테 그런 말을 들었을 때, 아 그런가, 그건 안되지. 아니, 괜찮어. 아니, 역시 안되겠어. 그렇게 어린 애를, 그건 죄악이야. 허지만 잘 됐어. 그렇다면 그 애도 살게 되는 셈이니, 자네같은 거시기 다소 나이 많은 信賴할 만한 사람에게 자기 一生을 맡길 수 있다는 건, 그건 그 애로선 幸福된 일임에 틀림 없어. 그런 소릴 하고 얼버무려버렸던 것인데……

— 예쁜 여잔가?

— 글쎄 그렇군. 예쁘달 수도 있겠지만, 아뭏든 아주 두드러지게 特色이 있는 女子인데, 얼굴은 蒼白하고 작달막한 몸집에 近視이고 머리털이 빨갛고 절대로 웃지 않는다구. 그래 웃지 않기는커녕 입을 열지 않는다구. 그런 아주 색다른, 어쩌면 내일 당장 自殺해버리지나 않을까 싶은 厭世形[1101]인데,

그러면서도 個性이 强해서 남의 말은 쉬이 들어먹지 않거든.

그렇지, 입술이 퍼렇지. 난 또 그 애 눈알의 검은 자위를 본 적이 없어. 즉 사람을 똑바로는 절대로 보지 않는다 그 말야.

— 근사한 女學生?

— 女子大學生 그런 종류 같은데……

銀仙은 곧잘 面刀칼을 갖다대고 밋밋한 箱의 뺨을 두 손으로 만지곤 했다. 털밑 皮膚 언저리에 찌르듯 한 아픔을 느꼈다.

— 그런 이상 야릇한 女子 좋아할 것 뭐예요. 내가 사랑해 드릴게요.

그러고보니 銀仙은 美人이었다. 情死하려다 男子만 죽었는지, 목 언저리에 끔찍스런 칼날 자국이 있던 것으로 記憶한다.

— 그래서 난 홧김에 여기로 끌고 들어 왔단 말이야. 내일 아침, 그러니까 오늘

1101 厭世形 : 세상을 괴롭고 귀찮은 것으로 여겨 비관하는 그런 모양.

아침이지, 랑데부[1102] 한다는 거야. 그렇지. 저 꼴 좀 보라구. 분한 김에 그러
긴 했지만, 좀 안됐군.(말 말라구. 저 사람이 내 愛人을 뺏은 사람이거든.)

— 촌뜨기 같은 소리 — 깔보지 말라구요.

(어째서 너 보곤 내 心情을 이렇게 똑똑이 말할 수 있을까. 그리고 넌 또 伶俐해.
이 心情을 참 잘도 알어.)

— 나이는 열 아홉, 處女란 말씀이야. 이래도 마음이 동하지 않는 작자는, 그렇
지 去勢당한 놈이랄 수밖에.

— 하지만 뺏길 때꺼정 자기 애인인지 아닌지조차 알지 못했다니, 댁도 어지간
히 칠칠치가 못했나 보군요.

— 그게 글쎄 알고 보니 짝사랑이더라 이거야.

— 아이고, 사람 작작 웃겨요. (要點은 그곳에 있는 모든 것은 아무 일도 없었던
양 지극히 無事太平하다 그 말씀이야.)

— 그래 난 실은 아무 말도 안했어. 물론 둘이 다 그런 걸 알아챌 까닭은 애당초
없었지.

計算과 같은 햇살이 유리장지 문을 가로질렀다. 그리하여 一回分 票를 가진 사
나이가 하나 貞操의 전널목[1103]을 바람을 헤치듯 가로질러 간다. 땀이 납덩이
처럼 냉랭한 圖面 위에 沈澱했다. (柳呈 譯)

— 발표지면 :『문학사상』, 1976.7

1102 랑데부(rendez-vous 프) : 특정한 시각과 장소를 정해 하는 밀회. 특히 남녀 간의 만남을 이른다.
1103 전널목 : '건널목'의 오식인 듯. 전집(2·3)은 '건널목'으로 수정.

恐怖의 記錄[1104]

李　箱

―序章―

生活, 내가 이미 오래前부터生活을 갓지못한것을 나는 잘안다. 斷片的으로 나를 차저오는「生活비슷한것」도 오직「苦痛」이란 妖怪뿐이다. 아모리 차저도 이것을 알어줄사람은 한사람도 업다.

무슨方法으로던지 生活力을 恢復하려 꿈꾸는째도 업지는 안타. 그것째문에 나는 입째 自殺을 안하고[1105] 待機의 姿勢를 取하고 잇는것이다 ― 이러케나는 말하고 십다만.

第二次의 喀血이 잇슨後나는 으슴푸레하게나마 내 壽命에對한 槪念을 把握하엿다고 스스로 밋고잇다.

그러나 그이튼날 나는 자근어머니와 말다툼을 하고脈搏百二十五의 팔을 안은채, 나의 物慾을 부끄럽다 하엿다. 나는 목을 노코 울엇다 어린애가티 울엇다.

남보기에 퍽이나醜惡햇슬것이다 그리다나는 내가웨우는가를째닷고 곳울음을그첫다

나는 近來의내心境을正直하게 말하려하지안는다 말할수 업다 滿身瘡痍[1106] 의나이언만 若干의貴族趣味가남어잇기째문이다 그러나 萬若남듯기조케 말하자면 나는絶對로내自身을輕蔑하지안코 그代身부끄럽게생각하리라는 그러한 心理로 移動하엿다고 할수는잇다 적어도그것에가까운것만은 事實이다

1104 전집(1·2)는 수필집에 이를 포함시켰고, 전집(3)은 소설집에 포함시켰다. 이상의 소설이 자전적 이라는 점에서 이 작품 역시 「봉별기」, 「종생기」 등 다른 '記'류 소설과 동궤에 놓여 있다. 그리고 이는 소설 「불행한 계승」과 「공포의 기록(서장)」, 「공포의 성채」 등과 밀접한 관련을 띠고 있다.

1105 안하고 : 원문은 '아하고'로 오식.

1106 滿身瘡痍 : 온몸이 상처투성이가 됨, 또는 일이 아주 엉망이 됨을 비유적으로 이르는 말.

四月로드리스면서는 나는얼마간기동할정신이낫다 喀血하는도수도 훨신쓰고 쏘分量도 훨신줄엇다 그러나침々한방안으로 후툿한[1107] 공기가 드러와서 미적지근하게 미적지근한體溫과어울릴적에 疲勞는 겨울동안보다 훨신 더한 것가틈은 제팔쑥을 들 힘조차 제게업는것이다. 하도답답하면 나는 뒷마루에볏이 드는대로 나와 안저서 반쯤보히는 닭의장쪽을 보려고그래서가아니라 보히니까 멀거니보고잇자면 의례히 자근어머니가 그 닭의장을얼싸안ㅅ고얼미적얼미적하는[1108] 것이다. 저것은즉 고 덜 여물어서 알을안짜는암닭들을 나려다보면서 언제나 요곳들을길러서 누이를보나 하는 고약한어머니들의제딸 노리는 그게아닌가 내눈에 비치는것이다.

나는 勿論 이래서는 안된다고생각한다. 자근어머니얼골을 암만봐도 미워할데가어디잇느냐. 넓은이마 고른齒牙의 列, 알마즌코, 그리고 자근아버지만살아게시면 아직도 얼마든지變々한愛情의색을씌울수잇는총기잇는눈 하며 다 내가조하하는 部分∨인데 어째그런지그런 조흔部分들이綜合된 「자근어머니」라는印象이 나로하여금 憎惡의念을 니르키게한다.

勿論 이래서는 못쓴다. 이것은 분명히 내 病이다. 오래오래 사람을싫혀하는 버릇이 살피고살펴서 及其也에 이모양이되고만것에 틀님업다 그럿타고 내肉親까지를 미워하기시작하다가는 나는 참 이세상에 의지할곳이 도모지업서지는것이아니냐. 참안됏다.

이런 공연한妄想들이 벌서 나흘수도잇섯슬 내病을 작구 덧들니게[1109]하는것일것이다. 나는 마음을 조용히 쏘 순하게먹어야할것이라고 여러번 괴로워하는데 그러케 괴로워하는것은 도리혀 쏘 겹겹이짐되는것도가타서 나는 차라리放心狀態를 쑤미고 방안에서는 天井만처다보거나 나오면 虛空만처다보거나 하

1107 후툿한 : 훗훗한, 즉 약간 갑갑할 정도로 훈훈하게 더운.
1108 얼미적얼미적하는 : 미적거리는. 꾸물대거나 망설이는.
1109 덧들니게 : 덧들이게. 병 따위를 덧나게.

재도 역시 나를싸고도는 온갖것에대한憎惡의念이 무럭무럭 구름일듯 하는것을 영 막을길이업다

—— ◇ ——

비가 두어번 왔다. 싹시트려나보다. 나려다보는 地面이 갈수록 심상치안타. 바람이업시 조용한날은 툇마루에드는 볏츨 가만히, 잡기만하면 퍽 짜뜻하다. 이러케 짜뜻한볏츨 쪼이면서 이러케 혼곤한데[1110] 하필 사람만을 미워해야되는 까닭이 무엇이냐.

사람이 나를 실혀할상시픈데 나도 사실 내가실타 이러케 저를 사랑할줄도모르는 인간이 남을 위할줄 알수잇스랴. 업다. 그러면 나는 참 不幸하구나.

이런 妄想을 시작하면 정말이지 限이업다. 그러니싸 나는 힘이들고 힘이드는것이 실혀도 움즉여야한다. 나는 헌구두짝을 쓸고 마당으로나가서 담 한모통이를의지해서 쑤며노흔 닭의집가까히가본다

—— ◇ ——

혹 나는 마음으로 자근어머니에게 사과하려든것인지도 모른다. 그런데 쏘 이것은 왜 그러나 — 자근어머니는 나를 보드니 얼른 안으로 드러가버린다. 저러기째문에안된다는것이다. 닭의집[1111] 놉히가 내턱 좀 못미치기째문에 나는 거기 가로질닌나무에 턱을바치고 닭의집속을 나려다보고잇자니까 내음새도 어지간한데 제일 그 숫닭이 싹해죽겟다. 공연이 성이 대밋둥싸지나서 목아지털을 벌컥 이르켜세워가지고는 숨이 헐러벌썩[1112] 헐리벌썩 야단법석이다 제싸는 그 가운데막힌 철망을쑬고 이쪽 암닭들잇는데로 가고십허서 그리는모양인데 사람가트면 그만하면 못넘어갈줄알고 그만둠직하것만이 놈은 참성벽이 대단하다. 각금 철망 문어진구녕에 무작정하고 목을트러박앗다가 잘 나오지안아서 눈을감고 긱 긱 소리를질르다가 가까수로 쌔저나가는걸보고 저놈이 그만하면 단

넘하엿다하고 잇스면 그래도 여전히 야단이다 나는 그만 그놈의근기[1113]에 진
력이나서 못생긴놈 미련한놈 못생긴놈, 미련한놈, 하고 혼자서 화를벌컥내어보
다가도 쏘 그놈의 그런 미칠것가튼 情熱이 다시업시 부럼기도[1114]하고 尊敬해
야할것가티 생각키기도해서 자세히본다.

그런데 암닭들은 어써냐하면 영 본숭만숭이다. 모―른 체하고 그저 모이주
어먹기에만 熱中이다. 아하 저러니까 숫닭이란놈이 화가 더날박게 하고 나는그
새춤데기[1115] 암닭들을 안타갑게 생각한것이다 좀각금숫닭쪽을 한두번쯤 건너
다가도보아주지 원―하고나도실업시 화가난다. 숫닭은여전히 모이주어먹을
생각도하지안코 뒤법석[1116]을치는데 좀처럼 허기도 지지안는다.

이러다가 나는 저숫닭이대체 요세마리암닭중의 어썬놈을 노리는것인가 좀
살펴보기로하얏다. 勿論숫닭이란놈의변두[1117]가 하도두리번거리니까 그놈의
視線만갓이고는 알아채리기가 어렵다. 그래서 나는보통사람男子가 女子보는
그런 눈으로 한번보아야겟다.

얼른보기에 사람의눈으로는 김생[1118]의얼골을 사람이 아모개 아모개 하듯
구별하기는 어려운것가티 보히는데 쏘 그럿치도안타. 자세히보면 저마다 特徵
다운特徵이잇고 성미도 제각기 달르다. 요 암닭 세마리도 깃버하여서[1119] 얼른
보기에는 고놈이고놈갓고하더니 얼마큼이나되려다보니까 모도 참 달르다.

키가 작달막하고, 눈압히 검고, 털이 군데군데 쌔지고 흙투성이의 그중 더러
운 암탁 한머리가 내눈에 씌엿다 새춤한中에도 새춤한 품이 풋고추가티 맵겟

1113 근기 : 根器. 근성과 기량을 아울러 이르는 말.
1114 부럼기도 : 부럽기도.
1115 세춤데기 : 새침데기.
1116 뒤법석 : 여럿이 몹시 소란스럽게 떠듦.
1117 변두 : 볏. 닭이나 새 따위의 이마 위에 세로로 붙은 살 조각.
1118 김생 : '짐승'의 방언.
1119 깃버하여서 : 전집(1)은 '그러하여서'로 수정하였고, 전집(2·3) '기뻐하여서'로 그대로 쓰고 있
    다. 후자는 내용상 적합하지 않고, 오히려 '비슷하여서'의 오식으로 보는 것일 타당할 것이다.

다. 그러케보니 그럴상도 시픈게 모이를 먹다가는 째째로 흘깃흘깃 淫奔한[1120] 게집가티 겻눈질을 곳잘 한다. 금방달려들어 모래라도 한줌 씨언저주엇스면 하는공연한충동을느끼나그러나 허리를굽히기가실타 속몰으는 숫닭은 수선도피이는구나

아무것도 생각안는게 상수다[1121] 닭들의生活에도 그런갸륵한紛爭이잇스니 하물며사람의 탈을쓴 나에게수업는 번거러움이 어찌업스랴 가엽슨숫닭에 내 自身을비겨보고 비겨보고 나는다시헌구두짝을 질々 끈다 바람이업서서 퍽자쑷하다 싹시트려나보다

얼골이 이러케까지蒼白한것이 왼일일까하고 내가 煩悶해서 —

내 荒寞한[1122]醫學智識이 그예 診斷하얏다. — 蛔蟲 —

그러치만 이 診斷에는 深遠한由緖가잇다. 蛔蟲이아니면 十二指腸虫[1123] —
十二指腸虫이아니면 虫[1124] — 이러리라는것이다.

蛔虫藥을 써서 안들으면, 十二指腸虫藥을 쓰고, 十二指腸虫藥을써서 안으면 虫藥을 쓰고, 虫藥을써서 안들으면 그다음은 아즉 硏究해보지안앗다.

×

어쩐 몹시 不決한하로를撰擇하야[1125] 爲先 蛔虫散[1126]을 頓服[1127] 하얏다.

1120 淫奔한 : 음란하고 방탕한.

1121 상수다 : 上手다. 제일이다.

1122 荒漠한 : 거칠고 을씨년스러운.

1123 十二指腸蟲 : 선충류(線蟲類)에 딸린 기생충. 몸빛은 흰 우윳빛이고, 몸길이 약 1cm쯤으로 갈고리처럼 굽었는데, 수컷은 꼬리 끝이 양쪽으로 퍼졌고 암컷은 뾰족하며, 사람의 작은창자 안에 들어와 머리를 창자벽에 박고 피를 빨아먹음. 십이지장(十二指腸)에서 자란 벌레가 되며 채독(菜毒)을 일으킴.

1124 虫 : 條虫.

1125 撰擇하야 : '選擇하야'의 오식인 듯. 전집(1)은 '選擇'으로 수정하였고, 전집(2·3)도 오식일 것으로 설명했다.

1126 蛔虫散 : '散'은 가루약을 의미. 그러므로 '가루로 된 회충약'을 의미하는 듯.

1127 頓服 : 약 따위를 여러 번에 벼르지 않고 한꺼번에 다 먹음.

안다. 두씨를 絶食해야한다는것도, 服藥後에 반드시 昏倒한다는것도.

대낮이다 이부자리를펴고 그속으로 움푹 들어가서 너부죽이 누어서, 이래도? 하고 그 昏倒라는것이 오기를 기다렷다.

기다리는마음이 늘 焦燥한法, 귀로 胃속이 버글버글하는소리를 알아듯고 눈으로 房 네귀가 정말뒤틍그러지려나 보고, 엽구리만 좀 근질근질[1128]해도 아하요게 昏倒라는놈인가보다하고 緊張한다.

그랫것만 싹한일은 슞슞내 내가 昏倒안코 그만두엇다는것이다.

세時를처도 亦是 그턱이다 나는 그만 興奮햇다. 昏倒커녕은 정신이 말쏭말쏭하단말이다. 이럴理가 업는데.

그러타고 금방 十二指腸蟲藥을 써보기도실타. 내診斷이 너머나虛荒한데 스스로놀래이고 쏘그藥을求해야할 努力이 아깝고 귀찬타.

구름피듯 뭉게∨ 不快한 感情이 솟아올은다. 이러다가는 저녁지으시는 자근어머니와 쏘싸우겟군 — 얼마後에나는 히죽∨帽子도 안쓰고거리로나섯다.

×

막 茶房에를 들어스니까 壽君이 마침문깐을나스면서 손바닥을보인다.

「쉬—자네 마누라가 와잇네」

나는 정신이 번쩍 낫다.

「애 요것봐라」

하고 무작정 그리 들어스려는것을 壽君이 아예 말니는것이다.

「만좌지중[1129]에서 망신 톡톡이 당할테니 염체 어델」

「그린가—」

입만을[1130] 쩍 쩍 다시면서 발길을 돌리기는돌렷스나 먼발체서라도 어디좀 보고십헛다.

1128 근질근질 : 원문은 '근질금질'의 오식.
1129 만좌지중 : 滿座之中. 사람들이 가득하게 앉은 자리에서.
1130 입만을 : 전집(2·3)에서는 '입맛'으로 오식되었다.

솜옷을입고 안해가 나갓거늘 이제 철은 홋것을 입어야하니 넉달지간이나 되나보다.

나를 배반한게집이다. 三年동안 씀찍이도 사랑하얏든찟장이다. 싸귀도 한개 갈겨주고십다. 호령도 좀 하여주고십다. 그러나 여기는 몰여드는사람이 하나도 내얼골을 모르는사람이업는 茶房 이다 장이모냥도[1131] 사나우리라.

「자네맛나면 헐말이 쏙 한마디 잇다데」

「어쩌라누」

「사생결단을 허겟대데」

「어이쿠」

나는몹시 놀래여보이고 「레이몬드·하튼」[1132] 가치 빙글빙글 우섯다. 「안해—마누라」라는 말이 낫잠과도가티 엽구리를 간지른다. 그 「이메이지」[1133] 는발서 먼바다를 건너간다. 이미 波濤소리싸지 들리지 안느냐 이러한 幻像속에 써올으는내自身은 언제든지 光彩나는 「루파슈카」[1134] 를 입엇고 頹廢的으로 보인다. 少年과가티 蒼白하고도 무시무시한 風貌이다. 어썬째는 울기도햇다. 어썬째는 어덴지 몰으는 먼나라의 十字路를걸엇다.

壽君에게끌려 漢江으로 나갓다 木船을하나빌어 麥酒도실고 上流로거슬려 銅雀里개가[1135]에다 대어놋코 목노 차저 취토록먹엇다 黃昏에 水平은 視野와 어우러저서 아물아물 虛空에노힌 飛鳥처럼 이 허망한숨흠을 참 어듸다 의지해야오흘지[1136] 비철거리지안흘수업섯다.

「응─넉달이지나서 인제? 늬가 내게 헐말은 뭐냐? 얘 더리고더리다[1137]」

「이건 왜 벤벤치못허게 이러는거야」

「아─니, 아─니, 일테면 그러타그말이지, 고론 앙큼스런놈의게집이 쏘잇슬 수가 잇나」

「글세 관 둬 관 둬」

「관 두긴 허겟지만 이채피 말을허자구보면 자연말이 이러케쯤 나가지안켓느 냐 그런말이야」

「이러케 못생긴건 내 보길 처엄 보겟네 원─」

「기집이란놈의물건이 아무리독헌물건이기루 고롯케싹 칼루 어인듯이[1138] 돌아슬수가잇나 고」

우리들은 술이 살렷다. 나야말로 술업시 사는도리가 업섯다.

노들[1139]서 쏘먹엇다. 전후불각으로[1140] 취하야의식을 완전히 일어버려야겟 어서그랫다.

넉달 ─ 장부답지못하게 뒤쓸튼마음이 그만하고 차츰차츰 가라안기 시작하 려는 이철에 뭐냐 附箋[1141] 붓흔 편지 모양으로 째와손자죽이 잔득뭇은채 도라 오다니

「요 얌체두업는것아 요 요 요」

나는 힘것高聲叱咤[1142]로 제自身을 嘲笑하것만도 이와짜로 밋둥치운大木기 울듯 자분참[1143] 기우는 이어리석지안코들을소리도업는 마음을 주체하는 방법 이 업는것이엇다.

1137 더리다 : 격에 안 맞아 좀 떠름하다, 야비하고 다랍다.

1138 어인듯이 : 도려낸 듯이.

1139 노들 : 서울 한강 남쪽 동네의 옛 이름. 예전의 과천 땅으로, 지금의 노량진동이다.

1140 전후불각으로 : 前後不覺으로, 앞뒤를 알 수 없을 정도로.

1141 附箋 : 서류에 문제점이나 의견 따위를 적어 덧붙이는 쪽지.

1142 高聲叱咤 : 큰 소리로 꾸짖음, 꾸지람.

1143 자분참 : 지체없이, 곧.

넉달 — 이동안이 決코쌀지가안타. 한사람의안해가 남편을 배반하고 집을나가 넉달을잠잠하얏다면 안해는 그예용서밧을자격이 업는것이오 남편은 굴썩 참아서라도 용서하야서는 안된다.

「이 天下의公規[1144]를 너는 어쩌려느냐」

와서 그야말로 斷罪를 달게 밧아보려는것일까.

어썬點을 붓잡어 한女人을 밋어야올을것인가. 나는 대체 종 잡을수가업서젓다.[1145]

하나가티 내눈에비치는女人이라는것이 그저 싯업시 輕兆浮薄[1146]한 음난한妖物에 지나지 안는것이업다.[1147]

生物의 이러타는意義을 훌쩍 일어버린 나는 宦官[1148]이나 무엇이다르랴. 산다는것은 내게 싸는 必要以上의「揶揄」에 지나지안는다.

그것은 무슨 한女人에게 背叛[1149]당하얏다는 고만理由로해서 그러타는것[1150]아니라 事物의 어썬「포인트」로 이 미덤[1151]이라는 力學의 支點을 삼아야겟느냐는것이 全혀 캄캄하야젓다는것이다.

「밋다니 어쩌게밋으라는것인구」

함부로 예 제 춤을 퇴퇴 배앗으면서 步調는 자못 어지럽고 悲愴한[1152]것이엇다. 술을 한목음이라도 마시고나면 약속쌀리[1153] 내心境에아첨하는 이 全身의 神經은 번번이 大膽하게도 天變地異가 이 一身에 벼락치기를 바라고바라고 하

1144 公規 : 공공의 규범.

1145 업서젓다 : 전집(1)은 '없었다'로 수정.

1146 輕兆浮薄 : 전집(1)은 '輕佻浮薄'으로 수정하였고, 전집(2·3)도 그것의 오식으로 봄.

1147 것이업다 : 전집(1)은 '것이었다'로 오식.

1148 宦官 : 내시. 내시부의 벼슬아치는 불알 없는 사람을 임명했던 데서, '불알이 없는 사내'를 빗대어 이르는 말.

1149 背叛 : 전집(1)은 '背反'으로 오식.

1150 그러타는 것 : 전집(1)은 '그렇다는 것이'로 '이'를 추가해서 수정.

1151 미덤 : 믿음.

1152 悲愴한 : 마음이 슬프고 서운한.

1153 약속쌀리 : 전집(1)은 '약삭발리'로 수정하였고, 전집(2·3)은 '약삭빨리'의 오식으로 봄.

는것이엇다.

「경칠[1154] 貨物自動車에나 질컥 치어죽어버리지 그랫스면 이러게 후덥 지근헌生活을 免허기래두허지」

하고 주책업시 중얼거려본다. 그러나

싸장[1155] 貨物自動車가 탁 압프로 닥칠적이면 뎅급을해서[1156] 避하는재조가 世上의 어썬사람보다도 能히 쌔르다고는못해도 비슷햇다. 그럴적이면혀를 쑥 내밀어 제自身을 嘲弄하얏읍네하고 제自身을 속여버릇하얏다.

이런 넉달—

이런넉달이 지나고 어리석은꿈을 그럭저럭 어린석은[1157]꿈으로 돌릴줄알만 한時機[1158]에 안해는 꿈을 거츠른거름거리로 逆行하야 여기 暴君의印象으로 나타난것이다.

—— ◇ ——

나는 어쩌케 해야하나? 巨岩과가튼 不安이 空氣와呼吸의 重壓[1159]이 되어 덤 벼든다. 나는 夜行列車와가치 자야올흘른지도 몰은다

醜惡한 貨物

그예 차저내고 마럿다.

나는 안을 드려다보앗다. 풀칠한 玄關유리窓에 거무테테한 내얼골의 「하이 라이트」[1160]가 비칠쌘이다. 勿論 아모것도 보이지는 안엇다.

1154 경칠 : 기본형, 경치다. 호되게 꾸지람을 듣다, 아주 단단히 벌을 받다, 아주 심한 상태를 못마땅 하게 여겨 이르는 말.
1155 싸장 : 과연 정말로.
1156 뎅급을해서 : '뗀겁하여', 즉 '(뜻밖의 일을 당하여) 몹시 허둥지둥하여'라는 뜻.
1157 어린석은 : '어리석은'의 오식으로 보인다.
1158 時機 : 전집(2·3)에서는 時期로 오기. 참고로 時機는 적당한 때를, 時期는 정해진, 또는 바라고 기다리던 때를 의미한다.
1159 원문은 '重在'로 오식되었으며, 이는 壓의 약자(圧)가 '在'와 유사하기에 일어난 오식이다.
1160 하이라이트(highlight) : 희고 밝은 빛.

나는 그자리에 주저안고 만다. 내 바로엽헤서 한머리[1161]의 개가 흙을 파고잇다. 드러누엇다. 혀를 내민다. 혀가 旗ㅅ발가치 구비치는게 퍽고단해 보엿다[1162]

— 溫突房한間과「二疊間」

이러탄다. 굿게 못질을 하여노앗다. 奔走하게 드나드는 쥐색기들은 이집에關해서 아모것도 나에게 傳하지안는다

顔面筋肉이 瞥眼間 바작바작 오구라드는것갓다. 살이 내리나보다. 사람은 이러케하로에도 몃번式 살이내리고 오르고 하나보다.

— 날러와야겟다, 그汚物투성이의 大貨物을!

절이나 하는듯이「貨家」라 써부친木牌엽헤 조그마한 名啣한狀이 쇳처잇다. 韓××, 電燈料는 ××町××番地로 바드러오시요. (거짓말 마러라) 이韓×× 란 사나히도 汚物투성이의 大貨物을 질질 끌고이리저리 彷徨햇슬것이어늘 — ××町이 어데쯤인가?

(거짓말 마러라)

웨 사람들은 이사짐이란 大貨物을 運搬해야할 苟且崎嶇[1163]한 責任을 가젓나.

나는 집뒤로 도라가보려 햇다. 그러나 길은 곳장 溫突房싸지 쓸린모양이다. 반間도 못되는 컴컴한 부억이 便所와 마조 부터다.[1164] 나는기가 맥혓다. 거기도 못이긋게 백혀잇다 나는 기가맥혓다.

—— × ——

性格破産 무엇째문에? 나의 敎養은[1165] 나의生涯와다름업시되엿다. 헌누덕이 수염도길럿다. 거리. 쌍.

1161 한머리 : 한 마리. 이상 소설에서 '마리' 대신 머리가 세 군데 나온다.
1162 보엿다 : 원문은 '브였다'로 오식.
1163 苟且崎嶇 : 살림이 매우 가난하고, 세상살이가 순탄치 못함.
1164 부터다 : '부텃다'의 오식인 듯. 전집(1·2·3)은 '붙었다'로 수정.
1165 敎養은 : 원문은 '敎食은'으로 오식되어 있다.

한번도 안해가 나를 사랑 안는줄 생각해본 일조차업다. 나는 어느틈에 高尚한 菊花 모양으로 금시에 쑤섬이[1166]가 되고마럿다. 안해는 나를 버릿다[1167]. 안해를 차즐길이업다.

나는 안해의 구두속을 드려다본다. 空腹 ― 絶望的空虛가 나를 嘲弄하는것갓다. 숨이 갑벗다.

그다음에 무엇이 왓나.

赤貧 ― 重要한 汚物들은 집안사람들이 하나, 둘 집어내엿다. 特히 드러운 商品價値업는 汚物만이 病菌가치 남어잇섯다.

하룻날, 蕩兒는 이 悽慘한 現狀을내집이라 생각하고 도라와보앗다. 쓸아페 花草만히 香氣롭게 피여잇다. 붉은 열매가열린것도 잇섯다. 그러나 家族들은 餘地업시 變形되고 마럿고, 奇聲을 發하며 辱지거리다.

終始 나는 암말 업섯다.

이미 萬事가 끗낫기째문이다. 나는 혼자서 손바닥만한 마당에 내려서서 周圍를 둘러본다. 내손째가 안무든 物건은 하나도 업다.

나는 冊을 태여버렷다. 山積햇든 書信을 태여버렷다. 그리고 남어지 나의 紀念을 태여버렷다.

家族들은 나의 안해에關해서 나에게 質問하거나 하지는안는다. 나도말하지 안는다.

밤이면 나는 幽靈과가치 興奮하야 거리를 쏠엇다. 나는 目標를 갓지 안엇다. 空腹만히 나를指揮할수잇섯다. 性格의破片 ― 그런것을 나는 꿈에도 도라보려 안는다. 空虛에서 空虛로 말과가치 나는 狂奔하엿다. 술이 始作되엿다. 술은 내 몸속에서 香水가치 빗낫다.[1168]

바른팔이 왼팔을, 왼팔이 바른팔을 苛酷하게매질햇다. 날개가 부러지고 파라

1166 쑤섬이 : 쑤세미.

1167 버릿다 : 버렸다.

1168 빗낫다 : 전집(1)에서는 '빛난다'로 오식.

케 멍드른 痕跡이 남엇다.

—— × ——

몹시 疲困하다. 阿房宮[1169]을 준대도 움직이기 실타. 이집으로 定해버려야겟다.

— 쌜리 運搬해야한다. 그 惡臭가 가득한 肉身들을 피를 吐하는 내가 헌구류마[1170] 위에걸레짝가치 실어가지고運搬해야한다.

勞働[1171]이다. 나에게는 생각할 餘裕조차 업다.

不幸의實踐

나는 닭도 보앗다. 또 개도 보앗다. 또 소이야기도 들엇다. 또 外國서섬 거림[1172]도 보앗다. 그러나 나는 너이들에게 이幸運의 열쇠를 빌려주려고는 안는다. 내가 아니면은 — 보아라 좀 오래 걸렷느냐 — 이런것을 만들어노을수는 업다.

책상다리를 하고 안진채 그냥 안저잇기만 하는것으로 어쩌케 이러케 힘이 드는지 몰은다. 壁은 육중한데 外風은 되이고[1173] 天井은 여름帽子처럼 이房의감춘것을 쑥제치고 고자질하겟다는듯이 선씃하다.[1174] 장판은 쎠가 제리게[1175] 하지안으면 안질부질[1176]을 못하게 달른다.[1177] 반다지에 발른[1178] 色조히는 눈으로보는 爆彈이다.

그적게는 그끄적게보다 여위고 어적게는 그적게보다 여위고 오늘은 어적게

1169 阿房宮 : 중국의 진시황(秦始皇)이 위수(渭水)의 남쪽에 지은 궁전. '광대하고 으리으리하게 지은 집'을 비유하여 이르는 말.

1170 구류마 : 달구지, 수레.

1171 勞働 : '勞動'을 이상은 이렇게 표현.

1172 外國서섬 거림 : 전집(1·2·3)은 모두 '외국서 섬그림'으로 수정하였으나 혹자는, '외국서점 그림'(조해옥)으로 수정.

1173 되이고 : 다시 일고.

1174 선뜻하다 : '깨끗하고 시원하다'는 뜻의 '선뜻하다'보다 '(무엇에 닿거나 하여) 살갗이나 몸에 갑자기 서느런 느낌이 들다'는 '선뜩하다', 또는 '갑자기 소름이 끼치도록 끔찍하고 무서운 느낌이 들다'는 '섬뜩하다'의 의미에 가깝다. 원문은 '선'인지 '섬'인지 구분이 어렵다.

1175 제리게 : 저리게. 쑤시듯이 아프게.

1176 안질부질 : 안절부절의 오식인 듯. 마음이 초조하고 불안하여 어찌 할 바를 모르는 모양.

1177 달른다 : 기본형, 달다. 타지 않는 단단한 물체가 열로 몹시 뜨거워지다.

1178 발른 : 바른. 붙인.

보다 여위고 내일은 오늘보다 여윌터이고 — 나는 그럼 마지막에는 보숭보숭한 骸骨이되고말것이다.

이불상한 動物들에게 무슨 方法으로 죽을 먹이나. 나는 放蕩한 장판위에 너머저서 限업는「罪」를 섬겻다 (從事).「罪」— 나는 시내물 소리에서 가을을 들엇다. 마개쌉힌 가슴에 담을 무엇을 나는 차젓다. 그리고 스스로 달래엿다. 가만잇스라고, 가만 잇스라고 —

그러나 드듸여 참다못하야 가을비가 蕭條하게 나리는 어느날 나는 火德[1179]을 팔아서 남비를 사고, 남비는 팔아서 풍로를 사고, 冷藏庫를 팔아서 食칼을 사고, 유리그릇을 팔아서 사기그릇을 삿다.

처음으로 먹는 싸뜻한 저녁밥상을 낫서른 네조각의壁이 에워쌋다. 六圓 — 六圓어치를 完全히 다살기爲하야그는 房바닥에서 섯불리 일어스거나 하지는 안엇다. 언제든지 家具와가치 주저안젓거나 석가래처럼 돌어누엇거나[1180]하엿다. 식을가바 연거퍼 군불을 째엿고, 구둘을 어듸흠신 얼궈보려고[1181] 重陽[1182]이 지난철에사날式 검부래기[1183] 하나 아궁지에 안너헛다.

나는 나의 親舊들의 머리에서 나의 番地數를 지여버렷다. 아니 나의 服裝까지도 말가케 지여버렷다. 은근히 먹는 나의 朝夕이 게을르게 나은肉身에 蔓延하엿다. 나의 營養의 찍거기가 나의皮膚에 지저분한 수염을 나엇다. 나는 나의 讀書를 쇬죽하게 접어서 조히飛行機를 만든다음어린아해와가티 나의自棄를태워서 죄다 날려버렷다.

아모도 오지말아 안드릴터이다.[1184] 내일홈을 불으지마라. 七面鳥처럼 심술

1179 火德 : 숯불을 피워서 쓰도록 만든 큰 화로. 원래는 화덕(火—)임.
1180 돌아누었거나 : 원문이 '돌'인지, '들'인지 분명찮은데, 전자에 가까운 듯하다. 돌아눕다, 또는 드러눕다의 뜻. 전집(1·2·3)은 '드러누었거나'로 씀.
1181 얼궈보려고 : 얼구어(얼게 해) 보려고.
1182 重陽 : 음력 9월 9일을 명절로 이르는 말, '음력 구월'을 달리 이르는 말.
1183 검부래기 : 검불의 부스러기.
1184 안드릴터이다 : 안 들일 터이다. 들이지(들어오게 하지) 않을 터이다.

을 내이기 쉬웁다. 나는 이속에서 全部를 살어버릴 작정이다. 이속에서는 아푼 것도 거북한것도 동에 닷지안는[1185]것도 아모것도 업다. 그냥 쏘다지는것가튼 기쑴이 질거워할쑌이다. 내맨발이 갑비싼 香水에 질컥질컥 저젓다.

— × —

한달 — 猛烈한 절뚝바리의 歲月 — 그동안에 나는 나의 性格의 序幕을 다더 버렷다.

두달 — 발이마저돌어왔다[1186]

呼吸은 쌕기저고리[1187]처럼 찰삭 안팍이 달러부헛다.[1188] 彈道를 일치안흔 疾風이 가르치는대로[1189] 곳잘가는 黃金과가튼 絶頂의 歲月이엿다. 그동안에 나는 나의 性格을 설합가튼 그릇에다 담어버렷다. 性格은간데온데가 업서젓다.

석달 — 그러나 겨울이 왔다. 그러나 장판이 카스테라[1190] 빗으로 타들어왔다. 얄팍한 요한겹을 通해서 올라오는 溫氣는 可히 秘密을 쓰실를만하다. 나는 마지막으로 나의特徵까지 내여노핫다. 그리고 단한가지 才操를삿다 송굿과가튼[1191] — 송굿노룻박게못하는 — 송굿만도못한 才操를 — 果然 나는 녹쓰른송 굿모양으로 멋도업고 말러버리기도하엿다

— ◇ —

혼자서 나쑌짓을 해보고십다 이러케 어둠컴ㅅ한房안에 標本과가치 혼자端

1185 동에 닷지안는 : '동이닿다'는 말은 '조리가 맞다'라는 뜻이며, 그러므로 '동에 닿지 않는'이란 '조리에 맞지 않은'이라는 뜻.

1186 돌아왔다 : 이 역시 '돌'인지 '들'인지 불명확하다. 돌아왔다, 또는 들어왔다는 뜻. 전집(1·2·3) 은 '들어왔다'로 수정.

1187 쌕기저고리 : 훤히 비치는 얇은 옷감을 두 겹으로 하여 곱솔로 바느질한 여자 저고리.

1188 부헛다 : 붙었다.

1189 가르치는대로 : '指示'를 의미하는 것으로 이를 당시 표현으로 '가르치다'로 썼다. 전집(2·3)은 오늘날의 표기인 '가리키는대로'로 수정.

1190 카스테라(castella 포) : 거품을 낸 달걀에 밀가루·설탕 따위를 버무리어 구운 양과자. 이것은 오 븐팬에 구워 짙은 황색을 띠는데, '카스테라 빗'은 그것을 의미.

1191 송굿과가튼 : 재주를 송곳에 비유하는 것은 '송곳을 주머니에 넣으면 끝이 주머니 밖으로 나오 는 것처럼 사람의 재주와 슬기는 저절로 드러난다(囊中之錐)에서 비롯된 것이다.

坐하야[1192] 蒼白한얼골로나는後悔를기다리고잇다 (끗)

─ 발표지면 : 『每日申報』, 1937.4.25~5.15

1192 端坐하야 : 전집(1)은 '端座하여'로 수정, 오식. 단정히 앉아.

幻視記[1193]

故 李 箱

> 太昔[1194]에 左右를難辨[1195]하는 天痴있드니
>
> 그 不吉한子孫이 百代를 겨끄매
>
> 이에 가지가지 天刑病者[1196]를 낳더라[1197]

암만봐두 여편네얼굴이 왼쪽으로 좀 삐두러징거같단말야 싯?

결혼한지 한달쯤해서.

처녀가아닌대신에 꼬리키전집을한권도 빼놓지않고讀파했다는 처녀이상의 보배가 宋군을動하게하였고 지금 宋군의 은근한자랑꺼리리라.

결혼하였으니 자연 宋군의書架와부인순영씨 (이 순영이라는 이름짜밑에다 氏짜를붙이지않으면안되는 지금내가엽슨처지가 말하자면 이소설을쓰는동기지) 의서가가 합병할밖에 ― 합병을하고보니 宋군의최근에받은 꼬리키[1198]

1193 정인택과 권순옥의 결혼 전말을 다룬 것으로 정인택은 작중에 '宋군'으로, 권순옥은 '순영'으로 나온다. 이에 대해서는 조용만의 「李箱時代, 젊은 예술가들의 肖像」(『문학사상』, 1987.4~6)을 참조. 한편 정인택은 6·25 와중에 죽고, 월북한 권순옥(북한에서의 이름은 권영희)은 1956년 박태원과 재혼하였다. 그런데 박태원은『갑오농민전쟁』제1부를 집필(1977)하고, 구술로 2부를 완성(1980)하였지만, 실명 등에 따른 건강악화로『갑오농민전쟁』을 더 이상 쓸 수 없게 되자, 그녀는 남편의 뜻을 받들어 3부(1986)를 완성한 것으로 전해지고 있다.

1194 太昔 : 오랜 옛날.

1195 難辨 : 잘 분별하지 못하는.

1196 天刑病者 : 하늘이 주는 형(벌)을 받은 병자.

1197 전집(2)는 이것이 '고리키 밤주막의 주제 음악가사로, 희곡의 앞에 씌어 있음'이라고 소개하고 있으나 희곡의 앞에는 이런 가사가 없다.

1198 꼬리키 : Maksim Gor'kii(1868~1936) 러시아의 소설가. 제정 러시아의 밑바닥에서 허덕이는 사람들의 생활을 묘사하여 프롤레타리아 문학의 선구가 되었다. 희곡『밤 주막(Na dne)』(1902)이 특히 유명하며, 한때 볼셰비키당에 가담하였으며, 소설『어머니』(1907)에서 혁명가의 전형을 창조하기도 하였다.

전집과 순영씨의고색창연[1199] 한꼬리키전집이 얼렸다.[1200]

결혼한지한달쯤해서 宋군은 드듸어 자기가반은 新판꼬리키 전집한길[1201] 을 내다팔었다.

반만먹세 —

반은?

반은 여편네같다주어야지 — 지난달에 그지경을해놓아서 이달엔아주죽을지경일세 —

난또 마누라화장품이나사다주는줄알었네그려 —

화장품? 암만봐두여편네얼굴이라능게 왼쪽으로「야깐」 비뚜러젔다는감이 없지않단말야 — 자네 사년동안이나 쪼차당겼다니 삐뚜러징거 알구두그랬나 끝끝내 모르구그만두었나?

좋은하늘에별까지똑똑이 잘 백인밤이 사년전첫여름어느날이었든지? 방송국 넘어가는길 성벽에가 기대슨순영의얼굴은 月光속에있는것처럼 아름다웠다. 항라적삼[1202] 성긴구녕으로 순영의 小麥빛호읍이 드나드는것을 나는 내 가장인색한[1203] 원근법에의하야서도 썩 가쁘게느꼈다. 어떻게하면 가장민첩하게 그러면서도 가장자연스럽게 순영의입술을건드리나 —

나는 約 삼분가량의地圖를設게하였다. 위선 나는순영의정면으로 닥아서보는수밖에 —

그때 나는 참 이상한것을느꼈다. 月光속에 있는것처럼아름다운순영의얼굴이 윈일인지 왼쪽으로 좀 삐뚜러저보이는것이다.

나는 큰 犯罪나한사람처럼 냉큼 바른편으로 비켜섰다. 나의 그런 不遜한시각

1199 고색창연(古色蒼然) : 예스러운 정치(情致)가 그윽함.

1200 얼렸다 : '어울렸다'의 준말. 한데 합쳐졌다.

1201 전집한길 : '전집 한질'의 오식인 듯. 전집(2·3)은 '전집 한질'로 수정.

1202 항라적삼 : 명주실·모시실·무명실 따위로 짜는 피륙의 한 가지로 씨를 세 올이나 다섯 올씩 걸러서 한 올씩 비우고 짠 홑저고리. 구멍이 뚫려서 여름옷감으로 알맞음.

1203 인색한 : 어떤 일을 하는 데 대하여 지나치게 박한.

을 訂정하기위하야 ―

(그리하야)位치의不利로말미암아서도 나는 순영의입술을 건드리지못하고 그만두었다. (실로 사년전첬여름 어느 별빛좋은밤) 경관이 무었하러왔는지 왔다. 나는 삼천포읍에사는사람이라고 그리니까 순영은 회령읍에사는사람이라고그린다. 내 그 인색한원근법[1204]이 일사천리지세로 南北二千五百里라는거리를급조하야 나와순영사이에다 펴놓는다. 순영의얼굴에서 순간 원광이[1205]사라졌다.

안해가 삼천포에서편지를했다. 곳 도라가게될른지좀 지체가될른지 지금같아서는 도모지 짐작이 스지않는단다.

내 승낙없이 한 안해의외출이다. 古물장사를불러다가 안해가벗어놓고간 버선짝까지 모조리 팔아먹으랴다가 ―

안해가 十中의다섯은 도라올것같았고 十中의다섯은 안도라올것같았고해서 사실또 가랬댔자갈데가있는 배아니고 예라 자빠저서 어디 오나안오나 기대려보자꾸나 ―

싫어서 나는 저녁이면 尹군[1206]을이용해서는 순영이있는 빠― 모록코[1207]에를 부리낳게 드나들었다.

안해가 다라났다는窮상이 술먹는 남자에게는 술먹기좋은구실이다. 十中다섯은 안해가도라올가능성이있다는 눈치를 눈꼽만치라도 거죽에나타내어서는 안된다. 나는 내 조곰도슬프지않은슬픔을 재조껏과장해서 순영의동정심을끌

1204 원근법 : 원문은 '원급법'으로 오식. 전집(1·2·3)은 '원근법'으로 수정.
1205 원광이 : 遠光이? 전집(1·2·3)은 '월광이'로 수정.
1206 尹군 : 전집(5)는 '宋군'의 오식일 것으로 봄. 소설만 보면 그렇게 볼 수도 있으나, 이것을 이상의 자전적 소설로 보면 윤군은 윤태영일 가능성이 있다.
1207 모록코 : 아프리카 서북부에 있는 입헌 군주국. 여기서는 바(술집)의 이름.

기에노력했다. 그렇나 이런 던적스러운[1208] 청승[1209]이 결국 순영을어찌할수도 없었다.

　그후 얼마되지안아 순영은[1210] 光주로갔다. 가든날 순영은 내게 술을먹였다. 나는 그의치마짜락을자바찟고싶었다. 나는 울었다. 인생은허무하외다그리면서 — 그랬드니 순영은 이것은 아마 술이부족해서 그리나보다고녁이고 맥주한병을더청하는것이었다.

　반년동안 나는 순영을 잊을수가 없었다. 그동안에十中다섯으로 안해가도라왔다. 나는 이 안해를 맞을수밖에없었다. 사랑하지않는안해를 나는 전의열갑절이나사랑할수있었다. 내 순영에게향하야 잔뜩골문[1211] 애정이이에 순영이도라오기전에터저버린것이다. 안해는 이런나를 넘보기시작했다.

　반년만에도라온순영이　도라서서춤을　탁배알는다.　반년동안외출했든안해를 말한마듸없이 도로맞은[1212] 내 얼굴우에다 —

　부즐없은세월이 사년 흘렀다. 안해의 두번째외출은 十中다섯은도라오지않는 것이었다. 나는 내 孤獨을일급일원사십전과 바꾸웠다. 인쇄공장[1213] 우중충한속에서활짜처럼 오늘도 내일도모레도 똑같은생활을 찍어내었다. 그리면서도 나는 순영이 그의일터를옴기는대로 어디까지든지 쫓아다니지않을수없었다.　일급일원사십전에팔아버린내생활에　그래도, 얼마간기꺼운시간이 있었다면 그것은 오즉 순영앞에서 술잔을주물르는동안뿐이었다. 그렇나 한번도라슨 순영의마음은 — 아니 한번도나를향하지 않은순영의 마음은 南北二千五百里

와같이 차듸찬거리 저편의것이었다. 그차듸찬거리이편에는 늘나와 나처럼고독한宋군이 오들오들 떨고있었다.

　나는 이미 순영앞에서 내 고독을호소할수조차없어젔다. 나는 宋군의 고독을 빌려다가 순영앞에서 울었다. 宋군의직업은 宋군의良심이 蒸발해버린뒤의것이었다. 그때문에그는 몹씨고민한다. 얼굴이 조이처럼창백하다. 나는 이런宋군의불행을 이용하야 내슬픔을 立證식혀보느라고 실로 천만語의 단자[1214]를허비했다. 순영의얼굴에는 봄다운 紅潮가돌기시작하는것같았다. 나는 어느틈엔지 나자신의위치를 그만 잃어버리고말았다. 필사의노력으로 겨우 내위치를다시 탈환했을 때에는이미

　宋선생님이세요? 李箱씨하구같이 (이것은과연객쩍은덧부치개였다[1215]) 오늘밤에 좀놀라오세요 — 네?

　이런전화가 끝난뒤었다. 宋군은 상반기 상여금을받았노라고 한잔먹잔다.

　먹었다.

　취했다.

　몽롱한가운데서 나는 이땅을떠나리라생각했다. 머얼리 동경으로가버리리라.

　갈테야갈테야가버릴테야(동경으로)

　아이 더 놀다가세요. 벌서가시면주므시나요? 네? 宋선생님 —

　宋선생님은 占을처보나보다. 卦는 李箱에게「고기」를대접하라 이렇게나온모양이다. 그래서 宋군은나보다도먼저이러섰다. 자동차를타자는것이다. 나는 한사코말렸다. 그의財정을생각해서도 나는 그를 그의하숙까지데려다주는데 그칠수밖에 없었다. 하숙 이층 그의방에서 그는 몹시게웠다.[1216] 맑안맥주만이 올

1214 단자 : 單字. 낱낱의 글자.

1215 객쩍은덧부치개 : 순영은 송군에게 '이상씨하고 같이' 놀러오라고 하였는데, 순영이 '송군을 초청하며 이상을 쓸데없이 더 보탠 것'이라는 말이다.

1216 게웠다 : 먹은 것을 삭이지 못하고 도로 입 밖으로 내어놓았다. 토했다.

라왔다. 나는 宋군을청결하기 위하야 한시간을진땀을흘렸다. 그를눕히고밖으로나왔을때에는 六月의밤바람이 아카시아의향기를가지고 내피곤한피부를간즐르는것이었다. 나는 멕시코[1217]에서 커피를마시면서 토하면서 울고울다가잠이든 宋군을생각했다.

순영에게 전화나걸어볼까.

순영이? 나 箱이야 ― 宋군 집에잘갖다두었으니 안심헐일 ―

오늘은어쩐지 그냥 울쩍해서 견딜수가없단다 집으로가일즉잠이나자리라했는데 멕시코에 ―

와두좋지 ― 헐 이애기두 좀 있구 ―

조용히 마조보는순영의 얼골에는 사년동안에 확실히 피로의자최가늘어보였다. 직업에대한극도의염쯩 을 순영은 나즈막한목소리로 호소한다 나는 정색하고

宋군과결혼하지 응? 그야말루 宋군은 지금 절벽에매달린사람이오 ― 宋군이가진良心 그와배치 되는현실의박해로말미아믄 갈등 自殺하고싶은고민을 누가알아주나 ―

宋선생님이 불연드키[1218] 맞나 뵙구싶군요.

십분후 나와순영이 宋군방 미다지를 열었을때 自殺하고싶은 宋군의고민은사실화하야 우리들눈앞에놓여[1219] 있었다.

아로나―ㄹ[1220] 서른여섰개의空洞[1221] 곁에 李箱의주소와 순영의주소가적힌조이조각이 한자루 칼 보다도 더 냉담한촉각을 내쏘으면서 무엇을 재촉하는듯

1217 멕시코 : 다방 이름.
1218 불연드키 : 전집(1·2·3)은 '불현드키'로 수정. 불현듯이(갑자기 생각이 치밀어 걷잡을 수 없게)
　　라는 의미인 듯.
1219 놓여 : 전집(1)은 '놓여져'로 수정.
1220 아로나―ㄹ(Allonal) : 로슈사(Roche)에서 1921년에 개발한 약명으로 수면·진정제로 사용됨.
　　이 약에 대한 설명은「날개」의 삽화에 제시되어 있다.
1221 空洞 : 빈 통. 아로날 갑에서 알약이 빠져나온 자리를 뜻함.

이 놓여있었다.

나는 밤깊은거리를 무릎이 척척 접히도록 쏘단여보았다. 그렇나 한사람의생명은 병원을가진의사에게있어서 麻雀의 패한조각 한컵의맥주보다도 우수꽝스러운것이었다. 한시간만에 나는 그냥 도라왔다. 순영은 찡 찡 천정이울리도록 코를골며 인사불성된宋군우에엎더 입술이 파르스레하다.

어쨌든 나는 코고는「死체」를 업어나려자동차에실었다. 그리고 단숨에 醫專病院[1222]으로 달렸다. 한마리의세파-드와 두사람의간호부와 한분의 의사가 세사람(?)의환자를 마저주었다.

독약은 위에서 이즉 얼마밖에흡수되지 않었다. 생명에는「별조」[1223]가없으나 한시간에 한번식 강심제주사를마저야겠고 또 이밤중에 별달리어쩌는도리도없고 해서입원했다.

시계를들고 宋군의어즈러운손목을잡아 맥박을게산하면서 한밤을새라는 의사의명령이었다, 맥박은「百三十」을드나들면서 군드박질을친다, 순영은 자기도밤을새겠다는 것을 나는 구지 보냈다.

가서자구 아침에일찍와요. 그래야 아침에내가좀자지 둘이다지처버리면 큰일아냐?

동이 훤-히 터왔다. 복도로 유령같은 입원환자의 발자최소리가 자저간다.[1224] 수도는 쏴―기침은 쿨룩쿨룩―어린애는으아―

거기는 완연 석탄산수[1225] 냄새나는 활지옥에 틀림없었다. 맥박은「百」을조곰넘나보다.

병원문이 열리면서 순영은왔다. 조고만보따리속에는 宋군을위한 깨끗한내의

1222 醫專病院 : 건춘문 앞에 건립되었던 경성의전 부속병원.
1223 별조 : 별다른 조짐, 이상한 조짐.
1224 자저간다 : 잦어간다. 전집(5)는 '점점 횟수가 늘어가다'로 설명했다.
1225 석탄산수(石炭酸水) : 페놀(phenol). 방향족 알코올의 하나. 특이한 냄새가 나는 무색이나 흰색의 결정으로, 벤젠을 원료로 하는 화학 합성으로 얻음. 방부제·소독 살균제 따위로 사용됨.

한벌이들어있었다. 나는 소태[1226]같이써들어오는입을수도에가서 양치질했다.

내가밥을먹고 와도 宋군은 역시깨지 않은채다. 오전중에 宋군회사에전화를 걸고 입원수속도끝내고 내가있는공장에도전화를걸고하느라고 나는 병실에없 었다. 오후두시쯤 해서야겨우 병실로도라와보니 두사람은손을맞붓들고 나즌 목소리로 이야기를하고있다 나는 당장에 눈에서불이번쩍나면서

망신 — 아니 나는 대체 지금 무슨「역활」을하고 있는것이냐순간 나 자신이 한없이미워젔다. 얼마든지 나자신에 매질하고싶었고 춤배앝으며 조소하야 주 고싶었다.

나는 커다란목소리로

자네는 미친놈인가? 그럼천친가? 그럼극악무도한사기한인가? 부처님허리토 막인가?

이렇게부르짓는외에 나는 내 맵씨를수습하는도리가없지않은가. 울음이곳터 질것같았다. 지난밤에 풀린아래뚜리[1227]가 덜 덜 떨려들어왔다.

태산이뭏어지는줄만알구 나는 十年감수[1228]를허다싶이했네 — 그래 이병실 어느구석에 쥐한마리나 있단말인가없단말인가?

순영은 창백한얼골을 푹숙이고있다. 宋군은 우는것도같은얼골로나를처다보 면서

미안허이 —

나는 이이상 더 이방안에머믈를 의무도 필요도없어진것을느꼈다. 병실뒤 종 친부[1229]로통하는곳에 무성한화단이있다. 슬맆퍼를 이끈채 나는 그 화단있는 곳으로나갔다. 일홈모를가지가지서양화초가 六月볏아래 피어어우러졌다. 하

1226 소태 : 약재로 쓰는데 맛이 아주 쓰며, 매우 질겨서 미투리 따위의 뒷갱기, 또는 무엇을 동이는
    데 쓴다.
1227 아래뚜리 : 아랫도리. 허리 아래의 부분.
1228 十年감수 : 수명이 십 년이나 줄 정도로 위험한 고비를 겪음.
1229 종친부(宗親府) : 조선 시대에, 역대 왕의 계보와 초상화를 보관하고, 왕과 왕비의 의복을 관리
    하며 종반(宗班)을 다스리는 일을 맡아보던 관아. 당시 서울 종로구 소격동 165번지에 위치.

나같이향기없는색채만의꽃들 ─ 그렇나 그남국적인정렬이 애타게목말라서 벌들과몇사람의환자가화단속을초조히 거니는것이었다.

어째서 나는 하는족족 이따위못난짓밖에 못하나 ── 그렇지만 이 허리가 불어질흠극두 인제 아마 어떻게종막이돼왔나부다.

잔디우에앉어서 볓을쪼였다. 피로가일시에 쏟아지는것같다. 눈이스르르 저절로감기면서 사지가노곤해들어온다. 다리를 쪽 뻗고

이번에야말루 동경으루 가버리리라 ─

잔디우에는 곳곳이 까아제[1230] 와붕대끄트럭이가 널려있었다. 순간 먹은것을 당장에라도 게우지않고는견데기어려울것같은 극도의 *汚穢*감이 五官을스쳤다. 동시에그불붙는듯한열대성식물들의 풍염한[1231] 화변[1232] 조차가 무서운毒을품은 *妖花*로변해보였다. 건드리기만하면 그자리에서손까락이 썩어문들어저서 뭉청뭉청 떨어저나갈것만같았다.

마누라얼굴이 왼쪽으루삐뚜러저보이거든 슬쩍 바른쪽으루 한번 비켜서보게나 ─

흥 ─

자네마누라가 회령서났다능건 거 정말이든가 ─

요샌또우라디오스톡[1233]에서 났다구 그리데 ─ 내무슨수작인지모르지 ─ 그래난동경서났다구 그랬지 ─ 좀더멀찍암치해둘걸그랬나봐 ─

우라디오스톡허구동경이면 南北이 ─萬里로구나굉장한거리다 ─

자꾸 삐뚜러졌다구그랬드니 요샌 곳 화를내애데 ─

아까 바른쪽으루비켜스란소리는 괜헌소리구 비켜스기전에 자네 시각을訂정

1230 까아제(gauze) : 가볍고 부드러운 무명베. 흔히 붕대로 사용한다.
1231 풍염한 : 豊艶한. 얼굴 생김새가 두툼하고 고운.
1232 화변 : '꽃잎'을 뜻하는 화판(花瓣)을 잘못 쓴 듯. '화변花辨'은 오식.
1233 우라디오스톡 : 블라디보스톡. 소련 극동의 도시.

— 그때문에다른물건이죄다 바쭉[1234]으루삐뚜러저 보이드래두 사랑하는안해

얼굴이 똑바루만보인다면시각의 직능은 그만아닌가 — 그렇면 자연 그 우라디

오스톡 동경사이 남북만리거리두 베－제[1235]처럼 바싹 맞 닥아스구말테니.

(二月十三日未明)

— 발표지면 : 『靑色紙』, 1938.6

1234 바쭉 : '바른쪽'의 오식인 듯.
1235 베－제(baiser 프) : 입맞춤, 키스.

斷髮(遺稿)[1236]

故　李　箱

그는 쓸데없이 自己가 愛情의邁者[1237]인것을 자랑하려들었고 또 그렇지않고 그냥있을수가 없었다.

공연히 그는 서먹서먹하게 굴었다. 이렇케함으로 自己의不幸에 高貴한 탈을 씨워놓고 늘 人生에 한눈을 팔자는 것이였다.

이런 그가 한少女와 川邊을 걸어가다가 그만 잘못해서 그의 少女에게대한 愛慾을 지꺼려 버리고말았다.

여기는분명히 그의淫亂한 衝動外에 다른 아모런理由도없다. 그렇나 少女는 그의强烈한 體臭와 惡意의怠慢에 迸說的[1238]인興味를느끼느라고 그냥 그저 흐리멍텅하게 그의 愛情을 용납하였다는 자네를[1239] 취하야두었다. 이것을본 그는 곧 後悔하였다. 그래서 그는 二重의 역얼을[1240] 驅使하야 動物的인 애정의말을 거침없이 少女앞에 쏟고쏟고 하였다. 그렇면서도 그의 육체와 그부속품은 이상스러울만치 게을렀다.

少女는 조곰왔다가[1241] 이 드믄 愛情의 형식에 그만 갈팡질팡하기 시작하였다. 그리고는 내심 이 남자를 어디까지든지 천하게 대접했다. 그랬드니 또 그는

1236 『朝鮮文學』 1939년 4월호의 맨 마지막에 실린 이태준의 「편집후기」에는 아래와 같은 글이 실려 있다.
　▼ 創作特輯欄에 先頭로 求하기어려운 故李箱氏의 遺稿를 林和氏의 厚意로 記載케된것을 이번 달의큰자랑으로 생각한다.
1237 邁者 : 邁人. 명령을 전하는 사령(使令).
1238 迸說的 : '逆說的'의 오식인 듯. 전집(1·2·3)은 '逆說的'으로 수정.
1239 자네를 : '자세를'의 오식인 듯. 전집(1·2·3)은 후자로 수정.
1240 역얼을 : 전집(1)은 '역어를', 전집(2·3)은 '역설을'로 고쳤는데, 후자가 보다 타당할 듯하다.
1241 왔다가 : 전집(1)은 '있다가'로 수정.

올치하고 카멜레온[1242]처럼 태도를바꾸어서 *少女*에게 하로라도 얼른*愛人*이 생기기를 히망한다는둥 하야가면서 스스롭게[1243] 구는것이었다.

*少女*의눈은 이런*虛僞*가 그대로 무사히 지내갈수가없었다. *透視*한*少女*의눈이 *傲漫*을*裝置*하기 시작하였다. 그렇기위한 세상의 「*驕心*한[1244]*女人*」으로서의 구실을 찾어노코 *少女*는 빙그레 웃었다.

「세상사람들이 모두 *衍氏*를 욕허니까 어디 제가 고처드리지요. *衍氏*는 정말 *惡人*인지두 모르니까요.」

이런*少女*의 말버릇에 그는 가슴이 뜩금했다. 그냥 코우슴으로 대접할 일이 못된다. 왜? 사실그는 무슨 그렇게 세상사람들에게 욕을먹고 있는것도 아닐뿐만 아니라 *惡人*일것도없었다. 말하자면 *愛好*하는*假面*을 도적을맞는우에 그 가면을 뒤집어 *利用* 당하면서 놀님ㅅ감이되고 말것밖에없다.

그렇나 그라고해서 *少女*에게 자그만한 *慾求*가 없는바는아니였다. 아니 차라리 이것은 한 *無敵*「에고이스트」[1245]가 할수있는 *最大* 욕구이었는지도 모른다.

그는 결코 고독가운데서 제법 *下手*[1246]할수있는 진짜 염세주의자[1247]는 아니였다. 그의 *體臭*처럼 그의몸뚱이에 부터다니는 염세주의라는것은 어디까지든지 게을른[1248]*性格*이요 게다가 남의염세주의는 어느때가[1249] 우습게알러드는 참 고약한 *我利我慾*의 염세주의였다.

1242 카멜레온 : 카멜레온과의 파충류. 도마뱀과 비슷하나 머리는 투구 모양에 네 다리와 꼬리가 길고, 피부에 좁쌀 모양의 돌기가 많다. 몸은 보통 회색, 누런 갈색 또는 녹색인데 주위의 환경, 광선, 온도 따위에 따라 변한다.

1243 스스롭게 : 기본형, 스스롭다. 서로 사귀는 정분이 두텁지 않아 조심스럽다. 수줍고 부끄러운 느낌이 있다.

1244 驕心한 : 전집(1)은 '驕慢한'으로 오식. '교만한 마음의'라는 뜻.

1245 에고이스트(egoist) : 이기적인 사람, 이기주의자.

1246 下手 : 손을 대어 사람을 죽임.

1247 염세주의자 : 원문은 '영세주의자'로 오식. 세상을 괴롭고 귀찮은 것으로 여겨 비관하는 생각이나 태도를 가지고 있는 사람.

1248 게을른 : 원전은 '게을르'로 오식.

1249 어느때가 : 전집(1)은 '어느 때건'으로 수정.

죽엄은[1250] 食前의 담배 한목음보다도 쉽다. 그렇것만 죽엄은 결코 그의窓戶를 뚜드릴리가 없으리라고 미리 넘겨집고있는 그였다. 그렇나 다만 하나 이 例外가있는것을 認定한다.

A Double Suicide[1251]

그것은 그렇나 결코 愛情의防害를 받아서는 안된다는 條件이붙는다. 다만 아모것도 理解하지말고 서로서로「스푸링보―드」[1252] 노릇만 하는것으로 충분히 이용할것을 히망한다. 그들은 또 유서를쓰겠지. 그것은 아마 힘써 華麗한 애정과 염세의文字로 가득차도록 하는것인가보다.

이렇게 세상을속이고 일부러 자기를 속임으로하야 本然의 자기를 얼는보기에 高貴하게 꾸미자는것이다. 그렇나 가뜩이나 愛情이라는것에 서먹서먹하게 굴며 생활하야오고 또 오는 그에게 고런 마침機會가 올까싶지도않다.

당연히 오지 않을것인데도 뜻밖에 그가 少女에게 갖이는 감정가운데 좀 세속적인 애정에 가까운 요소가 석긴것을 알아채리자 그때문에 몹시 자존심이 상하지나 않았나하고 危懼[1253]하고 또 쩔쩔매였다. 이것이 엔간ㅎ지않은 힘으로 그의 정신생활을 서뿔리건드리기전에 다른 가장 유효한 결과를 예기하는 처벌을 감행ㅎ지않으면 안될것을 생각하고 좀 무리인줄은알면서 노름하는세음치고 少女에게Double Suicide[1254]를「푸로포―스」[1255]하야본것이였다.

되여도그만 안되여도그만 편리한賭賻[1256]이다. 되면 食前에 담배한복음[1257]이오, 안되면 少女를 회피하는구실을 내외에선고할수있지 않으냐는 것이다.

1250 죽엄은 : 전집(1)은 '주검은'으로 수정. 현대어로 옮기면 '죽음은'이 적합.

1251 원문은 'Adouble Suleide'로 오식. 이 구절은 아꾸다까와의 「或阿呆の一生」에도 나오는데, 두 작가의 관련성을 엿보게 한다.

1252 스푸링보―드(spring board) : 도약판.

1253 危懼 : 염려하고 두려워함, 또는 그러한 느낌.

1254 원문은 'Double Suleide'로 오식.

1255 푸로포―스(propose) : 제안하다, 제의하다.

1256 賭賻 : '賭博'의 오식일 듯. 전집(2·3)은 '賭博'으로 수정.

1257 한목음 : 원문은 '한복음'으로 오식. 전집(1·2·3)에서는 '한목음'으로 수정.

거기는 좀 너무 어둔 그런속에서 그것은 調印된일이라 少女가 어떤표정을 하
나 자세히 볼수는없으나 그의이런 도박적심리는 그의앞에서 늘 태연한 이 少女
를 어디한번 마음ㅅ것 놀려먹을수있었대서 속으로 시원해하였다. 그런데 나온
牌는 역시「노ー」였다. 그는 후ー 한번 한숨을 쉬여보고 말은없이 몸짓으로만
「혼자 죽을수있는 수양을허지」
이렇게 한번 배를 투겨보았다. 그렇나 이것역시 빨간 그짓[1258]인것은 물론이다.

荒凉한 防風林가운데 저녁노을을 멀건히 바라다보고섰는 少女의모양이 퍽
앞았다.

늦은가을이라기보다 첫겨을 저믈게 江을건너서 符牒[1259]과같은 검은빛 새들
이 떼를지어날랐다. 그렇나 발아래 낙엽속에서 거이 生物이랄만한 生物을 찾어
볼수 좇아없는 참 寂滅의人外境이었다.

「싫ㅅ읍니다. 불행을 질머지고 살아가는것이 제게는 더없는魅力입니다. 그렇
게 내여버리구싶은 생명이거든 제게 좀 빌려주시지요」
戀愛보다도 한句 윗티씀[1260]을 더 좋아하는그였다. 그런 그가 이때만은 풍경
에 자칫하면 패북[1261]할것같기만해서 갈팡질팡 그자리를 피해보았다

少女는 그때부터 그를 경멸하였다는이보다는 차라리 염오[1262]하는편이였다.
그의 틈사구니투성이의 점잔으려는才能을 걸핏하면[1263] 향하야 少女의 침착한
才能의槍끝이 걸핏하면 侵略하야왔다.

五月이되여서 한 突發事件이 이들에게 있었다. 少女의 단 하나의同志 少女의

오빠가 少女로부터 離反[1264] 하였다는것이다. 오빠에게 少女보다 世俗的으로 훨신 아름다운 愛人이 생긴것이다. 이 새少女는 그 오빠를 위하야 애정에 빛나는 눈동자를 갖었다. 이少女는 少女의 가까운 동무였다.

오빠에게 하로라도빨리 애인이생겼으면하고 바랬고 그래서 동무가 오빠를 사랑하였다고 오빠가 동생과의 군은 약속을 저버려야 되나?

少女는 비로서 「歲月」이라는것을 느꼈다. 少女의放心을 어느결에 通過해버린 「歲月」의 少女로서는 차라리 자신에게 고소하였다.

孤獨 — 그런 어느날밤 少女는 孤獨가운데서 그만 별안간 혼자 울었다. 깜짝 놀라 얼른 우름을끊혔으나[1265] 이것을 少女는 자기의語彙로 說明할수없었다.

이튿날 少女는 그가 하자는대로 郊外조용한방에 그와 對坐[1266]하야보았다. 그는 또 그의 그「윗티씀」과 「아이로니」를 아모렇게나 휘두르며 酸鼻[1267]할煙幕을 펴는것이었다. 또 가장 이少女가 싫여하는 몸맵시로 넙적 드러누어서 그냥장정없이[1268] 지꺼려대는것이다. 이런그앞에서 少女도 인제는 어지간히 피곤하였든지 이런소용없는 感情의試合은 여기쯤서 그만두어야겠다고 절실히 생각하는 모양같었다. 그렇나 이런경우에 少女는 그에게보다도 자기자신에게 이기고싶었다.

「인제 또 만나뵙기어려워요 저는 내일E하구같이 동경으루가요」

이렇게 아주 순량하게 排戰[1269]하야보았다. 그때 그는 아마 이排戰의상대가 분명히 그자신인줄만 잘못알고 얼른목아지털을 불끈 이르키고 맞선다.

1264 離反 : 사이가 벌어져 떠나거나 돌아섬.
1265 끊혔으나 : 전집(1)은 '끊었으나', 전집(2·3)은 '끊쳤으나'로 고침.
1266 對坐 : 전집(1)은 '對座'로 오식. 마주 대하여 앉음.
1267 酸鼻 : '코가 시큰시큰하다'는 뜻으로, 몹시 비통하거나 참혹하여서 코가 찡함.
1268 장정없이 : 裝幀(또는 裝訂) 없이. '장정'은 책의 겉장이나 면지, 도안, 색채 따위의 겉모양을 뜻함. 여기서는 '꾸밈새 없이'란 뜻. 어쩌면 '무작정'을 이미하는 '작정없이'의 오식일 수도 있다.
1269 排戰 : '挑戰'의 오식인 듯. 전집(2·3)은 '挑戰'으로 오식으로 봄.

「그래? 그건섭섭허군. 그럼 내 오늘밤에 기렴스탐프[1270]를하나 찍기루허지」

少女는 가벼히 흥분하였고 고개를 아래 우흐로 흔들어 보이기만 하였다. 얼굴이 少女가 상기한탓도 있었겠지만 암만보아도 이것은 가장動物的인 動物以外의 아모것도 아니였다.

맞으막 勝負를 가릴때가 되였나보다. 少女는 도리혀 초조하면서 기다렸다. 즉 도박적인「성미」로!

(도박은 唾棄[1271]와侮蔑! 뿐이려나보다)

(그가 과연 그의 훈련된 동물성을 갖이고 小女웋에[1272] 스탐프를 찍거든 少女[1273]는 그가 보는대의[1274] 그스담프와 얼골웋에 춤을 뱉는다.

그가 초조하면서도 결백한체하고 말거든 少女는[1275] 그의 비겁한정도와 추악한가면을 알알히 폭로한후에 少人[1276]으로 천대해준다.)

그렇나 아마 그가 좀더 웃길[1277]가는 배우 였던지 혹 가련한 不感症이였던지 午前한시가 훨신 지난 山길을 달빛을받으며 그들은 나려왔다. 나려오면서 —

어느날 그는 이길을 이렇게 나려오면서 少女의 三錢우표처럼 얇팍한 입술에 그의입술을 건드려본일이 있었건만 생각하야보면 그것은 그저 입술이 서로다았었다뿐하지 — 아니 역시 서로 음모를[1278] 內包한 암중모색이였다. 두사람은 서로 그리 부드럽지도않은 피부를느끼고 공기와 입술과의 딱근한맛은 이렇게

1270 스탐프(stamp) : 흔적·자국을 남기다, 도장을 찍다.

1271 唾棄 : 업신여기거나 아주 더럽게 생각하여 돌아보지 않고 버림.

1272 小女웋에 : 소녀 위에.

1273 少女 : 원문은 '山女'로 오식.

1274 보는대의 : 전집(2·3)은 '보는 데서'의 오식으로 봄. 이것은 '의(の)'의 일본식 표현.

1275 少女는 : 원문은 '女少는'으로 오식.

1276 少人 : 의미상 '도량이 좁고 간사한 사람'을 뜻하는 '小人'의 오식으로 보임.

1277 웃길 : 웃질. 上質을 의미. 전집(2) 주 참조. 한 수 위.

1278 음모를 : 원문은 '음보를'로 오식.

다르고 나를 시험한데 지나지 않었다.

이방[1279] 少女는 그의 거츠른 행동이 몹시 기다려졌다. 이것은 거의 역설적이였다. 않만나기는 누가않만나 ― 하고 조심조심 걷는사이에 그만 山길은 시가에끝나고 시가로[1280] 그의 이럴[1281] 행동에 과히 적당ㅎ지않다.

少女는 골목밖으로 지나가는 자동차의 「헤드라이트」를 보고 경칠 나쪽에서 서둘러 볼가까지 생각하야도보았으나 그는 그렇게 초조한듯한데 그때만은 웬일인지 바늘귀만한 틈을 少女에게 엿보이지 않은다. 그렇느라고 그랬는지 걸으면서 그는 참 잔소리를 퍽 하였다.

「가량 자기가 제일 싫여하는 음식물을 상찌푸리지않고 먹어보는거 그래서 거기두있는「맛」인 「맛」을 찾어내구야마는거, 이게 말하자면 「파라독스」[1282] 지. 요컨댄 우리들은 숙망적[1283] 으로 사상, 즉 중심이있는 사상생활을 할수가 없도록 돼먹었거든. 知性 ― 흥 지성의 힘으로 세상을 조롱할수야 얼마든지 있지, 있지만 그게 그사람의 생활을 「뢰―드」[1284] 할수있는 근본에있을힘이 되지않는걸 어떻거나? 그렇니까 仙이나 내나 큰소리는 말아야해 일체 맹세하지말자 ― 허는게 즉 우리가 해야할 맹세지.」

少女는 그만속이 빨근 뒤집혓다. 이씨름은 결코 여기서 그만둘것이 않이라고 내심 분연하였다. 이따위 煙幕에대항 하기위하야는 새롭고 효과적인 엔간ㅎ지 않은武器를 작만하지 않을수없다. 생각해두었다.

또 그이튿날밤은 질척질척 비가나렸다. 그 비ㅅ속을 그는 少女의오빠와 것고 있었다.

1279 이방 : 전집(1)은 '이밤'으로 수정.

1280 시가로 : 전집(1)은 '시가도'로 수정.

1281 이럴 : 전집(1·2·3)은 '이런'의 오식일 것으로 봄.

1282 파라독스(paradox) : 역설(逆說).

1283 숙망적 : '숙명적'의 오식인 듯. 전집(1·2·3)은 '숙명적'으로 수정.

1284 뢰―드(lead) : 앞장서서 남을 이끎, 경기 따위에서 경쟁 상대보다 우세한 상황으로 앞서는 일.

「衍! 인잰 내힘으로는 손을대일수가 없게되구 말았으니까 자넨 뒷ㅅ갈망[1285]

이나 좀 잘해주게 仙이가 대단히 흥분한 모양인데 —」

「그건 왜 또」

「그건 왜 딴천[1286]을허는거야」

「딴천을허다니 내가 어떻게딴천을 했단말인가?」

「정말 모르나?」

「뭐 를?」

「내가 E허구 거치 동경 간다는걸 —」

「그걸 자네입에서 듯기전에 내가 어떻게 안단말인가?」

「仙이는 그렇니까 갈수가 없게된거지. 仙이허구 E허구헌 약속이 나때문에 깨

여졌으니까.」

「그래서」

「게서버텀은 자네 책임이지」

「흥」

「내가 동생버덤 애인을 더 사랑했다구 그렇게 仙이가 생각헐가봐서 걱정이

야.」

「허는수없지」

『仙이 — 오빠에게서 모든 이야기를듯고 나는 참 깜짝 놀랐소. 오빠도 그럽디

다 — 운명에 억찌로 거역하려 들어서는 못쓴다고. 나도 그렇게 생각하오.

나는 오랫동안「歲月」이라는 觀念을 忘却해왔오 이번에 참 한참만에 느끼는

「歲月」이 퍽 슲었오. 모든일이「歲月」의 마음으로 부터의 接待에 늘 우리들은

다 조신하게 제部署에 나아가야 하지않나 생각하오. 흥분하지 말어요

1285 뒷ㅅ갈망 : 일의 뒤끝을 맡아서 처리함.

1286 딴천 : 딴전, 또는 딴청을 의미. 딴전은 '엉뚱한 딴 가게'라는 뜻으로, 어떤 일과 아무 관련도 없는
     딴말이나 짓을 뜻함.

아모쪼록 이제붙어는 내게 括目¹²⁸⁷하면서 나를 미더주기바라오. 그 맨처음 선물로 우리같이 동경가기를 내가「푸로포―쓰」할가? 아니 약속하지. 仙이 안 기뻐하야준다면 나는 나혼자힘으로 이것을 實現해 보이리다.

그럼 仙이의 承諾書를 기다리기로하오.』

그는 좀 겸연적은것을 참ㅅ고 어쨋든 이편지를 포스트¹²⁸⁸에넣었다. 저로서 도 이런俠氣¹²⁸⁹ 우스꽝 스러웠다. 이少女를건사한다? — 당분간만 내게 의 지하도록해? — 이렇게 수작을해갖이고 少女가 듯나 않듯나보자는것이였다. 더 그에게 발악을 하려들지 않을만 하거든 그는 少女를 한마리「자나리아」¹²⁹⁰ 를 놓아주듯이 그의「윗티씀」의 地獄에서 석방 — 아니 제풀에나가나? 어쨋든 少女는 길게 그의길에같이 있을것은 아니니까다. 답장이왔다.

『처음부터 이렇게되였어야하지 않았나요? 저는 지금 조금도 흥분하거나 하 지는 않았읍니다. 이런제가 衍께 감사하다고 말슴드린다면 衍께서는 역정을 내 이시나요? 그럼 감사한다는 기문만은¹²⁹¹ 제기분에서 삭제하기로 하지요.

衍을 마음에드는 좋은敎授로하고 저는 衍의 유쾌한 강의를 듯기로 하렵니다. 이교실에서는 한 폭독한¹²⁹²敎授가 사나운목소리로 무었인가를 강의하고 있

1287 括目 : 전집(2·3)에는 '刮目'의 오식일 것으로 봄.

1288 포스트(post) : 원문은 '표스트'로 오식. 우체통.

1289 俠氣 : 호탕한 기상.

1290 자나리아 : 전집(1)은 '가나리아', 전집(2·3)은 '카나리아'로 수정. 카나리아(canaria)는 카나리 아 섬 원산의 되샛과의 자그마한 애완용 새.

1291 기문만은 : 전집(1·2·3)은 '기분만은'으로 수정. 그러나 '그 문장만은'이라는 뜻의 '其文만은'을 한글로 쓴 것으로 볼 수도 있겠다.

1292 폭독한 : 사납고 독한, 즉 '暴毒한'이라는 뜻이다. 전집(2·3)은 '표독한'으로 수정.

다는것을 안지는오래지만 그문간에서 머웃머웃하면서 때때로 窓틈으로 새여나오는 敎授의「윗티씀」을 귓ㅅ결에 들었다뿐이지 참아 쑥 드러가지 못하고 오늘까지 왔읍니다. 그렇지만 지금은 벌시[1293] 드러와 앉었읍니다. 자 — 무서운 講義를 어서 시작해주시지요. 講義의 제목은「愛精의問題」가요. 그렇지 않으면「知性의極致를 흘낏디려다보는 이야기」를 하야주시나요.

엇그제 衍을 속였다고 너무 꾸지람은 말아주세요. 오빠의 悲壯한出發을 가치 축복하야 주어야겟지요. 저는 결코 오빠를 야속하게역인다거나 하지않아요. 愛情을計算하는 버릇은 언제든지 미움받을 버릇이라고 생각하니까요.「歲月」이요? 衍께서 가르처주셔서 참 비로소 이「歲月」을 느꼇읍니다.「歲月」! 좋군요 — 敎授 —, 제가 제맘대로 敎授를 사랑해도 좋지요? 않되나요? 괜찮지요? 괜찮겟지요 뭐?

斷髮했읍니다. 이렇케도 흥분하지않는 제자신이 그냥 미워서 그랬읍니다.』

斷髮? 그는 또한번 가슴이뜨끔했다. 이편지는 필시 少女의패북을 의미하는 것인데 그에게 의논없이 少女는 머리를 짤렸으니.[1294] 이것은 새로워진 少女의 새로운힘을 상증[1295]하는 것일것이라고 看破하얐다. 그렇면서도 그는 눈물났이다.[1296] 왜?

머리를 잘을때의 少女의 마음이 필시 제마음가운데 제손으로 제애인을하나 만드러놓고 그애인으로 하야금 저에게 머리를 잘르도록 명령하게한, 말하자면

1293 벌시 : 벌써.
1294 짤렸으니 : 전집(1)은 '짤렸으니'로 수정. 문법적으로 후자가 옳다.
1295 상증 : 상징.
1296 눈물났이다 : 전집(1)은 '났다', 전집(2·3)은 '났었다'로 수정. 전집(5)는 '눈물이 났다'의 오식으로 보는데, 이는 충분히 타당하다.

少女의 끝없는 고독이 少女에게 一人二役을 식힌게에 틀님없었다.

　少女의 孤獨!

　혹은 이시합은 승부없이 언제까지라도 계속하려나 — 이렇게도 생각이들었
고 — 그것보다도 머리를 싹뚝 잘느고난 少女의 얼골 — 몸 전체에서오는 인상
은 어떻할까 하는것이 차라리 더 그에게는 흥미깊은 위선 誘惑[1297] 이였다.

— 발표지면 : 『朝鮮文學』, 1939.4

1297 誘惑 : 원문은 ‘誘或’으로 오식. 전집(1·2·3)은 ‘誘惑’으로 수정.

金裕貞[1298]

李　箱

암만해도 성을 않낼뿐만아니라 누구를 對할때든지 늘 좋은낯으로해야쓰느니 하는타잎[1299]의 優秀한見本이 金起林[1300]이라.

좋은낯을 하기는해도 敵이 非禮를했다거나 끔찍이 못난소리를했다거나 하면 잠잫고 속으로 만꿀꺽없으녁이고 그만두는 그러기때문에 近視眼鏡을 쓴危險人物이 朴泰遠[1301]이다.

없으녁이여할境遇에 「이놈! 네까진놈이뭘 아느냐」라든가 성을내면 「여! 어디 뎀벼봐라」쯤 할줄아는, 하되, 그저 그럴줄 알다뿐이지 그만큼해두고 주저앉는派에, 고만理由로 코밑에수염을 貯蓄한 鄭芝溶[1302]이있다.

帽子를 홱 버서덧이고 두루막이도 마고자[1303]도 敏捷하게 턱버서덧이고 두

1298 게재지 상단에 ‘小說體로쓴金裕貞論, 作故한作家가본죽은作家’라는 해설이 붙어 있다. 전집(1)에서는 수필집에 포함.

1299 타잎(type) : 유형.

1300 金起林(1908~?) : 전집(1)에서는 ‘金✕林’으로 적고 있다. 이는 당시 납북 또는 월북 작가들은 이름을 제대로 표현할 수 없었기 때문이다. 그래서 아래의 ‘朴泰遠’은 ‘朴✕遠’으로, ‘鄭芝溶’은 ‘鄭✕溶’으로 표기하였다. 그러나 전집(2)에서는 이름을 제대로 표현하였다. 기림의 본명은 인손(仁孫)이며, 필명은 편석촌(片石村)이다. ‘구인회’에 가담하여 활동했고, 주지주의 문학 이론을 소개하고, 또한 이미지즘 시를 창작하여 한국 모더니즘 문학을 개척하였다. 주요 시집으로 『기상도』(1936), 『태양의 풍속』(1939)과 시론집인 『시의 이해』(1949)가 있다.

1301 朴泰遠(1909~1987) : 소설가. 호는 몽보(夢甫)·구보(丘甫)·구보(仇甫) 등 다양하다. 이상의 문우로 구인회(九人會)에 가담하여 이상과 함께 활동했다. 『소설가 구보(仇甫)씨의 1일』, 『천변풍경(川邊風景)』 등을 발표하여 이상과 더불어 한국 모더니즘 문학을 개척했다.

1302 鄭芝溶(1902~1950) : 초기에는 모더니즘 계열의 작품을 쓰다가 1930년대에 들어 언어의 세련미를 추구하는 순수 서정시를 썼다. 섬세하고 독특한 언어를 구사하여 대상을 선명히 묘사, 한국 현대시의 신경지를 열었다. 시집으로 『정지용 시집』이 있다. 한편, 그는 1933년 『가톨릭 청년』의 편집고문으로 있을 때, 이상(李箱)의 시를 실어 그를 시단에 등장시키기도 했다.

1303 마고자 : 한복 저고리 위에 덧입는 웃웃의 한 가지. 저고리와 비슷하나 깃과 동정이 없으며, 섶을 여미지 않고 두 자락을 맞대어 단추를 끼우게 되어 있음.

팔 홀떡부르것고 주먹으로는 敵의 벌마구니[1304]를 발길로는 敵의 사타구니를
擊破하고도 오히려 行有餘力에엉덩방아를찟고야 그치는 稀有[1305]의鬪士가있
으니 金裕貞[1306]이다.

　누구든지 속지말아. 이 詩人가운데雙壁과 小說家中雙璧은 約束하고分晚[1307]
된듯이 驕慢하다. 이들이 무슨境遇에 어떤얼골을했댔자 其實은 그 驕慢[1308]에
서 箕出[1309]된 表情의 떼플매슌[1310] 外의 아모것도 아니니까 참 危險하기 싹이
없는 분들이라는것이다.
　이분들을 說服할 아모런 學說도 이天下에는 없다. 이렇게들 또 고집이 세다.
　나는 自古로 이렇게 驕慢하고 고집센藝術家를 좋아한다. 큰藝術家는 그저 누
구보다도 驕慢해야한다는 일이[1311] 내 持論이다.
　多幸이 이 네분은 서로들 親하다. 서로 親한이분들과親한 나 不肖 李箱이 보
니까 如上의 性格의順次的差異가 있는것은 재미있다. 이것은 或 不幸히 나혼자
의 재미에끄칠는지 憂慮지만 그래도 좀 재미있어야 되겠다.
　作品 以外의 이분들의일을 的確히描破해서 써 내 比較交友學을 決定的으로
如實히하겠다는 悲壯한腹案이어늘,
　小說을 쓸 作定이다. 네분을 各各 主人으로하는 네篇의小說이다.

1304　벌마구니 : 전집(1)에서는 '볼따구니'로 적고 있고, 전집(2)에서는 이를 '볼때기'의 사투리로, 전
　　　집(3)은 '볼(뺨)의 사투리'로 설명했다.
1305　稀有의 : 흔하지 않고 드문.
1306　金裕貞(1908~1937) : 소설가. 호는 겸허(謙虛). 이상과 함께 구인회에 가담했다. 주요 작품으
　　　로「소낙비」,「금 따는 콩밭」,「동백꽃」,「따라지」 등이 있다.
1307　分晚 : '分娩'의 오식일 듯. 전집(1·2·3)은 '分娩'으로 수정.
1308　驕慢 : 전집(2·3)은 '驚慢'으로 오식.
1309　箕出 : '算出'의 오식일 듯. 전집(1)에서는 '算出'로 수정하였다.
1310　떼플매슌 : 데포르마시옹(deformation 프), 즉 자연 묘사에서 의식적으로 확대하거나 변형시켜
　　　묘사하는 근대 미술의 한 표현법을 일컫는 것으로 보인다.
1311　일이 : 전집(1)에서는 누락.

그런데 族譜에없는批評家 金文輯[1312]先生이 내 小說에 五十九點이라는 좀 慘憺한採點을해놓었다. 五十九點이면 落第다. 한끝만 더했드면 — 그렇니까 서울말로「낙째첫찌」다 나는 참落膽했읍니다. 다시는 小說을 않쓸作定입니다 — 는 즉 거즛말이고, 이境遇에 내 어쭙쟌은글이 네분의心思를 건드린다거나 읽는이들의 嘲笑를산다거나 하지나않을가 생각을하니 아닌게아니라 등어리가 꽤서 늘하다.

그렇거든 五十九點짜리가 그럼 그렇지 하고 그저 눌러덮어주어야겠고 뜻밖에 제법되였거든 네분이先鋒을서서 金文輯先生께 좀 잘 좀 말해주서서 부디 及第좀 식혀주시기바람니다.

金裕貞 篇

이 裕貞은 겨울이면 帽子를 쓰지 않는다. 그러면 脫帽ㄴ가? 그의 그 더벌머리[1313]웅에는 참 우굴쭈굴한 벙거지[1314]가 얹혀있는것이다. 나는 걸핏하면

「金兄! 그 金兄이쓰신帽子는 帽子가 아닙니다」

「金兄!(이金兄이라는呼稱인즉은 李箱을 가르치는말이다) 거 어떻거시는 말슴입니까」

「거 벙거지, 벙거지 지오」

「벙거지! 벙거지! 옳소읍니다」

泰遠도 懷南[1315]도 裕貞의帽子資格을 認定하지않는다. 벙거지라고밖에!

엔간해서 술이 잘 않醉하는데 醉하기만하면 딴사람이되고많다. 그것은 무엇을 보고아느냐하면 —

1312 金文輯(1907~?) : 문학 평론가. 호는 화돈. 주요 저서로『비평문학』(1938),『아리랑고개』(1938) 등이 있다. 그는 이상의「날개」를 두고 "이 정도의 작품은 지금으로부터 7,8년전 신심리주의 문학이 구성한 동경 문단의 신인작단에 있어서 맥고모자와 같이 흔했다"고 평했다.
1313 더벌머리 : 더벅머리, 즉 더부룩하게 흩어진 머리털을 의미.
1314 벙거지 : 지난 날 병졸이 머리에 쓰던 모자. 털로 검고 두껍게 갓처럼 만들었음.
1315 懷南 : 安懷南(1910~?) 소설가. 본명은 필승(必勝). 주요 작품으로「그들 부부」,「농민의 비애」,『탁류를 헤치고』등이 있다.

普通으로 주먹을쥐이고 쓱 둘째손까락만 쭉 펴면 사람가르치는 信號가되는데 이래갖이고는 그 벙거지 遮陽밑을 우벼파면서 나사못박는흉내를내는것이다. 헐일없이 젓먹이 곤지곤지[1316] 形容에 틀림없다.

彰文社[1317]에서 내가 執務랍시고 하는中에 떠억 나를 찾어온다. 와서는 내 執務책상앞에 마조앉는다. 앉어서는 바위덩어리처럼 말이없다. 낸들 또 무슨 그리신통한 이야기가 있으리오. 그저 서로 벙벙이 앉었는동안에 나는 나대로 校正等屬 일을한다. 가지가지 符號를써서 내가 校正을보고있노라면 그는 불숙
「金兄! 거 지끔 그 표는 어떻거라는푠구요」
이런다. 그럼 나는 기가막혀서
「이거요, 글짜가 곤두섰으니 바루놓으란 표지오」
하고나서는 또 그만이다. 이렇게 平素의裕貞은 뚱보[1318] 다. 이런양반이 그 곤지곤지만 시작되면 通姓[1319] 다시해야한다.

그날 나도 初저녁에 술을 좀 먹고 困해서 한참 자는데 별안간 대문을 뚜드리는소리가 요란하다. 한時나 가까웠는데 ― 하고 눈을 비비고 나가보니까 裕貞이 B君과 S君과作伴해와서 이야단이안인가. 裕貞은 연해盛히 곤지곤지中이다. 나는 一見에 「익키!이건 곤지곤지구나」하고 內心 벌서 覺悟한바가있자니까 나가잔다.
「金兄! 이 裕貞이가 오늘 술, 좀, 먹었읍니다. 金兄! 우리 또 한잔 허십시다」
「아따 그렇십시다그려」

1316 곤지곤지 : 젖먹이가 왼손 손바닥에 오른손 집게손가락을 댔다 뗐다 하는 동작. 여기서는 취중 동작을 비유한 말.
1317 彰文社 : 구본웅의 아버지가 경영하던 출판사. 이상은 이 출판사 교정부원으로 구인회의 기관지『34문학』창간호를 발간한다.
1318 뚱보 : 심술 난 것처럼 뚱해서 붙임성이 적은 사람.
1319 通姓 : 通姓名. 서로 성과 이름을 알려 줌.

이래서 나도 내 벙거지를쓰고 나섰다.

나는 단박에 醉해버려서 亦是 그 秘藏의歌謠를 忌憚없이 내뽑은가싶다. 이렇게 밤이느꼈는데 歌舞音曲으로써 街衢를騷亂케하는것은 法規上 안된다. 그래 酒婆가 이러니저러니 좀 했드니 S君과 B君은 不穩하기짝이없는 言辭로 酒婆를 彈壓하면, 裕貞은 또酒婆를 意味깊게 흘낏, 한번 흘겨보드니

「金兄! 우리 소리 합시다」

하고 그 척 척 붙어올라올것같은 끈적끈적한목소리로 江原道아리랑 八萬九庵子[1320]를 내뽑는다. 이 裕貞의 江原道아리랑은 바야흐로 天下一品의境地다.

나는 消毒箸까락으로 鰍湯 보새기전[1321] ㅅ을 갈기면서 長短을맞어좋아하는데 가만히보니까 한쪽에서 S君과B君이 不和다. 醉中 文學談이 自然 아마 그리 된모양인데 부전부전[1322]하게 裕貞이 또 거기가 한목 끼이는것이다. 나는 술들이나먹지 저 왜들 저러누, 하고 서서 보고만있자니까 裕貞이 例의 그벙거지를 떡 버서 덙이드니 두루막이 마고자[1323] 저고리 를차례로버서제치고는 S君과 맞달라붙는것이아닌가.

싸홈의 테—마는 아마 春園[1324]의 文學的價値云云이든모양인데 어쩻든 彼此 어지간히들 醉中이라 文學은 저리집어치우고 인제 問題는 體力이다. 빰도치고 제법 태견도 들[1325] 한다. S君은[1326] 이리비철저리비철하면서 裕貞의着衣一

1320 八萬九庵子 : 강원 민요 「정선아리랑」의 후렴구 "아리랑 아리랑 아라리요 아리랑 고개로 나를 넘겨 주오 / 강원도 금강산 일만 이천봉 팔만구암자 유점사 법당 뒤에 칠성단 도두 모고 팔자에 없는 아들 딸 낳아달라고 석달 열흘 노구메 정성을 말고 타관객리 외로히 난 사람 괄시를 마라" 를 뜻한다.

1321 보새기전 : 작은 사발의 위쪽 가장자리 약간 넓게 된 부분.

1322 부전부전 : 남의 바쁜 사정은 생각지 않고 자기가 하고자 하는 일만 하려고 자꾸 서두르는 모양.

1323 마고자 : 저고리 위에 덧입는 방한복의 하나. 저고리와 비슷하게 생겼으나 깃과 고름이 없고 앞을 여미지 않으며, 단추를 달아 입는다.

1324 春園 : 소설가 이광수(1892~1950).

1325 태견도 들 : 전집(1)에서는 '태견들도', 전집(2·3)에서는 '태견도들'로 수정하였다.

1326 S君은 : 전집(1)에서는 내용상 원문의 오식으로 보고 이를 'B군은'으로, 바로 다다음 단락의 '나는B君과'를 '나는S君과'로 고치고 있다. 전체 내용을 고려하면 'S군은'은 'B군은'으로 바꾸는 것이 타당하겠지만, '나는B君과'는 그대로 두는 것이 바람직하다.

式을 주서들고 바ー로 뜯어말린답시고 한가온데가끼어서 꾸기적꾸기적하는데 가는발길 오는발길에 이래저래 被害가많은꼴이다.

놀란것은 酒婆와나다.

酒婆는 술은 더 못팔아도좋으니 이분들을 좀 밖으로 모서내라는 哀願이다. 나는B君과 協力해서 가까수로 勇士들을 밖으로 끌고나오기는나왔으나 이번에는 自動車가 줄다서往來하는 大路한복판에서들 活躍이다. 구경군이 금시로 몽여든다. 勇士들의 士氣는 白熱化[1327]한다.

나는 서뿔리 좀 뜯어말리는체 하다가 얼떨결에 벙거지버서진것이 당장 勇士들의 軍用靴에 蹂躪을당하고말았다. 그만 나는어이가없어서 電線柱에가 기대서서 이漫畵를 徐徐히 鑑賞하자니까ー

B君은 이건또 언제 어디서 獲得했는지모를 五合드리[1328] 술병을 걱구로쥐고 六모방망이[1329] 내휘둘으듯하면서 仲裁中인데 여전히 被害가 많다. B君은 이윽고 그술병을 한번 虛空에한層높이 내휘둘르드니 그 우렁찬목소리로 山鳴谷應[1330]하라고 最後의 大喝一聲을 試驗해도 戰況은 如前하다.

B君은 그만 화가 벌컥 난모양이다. 그술병을 地面우에다 내덮이고 가로대

「네놈들을 내 한까번에 쥐기겠다」

고 決意의빛을表示하드니 左衝右突로 東에번쩍 西에번쩍 S君, 裕貞의分間[1331]이없이 막 歐打[1332]하기시작이다.

이光景을본 나도 놀랐거니와 더욱 놀난것은 戰士두사람이다. 여태껏 싸홈말

1327 白熱化 : 상황이 매우 열띤 상태로 되어 감.

1328 五合드리 : 5홉들이. 한 홉은 한 되의 10분의 1로 약 180ml에 해당되며, 5홉은 900ml로 반되에 해당한다.

1329 六모방망이 : 역졸·포졸들이 쓰던 여섯 모가 진 방망이.

1330 山鳴谷應 : 소리가 산과 골짜기에 울림.

1331 分間 : 전집(1)은 '分揀'으로 수정. 오늘날의 의미에서 보면 '分揀'은 '서로 같지 아니함을 가려서 안다'는 의미로 이것이 적절하다.

1332 歐打 : 이는 '毆打', 즉 '사람을 함부로 때린다'는 것의 오식으로 보인다. 전집(1·2·3)은 '毆打'로 수정.

리는 役割을하노라고하든 B君이 별안간 이처럼 態度를豹變하니 交戰하든兩人
이 놀라지않을수가없다.

　B君은 위선 裕貞의 턱밑을주먹으로 攻擊했다. 驚愕한裕貞은 防禦의姿勢를取
하면서 한쪽으로비키니까 B君은 이번에는 S君을거더찻다. S君은 눈이뚱그래
서 亦 한켠으로 비키면서 이건 또 무슨생각으로

「너! 裕貞이! 뎀벼라」

「오냐! S! 너! 나헌테 좀 맞어봐라」

하면서 元來의敵이 다시금 달라붙으니까 B君은 그냥 두사람을 얼러서[1333] 거더
차면서 주먹비[1334]를 내리우는것이다. 두사람은 一齊히 攻勢를 B君에게로 몽아
갖이고 쉽사리 B君을 擊退한다음 니어 本戰을繼續中에 B君은 이번에는 S君의
불두덩[1335]을 거더찻다. 怒發大發한S君은 B君을向하야 猛烈한一蹴을遂行하니
까 이틈을타서 裕貞은 S君에게 이또한 그만못지안은 一蹴을 決行한다. 이러면
B君은 또 船首를돌려 裕貞을겨누어 거룩한一蹴을 發射한다 裕貞은S君을, S君
은B君을, B君은裕貞을, 裕貞은S君을 S君은一

　이것은 그냥 想像만으로도 足히 抱腹絶倒[1336]할 絶景임에 틀림없다. 나는 그
만 내 벙거지가 여지없이 破滅한것은 豁然히[1337] 잊어버리고 우숨보가 곳 터질
지경인것을 억찌로 참고있자니까 사람은 점점 꼬여드는데 이 珍無類[1338]의混
戰은 언제나끝날는지 자못杳然하다.[1339]

　이때 옆골목으로부터 巡行하든警官이 칼소리를내이면서 나왔다. 나와서 가

1333 얼러서 : 기본형, 어르다. 어우르다의 준말이며, 여럿을 모아 한 덩어리나 한판이 크게 되게 하다
　　　라는 뜻.
1334 주먹비 : 쏟아지는 비 같은 매우 심한 주먹질. 주먹세례.
1335 불두덩 : 남녀 생식기 위쪽 언저리의 두두룩한 부분.
1336 抱腹絶倒 : 배를 안고 넘어진다는 뜻으로, '몹시 웃음'을 형용하는 말.
1337 豁然히 : 환하게 트여 시원스러이, 갑자기 풀리거나 사리를 밝게 깨달아 환히.
1338 珍無類 : 비할 데 없이 진기함.
1339 杳然하다 : 알 길이 없이 감감하다.

만히보니까 이건 싸홈은싸홈인모양인데 大體 누가누구하고싸우는것인지 종을 잡을수가없는것이다.

警官도 기기막혀서

「이게 날이너무춥드니 失眞[1340]들을헌게로군」

하는모양으로 뒤ㅅ짐을지고서서 한참이나 遠望한에 大喝一聲

「가에ㅅ!」

나는 이 추운날 留置場에를 드러갔다가는 큰일이겠음으로

「곳 집으로 데리구가겠읍니다. 용서하십쇼. 술들이 몹시[1341] 취해 그렸읍니다」

하고 叩頭百拜[1342]한것이다.

警官의 두번째「가에렛」[1343]소리에 겨우 이 三國誌는 아마 終熄하였든가한다.

이 이야기를 듯고 泰遠이「거 橫光利一[1344]이 機械같소 그려」하였다. (勿論 이세동무는 그있흔날은 언제 그런일있었드냐는듯이 繼續하야 情다웠다)

裕貞은 肺가 거이 결단이나다싶이 못쓰게되었다. 그가 웋통버슨것을보았는데 崎嶇한瘦身[1345]이 나와 비슷하다. 늘

「金兄이 그저 두달만 약주를끊었으면 健康해지실텐데」

해도 막 無可奈何드니 지난 七月달부터 마음을돌려 貞陵里 어느절간에 숨어 靜養中이라니, 秋風이 漸起에 健康한裕貞을 맞을생각을하면 나도 讀者도 함께

1340 失眞 : =失性, 정신에 이상이 생김, 미침.

1341 몹시 : '몹시'의 오식, 또는 소리나는 대로 적은 것.

1342 叩頭百拜 : 머리를 조아리며 몇 번이고 거듭 절함.

1343 가에렛(かえれっ) : 돌아가!

1344 橫光利一(1898~1947). 일본의 소설가. 신감각파를 대표하는 작가로 새로운 감각적인 작품을 썼다. 뒤에 신심리주의로 옮겨 강렬한 자의식을 추구하는 작품을 씀. 대표작으로「파리」,「기계」,「여수」 등이 있다.

1345 瘦身 : 수척한 몸. 전집(2)는 '瘦身'으로, 전집(3)은 '瘦身'으로 오식.

기쁘다.[1346]

— 발표지면 : 『청색지』, 1939.5

1346 한편 이러한 이상의 바람에도 불구하고 김유정은 폐결핵이 도져 1937년 3월 29일에 세상을 떴고, 이상 역시 4월 17일 동경제대 부속병원에서 영면하게 된다. 당시 문단에서는 이들을 위한 추도식 행사를 갖게 되는데, 당시 안내문이 있어 소개하기로 한다.

"우리문단에서 이채잇는 신진작가로서 그압날이 매우 촉망되는 김유정(金裕貞) 리상(李箱)양씨가 한달을 전후해서 요서(夭逝)한것은 기보한바어니와 이두분의영면을 애석해하는 문단인제씨들이 좌기시일장소에서 그추도회를 열게되엿스므로 일반의 만히 참가하기를 바란다고한다.

日時 五月十五日(土)午後七時半

場所 市內府民館小集會室

發起人(無順)

李光洙 李殷相 朱耀翰 金東煥 咸大勳 崔載瑞 李軒求 安懷男 鄭芝溶 李源朝 鄭人澤 金尙鎔 金起林 白鐵 嚴興燮 李泰俊 毛允淑 李箕永 金煥泰 具本雄 李瑄根 金文輯 李無影 盧天命 朴泰遠"(『朝鮮日報』, 1937.5.11)

"人生의 無常함은 막을 길이 없읍니다. 외로운 行人 故金裕貞, 李箱兩君이 저같이 早逝함을 볼 때 우리는 다시 한번 嗟歎하였습니다. 그러나 情과 사랑을 가진 우리는 그들에 對한 아깝고 그리운 생각을 禁할 수가 없읍니다. 同道의 前輩後繼가 弔燭아래 가치 모여서 혹은 이야기하고 혹은 黙想하여 故人의 亡靈을 慰勞하고 冥福을 빌고져합니다. 世事에 奔忙하신 몸일지라도 故人을 爲한 마지막 한時間이오니 부대 오셔서 焚香의 盛儀에 자리를 가치해주시면 참으로 感謝하겠읍니다.

時日 五月十五日(土)五后七時半

場所 市內府民館 小集會室

發起人(畧)"(이태준,『문장강화』, 문장사, 1940, 125~126면)

失花

故 李　箱

1

사람이

秘密이 없다는것은 財産없는것처럼 가난하고 허전한 일이다.[1347]

2

꿈 ― 꿈이면 좋겠다. 그렇나 나는 자는것이아니다. 누은것도아니다.

앉어서 나는 듯는다.(十二月二十三日)

「언더―더윗취 ― 시게 아래서 말이예요 ― 파이앺타운스 ― 다섰개의 洞里
란 말이지오 ― 이靑年은 요世上에서 담배를 제일 좋아합니다 ― 기―다랗게
꾸브러진 파잎[1348]에다가 香氣가 아주 높은 담배를 피어뻑―뻑―연기를 풍
기고 앉었는것이 무었보다도 樂이었답니다.」

(내야말로 東京와서 쓸데없이 담배만 늘었지. 울화가 푹―치밀을때 저―肺까
지 쭉―연기나 디리키지않고 이發狂할것같은 心情을 억제하는 도리가 없다.)

「연애를 했어요! 高尙한 趣味 ― 優雅한 性格 ― 이런것이 좋았다는 女子의遺
書예요 ― 죽기는 왜죽어 ― 先生님 ― 저같으면 죽지 않겠읍니다 ― 죽도록
사랑할수 있나요 ― 있다지오 ― 그렇지만 저는모르겠어요.」

(나는 일즉이 어리석었드니라. 모르고 姸이와 죽기를 約束했드니라. 죽도
록 사랑했것만 面會가끝난뒤 大略二十分이나 三十分 만 지나면 姸이는 내가
「설마」 하고만 넉이든 S의 품안에 있었다.)

「그렇지만 先生님 ― 그男子의 性格이 참 좋아요 ― 담배도 좋고 목소리도 좋

1347 수필 「19세기식」에도 같은 내용의 구절이 제시되어 있다.
1348 파잎(pipe) : 살담배를 담아 피우는 서양식 곰방대.

고 — 이小說[1349]을 읽으면 그男子의 音聲이꼭 — 웅얼웅얼 들려오는것같아요 이 男子가 같이 죽자면 그때당해서는 또모르겠지만 지금생각같아서는 저도죽을수있을것 같아요 先生님 사람이 정말죽을수 있도록 사랑할수 있나요 있다면 저도 그런 戀愛한번 해보고 싶어요」

(그렇나 철不知 C孃이어. 姸이는 約束한지 두週日되는날 죽지 말고 우리 살자고 그립디다. 속았다. 속기시작한것은 그때부터다. 나는 어리석게도 살수 있을것을 믿었지. 그뿐인가 姸이는 나를 사랑하느니라고 까지.)

「功課[1350]는 여기까지밖에 안했어요 — 靑年이 마즈막에는 — 멀−리 旅行을 간다나봐요 모든것을 이저버리려고.」

(여기는 東京이다. 나는 어쩔작정으로 여기왔나? 赤貧이如洗[1351] — 콕토[1352] — 가 그랬느니라 — 재조없는 藝術家야 부즐없이 네貧困을 내 세우지말라고 — 아 — 내게 貧困을 팔아먹는 재조外에 무슨 技能이 남아있누. 여기는 神田區 神保町,[1353] 내가 어려서 帝展,[1354] 二科에 하가끼[1355] 注文하든 바로 게가 예다. 나는여기서 지금 앓는다.)

「先生님! 이女子를 좋아하십니까 — 좋아하시지오 — 좋아요 — 아름다운 죽엄이라고 생각해요 — 그렇게까지 사랑을 받은 — 男子는 幸福되지오 — 네 — 先生님 — 先生님 先生님.」

(先生님李箱 턱에 입 언저리에 아 — 수염 숫하게도 났다. 좋게도 자랐다.)

「先生님 — 뭘 — 그렇게 생각하십니까 — 네 — 담배가 다 탔는데 — 아이 — 파잎에 불이 붙으면 어떻게 합니까 — 눈을좀 — 뜨세요 이얘기는 — 끝 났읍

1349 이小說 : Arnold Benett의 소설 『Anna of the Five Towns』(1920)를 가리킴(권영민).

1350 功課 : 학문이나 교육의 과정, 수업.

1351 赤貧이 如洗 : 마치 물로 씻은 듯이 아무것도 가진 것이 없을 정도로 가난함.

1352 콕토 : Jean Cocteau(1889~1963) 프랑스의 시인·소설가·극작가.

1353 神田區 神保町 : 동경의 행정 구역명.

1354 帝展 : 帝國美術展覽會. 당시 일본에서는 帝展이, 조선에서는 鮮展(朝鮮美術展覽會, 1922~1944)이 열렸다.

1355 하가끼(はがき) : 엽서.

니다 네 — 무슨생각 그렇게 하셨나요.」

(아―참 고흔목소리도 다 있지. 十里나 먼 — 밖에서 들려 오는 — 값비싼 時
計 소리처럼 부드럽고 正確하게 潤澤이있고 — 피아니시모[1356] — 꿈인가. 한
시간동안이나 나는 스토―리[1357] — 보다는 목소리를 들었다. 한시간 — 한시
간 같이 길었지만 十分 — 나는졸았나? 아니 나는 스토―리 — 를 다 웨운다.
나는 자지않았다. 그흘으는 듯한 연연한 목소리가 내 感官을 얼싸안ㅅ고 목
소리가 잤다.)

꿈 — 꿈이면 좋겠다. 그렇나 나는 잔것도아니오 또 누었든것도 아니다.

<h2 style="text-align:center">3</h2>

파잎에 불이 붙으면?

끄면 그만이지. 그렇나 S 는껄껄 — 아니 빙그레 웃으면서 나를 타일른다.

「箱! 姸이와 헤어지게. 헤어지는게 좋을것같으니. 箱이 姸이와 夫婦? 라는것
이 내눈에는 똑 부러그러는것같아서 못보겠네.」

「거 어째서 그렇다는건가」

이 S는, 아니 姸이는 일즉이 S의것이 었다. 오늘 나는 S와더브러 담배를 피우
면서 마조앉어 談笑할수 있다[1358] 그러면 S와 나 두사람은 親友였든가.

「箱! 자네(EPLGRAM)[1359]이라는글 내 읽었지. 한번 — 허허 — 한번. 箱! 箱
의 서푼짜리 優越感이 내게는 우숴 죽겠다는걸세. 한번? — 한번 — 허허 —
한번」

「그렇면(나는 失神할만치 놀랜다)한번以上 — 몇번. S!몇번인가」

「그저 한번 以上이라고만 알아두게나그려」

꿈 — 꿈이면 좋겠다. 그렇나 十月二十三日부터 十月二十四日까지 나는 자지

1356 피아니시모(pianissimo 이) : 악보에서, 셈·여림을 나타내는 말로 '아주 여리게'의 뜻.

1357 스토―리(story) : 이야기. 여기에서는 소설의 내용을 일컬음.

1358 있다. 전집(1)은 '있었다'로 오식.

1359 EPLGRAM : 『여성』(1936.8)에 발표된 이상의 수필.

않았다. 꿈은 없다.

(天使는—어디를가도 天使는없다. 天使들은 다 結婚해버렸기 때문에다)

二十三日 밤 열시부터 나는 가지가지 재조를 다 피워가면서 姸이를 拷問했다.

二十四日 東이 훤—하게 터올때쯤에야 姸이는 겨우 입을열었다. 아 — 長久한時間!

「첫뻔 — 말해라」

「仁川 어느 旅舘」

「그건안다. 둘째뻔 — 말해라」

「..........」

「말해라」

「N삘딩 S의事務室」

「셋째번[1360] — 말해라」

「..........」

「말해라」

「東小門밖 飮碧亭」

「넷째뻔 — 말해라」

「..........」

「말해라」

「..........」

「말해라」

머리맡 책상설합속에는 서슬이퍼런 내 면도칼이 있다. 項動脈[1361]을 따면 — 妖物은 鮮血이 대쭐기 뻐치듯하면서 急死하리라. 그렇나 —

나는 일즉암치 면도를 하고 손톱을 깍고 옷을 갈아 입고 그리고 例年 十月

1360 셋째번 : 원문에는 "쎈째번"으로 오식.

1361 項動脈 : '頸動脈'의 오식인 듯. 전집(1・2・3)은 '頸動脈'으로 고침. 후자는 대동맥에서 갈려 나와 목을 지나 머리나 얼굴로 피를 보내는 동맥을 말함.

二十四日경에는 死體가 몇칠만이면 썩기 시작하는지 곰곰 생각하면서 모자를 쓰고 인사하듯 다시 버서들고 그리고 房 ― 姸이와 半年 寢食을 같이하든 냄새나는 房을 휘―둘러 살펴자니까 하나사다 놓ㅅ 네 놓ㅅ 네 하고 기어[1362] 뜻을 이루지못한 금붕어도 ― 이房에는 가을이 이렇게 지텄것만 菊花한송이 裝飾이였다.[1363]

4

그렇나 C嬢의房에는 지금 ― 고향에서는 스케잍을[1364] 지친다는데 ― 菊花두송이가 참 싱싱하다.

이房에는 C君과 C嬢이 산다. 나는 C嬢다려「夫人」이라고 그랬드니 C嬢은 성을 냈다. 그렇나 C君에게 물어보면 C嬢은「안해」란다. 나는 이두사람중의 누구라고 정하지않고 내 東京生活이 하도 寂寞해서 지금 이房에 놀러왔다.

언더―더 워취 ― 시계아레서의 튜어[1365]는 끝났는데 C君은 조선곰방대[1366]를 피우고 나는눈을 뜨지않는다. C嬢의목소리는 꿈같다. 인토내슌[1367]이 없다. 흐르는것 같이 끊임없으면서 아주 조용하다.

나는 그만 가야겠다.

「先生님(이것은 실로 李箱翁을 指摘하는 慘憺하[1368] 人稱代名詞다)왜 그리세요 ― 이房이 기분이 나뿌세요?(기분? 기분이란말은 필시 조선말은 아니리라)더놀다 가세요 ― 아직 주무실 시간도 멀었는데 가서 뭐하세요? 네?얘―기나하세요」

1362 기어 : 기어이. 전집(1)은 이를 누락.

1363 裝飾이였다 : 전집(1)은 '裝飾이 없다'로 고치고 있는데, 그것은 앞의 내용 '가을이 이렇게 짙었건만'에 호응이 되도록 한 조치이다. 또한 5단락 초반 내용을 보면 '菊花 한송이 장식이 없다'가 옳다.

1364 스케잍을 : 스케이트(skate)를. 전집(3)은 '스케일으로'로 수정, 오식.

1365 튜어(lecture) : 강의.

1366 곰방대 : 짧은 담뱃대, 단죽(短竹), 짜른대.

1367 인토내슌 : 인토네이션(intonation). 음(音)의 높이의 변화, 억양(抑揚).

1368 慘憺하 : '慘憺한'의 오식인 듯. 전집(1·2·3)은 '慘憺한'으로 수정.

나는 잠시 그 溪間流水같은 목소리의 主人 C孃의 얼굴을 드려다본다. C君이 범과 같이 健康하니까 C孃은 血色이 없이 입설조차 파르스레하다. 이 오사게[1369]라는 머리를한 少女는 來日 學校에 간다. 가서 언더―더 윗취의 게속을 배운다.

사람이 ―

秘密이 없다는것은 財産없는것처럼 가난하고 허전한 일이다.

講師는 C孃의 입설이 C孃이 좀 蛔배[1370]를 앓는다는 理由外의 또무슨理由로 조렇게 파르수레한가를 아마 모르리라.

講師는 맹낭한 質問때문에 잠간 얼굴을 붉혔다가 다시 제 地位의 懸隔히 높은것을 느끼고 그리고 외쳤다.

「쪼꾸만것들이 무얼안다고 ―」

그렇나 妍이는[1371] 히힝 하고 코우슴을 첬다. 모르기는 왜몰라 ― 妍이는 지금 芳年이 二十, 열여섯살때 즉 妍이가 女高때 修身과體操를 배우는여가에 간단한 속옷을 찌젔다. 그리고나서 修身과 體操는 여가에 가끔 하였다.

여섯 ― 일곱 ― 여덜 ― 아홉 ― 열 ―

다섯해 ― 개 꼬리도 三年만 묻어두면 黃毛가 된다든가 안 된다든가[1372] 원 ―

修身時間에는 學監先生님, 割烹[1373]時間에는 올드미스先生님, 國文時間에는 곰보딱지先生님 ―

「先生님 先生님 ― 이 귀엽성 스럽게 생긴 妍이가 어쩌녁에 무엇을했는지 알아내면 용하지」

黑板우에는 「窈窕淑女」[1374] 라는 額의 黑色이 淋漓[1375] 하다.

「先生님 先生님 ― 제입설이 왜요렇게 파르스레한지 알아마치신다면 참 용하지」

姸이는 飲碧亭에 가든날도 R英文科[1376]에 在學中이다. 전날밤에는 나와맞나서 사랑과將來를 盟誓하고 그이튼날낮에는 깃싱[1377] 과 호―슨[1378] 을 배우고 밤에는 S와같이 飲碧亭에가서 옷을버섰고 그이튼날은 月曜日이기때문에 나와같이 같은 東小門밖으로 놀러가서 베―제[1379] 했다. S도 K教授도 나도 姸이가 어쩌녁에 무엇을했는지 모른다. S도 K教授도 나도 바보요 姸이만이 홀로 눈가리고 야웅[1380] 하는데 稀代의天才다.

姸이는 N삘딩에서 나오기전에 WC[1381] 라는데를 잠간 들르지 않으면 안되었다. 나오면 南大門通十五間大路 GO S OP[1382] 의 人波.

「여보시오 여보시오, 이姸이가 조 二層바른편에서부터 둘째 S氏의 사무실안에서 지금 무엇을하고 나왔는지 알아마치면 용하지」

그때에도 姸이의 살결에서는 능금과같은 新鮮한生光이 나는 법이다. 그렇나 불상한 李箱先生님에게는 이 복잡한 交通을 향하야 빈정거릴 아모런 秘密의材料도 없으니 내가 財産없는 것보다도 더 가난하고 승겁다[1383].

「C孃! 來日도 學校에가셔야 할테니까 일즉 주므셔야지오」

나는 부득부득 가야겠다고 욱인다. C孃은 그럼 이 꽃한송이 갖어다가 房에다

1374 窈窕淑女 : '요조성을 절취해 다니는 여자'라는 의미이며, 窈窕淑女를 파자하여 만들어낸 조어이다. 전집(2·3)은 '窃窕淑女'로 오식.

1375 淋漓 : 피·땀·물 따위가 흥건하게 흐르거나 뚝뚝 떨어지는 모양.

1376 R英文科 : 이 작품에 나오는 '연'은 변동림을 의미하며, 'R英文科'는 '이화여전 영문과'를 뜻한다.

1377 깃싱 : George Robert Gissing(1857~1903) 영국의 소설가·수필가.

1378 호―슨 : Nathaniel Hawthdorne(1804~1864) 미국의 소설가. 『주홍글씨』로 유명.

1379 베―제(baiser 프) : 입맞춤, 키스.

1380 눈가리고 야웅 : 속담으로 '눈 가리고 아웅'으로 쓴다. '얕은 수로 남을 속이려 함'을 말한다.

1381 WC : Water Closet. 오물이 물에 씻겨 내려가도록 급수 장치를 설치한 화장실.

1382 S OP : STOP의 탈자인 듯.

1383 승겁다 : '싱겁다'의 방언.

꼬자 놓으란다.

「先生님房은 아주 殺風景[1384]이라지오?」

내房에는 花瓶도없다. 그렇나 나는 두송이 가운데 힌것을 달래서 왼편깃에다 꽂았다. 꽂고 나는 밖으로 나왔다.

<h3 style="text-align:center">5</h3>

菊花한송이도 없는 房안을 휘─한번 둘러보았다. 잘─하면 나는 이 醜惡한房을 다시 보지않아도 좋을수─도 있을까 싶었기 때문에 내눈에는 눈물도 고일밖에 ─

나는 썼다버슨 모자를 다시 쓰고나니까 그만하면 내 姸이에게對한 인사도 별로 遺漏없이[1385] 다 된것같았다.

姸이는 내뒤를 서너발자죽 딿아왔든가[1386] 싶다. 그렇나 나는 例年 十月二十四日경에는 死體가 몇을[1387] 만이면 상하기시작하는지 그것이 더 급했다.

「箱! 어디가세요?」

나는 어떨결에 되는대로

「東京」

勿論 이것은 虛談이다. 그렇나 姸이는 나를 挽留하지 않는다. 나는 밖으로 나갔다.

나왔으니, 자─ 어디로 어떻게 가서 무엇을 해야되누.

해가 서산에 지기전에 나는 二三日內로는 반드시 썩기 시작해야[1388] 할 한개 「死體」가 되어야만 하겠는데, 도리는?

도리는 막연하다. 나는 十年 긴─歲月을 두고 세수할때마다 自殺을 생각하야

1384 殺風景 : 아주 보잘것없거나 몹시 쓸쓸한 풍경, 아주 단조롭고 흥취가 없음.
1385 遺漏없이 : 빠짐없이.
1386 왔든가 : 전집(1)에서는 '왔는가'로 오식.
1387 몇을 : 며칠.
1388 시작해야 : 원문은 '지작해야'로 오식.

왔다. 그렇나 나는 決心하는 方法도 決行하는 方法도 아모것도 모르는채다.

나는 왼갖 流行藥[1389]을 暗誦하야 보았다.

그리고나서는 人道橋, 變電所, 和信商會[1390]屋上, 京元線, 이런것들도 생각해 보았다.

나는 그렇다고 — 정말 이 왼갖 名詞의羅列은 可笑롭다 — 아직 웃을수는없다. 웃을수는없다. 해가 저므렀다. 급하다. 나는 어덴지도 모를 郊外에있다. 나는 어쨌든 市內로 들어가야만 할것같았다. 市內 — 사람들은 여전히 그 알아볼수 없는 낯작들을 처들고 와글와글 야단이다. 街燈이 안개 속에서 축축해한다. 英京倫敦[1391]이 이렇다지 —

6

NAUKA社[1392]가있는 神保町鈴蘭洞에는 古本夜市가 슨다. 섯달대목 — 이 鈴蘭洞도 곱게 裝飾되었다. 이슬 비에저진 아스팔트를 이리디디고 저리디디고 저녁안먹은 내발길은 자못 蹌踉[1393]하얐다. 그렇나 나는 最後의二十錢을 던저 타임스版 常用英語四千字 라는 書籍을샀다. 四千字 —

四千字면 참[1394] 많은수효다. 이 海洋만한 外國語를 겨드랑에낀 나는 서뿔리 배고파할수도없다. 아 — 나는 배부르다

1389 流行藥 : 유행하는 약. 여기에서는 자살에 필요한 약을 일컫는 것으로 보임.

1390 和信商會 : 1929년 9월 박흥식이 종로 2가 3번지에 건립한 조선인 최초의 현대식 백화점. 1939년 화재로 전소되자 다음 해에 현대식 건물로 신축하고, 그 명칭도 화신백화점이라고 하였다.

1391 英京倫敦 : 영국의 수도 런던.

1392 NAUKA社 : 러시아 전문 서점 및 출판사. '나우까'는 러시아 말로 학술을 의미한다. 언론인 오오다께(大竹博吉)가 1931년 4월부터 이듬해 1월말까지 약 10개월간 소련을 방문하고 귀국한 직후 본격적인 소련연구를 위해 설립. 1932년 창립, 6월에 서점 영업을 개시했고, 1933년 출판부를 발족하였으나 당국의 탄압으로 1936년 7월 오오다께가 체포되고 이윽고 사원전체가 검거됨으로써 제1차 나우까사는 종언을 고하게 된다(최원식).

1393 蹌踉 : 비틀비틀 하는 모양, 비틀거리는 모양.

1394 참 : 전집(1)에서는 누락.

진따[1395] — (넷날 活動寫眞常設舘[1396]에서 使用하든 吹奏樂隊)진동야[1397] 의 진따 가 슬프다.

진따는 全員네사람으로 組織되었다. 대목[1398]의 한목을 보랴는 小百貨店의 繁榮을 위하야 이 네사람은 크라리넽[1399]과 코넽[1400] — 과 북과 小鼓를 가지고 先祖 維新[1401]當初에 불으든 流行歌를 演奏한다. 그것은 슬프다못해 기가 막히는 街角風景[1402]이다. 왜? 이 네사람은[1403] 네사람이 다 妙齡의[1404] 女性들이드니라. 그들은 똑같이 眞紅色 軍服과 軍帽와「꼭구마」[1405]를 裝飾하얏드니라.

아스팔트는 저젔다. 鈴蘭洞 左右에 매달린 그 鈴蘭꽃[1406] 모양 街燈도 저젔다. 크라리넽 소리도 — 눈물에 — 저젔다. 그리고 내 머리에는 안개가 자옥−히 끼었다.

英京 倫敦이 이렇다지?

「李箱! 은 무슨생각을 그렇게 하십니까?」

男子의 목소리가 내 어깨를 쳤다. 法政大學 Y君, 人生보다는 演劇이 재미있다는이다. 왜? 人生은 귀찮고 演劇은 실없으니까.

「집에갔드니 안게시길래!」

1395 진따(ジンタ) : 서커스, 영화관, 선전 따위에 쓰는 소수인의 악대.

1396 活動寫眞常設舘 : 영화관.

1397 진동야(ジンドン屋) : 일본 전통의 가무단.

1398 대목 : 명절을 앞두고 경기(景氣)가 가장 활발한 시기.

1399 크라리넽(clarinet) : 목관악기의 한 가지. 세로로 잡고서 부는 데, 높은 음은 맑고 낮은 음은 깊이 가 있음. 관현악이나 취주악에 많이 쓰임.

1400 코넽(cornet) : 금관 악기의 한 가지. 트럼펫과 비슷하나 관이 트럼펫보다 짧고, 경쾌하게 다룰 수 있는 특징이 있음.

1401 維新 : 明治維新. 19세기 후반 일본의 메이지 천황 때에, 에도 바쿠후(江戶幕府)를 무너뜨리고 중앙 집권 통일 국가를 이루어 일본 자본주의 형성의 기점이 된 변혁의 과정.

1402 街角風景 : 길모퉁이 풍경, 길거리 풍경.

1403 네사람은 : 전집(1)에서는 누락.

1404 妙齡의 : 스무 살 안팎의.

1405 꼭구마 : 꼬꼬마. 지난날, 말총으로 만든 기다란 삭모(槊毛). 군졸이 쓰는 벙거지 뒤에 늘어뜨리던 것.

1406 鈴蘭꽃 : 은방울꽃. 백합과의 여러해살이풀.

「죄송합니다」

「엠프레스[1407]에 가십시다」

「좋―지오」

ADVENTURE IN MANHATTAN[1408]에서 진―아―더―[1409]가 커피한잔 맛있게먹드라. 크림을 타먹으면 小說家仇甫氏[1410]가그랬다 — 쥐오좀내가 난다고. 그렇나 나는 조―엘 마크리―[1411] 만큼은 맛있게 먹을수 있었으니 —

MOZART[1412]의 四十一番은 「木星」[1413] 이다. 나는 몰래 모차르트 의 幻術[1414]을 透視하랴고 애를쓰지만 空腹[1415] 으로하야 저윽히 어지럽다.

「新宿[1416] 가십시다」

「新宿이라?」

「NOVA[1417]에 가십시다」

「가십시다 가십시다」

1407 엠프레스(Empress) : 동경에 있던 커피숍의 이름. 전집(3) 주 참조.

1408 ADVENTURE IN MANHATTAN : 일명 「MANHATTAN MADNESS」로도 통하는 미국의 흑백 영화. 1936년에 제작된 것으로 맨해튼에서 벌어지는 지능적인 은행털이를 다룬 코미디 영화이다(최원식).

1409 진―아―더 : Jean Arthur, 1905~1991) 여자 배우. 활기 넘치는 코미디에 재능을 가진 미녀 출연자로 유명했고, 조지 스티븐스로부터 '영화사 최고의 코미디언', 데릭 오웬으로부터 '유성영화 사상 가장 섹시한 목소리' 등의 평을 받았으며, 「디즈씨 읍내에 가다」, 「스밋씨 워싱턴에 가다」 등의 작품에 출연했다. 「ADVENTURE IN MANHATTAN」에서 여주인공 역을 맡았다.

1410 仇甫氏 : 소설가 박태원(1909~1987)의 호. 대표작으로『소설가 구보씨의 일일』, 『천변풍경』 등이 있다. 이상은 박태원의 「소설가 구보씨의 일일」이 『조선중앙일보』(1934.8.1~9.1)에 발표될 당시 하융(河戎)이란 이름으로, 삽화를 그려넣기도 했다.

1411 조―엘 마크리(Joel Mccrea) : 영화 「ADVENTURE IN MANHATTAN」에서 예술품 도둑을 추적하는 그 남주인공으로 예술 감식가이자 범죄학자 역을 맡았다(최원식).

1412 MOZART : 모짜르트(Johann Georg Leopold Mozart, 1719~1787) 오스트리아의 음악가.

1413 木星(Jupiter) : 모차르트의 교향곡 41번.

1414 幻術 : 남의 눈을 속이는 기술.

1415 空腹 : 원문은 '空複'으로 오식되어 있다.

1416 新宿 : 일본 도쿄[東京] 신주쿠구(區) 신주쿠역(驛)을 중심으로 하는 번화가.

1417 NOVA : 에스페란토어로 '우리'라는 뜻. 여기서는 동경 신주쿠에 있었던 맥주홀의 이름. 전집 (2) 주 참조.

마담은 루파시카.[1418] 노−봐는 에스페란토. 헌팅을 얹인놈의心臟을 아까부터 벌레가 연해 파먹어 들어간다. 그렇면 詩人芝溶[1419]이어! 李箱은 勿論 子爵의아들도 아무것도 아니겠읍니다그려![1420]

十二月의麥酒는 선뜩선뜩하다. 밤이나 낮이나 監房은 어둡다는 이것은 꼬−리키의「나드네」[1421]구슬픈노래, 이노래를 나는 모른다.

7

밤이나낮이나 그의마음은 한 없이 어두우리라.[1422] 그렇나 兪政[1423]아!너무 슬퍼마라. 너에게는 따로 할 일이 있느니라.

이런 紙碑가붙어있는 책상앞이 兪政에게 있어서는 生死의岐路다. 이 칼날같이 슨[1424] 한 地点에 그는 앉지도 서지도 못하면서 오즉 내가 오기를 기다렸다고 울고있다.

「咯血이 여전하십니까?」

「네 — 그저 그날이 그날같습니다」[1425]

「痔疾이 여전하십니까」

「네 — 그저 그날이 그날같습니다」

1418 루파시카(rubashka 러) : 러시아의 민족 의상으로, 남자들이 입는 윗도리.

1419 芝溶 : 鄭芝溶(1902~1950) 시인. 시집으로 『정지용시집』이 있다.

1420 정지용의 시 「카페프란스」의 구절 "이놈은 루바쉬카 / 또 한놈은 보헤미안 넥타이 / …또 한놈의 心臟은 벌레 먹은 薔薇 / …나는 자작의 아들도 아무것도 아니란다"의 구절들을 인용해 온 것이다.

1421 나드네 : 전집(2·3)에서는 '나그네'로 오식되었다. 「나드네」는 '밑바닥'이란 뜻으로, 고리키의 희곡 『밤주막』을 말한다. 함대훈에 따르면, 1934년에 그 작품이 번역되어 培栽大講堂에서 상연된 바 있다고 한다.

1422 밤이나…어두우리라 : 고리키의 『밤주막』에 나오는 가사 구절.

1423 兪政 : 소설가 金裕貞(1908~1937)을 의미. 이상과 함께 구인회에 가담했다. 주요 작품으로 「소낙비」, 「금 따는 콩밭」, 「동백꽃」, 「따라지」 등이 있다. 폐결핵으로 이상보다 19일 앞선 1937년 3월 29일 사망. 이상과 김유정을 기리는 합동추도회가 1937년 5월 15일 부민관에서 열렸다.

1424 칼날같이 슨 : '칼날같이 (날이) 선'이라는 의미.

1425 같습니다 : 원문은 '다' 자가 누락.

안개속을 헤매던 내가 불연듯키 나를 위하야는 마코[1426]―두갑, 그를 위하야는 배 십전어치를, 사가지고 여기 兪政을 찾은 것이다. 그렇나 그의 幽靈같은 風貌를 韜晦[1427]하기 위하야 裝飾된 茂盛한 花瓶에서까지 石炭酸[1428]내음새가 나는것을 知覺하얐을때는 나는 내가 무엇하려 여기왔나를 迫憶[1429]해볼 기력조차 도 없어진 뒤였다.

「信念을 빼았긴것은 健康이 없어진 것 처럼 죽엄의 꼬염[1430]을받기 마치 쉬운 경우드군요」

「李箱兄! 兄은 오늘이야 그것을 빼았기셨읍니까? 인제 ― 겨우 ― 오늘이야 ― 겨우 ― 인제」

兪政! 兪政만 싫다지않으면 나는 오늘밤으로 치뤄버리고 말작정이었다. 한개 妖物에게 負傷해서 죽는 것이 아니라 二十七歲를 一期로하는 不遇의 天才가되기 위하야 죽는 것이다.

兪政과李箱 ― 이 神聖不可侵의 찬란한 情死 ― 이 너무나 엄청난 거짓을 어떻게 다 주체를 할 작정인지.

「그렇지만 나는 臨終할때 遺言까지도 거짓말을 해줄 決心입니다」

「이것 좀 보십시오」

하고 풀어 헤치는 兪政의 젓가슴은 草籠[1431] 보다도 앙상하다. 그 앙상한 가슴이 부풀었다 구겼다 하면서 斷末魔의 呼吸이 서긆다.

「明日의 希望이 이글이글 끓습니다」

兪政은 운다. 울수있는 外의 그는 왼갖表情을 다 忘却하야 버렸기 때문이다.

1426 마코 : 담배 이름.

1427 韜晦 : 재능이나 학식 따위를 숨겨 감춤. 종적을 감춤.

1428 石炭酸 : 페놀(phenol). 방향족 알코올의 하나. 특이한 냄새가 나는 무색이나 흰색의 결정으로, 벤젠을 원료로 하는 화학 합성으로 얻음. 방부제·소독 살균제 따위로 사용됨.

1429 迫憶 : '급박하게 생각하다'는 뜻으로 풀이될 수 있으나, '追憶', 즉 돌이켜 생각하다의 오식으로 보인다. 전집(1·2·3)은 '追憶'으로 고침.

1430 꼬염 : 꾀임. 어떠한 일을 할 기분이 생기도록 남을 꾀어 속이거나 부추기는 일.

1431 草籠 : 풀로 만든 바구니, 또는 '등롱'을 달리 이르는 말.

「兪兄! 저는 來日 아침車로 東京가겠읍니다」

「…………」

「또 뵈옵기 어려울 껄요」

「…………」

그를 찾은것을 몇번이고 後悔하면서 나는 兪政을 하직하였다. 거리는 느졌다. 房에서는 姸이가 나 대신 내밥상을 지키고 앉어서 아직도 수없이 지니고있는 秘密을 만지작만지작 하고 있었다. 내 손은 姸이뺨을 따리지는않고 來日아침을 위하야 짐을 꾸렸다.

「姸이! 姸이는 야웅의 天才[1432]요. 나는 오늘 不遇의 天才라는 것이 되려다가 그나마도 못 되고 도루 도라왔오. 이렇게 이렇게! 응?」

8

나는 버티다못해 조그만 조이 조각에다 이렇게 적어 그놈에게 주었다.

「자네도 야웅의 天才ㄴ가? 암만해도 天才ㄴ가 싶으이. 나는 졌네. 이렇게 내가 먼저 지꺼렸다는 것부터가 敗北을 意味하지」

一高[1433]徽章이다. HANDSOME BOY ― 海峽午前二時의 망또를 둘르고[1434] 내곁에가버티고 앉어서 動치 않기를 한시간(以上?)

나는 그동안 風船처럼 잠잫고 있었다. 왼갖재조를 다피워서 이 眉目秀麗[1435]한 天才로하야금 먼저 입을열도록갈팡질팡 했것만 급기해하에[1436] 나는 졌다. 지고 말았다.

1432 야웅의 天才 : 변신, 또는 속임의 천재. '눈 가리고 아웅하다'에서 나온 것으로 속이는데, 천재적 기질이 있는 사람을 말한다.

1433 一高 : 第一高等普通學校. 수재들만 들어가는 명문교임. 전집(2)의 주 참조.

1434 海峽午前二時의 망또를 둘르고 : 정지용 시 「해협」에서 "망토 깃에 솟은 귀는 소라ㅅ속 같이 / … / 海峽 午前 二時의 孤獨은 오롯이 圓光을 쓰다"를 인용해왔다.

1435 眉目秀麗 : 용모가 빼어나게 아름다움.

1436 급기해하에 : 전집(1)은 '급기해하야'로 고침. '급기야'의 의미로 보이며, 소설 「지도의 암실」, 수필 「약수」에도 같은 표현이 나온다.

「당신의텁석뿌리[1437]는 말(馬)을[1438] 聯想식히는구려. 그렇면 말아! 다락같은 [1439] 말아! 貴下는 점잖기도 하다만은 또 貴下는 왜그리 슬퍼 보이오?[1440] 네?」

(이놈은 無禮한 놈이다)

「슬퍼? 응 — 슬풀밖에 — 二十世紀를 生活하는데 十九世紀의 道德性밖에는 없으니 나는 永遠한절늠바리로다. 슬퍼야지 — 萬一슬프지 않다면 — 나는 억지로라도 슬퍼해야지 — 슬픈포－스[1441]라도 해보여야지 — 왜 안죽느냐고? 헤헹! 내게는 남에게 自殺을 勸誘하는 버릇밖에없다. 나는 안죽지. 이따가 죽을것만같이 그렇게 衆俗을 속여주기만 하는거야. 아 — 그렇나 인제는 다틀렸다. 봐라. 내팔. 皮骨이相接. 아야아야. 웃어야할터인데 筋肉이없다. 울려야 筋肉이없다. 나는 形骸[1442]다. 나 — 라는 正體는 누가 잉크짓는[1443]약으로 지워 버렸다. 나는 오즉 내–痕跡일 따름이다」

NOVA의 웨－튜레스[1444]나미꼬는 아부라에[1445] 라는 재조를가진 노라 [1446]의따님 코론타이[1447]의 누이동생이시다. 美術家나미꼬氏와 劇作家Y君은 四次元世界의 테－머[1448]를 佛蘭西말로 會話한다.

佛蘭西말의 리듬은 C孃의 언더－더윗취 講義처럼 曖昧하다. 나는 하도 답답해서 그만 울어버리기로 했다. 눈물이 좔 좔 쏘다진다. 나미꼬가 나를 달랜다.

1437 텁석뿌리 : 짧고 더부룩하게 많이 난 수염.
1438 말(馬)을 : 전집(1)은 '말을'로 한 글자 누락.
1439 다락같은 : 덩치나 규모 정도가 매우 큰.
1440 말아!…슬퍼 보이오 : 정지용 시 「말」의 "말아! 다락같은 말아 / 너는 즘잔도 하다마는 / 너는 웨 그리 슬퍼뵈니?"를 인용.
1441 포－스(pose) : 모습, 자세.
1442 形骸 : 뼈만 남은 앙상한 못습, 또는 생명이 없는 육체를 이름.
1443 짓는 : 지우는. '짓다'는 '지우다'를 예스럽게 이르는 말.
1444 웨－튜레스(waitress) : 음식 따위를 나르거나 손님의 시중을 드는 여자 종업원. 여급(女給).
1445 아부라에(あぶらえ) : 유화(油畵).
1446 노라 : 헨릭 입센의 『인형의 집』의 여주인공.
1447 코론타이 : 러시아 혁명가, 정치가, 외교관이면서 작가였던 알렉산드라 콘론타이(1987~1952)를 말한다.
1448 테－머(Thema 독) : 제목, 논제.

「너는뭐냐?나미꼬?너는 어쩌녁에 어떤 마찌아이[1449] 에서 방석을비고 十五
分[1450] 동안 ─ 아니 아니 어떤삘딩에서 아까 너는 걸상에 포개앉었었느냐 말
해라 ─ 헤헤 ─ 飮碧亭? N삘딩 바른편에서 부터둘째 S의 사무실? (아ー이
주책없는 李箱아 東京에는 그런것은 없읍네)게집의 얼굴이란 다마네기[1451]
다. 암만베껴 보려므나. 마즈막에 아주 없어질지언정 正體는 안 내놓ㅅ느니」
新宿의 午前一時 ─ 나는 戀愛보다도 위선 담배를 한대 피우고 싶었다.

9

十二月二十三日 아침 나는 神保町陋屋[1452]속에서 空腹으로 하야 發熱하았다.
發熱로하야 기침하면서 두벌 편지는[1453] 받았다.

「저를 진정으로 사랑하시거든 오늘로라도 도라와주십시오. 밤에도 자지않고
저는兄을 기다리고 있읍니다. 兪政」

「이편지 받는대로 곧 도라오세요. 서울에서는 따뜻한 房과 당신의 사랑하는
姸이가 기다리고 있읍니다. 姸書」

이날저녁에 내[1454] 부즐없는 鄕愁를 꾸짓는것처럼 C孃은 나에게 白菊한송
이를 주었느니라. 그렇나 午前一時 神宿驛쫌[1455]에서 비칠거리는 李箱의옷깃
에 白菊은 간데없다. 어느長靴가 짓밟았을까? 그렇나 ─ 검정外套[1456]에 造花를
단, 땐서[1457] ─ 한사람. 나는 異國種강아지올시다.[1458] 그렇면 당신께서는 또 무

1449 마찌아이(まちあい) : 待合, 요리집. 남자가 기생을 불러들여 유흥하는 곳.

1450 十五分 : 전집(1)은 '十九分'으로 오식.

1451 다마네기(たまねぎ) : 양파.

1452 新保町陋屋 : 이상이 살던 東京市 神田區 神保町 三丁目 10-4번지 石川方의 볕 안 드는 2층 골
      방을 뜻한다.

1453 편지는 : 전집(1)은 '편지를'로 고침.

1454 내 : 전집(1)에 누락.

1455 쫌 : 플랫폼(platform).

1456 外套 : 원문은 '外奪'로 오식되었다.

1457 땐서(dancer) : 춤추는 사람, 무용가.

1458 異國種강아지올시다 : 정지용의 시「카페프란스」에 "오오, 異國種 강아지야" 부분을 인용해 왔다.

슨방석과 걸상의 秘密을 그 濃化粧[1459] 그늘에 지니고 게시나이까?

사람이 — 秘密하나도 없다는것이 참 財産없는것 보다도 더 가난하외다그려! 나를 좀 보시지오?

— 발표지면 : 『文章』, 1939.3

1459 濃化粧 : 진한 화장.

終生記

李　箱

郤遺珊瑚 —[1460]요 다섯字[1461] 동안에 나는 두字以上의 誤字를 犯했는가싶다. 이것은 나스스로 하늘을 우러러 부끄러워할일이겠으나 人智가 발달해가는面目이 실로 躍如하다.[1462]

죽는한이 있드라도 이 珊瑚채찍을랑 꽉 쥐고죽으리라 네 廢袍破笠[1463]우에 褪色한亡骸[1464]우에 鳳凰이 와 앉으리라

나는 내「終生記」가 天下 눈있는선비들의 肝膽을 서늘하게해놓기를 애틋이 바라는 一念아래의만큼[1465] 含蓄한 내맵씨의 節約法을 披[1466]하야보인다.

一發砲聲에 부득이 英雄이되고만 稀代의軍人某[1467]는 아흔에 귀를단 황송한 一生을 끝막든날 이렇다는 遺言한마디를 지꺼리지않고 그臨終의瑒[1468]面을 곧잘 (無事히 후 — 한숨이나올만큼) 넘겼다.

1460 최국보「少年行」의 "산호채찍을 잃고나니(遺卻珊瑚鞭)"(여영택), 두보「送孔巢父謝病遊江東兼呈李白」의 "낚시를 드리우면 산호수를 스치리라(釣竿欲拂珊瑚樹)"(김윤식), 또는 이백「玉壺吟」의 "산호백옥편을 칙사하여주는구나(勅賜珊瑚白玉鞭)"(김주현)에서 인유해온 것이라는 논의가 있다.

1461 다섯字 : 원문은 '다섯字'로 오식.

1462 躍如하다 : 눈앞에 생생하게 나타나다.

1463 廢袍破笠 : 누더기 옷과 찢어진 갓을 의미하며, 지나치게 곤궁한. 弊袍破笠.

1464 亡骸 : 유골. 주검을 태우고 남은 뼈, 또는 무덤에서 나온 뼈.

1465 아래의만큼 : 전집(1·2·3)에서는 '아래 이만큼'의 오식으로 보았다.

1466 披 : 披瀝(마음속의 생각을 숨김없이 말함)의 오식인 듯. 전집(1·2·3)은 후자로 수정.

1467 軍人某 : 일본의 군인 도고 헤이하치로(東鄕平八郞, 1847~1934)으로 봄(김윤식). 그는 청일전쟁, 러일전쟁을 거치면서 일본의 국민적 영웅으로 부상하였으며, 정계의 입문 권유를 뿌리치고 마지막까지 군인으로 남아있다가 사망했다.

1468 瑒 : 場의 訛字.

그런데 우리들의 레우오치카 ─ 愛稱톨스토이[1469] ─ 는 괴나리보찜[1470]을 짊어지고 나슨데까지는 기껏 그럴상싶게꾸며가지고 마즈막 五分에가서 그만 잡았다. 자자레한遺言나부렝이로말미암아 七十년 공든塔을 뭉어트렸고 허울좋은 一生에 가신[1471] 수없는흠집[1472]을 하나 내어놓고말았다.

나는 一個 狡猾한 옵서버 ─ [1473]의자격으로 그런 愚昧한 聖人들의 生涯를傍聽하야있으니 내가 그런따위 실수를 알고도 再犯할리가 없는것이다.

거울을향하야 면도질을한다. 잘못해서 나는 상차기[1474]를 내인다. 나는골을 벌컥 내인다.

그렇나 와글와글 들끌른 여러「나」와 나는 正面으로 衝突하기때문에 그들은 제각기 베스트[1475]를 다하야 제자신만을 辯護하는때문에 나는 좀처럼 犯人을 찾어내이기는 어렵다는것이다.

그리기에 大抵 어리석은民衆들은 「원숭이가 사람흉내를내이네」하고 마음을 놓고 지내는모양이지만 사실 사람이 원숭이흉내를 내이고지내는 바짜 至當한 典故[1476]를 理解하지못하는탐이리라.[1477]

嗚呼 라 一擧手一投足이 이미 아담 이브의 그런 衝動的習慣에서는 脫却한지 오래다. 反射運動과反射運動 틈사구니에끼워서 잠시 실로 電光石火[1478]만큼 손

1469 톨스토이(Lev Nikolaevich Tolstoi Tolstoi, 1828~1910) : 러시아의 소설가·사상가. 문명비평가·사상가. 1910년 10월 28일 새벽 그는 아내 소피야 안르레예브나에게 마지막 글을 적어 놓고 집을 나갔으나, 10월 31일 여행 도중 병이 위중해져 랴자니 우랄선 중간의 한 시골역 아스타포보에서 내렸다. 11월 3일 최후의 감상을 일기에 쓰고, 11월 9일 역장의 관사에서 눈을 감았다.
1470 괴나리보찜 : 나그네가 여행에 필요한 물건들을 싸서 등에 지고 다니던 보따리.
1471 가신 : 전집(2·3)은 '가실'의 오자로 파악.
1472 흠집 : 전집(3)은 '홈집'으로 오식.
1473 옵서버(observer) : 구경꾼, 관람객.
1474 상차기 : 생채기. 손톱 따위로 할퀴거나 긁히어서 생긴 작은 상처.
1475 베스트(best) : 최선.
1476 典故 : 전례(典例)와 고사(故事), 전거가 되는 옛일.
1477 탐이리라 : 전집(1·2·3)에서는 '탓이리라'로 고쳤다.
1478 電光石火 : 번갯불이나 부싯돌의 불이 번쩍거리는 것과 같이 매우 짧은 시간이나 매우 재빠른 움직임 따위를 비유적으로 이르는 말.

꾸락이 自意識[1479]의捕虜가되었을때 나는 머처럼[1480] 내 虛無한歲月가운데 閑却[1481]되어있는 奇岩 내 코잔등이를 좀 만이적 많이적[1482] 했다거나, 高貴한對話와對話 늘어슨 쇠사실사이에도 正히 間髮을許容하는 들창이있나니 그 서슬퍼런 날(刀)이[1483] 自意識을 것잡을사이도없이 兩斷하는瞬間 나는 내明鏡같이 맑아야할 至寶 두눈에 或시 눈꼽이끼지나않았나하는듯이 適切하게주름살잡힌 손수건을 끄내어서는 그 두눈의 만지작 만지작했다거나—

내 魂魄과四大의 점잖은怠慢性이 그런些小한 煙火들을 일일히 많아다니면서(보고와서)내 統括되는處所에다 일러바처야만하는 그런 壓倒的忙殺[1484]을 나는 이루堪當해내이는수가없다.

그렇나 나는 내 至重한 珊瑚鞭을 자랑하고싶다.

「쓰레기」「우거지」

이 구즈레한 單字의 雰圍氣를 足下[1485]는 足히 理解하심니까.

足下는 足下가 基督敎式으로 結婚하든날 내이브·앤드·아일[1486]에서 이 「쓰레기」「우거지」에 近遍한感興을 맛보았으리라고 생각이되는데 果然 그렇지는 않으심니까.

1479 自意識 : 자기 자신에 대하여 아는 일. 신체적 특징, 사회적 존재로서의 남과의 관계, 종교적 세계와의 관계 따위의 모든 외적인 관계를 벗어나 직접적인 성찰에 의하여 순수하게 자신의 내면적 세계에 대하여 아는 일이다.

1480 머처럼 : 전집(1·2·3)에서는 '모처럼'의 오식으로 봄. 그것은 '모처럼…만지작했다거나'의 호응으로 본 것인데, 어쩌면 '머처럼 … 한각되어있는'으로 '뭐처럼'을 그렇게 쓴 것으로 볼 수도 있다.

1481 閑却 : 무심히 내버려 둠.

1482 만이적 많이적 : 만지작만지작.

1483 날(刀)이 : 전집(1·2·3)에서는 '날(刀)이'로 바로 잡고 있다.

1484 壓倒的忙殺 : 뛰어난 힘이나 재주로 남을 눌러 꼼짝 못하게 할 정도로 대단히 바쁨, 정신을 차릴 수 없을 정도의 바쁨.

1485 足下 : 같은 또래 사이에서, 상대편을 높여 이르는 말. 흔히 편지를 받아 보는 사람의 이름 아래에 쓴다.

1486 내이브·앤드·아일(nave and aisle) : 교회의 본당과 복도.

나는 그런 「쓰레기」나 「우거지」같은 테잎[1487]을 — 내 終生記 處處에다 可憐
히심거놓은 자자레한 치레를위하야 — 뿌려보려는것인데 —

多幸히 拍手하다. 以上

×

「侈奢[1488]한少女는」, 「解凍期의시내ㅅ가에서서」, 「입설의 落花지듯 좀 파래
지면서」, 「薄氷밑으로는 무엇이 저리도 움즉이는가 고」, 「고개를 갸웃거리는듯
이 숙이고있는데」「봄 운기를품은 薰風이 불어와서」「스카ー트」,[1489] 아니 아
니, 「너무나」. 아니, 아니, 「좀」 「슬퍼보이는 紅髮을건드리면」 그만. 더 아니다.
나는 한마디 可憐한語彙를 添加할 誠意를보이자.

「나붓 나붓」.

이만하면 完備된裝置에 틀림없으리라. 나는 내 終生記의序章을 꾸밀 그 소문
높은珊瑚鞭을 더 如實히하기위하야 우와같은 實로 나로서는 너무나過濫히侈
奢스럽고 어마어마한 세간사리를 작만한것이다.

그런데 —

或 지나치지나 않았나. 天下에 炯眼이 없지않으니까 너무 金칠을 않이했다가
는 서툴리 들킬염려가있다. 허나 —

그냥 어디 이대로 써(用)보기로하자.

나는 지금 가을바람이 자못 簫瑟한[1490] 내 구중중한방에 홀로누어 終生하고
있다.

어머니 아버지의 忠告에의하면 나는 秋毫의틀림도없는 滿二十五歲와 十一
個月의 「紅顏美少年」이라는것이다 그렇것만 나는 確實히 老翁이다. 그날 하로

1487 테잎(tape) : 소리나 영상 따위를 기록하는 데 쓰는 가늘고 긴 필름.
1488 侈奢 : 奢侈의 어순을 바꿔놓은 것. 의미는 '사치'이면서 음은 '치사'로 읽혀 중의적 효과를 가짐.
1489 스카ー트(skirt) : 주로 여성이 입는 서양식 치마.
1490 簫瑟한 : 전집(1)에는 '簫慧한'으로 오식. 으스스하고 쓸쓸한.

하로가「人生은짧고 藝術은길다랗다」[1491] 하는 엄청난 平生이다.

나는 날마다 殞命하였다. 나는 자든잠 — 이잠이야말로 언제시작한잠이드냐 — 을깨이면 내 痛切한生涯가 開始되는데 靑春이 여지없이 蕩盡되는것은 이불을 푹 뒤집어쓰고누었지만 歷歷히 目睹한다.

나는 老來[1492]에 貧寒한[1493] 食事를한다. 十二時間以內에 終生을마지하고 그리고 할수없이 이리궁리 저리궁리 遺言다운 어디 遺失되어있지않나 하고 찾고, 찾어서는 그中 으젔으러운[1494]놈으로 몇 추린다.

그렇나 孤獨한晩年가운데 한句의 에피그람을 얻지못하고 그대로 凄慘히[1495] 나는 物故[1496]하고만다.

一生의 하로 —

하로의 一生은 大體(위선)이렇게해서 끝나고 끝나고 하는것이었다.

자 — 보아라.

이런 내 粉裝은 좀 過하게 치사스럽다[1497]는 느낌은 없을까 없지않다.

그렇나 威風堂堂 一世를風靡할만한 嶄新無比한[1498] 함르렡[1499] (妄言多謝)을 하나 出世시키기위하야는 이만한 出資는 애끼지말아야하지않을까 하는 느낌도없지않다.

나는 가을. 少女는 解凍期.

어느제나 이 두사람이맞나서 즐거운 소꿉작난을 한번 해 보리까.

1491 人生은짧고 藝術은길다랗다 : 의학의 창시자 히포크라테스(BC 460?~BC 377?)의 금언.

1492 老來에 : 늘그막에.

1493 貧寒한 : 전집(1)에서는 '貧困한'으로 오식.

1494 으젔스러운 : 의젓스러운. 말이나 행동 따위가 점잖고 무게가 있는.

1495 凄慘히 : 쓸쓸하고 참혹하게.

1496 物故 : 사회적으로 이름난 사람의 죽음, 죄인이 죽음, 죄인을 죽임. 물고를 내다.

1497 치사스럽다 : 恥事스럽다, 곧 쩨쩨하고 남부끄럽다는 의미와 侈奢스럽다, 곧 분수에 지나치다는 의미가 있다.

1498 嶄新無比한 : 비할데 없이 참신한.

1499 함르렡 : 원래는 『햄릿』이라는 작품, 또는 그 인물을 뜻하는 것이지만, 여기에서는 환유로 '위대한 작품'을 일컬음.

나는 그해 봄 에도 —

부즐없은 세상이 스스로워서[1500] 霜雪같은 威嚴을 가춘몸으로 寒心한 不遇의 日月[1501]을 맞고보내지않으면 안되었다.

美文, 美文, 噯呀[1502]! 美文.

美文이라는것은 저윽이 措處하기 危險한 수작이니라

나는 내 感傷의꿀방구리[1503] 속에 靑山가든나비처럼 痲醉昏死[1504]하기 자칫 쉬운것이다. 조심 조심 나는 내 맵씨를 고처야할것을 안다.

나는 그날 아침에 무슨생각에서 그랬든지 니를닥그면서 내 作成中에있는 遺書때문에 끙 끙 앓았다.

열세벌의遺書가 거이 完成해가는것이었다. 그렇나 그 어느것을 집어내보아도 다같이 서른여섯살에 自殊한[1505] 어느 「天才」가 머리맡에[1506] 놓고간 蓋世[1507]의逸品[1508]의 亞流에서 一步를나 스지못했다. 내게 요만재조밖에는 없느냐는것이 다시없이 분하고 억울한事情이었고 또 焦燥의根元이었다. 眉間을찌프리되 가장 高邁한얼골은 持續해야할것을 이저버리지않고 그리고 게속하야 끙 끙 앓고있노라니까 (나는 一時一刻을 虛送하지는않는다. 나는 없는智慧를 끊지지않고[1509] 쥐어짠다) 速達편지가왔다. 少女에게서 다.

1500 스스로워서 : 기본형, 스스롭다. 서로 사귀는 정분이 두텁지 않아 조심스럽다. 수줍고 부끄러운 느낌이 있다.

1501 不遇의 日月 : 재능이나 포부를 가지고 있으면서도 때를 만나지 못하여 불운한 세월.

1502 噯啊! : 아아! 오오!와 같은 감탄사.

1503 꿀방구리 : 꿀을 넣은 방구리, 즉 작은 질그릇. 여기서는 '단맛' 정도를 뜻하는 듯.

1504 痲醉昏死 : 신경이 마비되어 혼도하여 죽음.

1505 自殊한 : '자살하다'는 의미. 전집(2·3)에서는 '自殺한'으로 오식. 그리고 '서른여섯살에 自殊한' 사람은 '아쿠다까와 류노스케(芥川龍之介 1892~1927)를 말한다. 그는 수면제 과다 복용으로 자살을 택했고, 그의 삶은 이상과 여러 면에서 유사하다. 그는 「어느 옛벗에게 보내는 편지」라는 유서를 남겨놓았다.

1506 머리맡에 : 전집(1)은 '머리말에'로 오식.

1507 蓋世 : 기개(氣槪)나 기력(氣力)이 온 세상을 뒤덮을 만큼 왕성함.

1508 逸品 : 아주 뛰어난 물품, 또는 다시 없는 물품. 신품(神品). 절품(絶品).

1509 않고 : 원문은 '많고'로 오식. '끊지지 않고'는 '끊이지 않고', '계속하여'라는 의미인 듯.

先生님! 어제저녁꿈에도 저는 先生님을맞나뵈왔읍니다. 꿈가운데先生님은 참 多情하십니다. 저를 어린애처럼 귀여해주십니다.

그렇나 白日아래 飄飄하신 先生님은 저를 부르시지않습니다.

卑屈이라는것이 무슨빛으로되어있나 보시랴거든 先生님은 거울을한번 보아보십시오. 거기 빛이는 先生님의 얼골빛이 바로 卑屈이라는것의 빛입니다.

헤어진夫人과 三年을同居[1510]하시는동안에 너 가거라 소리를 한마디도하신 일이 없다는것이 先生님의 唯一의 自慢이십디다 그려! 그렇게까지 先生님은 人情에 苟苟하신가요.

R과도 깨끗이 헤어졌읍니다. S와도絶緣한지 벌서다섯달이나된다는것은 先生님께서도 믿어주시는바지오? 다섯달동안 저에게는 아모것도없읍니다. 저의 淸節[1511]을認定해주시기바랍니다.

저의 最後까지 더럽히지않은것을 先生님께 드리겠읍니다. 저의 히멀건살의 魅力이 이렇게 다섯달동안이나 놀고없는[1512]것은 참 무었이라고 말할수 없이 아깝습니다 저의 잔털 나스르르한[1513] 목영한[1514]온도가 先生님을기다리고있읍니다. 先生님이어! 저를 부르십시오. 저더러 영영 오라는말을 안하시는것은 그것亦是 가신쩍 경우와 똑 같은 理論에서나온 苟苟한人生辯護의 치사스러운 手法이신가요?

永遠히 先生님「한분」만을 사랑하지오. 어서 어서 저를 全的으로 先生님만의 것을 만들어주십시오. 先生님의「專用」이되게하십시오.

제가 아주 어수룩한줄 誤算하고게신 모양인데 誤算치고는 좀 어림없는 큰 誤算이리다.

1510 三年을同居 : 이상은 금홍과 1933년에서 1935년까지 3년 가량 동거하였다.

1511 淸節 : 맑고 깨끗한 절개.

1512 놀고없는 : 내용상 '놀고 있는'의 오식으로 보임.

1513 나스르르한 : (가늘고 짧은 털이나 풀 따위가) 성기고 가지런해 보이는.

1514 영한 : 전집(2)는 '연한'의 오식으로, 전집(3)은 '영(靈)한'으로 보고 있다. 영검한. '나스르르한
　　　목영한 온도'는 '나스르르한 목, 영한 온도'임.

네따는 제법 든든한줄만믿고있는 네 그 安全地帶라는것을 너는 아마 하나 가
진모양인데 그까짓것쯤 내 말한마디에 沙汰[1515] 가나고말리라, 이렇게 일러
드리고싶습니다. 또 —

예끼! 구역질나는 人生같으니 이러고도 싶습니다. 三月三日날 午後두시에 東
小門 뻐스停留 "앞으로 꼭와야되지 그렇지않으면 큰일 나요 내 懲罰을 안받
지못하리다.

滿十九歲二個月을마지하는

貞 姬 올림

李 箱 先生님 께

勿論 이것은 죄다 거짓뿌렝이다. 그렇나 그 一觸卽發의 아슬아슬한 用心法이
特히 그中에도 結尾의 비견할데없는 淸楚함이 壯히 疾風迅雷를 품은듯한 名文
이다.

나는 까므라칠뻔하면서 혀를 내야둘렀다. 나는 깜빡속기로한다. 속고만다.

여기 이 李箱先生님이라는 허수아비같은 나는 지난밤사이에 내 平生을經歷
했다. 나는 드디어 쭈굴쭈굴하게 老衰해버렸든차에 아침(이온것)을보고 이키!
남들이보는데서는 나는 可及的 어쭙지않게(잠을) 자야되는것이어늘, 하고 늘
니를닦고 그리고는 도로 얼른 자버릇하는[1516] 것이었다. 오늘도 또 그럴 세음이
었다.

사람들은 나를보고 짐짓 奇異하기도해서그러는지 驚天動地의 육중한 經綸
을품은 사람인가보다 고들 속는다 그러니까 고렇게하는것이 내 시시한姿勢나
마 維持식킬 수있는 唯一無二의秘訣이었다. 즉 나는 남들 좀 보라고 낫에 잔다.

그러나 그편지를받고, 欣喜雀躍,[1517] 나는 蓋世의經綸과 遺書의苦憫을 깨끗이

1515 沙汰 : 원래는 '산비탈이나 언덕 또는 쌓인 눈 따위가 비바람이나 충격 따위로 무너져 내려앉는
     일'이지만, 여기서는 걷잡을 수 없는 상황이 발생함을 의미.
1516 자버릇하는 : 자는 것을 일상적으로 습관 삼아 하는.
1517 欣喜雀躍 : 너무 좋아서 뛰며 기뻐함.

씻어버리기위하야 바로 理髮所로갔다. 나는 여간아니 豪傑답게 입설에 다齒粉을 허옇게 묻혀가지고는 그 현란한거울앞에가 앉어 이제 豪華壯麗하게 開幕하랴드는 내 終生을 悠悠히 즐기기로 거기該當하게 내맵씨를收拾하는것이었다.

위선 그 鵲巢[1518] 라는 雷名[1519] 까지있는 蓬髮[1520] 을썰어서 상고머리[1521] 라는것을만들었다. 五角鬚[1522]는 깨끗이 淘汰해버렸다. 귀를우비고[1523] 코털을다듬었다. 按摩도했다. 그리고 비누세수를한다음 문득 거울을들여다보니 品있는데라고는 한구통이도없이 보이는듯하면서 또한胎生을 어찌 어기리오, 좋도록말해서 라파엘前派[1524] 一員같이 그렇게 淸楚한 白面書生이라고도 보아줄수있지 하고 실없이 제얼골을 美男子거니 固執하고 싶어하는 구주레한욕심을 內心 嘆息하였다.

아차! 나에개도 帽子가있다. 겨울乃 꾸겨박질러두었든것을 부득부득 끄집어내어다.[1525] 十五分間洗濯所로가지고가서 멀쩡하게만들었다. 그리고 힌 바지저고리에 古銅色다님[1526]을 다치고 차림차림히 제법 異色이있다.[1527] 공단[1528]은 못되나마 綾織[1529]두루매기에 이만하면 古往今來 某某한 天才의風貌에비겨도

1518 鵲巢 : 까치집. 이상은 머리를 하도 감지 않아서 머리에 까치집을 지었다 하여 '작소머리'라는
　　　별명을 얻었다고 한다.
1519 雷名 : 세상에 널리 알려진 높은 명성.
1520 蓬髮 : 텁수룩하게 흐트러진 머리털.
1521 상고머리 : 앞머리는 가지런히 두고, 뒷머리와 옆머리는 치올려 깎으며, 정수리를 평평하게 깎
　　　아 다듬은 머리.
1522 五角鬚 : 오각 난 수염.
1523 우비고 : 긁거나 파내고. 전집(5)처럼 '후비고'의 여린말로 보인다.
1524 라파엘前派 : 19세기 중엽 영국에서 일어난 예술운동으로, 라파엘로 이전처럼 자연에서 겸허하
　　　게 배우는 예술을 표방한 유파.
1525 끄집어내어다. : '끄집어내었다.'의 오식이거나 '끄집어내어다'로 보아야 할 듯. 전집(1)은 후자로,
　　　전집(2·3)은 전자로 보았다.
1526 다님 : 대님. 한복에서, 남자들이 바지를 입은 뒤에 그 가랑이의 끝 쪽을 접어서 발목을 졸
　　　라매는 끈.
1527 異色이있다 : '異色이 있다'는 '색다름이 있다'는 의미인 듯. 전집(1)은 '異色이었다'로, 전집(3)
　　　은 '豊色이 있다'로 오식.
1528 공단 : 貢緞. 두껍고, 무늬는 없지만 윤기가 도는 비단. 고급 비단에 속한다.
1529 綾織 : 직물의 기본 조직의 하나. 날줄과 씨줄을 둘이나 그 이상으로 건너뛰어 무늬가 비스듬한

조곰도 遜色이없으리라. 나는 내 그런 여간 이만저만하지않은 風貌를 더욱더욱 이만저만하지않게 모더ᅢ이어[1530] 하기위하야 가늘지도 굵지도 않은고다지[1531] 알마즌 단장을하나내손에 쥐어주어야할것도 때마츰이저버리지는않었다.

별수 없이 —

오늘이 즉 三月三日 인 것이다.

나는 점잖게 한 三十分쯤 遲刻해서 東小門 지정받은자리에 到着하였다. 貞姬는 또 貞姬대로 아주 貞姬다웁게 한 三十分쯤 일즉 와서 있다.

貞姬의立像은 帝政露西亞쩍 郵票딱지처럼 적잖이 슬프다. 이것은 아즉도 어름을품은바람이 解土머리[1532]답게 싸늘해서 말하자면 貞姬의모양을 얼마간 沈痛하게해보일탓이렀다.

나는 이런境遇에 千萬뜻밖에도 눈물이 핑 눈에긋득돌아야하는것이 꼭맞는原則으로서의 意表가아닐까 그렇게생각하면서 저벅저벅 貞姬앞으로 닥아갔다.

우리돌은[1533] 이땅을 처음찾어온 제비함雙[1534] 처럼 잘 앙증스럽게 漫步하기 시작했다. 걸어가면서도 나는 내두루매기에 잡히는주름살하나에도 단장[1535]을 한번 휘저었는 曲折에도 細細히조심한다. 나는 말하자면 내 偶然한 終生을 깜쪽스럽도록[1536] 찬란하게 虛飾하기위하야 내 薄氷[1537]을밟는듯한 포—스를 아차 실수로 뭉어트리거나해서는 絕對로안된다는 것을 굳게 굳게 銘하고[1538] 있

방향으로 도드라지게 짜는 방법을 이른다.

1530 모더ᅢ이어(modifier) : 수식어구, 수식.

1531 고다지 : 고러하게까지. 고러하도록.

1532 解土머리 : 얼었던 땅이 녹아서 풀리기 시작할 때.

1533 우리돌은 : '우리둘은', 또는 '우리들은'의 오식.

1534 함쌍 : '한쌍'을 일컬음. 이상은 '한' 대신에 '함'을 여러 군데 쓰고 있는데, 그것이 당시에 그렇게 쓰여서인지, 이상의 독특한 표현인지 알기 어렵다.

1535 단장 : 短杖. 짧은 지팡이.

1536 깜쪽스럽도록 : 전집(1)은 '깜쪽ᅢ스럽도록', 전집(2·3)은 '감쪽스럽도록'으로 쓰고 있다. 후자는 '감쪽같이'처럼 '전혀 알아차릴 수 없을 만큼 아무 표가 없이'라는 뜻이다.

1537 薄氷 : 전집(3)은 '薄永'으로 오식.

1538 銘하고 : 명심하고.

는까닭이다.

그렇면 맨 처음 發言으로는 나는 어떤 奇絶慘絶한 警句를 내어놓아야할것인가, 이것때문에 또 잠간 머뭇머뭇 하지않을수도 없었지만 그렇다고 바로대이고거 어쩌면 그렇게 똑 帝政露西亞쩍 郵票딱지같이 楚楚[1539]하니어쩌니 하는수는참아없다.

나는 선뜻

「설마가 사람을죽이느니」

하는소리를 저 배 속에서부터 울어나오는듯한 그런까라앉은목소리에 꽤 明瞭한發音을얹어서 貞姫 귀 가까이다대이고 지꺼려버렸다. 이만하면 아마 그境遇의 最初의發聲으로는 무던히 成功한편이리다.[1540] 뜻인즉, 네가 오라고그랬다고 그렇게 내가 불숙 올줄은 너 꿈에도생각하지못했으리라는 꼼꼼한意圖다.

나는 아침반찬으로 콩나물을 三錢어치는 안팔겠다는것을 巧妙히 無事히 三錢어치만 살수있는것과같은 미끈한 快感을맛본다. 내따는 多幸히 노랑돈[1541] 한 푼도 참 용하게 浪費하지는 않은듯싶었다.

그렇나 그런내 晴天에 霹靂이 떠러진것같은 人事에대하야 貞姫는 實로 대답이없다. 이것은 참 큰일이다.

아이들이 고추먹고 맴맴 담배먹고 맴맴[1542] 하고 노는 그런 암팡진[1543] 手段으로 그냥 단번에 나를 어지러트려서는 너머트려버릴작정인모양이다.

정말 그렇다면!

이 快한 貞姫의 確乎 不動姿勢야말로 엔간치않은 出品[1544]이아닐수없다.

1539 楚楚 : 초초하다의 어근. 차림새나 모양이 말쑥하고 깨끗하다.

1540 한편이리다 : 전집(1)은 '한편이리라'로 오식.

1541 노랑돈 : 노란 빛깔의 엽전. 여기서는 몹시 아끼는 많지 않은 돈을 낮잡아 이르는 말.

1542 윤석중의 동요「고추먹고 맴맴 담배먹고 맴맴」의 구절 인용.

1543 암팡진 : 당차고 강단이 있는.

1544 出品 : 의미 그대로 '난 물건'.

내가 내어놓은바 殺人寸鐵[1545]은 그만 即席에서 粉碎되어 가엾은不作으로 나려떠러지고마는 것이다 하고 나는느꼈다.

나는 나로서할수있는 가장큰規模의 손짓발짓을 한벌[1546]해보이고 이윽고 落膽하였다는것을 表示하였다. 일이 여기이른바에는 내 포ー스 與否가 問題아니다. 表情도 인제 더써먹을것이 남아있을상싶지도 않고해서 나는 겸연쩍게 顔色을 좀 고처가지고 그리고 貞姬! 그럼 나는 가겠오, 하고 깍뜻이 人事하고 그리고?

나는 발길을돌처서 집을향해 걷기시작했다. 내 波瀾萬丈의生涯가 자자레한 말한마디로하야 그만 灰燼으로 도라가고만것이다. 나는 세상에도 慘酷한風采[1547]아래서 내 終生을 치룬것이다 고 생각하면서 그렇다면 그럼 그럴상싶기도하게 단장도 한두번 휘둘르고 입도 좀 일기죽일기죽[1548]해보기도하고 하면서 行次하는체해보인다.

五秒―十秒―二十秒―三十秒――一分―

決코 뒤를돌아다 보거나해서는 못쓴다. 어디까지든지 私心없이 敗北한체하고 걷는체한다. 失心한체한다.

나는 事實은 좀 어지럽다. 내 衰弱한心臟으로는 이런 自若한[1549]體操를 그렇게 長時間 繼續하기가 썩 어려운것이다.

墓誌銘이라. 一世의鬼才 李箱은 그通生의大作「終生記」[1550] 一篇을남기고 西曆[1551]紀元後一千九百三十七年丁丑三月三日[1552]未時 여기 白日아래서 그 波瀾

1545 殺人寸鐵 : 寸鐵殺人. 한 치의 쇠붙이로도 사람을 죽일 수 있다는 뜻으로, 간단한 말로도 남을 감동시키거나 남의 약점을 찌를 수 있음을 이르는 말.

1546 한벌 : 전집(1·2·3)은 '한번'으로 고치고 잇으나, 당시는 비슷한 의미로 '한벌'이 사용된 듯하다.

1547 風采 : '風采'의 오식일 듯. 전집(2·3)은 '風采'로 고침.

1548 일기죽일기죽 : 전집(2·3)은 '일그적 일그적'으로 수정.

1549 自若한 : 큰 일을 당하여도 아무렇지 않고 침착한.

1550 終生記 : 전집(2·3)에서는 '終生期'로 오식.

1551 西曆 : 원문은 '西歷'으로 오식.

1552 이상은 1937(丁丑)년 4월 17일(음력 3월 7일) 사망했으니, 사망일은 그가 예정한 3월 3일과 4일간의 차이가 난다. 그러므로 이 글은 이상이 죽음을 어느 정도 예감한 상태에서 쓴 유서라고 할 수 있다.

萬丈(?)의生涯를 끝막고 문득 卒하다. 亭年 滿二十五歲와 十一個月. 嗚呼라! 傷心커다. 虛脫[1553]이야 殘存하는 또하나의 李箱 九天[1554]을우러러號哭하고 이寒山 一片石을세우노라. 愛人貞姬는 그대의歿後 數三人의 秘妾된바있고 오히려 長壽하니 地下의 李箱 아! 바라건댄 瞑目[1555]하라.

그리 칠칠치는못하나마 이만큼해가지고 이꼴저꼴 구주레한흠집을 살짝 韜晦[1556]하기로하자. 고만失手는 如上의 妙技로 兼사兼사 메꾸고 다시 나는 내 半生의陣容 後日에관해 차근 차근 考慮하기로한다.   以上

歷代의 에피그람과 傾國[1557]의鐵則이 다 내에있어서는 내僞善을暗葬하는 한 스무－드[1558] 한 口實에지나지않는다. 實로 나는 내 落命의자리에서도 臨終의 合理化를위하야 코로[1559] — 처럼 桃色의팔렡[1560]을 볼수도없거니와 톨스토이처럼 嘆息해주고싶은 쥐꼬리만한 金言의追憶도 가지지않고 그냥 난데없이 다리를삐어 너머지듯이 스르르 죽어가리라.

거륵하다는 稱號를携帶하고 나를찾어오는 「戀愛」라는것을 應酬하는[1561] 데 있어서도 어디서 어떤 老小間의 의뭉스러운[1562]先人들이 발라먹고 내어버린 그런 遺訓을 나는 헐값에 걷어들여다가는 製鍊 再湯 다시 써먹는다.

는줄로만 알았다가도 또 내게 혼나는 경우가있으리라.

1553 虛脫 : 몸에 기운이 빠지고 정신이 멍함, 또는 그런 상태. 심장 쇠약으로 온몸의 힘이 쭉 빠져 빈 사지경에 이름.

1554 九天 : 하늘을 9개의 방위(方位)로 나누어 이르는 말. 즉 중앙은 균천(均天), 동쪽은 창천(蒼天), 북동쪽은 변천(變天), 북쪽은 현천(玄天), 북서쪽은 유천(幽天), 서쪽은 호천(昊天), 남서쪽은 주천(朱天), 남쪽은 염천(炎天), 남동쪽은 양천(陽天)이다.

1555 瞑目 : 눈을 감음, 죽음.

1556 韜晦 : (자기의 지위나 재능 따위를) 숨기어 감춤.

1557 傾國 : 傾國之色의 준말. 여기서는 '나라를 위태롭게 함'이라는 의미인 듯.

1558 스무－드(smooth) : 겉치레의, 유창한, 멋진.

1559 코로 : Jean-Baptiste-Camille Corot(1796~1875) 프랑스의 화가.

1560 팔렡(palette) : 그림물감.

1561 應酬하는 : 마주하여 응하는.

1562 의뭉스러운 : 겉으로는 어리석은 것 같으나 속은 엉큼한.

나는 찬밥한술 冷水한목음을먹고도[1563] 넉넉히 一世를威壓할만한「苦言」[1564]
을 摘摘할수있는 그런智慧의 實力을갖었다.

그러나 自意識의絶頂우에 발도듬을하고 올라슨 斷末魔[1565]의秘訣을 보통 夜
市 국수버섯[1566]을팔러오신 시골아주먼네에게 서너푼에 그냥 넘겨주고그만두
는 그렇게까지 自身의에 티케잎[1567]을 美化식히는 謙虛[1568]의方式도 또한 나는
無漏히[1569] 터득하고있는것이다. 瞠目[1570]할지어다. 以上

亂麻와같이 갈피를 잡을수없는 얼마간 悲劇的인 自己深究.

이런 흙발같한 襤褸한[1571]주제는 門閥이 버젓한 나로서 採擇할身勢가아니거
니와 나는 泰西의[1572] 에티케잎으로 茶한잔을 마실적의 포ー스 에대하야도 細
心하고 細心한 用意가 必要하다.

희파람 한번을 분다치드라도 내 極秘裏에 精選 隱匿된 節次를 溫古하여야 만
한다. 그런다음이 아니고는 나는 希望잃은 黃昏에서도 희파람 한마디를 마든대
로[1573] 볼수는 없는것이다.

動物에對한 高潔한智識?[1574]

1563 『論語』〈옹야편〉에서 공자가 안연을 두고 한 말 "어질도다, 안회여. 한 소쿠리의 밥과 한 표주박
　　의 물로 누추한 곳에 거처하며 산다면 다른 사람은 그 근심을 견디어내지 못하거늘, 안회는 즐
　　거움을 잃지 않는구나. 어질도다, 안회여(賢哉回也 一簞食一瓢飮在陋巷 人不堪其憂 回也不改
　　其樂 賢哉回也)"에서 가져온 구절. '一簞食一瓢飮'은 한 그릇의 밥과 한 표주박의 물이라는 뜻으
　　로 대단히 검소하고 빈한한 삶을 의미.
1564 苦言 : 듣기에는 거슬리나, 유익한 충고의 말.
1565 斷末魔 : 인간이 죽을 때 느끼는 최후의 고통. 인간이 죽기 바로 직전 빈사상태에서 괴로워하는 것.
1566 국수버섯 : 국수버섯과의 버섯으로 높이는 5~12cm이며, 홀씨 기관은 누렇고 가지를 뻗지 않는
　　다. 썰어 놓은 국수처럼 자라는데 식용할 수 있다.
1567 自身의에 티케잎 : '自身의 에티케잎'이 띄어쓰기 오류.
1568 謙虛 : 김유정(1908~1937)의 호. 이상과 더불어 9인회 활동을 비롯하여 같이 문단 활동을 했던
　　이상의 지우. 만일 '겸허하다'에서 왔으면 '謙虛한'이었을 것.
1569 無漏히 : 번뇌에서 벗어나거나 번뇌가 없이.
1570 瞠目 : 놀라거나 괴이쩍게 여겨 눈을 휘둥그렇게 뜨고 바라봄.
1571 襤褸한 : 전집(2·3)에서는 '襤樓'(난간과 다락)으로 오식.
1572 泰西의 : 서양의.
1573 마든대로 : '마음대로'의 오식인 듯. 전집(1·2·3)은 '마음대로'로 수정.
1574 智識 : 전집(3)은 '知識'으로 표기.

사슴, 물오리, 이밖의 어떤種類의 動物도 내 애니멀킹듬[1575] 에서는 落脱되어
있어야한다. 나는 이 狩獵用으로 귀여히 가여히 되어먹어있는 動物外의動物에
언제든지 無可奈何로[1576] 無智하다.

또—

그럼 風景에對한 傲慢한處身法?

어떤 風景을 못지않고 風景의 根源, 中心, 焦點이말하자면 나 하나「도련님」
다운 素行에있어야 할것을傍若無人[1577] 으로 强調한다. 나는 이 盲目的信條를
두눈을 그대로 딱 부르감ㅅ고 믿어야된다.

自進한「愚昧」「歿覺」이 참 어렵다.

보아라. 이 自得하는 愚昧의 絶技를! 歿覺의絶技를

白鷗는 宜白沙하니 莫赴春草碧하라.[1578]

李太白. 이 前後萬古의 으리으리한「華族」. 나는 李太白을 닮기도 해야한다.
그렇기 위하야 五言絶句 한줄에서도 한字가량의 泰然自若한 失手를 犯해야만
한다. 絢亂한門閥이 풍기는 可히 犯할수없는 氣品과勢道가 넉넉히 古詩한節쯤
서슴ㅅ지않고 상차기를 내어놓아도 다들 어수룩한 체들하고 속느니 하는 교만
한迷信이다.

곱게빨아서 곱게다리미질을 해놓은 한벌 슈미―스[1579]의 꼬빡속는 淸節처럼
그렇게 雅淡하게 나는 어떠한 跌蹉[1580]에서도 거뜬하게 얄미운 微笑와함께 이

1575 애니멀킹듬(animal kingdom) : 동물왕국.
1576 無可奈何로 : 도무지 융통성이 없고 고집이 세어 어찌할 수 없게.
1577 傍若無人 : 곁에 아무도 없는 것처럼 여긴다는 뜻으로 주위에 다른 사람을 전혀 의식하지 않고
　　제멋대로 행동하는 것을 이르는 말.
1578 '흰 갈매기는 흰 모래에 어울리니 봄풀 푸른 데에 가지 말라'는 뜻. 李亮淵의 오언절구 "흰 갈매
　　기는 흰 모래에 어울리니 봄풀 푸른 데에 가지 말라 모름지기 스스로 분명치 않으니 역으로 사
　　람들이 알아야 할 바가 되니라(白鷗宜白沙 / 莫向春草碧 / 不須自分明 / 易爲人所識)"에서 인유
　　해 온 구절. 전집(2·3)은 이백의 시 구절로 설명하고 있으나 이는 잘못인 듯.
1579 슈미―스(chemise) : 슈미즈(원피스로 된 여성용 속옷).
1580 跌蹉 : 발을 헛디뎌 넘어짐.

러나야만 하는것이니까 —

　오늘날 내 한 氏族이 分明치못한 少女에게 서뿔리 딴죽을걸러 넘어진다 기로서니 이대로 내 宿望의 豪華流麗[1581]한 終生을 한방울 하잘것없는 汚點을 내이는채 投匙[1582]해서야 어찌 初志의 萬一에 應答할수있는 面目이 足히 스겠는가, 하는 허울좋은 口實이 永日[1583] 밤보다도 오히려 한뼘 짧은 내 前程에 擡頭하기 시작하는 것이었다.

　완慢 着實한 叙述!

　나는 過히 눈에띠울삼[1584] 싶지않은 한 地點을 재재바르게 붓들어서 거기서 공중 담배를한갑 사(주머니에넣고) 피야물고 貞姬의 뻔—한 거름을 다시 뒤딸았다.

　나는 그저 日常의茶飯事를 看過하듯이[1585] 凡然하게 휘파람을불고 내, 구두 뒤축이 아스땣트, 를 디디는 템포[1586] 音響, 이런것들의 귀찮은 調節에도 깔끔히 정신차리면서 넉넉잡고 三分, 다시 돌친 거름은 貞姬와 어깨를 나란히 걸을수있었다 부즐없은 世上에 제 深刻하면 沈痛하면 또어쩌겠느냐는듯싶은 서울한[1587]눈의 位置를 東小門밖 新開地 風景 어디라고定치않은 한點에 두어두었으니 보라는듯한 부득부득 지근거리는 姿勢면서도 또 그렇지도 않을상싶은 내 妙技中에도 妙技를더한층 허겁지겁 鍊磨하기에 골돌하는것이었다.

　日暮창산[1588] —

1581 豪華流麗 : 전집(1)은 ‘豪華壯麗’로 오식.

1582 投匙 : 숟가락을 놓다, 즉 죽다.

1583 永日 : 낮 시간이 긴 날이며, 상대적으로 밤이 짧은 날을 뜻함.

1584 띠울삼 : 전집(1)은 ‘띠울상’, 전집(2·3)은 ‘띠울성’으로 고침.

1585 看過하듯이 : 전집(3)은 ‘着過하듯이’로 오식.

1586 템포(tempo 이) : 사물의 진행 속도나 진도.

1587 서울한 : ‘서운한’의 오식인듯. 전집(1·2·3)은 후자로 수정.

1588 日暮창산 : 전집(1·2·3)에서는 ‘日暮청산’의 오식으로 봄. ‘해질 무렵(日暮)에 어둑어둑해지는 산(蒼山)’으로 볼 수 있다.

날은[1589] 저물었다. 아차! 아직 저물지않은것으로 하는것이 좋을까보다.

날은 아직 저물지 않았다.

그러면 아까 작만해둔 세간器具을 내세워 어디 차근차근 살림사리를 한번 치뤄볼 天佑의好機[1590]가 배앞으로 다달았나보다. 자 —

胎生은 어길수없어 卑賤한「타」[1591]를 감추지못하는 딸 —

(前記 侈奢한少女 云云은 어디 까지든지 이 바보 李箱의 好意에서나온 曲解다. 모 — 팟상[1592]의「脂肪덩어리」를 생각하자. 家族은 未滿 十四歲의딸에게 賣淫식켰다. 두번째는 未滿 十九歲의딸이 自進했다. 아 — 세번째는 그나이 스믈두살이되든해봄에 얹은낭자[1593]를 내리우고 게다 다홍당기를들여 느러트려 편발處子[1594]를 僞造하야는[1595] 大擧하야 强行으로 賣喫[1596]하야 버렀다)

卑賤한 뉘 집 딸이 解氷期의 시내ㅅ가에서서 입설이 落花지듯 좀 파래지면서 薄氷밑으로는 무엇이 저리도 움즉이는가 고 고개를 갸웃거리는듯이 숙이고 있는데 봄 芳香을품은 薰風이 불어와서 스카 — ㅌ, 아니 너무나, 슬퍼보이는, 아니, 좀 슬퍼보이는 紅髮을 건드리면 —

좀 슬퍼보이는 紅髮을 나붓나붓 건드리면 —[1597]

如上이다. 이 개기름[1598]도는 可笑로운舞臺를 앞에두고 나는 나대로 나다웁게 家門이라는 자사레한[1599]「套」는 어떤일이 있드라도 이저버리지않고 採石

1589 날은 : 원문은 '알은'으로 오식. 전집(1·2·3)에서는 '날은'의 오식으로 봄.

1590 天佑의 好機 : 하늘이 돕는 좋은 기회.

1591 타 : '티'의 오식인 듯.

1592 모 — 팟상 : Guy de Maupassant(1850~1893) 프랑스의 소설가. 주요 작품으로 「비계덩어리」, 『여자의 일생』 등이 있다.

1593 얹은낭자 : 결혼한 여자. 부인.

1594 편발處子 : 미혼 여자, 처녀.

1595 僞造하야는 : 전집(1)은 '僞造하여서는'으로 수정.

1596 賣喫 : 물건을 팔아먹음. 여기서는 매음을 시켰다는 뜻.

1597 卑賤한… 건드리면 : 앞서의 단락 '侈奢한… 건드리면'을 재문맥화한 것이다.

1598 개기름 : 얼굴에 번질번질하게 끼는 기름을 비속하게 이르는 말.

1599 자사레한 : 자지레하다. 자질구레하다.

場 히멀언斷層을 건너다 보면서 嘆息비슷이

「地球를 점여내는 사람들은 亦是[1600] 自然 破壞者리라」는둥

「개아미집이야말로 果然 整然하구나」 라는둥

「비가오면, 아 — 天下에비가오면」

「昨年에났든 草木이 올해에도 또 돋으려누, 歸不歸란 무엇인가」[1601]

라는둥 —

치레 잘 하면 제법으젓스러워도 보일만한 가장 閑散한課題로만 골라서 점잖게 放心해 보여놓스는다.

정말일까? 거즛말일까. 貞姬가 불숙 말을한다. 한소리가 「봄이 이렇게 왔군요」 하고 웃니는 좀 사이가 벌어저서 보기흉한듯 하니까 살짝 가리고 곱다고 自處하는 아랫니를 보이지않으려고 했지만 不知不識간에 그렇게 내어다보인 것을 또어쩝니까 하는듯싶이 가증하게 내어보이면서 또 여간해서 어림이스지 않는 於中間 얼골을 그우에얹어 내세우는 것이었다.

좋아, 좋아, 좋아, 그만하면 잘되었어,

나는 고개대신에 단장을 끄떡끄떡해 보이면서 창졸간에[1602] 그만 貞姬 어깨우에다 손을 엊고말았다.

그랬드니 貞姬는 저윽히 해괴해하노라 는듯이 暫時는 默默하드니 —

貞姬도 門閥이라든가 或은簡便히[1603]말해 에티케잎[1604] 이라든가 제법 배워서 짐작하노라고 속삭이는것이아닌가.

1600 亦是 : 원문은 '光是'로 오식.

1601 왕유의 「송별」 "산중에 벗 떠나 보내니 날이 저물어 사립문을 닫는다 봄풀은 내년에도 푸를 터인데 왕손은 돌아오려나(山中相送罷 / 日暮掩柴扉 / 春草明年綠 / 王孫歸不歸)"에서 인유해 왔다는 주장(박현수)이 있다.

1602 창졸간에 : 미처 어찌할 수 없이 매우 급작스러운 사이에.

1603 簡便히 : 전집(1·2·3)에서는 '簡單히'로 오식.

1604 에티케잎(étiquette 프) : 사교상의 마음가짐이나 몸가짐.

꿀꺽!

넘어가는 내 지지한 終生, 이렇게도 失手가許해서야 物貨的全生涯를 蕩盡해 가면서 死守하여온 珊瑚篇의本意가 大體 어딘있느냐? 乃乃 울화가 복바처 昏倒할것같다.

與天寺 으슥한 구석방에 내 終生의竭力이 貞姬를 이끌어들이기도전에 나는 밤 쑬쑬히 거즛말개나 해놓았나보다.

나는 내가 그윽히陰謀한한[1605]바 千古不易[1606]의蕩兒, 李箱이 자자레한 文學의貧民窟을 攪亂식히고저하든 가지가지 珍奇한 옌장이 어느겨를에 삐믈르기[1607] 시작한것을 여기서 께단해야[1608] 되나보다. 社會는 어떻궁, 道德이 어떻궁, 內面的省察 追求 摘發 懲罰은 어떻궁, 自意識過剩이어떻궁, 제깜냥[1609]에 번즈레한漆을 해내어걸은 치사스러운 看板들이 未嘗不 우수꽝스럽기가 그지없다.

「毒花」

足下는 이 꼭뚝 각시[1610]같은 語彙한마디를 暫時 맡가지고[1611] 게서보구려?

藝術이라는 虛妄한 아궁지 近處에서 송장近處에서 보다도 한결 더 썰썰 기고 있는 그들 해반죽룩한[1612] 死都이血族들 때꾹내[1613]나는틈에 가낑기워서, 나는 ─

내 게집의 치마 단속곳[1614]을 갈갈이 찢어놓았고, 버선켤레를 걸래를 만들어

1605 陰謀한한 : '陰謀한'의 오식인 듯.

1606 千古不易 : 아주 오랜 세월 동안 바뀌지 아니함.

1607 삐믈르기 : '뼈들어지기'(기본형 뼈들어지다 : 날이 무디어 더 이상 들지 않다)의 방언인 듯.

1608 께단해야 : 기본형은 '깨단하다'로 '오래 생각나지 않다가 어떤 실마리로 말미암아 환하게 깨닫다'는 뜻.

1609 제깜냥 : 제 스스로 일을 헤아리거나 헤아릴 수 있는 능력.

1610 꼭뚝 각시 : 꼭두각시놀음에 나오는 여러 가지 인형.

1611 맡가지고 : '맡아가지고'의 오식인 듯. 전집(1·2·3)은 '맡아가지고'로 수정.

1612 해반죽룩한 : '해반주그레한'의 뜻. 얼굴이 해말쑥하고 반주그레하다.

1613 때국내 : 꾀죄죄하게 묻은 때의 냄새.

1614 단속곳 : 여자의 한복 차림에서 치마 속에 입는 통이 넓은 바지 모양의 속옷.

놓았고, 검든머리에 곱든양자,[1615] 獰惡한[1616]곰의 발자족이 질컥 디디고지나 간것처럼 얼골을 망거트려놓았고, 知己親戚[1617]의돈을 뭉청 떼어먹었고, 좌수터[1618] 由來깊은 商號를 쑥밭을 만들어놓았고, 겁쟁이取利者는 고랑떼[1619]를 먹여놓았고 貸金業者의收金人을 卒倒시켰고, 社長과取締役[1620]과 사둔과 아범과 애비와 妻男과 妻弟와 또 애비와 애비의딸과딸 이 許多衆生으로하야 금 서로 서로 이간을부치고 부치게하고 얼버무러저 싸움질을하게해놓았고 사글貰房 새다다미에 잉크와 요강과 팥죽을 업즐렀고, 누구 누구 를 임포텐스[1621] 를 만 들어 놓았고 —

「毒花」 라는말의 콕 찔르는 맛을 그만하면 어렴풋이나마 어떻게 짐작이 스는 가싶소이까.

잘못빚은 蒸편[1622]같은 詩몇줄 小說서너편을 꾀어차고 조촐하게 登場하는것 을 아 무엇인줄알고 깜빡속고 서뿔리 손벽을 한두번 첬다는罪로 제게집 간음당 한것 보다도 더 큰 망신을 一身에 질머지고 그리고는 앙탈비슷이 시침이를 떼 지않으면[1623] 안되는 어디까지든지 치사스러운 禮儀節次 — 魔鬼(터주[1624]가) 의 所行(덧났다[1625])이라고 돌려버리자?

「毒花」

勿論 나는 來日새벽에 내 길드른路上에서 無慮 내게 匹敵하는 한 숨은蕩兒를

1615 양자(樣子) : 얼굴의 생김새. 전집(1)은 '곱든 양자'를 '곱는 양자'로 오식.

1616 獰惡한 : 매우 모질고 사나운.

1617 親戚 : 원문은 '親威'로 오식되어 있다. 전집(1·2·3)에서는 '親戚'으로 고침.

1618 좌수터 : 좌수(座首)가 살았던 터.

1619 고랑떼 : '고랑때'의 오식. 한꺼번에 되게 당하는 손해. 골탕.

1620 取締役 : (주식회사의) '이사(理事)'의 구용어.

1621 임포텐스(Impotenz) : 음경(陰莖)이 발기하지 않기 때문에 성교가 되지 않는 상태.

1622 蒸편 : 여름에 먹는 떡의 하나로 멥쌀가루를, 막걸리를 조금 탄 뜨거운 물로 묽게 반죽하여 더운 방에서 부풀려 밤, 대추, 잣 따위의 고명을 얹고 틀에 넣어 찐다.

1623 않으면 : 원문은 '앓으면'으로 오식.

1624 터주 : 민속에서, 집터를 지킨다는 지신(地神), 또는 그 자리.

1625 덧났다 : 기본형, 덧나다. 상처나 병 따위가 잘못되어 더치게 되다. 노염이 일어나다.

邂逅할른지도 마치 모르나, 나는 신빠람이난 巫堂처럼 어깨를 칙혔다 첫혔다하면서라도 風磨雨洗[1626]의 苦行을 얼른 그렇게 쉽사리 그만두지는 않는다.[1627]

아—어쩐지 全身이 몹시 가렵다. 나는 無緣한衆生의 뭇 怨恨탓으로 惡疫[1628]의 犯함을 입나보다. 나는 은근히 속으로 앓으면서 토일렡[1629] 정한대야[1630]에다. 兩손을 정하게 씻은다음 내자리로 도라와앉어 차근차근 나自身을 反省 悔悟—쉬운말로 자자레한 세음을 좀 놓아보아야겠다.

에티케잍? 門閥? 良識? 翻身術[1631]?

그렇다고 내가 찔끔 貞姬 어깨우에 얹었든손을 뚝떼인다든지 했다가는 큰 망발이다. 일을 잡치리라. 어디까지든지 내 뺨의 紅潮만을 조심하면서 좋아, 좋아 좋아, 그래만주면된다. 그리고나서 彼此 다 알아들었다는듯이 어깨에손은얹은채 어깨를 나란히 與天寺境內로들어갔다. 가서 길을별안간 잃어버린것처럼 자분참[1632] 山우으로 올라가버린다. 山우에서 이번에는 정말 포—스를 할일없이 문허트렸다는것 처럼 精巧하게 머뭇머뭇해 준다. 그렇나 기실 말짱하다.

風磬소리가 똑 알맞다. 이런경우에는 제법 번듯한 識字가있는 사람이면 —

아 — 나는 웨 늘 恒例에서 비켜스려드는것일까? 이짓느냐? 비싼月謝[1633]를 바치고 얻은 高邁한學問과 禮節을

現役陸軍中佐에게서받은 秋霜烈日[1634]의 訓育을 웨 나는 이경우에 버젓하게 내세우지를 못하느냐?

1626 風磨雨洗 : 바람에 갈리고 비에 씻김.

1627 않는다 : 원문은 '앓는다'로 오식.

1628 惡疫 : 악성의 전염병.

1629 토일렡(toilet) : 몸단장, 화장도구, 화장실. 여기서는 화장실.

1630 정한대야 : 淨한 대야, 즉 깨끗한 대야.

1631 翻身術 : 몸을 뒤집는 기술. 변신술.

1632 자분참 : 지체없이 곧.

1633 月謝 : 月謝金. 지난날, 다달이 내는 수업료를 이르던 말.

1634 秋霜烈日 : 가을의 찬 서리와 여름의 뜨거운 태양이란 뜻으로, '형벌이나 권위 따위가 몹시 엄함'을 비유하여 이르는 말.

惝然한古刹 遺漏없는[1635]裝置에서 나는 정신차려야한다. 나는 내 錚錚한履歷을 率直하게 써먹어야한다. 나는 고개를숙이고 담배를 한대피어물고 屠에들어가는소, 죽기보다싫은 서툴르고 근질근질한 포—스 體貌獨奏에 어즈간히 成功해야만한다.

그랬드니 그만두한다.[1636] 당신의 그 어림없는 몸치례르랑 그만두세요. 저는 어지간히 食傷이되었읍니다 한다

그렇다면?

내 꾸준한努力도 一朝一夕에 水泡로도라가는 것이아닌가.

大體 貞姬라는 可憐한「石女」[1637]가 제 어떤재간으로 그런 陰凶한 내 奸計를 요만큼까지 看破했다는것이다.

一時에 氣盡한다. 脈은 탁 풀리고는 앞이 팽 돌다 앗찔 하는것이 이러다가 까므라치려나보다고 極力 당장을[1638]의지하야 버텨보노라니까 噫라! 내 起死回生[1639]의終生도 이번만은 回春하기 장히 어려울듯싶다.

李箱! 당신은 世上을 經營할줄모르는 말하자면 병신이오. 그다지도「迷惑」[1640]하단말슴이오? 건너다보니 절터지오? 그렇다하드라도「카라마소푸의兄弟」[1641]나「四十年」[1642]을 좀 구경삼아 들러보시지오.

아니지! 貞姬! 그게뭐냐하면 나도 살고있어야하겠으니 너도살자는 詐欺, 속임수, 일부러만들어 내어놓은 迷信, 中에도 가장優秀한 무서운呪文이오.

1635 遺漏없는 : 빠져나가거나 새어나감이 없이.

1636 그만두한다 : 전집(1·2·3)은 '그만두잔다'의 오식으로 봄. 그러나 '그만두'는 구어체이며, '그만두(오)! 한다'는 뜻이다.

1637 石女 : 아이를 낳지 못하는 여자, 성욕이나 성적 흥분을 느끼지 못하는 여자.

1638 당장을 : 전집(1·2·3)은 '단장(短杖)을'의 오식으로 봄.

1639 起死回生 : 거의 죽을 뻔하다가 도로 살아남.

1640 迷惑 : 마음이 흐려서 무엇에 홀림, 정신이 헷갈려 갈팡질팡 헤맴.

1641 『카라마소푸의兄弟』 : 도스토예프스키의 소설.

1642 『四十年』 : 고리키의 소설 『끌림쌈긴의 생애』를 말한다. 이 소설은 1870년대부터 1917년 러시아 혁명까지 거의 40년에 걸친 러시아 최대의 격동기를 배경으로 끌림쌈긴 집안 3세대의 삶을 다루고 있으며, 그리하여 작품의 부제가 〈40년〉이다.

李箱! 그러지말고 試驗삼아 한발만 한발자곡만 저 개흙밭[1643]에다 드려놓아 보시지오.

이 樂譜같이 스무−드 한 談笑속에서 비철비철하노라면 나는 내게 匹敵하는 天衣無縫[1644]의 蕩兒가 이 目睫[1645]간에 있는것을느낀다. 누구나 제 내어놓았든 협수룩한 포−스 를 걷어치우느라고 허겁지겁들할 것이다. 나도 그때 내 膝下의 이렇게遺産되는 子孫을느끼면서 萬載에 디리우는 이 極凶極秘 宗家의符작[1646]을 앞에놓고서 저윽히 不安하게 또 한편으로는 저윽히安逸하게 殞命하는 마즈막 落魄의 이 내 終生을 애오라지[1647] 髣髴히하는것이었다.

나는 내 墳墓될만한 조촐한터전을 찾는듯한 그런서글픈 마음으로 貞姬를 재촉하야 그 언덕을 나려왔다 등뒤에 들리는 風磬소리는 진실로 내 心痛함을 도웁는 듯하다고 寫字하면 情景을 한층 더 반듯하게 매많어놓ㅅ는 한 도움이되리라. 그럼 진실로 風磬소리는 내 등뒤에서 내 마즈막 心痛함을 한층 더 들볶아 놓ㅅ는듯하드라.

美文에 견줄만큼 위태위태한것이 絶勝에酷似한 風景이다. 絶勝에 酷似한風景을 美文으로 飜案模寫[1648]해 놓았다면 자칫 失足 溺死하기쉬운 웅뎅이나 다름없는것이니 僉位[1649]는 아예 가까히 닥아서서는안된다. 또스토예ᄯ스키−나 꼬리키− 는 美文을쓰는 버릇이없는체했고 또 荒凉, 雅淡한景致를 「取扱」

1643 개흙밭 : 갯바닥이나 늪 바닥에 있는 거무스름하고 미끈미끈한 고운 흙이 많이 섞인 밭, 또는 진흙밭.

1644 天衣無縫 : 천인(天人)이 입는 옷은 솔기가 없다는 뜻으로 '꾸밈이 없이 퍽 자연스러움'을 이르는 말. 사물의 완전무결함을 이르는 말.

1645 目睫 : 눈과 속눈썹이라는 뜻으로, 거리상으로 아주 가까운 곳, 또는 시간적으로 바싹 닥쳤음을 이르는 말.

1646 符작 : 符籍. 악귀나 잡신을 쫓기 위하여 붉은 색으로 야릇한 글자나 모양을 그린 종이. 벽 등에 붙이거나 몸에 지니고 다니거나 함.

1647 애오라지 : 겨우, 오로지.

1648 飜案模寫 : 飜案은 남의 작품을 그 구상이나 줄거리는 바꾸지 아니하고 다른 표현 양식을 써서 새로운 작품으로 고쳐 짓는 일이며, 模寫는 무엇을 흉내 내어 그대로 나타내거나 어떤 그림을 보고 그대로 본떠서 그리는 것을 말한다.

1649 僉位 : 여러분, 제위.

하지않았으되 이 의뭉스러운어룬들은 직[1650] 美文은 쓸듯쓸듯, 絶勝景槪는 나올듯나올듯, 해만보이고 끝끝내 아주 활짝 꼬랑지를 내보이지는않고 그만둔 구렁이같은 분들이기때문에 그欺瞞術은 한층 더 進步된것이며, 그런만큼 效果 가 또 絶大하야 千年을두고 萬年을두고 네리네리 부즐없은 慰撫를바라는 衆俗 들을 잘 속일수있은 것이다. 그렇나 ―

왜 나는 미끈하게솟아있는 近代建築의 偉容을보면서 먼저 鐵筋鐵骨, 세멘트 와 細砂, 이것부터 선뜩하니 感應하느냐는 말이다. 씻어버릴수없는 宿命의號 哭, 몽고레안쑤렉게(蒙古痣)[1651] 오뚝이처럼 씰어저도 일어나고 씰어저도 일어 나고 하니 씰어지나셨으나 마찬가지 의지할 얇한한 壁한조각 없는孤獨, 枯稿, 獨介,[1652] 楚楚.[1653]

나는 오늘 大悟한바있어 美文을避하고 絶勝의風光을 隔하야 簫條하게 往生 하는것이며 宿命의 슬픈透視癖은 깨끗이 벗어놓고 溫雅慫慂,[1654] 외로우나 마 따뜻한 그늘안에서 失命하는것이다.

意料하지못한 이 忽忽한「終生」나는 夭折인가보다. 아니 中世摧折[1655]인가 보다, 이길수없는 肉迫, 눈멀은 떼가마귀[1656]의 罵詈[1657] 속에서 蕩兒中에도蕩兒 術客中에도術客 이難攻不落[1658]의 關門의壞滅, 救世主의 最後然히 坊坊谷谷이 毒餘[1659]은 滲透하는 裝飾中[1660]에도 虛飾의表白이다. 出色[1661]의表白이다.

1650 직 : 전집(1·2·3)은 '오직'으로 수정.

1651 몽고레안쑤렉게(Mongolian fleck) : 황색 인종의 어린아이의 엉덩이에서 등에 걸쳐 나타나는 푸른 점. 몽고반점.

1652 獨介 : 介獨. 고립무원(孤立無援)함.

1653 楚楚 : 말쑥하고 깨끗함.

1654 溫雅慫慂 : 溫雅는 온화하고 아담함, 慫慂은 달래어 권함, 꾀어서 하게 함이라는 뜻.

1655 中世摧折 : 젊은 나이에 죽음.

1656 떼가마귀 : 까마귓과의 겨울새. 수백 마리씩 떼 지어 행동하며 시베리아 만주 등지에 분포.

1657 罵詈 : 전집(1)은 '罵言'으로 오식. 심하게 욕하며 나무람.

1658 難攻不落 : 공격하기가 어려워 쉽사리 함락되지 아니함.

1659 毒餘 : 餘毒. 전집(1·2·3)은 餘毒으로 수정.

1660 裝飾中 : 전집(1)은 '虛飾中'으로 오식.

1661 出色 : 출색하다의 어근. 눈이 띌 만큼 특출하고 뛰어나다.

乃夫[1662]가있는不義. 乃夫가없는不義. 不義는즐겁다. 不義의 酒價落落한風味를 足下는 아시나이까. 웃니는 좀 닛새가별고[1663] 아랫니만이고흔 이 漢鏡[1664] 같이 欠陷[1665]의美를 가춘 깜쪽스럽게[1666] 새침이를뗄줄아는 얼골을보라. 七歲까지 玉簪花속에 감춰두었든 장粉만을발르고 그후 粉을발른일도 세수를 한일도없는것이 唯一의 자랑꺼리. 貞姬는 사팔뚜기다. 이것은 무었으로도 對抗하기 어렵다. 貞姬는 近視六度다. 이것은 무었으로도 對抗할수없는 先天的勳章이다. 左闌視 右色盲 아 — 이는 實로 完璧이 아니면무었이랴.

속은후에 또속았다. 또 속은후에 또 속았다. 未滿十四歲에 貞姬를 그 家族이 强行으로賣春식켰다. 나는 그런줄만알았다. 한방울눈물 —

그렇나 家族이 强行하였을때쯤은 貞姬는 이미 自進하야 賣春한후 오래오래後다. 당홍당기가 늘 貞姬등에서 나붓겼다. 家族들은 不意에올 災앙을막아줄 단하나 값나가는 다홍당기를 忌憚없이 믿었것만 —

그렇나 —

不義는 貴人답고 참 즐겁다. 간음한處女 — 이는 不義中에도 가장 즐겁지않을수없는 永遠의密林이다.

그럼 貞姬는 게서 멈추나?

나는 自己紹介를한다. 나는 貞姬에게 分毛[1667]를 지기싫기때문에 殘忍한 自己紹介를하는것이다.

나는 베(稻)를 본일이없다. 自轉車를 탈줄모른다. 生年月日을 가끔 잊어버린다. 九十老祖母가 二八少婦로 어는 하늘에서 시집은[1668] 十代祖의古城을 내손

1662 乃夫 : 전집(3)은 '아버지'로 설명. 그러나 아버지는 乃父이며, 乃夫는 내용상 '남편'인 듯.
1663 별고 : 전집(1·2·3)에서는 '벌고'의 오식으로 봄.
1664 漢鏡 : 중국 한(漢)나라 때의 거울.
1665 欠陷 : 缺陷.
1666 깜쪽스럽게 : 전집(2·3)에는 '깜찍스럽게'로 오식되었다. '감쪽스럽게', 즉 '전혀 알아차릴 수 없을 만큼 아무 표가 없이'라는 뜻.
1667 分毛 : '털끝만큼도' 정도의 의미. 전집(5)는 '分手 = 서로 작별함'의 오식으로 봄.
1668 시집은 : 전집(1·2·3)은 '시집온'의 오식으로 봄.

으로 헐었고 綠葉千年의 호도나무 아람두리 根幹을 내손으로 베었다. 銀杏나무는 원통한家門을 骨髓에진이고 찍혀너머간뒤 長長四年 해마다 봄만되면 毒矢[1669]같은 싹이 엄돋는[1670] 것이었다.

나는 그렇나 이모든것에 견뎠다. 한번 柘榴나무를 휘어잡고 나는 廢墟를나섰다.

早熟 爛熟 감(柿)썩는 골머리 때리는내. 生死의岐路에서 莞爾而笑,[1671] 剽悍無雙[1672]의瘠軀 陰地에蒼白한꽃이피었다.

나는 未滿 十四歲人적에 水彩畵를 그렸다. 水彩畵와 破瓜.[1673] 보아라 木著같이 야윈팔목에서는 三冬에도 김이 무럭무럭 난다. 김나는 팔목과 잔털나스르르한 賣春하면서 자라나는 蛔蟲같이 魅惑的인산결.[1674] 사팔뚜기와 내 힌자위없는 짝짝이눈. 玉簪花속에서 나오는 奇術같은 昔日의化粧과 化粧全廢, 이에對抗하는 내 自轉車탈줄모르는 아슬 아슬한 天稟. 당홍당기에 不義와 不義를 放任하는 束手無策의 내 懶怠.

審判이어! 貞姬에 比較하야 내게 不足함이 너무나 많지않소이까?

比等比等? 나는 最後까지 싸와보리라.

興天寺 으슥한 구석 房한간 방석두개 火爐한개. 밥상술상 —

接戰 數十合. 左衝右突. 貞姬의 허전한關門을 나는 老死의힘으로 디리친다. 그렇나 도라오는 反撥의 凶器는 갈때보다도 몇倍나 더큰 힘으로 나 自身의손을 식혀 나 自身을 殺傷한다.

지느냐. 나는 그럼 지고그만두느냐.

나는 내 마즈막 武裝을 이 戰에 내어세우기로하였다. 그것은 즉 酒亂이다.

1669 毒矢 : 독화살.
1670 엄돋는 : 움 돋는. 땅 위로 나오는.
1671 莞爾而笑 : 빙그레 웃음.
1672 剽悍無雙 : 날쌔고 사나워서 대적할 수 없는.
1673 破瓜 : 성교(性交)에 의하여 처녀막이 터짐. 破瓜之年(여자 16세, 남자 64세)의 준말.
1674 산결 : 전집(1·2·3)은 '살결'의 오식으로 봄.

한몸을 건사하기조차 어려웠다. 나는 게울것만같았다 나는 게웠다. 貞姬 스카ー트에다.[1675] 貞姬 스턱킹[1676]에다.

그리고도 오히려 나는 不足했다. 나는 일어나 춤추었다. 그리고 그 房 뒤 雙窓미다지를 열어제치고 나는 예서 떨어저죽는다고 마즈막 한벌 힘만을 애껴남기고는 남어지 있는힘을다하야 난간을잡아 흔들었다. 貞姬는 나를 붓들고 말린다. 말리는데 안말리는것도같았다. 나는 貞姬 스카ー트 을 잡아제쳤다. 무엇인가 철석 떨어젔다. 편지나.[1677] 내가집었다. 貞姬는 모른체한다.

速達(S와도 絶緣한지 벌서[1678] 다섯달이나 된다는것은 先生님께서도 믿어주시는바지오?하든 S에게서 다)

「貞姬! 怒하였오 어제밤 泰西舘別莊의일! 그것은 決코 내 本意는 아니었오. 나는 그 要求를하려 貞姬를 그곤까지 데리고갔든것은 아니오. 내 不憫을 용서하야 주기바라오. 그렇나 貞姬가 뜻밖에도 그렇게까지 다수굿한態度를 보여주었다는 것으로 저윽이 自慰를삼ㅅ겟오

貞姬를 하로라도 바삐 나혼자만의것을 만들어달라는 貞姬의 熱烈한말을 勿論 나는 잊어버리지는 않겠오. 그렇나 지금형편으로는「안해」라는 저 醜物을 處置하기가 貞姬가 생각하는바와같이 그렇게 쉬운일은 아니오

오늘(三月三日) 午後여덜시 定刻에 金華莊住宅地 그때 그자리에서 기다리고 있겠오 어제일을 謝過도하고싶고 달이밝을듯하니 松林을 거닙시다. 거닐면서 우리두사람만의 生活에對한 設計도 의논하야봅시다.

三月三日아침 S」

내게 速達을띠우고[1679]나서 곧 뒤니어 받은 速達이다.

1675 스카ー트에다 : 원문은 '스카ー트다에'로 오식.
1676 스턱킹 : 스타킹(stocking) 여성용의 긴 양말.
1677 편지나 : 전집(1·2·3)은 '편지다'로 수정.
1678 벌서 : 전집(1)은 누락.
1679 띠우고 : 원문은 '떠우고'로 오식. 전집(1)은 '띠우고', 전집(2·3)은 '띄우고'로 고침.

모든것은 끝났다. 어제밤에 貞姬는—

그낮으로 오늘 貞姬는 내게 李箱先生님께 드리는 速達을띠우고 그낮으로 또 나를 만났다.[1680] 恐怖에가까운 飜身術이다. 이 惶惚한[1681] 戰慄을즐기기위하야 貞姬는 無辜의[1682] 李箱을徵 發했다.[1683] 나는 속고 또속고 또 쏘 속고 쏘 쏘 또 속았다.

나는 勿論 그자리에 昏倒하야 버렸다. 나는 죽었다.[1684] 나는 黃泉[1685]을헤매었다. 冥府[1686]에는달이밝다. 나는또다시눈을감았다. 太虛[1687]에 소리있어 가로대 너는 몇살이뇨? 滿二十五歲와 十一個月이올시다. 夭死로구나. 아니올시다. 老死올시다.

눈을 다시떴을때에 거기 貞姬는없다. 勿論 여덜시가지난뒤었다. 貞姬는 그리 갔다. 이리하야 나의 終生 은 끝났으되 나의 終生記 는 끝나지않는다. 왜?

貞姬는 지금도 어느삘딩걸상우에서 뜌로워스[1688]의 끈을풀르는中이오 지금도 어느 泰西舘別莊방석을 비이고 뜌로워스의 끈을 풀르는中이오 지금도 어느 松林속잔디버서놓은 外套우에서 뜌로워스의 끈을 盛히 풀르는中이니까 다.

1680 만났다 : 원문은 '마났다'로 오식.

1681 惶惚한 : 빛이 어른어른하여 눈이 부시거나 사물에 마음이 팔려 멍한 모양, 또는 미묘하여 헤아려 알기 어려운 상태를 뜻하는 것은 恍惚 또는 慌惚이다. 이상은 '황홀'을 여러군데 '惶惚'로 쓰고 있다.

1682 無辜의 : 아무런 잘못이나 허물이 없는.

1683 徵 發했다 : 강제로 불러내다.

1684 죽었다 : 이상은 동경제대 부속병원에서 숨졌다. 이봉구에 따르면, 이상은 동경제대 부속병원에서 숨지기 직전 레몬을 사달라고 했다 한다. 그는 "레몬을 손에 쥐자 이상은 벗들의 얼굴을 둘러본 후 숨을 거두었다" 하였다. 자신이 직접 본 것이 아니라 전해들은 내용을 쓴 것이다. 이상의 부인이었던 변동림(이후 이름 김향안)은 이상이 셈비끼야(千匹屋)의 멜론을 먹고 싶다 하여 자신이 직접 사왔다고 한다. "메롱을 들고 와서 깎아서 대접했지만 상은 받아넘기지 못했다. 향취가 좋다고 미소짓는 표정이 한번 움직였을 뿐 눈은 감겨진 채로" 있었다고 한다. 이상이 임종시 갖고 싶어 했던 것이 레몬인지 멜론인지는 분명치 않다.

1685 黃泉 : 사자(死者)들이 산다는 암흑의 타계(他界)이다. 구천(九泉)·황토(黃土)·명도(冥途)·저승이라고도 한다. 황천이라 함은 중국 오행(五行)에서 땅빛을 노랑으로 한 데서 나온 말이다.

1686 冥府 : 불교에서, 사람이 죽어서 간다는 영혼의 세계.

1687 太虛 : 하늘. 동양 철학에서, 기(氣)의 본체를 이르는 말.

1688 뜌로워스(drawers) : 속옷, 팬츠.

이것은 勿論 내가 가만이 있을수없는 災殃이다.

나는 니를 간다.

나는 걸핏하면 까므러친다.

나는 부글부글 끓는다.

그렇나 지금 나는 이 撤天의[1689]怨恨에서 슬그머니 좀비켜스고싶다 내마음의 따뜻한平和 따위가 다 그 리워졌다.

즉 나는 屍體다. 屍體는生存하야게신 萬物의靈長을向하야 嫉妬 할 資格도能力도 없는것이라는것을 나는깨달른다.

貞姬, 간혹貞姬의 후틋한呼吸이 내 墓碑에와 슬쩍부딧는수가있다. 그런때 내屍體는 홍당무처럼 확끈 달으면서 九天[1690]을꾀뚤러 슬피 號哭한다.

그동안에 貞姬는 여러번 제 (내 때꼽째기도 묻은)이부자리를 찬란한 日光아래 널어말렸을것이다. 累累한 이내 昏睡 덕으로 부디 이 내 屍體에서도 生前의 슬픈 記憶이 蒼穹[1691] 높이 훨 훨 날아가나 버렸으면 —

나는 지금이런 불상한 생각도한다. 그럼 —

— 滿二十六歲와 三個月[1692]을 마지하는 李箱先生님이어! 허수아비여!

자네는老翁일세. 무릎이귀를넘는 骸骨일세. 아니, 아니.

자네는 자네의 먼祖上 일세.　　　以上

十一月二十日 東京서

— 발표지면 : 『朝光』, 1937.5

1689　撤天의 : 전집(1·2·3)은 '徹天의' 오식으로 봄. 후자는 '하늘에 사무치는', '두고두고 잊을 수 없도록 뼈에 사마치는'이라는 뜻.

1690　九天 : 하늘을 9개의 방위(方位)로 나누어 이르는 말. 중앙은 균천(均天), 동쪽은 창천(蒼天), 북동쪽은 변천(變天), 북쪽은 현천(玄天), 북서쪽은 유천(幽天), 서쪽은 호천(昊天), 남서쪽은 주천(朱天), 남쪽은 염천(炎天), 남동쪽은 양천(陽天)이다.

1691　蒼穹 : 蒼天. 맑게 갠 새파란 하늘. '구천(九天)'의 하나로 동북쪽 하늘.

1692　滿二十六歲와 三個月 : 전집(2·3)은 '滿二十六歲와 三十個月'으로 오식. 참고로 이상이 1910년 9월 23일(음 8월 20일) 생이니 '만 26세 3개월'은 1936년 12월(음 11월)경이 된다. 이 작품 말미에 탈고일이 11월 20일로 되어 있으니, 실제 이상의 나이에 해당된다고 하겠다.

백부의 집

연도	1910년 (1세)	1912년 (3세)	1917년 (8세)	1921년 (12세)	
경력 및 활동 관련	• 9월 23일(음력 8월 20일) 서울(경성부) 북부 순화방 반정동 4통 6호에서 아버지 김연창(이상의 누이 김옥희에 따르면, 김영창)과 어머니 박세창 사이의 장남으로 태어남. 본명 김해경(金海卿). 본관은 강릉.	• 백부인 김연필의 집에 양자로 감. 이곳에서 24세까지 생활.	• 신명학교(4년제)에 입학(4월). 그림 그리기를 좋아함.	• 신명학교를 졸업하고 동광학교에 입학함.	
발표 작품					

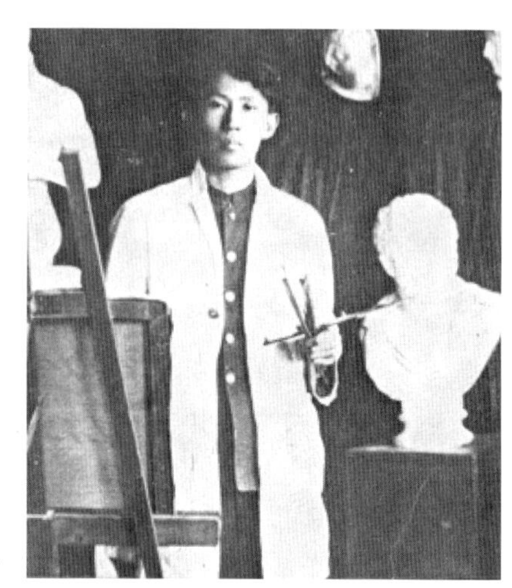

경성고등공업학교
실습실에서의 이상

연도	1922년 (13세)	1924년 (15세)	1926년 (17세)	1927년 (18세)
경력 및 활동 관련	• 동광학교가 보성고등보통학교에 합병되면서 보성고보 4학년에 편입되었으며, 이헌구, 임화, 원용석 등과 동기가 됨. • 현미빵을 팔며 고학을 했다고 함.	• 교내 미술전람회에 유화 「풍경」을 출품하여 입선하는 등 미술에 뛰어난 재능을 발휘.	• 보성고보를 졸업(3월 5일)하고 경성고등공업학교 건축과에 입학. 재학시 줄곧 뛰어난 성적을 유지.	• 경성고공 회람지 『난파선』의 편집을 주도하였으며 여기에 시작(詩作)을 발표함.
발표 작품				

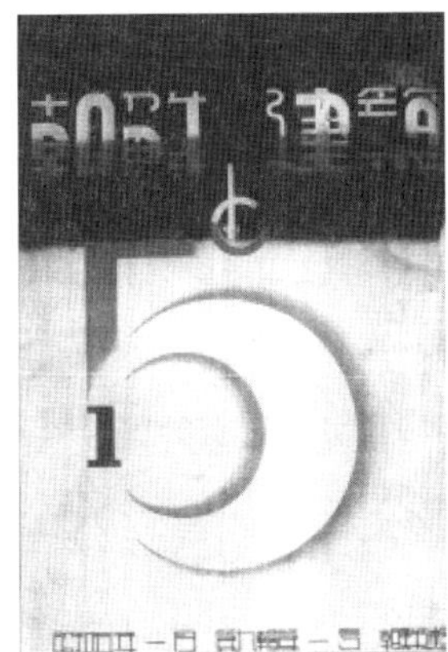

표지 도안 1등(1930.1)
당선작

『12월 12일』의 첫회
(『조선』, 1930.2) 발표본

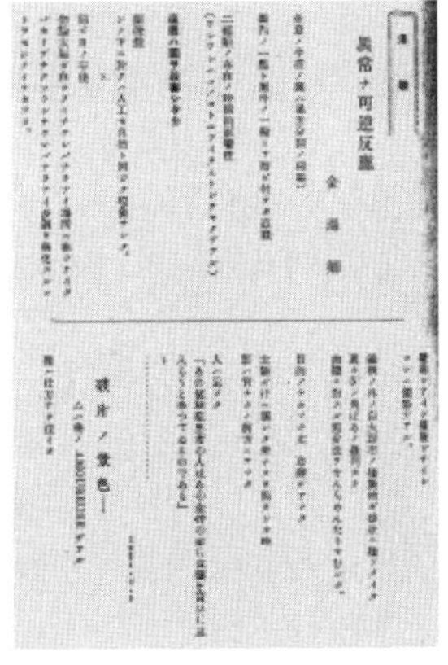

일문시 「이상한 가역반응」

연도	1929년 (20세)	1930년 (21세)	1931년 (22세)	1932년 (23세)
경력 및 활동 관련	• 경성고공을 졸업(3월)하고 조선총독부 내무국 건축과 기수(4월)로 일하다가 조선총독부 관방회계과 영선계 기수(11월)로 옮겨 근무.	• 장편 「12월 12일」을 『조선』에 연재. • 여름에 첫 각혈을 한 것으로 알려짐. • 『조선과 건축』 표지 도안 현상 모집에 1등과 3등으로 당선.	• 일문시 「이상한 가역반응」, 「조감도」 등을 『조선과 건축』에 발표. • 조선미술전람회에 「자상」이 입선.	• 「지도의 암실」을 발표. • 백부 김연필이 뇌일혈로 사망(5월 7일).
발표 작품		• 소설 : 12월 12일	• 시 : 이상한 가역반응, 파편의 경치, ▽의 유희, 수염, BOITEUX×BOITEUSE, 공복, 조감도(연작), 삼차각설계도(연작)	• 소설 : 지도의 암실, 휴업과 사정 • 시 : 건축무한육면각체(연작).

「혈서삼태」

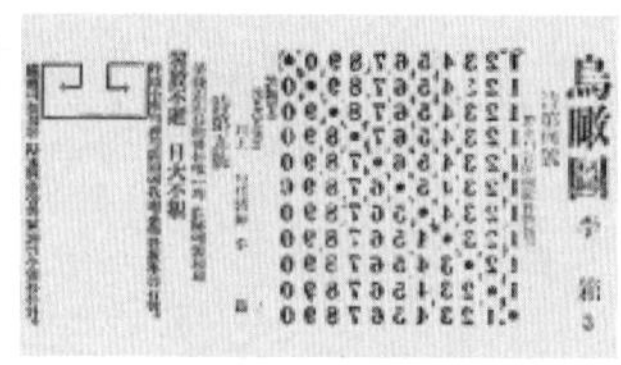

「오감도 시제4호」

「소설가 구보씨의 1일」의 삽화

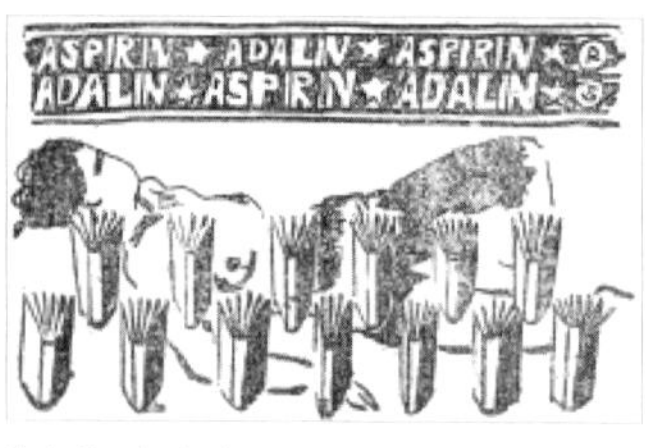

「날개」의 삽화

연도	1933년 (24세)	1934년 (25세)	1935년 (26세)	1936년 (27세)
경력 및 활동 관련	• 총독부 기수직을 사임(3월) • 각혈로 한때 배천온천에 요양하였으며, 이때 금홍을 만나 상경하여 다방 〈제비〉를 개업. • 가톨릭청년지에 「꽃나무」, 「이런 시」 등 한글시를 발표.	• 〈구인회〉에 가입하였으며, 박태원, 이태준, 정지용, 김기림 등과 친교가 이뤄짐. • 『조선중앙일보』에 「오감도」를 발표하였으나 독자의 항의로 15회로 연재가 중단됨. • 박태원의 소설 「소설가 구보씨의 일일」에 삽화를 그림.	• 금홍과 3년 동거 생활을 접고 마침내 결별. • 〈제비〉를 폐업하고, 연이어 카페 〈쓰루(鶴)〉, 〈69〉, 〈무기(麥)〉 등의 사업 실패로 경제적 어려움이 가중됨. • 인천 성천 등지를 기행. • 김소운이 발행하던 아동잡지 『신아동』에 「배의 역사」를 싣고, 『목마』에 표지 삽화를 그리고, 또한 송경과 더불어 세계 동화(7편)를 번역함.	• 창문사에 근무하며, 9인회 동인지 『시와 소설』 창간호를 편집하여 발간(3월)하였으며, 김기림의 시집 『기상도』의 장정을 맡아서 발간. • 소설 「날개」를 발표(9월)하여 일약 문단의 총아로 떠오름. 이때 시, 소설, 수필 등 다양한 작품 활동을 함. • 변동림과 결혼하였으며, 10월 중순경에 동경행. 동경에서 34문학 동인들과 교유. • 김기림과 서신 교유.
발표 작품	• 시 : 꽃나무, 이런시, 1933.6.1, 거울.	• 소설 : 지팡이 역사(轢死) • 시 : 보통기념, 오감도(연작), 소영위제 • 수필 : 혈서삼태, 산책의 가을	• 시 : 정식, 지비 • 수필 : 문학을 버리고 문화를 상상할 수 없다, 배의 역사, 산촌여정	• 소설 : 지주회시, 날개, 종생기 • 시 : 지비, 역단, 가외가전, 명경, 위독(연작), I WED A TOY BRIDE • 수필 : 나의 애송시, 서망율도, 편집후기, 조춘점묘, 여상4제, 내가 좋아하는 화초와 내 집의 화초, 약수, EPIGRAM, 동생 옥희 보아라, 아름다운 조선말, 행복, 가을 탐승처, 추등잡필

「종생기」(『조광』, 1937)

金海卿

蜻蛉

　隱れば手の光につきさらな
ひらひらと　今にも飜び出まうな
もう心持ち前を向いてゐる
この花で飼はれてゐるといふブッポの慕は
　紅い鳳仙花
　白い鳳仙花
　忠櫨一過の向日葵——
どんなに懶しいでせうか。

「蜻蛉」

연도	1937년 (28세)	1938년 (사후 1년)	1939년 (2년)	1940년 (3년)	
경력 및 활동 관련	• 고국에 있는 문우인 김기림, 안회남, 동생인 김운경에게 서신 보냄. • 2월 중순 일본 경찰에게 '불령선인'으로 체포되어 니시간다서(西神田署)에 수감되었다가 건강악화로 보석(3월 중순)되었으나 4월 17일 동경제대 부속병원에서 생을 마감. • 이상이 죽기 전날(4월 16일)에 그의 조모와 친부가 별세. • 길진섭이 이상의 데드마스크를 만든 것으로 알려져 있으며, 시신은 화장되어 아내 변동림이 그 유해를 가지고 귀국(5월 4일). • 김유정(3월 29일 사망)과 함께 부민관 소집회실에서 합동 추도식(5월 15일)이 열렸고, 유해는 6월 10일 미아리 공동묘지에 안장됨.		• 『청색지』(5월호)에 정인택의 「축방」과 함께 이상의 「자화상」이 소개.	• 김소운이 『젖빛구름』에 이상의 작품 「오감도 시 제1호」, 「파첩」 등을 일역하여 소개. 특히 여기에는 이상의 산문을 줄여서 시로 만든 「한 개의 밤」, 「청령」도 포함.	
발표 작품	• 소설 : 동해, 황소와 도깨비, 공포의 기록, 종생기 • 시 : 파첩 • 수필 : 19세기식, 권태, 슬픈 이야기, 오감도 작자의 말	• 소설 : 환시기 • 시 : 무제 • 수필 : 문학과 정치	• 소설 : 실화, 단발, 김유정 • 시 : 무제, 실낙원(연작), 최저낙원 • 수필 : 병상 이후, 동경	• 시 : 一つの夜, 蜻蛉	

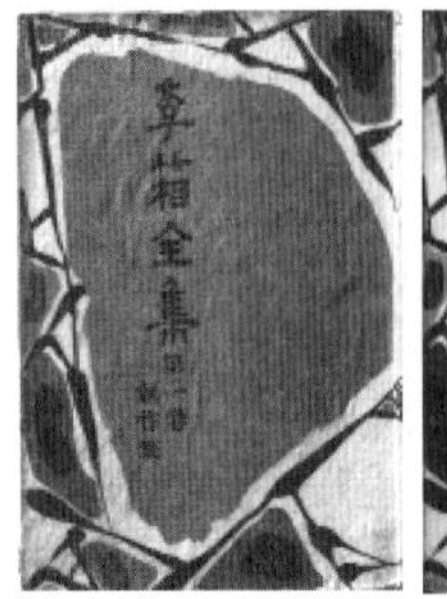 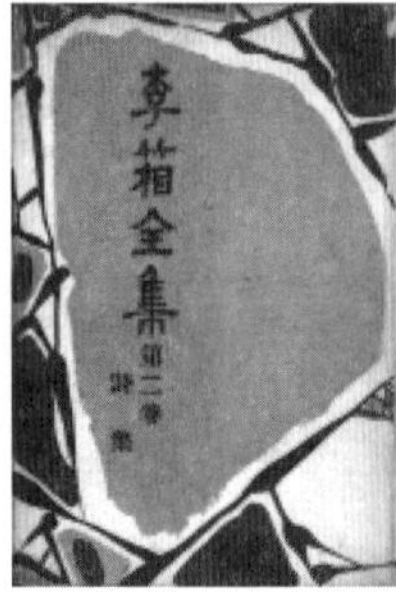

『이상전집』 제1권　　　　『이상전집』 제2권

이상 유고시

연도	1949년 (12년)	1956년 (19년)	1957년 (20년)	1960년 (23년)
경력 및 활동 관련	• 김기림에 의해 『이상선집』이 백양당에서 간행.	• 임종국의 의해 『이상전집』이 태성사에서 간행. 전집에는 『조선과 건축』에 실린 일문시들이 번역 소개되었고, 이상의 사진첩에서 발견된 유고 9편과 넘겨 받은 사신 9편(김기림에게 보낸 편지 7편, 안회남에게 보낸 편지 1편, 동생 운경에게 보낸 편지 1편)도 수록.	• 『국제신문』, 『경향신문』, 『서울신문』, 『연합신문』, 『평화신문』 등에 이상 20주기 글이 실림. • 『평화신문』에는 이상의 자화상이 실림.	• 조연현에 의해 이상의 일문 원고 노트가 발굴되어 『현대문학』에 소개되기 시작.
발표 작품	• 『이상선집』	• 시 : 척각, 거리, 수인이 만들은 소정원, 육친의 장, 내과, 골편에 관한 무제, 가구의 추위, 아침, 최후 • 수필 : 사신 9편(2~10) • 『이상전집』 총 3권 발행.		• 시 : 유고, 무제, 1931년 • 수필 : 얼마 안 되는 변해, 무제, 이 아해들에게 장난감을 주라, 모색, 무제

| | 일문 유고시 | | 『문학사상』 창간호(1972.10.1) |

연도	1961년 (24년)	1966년 (29년)	1972년 (35년)	1974년 (37년)	
경력 및 활동 관련			• 구본웅이 그린 이상의 초상화가 『문학사상』 창간호(10월)에 실림.	• 고은이 『이상평전』을 민음사에서 상재.	
발표 작품	• 시 : 구두, 습작 쇼윈도우 수점 • 수필 : 어리석은 석반	• 시 : 悔恨の章, 애야, 무제, 황			

『李箱小說全作集』1(문학사상자료연구실 편, 이어령 교주, 갑인출판사, 1977) 표지

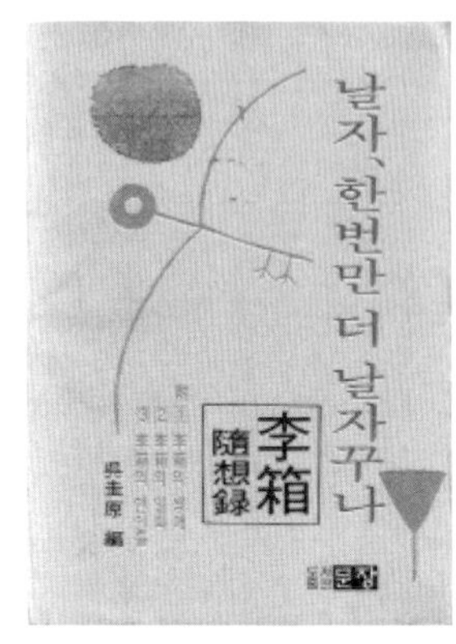

『날자, 한번만 더 날자꾸나』

연도	1976년 (39년)	1977년 (40년)	1978년 (41년)	1980년 (43년)
경력 및 활동 관련	• 조연현에 의해 이상의 일문 원고 노트가 『문학사상』에 소개되기 시작. • 『문학사상』(3월)에 이상의 유품 파이프 소개. • 『독서생활』(11월)에이상의 자화상(원래는 쥘 르나르의『전원수첩』(동경 : 금성당, 1934)의 속표지에 그려졌던 것)과 낙서가 번역 소개	• 이어령에 의해 갑인출판사에서 이상문학전작집이 간행되기 시작. • 이상(李箱)이 남긴 문학적 업적을 기리며, 이상(李箱)의 작가정신을 계승하고 한국 소설계의 발전을 위해 문학사상사(文學思想社)가 이상문학상을 제정하여 제1회는 김승옥(金承鈺)의 『서울의 달빛 0장』이 선정.		• 오규원에 의해 이상 문학집이 문장에서 간행되기 시작.
발표 작품	• 소설 : 불행한 계승 • 시 : 단장, 회한의 장, 황의 기, 작품 제3번, 여전준일, 월원등일랑, 각혈의 아침 • 수필 : 첫번째 방랑,	• 『이상소설전작집』 2권 및 『이상수필전작집』 간행.	• 『이상시전작집』	• 『날자, 한번만 더 날자꾸나 : 이상 수상록』

『이상시연구』

『이상연구』

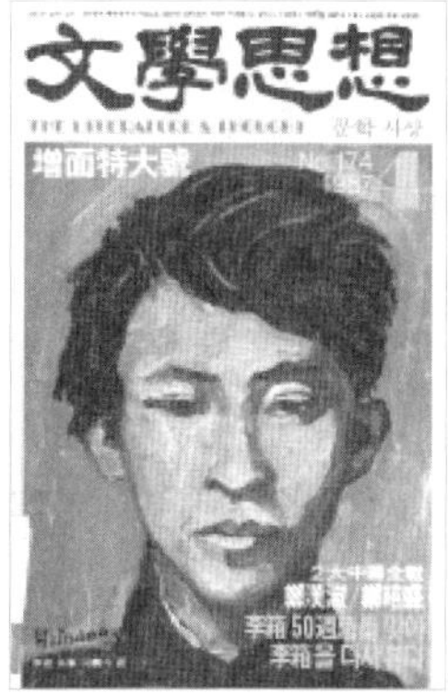
『제13의 아해도 위독하오』

이상 50주기 특집호
(『문학사상』174호,
1987.4)

연도	1981년 (44년)	1982년 (45년)	1986년 (49년)	1987년 (50년)	
경력 및 활동 관련		• 김승희에 의해 『제13의 아해도위독하오 – 이상시전집』이 문학세계사에서 발간.	• 『문학사상』(10월)에서 조연현 선생이 보관중이던 이상 미발표 유고를 부인 최상남이 번역 공개.	• 『문학사상』(4월)에서이상 50주기 기획특집호를 마련하고, 김옥희 대담과 조용만의 「이상 시대, 젊은 예술가들의 초상」을 실음. • 김윤식의 『이상연구』가 문학사상사에서 출간. • 이승훈의 『이상시연구』가 고려원에서 출간.	
발표 작품	• 『거울속의 나는 외출중 – 이상 시전집』		• 시 : 단상 • 수필 : 공포의 기록, 공포의 성채, 야색		

「이상문학전집 – 시」

보성고등학교에 세워진 이상의 문학비

연도	1989년 (52년)	1990년 (53년)	1991년 (54년)	1992년 (55년)
경력 및 활동 관련	• 이승훈에 의해 문학사상사에서 이상문학전집(시)이 발간. • 이영지 저술 『이상 시 연구』(양문각) 발간.	• 5월 26일 보성고등학교 교정에 이상의 시비 및 기념비가 건립.	• 김윤식에 의해 문학사상사에서 이상문학전집(소설)이 발간. • 『조선학보』(10월)에 이상의 글 「낙랑파라의 새로움」이 소개됨.	• LA문화원에서 문예특별호로 발간한 *KoreanCulture*에 Walter K.Lew에 의해 「오감도」 10편(오감도 시제 6호, 8호, 11호, 12호, 14호 제외)이 영역되어 실림.
발표 작품	• 『이상문학전집 – 시』		• 『이상문학전집 – 소설』 • 樂浪パーラの新らしさ	

이진우의 『오감도』

「날개」 영역

「오감도」 영역

연도	1993년 (58년)	1994년 (59년)	1995년 (58년)	1997년 (60년)	
경력 및 활동 관련	• 이진우가 이상의 삶을 소재로 한 장편 「오감도」를 발표.	• Walter K.Lew에 의해 Lingo에 「오감도」의 시 제1호, 3호, 4호, 5호, 7호 및 「지비」, 「소영위제」가 영역되어 소개.	• Walter K.Lew에 의해 Muae에 「오감도」 시 제2호, 4호, 5호, 13호, 15호, 「거울」, 「명경」, 「지비」, 「꽃나무」, 「매춘」, 「절벽」, 「소영위제」 등의 시와 소설 「봉별기」, 「날개」 (서두), 수필 「혈서삼태」(일부)가 영역되어 소개. • 천재 시인 이상과 야수파 꼽추 화가 구본웅, 그리고 기생 금홍의 삼각관계의 로맨스를 그린 시대극 「금홍아 금홍아」를 태흥영화사에서 제작.	• 『문학사상』(10월)이 지령 300호 기념으로 이상 60주기를 맞아 이상 문학을 집중 재조명함.	
발표 작품	• 『이상문학전집—수필』				

『이상문학연구60년』

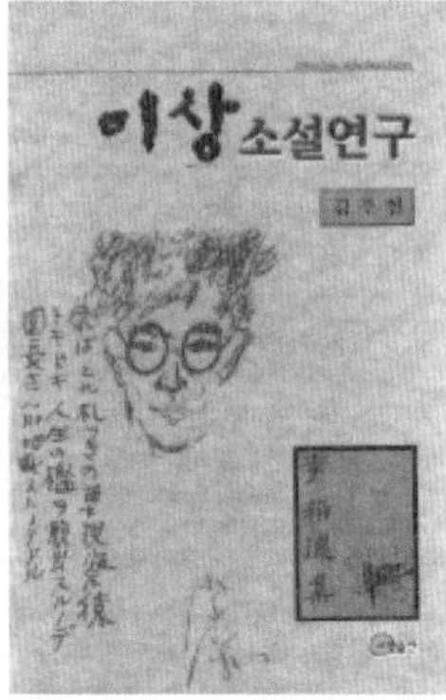

『이상소설연구』

『이상 리뷰』 창간호

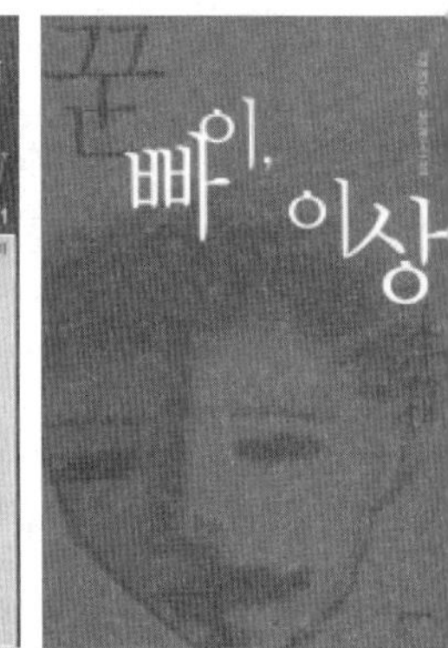

『꾿빠이 이상』

연도	1998년 (61년)	1999년 (62년)	2001년 (64년)	2002년 (65년)
경력 및 활동 관련	• 권영민 편저 『이상문학연구 60년』이문학사상사에서 간행.	• 이상(李箱)의 시에 얽힌 살인사건을 추적하다가 일제의 음모를 밝혀내는 과정을 그린 영화〈건축무한육면각체의 비밀〉을 지맥필름에서 제작. • 김주현의『이상소설연구』 발간.	• 이상문학회에서 연간지 『이상리뷰』 창간. 박현수에 의해 『배의 역사』 및 번역동화 7편 소개. • 김연수에 의해 이상의 유실된 데드마스크와 가상의 시를 토대로 한 『꾿빠이, 이상』이 창작.	• 이상이 살았던 집이 매물로 나와 팔릴 위기에 처하자 김수근 문화재단에서 매입하여 이상의 기념관으로 꾸밀 계획. • 김보나에 의해 이상 대표작 선집(50편의 시와 『날개』)이 불역되어 윌리엄 블레이크사에서 발행. • 김태화의 『이상의 줌과 이미지』 발간.
발표 작품			배의 역사	

Les Ailes

Perspective vol de corneille

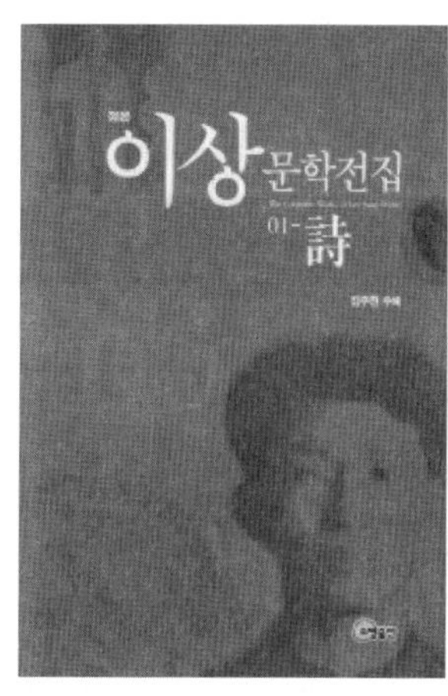

『정본 이상문학전집(1)』

연도	2003년 (66년)	2004년 (67년)	2005년 (68년)	2006년 (69년)
경력 및 활동 관련	• 3월 2일 혜화동 대학로 극장에서 「이상의 날개」 연출. • 박황배에 의해 이상 시 「오감도」 등 98편을 스페인어로 번역한 『오감도와 다른 시들』이 베르붐 출판사에서 간행.	• 김종년에 의해 가람기획에서 『이상전집』 전2권이 발행. • 손미혜와 Jean-Pierre Zubiate에 의해 『날개』(「날개」, 「봉별기」, 「실화」)가 불역되어 프랑스 쥘마 출판사에서 발행. • 김유중 김주현 공편으로 이상 지인들의 이상 회고담을 담은 『그리운 그 이름, 이상』이 발행. • 이상의 부인이던 변동림(수필가 김향안) 별세(2월 29일).	• 손미혜와 Jean-Pierre Zubiate에 의해 이상시전집 『오감도』가 불역되어 프랑스 쥘마 출판사에서 발행. • 김주현에 의해 『정본 이상문학전집』(전3권)이 간행.	• 일본어 이상선집인 『李箱作品集成』이 도쿄 작품사(作品社)에서 발간. • 신범순 편 『이상문학 연구의 새로운 지평』(역락) 발간.
발표 작품	• *A vista de cuervoy otros poems*	• 『이상전집1』, 『이상전집2』 • *Les Ailes*	• *Perspective vol de corneille* • 『정본 이상문학전집』 총 3권.	• 『李箱作品集成』

『이상의 무한정원
삼차각 나비』

『이상 전집(1)』

『이상텍스트연구』

「목장」

증보『정본
이상문학전집(1)』

연도	2007년 (70년)	2008년 (71년)	2009년 (72년)	2010년 (73년)
경력 및 활동 관련	• 신범순 저술『이상의 무한정원 삼차각 나비』(현암사) 출간. • 신범순 편『이상의 사상과 예술』(신구문화사) 발간.	• 이상문학회에 의해『이상 소설 작품론』(역락) 발간.	• 이상문학회에 의해『이상 시 작품론』(역락) 발간. • 권영민 편저『이상전집』(전4권)이 뿔(웅진)에서 출간. • 권영민 저『이상텍스트연구』(뿔) 발간. • 김주현에 의해『증보 정본 이상문학전집』(전3권)이 소명출판에서 출간. • 신범순 편『이상문학연구의 시로운 지평』(역락) 발간.	• 김윤식 저술『이상의 글쓰기론』(역락) 발간. • 조수호 저술『이상 읽기』(지식산업사) 발간. • 조영남 저술『이상은 이상 이상이었다』(한길사) 발간 • 이상문학회에 의해『이상수필작품론』(역락) 발간. • 일본 동경 무사시(武藏)대학에서 이상 탄생 100주년 기념 국제학술심포지엄 개최(2010.7.16~17).
발표 작품			• 『이상전집』 총 4권 간행. • 「목장」(『가톨릭少年』, 1936.5)이『문학사상』(2009.11)에 발굴 소개됨.	

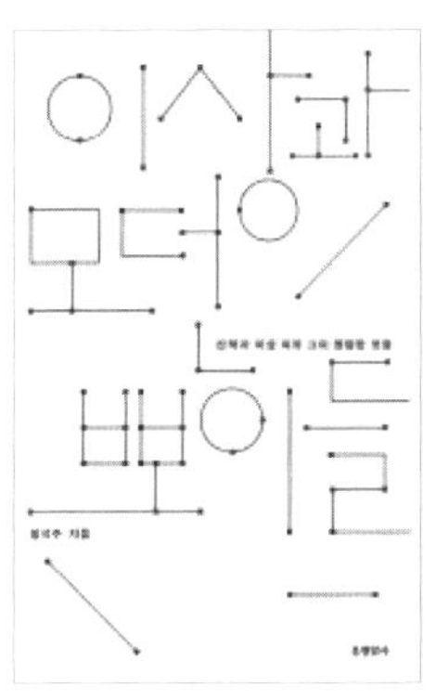

『이상과 모던뽀이들』

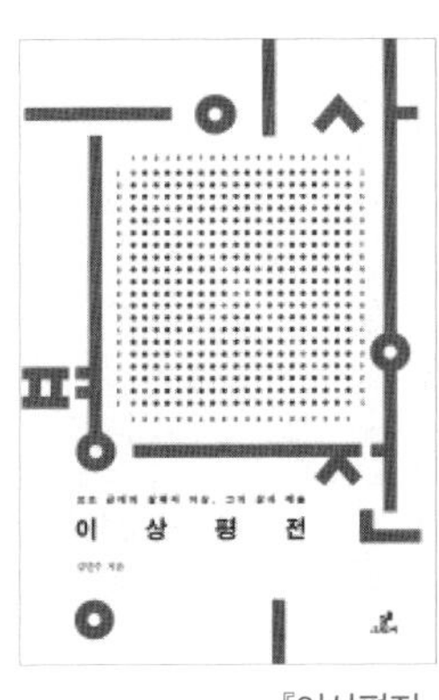

『이상평전』

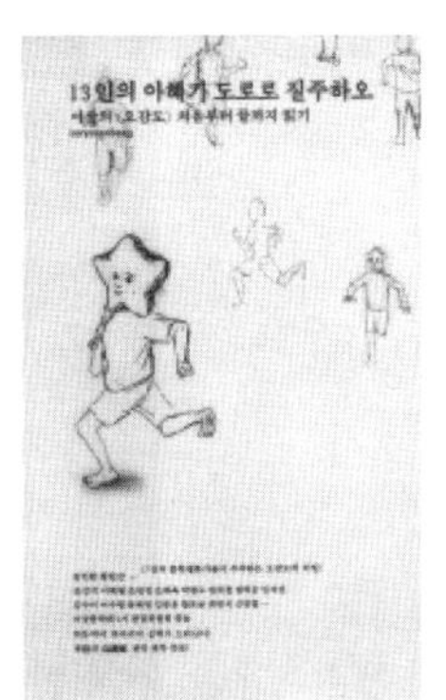

『13인의 아해가
도로로 질주하오』

『실험과 해체 – 이상문학연구』

연도	2011년 (74년)	2012년 (75년)	2013년 (76년)	2014년 (77년)	
경력 및 활동 관련	• 장석주 저술 『이상과 모던 뽀이들』(현암사) 발간.	• 권영민 저술 『이상문학의 비밀 13』(민음사) 발간. • 김민수 저술 『이상평전』(그린비) 출간	• 신범순 저술 『이상문학연구』(지식과교양) 발간. • 권영민 편저 『이상전집』(전4권)이 태학사에서 출간. • 이상문학회에 의해 『13인의 아해가 도로로 질주하오』(수류산방) 발간.	• 김주현 저술 『실험과 해체-이상문학연구』(지식산업사) 발간. • 송민호 저술 『이상이라는 현상』(예옥) 발간.	
발표 작품			• 『이상전집』 총 4권 간행.		

『이상 문학의 방법론적 독해』

『이상평전』

『이상 문학의 재인식』

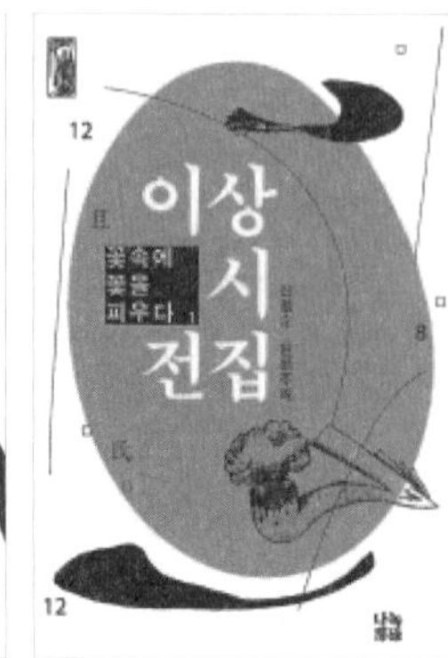

『이상 시 전집 : 꽃속에 꽃을 피우다 1』

연도	2015년 (78년)	2016년 (79년)	2017년 (80년)	2018년 (81년)
경력 및 활동 관련	• 방민호 저술 『이상문학의 방법론적 독해』(예옥) 발간.	• 이보영 저술 『이상평전』(전북대출판문화원) 발간.	• 권영민 저술 『이상문학대사전』(문학사상) 발간. • 문학과사상연구회 편 『이상문학의 재인식』(소명출판) 발간. • 신범순 원본주해 『이상 시 전집 : 꽃속에 꽃을 피우다 1』(나녹) 발간.	• 박소영 저술 『이상 시의 비극적 에로티시즘』(보고사) 발간. • 박상준 저술 『한국 모더니즘과 이상, 최재서』(소명출판) 발간.
발표 작품				

『이상 문학의 환상성』

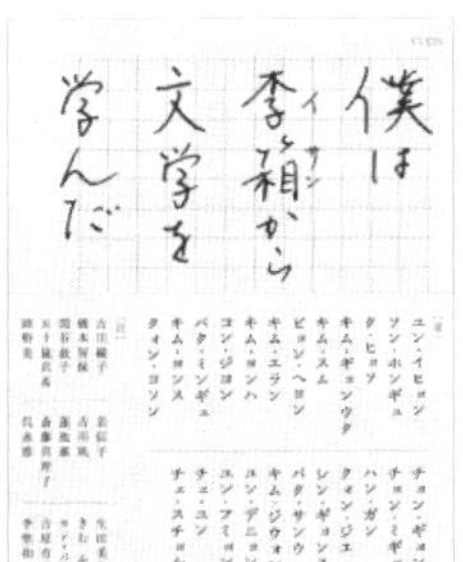

『僕は李箱から文学を学んだ』

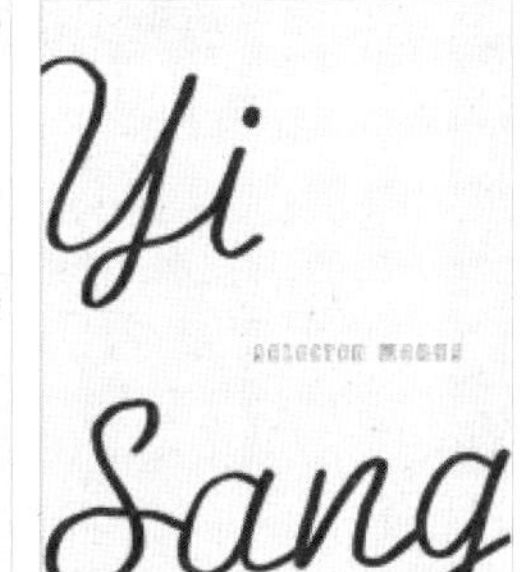

『Yi Sang : Selected Works』

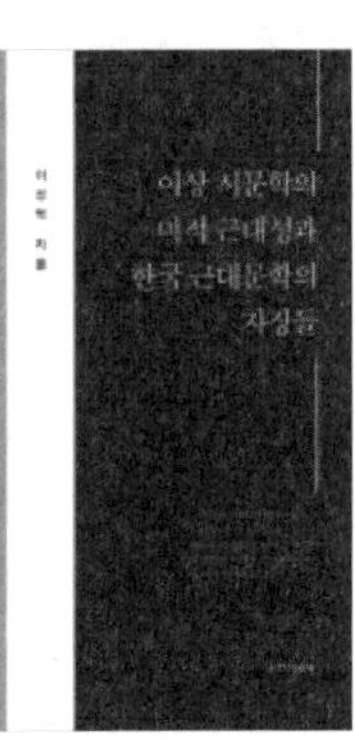

『이상 시문학의
미적 근대성과 한국
근대문학의 자장들』

연도	2019년 (82년)	2020년 (83년)	2021년 (84년)	2022년 (85년)	
경력 및 활동 관련	• 배현자 저술 『이상문학의 환상성 －세계 통찰의 문학적 발현』(소명 출판) 발간.	• 윤이형 외, 古川綾子 외역, 『僕は 李箱から文学を学んだ』(クオン) 발간.	• 이상 선집 번역서 『Yi Sang : Selected Works』(2020)이 현대 언어학회(MLA) 주관 '알도 앤 잔 스칼리오네상' 번역문학 부문에 수상.	• 이성혁 저술 『이상 시문학의 미적 근대성과 한국 근대문학의 자장 들』(국학자료원) 발간.	
발표 작품					

『이상시의 문체 연구』

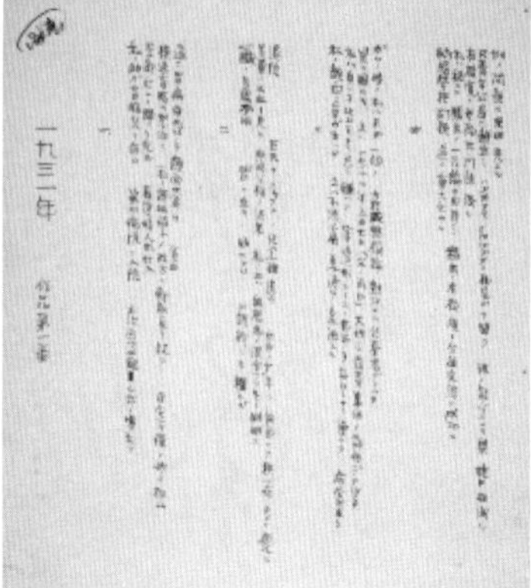

『일문 유고 노트』

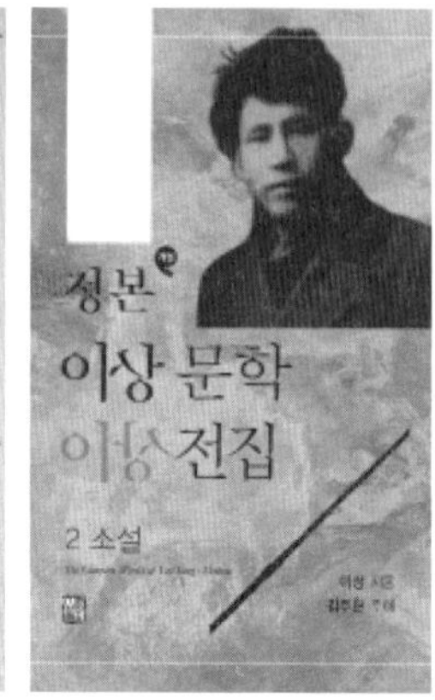

『개정 정본 이상문학전집(2)』
(개정판)

연도	2023년 (86년)	2024년 (87년)	2025년 (88년)	
경력 및 활동 관련	• 조해옥 저술 『이상시의 문체 연구』(소명출판) 발간.	• 조연현 소장 일문 유고 노트 국립한국문학관 기증.	• 김주현에 의해 『개정 정본 이상문학전집』(전3권)이 소명출판에서 발간.	
발표 작품			• 「무제3」, 「무제4」가 『개정 정본 이상문학전집3』(소명출판)에 실림.